Panini BOOKS

MAIYA IBRAHIM

GEWÜRZSTRASSE

Ins Deutsche übertragen
von Helga Parmiter

PANINI BOOKS

Bibliografische Information der Deutschen Nationalbibliothek
Die Deutsche Nationalbibliothek verzeichnet diese Publikation in der Deutschen Nationalbibliografie; detaillierte bibliografische Daten sind im Internet über http://dnb.d-nb.de abrufbar.

MIX
Papier | Fördert gute Waldnutzung
FSC® C014496
FSC www.fsc.org

Titel der Englischen Originalausgabe: *»Spice Road«* by Maiya Ibrahim, published 2023 in the US by Delacorte Press, an imprint of Random House Children's Books, a division of Random House LLC, New York.

Deutsche Ausgabe 2024 Panini Verlags GmbH, Schloßstr. 76, 70176 Stuttgart.

Geschäftsführer: Hermann Paul
Head of Editorial: Jo Löffler
Head of Marketing: Holger Wiest (E-Mail: marketing@panini.de)
Presse & PR: Steffen Volkmer

Übersetzung: Helga Parmiter
Lektorat: Katharina Altreuther
Umschlaggestaltung: tab indivisuell, Stuttgart
Satz und E-Book: Greiner & Reichel, Köln
Druck: GGP Media GmbH, Pößneck
Gedruckt in Deutschland

YDSPICE001

1. Auflage, Februar 2024,
ISBN 978-3-8332-4481-0

Auch als E-Book erhältlich:
ISBN 978-3-7569-9972-9

Findet uns im Netz:
www.paninicomics.de

PaniniComicsDE

Für Jason und Soleil

N
NW
NO
W
O
SW
SO
S
Hafir
Glas
Urzin
Die Halbmondwüste
Tull
Die Verschlingenden Sande
Die Sahir
Der Fluss Al-Ayn
Tal der Knochen
Das Verbotene Brachland
Qalia

Das Königreich Alqibah
Al-Bawaba Pass
Taeel-Sa
Sidi Sharif
Der Azurfluss
Bashtal
Der Azursee
Ghazali
Gewürzstraße
Der Zeytounwald
Brooma
Golf des Feuers
Die Nebelbucht

1

Wir werden kämpfen, aber vorher trinken wir Tee.

Nicht ganz das Motto der Schilde, aber genauso treffend. Gewöhnlich wäre ich mit meiner Gruppe außerhalb der Mauern von Qalia und würde unsere Länder gegen einen nicht enden wollenden Ansturm von Monstern verteidigen: Dschinn, Ghule, Sandschlangen und alle anderen Nachtkreaturen, die man nur in den Fängen eines Fiebertraumes heraufbeschwören kann. Aber selbst jetzt, wo wir zur vorgeschriebenen Ruhezeit zu Hause sind, steht uns ein harter Trainingstag bevor, und ich bin sicher, dass Taha ibn Bayek von der Al-Baz-Sippe es kaum erwarten kann.

Wann immer wir zusammen in der Kaserne von Qalia sind, fordern Tahas Kameraden mich zum Sparring mit ihm heraus. Es ist ein erbärmlicher Versuch, herauszufinden, wer von uns der bessere Schild ist, aber Taha selbst hat sich nie zu dieser ständigen Rivalität geäußert. Vielmehr hat er in den zwei Jahren, die ich ihn kenne, so getan, als gäbe es mich nicht, abgesehen von gelegentlichen abfälligen Bemerkungen. Zweifellos werden seine Kameraden es nach der Teezeremonie noch einmal versuchen, aber ich habe ihre bisherigen Herausforderungen als Zeitverschwendung zurückgewiesen und werde es mir auch jetzt nicht anders überlegen, auch wenn er mich von der anderen Seite des Teeraumes noch so kalt ansieht. Wenn man seinen Ruf kennt – und wer in Qalia tut das nicht, immerhin ist er ein begabter Bogenschütze und Tierseher, der den Geist von Falken kontrollieren kann –, könnte man einen jungen Mann mit scharfem Blick erwarten. Aber Tahas Augen sind beunruhigend gelassen und erinnern an das verwaschene Grün von Grasland, das zu viel Sonne und zu wenig Regen gesehen hat.

Die Etikette der Teezeremonie sieht vor, dass man die Person beobachtet, die das Gewürz zubereitet, aber ich wünschte, er würde nur dieses eine Mal von der Tradition abweichen und aufhören, jede meiner Bewegungen zu verfolgen. Ich löse den Kordelzug des Seidenbeutels mit *Misra* und nehme die Rindenstreifen heraus. Sie wurden sorgfältig von dem uralten Misra-Baum, der ein paar Häuser weiter in Qalias Heiligtum steht, abgeschält, so wie es schon seit einem Jahrtausend gemacht wird. Ich habe Teezeremonien schon so oft geleitet, dass ich es mittlerweile mit geschlossenen Augen tun könnte, aber ich staune immer noch über das, was ich in meinen Händen halte. Magie.

Das Licht der Deckenlaternen lässt die goldgeäderte Rinde schillern, als ich sie mir vor die Nase halte und tief einatme. Alle Schilde im Raum tun das auch. Vielleicht hoffen auch sie zu enträtseln, welchen Duft das Misra verströmt. Einmal fand ich, es rieche nach dem Leben selbst. Ein anderes Mal nach Sternen und Träumen. Heute Morgen riecht es so bitter wie die alte Asche eines längst heruntergebrannten Feuers. Nach jemandem, der gegangen, aber nicht vergessen ist. Es erinnert mich an Atheer.

Es ist ein Jahr her, seit ich meinen großen Bruder und besten Freund das letzte Mal gesehen habe. Damals kniete ich genau wie jetzt und bereitete das Misra vor, aber ich war zu Hause und das Gewürz roch damals noch angenehm. Er gesellte sich zu mir, suchte das Gespräch und hatte diese schwache, rätselhafte Ausstrahlung von Verzweiflung.

»Es gibt Dinge im Leben, die größer sind als Pflicht und Regeln, Imani«, sagte er.

»Was zum Beispiel?«, fragte ich. Seine Augen bekamen einen düsteren Schimmer, so trocken wie sterbendes Licht, das von einer stumpfen Klinge reflektiert wird.

»Die Wahrheit«, sagte er leise. »Die Wahrheit ist größer als alles andere. Sie ist es wert, alles zu opfern. Und ich habe sie gesehen.«

Dann wartete er, worauf, weiß ich nicht. Ich hatte das Gefühl, dass er in diesen letzten Monaten vor seinem Verschwinden nichts anderes tat, als auf etwas zu warten. Aber ich sagte nichts, und nach einiger Zeit verließ er das Haus und kehrte nicht mehr zurück. Ich habe ihn nicht gefragt, was diese Wahrheit war. Ich wollte es nicht wissen.

Meine Finger zittern, als ich die Rinde in den Steinmörser lege. Ich balle meine Fäuste, um sie zu beruhigen, dann nehme ich den Stößel und mahle. Der Duft durchflutet den Raum, steigt bis zur Decke und webt sich durch die Fasern des Teppichs. Meine Nase rümpft sich und mein Rachen brennt. Ich unterdrücke einen Hustenanfall. Meine Gruppenführerin Sara kniet in der ersten Reihe und atmet den Duft in genüsslichen Zügen ein. Für sie ist das Gewürz angenehm, wie Savannen nach dem Regen und das Jasmin-Parfüm ihrer Mutter. Nicht wie verwelkte Dinge und ungesagte Worte. Einmal fragte ich meine Tante Aziza, die den Orden der Zaubernden leitet, warum das Gewürz von Mensch zu Mensch, von Zeremonie zu Zeremonie anders riecht. »Aus dem gleichen Grund, aus dem verschiedene Zauberer verschiedene Zugehörigkeiten haben: Magie ist ein Spiegel«, antwortete sie. Ich frage mich, was diese Bitterkeit über mich aussagt, wenn sie alles ist, was ich in letzter Zeit gerochen habe.

Der Tee muss schweigend getrunken werden, damit der Trinkende sich der Gabe des Großen Geistes widmen und sich darauf vorbereiten kann, die Magie zu empfangen. Die zwei Dutzend Schilde im Raum schweigen, aber es ist mein Geist, der trotzig plappert. Seltsamerweise habe ich Angst, dass sie es wissen, als würden meine Gedanken aus meinen Ohren sickern. Ich gebe das Gewürz mit einem Löffel in die silberne Teekanne und denke an Atheer. Während der Tee zieht und die anderen meditieren, stelle ich mir die raue Wildnis vor, in die er auf mysteriöse Weise verschwunden ist. Welchem der Elemente ist er am Ende erlegen? Der unbarmherzigen Sonne, den heulenden Sandstürmen, den eisigen Nächten? Oder vielleicht ist es so, wie einige grausame Menschen flüstern, und es war nichts von alledem, weil er sich das Leben nahm, bevor sie es tun konnten.

Taha räuspert sich und ich öffne meine Augen. Alle beobachten mich und warten. Meine Ohren brennen; Wärme staut sich unter meiner Lederrüstung. Ich gieße den Tee in die kleinen Tassen, die auf dem Tablett stehen, und reiche sie im Kreis herum, bevor ich mich mit meiner eigenen in die Mitte setze. Es ist üblich, auf denjenigen zu warten, der die Zeremonie anführt, und jeder tut es mir erst dann gleich, wenn ich die Tasse an meine Lippen setze. Dann trinken wir.

Der heiße Tee rinnt scharf und feindselig die Kehle entlang. Die darin enthaltene Magie ist ein uraltes Geschenk des Großen Geistes der Sahir, das er uns zum Schutz unseres Volkes gewährt hat. Im Gegenzug mussten wir versprechen, die Sahir vor Monstern und Fremden zu beschützen. Für eine gewisse Zeit erlaubt das Misra der trinkenden Person, eine Zugehörigkeit des Landes zu manipulieren, über das der Große Geist wacht. Für manche ist es die Zugehörigkeit zum Sand oder Wind. Mein verstorbener Bruder hingegen war ein Hautwechsler, der sich in einen Löwen verwandeln konnte. Für mich ist es die Zugehörigkeit zu Eisen, insbesondere zu dem Dolch, den ich immer bei mir trage. Wie lange eine Tasse Misra wirkt, hängt vom Zaubernden ab – je geschickter die Person ist, desto wirksamer kann sie die Magie einsetzen.

»Der Tee wird in dir eine Zugehörigkeit wecken, die deinen natürlichen Stärken entspricht«, erklärte meine Tante in unserer ersten privaten Zauberstunde. »Stell dir das Misra als eine Näherin vor, die ein Stück Seide nimmt und daraus etwas Einzigartiges mit für dich perfekten Maßen anfertigt. Am Anfang wird die Seide nicht nach viel aussehen, aber mit der Zeit wird sie zu etwas Neuem und doch völlig Erwartbarem. Das gilt auch für die Zugehörigkeit, die das Misra in dir weckt. Solltest du diese verfeinern wollen, musst du ihr Jahre des Studiums, der Ausbildung und der Einkehr widmen.«

Ich habe meinen Tee zur Hälfte ausgetrunken, als ein schnelles

Klopfen die Stille unterbricht und eine der gewölbten Türen zum Zeremonienraum aufspringt. Dalila, die beste Freundin meiner jüngeren Schwester, steht auf der Schwelle. Ihre verschwitzte mahagonifarbene Haut und ihre hängenden Schultern machen mich sofort nervös.

»Entschuldigung«, keucht sie und lässt ihren Blick über die feierliche Versammlung schweifen.

»Warum unterbrichst du unsere Zeremonie?«, fragt Taha und steht auf.

Dalila schrumpft um einen halben Kopf und hält sich mit aller Kraft an der Messingklinke fest. »Es tut mir leid. Ich wollte nur … Imani, kann ich dich sprechen?«

Ich trinke meinen Tee aus, während Taha mit langen Schritten zu ihr geht. Er ist wie sein berühmt-berüchtigter Vater: imposant, groß und muskulös, und er nutzt seine Statur, um andere einzuschüchtern. Dabei spielt es keine Rolle, dass er attraktiv ist – zumindest äußerlich, mit seinem ebenholzfarbenen Haar und seinem kantigen Kiefer –, und das weiß er auch.

»Schweigen während des Teerituals ist heilig«, sagt er mit unbarmherziger Stimme. »Kennst du diese Grundregel nicht, Mädchen? Mach die Tür zu und warte draußen, wie es sich gehört.«

»Ganz ruhig, Taha. Es gibt keinen Grund, sie auszuschimpfen«, sage ich und stehe ebenfalls auf.

Er dreht sich um und starrt mich finster an. »Die Regeln gelten für alle gleichermaßen, auch für dich und deine Freunde. Schockierend, ich weiß.«

Seine Gruppenkameraden grinsen; den anderen Schilden im Raum ist sichtlich so unbehaglich zumute, wie ich mich fühle. Es ist seltsam, früher war ich immer beleidigt, wenn Taha im Unterricht so tat, als wäre ich unsichtbar, da wir doch einzigartige Gemeinsamkeiten haben. Mit siebzehn bin ich die jüngste Schild in der neueren Geschichte, aber mit achtzehn ist er der zweitjüngste, und wir haben beide Familienmitglieder im Rat von Al-Zahim, der unser Land regiert. Sein Vater ist Vorsitzender des Rates, und meine Tante ist Meisterin des Misra. Unabhängig davon, welche Meinung man dazu vertritt, wie Tahas Vater Großzahim wurde, nahm ich an, dass ein Junge aus einer bescheidenen Sippe, der jetzt der Sohn des mächtigsten Mannes der Sahir ist, mit anderen in vergleichbarer Lage – wie mir – Umgang pflegen möchte. Doch als unsere Gruppen begannen, auf Missionen zu gehen, bohrte sich der Stachel nur noch tiefer in mein Herz. Ich hörte über Umwege Geschichten über die vielen Menschen, die er heldenhaft gerettet hatte, und über die furchterregenden Monster, die er trotz aller Widrigkeiten besiegt hatte. Und obwohl ich das Gleiche tat, nahm er meine Existenz nicht einmal zur Kenntnis. Aber vielleicht würde sich das noch als Segen erweisen.

»Dalila, warum bist du hier?«, frage ich und drehe Taha den Rücken zu. »Du solltest in der Schule sein.«

Sie scharrt mit den Füßen. »Also, tja, das sollten wir eigentlich, aber Amira … Sie ist in Schwierigkeiten.«

Nicht schon wieder. Ich kann nicht mehr zählen, wie oft meine Schwester im letzten Jahr geschwänzt hat, und ich habe schon immer Angst vor dem Moment gehabt, in dem ihr Schwänzen zu etwas Schlimmerem führt.

»Also ehrlich, wann sind Imanis Geschwister mal *nicht* in Schwierigkeiten?«, bemerkt Feyrouz schnippisch, eine von Tahas schönen, aber bösartigen Kameradinnen.

Hinter mir ertönt ein kichernder Chor. Ich wirble herum und suche in ihren höhnischen Gesichtern nach einem Anflug von Scham, aber ich hätte mehr Glück, Schuldgefühle unter Dieben zu finden. Sie fühlen sich durch Tahas Stellung als ältester Sohn des Großzahim so stark, dass sie glauben, keinen Ärger fürchten zu müssen, weil sie die Nichte eines Ratsmitgliedes verspotten. Glücklicherweise lässt sich meine Gruppenführerin nicht einschüchtern. Sara entstammt einer stolzen, wohlhabenden Händlersippe, und es gab mehr als nur eine Handvoll berühmter Krieger in ihren Reihen.

»Ein Ratschlag, Taha, da dies noch sehr neu für dich ist: Es gehört sich nicht für jemanden deines Ranges, Bosheiten zu ermutigen.« Sie schnappt sich das Teetablett vom Boden, als wolle sie ihn damit schlagen. Das ist nicht nötig, denn ihre Entgegnung scheint eine Hand hervorgebracht und Taha eine Ohrfeige versetzt zu haben. Dies lässt zumindest sein säuerlicher Gesichtsausdruck erahnen. Sie nickt in Richtung der Tür. »Ich kann das zu Ende bringen, Imani. Geh du nur.«

Ich salutiere vor ihr. »Ich danke dir. Bitte sag Hauptmann Ramiz, ich werde so schnell wie möglich zum Training zurückkehren.«

»Keine Sorge«, wirft Taha ein. »Ich bin sicher, dass diese Situation unter den Teppich gekehrt wird, so wie du es gewohnt bist.«

Mein Herzschlag stolpert. Die anderen Schilde runzeln die Stirn, einige tauschen verwirrte Blicke aus.

»Wovon redest du?«, fragt Sara.

Ich werfe Taha den mörderischsten Blick zu, den ich hervorbringen kann, in der Hoffnung, dass er darin das Versprechen sieht, dass ich ihm das Maul stopfen werde, wenn er es nicht halten kann.

Ruhig starrt er zurück. »Oh, es ist nichts. Stimmt's, Imani?«

Ich kann es kaum glauben. Zum ersten Mal seit zwei Jahren sagt Taha etwas Gehaltvolles zu mir, und er muss sich dabei ausgerechnet auf meinen Bruder beziehen. Nachdem Atheer verschwunden war, wurde festgestellt, dass er Misra aus dem Heiligtum gestohlen hatte, ein verräterisches Zeichen für Magiebesessenheit. Der Rat beschloss mehrheitlich, die Angelegenheit geheim zu halten, um den Ruf meiner Sippe zu schützen. Gemessen daran, wie verärgert Taha darüber ist, bezweifle ich, dass sein Vater über das Urteil erfreut gewesen war. Aber dies ist weder die Zeit noch der Ort, um es anzusprechen.

»Ja, nichts«, murmle ich, während ich Dalila hinausbegleite und die Tür hinter uns schließe. Die Erleichterung, die ich empfinden sollte, weil ich seiner einschüchternden Gegenwart entkomme, wird schnell durch Furcht ersetzt. »Was ist Amira zugestoßen?«, frage ich.

Dalila trabt los und läuft den Sandsteinkorridor entlang. »Wir ritten außerhalb der Mauern, und als wir eine Pause einlegten, zerriss ihr Pferd – das Pferd deines Bruders, meine ich – den Führstrick und lief davon.«

Atheer wird an diesem Morgen zum zweiten Mal plötzlich erwähnt, und ich spüre ein Stechen in meiner Brust. »Du meinst Raad, den schwarzen Hengst?«

Sie nickt. Wir steigen die Wendeltreppe der Zeremonienhalle hinunter und durchqueren das schattige, von Laternen beleuchtete Vestibül, umhüllt von den widersprüchlichen Gerüchen von brennendem Weihrauch und den Teezeremonien, die oben stattfinden. Draußen ist der sonnige Innenhof voller Schilde mit ihren Sparringskameraden. Die Älteren beobachten sie mit strengen Gesichtern und erteilen ihnen Ratschläge. Magie erfüllt die Luft neben dem lautstarken Klirren der Schwerter – in der Mitte der großen Gruppe vor uns schießt ein Schild einen Feuerball aus seinen Handflächen, aber die aufsteigenden Flammen werden von seinem Gegner mit einem Zyklonwindstoß erstickt.

»Amira nimmt ihn heimlich mit, wenn wir ausreiten«, erklärt Dalila atemlos, während ich sie vorsichtig an einem Schwall überhitzter Luft vorbeilenke. »Er war schon immer etwas widerspenstig, aber heute war es irgendwie anders. Man hätte meinen können, der Teufel säße im Sattel und würde ihn mit einem Rohrstock schlagen! Als er in Richtung des Verbotenen Brachlands rannte ...«

Meine Augen werden groß. »Das *Verbotene Brachland?*«

»Hey, ich habe ihr *gesagt*, sie soll ihn gehen lassen, ich habe sie vor den bösen Dingen gewarnt, die da drin leben, aber sie wollte nicht hören.«

»Natürlich nicht.« Ich beiße mir auf die Zunge, bevor ich meine Schwester vor meinen Schildkameraden verfluche. Monate verletzender Spekulationen sind seit Atheers Tod vergangen. Das Letzte, was ich gebrauchen kann, ist, dass die Leute gewahr werden, dass Amira auf Abwegen wandelt, und das für diskussionswürdigen Gesprächsstoff halten.

Ich gebe dem rauchenden Stallknecht ein Zeichen, mein Pferd

zu holen. »Du hast sie also allein ziehen lassen?«, frage ich und wende mich wieder an Dalila.

»*Lassen?* Nein, Amira hätte mich fast umgebracht, als sie mich aus dem Sattel stieß, weil ich mich weigerte weiterzureiten. Sie hat mein Pferd gestohlen!«

»Bitte nicht so laut.« Ich täusche ein lässiges Lächeln gegenüber einer Gruppe von Schilden vor, die vorbeimarschieren.

»Tut mir leid. Bitte rette sie einfach. Amira ist nicht mehr sie selbst, seit … Du weißt schon.«

»Ich weiß.« Der Stallknecht kommt mit meiner Grauschimmelstute Badr heraus, die in der Morgensonne silbern glänzt, und ich schwinge mich in den kühlen Sattel. »Geh zurück in die Schule, Dalila. Ich sorge dafür, dass sie in Sicherheit ist.«

Oder ich werde bei dem Versuch sterben. Ich reiße die Zügel herum und reite zu den Toren der Kaserne.

2

Mein Pferd galoppiert durch die gewundenen Straßen von Qalia und weicht den Menschenmassen aus, die sich in bunter Seide zwischen den Kutschen mit glitzernden Messing- und Goldbeschlägen tummeln. Die riesige Stadt ist ein sonnenverwöhntes Labyrinth aus Dattelpalmen und Sandsteinminaretten, langen, luftigen Arkaden und geräumigen Villen mit grünen Gärten auf den Dächern. Aber ich bin hier geboren und aufgewachsen, und ich kenne die Stadt wie meine Westentasche. Schnell steuere ich durch die ruhigeren Seitengassen, lasse die vergoldeten Tore hinter mir und durchquere das Grasland in Richtung Westen zum Verbotenen Brachland.

Es dauert fast eine Stunde, bis ich einen Hügel erklimme und Amira entdecke, die auf Dalilas Fuchsstute über eine trockene Ebene rast. Mit ihrem dunkelrosafarbenen Mantel und dem lockigen braunen Haar, das hinter ihr her weht, ähnelt meine fünfzehnjährige Schwester einem Motiv aus den dramatischen, düsteren Gemälden von Mamas Lieblingsmaler Hadil Hatra. *Das fliehende Mädchen*, könnte man dieses Porträt nennen. Ich drücke Badr die Fersen in die Flanken und schließe schnell zu ihr auf.

»Amira«, rufe ich.

Der Kopf meiner Schwester fährt herum, und sie wirft mir über die Schulter einen Blick zu. Unter der Kapuze ihres grob gesponnenen Umhangs zeigt sich ein volles, gerötetes Gesicht. Ich bin seit zwei Wochen zu Hause und habe sie jeden Tag gesehen, aber es fällt mir immer noch auf, wie anders sie seit Atheers Tod wirkt. Hinter ihrem harten, zornigen Äußeren, in ihren glühend heißen Augen, ist sie eine verwelkte Blume.

Sie kommt allmählich zum Stehen und gleitet aus dem Sattel. »Imani, warum bist du hier?«

»Das könnte ich dich auch fragen.« Ich springe ebenfalls hinunter und deute über die weite Ebene. Sie besteht aus kaum mehr als rostfarbenem Schotter und Steinhaufen und ist so tot und verlassen wie ein Feld umgestürzter Grabhügel. »Du weißt, dass du dich vom Brachland fernhalten sollst. Das ist unbewachtes Land.«

Mit einem Tritt ihres spitzen Schuhs lässt sie einen Stein über den Sand rollen. »Oh, Dalila hat dich also gefunden. Das ging aber schnell. Sie hat wirklich eine große Klappe.«

»Und du hast diebische Hände«, entgegne ich. »Du hast ihr Pferd gestohlen.«

»Das musste ich! Raad ist weggelaufen. Siehst du?«

Ich folge ihrem Fingerzeig. Tatsächlich wird unsere abgeschiedene Aussicht von einer Spur aus Hufabdrücken unterbrochen, die sich hartnäckig in die Richtung zerklüfteter roter Berge bewegt. Ich winke mit der Hand.

»Lass ihn. Er benimmt sich außerhalb der Mauern immer daneben, deshalb soll er auch nicht außerhalb der Mauern *sein.*«

»Na toll.« Sie steigt wieder in den Sattel. »Wenn ich gewusst hätte, dass du nicht kommst, um zu helfen, wäre ich nicht stehen geblieben.«

Ich schließe meine Faust um den Führstrick ihres Pferdes. »Du musst ihn gehen lassen, Amira.«

Sie wirft mir einen beunruhigend wütenden Blick zu. Früher war meine Schwester rehäugig und lächelnd, gefesselt vom Kräuterkurs in der Schule und trug strahlendes Make-up; klug wie Mama, aber mit einer kreativen Begabung gesegnet, den Kopf immer in einem Buch mit fantastischen Geschichten über tapfere Könige und noch tapferere Königinnen vergraben. Wie sanft sie war, sanftmütiger als eine Maus im Gewitter. Dann starb Atheer, und sie erhielt ein paar harte Kanten, die ich nicht wegpolieren kann.

»Raad ist der Beste in Babas Bestand. Warum sollten wir ihn aufgeben?«, fragt sie.

Ich habe nicht von Atheers Pferd gesprochen, aber ich bringe es nicht übers Herz, sie zu korrigieren. »Er gehört weder mir noch dir. Wir haben nicht über ihn zu bestimmen. Er gehört Atheer.«

Sie nickt der dunstigen Sonne zu. »Und Atheer wird erwarten, dass wir uns um Raad kümmern, während er weg ist.«

Etwas unerwartet Heißes schmerzt hinter meinen Augen, drückt wie eine Faust auf meine Kehle. »Es ist ein Jahr her.«

»Und?« Sie mustert meinen Griff um den Führstrick. »Raad weiß, dass Atheer hier draußen ist. Deshalb versucht er immer wegzulaufen, wenn er außerhalb der Mauern ist. Er versucht, uns etwas zu sagen, wenn wir ihm nur zuhören würden.«

Ich stoße ein schwaches Lachen aus, so traurig und entkräftet wie eine alte Stoffpuppe, die nicht genug Heu im Bauch hat. »Das klingt komisch von jemandem, der nie auf andere hört.«

Sie schürzt ihre Lippen. »Das tue ich doch.«

»Du gibst vor, krank zu sein, um nicht in die Schule zu müssen, und wenn Mama dich zwingt zu gehen, prügelst du dich mit deinen Mitschülern, widersprichst den Lehrern oder schwänzt den Unterricht ganz. Schulvorsteher Imad weiß nicht mehr, was er mit dir machen soll, und ich auch nicht.«

Amiras Gesichtszüge sind sanft geschwungen, doch es gelingt ihr, sie unfreundlich hart werden zu lassen. »Und du bist besser als ich, ja? Du rennst die ganze Zeit mit deinen hochgeschätzten Schilden weg und riskierst Leib und Leben, obwohl du weißt, dass Mama das nicht mehr will.«

»Ich habe einen heiligen Eid geschworen, die Sahir vor genau der Art von Ungeheuern zu schützen, die man dort findet«, sage ich und deute in Richtung des Brachlands.

»Du hast dir kaum einen Tag frei genommen, seitdem Atheer verschwunden ist!«, bricht es aus ihr heraus. »Hat er dir überhaupt etwas bedeutet, oder wir? Ich?«

Es ist magisch, wie viel tödlicher Worte sein können als Dolche.

Pein steigt in meiner Brust auf und zerreißt sie; mein Herz ist bereit herauszufallen und auf dem Schotter zu zerbrechen. Obwohl ich mir antrainiert habe, es nicht zu tun, bin ich bereits hoffnungslos in dem sanften Leuchten von Erinnerungen versunken, die ich normalerweise in meinem Inneren wegschließe. Die Erinnerung an Atheer, der mir noch an demselben Nachmittag, an dem ich verkündete, dass es mein Traum sei, ein Schild zu sein wie er, Sparring beibrachte. Die Erinnerung daran, wie er bei meinen Prüfungen auftauchte, um mich zu unterstützen; oder wie er mich mit sanften Worten und einer Umarmung tröstete, nachdem ich von meiner ersten Mission zurückgekehrt war, verzweifelt darüber, dass ich mit angesehen hatte, wie eine riesige Sandschlange eine vollbesetzte Kutsche verschlang. Jeden Morgen hatte er einen Witz für mich parat. Und wenn nicht, zupfte er an meinem Zopf, wenn er im Haus oder in der Kaserne an mir vorbeiging, und wenn ich ihm einen verärgerten Blick zuwarf, zeigte er mit Unschuldsmiene auf irgendjemanden in der Nähe, sogar auf unseren Hund. Mein Bruder, der Stolz unserer Sippe, das Juwel in Babas Krone, Mamas Herz und Seele … Wie konnte meine eigene Schwester denken, dass er mir nichts bedeutete? Vielleicht, weil sie die Tränen nicht gesehen hat, die ich vergossen habe, nicht die Stunden gezählt hat, die ich nicht geschlafen habe.

»Amira, du weißt, dass du mir am Herzen liegst, aber ich habe mich mit Atheers Tod auf meine eigene Weise auseinandergesetzt«, sage ich.

»Du hast dich mit gar nichts auseinandergesetzt, Imani. Du hast es *ignoriert*. Diese langen Missionen, zu denen du dich gemeldet hast, haben nicht vielleicht etwas damit zu tun, dass du nicht bei uns sein willst, oder? Du musst nicht hören, wie Mama an der Tür zu Atheers Zimmer weint oder wie Teta zum Großen Geist betet, er möge ihn nach Hause führen; du musst nicht mehr mit ansehen, wie Baba wegen jeder Kleinigkeit wütend wird; du musst nicht mehr stundenlang zuhören, wie er und Mama sich streiten … Du musst nicht mehr mit mir reden.«

Wenn es Worte zu sagen gäbe, so sind sie mir entfallen. Ich fühle mich kraftlos in meiner Lederrüstung, wie ein Seil, das zu viel tragen muss und zu dünn gespannt ist, kaum mehr als das Gewicht einer Feder vom Ausfransen entfernt. Seit Atheers Tod haben Amira und ich mehr geschwiegen als geredet, und doch bin ich unfähig, den Kurs zu ändern und mich ihr wieder anzunähern. Mich irgendjemandem anzunähern.

»Oder vielleicht suchst du selbst nach Atheer, wenn du da draußen bist und dich für unbeobachtet hältst«, sagt Amira jetzt leiser. »Vielleicht weißt du in deinem Herzen, dass ich recht habe und dass es bei unserem Bruder noch um etwas ganz anderes ging.«

Vorsichtig löse ich ihre Hand von den Zügeln. Ihre Haut ist heiß, ihre Nägel sind mit Henna rot gefärbt. Sie sieht aus, als hätte sie in Granatapfelmarmelade herumgestochert – oder in Blut. »Das ist ein tröstlicher Gedanke, aber mehr war da nicht. Er hat Misra aus dem Heiligtum gestohlen und es monatelang missbräuchlich benutzt. Alle Zaubernden laufen Gefahr, eine Besessenheit für Magie zu entwickeln, und für ihn war es noch schwieriger, da er aus der Beya-Sippe stammt – die Magie und der Drang, sie zu beherrschen, liegt uns im Blut. Es tut mir leid, Amira. Übermäßige Magie hat eine schwächende Wirkung auf Körper und Geist, selbst bei einem gesunden, brillanten Zauberer wie Atheer.«

»Nein!« Sie entreißt mir ihre Hand. »Ich glaube dir nicht und auch nicht den anderen Dummköpfen im Rat, die immer die gleichen lahmen Ausflüchte nachplappern. Abgesehen davon, dass er Misra gestohlen hat, zeigte Atheer keine Anzeichen von Magiebesessenheit …«

Ich unterbreche sie mit einem langen Seufzer. »Du kennst die Anzeichen nicht.«

»Ich habe sie in der Bibliothek nachgelesen«, sagt sie schnippisch. »Er war weder aggressiv noch unberechenbar oder irrational.«

»Er war anders …«

»Ja, und er ist aus einem bestimmten *Grund* gegangen. Es liegt an uns, diesen Grund herauszufinden, und verdammt sei der Rat, wenn er nicht weiter nachforschen will.« Ich bin plötzlich ganz zittrig, wie ein Zelt, das auf Treibsand steht und einem Sturm ausgesetzt ist. »Diese Worte sind zu groß und zornig für dich.«

»Die Wahrheit ist der Dorn, nicht die Rose.«

»Das hast du von Atheer gelernt, nicht wahr?«, frage ich.

Sie starrt auf die schimmernden Wellen, die vom Kies aufsteigen. »Er wollte uns etwas beibringen, aber du hast dich geweigert, zuzuhören, damals wie heute. Lass die Stricke los. Ich werde sein Pferd zurückholen.«

Ich fasse noch fester zu. »Das wirst du nicht. Wir sind hier auf gefährlichem Gebiet.«

»Dann ist es ja gut, dass meine Schwester die nächstbeste Schild ist, die wir haben«, sagt sie mit spöttischer Freude. »Wie hat Atheer dich genannt? Strahlendes Schwert? Ich habe gehört, dass heutzutage jeder ›Dschinntöterin‹ sagt.«

»Ich mache keine Scherze, Amira. Atheer ist fort. Es hat keinen Sinn, dein Leben zu riskieren, um einen Hengst zu bändigen, der frei sein will. Komm, bring Dalilas Pferd zurück und geh wieder in die Schule. Du hast noch ein paar Stunden vor dir.«

Sie starrt mich an. »Wenn du den Führstrick nicht loslässt, reite ich dich nieder.«

»Das würdest du nicht tun«, sage ich, aber es klingt wie eine Frage.

»Doch, und du wirst mich nur aufhalten können, indem du mich tötest, *Strahlendes Schwert*.« Sie reißt an den Zügeln und lässt die Stute in einer Sandwolke an mir vorbeirauschen.

Ich trete zurück und schirme meine Augen ab. »Gib dieses törichte Vorhaben auf, Amira!«

Sie treibt das Pferd zu noch größerem Tempo an. Nichts, was ich sage, wird sie jetzt aufhalten. Entweder überlasse ich sie dieser gefährlichen Aufgabe, oder ich gehe mit ihr und sorge dafür, dass sie am Leben bleibt; sonst habe ich bald keine Geschwister mehr.

»Verdammt.« Ich renne zurück zu meinem Pferd, schwinge mich in den Sattel und reite ihr hinterher.

3

Irgendetwas war mit Atheer geschehen, das ihn verändert hatte.

Ich weiß nicht, was es war, und das Geheimnis quält mich seither wie ein scharfer Stein in meinem Stiefel, den ich nicht loswerde. Jahrelang hatte er die Quelle der Monster erforscht, die die Sahir plagen. Eines Tages kehrte er von einer langen Mission zurück und war … anders. Ich konnte nicht benennen, inwiefern. Er war wie das Motiv eines Porträts, dessen Gesichtszüge leicht verändert worden waren, genug, um einen zu verwirren – aber nicht genug, um zu erkennen, weshalb man verwirrt war. Er war intensiv, aber war er das nicht schon immer gewesen? Er war charmant, witzig, klug und widmete jedem Thema oder jeder Person, die ihn interessierte, die größtmögliche Aufmerksamkeit. Am Ende war es etwas Giftiges, das sich seiner Aufmerksamkeit bemächtigte.

Eines Abends fragte er mich zu Hause, was meiner Meinung nach jenseits der verzauberten Verschlingenden Sande liegt, die unsere Grenzen schützen. Ich erzählte ihm, was der Rat unser Volk seit einem Jahrtausend lehrt: Jenseits der Sahir ist nichts zu finden. Dort liegt ein verfluchtes, magieloses Ödland, bevölkert von verstreuten, wilden Völkern, die uns vernichten würden, wenn sie von unserer Existenz und der unseres magischen Gewürzes erfuhren. Obwohl ich es ernst meinte, lachte Atheer bis ihm die Tränen kamen. Ich fragte ihn, was an allgemein anerkannten Tatsachen so komisch sei. Ernüchtert sagte er: »Wenn die Welt dunkel ist und du die Einzige mit einer Flamme bist, was machst du dann?«

»Ich teile sie«, antwortete ich. Er lächelte und hielt einen Papierfetzen an die flackernde Kerze zwischen uns auf dem Couchtisch.

»Ja, Strahlendes Schwert, denn Licht, das nicht geteilt wird, ist vermindertes Licht.« Er hielt das brennende Papier an den Docht einer nicht angezündeten Kerze. Gemeinsam sahen wir zu, wie sie zum Leben erwachte, aber ich verstand es nicht.

Ich verstehe das Verbotene Brachland auch nicht, aber es verwirrt mich genauso wie Atheer. Das Land ist undurchschaubar, jedes Stück Sand und Stein gleicht dem anderen und ist doch irgendwie anders und neu und nicht zu enträtseln. Es ist, als würde man versuchen, eine Sprache zu lesen, die aus Symbolen mit all den vertrauten Kurven, Punkten und Strichen des Sahiranischen besteht, und im selben Atemzug feststellen, dass man die Sprache überhaupt nicht kennt. Die Zeit verliert hier ihren Einfluss, oder vielleicht verstärkt sie sich auf eine geheime Weise, die nur sie kennt. Ein Moment ist wie feuchte Farbe, die in die nächste verläuft; und die riesige Ebene zu durchqueren ist einfacher und schneller, als sich von einer Seite eines kleinen Raumes auf die andere zu bewegen. Als würde man durch einen Traum waten. Dass Zeit vergangen ist, bemerke ich erst, als ich in den Himmel schaue und sehe, dass die Sonne niedriger steht.

Zwischen zwei Herzschlägen erheben sich Berge am Horizont aus dem Sand und umschließen uns. Sie ähneln den gekrümmten Körpern riesiger Sandschlangen, ihre Oberflächen sind mit braunen und roten Linien bemalt, spiegelglatt von Jahrtausenden unerbittlicher Erosion. Raads Abdrücke sind im Sand entlang eines Passes zu sehen, der sich zwischen hoch aufragenden Felswänden hindurchschlängelt und uns von dem wegführt, was uns vertraut und sicher ist.

Amira und ich reiten grimmig schweigend Seite an Seite. Hier ist es brütend heiß; meine Haut sieht aus wie gerupftes Storchenfleisch, und Amira reibt sich ständig die Arme durch die beigen Ärmel ihrer Tunika. Ich gebe mir Mühe, mich auf die Spuren zu konzentrieren, damit ich sie in diesem verwirrenden Labyrinth nicht verliere. Vorhin waren Raads Schritte im Muster eines galoppierenden Pferdes angeordnet. Jetzt mäandern sie dahin.

Amira bemerkt das und zeigt darauf. »Siehst du, wie er langsamer geworden ist? Er muss seinem Ziel näher gekommen sein.«

»Er ist ein entlaufenes Pferd, kein Kutscher, der vom Dahabi-Basar zur Bäckerei Afrah fährt.« Ich deute mit meinem Kinn auf den Spätnachmittagshimmel. »Es dauert nicht mehr lange bis Sonnenuntergang.«

»Wirklich?« Verblüfft starrt sie ebenfalls hoch. Wie kann das sein? Es kam mir gar nicht so lange vor.«

»Deshalb warnen die Schilde vor Reisen«, sage ich. »Monster breiten sich in der ganzen Sahir aus, aber in vielen Gebieten, wie dem Brachland, ist ihr Einfluss besonders stark. Wir wissen nicht, wie weit Raad noch entfernt ist, und ich habe keine Lust darauf, herauszufinden, was nachts in diesen Bergen lauert.«

»Dann müssen wir uns eben beeilen«, sagt sie. Der Durchgang vor uns ist zu schmal, um nebeneinander hindurchzureiten. Sie will die Führung übernehmen, aber ich halte Badr vor ihr an.

»Irgendetwas stimmt mit diesem Ort nicht. Spürst du es nicht? Als wären *wir* es, die verfolgt würden.«

Sie schluckt, sieht sich um. »Schon möglich. Aber Atheer sagte mir einmal, dass Angst wie Wasser ist. Wenn sie nicht eingedämmt wird, sickert sie durch jeden Teil von uns, den sie erreichen kann, sammelt sich in unseren tiefsten Bereichen und lässt schädliche Dinge in ihrem Brunnen verfaulen. Vielleicht hast du einfach nur Angst. Lass uns noch ein Stück weitergehen.«

Sie bittet mich mit einer Geste, mich in Bewegung zu setzen. Aber ich tue es nicht. Es ist merkwürdig: Trotz unserer sehr unterschiedlichen Interessen und Hobbys waren meine Schwester und ich in unserer Kindheit nie zerstritten. Doch jetzt geraten wir wieder aneinander. Streiten scheint das Einzige zu sein, das wir noch gemeinsam machen.

Ein unheimliches Wiehern hallt durch den Durchgang und unterbricht unsere festgefahrene Situation. Amiras Gesicht hellt sich auf. »*Raad*. Er ist in der Nähe. Beeil dich, wir können zu Fuß weiter.« Sie bindet ihr Pferd an eine verdorrte Wurzel, die aus einem Spalt in der Steinwand ragt, und nimmt ihren geflochtenen Beutel mit zum Durchgang.

»Bleib hier, während ich mir das ansehe«, sage ich und hole mein Lasso aus der Satteltasche.

»Nein. Ich bin keine Schild mit niedrigem Rang, die du herumkommandieren kannst.«

Ich springe von Badr und binde sie an. »Hast du noch nicht begriffen, wie unsicher die Wildnis der Sahir ist?«

Sie zuckt übermäßig theatralisch mit den Schultern. »Wir sind nicht angegriffen worden, und du bist bei mir. Was mich angeht, ich bin so sicher, wie ich nur sein kann.«

»Ich weiß den Vertrauensbeweis zu schätzen.« Seufzend gehe ich zu ihr hinüber, während ich mir das Lasso über die Schulter hänge. »Du hast vorhin gesagt, dass ich nicht mit dir rede. Nun, dann lass mich dir etwas erzählen. Vor ein paar Monaten erhielt meine Gruppenführerin eine Nachricht aus einer kleinen ummauerten Stadt auf den Jeyta-Salzebenen. Die Stadt wurde von einem Ghul heimgesucht, der nur wenige Stunden vor unserer Ankunft einen Mann entführt hatte. Die Familie des Mannes führte uns zu dem Ort, an dem der Ghul auf den Gräbern der Stadt lauerte. Die Kreatur war groß, etwa zwei Meter, aber gebückt, und ihre graue, lederne Haut spannte über den Muskeln. Sie sah beinahe menschlich aus, aber ihre drahtigen Arme waren so lang, dass sie den Boden berühren konnten, wenn sie ganz ausgestreckt waren.« Ich halte eine Hand hoch. »Der Ghul hatte fünf Finger mit langen, gebogenen Krallen anstelle von Nägeln, genau wie an den Füßen. In seinem Gesicht glühten zwei gelb-rote Augen im Mondlicht, darunter war ein gewaltiges Grinsen mit messerscharfen, speicheltriefenden Reißzähnen zu sehen. Er hatte spitze Ohren und schüttere, schwarze Haarsträhnen, die ihm um die Ohren hingen. Bis auf die Lumpen um seine Hüften war er nackt, und bei jedem Atemzug spannten sich seine Rippen durch die Haut.« Ich bleibe in dem

Durchgang stehen. »Er tötete und verschlang den jungen Mann, bevor wir ihn aufhalten konnten. Direkt vor meinen Augen. Weißt du, was ein Ghul tun kann, wenn er dich erst einmal getötet hat?«

Sie drückt ihren Körper gegen die Wand und flüstert: »Nein, was?«

»Dein Aussehen annehmen. In einem Moment lagen die Knochen des Mannes, den er getötet hatte, sauber auf dem Boden, mitsamt den Haaren. Nebel zog heran und löste sich einen Moment später auf. Der Leichnam war nicht mehr zu sehen, aber der junge Mann stand wieder aufrecht. Er lebte und atmete wie du und ich. Aber er war kein Mensch. Er verhielt sich nicht wie einer und konnte nicht wie einer sprechen, sondern nur heulen. Ich tötete ihn mit einem Schlag, denn wenn man einen Guhl zweimal schlägt, steht er mit neuer Kraft wieder auf. Aber dieser junge Mann? Er starb zweimal, und seine Mutter hat mir das nicht verziehen. Du glaubst, dass die Sahir sicher ist, weil du noch nicht verletzt wurdest, aber ich versichere dir, viele andere wurden verletzt, und ein Ende dieses Krieges ist nicht in Sicht. Er ist ein Gift, das durch das Land sickert und das wir kaum zurückhalten können.«

Amira starrt den Durchgang entlang. »Es tut mir leid, dass du das durchmachen musstest, Imani, dass du überhaupt in diesem Krieg kämpfen musst, aber ich …« Sie holt tief Luft. »Ich werde mich dem stellen, was mich erwartet, um das Pferd unseres Bruders zu retten.«

Ich nehme wieder ihre Hand. »Bitte, überleg es dir noch einmal, zu deiner eigenen Sicherheit.«

»Ich bin alt genug, um meine eigenen Entscheidungen zu treffen«, sagt sie mit dickköpfigem Schmollmund.

Ja, törichte Entscheidungen, denke ich, aber ich schiebe mich resigniert an ihr vorbei in den engen Durchgang. Der hungrige Sand saugt an unseren Schuhen, jeder unserer Schritte klingt wie ein Keuchen. Innerhalb weniger Augenblicke verstummt das Schnauben unserer Pferde, die Luft wird stickig und abgestanden wie im Grab. Die Welt wird still, nur das Seufzen des Windes über den Gipfeln und die Kieselsteine, die von den Kanten rollen und die steilen Klippen hinunterhüpfen, sind noch zu hören. Es fühlt sich an, als wären wir völlig allein, die letzten lebenden Wesen der Sahir. Aber das sind wir nicht.

Hinter der nächsten Kurve stehen wir vor einem in den Stein gehauenen Torbogen, der früher durch ein patiniertes Bronzetor verschlossen war, das jetzt offen steht. Dahinter liegt ein Hof mit einem Steinteich. Raad steht daneben und beobachtet uns.

»Ja«, haucht Amira und will vorauseilen. »Siehst du? Ich wusste, dass wir ihn finden würden.«

Ich ziehe sie zurück. Es ist nicht nur Raads Anblick, der mich innehalten lässt, und auch nicht das seltsame Gefühl, dass er uns absichtlich an diesen Ort geführt hat, sondern der Ort selbst: eine uralte, in den Felsen gehauene Behausung, einst prächtig, längst von der unerbittlichen Hand der Zeit abgetragen. Die gegenüberliegende Wand des Innenhofs ist eine spektakuläre Fassade aus spiralförmigen Pfeilern, die um einen offenen Torbogen geschnitzt sind. An anderen Stellen der Hofmauer sind asymmetrische Fenster zu sehen; erodierte Treppen mit spiralförmigen Balustraden treffen auf eingestürzte Eingänge, von denen einige jedoch offenstehen und in die geheimnisvollen Tiefen des Berges führen. Steinbänke und Urnen mit abgestorbenen Weinreben säumen das rissige Kopfsteinpflaster am Rande des Hofs. Das einzig Neue ist ein Botenturm in der Form eines auf dem Kopf stehenden Kegels neben dem Teich, etwa halb so groß wie ich und aus Holz und Messing gebaut. Wäre er in Betrieb, würde eine duftende Rauchsäule von brennenden Gewürzen in den Himmel aufsteigen, um die Aufmerksamkeit der Botenfalken zu erregen. Diese sind darauf trainiert, die verschiedenen Gerüche schon von Weitem auszumachen.

»Der gehört hier nicht hin«, sage ich.

Amira verzieht das Gesicht. »Warum sollte jemand hier draußen Briefe empfangen?«

Ich will es nicht wissen. Und obwohl ich Raad unbedingt in Sicherheit bringen will, hat mich unser Baba, der bedeutendste

Reiterfürst Qalias, gelehrt, mich einem entlaufenen Pferd nicht zu schnell zu nähern, um es nicht zu verschrecken. Ich mache einen vorsichtigen Schritt durch das Tor, dann zögere ich beim Heulen des Windes.

»Warte«, flüstere ich.

Wir warten und lauschen dem Wind, der durch die Rinnen und Spalten der Berge in unsere Richtung weht, immer lauter wird und wütend mit losen Felsbrocken klappert. Plötzlich schießt er mit der Wucht eines Speerwurfs durch das Tor und reißt eine Sandwelle mit sich, die den Blick auf den Hof verdeckt. Ich weiche zurück und schütze meine Augen mit der Hand, als etwas aus der Böe auftaucht.

Nein, nicht nur etwas. Mehrere. Unfassbar groß, geformt wie Menschen. Aber anstelle von Fleisch gibt es wabernden und brodelnden Rauch. Die feinen Ränder ihrer Silhouetten lecken mit verfaulenden Zungen an der Luft. Gesichter mit leeren Augenhöhlen, den Schlitzen von Schlangennasenlöchern und ohne Münder.

Amira ergreift meine Hand. »Sind das …?«

»Ja. Dschinn.«

4

Der größte Dschinn gleitet auf einem schwarzen Rauchschwaden vorwärts. Ich höre Wasser rauschen und spüre eine Kälte, kälter als jede Wüstennacht.

»Geht«, zischt er über den heulenden Wind hinweg.

»Fort mit dir«, sage ich zu Amira. Sie gräbt ihre Nägel in meine Handfläche und starrt weiter zu den Dschinn hinauf. Es ist unmöglich zu sagen, wie viele es sind. Sie flackern immer wieder, verdoppeln sich, und dann zerstreuen sie sich, bevor sie sich neu formieren. Die einzige Konstante ist der in der Mitte, der auf uns zu schwebt. Ich biege Amiras Finger auf und gebe ihr einen Stoß.

»Geh. *Jetzt.*«

Sie blinzelt mehrmals und huscht dann hinter einen nahe gelegenen Felsvorsprung.

»Ihr gehört nicht hierher«, sagt der Dschinn.

Ich ziehe den Dolch, der an meinem Oberschenkel festgeschnallt ist und durch den ich meine magische Zugehörigkeit kanalisieren kann. Er hat einen polierten Griff und eine gewässerte Stahlklinge und ist ein wertvolles Familienerbstück. Meine Tante hat ihn mir geschenkt, als ich den Schilden beitrat und in den Orden der Zaubernden aufgenommen wurde. Er ist auch die perfekte Waffe gegen Dschinn, die Stahl am meisten fürchten. Wenn ich ihn ziehe, rufe ich gleichzeitig die Magie des Misra. Nachdem ich heute Morgen eine ganze Tasse Tee getrunken habe, fühle ich, wie es durch meine Adern strömt. Der Dolch leuchtet weiß-blau und verlängert sich zu einem Langschwert. Ich richte ihn auf den Dschinn.

»Geh, oder du wirst durch meine Hand vernichtet.«

Ihr bösartiges Lachen gleitet über meinen Nacken und lässt mich erschaudern. »Das werden wir ja sehen«, sagt der Anführer.

Er stößt einen diffusen Raucharm aus, der sich zu einem Speer verhärtet. Seine Spitze ist so scharf, dass sie nur wie ein Hauch über meinen Hals zu flüstern braucht, um mir das Leben zu rauben. Ich weiche nach links aus. Dort, wo der Speer meinen Umhang durchbohrt, zerreißt der Stoff. Der Speer zieht sich zurück, und der Dschinn mustert mich durchdringend. Die Zeit dehnt sich, wartet mit nahezu angehaltenem Atem in dem wachsenden Schatten der Spannung. Dann atmet sie aus.

Die Dschinn stürzen sich in einer Flut von Rauch auf mich. Einer schwingt eine Lanze gegen meine Brust. Ich ducke mich, und sie schneidet durch die Luft über meinem Kopf. Ich springe auf und stoße das Schwert durch den Körper des Dschinns, sodass die Rauchschwaden wie verängstigte Köderfische durcheinanderwirbeln. Der Schrei des Dschinns scheint meinen Schädel aufzublasen, der pocht und sich danach sehnt, unter dem Druck zu zerbersten. Aus der Ferne stöhnt Amira vor Schmerz.

Ein anderer stürzt sich auf mich und holt mit etwas aus, das einer Klaue ähnelt. Ich weiche dem Schlag mit einem Schritt zur Seite aus, hole mit meiner Schulter Schwung und trenne den Kopf des Dschinns von seinem Körper. Aus dem Stumpf seines Halses spritzt tiefschwarzes Blut, bevor der Dschinn zu Asche zerfällt. Mehr und mehr tauchen aus dem Rauch um mich herum auf, mit hämischen Augen und schallendem Gelächter. Ich brenne mich durch sie hindurch, und sie kommen immer wieder, diese räuberischen Insekten, die aus der Dunkelheit um eine Fackel herumschwärmen. Meine Klinge ist ein Teil von mir, ich führe sie so intuitiv wie meine eigenen Gliedmaßen. Sie verlängert sich zu einer Stangenwaffe, wenn ich im Kreis schneiden muss; sie verkürzt sich zu einem Dolch, wenn der Abstand zwischen mir und einem Dschinn zu gering ist. Sie spießt auf wie ein Speer und durchtrennt wie ein Schwert. Die Dschinn zerfallen um meine Stiefel herum zu einem Haufen Asche. Wenn ich die Fähigkeiten meiner Zugehörigkeit einsetze, fühle ich mich ganz, vollständig, als wäre ich sonst aus zerbrochenen Stücken zusammengesetzt und Magie der einzige Klebstoff, der sie nahtlos zusammenfügen kann. Das Misra durchströmt mich, meine Magie wallt auf, wenn sich die Klinge verändert, und ebbt ab, wenn sie allmählich aufgebraucht ist. Ich stürze mich mit meiner ganzen Wut in den Kampf – seit Atheers Tod habe ich nichts anderes mehr getan. Ich habe mein Herz verhärtet, bis ich mehr Stahl als Fleisch geworden bin. Ringe die elenden Gefühle nieder, die ich nicht überwinden kann; die wütende Angst, dass mein großer Bruder mich nicht für würdig befand, mir die Gründe zu nennen, weshalb er mich verlassen hat.

Ein Dschinn schreit. Die Berge ächzen, und Finger brechen durch die Felswände. Warmes Blut quillt aus meiner Nase und auch aus meinen Ohren. Ich strecke den Dschinn nieder und befreie meine Sicht von dem Rauch. Ich drehe mich um und will einen anderen angreifen, doch es ist nur der Anführer übrig, der meine Waffenhand trifft. Ein heftiges Brennen macht sich darin breit, meine Finger verkrampfen, und ich lasse mein Schwert fallen. Er streckt eine groteske Gliedmaße aus und stößt die Klinge weg.

»Nein«, schreit Amira aus ihrem Versteck. »Hör auf, tu ihr nicht weh!«

»Du kommst hier nicht vorbei, Dschinntöterin«, sagt er.

»Du hast also von mir gehört.« Mein Langschwert liegt einige Meter entfernt unbeachtet im Kies. Ich halte meinen Arm gesenkt, aber ich strecke meine Hand aus, während ich im Geiste die Klinge zu mir rufe. Es ist, als würde ich Verbindung mit einem verlorenen Teil von mir selbst aufnehmen. Ich bin ich, aber ich bin auch die Klinge, und beide Aspekte suchen die Wiedervereinigung über diese Kluft hinweg.

Der Dschinn hebt einen Spieß und zielt auf mein Herz. »Die Nachricht von deiner Grausamkeit hat sich weit verbreitet. Die Nachricht von deinem Tod wird es auch tun.«

»Eines Tages«, sage ich mit zusammengebissenen Zähnen.

»Denn alle, die leben, müssen sterben.« Das Schwert bewegt sich, dreht sich langsam, und der Griff löst sich aus dem Kies. Ich strecke meine Hand mit einem Ruck aus. Das Schwert saust durch die Luft und landet in meiner Hand. »Aber heute ist nicht dieser Tag.«

Der Dschinn fletscht die Zähne und stößt mit dem Spieß zu. Ich weiche aus und treibe mein strahlendes Schwert durch seine Brust. Er schreit auf und fällt wie ein Seidenvorhang zu einem Aschehügel zusammen. Der Wind hört auf zu heulen. Sand und Kieselsteine regnen mit einem verträumten Flüstern auf mich herab. Ich verwandle das Schwert in einen Dolch und stecke ihn in seine Scheide.

Ich breche auf allen vieren zusammen, und Amira rennt herbei. »Das war das *Genialste*, was ich *je* gesehen habe! Ich wäre tot, wenn du nicht gewesen wärst.«

Schweiß tropft mir vom Gesicht und spritzt in den Sand zwischen meinen Fingern, wo er kleine Pfützen bildet. Ein roter Tropfen gesellt sich dazu, dann noch einer. Amira küsst mich auf die Stirn und umarmt mich so fest, dass ich glaube, mein Herz springt mir gleich aus dem Mund. Ich beschwere mich nicht; so viel Zuneigung hat sie mir seit Monaten nicht mehr gezeigt.

»Dschinntöterin, allerdings. Selbst dieser Dschinn wusste, wer du bist. Bist du verletzt?« Sie streicht mir durch das wirre braune Haar, das sich aus meinem Zopf gelöst hat, und untersucht mich wie eine Heilerin, mit geschürzten Lippen und gerunzelter Stirn – erst meine pochenden Ohren, dann meine blutige Nase.

»Mir geht's gut«, sage ich und ziehe meinen Handschuh von der Hand. Auf ihr bilden sich bereits Blasen.

Sie zieht scharf den Atem ein. »Das sieht schmerzhaft aus. Hier.« Sie zieht ein Fläschchen aus ihrer Tasche und gießt Wasser auf die entzündete Haut. Ich zucke zusammen, halte aber dankbar still, bis sie fertig ist.

»Danke«, murmle ich.

Sie fängt an, mir mit einem Tuch das Blut aus dem Gesicht zu tupfen, und versucht, mir in die Augen zu sehen. »Was glaubst du, warum Raad hierhergekommen ist? Und wie ist er hereingekommen, ohne von diesen Dingern angegriffen zu werden?«

Ich drücke mich ab und stehe auf. »Ich weiß es nicht, aber ich will es herausfinden.«

Wir gehen unter dem Bogen hindurch in den Innenhof. Raad steht am Teich und beobachtet, wie Amira ihre Nase an die offene Oberseite des Botenturms drückt. Sie schreckt zurück.

»Ich habe diese Räuchermischung schon einmal gerochen ... in Atheers Zimmer. Irre ich mich?«

Ein kurzer Atemzug bestätigt ihren Verdacht. »Nein«, murmle ich und beuge mich vor, um das Bett aus glühenden Kohlen am Boden des Turms zu untersuchen.

»Und sieh dir das an.«

Sie hat einen Stuhl neben dem Turm gefunden und etwas aufgesammelt, das im Sand um ihn herum aufgehäuft war. Ich erkenne die blassen Spiralröllchen in ihrer Handfläche: Holzspäne. Könnte das wirklich sein? Atheer hat in seiner Freizeit Statuetten geschnitzt und sie uns zu besonderen Anlässen geschenkt. Ich habe zu Hause einen kleinen, lebensechten Löwen, der in der untersten Schublade meiner Kommode liegt, weil ich es nicht ertragen kann, ihn anzusehen. Sogar wenn er sich ausruhte, beschäftigte Atheer seine Hände nutzbringend. Abends saß er auf der hinteren Veranda und schnitzte ein Tier, das er auf einer Mission gesehen hatte. Die Locken hingen ihm über die Augen, und seine Finger hantierten geschickt mit dem Schnitzmesser, während er seine Seele in das Werk steckte. In den Monaten vor seinem Verschwinden unternahm er viele kurze Jagdausflüge. Waren das wirklich Jagdausflüge oder nur ein Vorwand, um seine Besuche dieses Ortes zu verbergen? Ich lasse meinen Blick zwischen dem Stuhl und dem Turm hin- und herschweifen und stelle ihn mir vor meinem geistigen Auge vor. »Er saß hier und schnitzte Holz, während er auf die Ankunft eines Botenfalken wartete ...«

»Aber warum hat er das nicht in Qalia getan?«

»Vielleicht sollte niemand wissen, dass er diese Briefe erhält.«

Ich gehe zu einer silbernen Laterne, die neben dem Haupttor auf dem Boden steht.

Hinter mir bürstet Amira Raads Mähne. »Du hast uns hierhergebracht, stimmt's? Hey, Imani, wo willst du hin?«

»Hast du ein Streichholzkästchen in deiner Tasche?«

Sie läuft hinüber und drückt mir eine Schachtel in die Hand, während sie über meine Schulter zum Eingang sieht. »Glaubst du wirklich, Atheer ist da reingegangen?«

Ich zünde die Laterne mit einem Streichholz an und hebe sie über meinen Kopf. »Es gibt nur einen Weg, das herauszufinden.«

Wir betreten den breiten Gang. Das Licht fällt auf eine gewölbte Decke, auf der Motive von Dattelpalmen und Schilfrohrsträußen zu sehen sind. An den Wänden sind verblasste Szenen aus der Sahir zu erkennen: Graslandschaften, Moore, ein Dünenmeer. Der Gang mündet in eine Säulenhalle, aber die Dunkelheit verbirgt die Decke und die Wände und gibt uns das Gefühl, in einem unermesslich großen Raum zu sein. Säulenbruchstücke liegen auf den Steinfliesen vor unseren Füßen. Ich bahne mir vorsichtig einen Weg durch die Trümmer und untersuche den kleinen Bereich, den die Laterne sichtbar macht.

»Ich mag diesen Ort nicht«, flüstert Amira.

Ich auch nicht. Bei jedem meiner Schritte fleht mich die Vernunft an, nicht weiterzugehen, aber ich tue es trotzdem. Etwas, das viel stärker ist als die Vernunft, zwingt mich dazu. Intuition. Dieselbe, die mich seit Atheers Tod viele lange Nächte wachgehalten hat, weil ich mich fragte, ob es wirklich vorbei sein könnte. Jetzt spüre ich, dass es nicht so ist.

Nach ein paar weiteren vorsichtigen Schritten fällt das Licht auf einen Schlafsack, einen leeren Wasserkrug und eine hölzerne Truhe auf einem Teppich, der vor den Sockel einer intakten Säule gelegt wurde. Die Ränder meiner Vision pulsieren, als wir hinüberkriechen und uns auf den Teppich knien. Die Fasern unter uns bewegen sich und geben einen Hauch von Apfel-Shisha, Sand und Holz frei. Amira schnappt nach Luft.

»Atheer war hier«, sagt sie und fährt mit den Fingern über den Teppich.

Melancholisch atme ich die Mischung ein. Derselbe Duft wohnt Atheers Decken und Kissen inne, seinen Tuniken und Sirwal-Hosen, die noch immer in seinem Schrank zu Hause hängen, in dem Zimmer, das niemand zu verändern wagt. Das Zimmer, das am Tag seiner Beerdigung die Zeit vergessen hat, als Baba die Tür schloss und sie nie wieder öffnete. Ich sehe Atheers lächelndes Gesicht so deutlich vor mir wie seit einem Jahr nicht mehr: seine freundlichen, bernsteinfarbenen Augen, in denen ständig die Sonne scheint, seine buschigen Augenbrauen, die er immer wieder überrascht hochzieht, das schelmische Grinsen, das sich einschleicht, wenn er sich über Baba lustig macht. Und Baba liebte ihn so sehr, dass der ernste Mann die spitzbübischen Bemerkungen seines Sohnes nur mit einem grollenden Lachen quittierte. Aber ich sehe nicht nur Atheers Gesicht. Ich spüre auch seine magnetische Präsenz, hier, an diesem Ort. *Seinem* Ort.

Ich stelle die Laterne ab und wische den Staub weg, der es gewagt hat, sich auf der Oberfläche der Holztruhe niederzulassen. Mit zitternden Fingern öffne ich den hakenförmigen Bronzeriegel und hebe den Deckel an. Ein kleiner Haufen Gegenstände kommt zum Vorschein. Ganz oben liegt eine von Atheers Rauchpfeifen, in deren polierten Holzstiel der Anfangsbuchstabe seines Namens eingraviert ist.

»Baba hat ihm die gegeben«, sagt Amira. Dann wendet sie sich ab und schluchzt in ihre Hände.

Es hat keinen Sinn, gegen meinen Kummer anzukämpfen. Ich drücke die süßlich duftende Pfeife an meine Brust und weine. Es ist mir peinlich, das vor meiner Schwester zu tun – ich, die verdammte Dschinntöterin, plärre wie ein verlorenes Baby –, aber ich tue es aus einem Kummer heraus, der so unerwartet intensiv ist, dass meine Tränen weder stark noch groß genug sind, um ihn in seinem ganzen Ausmaß zum Ausdruck zu bringen.

Er staut sich spitz und schmerzhaft in meiner Brust, tobt und sucht nach einem Weg nach draußen, doch ich fürchte, dass er diesen Weg nie finden wird.

Behutsam untersuche ich die anderen Gegenstände, als hätten wir ein uraltes Artefakt entdeckt, das schon bei dem kleinsten Atemzug oder einem zu festen Griff zu Staub zerfällt. Wir finden Federkiele und lose Seiten, ein halb volles Tintenfass, einen Wachsstempel und eine Zunderbüchse, Kerzen, eine Räuchermischung für den Botenturm, einen Beutel mit Gewürztabak, eine halb leere Tüte mit Atheers bunten *Kdaameh,* die er so gern knabbert, und sogar ein paar Körner Misra, die als kleine Häufchen in den Ecken der Truhe liegen. Ich entrolle eine große Schriftrolle.

Amira beugt sich vor. »Es ist eine Karte … glaube ich.«

Aber sie ist anders als alle, die ich bisher gesehen habe. Anstelle der Sahir zeigt sie die Welt außerhalb der Sahir, oder zumindest einen Teil davon. Eine Welt, die ich noch nie gesehen habe und von der ich mir nicht vorstellen kann, dass sie der unseren so ähnlich ist.

»Königreich Alqibah«, lese ich laut und fahre mit dem Finger über die wunderschön gestalteten Details: die Städte mit den hohen Verteidigungsmauern, die stattliche Burgen schützen; die weitläufigen Ackerflächen und baumbewachsenen Berge, deren höchste Gipfel von Schäfchenwolken umhüllt sind; die verschnörkelte Gabelung, die den Namen *Azurfluss* trägt. Ein dickes Band schlängelt sich zwischen den Städten durch diese riesige Landmasse: die Gewürzstraße. Es gibt nur einen Ort in Alqibah, der nicht mit der Gewürzstraße verbunden ist … eine ausgedehnte Wüste, die mit einem Totenkopfsymbol und dem Wort *Sahir* versehen ist.

Amira geht so nah an die Karte heran, dass ihre Nase sie streift. »Geister, ist das etwa, wo *wir* sind?«

»Das kann nicht sein«, sage ich, obwohl mein aufgewühltes Bauchgefühl etwas anderes sagt. Wo unsere Karten der Sahir Dörfer, Städte und die Stadt Qalia zeigen, ist auf dieser Karte nichts zu sehen. Und wo auf unseren Karten der Welt jenseits des Sandes nichts zu sehen ist, zeigt diese Karte Siedlungen, Dörfer und Städte.

Ich starre lange auf die Karte und versuche zu verinnerlichen, wie die Auswärtigen uns wohl sehen – gar nicht. Wir sind unsichtbar, und die Welt ist es für uns. Seit ich ein kleines Mädchen war, weiß ich, dass unser Volk einen uralten, unumstößlichen Pakt mit dem Großen Geist geschlossen hat: Die Magie wurde uns gewährt, um die Sahir zu schützen, aber um die Magie und die Sahir zu schützen, mussten wir uns vor den Auswärtigen verstecken. Ich weiß das, und doch trifft mich diese Tatsache jetzt plötzlich mit einer Tragweite, die ich nicht ermessen kann. Vielleicht, weil das, was jenseits unserer Grenzen liegt, nichts mit der rauen Wildnis gemein hat, die man uns von Kindesbeinen an geschildert hat.

Es ist schmerzlich, meinen Blick von der einsamen Ecke der Sahir auf der Karte abzuwenden, aber es gibt noch mehr Dinge zu untersuchen. Atheer hat Notizen gemacht. Städte sind als »gefallen« bezeichnet, Abschnitte der Gewürzstraße sind eingekreist, Pfeile weisen auf Orientierungspunkte hin, wieder andere Stellen sind mit Kreuzen markiert.

Ich sitze auf meinen Fersen und starre in die staubige Dunkelheit. »Diese Karte kann nicht echt sein.«

»Sie muss es sein …«

»Denk mal drüber nach, was du da sagst. Dies ist nicht die Außenwelt, von der uns der Rat erzählt hat.«

»Ich weiß, aber …« Amira kaut auf ihrer Lippe. »Warum sollte man sie sonst erstellen, und zwar so detailliert, wenn sie nicht echt wäre? Und von wem stammt sie?«

Das sind Fragen, die ich mit den spärlichen Informationen, die ich habe, nicht beantworten kann. »Es ist unmöglich«, murmle ich. »Schlichtweg unmöglich.« Ich nehme die Schriftrolle wieder in die Hand. »Wenn diese Karte wirklich echt ist, kann Atheer sie nicht irgendwo in der Sahir gekauft haben.«

»Er hat sie außerhalb der Sahir, in diesem Königreich Alqibah bekommen?« Amira lässt ihren Blick mit großen Augen über die Karte schweifen. »Aber nur der Rat kennt die geheimen Wege durch die Verzauberung der Sande.«

»Nur der Rat und unser Bruder.«

Nach diesen Worten beugt sie sich vor und flüstert verschwörerisch: »Ich muss dir etwas sagen«, als bestünde die Möglichkeit, dass wir ausspioniert werden könnten. »Mama und Baba haben sich einmal darüber unterhalten, dass der frühere Minister des Landes abgelöst werden musste, nachdem er krank geworden war. Erinnerst du dich daran? Atheer hat sie belauscht und mir erzählt, dass der Minister gar nicht krank war, sondern *korrupt*. Ein Mitarbeiter des Heiligtums hatte herausgefunden, dass er Münzen aus der Staatskasse entwendet hatte, und das war der wahre Grund, warum er ersetzt werden musste. Atheer warnte mich davor, den Worten des Rates leichtfertig zu vertrauen. Er sagte, dass sie uns bei vielen Dingen anlügen.« Ich folge ihrem Blick zur Karte. »Ich glaube, das hat er gemeint«, sagt sie. »Aus irgendeinem Grund musste er es geheim halten, aber er versuchte trotzdem, uns die Wahrheit über die Außenwelt zu sagen. Man hat uns beigebracht, dass die Sahir ein eigenständiger Herrschaftsbereich ist, aber das hier zeigt, dass wir Teil von Alqibah sind. Und sieh mal. Es gibt Straßen, Städte, ein Königreich …«

Wir wechseln einen grimmigen Blick, bevor wir uns wieder der Truhe zuwenden. Ich suche darin nach Antworten, nach etwas, das Ordnung in diesen Strudel des Chaos bringt, der mich in den Abgrund zieht. Ich hole ein paar Schriftrollen heraus. Briefe, die in einer seltsamen Sprache geschrieben sind, die aber genug Ähnlichkeit mit dem Sahiranischen hat, dass ich sie lesen kann. Sie sind an Atheer adressiert und nur ein oder zwei Sätze lang.

Das Imperium hat alles nördlich von Innareths Schrein in Besitz genommen. Wer sich widersetzt, wird gefangen genommen und in den Straßen, die zu roten Flüssen werden, hingerichtet, ist in dem einen zu lesen.

Taeel-Sa wird bald fallen. Wann werdet Ihr zurückkehren? Unsere Vorräte gehen zur Neige, und die anderen verlieren in Eurer Abwesenheit die Hoffnung, steht in einem anderen.

Dann, viel später datiert: *Eure Idee für einen weiteren Hinterhalt findet in unseren Reihen viel Unterstützung. Wir werden den Plan vorantreiben, sobald Ihr zurück seid.*

Das Blatt bebt in meinem Griff, und mein Atem wird flach.

»Das ist zu viel, um erfunden zu sein. Es ist der Beweis, dass Atheer in Alqibah war, der Beweis, dass Alqibah überhaupt *existiert.* Und irgendwie fand er seinen Weg durch die Sande und traf Auswärtige.«

Amiras Hände zittern, als sie den letzten Brief entrollt. Kaum hat sie ihn zu Ende gelesen, bricht sie weinend zusammen. Mehr als jedes Ungeheuer, mehr als den Tod selbst, fürchte ich mich vor der schrecklichen Wahrheit, die in diesem Brief steht. Aber es ist, wie sie sagte: Die Wahrheit ist der Dorn, nicht die Rose, und ich kann mich nicht ewig vor dieser Wunde verstecken.

Ich nehme die Schriftrolle und überfliege die Nachricht, die in Schreibschrift verfasst ist.

A.,
letzte Nacht wurden drei weitere von uns gefasst. Rima war unter ihnen. Wir brauchen dringend neuen Nachschub an Gewürzen – und ich brauche dich. Du weißt, wo du mich findest.

Gute Reise, Geliebter.
F.

»Gewürze«, flüstere ich.

Der Brief entgleitet meinen schlaffen Fingern und bleibt auf meinen Knien liegen, aber mein Blick sucht immer noch die Stelle ab, wo er gerade noch gewesen ist. Jede Sekunde, die ich durchlebe, ist eine Qual; ich bin gefangen zwischen Wänden, die ich nicht sehen kann, und kämpfe darum, meine Lungen auszudehnen, um einen vollen Atemzug zu genießen. Ich will diesen Brief nicht noch einmal lesen und mich zwingen, seinen Inhalt zu akzeptieren. Das würde den bereits zerrissenen Himmel auf mich herabziehen und die bröckelnden Überreste meiner Welt zerstören. Aber welche andere Möglichkeit gibt es? Fortgehen und vergessen, dass das hier je passiert ist? Es würde mir leichter fallen, den Mond zu schlucken, als die Erinnerung an das, was wir heute hier entdeckt haben, zu vertreiben. Ich hebe den Brief also nicht mutig auf, sondern resigniert. Ich lese ihn ein Dutzend Mal, bis die Tinte verschwimmt und fette Tränen meine Sicht verschleiern und ich ihn nicht noch einmal lesen könnte, selbst wenn ich es wollte.

»Gewürz … Du hast Misra mit den Auswärtigen geteilt«, sage ich, als könnte Atheer mich aus dem Jenseits hören. »Warum? Wurden die Umstände so schlimm, dass du alles vergessen hast, was dir wichtig ist?«

Amira richtet sich kerzengerade auf. »Schlimm? Hast du den Brief nicht richtig gelesen?« Sie nimmt die Schriftrolle und zeigt auf etwas Gekritzeltes in der rechten, oberen Ecke. »Sieh mal.«

Ich kneife die Augen zusammen. »Was ist das?«

»Das *Datum*. Es ist knapp eine Woche vor seinem Verschwinden. Verstehst du nicht, was das bedeutet?«

Ich versuche, es zu deuten, aber mein Verstand weigert sich, mitzuarbeiten. Mein Herz hämmert gegen meine Rippen, und die Kriegstrommel meines Pulses wird in meinen wunden Ohren immer lauter, so laut, dass ich darin ertrinke und Amira oder meine eigenen Gedanken kaum noch hören kann. Sie schüttelt mich.

»Imani! Verstehst du …«

»Er lebt.« Endlich finde ich meine Stimme. »Das bedeutet, er hat sich nicht verirrt oder sein Leben in der Sahir beendet. Es bedeutet, dass er am Leben ist … in Alqibah.«

»*Ja!*«, schreit sie und ihre unbändige Freude hallt durch den Raum. Sie wirft ihre Arme um mich und weint, aber es sind Tränen größten Glücks. »Unser großer Bruder ist am Leben!«

5

Amiras Euphorie ist eine Welle, die mich nach oben trägt – zu hoch, gefährlich hoch. Dieser Brief ist keine Erlösung, er ist die Fata Morgana einer Oase, die mich zu sich winkt – nicht in Sicherheit, sondern in den Tod.

»Atheer *könnte* noch am Leben sein«, sage ich laut.

Sie nimmt meine Wangen zwischen ihre Hände und ahmt Baba nach; er macht das immer, wenn er mich ermutigt, tapfer, kühn und unbezwingbar zu sein – all das zu verkörpern, was unsere Sippe seit über tausend Jahren groß gemacht hat. Die Vertrautheit dieser Geste schwächt mich nur.

»Unser Bruder ist der klügste junge Mann in der Sahir«, sagt sie. »Er ist am Leben, da draußen, und wartet auf uns.«

Ich versuche, den Kopf zu schütteln, aber sie drückt meine Wangen zusammen. »Hör auf. Du setzt deine Hoffnungen auf reine Spekulationen.«

»Nein, ich habe immer gewusst, dass er lebt. Zwischen uns dreien besteht ein unsichtbares Band, stärker als Stahl. Es verbindet uns, und ich fühle in meinem Herzen und meiner Seele, dass ich immer noch mit Atheer verbunden bin. Dieser Brief beweist es.« Sie mustert mein Gesicht und den tiefroten Protest, der darauf zu sehen sein muss. Sie seufzt und lässt mich los. »Du willst nicht, dass er lebt.«

»Sag so was nicht, bitte. Sieh dich um, Amira.« Ich lasse meine Hände über die auf dem Teppich verstreuten Gegenstände gleiten. Jedes ist ein rätselhaftes Puzzlestück; keins passt zum anderen.

»Atheer hatte Tinte und Papier; er hatte einen Botenturm da draußen. Er hat Leuten Briefe geschickt. Warum gab es nie einen an uns?«

Geister verzeiht mir, weil ich das Licht in ihren Augen dämpfe. »Es gibt eine Erklärung«, sagt sie mit fester Stimme.

»Ja. Er ist schon lange tot.«

»Das kannst du nicht *wissen!*« Eine dicke Ader tritt an ihrem Hals hervor. »Bis vorhin wusstest du nicht einmal, dass es Städte außerhalb der Sande gibt!«

Ich halte meine Hände hoch. »Angenommen, diese Karten sind korrekt, dann war Atheer eindeutig nicht er selbst, als er die Sahir verließ. Und eine Person, der es nicht gut geht, kann nicht so gut auf sich selbst aufpassen, wie sie sollte. Wir wissen, dass er zu diesem Alqibah aufgebrochen ist, aber wir wissen nicht, ob er es geschafft hat. Wenn ja, wissen wir nicht, ob er die schreckliche Gewalt überlebt hat, von der diese Briefe sprechen.«

»Wir wissen aber auch nicht, ob er gestorben ist.«

Ich halte die Schriftrolle zwischen uns hoch. »Amira, er hat Misra mit Auswärtigen geteilt. Er wusste, dass wir dem Großen Geist gegenüber die heilige Pflicht haben, die Magie vor ihnen zu schützen. Stattdessen hat er seine Familie und sein Volk im Stich gelassen, um ihnen zu helfen! Klingt das auch nur im Entferntesten wie der Atheer, den wir kannten?«

Sie reibt sich die rote Nase. »Das klingt nach jemandem, der unsere Hilfe braucht, auch wenn er es selbst nicht weiß. Wir müssen daran glauben, dass er noch lebt, damit wir ihn zu seiner Familie nach Hause bringen können, wo er sicher sein wird.« Sie rückt näher an mich heran. »Du schätzt Vernunft, Logik, Dinge, die du sehen kannst – aber nur dieses eine Mal, halte an der Hoffnung fest. Bitte. Ohne sie gehen wir zugrunde.«

»Hoffnung«, flüstere ich. Wie ist es möglich, dass ein Mensch sich so elend fühlt? In meiner Brust ist ein intensives Feuer aufgeflackert, und es tut weh, überhaupt zu sprechen. »Ich versuche nur, dich auf die sehr reale Möglichkeit vorzubereiten, dass er vielleicht nicht mehr da ist. Ich will nicht, dass du ein zweites Mal um ihn trauerst.«

Ihr Blick wird hart, die Wärme in ihren kaffeebraunen Augen gefriert. »Mach dir keine Sorgen um mich. Du bist diejenige, die Angst hat, um ihn zu trauern.«

»Nein, das tue ich nicht«, stottere ich schnell.

»Hast du wirklich geglaubt, du würdest seinen Tod akzeptieren, wenn du so schnell nach seinem Verschwinden zum Dienst zurückkehrst? Du hast den Kummer nur hinausgezögert.«

Das Feuer lodert auf und raubt mir die Luft zum Atmen. »Das ist nicht wahr«, stoße ich hervor. Aber wenn es nicht stimmt, warum kann ich meine Tränen dann nicht zurückhalten?

»Du tust so, als wärest du sicher, dass Atheer tot ist, aber in deinem Herzen glaubst du, dass er lebt. Es gab nie einen Beweis für das Gegenteil.«

Mein Puls beschleunigt sich. »Genug, Amira. Ich will nicht darüber reden.«

Sie nimmt meine zitternden Hände zwischen die ihren, die warm und ruhig sind. Das regt mich mehr auf, als es sollte; meine kleine Schwester ist unerschütterlich, wo ich wanke.

»Du befürchtest, wenn du dich jetzt auf die Suche nach ihm machst, wirst du gezwungenermaßen sein Schicksal erfahren. Und wenn er tot ist, weißt du nicht, wie du mit dem Schmerz umgehen sollst, denn das hast du nie wirklich getan. Du bist zu den Schilden zurückgekehrt und hast so getan, als wäre nichts passiert und als hätte sich nichts geändert. Du dachtest … Oh, *Imani.*« Ihre Stimme bricht; ich spüre, wie das mein Herz zersplittern lässt. »Du dachtest, wenn du nie um ihn trauerst, könntest du ihn nie wirklich verlieren. Aber verstehst du denn nicht? Wenn du nie trauerst, findest du ihn vielleicht auch nie wieder.«

Ihre Worte verzerren sich in meinen Ohren. Ein dichter, dunkler Umhang legt sich über mich, so kalt und beklemmend wie der Schleier des Todes. Er nimmt mich völlig ein, und ehe ich mich versehe, bin ich zu Hause in unserem sonnigen Hinterhof, drei Jahre jünger und mit einem so leichten Herzen, dass es schwebt. Ich übe Schwerthaltungen für die Aufnahmeprüfung der Schilde, während eine babygesichtige Amira in der Nähe faulenzt, sich einen Handspiegel vors Gesicht hält und ihre Brauen zupft. Bald wird sie dessen überdrüssig und flicht Blumenkränze aus dem Lavendel, der im Gartenbeet blüht.

»Prinzessin Imani«, verkündet sie und trippelt mit einem Kranz in den Fingern zu mir herüber. Ich bin verschwitzt und schmutzig, und ich bin gerade dabei, mein Schwert zu schwingen, aber ich beuge mich trotzdem hinunter, damit sie ihn mir aufsetzen kann. Atheer nimmt seine vorgeschriebene Ruhepause und hilft Baba beim Training eines neuen Pferdes. In diesem Moment kommt er einen Seitengang herunter, um etwas aus dem Schuppen zu holen.

»Ah«, sagt Amira erfreut und nimmt einen weiteren Kranz. »Und hier ist unser zukünftiger König.«

Mit hochgezogener Augenbraue wirft er mir einen Blick zu, doch als er die Blumenkrone bemerkt, sinkt er feierlich auf ein Knie. »Imani, kröne mich mithilfe des Schwerts. Das gehört sich so«, sagt er und winkt mich zu sich.

Ich verdrehe die Augen, denn dafür bin ich viel zu erwachsen, aber eine Minute später gluckse ich und berühre mit dem Schwert sanft seine breiten Schultern. Amira senkt den Blumenkranz auf seine zerzausten Locken.

»Es lebe König Atheer«, sagt sie, und ich stoße trillerndes Jubelgeheul aus.

Baba kommt ein paar Minuten später vorbei und wischt sich mit dem Ende seiner karierten Kufiyah über die verschwitzte Stirn. »Atheer, wo bist du?«, ruft er und blickt in den Garten, wo Amira sich mit einem feinen Kamm die Augenbrauen bürstet und ich wieder mit meinen unsichtbaren Feinden kämpfe. Atheer stürmt aus dem Schuppen, das Ersatzzaumzeug über die Schulter geworfen, die Krone noch im Haar.

»Ich habe es hier, Baba.«

Babas Augen werden groß. »Was ist das auf deinem Kopf, mein Sohn?«

Amira und ich sehen uns an, und unsere Wangen blähen sich vor unterdrücktem Lachen auf. In Atheers honigfarbenen Augen schimmert Schalk.

»Das ist ein neuer Stil, Baba. Hast du's noch nicht gehört? Alle Jungs machen das.« Er dreht sich halb um, zwinkert uns zu und schlendert dann lässig pfeifend an der Hauswand entlang. Und der liebe Baba starrt ihm in komischer Verwirrung hinterher und kratzt sich an seinem borstigen schwarzen Bart.

Die Erinnerung brennt mehr als sie erhellt. Der Schmerz zerfrisst mich bis ins Mark, die verwirrte Wut bildet innerliche Blasen, und ich kann nur noch schreien, um mir Erleichterung zu verschaffen. Ich schreie schmerzerfüllt und heiser in das trübe Licht, während Amira mich festhält und mir versichert, dass alles gut werden wird. Ich schreie, bis meine Lunge schmerzt und meine Kehle brennt und ich kurz davor bin, mich zu übergeben. Ich schreie, bis Flecken vor meinen Augen tanzen und ich mich selbst nicht mehr hören kann. Wenn ich aufhöre zu atmen, heult die Luft in meinen zarten Atemwegen und in meinem Kopf dreht sich alles. Ich falle auf den Rücken, keuchend und weinend. Dann ist in der Dunkelheit ein Schritt zu hören.

Der bittere Geruch von Feuer und Verderben durchflutet den Raum, durchtränkt meine Kleidung und meine Haut. Meine Tränen versiegen, sogar mein Atem stockt. Wäre da nicht dieser Geruch, würde ich mich fragen, ob ich mir in meinem Zustand nur etwas einbilde. Aber dieser Geruch lässt alle Alarmglocken in meinem Kopf läuten – etwas Verfluchtes ist hier, und zwar ganz nah. Mit uns in diesem Raum.

Ich springe auf und bewaffne mich, Amira steht rasch hinter mir auf. Ich richte mein leuchtendes Langschwert auf die Schatten. Ich kann das Monster immer noch riechen, aber es hat sich nicht aus der Dunkelheit gelöst.

»Meine Güte, was für eine beeindruckende Klinge.« Seine Stimme ist schärfer als das Schwert. Seltsam hypnotisch. Das muss ein Dschinn sein, denn kein anderes Monster ist so bekannt für seine Redegewandtheit – oder seine Gefährlichkeit.

»Ich werde dich finden, und wenn ich dich finde, werde ich dir ein Ende bereiten.« Ich baue mich vor Amira auf. »Pack die Truhe. Schnell.«

Sie kniet nieder und schiebt die Papiere ungeschickt mit den Händen auf einen Haufen. Das Monster lacht, und das Lachen klingt flink und frei wie der Wind, der in einem Olivenbaum spielt.

»Und es wird von keiner Geringeren als der berüchtigten Dschinntöterin geschwungen. Du bist also Atheers Schwester. Angesichts seiner magischen Fähigkeiten scheint das eine ziemlich vorhersehbare Entwicklung zu sein.« Er schweigt kurz. »Die Ähnlichkeit ist wirklich verblüffend.«

Ich atme schneller, aber ich habe noch mehr das Gefühl zu ersticken als vorhin. »Du sprichst, als würdest du ihn kennen.«

»Ich kannte ihn sogar sehr gut.«

Hinter mir hört Amira auf zu packen. Ich werfe ihr über meine Schulter hinweg einen Blick zu. »Ignoriere ihn. Er lügt; das liegt in seiner Natur.«

Alle Dschinn täuschen mit ihrem Gerede. Sie versuchen, uns davon zu überzeugen, dass sie nicht unsere Feinde sind, obwohl ein Jahrtausend historischer Berichte uns das Gegenteil lehrt. In einer meiner ersten Lektionen bei den Schilden brachte man mir bei, dass man sich lieber die Ohren abschneiden sollte, als einem Dschinn beim Sprechen zuzuhören. Noch besser ist es, ihn zu töten und ihm keine Chance zu lassen.

Dieser hier seufzt. »Ihr seid grausam in eurer Unwissenheit. Glaubst du, dein Bruder hat den Weg hierher aus eigener Kraft gefunden? Dass er aus purem Glück so viel Zeit unbeschadet in meinem Haus verbrachte? Nein, Atheer und ich waren Freunde. Er hat bei unseren Gesprächen sogar von dir gesprochen. Seine geliebte Schwester Imani.«

»Hör auf zu lügen«, befehle ich. »Du kanntest unseren Bruder nicht. Du benutzt die spärlichen Informationen, die du beim Belauschen unserer Unterhaltung gesammelt hast, um uns auszutricksen. Du bist ein Dummkopf, wenn du glaubst, dass das funktioniert.« Schweigen. Dann, ruhig wie eine Sommernacht, sagt er: »Ich weiß, dass eure Mutter, Zahra, eine Erzgelehrte in den qalianischen Archiven ist. Ich weiß, dass euer Vater, Muamer, von einer berühmten Linie von Reitern abstammt. Ich weiß, dass eure Tante Aziza Meisterin des Misra ist. Frische meine Erinnerung auf, wurden diese Details in eurem Gespräch erwähnt?«

Amira steht langsam auf. »Du kanntest Atheer wirklich.«

Allein der Gedanke ist ein Albtraum. Ich bin in der Wildnis schon vielen monströsen Dingen begegnet, aber hier zu stehen und mit diesem Schatten zu sprechen, der nichts weiter tut, als die Namen meiner Familie auszusprechen … Ich bin schwach vor jugendlicher Angst.

»Dürfen wir dich sehen, damit wir uns unterhalten können?«, fragt Amira.

»Sei still«, zische ich ihr zu, aber sie taucht an meiner Seite auf und streckt unbekümmert einen Arm in die Dunkelheit.

»Imani wird dir nichts antun. Wir suchen nur nach Antworten über unseren Bruder.«

Ich mache meine Klinge bereit und warte darauf, dass ein böses Ding aus den Schatten tritt. Aber es ist ein Junge, etwa in meinem Alter und doch scheinbar alterslos, der die Dunkelheit gegen das Licht eintauscht. Er sieht unnatürlich gut aus und hat ein schmales Fuchsgesicht, in dem ein paar schläfrige Augen unter geraden Brauen hervorstechen. Sie sind unheimlich und faszinierend und könnten von einer gestreiften Hyäne gestohlen worden sein. Schwarz und undurchdringlich sagen sie nichts über sein Wesen aus, nicht, ob er freundlich oder bösartig oder sogar lebendig ist. Lockiges, schwarzbraunes Haar baumelt spielerisch bis zu seinem Kinn und rundet zusammen mit glatter, brauner Haut, die an Sand in der Nachmittagssonne erinnert, das Bild ab. Seine schlanke Gestalt ist mit einer einfachen, aber feinen schwarzen Tunika bekleidet, unter der er eine mittellange schwarze Sirwal-Hose trägt. Und er ist barfuß, eine dünne Kette schwarzer Perlen schmückt einen Knöchel. Er sieht aus wie jemand, der an einem Ruhetag einfach zu Hause faulenzt.

»Mein Name ist Qayn. Ich will euch nichts Böses, wenn es umgekehrt genauso ist.«

»Wir haben auch keine bösen Absichten.« Amira hat ihre Angst vergessen, und ich habe keine Zeit, sie zu warnen, dass mächtige Dschinn attraktive Formen annehmen, von denen sie glauben, dass sie uns einlullen. »Woher kennst du Atheer?«, fragt sie.

»Ich fand ihn verzweifelt im Brachland. Er war kurz zuvor von einer Spähermission in Alqibah zurückgekehrt, auf die der Rat ihn seit seinem achtzehnten Lebensjahr regelmäßig geschickt hatte.«

Etwas Seltsames geschieht mit meinem Herzen; ich glaube, es hat sich seitwärts gedreht. »Du kennst ihn also gar nicht«, sage ich deutlich weniger überzeugt, als ich gern wäre. Aber mir fällt ein, wie auffallend lang Atheers Dienstreisen wurden, nachdem er achtzehn wurde, und dass er anfing, sie allein zu unternehmen.

»Unser Bruder war ein Schild«, sagt Amira.

Qayn senkt den Kopf. »Das war er, und der Rat kannte seine geheime Nebenpflicht: routinemäßig durch die Verschlingenden Sande zu reisen und über das, was er fand, Bericht zu erstatten. Die Zahim wollten im Gegensatz zu ihren Vorgängern über das Weltgeschehen auf dem Laufenden gehalten werden.« Qayn deutet mit seinem Kinn auf die Karte, die auf dem Boden liegt. »Nicht ganz das karge Ödland, das ihr euch vorgestellt habt, oder? Dort gibt es Völker, die euch sehr ähnlich sind. Mit euch verwandt sind, um genau zu sein. Ihr habt gemeinsame Vorfahren.«

»Lügen.« Mein Schwert berührt die Vorderseite seiner Tunika. »Wir sind verschiedene Völker.«

Er scheint sowohl von der Klinge als auch von mir fasziniert zu sein und mustert beide, während er spricht. »Und doch kannst du Alqibahisch lesen. Es gehört zur gleichen Sprachfamilie wie Sahiranisch, wusstest du das? Die Alqibahner besitzen natürlich nicht den Magiesegen des Großen Geistes.« Ein trockenes, schiefes Lächeln hinterlässt auf einer Wange Grübchen.

»Atheer hatte recht«, sagt Amira zu mir. »Der Rat hat gelogen, als er sagte, dass es da draußen nichts gibt.«

Plötzlich erinnere ich mich an alles, was Atheer gesagt und getan hatte, bevor er verschwand, und betrachte es aus dem Blickwinkel dieses neuen, schrecklichen Wissens. Das raubt mir den Boden unter den Füßen, denn Atheer hat meine Welt erfolgreich aus den Angeln gehoben und die Gesetze, die ihre Ordnung aufrechterhalten, auseinandergerissen. Ich treibe in seinem Kielwasser, gefangen in einem Aufwind, und sehne mich nach etwas, das mich festhält.

»Na und?«, sage ich herausfordernd und wische mir den Schweiß von der Stirn. »Es gibt Städte und ein Königreich jenseits der Sande. Wenn Atheer ein Späher war, wie du sagst, wusste er bestens darüber Bescheid. Was ändert das schon? Die Menschen in Alqibah wurden nicht vom Großen Geist auserwählt, sondern wir. Sie sind verflucht, und er hätte sich nicht mit ihnen einlassen sollen.«

Qayn zuckt mit den Schultern. »Atheer war da nicht deiner Meinung. Während einer Mission wurde er Zeuge der Ankunft des Imperiums der Verheerenden. Während wir hier sprechen, plündern diese Fremden Alqibah und unterdrücken die Bevölkerung gewaltsam, nur um den lukrativen Gewürzhandel des Königreichs zu kontrollieren. Gewürze sind für Alqibah genauso wichtig wie Misra für die Sahir. Sie sind das Lebenselixier des Königreichs, und wer die Gewürzstraße kontrolliert, kontrolliert das Königreich selbst.

Kolonisatoren werden die Verheerenden genannt – diejenigen, die sich die Kontrolle über ein Land aneignen, das ihnen nicht gehört, oft mit Gewalt.«

Amira geht neben mir auf und ab. »Wie konnte Tantchen uns die Wahrheit vorenthalten? Wir sind doch eine Familie.«

Ich werfe ihr einen bösen Blick zu. »Mach dich nicht lächerlich. Das alles geht uns nichts an, und das gilt auch für Atheer – Späher oder nicht.«

»Es geht den Rat an, ja?« Qayn legt den Kopf schief. »Atheer informierte sie über das Blutvergießen, dessen Zeuge er wurde. Er hoffte, sie würden Alqibah helfen – mit Vorräten, Medikamenten, Lebensmitteln. Irgendetwas. Aber sie haben aus Egoismus beschlossen, das nicht zu tun.«

»Mit welcher Begründung?«, erkundigt sich Amira.

»Eine solche Einmischung würde den Großen Geist verärgern, und jeder große Warenverkehr über die Sande könnte die Geheimhaltung eures Volkes gefährden.«

»Und sie hatten recht, du Narr«, schnauze ich. »Die Auswärtigen gehören nicht zu unserem Volk, sodass wir unseren Eid und unser Wohlergehen aufs Spiel setzen müssten. Ich will mir gar nicht ausmalen, was passieren könnte, wenn dieses Imperium der Verheerenden erfährt, was am Ende der Gewürzstraße und jenseits der Sande wächst und was es damit auf sich hat.«

»Die gleichen Überlegungen hätten beinahe deinen Bruder ruiniert«, sagt Qayn leise.

Ich versuche, den harten Kloß hinunterzuschlucken, der sich irgendwie in meiner Kehle festgesetzt hat, aber es gelingt mir nicht. »Beinahe?«, krächze ich. »Ich wage zu behaupten, dass es gelungen ist.«

»Vielleicht.« Qayn blickt nachdenklich in die dunklen Tiefen des Raumes und offenbart eine ansprechende, symmetrische Silhouette. »Die Teilnahmslosigkeit des Rates bekümmerte ihn, machte ihn hoffnungslos. Er wollte seinem Leben ein Ende setzen, als ich ihn fand.«

»Oh, Atheer«, wimmert Amira.

Mit meiner freien Hand wische ich mir die Tränen von den Wangen. »Das hat er aber nicht getan, oder?«

»Nein, ich habe ihn gerettet. Brachte ihn hierher, gab ihm Unterschlupf und Wasser und einen Ort, an den er jederzeit zurückkehren konnte, um mit seinen Verbündeten in Alqibah zu korrespondieren.«

»Verbündete? Du meinst die ruchlosen Auswärtigen, die ihn manipuliert haben, damit er ihnen Misra gibt.«

Qayn mustert mich mit einem Blick, der die Wüste zweimal gefrieren lassen könnte. »Ich hörte Atheer zu, ohne zu urteilen, und er behandelte mich wie einen Freund.«

Ich bin zu wütend, um zu antworten. Atheer war *mein* bester Freund, und doch hat er mir nicht gesagt, wie er sich fühlt. Er wurde beeinflusst, die Gesellschaft von Auswärtigen und einem Dschinn seiner eigenen Schwester vorzuziehen.

Amira nimmt mir die zerknüllte Schriftrolle aus der Hand. »Hier steht, dass er nach Alqibah gegangen ist. Könnte er jetzt dort sein?«

»Ja. Als wir das letzte Mal miteinander sprachen, sagte er, wenn euer Rat den Menschen in Alqibah nicht helfen würde, würde er es tun. Er ging, um sich den Rebellen im Kampf gegen das Imperium der Verheerenden anzuschließen.«

Mein Herz schlägt mir bis zum Hals. »Geister, er hat mehr Probleme, als wir dachten. Aus den Briefen geht hervor, dass er immer wieder nach Alqibah reiste, um den Auswärtigen Misra zu bringen. Die Vorräte müssen inzwischen knapp geworden sein. Er könnte sich in diesem Moment bereit machen, nach Qalia zurückzukehren.«

»Schon möglich, aber Atheer hat im Laufe der Jahre eine beachtliche Menge an Misra aus eurem Heiligtum gestohlen«, sagt Qayn verächtlich.

Amira quellen die Augen aus dem Kopf. *»Jahre?* Das kann nicht stimmen, wir dachten, es seien nur ein paar Monate.«

Es ist ein Wunder, dass ich mich unter der Last dieser Enthüllungen noch aufrecht halten kann. »Wenn er seither pausenlos Misra trinkt, wird er jetzt kaum noch rational denken können.«

»Wohl kaum«, spottet Qayn. »Atheer war ein begeisterter Zauberer, gewiss, und er hatte eine Toleranz für Magie, die, wie ich glaube, wahrscheinlich über das Übliche hinausgeht, aber fast das gesamte Gewürz, das er stahl, wurde gehortet und nach Alqibah geschmuggelt. Bist du sicher, dass du ihn so gut kanntest, wie du glaubst?«

Die Frage schmerzt mich. Ich ritze mit der Klinge in Qayns Hals und genieße die onyxfarbene Blutlache, die sich um ihre Spitze herum sammelt. »Wage es nicht, so vertraulich zu sein, Schlange. Atheer war nicht dein Bruder …«

»Er war mein Freund.«

»*Spielball*«, knurre ich. »Ein verletzlicher, irrgeleiteter junger Mann. Und anstatt ihn zu ermutigen, dass er seine Familie um Hilfe bittet, hast du ihn noch weiter in die Irre geführt. Sein Schmerz hat dich bestimmt amüsiert, oder?«

»Hat er das?«, antwortet Qayn mit zweideutigem Tonfall. Sein Blick ist unpersönlich, unnachgiebig, als würde man in ein Grab blicken, von dessen Boden nie etwas zurückkommt.

»Du musst dem Rat sofort davon erzählen«, sagt Amira zu mir. »Nur sie kennen den Weg durch die Sande.«

Ich lasse Qayn nicht aus den Augen. »Einverstanden. Aber wir müssen uns hier erst noch einer Angelegenheit annehmen.«

Seine Lippen verziehen sich zu einem Grinsen; der Schlitz ähnelt den zwei Seiten einer Münze, verführerisch auf der einen, abstoßend auf der anderen. »Ich hoffe, du meinst nicht mich, Töterin. Ich bin schließlich der Einzige, der die geheimen Aktivitäten deines Bruders in Alqibah kennt, die er mir bei unseren Gesprächen in allen Einzelheiten verraten hat. Der Rat mag den Weg durch die Sande kennen, aber was dann? Nur ich weiß, mit wem er zu tun hatte und wo ich sie finden kann – eine Gruppe Rebellen, die von der jungen Frau angeführt wird, die mit F unterschreibt, falls du neugierig sein solltest.« Mit einem selbstgefälligen Grinsen entblößt er tödlich scharfe Eckzähne. »Jetzt wird dir deine missliche Lage klar, oder?«

»Was meinst du damit?«, fragt Amira.

»Schilde sind dem Großen Geist gegenüber verpflichtet, jedes Monster zu töten, dem sie begegnen«, antwortet er. »Aber wenn Imani das tut, wird Atheer für immer für euch verloren sein.«

Ich umfasse den Schwertgriff fester mit meiner verschwitzten, blasenübersäten Hand. »Sag mir, was ich wissen muss, und ich werde dein Leben verschonen.«

Er lacht dröhnend, ohne darauf zu achten, dass er sich seine Kehle an der Klinge aufkratzt. »Ach, das nimmt man der Frau, die Dschinntöterin genannt wird, auch ab. Nein, ich glaube eher, dass *ich* derjenige bin, der hier Drohungen und Angebote ausspricht.« Der Schatten von etwas Bösartigem huscht über sein schönes, kantiges Gesicht und windet sich wie eine Schlange in seinen Augen, bevor es weiterschleicht. »Ich möchte nach meinem alten Freund in Alqibah sehen, also werde ich dich zum letzten Aufenthaltsort deines Bruders bringen. Du denkst vielleicht, du kannst ihn ohne mich finden, aber ich verspreche dir, das kannst du nicht. Die Rebellen, bei denen er Unterschlupf gefunden hat, haben viel Übung darin, sich zu verstecken, und ich kann mir vorstellen, dass sie ihren geschätzten Zauberer nur ungern herausgeben würden, zumal er ihre einzige Hoffnung ist.«

»Du kannst mich nirgendwo hinbringen«, sage ich wütend. »Die Verzauberung der Sande hält die Monster in der Sahir fest, ob du nun die geheimen Pfade kennst oder nicht.«

»Richtig«, sagt Qayn und nickt. »Ich kann sie nicht ohne Hilfe überqueren. Aber mit der vermittelnden Hilfe eines Menschen wie dir …« Ich ziehe meine Brauen zusammen, ein Schweißtropfen rinnt mir die Schläfe hinunter.

»Du … du bittest darum, dich an mich zu *binden?*«

Er wedelt mit der Hand. »Eine Geschichte, so alt wie die Zeit. In den glücklicheren Fällen bindet der Dschinn sich bereitwillig an das Haus und erfüllt dem auserwählten Meister Wünsche im Tausch gegen Sicherheit und materielle Annehmlichkeiten.«

Ich habe das alte Ritual in meinem ersten Jahr bei den Schilden studiert. Das Binden von Monstern an sich selbst, manchmal gegen ihren Willen, geht auf die frühen Jahre der magischen Geschichte unseres Volkes zurück. Doch als der Orden der Zaubernden gegründet und alle magischen Praktiken konsolidiert wurden, verbot der Rat dies, da es gegen unseren Eid dem Großen Geist gegenüber verstößt. Dschinn sind wie alle Monster Feinde des Großen Geistes, aber es ist besonders gefährlich, einen Dschinn für längere

Zeit in seiner Nähe zu behalten, da diese Kreaturen eine Neigung zur Täuschung haben.

»Bindung ist per Gesetz verboten«, sage ich.

»Schenke den Lügen keinen Glauben. Sie ist völlig harmlos für dich«, kontert Qayn leichthin. »Ich schäme mich allerdings, zuzugeben, dass ich in keiner Weise mächtig bin. Du hättest wenig magischen Nutzen davon, mich zu befehligen, aber ich gebe dir meine Freiheit und das Versprechen, dir bei deiner Suche zu helfen. Wenn du deinen Bruder gerettet hast, lässt du mich wieder frei.«

Ich kneife die Augen zusammen. »Warum bietest du das an?«

»Na ja, vielleicht bist du bis dahin von meinem guten Willen überzeugt und hältst dein Wort, mich zu verschonen. Ich lebe sehr gerne, weißt du?« Er unterdrückt ein schelmisches Lächeln. »Und ich nehme an, dies ist eine gute Gelegenheit, einen Blick über die Sande hinaus zu werfen. Es ist äußerst langweilig, so lange in der Sahir gefangen zu sein, wie ich es bin.«

Ich kann nicht anders, als trotz meiner Verachtung zu lachen. »Natürlich dient alles, was du tust, der Befriedigung deiner eigenen Launen. Du hast meinen Bruder zum Spaß manipuliert, und jetzt willst du dich an mich binden, damit du dir Alqibah ansehen kannst.« Ich gebe der Klinge einen kleinen Stoß. »Wenn du dich weigerst, mir zu sagen, was ich wissen muss, werde ich die Antworten aus dir herauspressen und dich um die Gnade des Todes betteln lassen.«

»Dummes Mädchen, ich mache keine leeren Versprechungen«, sagt er schleppend. »Foltere mich, und ich werde fliehen und dir keine andere Wahl lassen, als mich zu töten. Und ich werde keine andere Wahl haben, als den letzten Aufenthaltsort deines Bruders mitzunehmen. Ich wünsche dir viel Glück bei der Beschaffung der Informationen von dort, wo auch immer ich hingehen werde.«

»Alard«, schlage ich hilfreich vor. Die Unterwelt, das Land ohne Wiederkehr. Er grinst, aber seine Augen sind unberührter Obsidian. »Alard, also. Du kennst mein Angebot, Töterin – ein besseres wirst du nicht bekommen.«

»Nimm es an«, sagt Amira sofort.

»Wie bitte? Es ist gefährlich …«

Sie zupft an meiner Tunika. »Atheer ist auch in Gefahr! Er kämpft da draußen in einem Krieg, die Geister mögen ihn schützen. Wir müssen dafür sorgen, dass es ihm gut geht.«

»Was heißt hier *›wir‹*? Du wirst dich nicht einmischen …«

Sie stampft mit dem Fuß auf. »Herrje, jetzt ist nicht der richtige Zeitpunkt, du sturer Esel. Wenn du ein zu großer Feigling bist, um es zu tun, werde ich es eben machen. Qayn, binde dich an mich.«

Ich reiße sie zurück. »Hör sofort auf. Als die Ältere verbiete ich es dir.«

Sie stößt mich von sich. »Älter zu sein, gibt dir nicht das Recht auf meinen freien Willen. Qayn, sag mir, was ich tun muss …«

»Amira«, donnere ich, aber Qayn unterbricht meinen Zorn.

»Ich weiß das Angebot zu schätzen, meine Liebe, aber ich werde mich nur an Imani binden.«

Ich weiß nicht, ob ich Triumph oder Entgeisterung fühlen soll; beides gefällt mir nicht. Amira ist niedergeschlagen.

»Warum?«, fragt sie.

Er lächelt mich an, und etwas tödlich Verschlagenes tanzt in seinen Augen. »Dass die Dschinntöterin einen Dschinn an sich bindet, ist eine Ironie, die ich mir nicht entgehen lassen kann.«

Meine Hand brennt von dem Drang, ihn zu töten, aber ich muss sein Angebot zähneknirschend in Betracht ziehen. »Wie kann ich darauf vertrauen, dass du aufrichtig bist?«, frage ich.

»Wenn ich es nicht bin, löse die Bindung und töte mich. Aber ich sage die Wahrheit, Töterin. Unter deiner Klinge habe ich nichts anderes. Und wenn ich mich nicht irre, hast du auch nichts anderes.«

»Verflucht seist du«, zische ich. Der Teufel hat recht, welche Wahl bleibt mir? Er wird mir sonst nicht sagen, was ich wissen muss. Ich könnte ihn töten und die Antworten verlieren; ich könnte ihn befreien und zusehen, wie er im Brachland verschwindet.

Werde ich Mama und Baba die Freude verwehren, wieder mit ihrem Sohn vereint zu sein? Oder Amira, die nie die Hoffnung aufgegeben hat, dass er noch lebt? Und was ist mit mir? Ich habe keine einzige Nacht mehr durchgeschlafen, seit Atheer fort ist, keine einzige Stunde verbracht, ohne an ihn zu denken. Wenn er tot ist, wird sich nichts ändern. Der Schmerz, der sich ein Jahr lang in mir aufgestaut hat, wird seinen Damm durchbrechen und mich ertränken, und ich werde beten, dass ich am anderen Ufer wieder auftauche und noch einen Atemzug Luft in mir habe. Aber wenn es eine Chance gibt, dass Atheer noch lebt, ist es meine Pflicht, ihr nachzugehen. Großer Geist, vergib mir, aber ich werde tausend Gesetze brechen und mein Leben riskieren, wenn das bedeutet, dass ich endlich die Scherben meiner zerbrochenen Familie wieder zusammensetzen kann.

»Na schön«, sage ich und sehe Qayn an. Er grinst, und Amira atmet erleichtert auf. »Unter einer Bedingung: Du wirst an einen Gegenstand gebunden sein, den ich besitze, nicht an meine Seele. Keine Widerrede. Ich will nicht, dass du durch meine Augen spähst und durch meine Ohren alles hörst, was um mich herum geschieht, und auch keinen Zugang zu meinen Gedanken und Erinnerungen hast. In einem Objekt wird deine Wahrnehmung zumindest begrenzt sein.«

Er stößt einen übertriebenen Seufzer aus. »Du vertraust mir so wenig. Ich denke, das ist akzeptabel.«

»Gut. Ich habe eine Öllampe, die wir benutzen können …«

»Ich werde mich nur an deine Klinge binden.«

Ich beginne zu kichern. »Warum? Ist es unter der Würde eines – nach seinen Worten – ›machtlosen‹ Teufels, in einer gewöhnlichen Öllampe zu hausen?«

»Verzeih mir, dass ich nicht bis in alle Ewigkeit an eine verlegte Öllampe gefesselt sein will.« Qayn senkt seine Stimme, bis sie kaum noch zu hören ist. »Aber diese Klinge, die so alt ist wie Qalia selbst – sie weicht nie von deiner Seite, nicht wahr? Deine Vorliebe für sie ist zur Legende geworden, selbst unter meinesgleichen. Ich würde wetten, dass du die Klinge beim Schlafen neben deinem Bett liegen hast.«

»Unter ihrem Kopfkissen«, ergänzt Amira.

Er findet das sehr amüsant und gluckst in sich hinein. »Noch besser.«

Trotz all meiner Liebe für und Angst um Atheer bin ich immer noch versucht, dieses Schwert in den Bauch des Teufels zu rammen. »*Von mir aus*. Deine Bedingungen sind annehmbar. Beeil dich, bevor ich es mir anders überlege und mir die Hand ausrutscht.«

Er legt ein kleines, vertrauliches Lächeln auf. »Wunderbar. Sprich mir nach.«

Widerstrebend wiederhole ich die Worte. »Qayn, an diese Klinge binde ich deine Freiheit und deine Seele, um über sie nach meinem Willen zu befehlen oder sie freizulassen. Nimmst du an?«

Er fährt sich mit seiner leuchtend roten Zunge über die Lippen und scheint den Moment zu verlängern, was meine Nerven nur noch mehr strapaziert. »Ich nehme an.«

Eine große Windböe heult in meinen Ohren und peitscht meinen Umhang. Die Luft verliert ihre Wärme und lässt meinen Schweiß gefrieren. Mein Atem bildet Wolken. Ich bleibe, wo ich bin, und kneife die Augen zusammen, als das Schwert ein gleißendes Licht abgibt. Glänzendes Schwarz verschluckt das Weiße von Qayns Augen; dann umhüllt ihn ein pulsierender Schatten, und er verliert jede Gestalt oder gar den Anschein eines Jungen. Der Schatten bricht zusammen und dreht sich spiralförmig um die Länge des Schwertes; es zittert in meiner Faust; mein Herz rast; die Sturmböe erhebt sich und mein Trommelfell pocht unter ihrem Protest. Ich fürchte, der Sturm wird nie nachlassen, aber der Schatten wird mit einem Schnalzen von meiner Klinge absorbiert. Die Wärme kehrt zurück, und es herrscht Stille.

Ich lasse das Schwert an meine Seite sinken und atme schnell. Die Erleichterung ist nur von kurzer Dauer, dann schmerzt meine Schulter, weil ich den Arm so lange hochgehalten habe.

Amira schleicht sich heran. »Ist es getan?«

Ich drehe das Schwert in meiner Hand. »Ich weiß nicht … Qayn, ich befehle dir, dich zu zeigen.«

»Wie du befiehlst.«

Wir zucken zusammen und sehen ihn neben uns stehen, die Hände in den Taschen vergraben. »Die Bindung war erfolgreich.«

Ich richte das Schwert wieder auf ihn. »Beweise, dass du die Wahrheit gesagt hast. Wer ist die Frau, die sich *F* nennt, und wohin ist Atheer gegangen, um sie zu treffen?«

»Ihr Name ist Farida«, antwortet er und betrachtet die Klinge mit spürbarem Abscheu. »Sie lebt in der Hauptstadt Taeel-Sa. Dein Bruder hat mir gestanden, dass er sich in sie verliebt hat.«

»Verliebte Menschen lassen sich alles Mögliche einflüstern«, sage ich abwehrend. »Wo in Taeel-Sa haben sie sich kennengelernt? Ich brauche Einzelheiten.«

Qayn schüttelt den Kopf. »Hm, nein. Im Interesse meines Überlebens denke ich, dass das erst einmal genug ist.«

»Du hast geschworen, mir zu helfen.«

»Und das werde ich auch, mit der Zeit«, säuselt er.

»Beim großen Geist, ich habe das Verlangen, dich zu töten«, sage ich mit zusammengebissenen Zähnen.

Er lacht mit aufreizender Lässigkeit. »Und du wolltest mich glauben machen, dass du mein Leben verschonen würdest.«

»Ich befehle dir, zu verschwinden, Teufel«, schnauze ich und füge mürrisch hinzu: »Obwohl ich lieber befehlen sollte, dass du eine Pike zwischen die Augen bekommst.«

»*Hinfort mit dir* wird genügen, Töterin.« Im Nu ist sein grinsendes Gesicht verschwunden.

Das Schwert glüht hell, dann verblasst es, verkürzt sich zu einem Dolch und saugt den letzten Rest meiner Magie auf. Ein Schauder huscht über meine Haut, und mit ihr ein überwältigendes Verlangen, das Brachland zu verlassen und nie mehr zurückzuschauen. Ich stecke die Klinge weg, knie mich auf den Teppich und werfe die Gegenstände in die Holztruhe. Aus den Augenwinkeln bemerke ich, dass Amira mich beobachtet. Ich klemme mir die Truhe unter den Arm und mache mich auf den Weg zum Gang.

Sie folgt mir, die Laterne schwingt in ihrer Hand. »Geht es dir gut?«

Das Lampenlicht malt unsere verzerrten Schatten an die Wände. Sie verschmelzen miteinander; auf den ersten Blick sind wir zwei, auf den zweiten sind wir drei. Ich kämpfe gegen die irrationale Angst an, die in mir aufsteigt – ich kontrolliere Qayn, nicht andersherum. Er ist an meine Klinge gebunden, nicht an mich, nicht an meine Seele, und er wird nur so lange gebunden sein, bis ich Atheer gerettet habe. Dann werde ich ihn töten und meine Pflicht erfüllen.

»Imani?«

Ich räuspere mich. »Mir geht es gut. Wir haben keine Zeit zu verlieren.«

6

Ich lege Raad das Lasso um den Hals und führe ihn aus dem Innenhof heraus. Der Hengst folgt willig und scheint zufrieden zu sein, dass er sein Ziel erreicht hat. Zurück im Durchgang verstaue ich Atheers Holztruhe in Badrs Satteltasche und trete die Heimreise an.

»Ich bin so glücklich«, seufzt Amira, als wir den gewundenen Pfad entlangtraben. »Unser Bruder ist am Leben. Es ist ein wahr gewordener Traum.«

Die Worte *er könnte am Leben sein* liegen mir zwar auf der Zunge, aber ich spreche sie nicht aus. Das alles kommt mir äußerst unwirklich vor, und ich weiß nicht, was ich jetzt tun soll. Soll ich den langen, einsamen Nächten nachtrauern, die ich ertragen musste, oder mich über die hellen Tage freuen, die vor mir liegen? Eine glückliche Zukunft, in der Mama und Baba sich nicht mehr streiten, Amira ihre rebellische Phase überwunden hat und niemand über meinen Bruder lästert, weil er wieder da und so brillant ist wie eh und je. Aber andere Sorgen, die in den Schatten gedeihen, holen mich eilig aus den luftigen Höhen dieses Tagtraumes zurück. Sie fordern mich auf, um Atheers Wohlergehen zu fürchten; sie überreden mich zu einer unterschwelligen Wut, die Antworten wegen seiner Taten verlangt. Trauer ist hauptsächlich etwas Rätselhaftes; sie ist verstümmelte Liebe, die fortbesteht, egal, wie sehr die Welt sich bemüht, das zu verhindern.

»Ich kann immer noch nicht begreifen, dass er Misra mit Auswärtigen geteilt hat«, sage ich, nachdem wir die Grenzen des Gebirges längst hinter uns gelassen haben.

Amira zuckt mit den Schultern. »Atheer hat seine Gründe. Er hat eine Welt gesehen, die wir nicht kennen.«

»Aber so ist unser Bruder nicht«, sage ich. »Irgendetwas stimmt da ganz und gar nicht. Er muss eine Art – ich weiß nicht – innere Krise durchgemacht haben.«

Ihre pfirsichfarbenen Wangen blähen sich auf, und sie schnaubt. »Wenn du mit innerer Krise meinst, dass er sich in jemanden verliebt hat und der Person helfen will, dann stimme ich zu.«

»Das hier ist nichts, über das man scherzt.« Ich will eine Sandfliege von meinem Oberschenkel wegschlagen und zerquetsche sie versehentlich. »Dass er sich in eine Auswärtige ›verliebt‹ hat, ist nur ein weiterer Beweis. Unsere Vorfahren haben uns versteckt, weil wir vom Großen Geist auserwählt wurden. Wir, nicht die Auswärtigen. Man konnte ihnen die Magie nicht anvertrauen, was bedeutet, dass Atheer ihnen kein Misra geben würde, es sei denn, er wurde auf irgendeine Weise manipuliert.« Ich nicke unentwegt. »Genau das muss ich dem Rat sagen. Sie hören immer auf die Vernunft, und Tantchen wird sich für ihn einsetzen.«

Amira bläht ihre Wangen auf. »Wie du meinst.«

Ich beuge mich in meinem Sattel zu ihr hinüber. »Wir kennen unseren Bruder, Amira. Das ist er nicht. Wirklich nicht.«

Aber sie sagt nichts dazu. Schweigend durchqueren wir Grasland, das unter der späten, trägen Sonne golden gefärbt ist. Dies ist eine der wenigen monsterfreien Zonen in der Sahir, wo die Dinge sicher und vertraut sind. Am sichtbaren Horizont erheben sich die majestätischen Mauern Qalias, überwuchert von Jasmin und Rosenstöcken. Der Anblick der Stadt, die den Eindruck erweckt, als wäre sie anmutig und spontan aus der Erde gesprossen, weckt eine intensive Melancholie. Atheer ist seit einem Jahr in einem Krieg gefangen, der nicht seiner ist. Ein ganzes Jahr lang hat er sein Zuhause nicht gesehen. Ich frage mich, ob er Qalia in seinen Träumen erblickt? Sind wir auch dort?

»Imani.« Amira unterbricht meine Träumerei. »Ich möchte mit dir gemeinsam nach ihm suchen.«

Ich ziehe an den Zügeln, damit Badr langsamer wird. »Das geht nicht.«

»Warum nicht? Atheer ist nicht nur dein Bruder.«

»Das habe ich auch nicht behauptet.«

»Und warum dann?« Ihr Blick verfinstert sich. »Du willst meine Gesellschaft meiden, nicht wahr?«

Die ungebändigte Verunsicherung, die ich den ganzen Tag über gespürt habe, ballt sich plötzlich zusammen. »Das hat nichts mit deiner Gesellschaft zu tun, Amira«, sage ich scharf. »Um Atheer wiederzufinden, muss man durch gefährliche Teile der Sahir reisen, die Verschlingenden Sande und verfluchte Länder durchqueren. Du bist für all das nicht gerüstet. In deinem Alter war ich bereits im Orden der Zaubernden und habe nicht bei jeder sich bietenden Gelegenheit die Schule geschwänzt …«

Ich beiße mir auf die Zunge. Amiras Unterlippe bebt, und im schwindenden Licht sehe ich frische Tränen in ihren Augen.

»Verzeih mir«, murmle ich mit belegter Stimme. »Ich sage es nur zu deiner Sicherheit. Bitte, geh nach Hause und sprich nicht darüber. Ich werde Mama und Baba die Situation erklären, wenn ich beim Rat fertig bin.«

»Na schön«, murmelt sie und lässt den Kopf hängen. »Es tut mir leid, dass ich nicht so perfekt und vollkommen bin wie du.« Sie nimmt Raads Führstrick und galoppiert in Richtung der Stadt. Dabei weint sie leise.

»Amira, so habe ich das nicht gemeint«, rufe ich ihr nach, aber sie ist schon weg.

Ich beobachte, wie sie davonreitet, und mein Herz rast. Ich will hinter ihr her und mich für meine harschen Worte entschuldigen, aber eine wütende Stimme in meinem Inneren wünschte, sie würde aufhören, ständig so trotzig zu sein und unsere ohnehin schon verzweifelten Eltern unnötig aufzuregen. Zu Hause ist es schon schwierig genug, ohne dass sie zusätzlichen Ärger macht, wie beispielsweise auf diese gefährliche Mission mitkommen zu wollen. Wenn meine Strenge sie ermutigt, sich zu bessern, dann tue ich vielleicht das Richtige. Diese Person, zu der Amira geworden ist, ist sie eigentlich gar nicht – so wie der Atheer, von dem wir heute erfahren haben, eigentlich nicht unser Bruder ist. Aber wenn ich ihn nach Hause zurückbringen kann, kehrt vielleicht auch die wahre Amira zurück.

Diese Worte wiederhole ich hoffnungsvoll im Geiste immer und immer wieder, doch sie tragen wenig dazu bei, mein schlechtes Gewissen zu lindern, und nehmen mir auch nicht das Gefühl, dass die Dinge außer Kontrolle geraten.

Ich warte, bis Amira außer Sichtweite ist, bevor ich auf die offenen Tore Qalias zuhalte.

In Gold gehüllt stehen sie in einem riesigen Torbogen aus schwarz-gelbem Stein, und die sie umgebenden Wälle sind bemannt mit Bogenschützen, die vergoldete Helme und azurblaue Umhänge tragen. Die Stadt im Inneren ist nicht weniger schön und einladend. Lächelnde Menschen gehen in jeder naturbelassenen Straße ihrem abendlichen Treiben nach; die überfüllten Cafés und Shisha-Stuben vibrieren vor Lachen und der Musik von Nay-Flöten, Darbuka-Trommeln und Oud-Saiteninstrumenten. Die Basare sind noch geöffnet und werden von magischem Licht erleuchtet. Die Rufe der Händler, die alles Mögliche verkaufen, von frischem Obst und Fleisch über Datteln und Nüsse bis hin zu Seidenteppichen, Parfüms in bunten Glasflaschen und vielem mehr, sind überall zu hören. Zwischen ihnen schlendern die Trupps der Stadtwache mit ihren gegürteten Langschwertern herum. Sie patrouillieren zu zweit, aber ihr Verhalten und ihre Gespräche sind lässig. Qalia war schon immer ein sicherer Ort mit sehr wenig Kriminalität. Eine Stadt des Überflusses.

»Dieser Ort ist zu viel«, hatte Atheer gesagt, als wir eines Tages zur Bäckerei gingen, um Manakish zum Frühstück zu kaufen. Ich fragte, was er meinte, aber er schüttelte nur den Kopf. Jetzt verstehe ich es. Er hatte Qalia mit den Orten verglichen, die er auf seinen Erkundungsmissionen gesehen hatte und die von diesem fremden

Imperium geplündert und tyrannisiert wurden. Es schmerzt mich, dass er nicht erkannte, dass er diesen Krieg unmöglich allein gewinnen konnte und dass es auch nie seine Aufgabe war, es überhaupt zu versuchen. Sein Platz ist hier, als gefeierter Schild in der gesegneten Sahir mit seinem Volk und seiner Familie, die ihn liebt. Und es ist an mir, ihn zurückzubringen.

Ich begebe mich zum Heiligtum, aber statt den Weg zu nehmen, der zu den Kasernen führt, folge ich dem gewundenen, grasgesäumten Edlen Pfad hinauf zum Haupteingang. Das aus weißem Marmor errichtete Heiligtum liegt auf einem Hügel mit Blick auf Qalia und ist das Herz unserer Magie, unserer Herrschaft und unseres Wissens. Eine riesige Kuppel aus Marmor und Gold bildet den zentralen Teil des Heiligtums, kleinere Kuppeln überragen die Seitenflügel. Beleuchtete Minarette bewachen jede Ecke und gewähren den Wächtern freien Blick über das Gelände und die Stadt dahinter. Im hinteren Teil des Geländes befindet sich ein Garten, in dem der uralte Misra-Baum steht. Die Magie war eine Gnade, die uns vom Großen Geist zuteilwurde, um uns im Kampf gegen die Geißel der Wüste zu helfen, ein bösartiges Monster, das die Sahir vor einem Jahrtausend terrorisierte. Nachdem wir die Geißel besiegt hatten, gestattete uns der Große Geist, den Baum und seine Magie zu behalten, sowohl als Belohnung für unsere Opfer als auch, damit wir weiterhin Hüter dieses heiligen Landes sein konnten. Mir wurde nie erlaubt, den Garten zu betreten – nur Zahim dürfen ihn betreten –, aber es ist Gnade genug, beim Näherkommen die höchsten Äste des Baums zu erspähen, die hinter der goldenen Kuppel hervorlugen.

Ein Wächter steht vor den Toren und hebt seine behandschuhte Hand. »Halt! Gib dich zu erkennen.«

»Imani.« Ich halte Badr in dem Lichtkreis einer Messinglampe an. »Ich muss den Rat sehen.«

Sein Blick aus zusammengekniffenen Augen entspannt sich, und er neigt den Kopf. »Ah, Dschinntöterin, willkommen. Der Rat befindet sich in einer Sitzung …«

»Es ist dringend.« Ich nicke in Richtung des Heiligtums. »Benachrichtige Aziza Zahim.«

»Sofort.« Er eilt durch die Tore und lässt den anderen Wächter zurück, der mit mir Blickkontakt aufnimmt und nervös lächelt. Nach ein paar verkrampften Momenten wagt er ein Gespräch.

»Ich hatte noch nie die Gelegenheit, das zu sagen, aber der Verlust deiner Familie tut mir sehr leid. Dein Bruder war ein großartiger Mann.«

Meine Brust bebt. *Er ist ein großer Mann. Ist.* Hoffe ich.

Der erste Wächter kehrt zurück und winkt mich hinein. Ich durchschreite die Tore, bringe Badr in den Stall und durchquere die weitläufigen Gärten mit Atheers Holztruhe unter dem Arm. Die oben abgerundeten Türen des Heiligtums stehen offen und werden von zwei weiteren Wächtern gesichert. Der eine geleitet mich in die Eingangshalle und nach links über den weißen Kachelboden. Obwohl ich schon so oft hier drinnen war, sauge ich immer noch begierig die reichhaltigen Details in mich auf. Das Innere des Heiligtums ist ein Meisterwerk aus Torbögen und Schlüssellochfenstern, wabenförmigen Gewölbedecken, weitläufigen Räumen mit Seidenteppichen und Zedernholzmöbeln mit Marmorintarsien. Kunstvolle Fliesenmosaike erstrecken sich über die Wände geräumiger Säle, und lange Arkaden werden von Säulen mit Stuckreliefs in Form von Dattelpalmen getragen, die mit Blattgold und kostbaren Juwelen verziert sind. In jedem Raum und in jeder Nische riecht es nach Myrrhe und Aloeholz, die frisch aus einem der vielen Gärten gepflückt wurden, und das gesamte Heiligtum wird von dekorativen, silbernen Laternen hell erleuchtet, die in komplizierten Mustern von den Decken hängen.

Der Wächter läutet eine Glocke, die an der Wand vor zwei geschlossenen Türen hängt. Kurz darauf öffnet er eine von ihnen und führt mich in einen runden Raum. Die Wände und die gewölbte Decke sind mit Gemälden bedeckt, die bedeutende historische Ereignisse darstellen, wie beispielsweise den Bau des Sanktuariums durch Zauberer, die die Zugehörigkeit zu Stein meisterlich beherrschten und riesige Blöcke allein mit ihrem Geist heben konnten. In der Mitte steht ein langer rechteckiger Tisch, beladen mit Servierplatten voller Früchte und mit Sirup glasierter Baklavas, dampfenden Tassen mit schwarzem Kaffee und hohen, mit Juwelen besetzten Saftkelchen. Um dieses Festmahl herum thront auf sechs kunstvollen Stühlen der Rat von Al-Zahim.

An einem Ende sitzt Tante Aziza, die Meisterin des Misra. Der Mann mit dem steinernen Gesicht, der am Tisch neben ihr aufragt, ist kein anderer als Bayek, der Großzahim und Tahas Vater. Yasmeen sitzt auf dem nächsten Stuhl – die Ministerin des Landes ist für ihre Macht, den Regen zu manipulieren, ebenso bekannt wie für ihr lockiges, braunes Haar, das sie mit einer Hochsteckfrisur bändigt. Heute Abend ist ein glitzernder Schleier daran befestigt, der in einer schieferfarbenen und blauen Perlenwolke, die an einen Sturm erinnert, zu Boden fällt. Über den Tisch neben ihr lugt Schatzmeister Aqil, ein kleiner, schrumpeliger Mann mit einer ausgeprägten Vorliebe für Gold – wovon allein schon die dicken Ringe zeugen, die seine flinken Hände verdecken. Auf den letzten beiden Stühlen sitzen Nadia, die Großgelehrte, und Tariq, der Großarzt. In ihrem gesamten Erscheinungsbild sind sie bedeutende Persönlichkeiten, deren Kleidung aus Seide und Leinen, fein gewebten Gewändern und Kamelfellbischts besteht und die beide allerlei Gold und Juwelen tragen. Ich habe sie schon früher bei Veranstaltungen gesehen, aber noch nie so aus der Nähe und noch nie, nachdem ich das heilige Gesetz des Rates über magische Bindungen gebrochen, geschweige denn einen Dschinn an einen so heiligen Ort gebracht hatte. Anstatt freudig erregt zu sein, sind meine Nerven zum Zerreißen gespannt, sodass mir übel ist, und ich habe eine irrationale Angst, dass sie irgendwie in der Lage sein werden, meine Verfehlung zu bemerken.

Meine Tante erhebt sich von ihrem Stuhl. Sie ist eine schöne Frau Mitte dreißig – ungewöhnlich jung für eine Zahim –, schlank, mit bräunlicher Haut, einer Kaskade gewellten braunen Haares und denselben bernsteinfarbenen Augen wie Mama, obwohl

Tantchens Augen einen verschleierten, wehmütigen Ausdruck haben.

»Tritt vor, Imani«, sagt sie.

Ich schlurfe zum Tisch hinüber, unsicher, wen ich anschauen soll. Aqil jagt mit einer vergoldeten Gabel eine dicke rote Weintraube über einen Teller, Yasmeen füllt ihren Becher mit frischem Dschallab auf, Tariq blättert in einigen Papieren, und Nadia poliert ihre dünnen Brillengläser mit einem Seidentuch. Nur Tantchen und Bayek schenken mir ihre ungeteilte Aufmerksamkeit, also richte ich meine Mitteilung an sie.

»Verzeiht, dass ich eure Sitzung störe, aber ich habe dringende Neuigkeiten.«

»Aha?« Tantchen lässt sich wieder auf ihrem Stuhl nieder. »Bitte, erzähl sie uns.«

Ich atme tief ein. »Ich glaube, dass mein Bruder im Königreich Alqibah noch am Leben sein könnte.«

Der Raum ist ohrenbetäubend still. Über unseren Köpfen flackert das magische Licht im Kristallkronleuchter, die anderweitig beschäftigten Zahim sehen einer nach dem anderen zu mir auf.

»Sag das noch einmal«, fordert meine Tante mit kontrollierter Stimme.

Ein weiterer Atemzug. »Ich habe Beweise dafür, dass Atheer im Königreich von Alqibah noch am Leben sein könnte. Ich fand einige seiner Habseligkeiten an einem Ort, den er in der Wildnis aufsuchte.« Ich klopfe mit einer verschwitzten Handfläche auf die Holztruhe. »Sein Pferd hat mich dorthin geführt.«

Mein Herz klopft heftiger, während die Zahim verwirrte Blicke wechseln.

»Die Wildnis? Sein Pferd?«, sagt Aqil durch den dicken weißen Schnurrbart, der seinen Mund verdeckt. Er kratzt sich an seinem Haarschopf, der sich wie immer weigert, ordentlich unter seiner schwarzen Seidenkufiyah zu bleiben. »Ich fürchte, ich kann dir nicht folgen, meine Liebe.«

Bayek starrt mich durchdringend an. Der strenge Krieger verfügt angeblich über eine unübertroffene Blitzzugehörigkeit. Er kann eine elektrische Barriere erschaffen, die Schwert und Pfeil abwehren kann, und in seiner Zeit als Schild kämpfte er mit einem massiven Energiestrahl, der so manche riesige Sandschlange in zwei Hälften teilte. Der Wahrheitsgehalt solcher Geschichten ist fragwürdig, aber es muss etwas dran sein, wenn man bedenkt, dass Bayek sowohl Großkommandant der edlen sahiranischen Streitkräfte als auch Großzahim, Vorsitzender des Rates, ist. Er ist eine einschüchternde Persönlichkeit, der ich Respekt entgegenbringen muss, ob ich will oder nicht. Ich neige den Kopf, nur um den Blickkontakt mit ihm zu unterbrechen.

»Verzeih mir, Aqil Zahim. Ich habe mich nicht gut ausgedrückt.« Ich halte inne und gehe die Geschichte durch, die ich mir ausgedacht habe, bevor ich es erneut versuche. »Eins von Atheers Pferden ging außerhalb der Mauern verloren. Ich verfolgte es zu einem Ort, den Atheer bei seinen Jagdausflügen besucht haben muss. Dort fand ich diese Truhe. Darin befinden sich Briefe, die er mit Auswärtigen aus Alqibah austauschte. Ihnen habe ich entnommen, dass Atheer manipuliert wurde, um an der Seite von Rebellen, die er bei seinen Erkundungsmissionen traf, gegen das Reich der Verheerenden zu kämpfen, und dass er ein wenig seines Misra mit ihnen teilte.«

Ich stelle die Holztruhe auf den Tisch. Der Rat staunt, als wäre sie aus purem Gold, aber meine Tante bewegt sich als Erste. Sie öffnet sie und durchforstet langsam die Schriftrollen, dann schiebt sie sie beiseite und stützt ihren Kopf in die Hände. Zu meinem Entsetzen beben ihre Schultern unter einem schwachen Schluchzen. Ich habe sie noch nie weinen sehen und die anderen Zahim vielleicht auch nicht, denn plötzlich herrscht am Tisch Chaos.

Yasmeen erhebt sich von ihren Stuhl und geht zu ihr, um sie zu trösten. »Das ist sicherlich eine beunruhigende Nachricht, aber das Wichtigste ist, dass dein Neffe lebt.«

Aqil reckt seinen kurzen Körper, um an Bayek vorbei etwas sehen zu können. »Ja, denk an deine Schwester. Sie wird sich freuen!«

Die mausgraue Nadia mit dem verkniffenen Gesicht schnalzt mit der Zunge. »Man kann wohl sagen, dass es eine schwierige Zeit für Zahra und Muamer war.«

»Und für uns.« Aqil zieht seine buschigen, mit Grau durchzogenen Brauen zusammen. »Es war furchtbar schade, ein solches Talent wie Atheer zu verlieren. Ach, aber die Jugend ist so anfällig für Manipulationen.«

»Der Krieg hat ihn erschüttert«, sagt Tariq, worauf Nadia entgegnet: »So etwas hatte er noch nie gesehen«, und Aqil fügt hinzu: »Sein übermäßiger Gebrauch von Misra kann nicht hilfreich gewesen sein.« Yasmeen ruft aus: »Ganz bestimmt nicht, wenn ihm verfluchte Auswärtige in den Ohren liegen«, und kehrt zu ihrem Platz zurück.

So geht es weiter, und sie plappern über die Schriftrollen hinweg. Bayek beobachtet Tantchen mit etwas, das beunruhigend nahe an Belustigung herankommt. Ich habe keinen Zweifel, dass er ihre Tränen als ein Zeichen von Schwäche ansieht. Es ist unerheblich, dass meine Tante Meisterin des Misra ist und alle Zaubernden und Magieangelegenheiten beaufsichtigt; es ist unerheblich, dass sie vor ihrer Wahl einige produktive Jahre als Architektin und Erfinderin verbracht hat und die größte Quelle magischen Lichts in der gesamten Sahir ist, da sie die Zugehörigkeit zur Sonne gemeistert hat. Er sieht nur eine Schwachstelle, die er ausnutzen kann. Sie hat immer darauf beharrt, dass sie sich gut verstehen, aber ich war noch nie so wenig davon überzeugt wie jetzt. Und Tahas Antipathie mir gegenüber muss irgendwoher kommen. Gibt es eine bessere Quelle als giftige Worte, die in der Privatsphäre ihres Haushalts geäußert werden?

Plötzlich wendet Bayek seinen Blick mir zu, und es ist, als sähe er durch mich hindurch. Seine Augen sind nicht wie die von Taha, groß, glitzernd und ruhig. Sie ähneln denen einer Krähe, klein und berechnend, und in ihnen wird ein Plan ausgebrütet, da bin ich mir sicher.

Tantchen hustet und lenkt seine Aufmerksamkeit gnädigerweise ab. Sie kommt zu mir hinüber und tupft sich die Wangen mit einem Seidentuch ab. »Verzeih mir, Imani. Von allen muss es für dich am schwersten gewesen sein, die Wahrheit zu erfahren.« Ich verberge mein verwirrtes Stirnrunzeln in unserer Umarmung. »Meine weisen Kollegen, bitte nehmt meine aufrichtige Entschuldigung im Namen meines Neffen an.« Sie kehrt zum Tisch zurück, wobei ihr schimmerndes Kleid wie eine Schleppe hinter ihr über den Teppich schleift. »Ich fürchte, der Stress seiner Verantwortung hat ihn anfällig für den Einfluss der Auswärtigen gemacht.«

»Eine Entschuldigung ist nicht nötig«, sagt Aqil. »Es hat keine schlimmen Folgen gehabt.«

»Von denen wir wissen.« Bayek sieht nicht von dem Brief hoch, den er gerade begutachtet. Er hat eine tiefe, gebieterische Stimme und die Gabe, jedem Wort eine tödliche Schärfe zu verleihen.

Aqils Schnurrbart kräuselt sich um seine zusammengekniffenen Lippen. »Hilf meinem Gedächtnis auf die Sprünge, Bayek. Haben wir Berichte erhalten, die auf hysterische Ausbrüche wegen magischer Sichtungen hindeuten? Laufen die Auswärtigen durch ihre Straßen und schreien etwas von Zauberern?«

Nadia und Tariq senken ihre Blicke zum Tisch, aber Yasmeen kichert frech in ihren Becher. »Nein, ich glaube nicht, dass ich von solchen Dingen gehört habe.«

»Nein, haben wir nicht.« Aqil verschränkt die Arme. »Atheer hat Misra unbedacht mit einigen niederen Rebellen geteilt, von denen die meisten bereits an ihren Hälsen aufgehängt worden sind. Ich weiß ja, dass du einen militärischen Hintergrund hast, Bayek, aber bitte lass die Angstmacherei in den Kasernen, wo sie hingehört. Sie ist für diese Diskussion nicht hilfreich.«

Ich bin erstaunt über den Schneid des kleinen Aqil und noch mehr über seine bissigen Bemerkungen. Verteidigt er Atheer, weil er meiner Familie nahesteht – mehrere seiner Verwandten haben in die Beya-Sippe eingeheiratet – oder weil er eine persönliche Abneigung gegen Bayek hegt? Schließlich ist Bayek hier selbst so etwas wie ein Auswärtiger; er entstammt nicht wie die anderen Zahim einem weit zurückreichenden, angesehenen Geschlecht. Die Al-Baz-Sippe bestand schon immer aus bescheidenen Jägern und Fellverkäufern und gelangte nur dank Bayeks Leistungen in der Armee zu gesellschaftlichem Ansehen. Jeder in diesem Raum wird wissen, dass er ursprünglich nicht für das Amt des Großzahim vorgesehen war, aber die erste Wahl der Ältesten stieß auf heftigen öffentlichen Protest. Angeblich waren einige Sippen der Meinung, Bayek sei zu Unrecht zugunsten eines weniger erfahrenen Kandidaten aus einer bessergestellten Sippe übergangen worden. Mama mutmaßt, dass diese Unruhen von der Al-Baz-Sippe selbst angefacht wurden. Ob das nun stimmt oder nicht, der Protest veranlasste die Ältesten, ihre Wahl zu überdenken und Bayek zum Großzahim zu ernennen. Der Aufruhr, der dadurch ausgelöst wurde, war auf beiden Seiten so groß, dass einige Kritiker der neuen Wahl der Ältesten in den darauffolgenden Monaten sogar ein vorzeitiges Ende fanden, auch wenn nie eindeutig festgestellt wurde, dass sie einem Verbrechen zum Opfer gefallen waren. Und da der Großzahim ein Amt auf Lebenszeit ist, hat der Rat – und die Sahir – nun Bayek am Hals. Sollte der Großzahim sich durch Aqils Bemerkungen beleidigt fühlen, gelingt es ihm, dies zu verbergen.

»Misra zu stehlen, seinen Posten zu verlassen, die Magie mit Auswärtigen zu teilen – Atheer hat schwere Verbrechen begangen, und schwere Verbrechen erfordern noch schwerere Strafen«, sagt er.

Aqil gibt einen verärgerten, erstickten Laut von sich. »Sei doch vernünftig, Bayek, ja? Der Junge war in einer emotionalen Krise.«

Ich sehe meine Chance. »Bei allem Respekt, mein Großzahim, ich muss Aqil Zahim zustimmen. Diese Handlungen sind untypisch für Atheer. Er war in den Monaten vor seiner Abreise zutiefst verstört. Er braucht eine Behandlung, keine Bestrafung.«

»Ich wage zu behaupten, dass die schwierigen Erfahrungen, die der Junge in Alqibah gemacht hat, Strafe genug sind«, sagt Yasmeen, »aber er wird sich gewiss strenge Worte anhören müssen, wenn wir ihn heimbringen können.«

»Vielleicht auch eine längere Suspendierung vom Dienst«, schlägt Tariq vor. »Das scheint fair zu sein«, sagt meine Tante, und alle außer Bayek stimmen zu.

»Ich muss euch nicht daran erinnern, dass Atheer mehrere Wege durch die Verzauberung kennt«, sagt er. »Es braucht nur einen Auswärtigen, der mit seiner Hilfe die Sande durchquert, um die gesamte Sahir zu gefährden, ebenso wie den Frieden und die Sicherheit, für die wir ein Jahrtausend lang hart gearbeitet haben.«

»Übertreibung«, murmelt Aqil.

»Das Buschfeuer, das die Stadt Ayadin vernichtet hat, begann mit einem einzigen, unbedeutenden Funken, nicht wahr?«, erwidert Bayek kühl. Er hat recht. Wenn Farida Atheer so beeinflusst hat, dass er seine Magie mit ihr teilt, ist es dann unwahrscheinlich, dass sie ebenfalls um Einlass in die Sahir bitten könnte? Was ist mit ihrer Familie und den Familien der anderen Rebellen? Sie könnten in der Sahir Schutz vor dem Krieg suchen, und wenn sie das tun, könnten sie von anderen Auswärtigen entdeckt und verfolgt werden – sogar vom Imperium der Verheerenden. Ich schließe die Augen, während mir heißer Schweiß über die Haut rinnt. *Möge der Große Geist dir helfen, Atheer.* Ich muss ihn retten, bevor er unabsichtlich etwas tut, das zur Bedrohung für uns alle wird.

»Ich weiß, wohin Atheer gegangen ist, Herr, und wo er sein wird, wenn er tatsächlich noch am Leben sein sollte«, sage ich und gehe auf den Tisch zu. »Er hat in Taeel-Sa eine junge Frau namens Farida kennengelernt. Sie führt eine Gruppe von Rebellen an und ist diejenige, die diese Briefe geschickt hat. Das Beste für uns alle ist, wenn er sofort nach Hause gebracht wird.«

Ohne seinen Blick aus zusammengekniffenen Augen von mir abzuwenden, schiebt Bayek seinen Stuhl zurück und steht auf. Er gleicht jetzt einer Säule, groß, gerade und unangreifbar. »Du bietest an, ihn zu verfolgen.«

Ich neige meinen Kopf. »Ja, Herr. Atheer ist fehlgeleitet und neigt vielleicht zu unüberlegtem Verhalten, aber er vertraut mir.

Ich werde ihn von seiner Torheit überzeugen und ihn nach Qalia zurückbringen. Du hast mein Wort.«

Bayek stolziert hinter den anderen Zahim hin und her. »Und ich soll dein Wort unbesehen glauben, ja? Ich soll die Sicherheit der Sahir deinem Versprechen überlassen, ja?«

Ich bekomme eine Gänsehaut, weil er Taha so ähnlich ist. Oder besser gesagt deswegen, wie penibel Taha nach dem Ebenbild seines Vaters geformt wurde.

Aqil stößt einen gereizten Seufzer aus. »Es widerstrebt mir, meine Liebe, aber auch ich halte es nicht für klug, dass du dich auf diese Reise begibst.«

»Ich bin der gleichen Meinung«, sagt Yasmeen, und Nadia und Tariq nicken.

Ein Gefühl der Taubheit breitet sich in mir aus, langsam, aber stetig, zuerst in meinen Händen und Füßen, und dann steigt es durch meine Gliedmaßen auf. »Warum?«

Bayek wendet mir seinen breiten Rücken zu; ich höre Papiere auf dem Tisch rascheln. »Dir fehlt es an Ausbildung, Erfahrung und der richtigen Konstitution, um die Mission sicher zu beenden.«

»Richtige Konstitution,« wiederhole ich langsam.

»Und du bist zu dicht an der Situation dran. Man wird andere an deiner Stelle schicken.« Er dreht sich um und zeigt auf einen Federkiel in einem Tintenfass neben einem Blatt Papier. »Schreib Faridas Aufenthaltsort auf, alles, was du weißt. Morgen früh wird eine Gruppe losgeschickt, um deinen Bruder zu holen.«

Meine Schultern heben und senken sich. Es fällt mir schwer, die anderen Zahim über mein schweres Atmen hinweg zu hören.

»Mach dir keine Sorgen, meine Liebe. Atheer wird sicher zurückkehren«, höre ich Aqils verzerrte Stimme.

»Ich werde mich persönlich um seine Behandlung kümmern«, bietet Tariq an.

»Ja, eine Auszeit von den Schilden wäre bestimmt heilsam und auch eine Gelegenheit für Atheer, über seine Fehler nachzudenken«, sagt Yasmeen.

Das Taubheitsgefühl hat sich in meinem ganzen Körper ausgebreitet. »Bitte«, flüstere ich.

»Das war ein Befehl, Schild«, sagt Bayek.

Ich schlurfe zum Federkiel, und meine Finger streifen versehentlich den Griff meines Dolches, der an meinem Oberschenkel befestigt ist. Augenblicke später ist tiefer Hass von ihm in meine Finger gesprungen und meinen Arm hinauf in meine Brust gestiegen, wo er mich mit einem wütenden Feuer erfüllt. Ich komme langsam zum Stehen und spreche, bevor mir bewusst wird, was ich da tue.

»Nein, Herr, ich werde dir nicht sagen, wo mein Bruder ist.«

Spürbare Spannung ergreift den luxuriösen Raum und lässt ihn stickig und beengt wirken.

Bayek sieht mich über seine kräftige Nase hinweg an. »Weigere dich noch einmal und ich werde dich verhaften lassen.«

Eine Entschuldigung springt in meine Kehle. Schnell lege ich meine Hand wieder an den Griff, stehle den Groll, der Qayn gehören muss, und benutze ihn, um mich zu stabilisieren. Ich bin diesen Weg zu weit gegangen, um ihn jetzt zu verlassen, habe den Schilden zu viel geopfert, um mich von Bayek wie eine unfähige Kriegerin behandeln zu lassen; ich habe zu viele schlaflose Nächte in der Trauer um Atheer verbracht, um mich von der Tür zur Erlösung abweisen zu lassen. Atheer ist *mein* Bruder – seine Abwesenheit hat Risse verursacht, die versuchen, *meine* Familie zu verschlingen –, und falls er noch lebt, muss ich diejenige sein, die ihn aus dem Chaos rettet, in dem er verloren ist. Ich muss die Ordnung unserer Welt wiederherstellen.

»Niemand außer mir weiß, wo er sich aufhält«, sage ich.

Bayek wendet sich abrupt um. »Willst du nicht eingreifen, Aziza? Deine ungehobelte Nichte versucht, uns zu bedrohen. Schämt sie sich nicht vor ihrer Tante?«

»Lass sie aus dem Spiel.« Ich muss den Dolch jetzt nicht einmal anfassen. Dieser Trotz gehört ganz mir.

»Was willst du?«, knurrt Bayek mich an.

Ich zwinge mich, ihm ins Gesicht zu sehen. »Ich verlange nicht viel, Herr. Ich will nur meinen Bruder nach Hause bringen.«

Ich schwöre, dass Blitze in seinen dunklen Augen zucken. »Es ist dein Schicksal, Schild.« Er wirft seinen schwarzen, goldumrandeten Bischt schwungvoll nach hinten und kehrt an den Tisch zurück. »Du wirst nicht allein gehen, und nach deiner Rückkehr wirst du dich für deine Missachtung verantworten müssen.«

Der Fluss des Trotzes wogt. Großzahim oder nicht, glaubt Bayek wirklich, dass er das Recht hat, mich zu bestrafen, weil ich meinen eigenen Bruder retten will? Meine Sippe hat diese Stadt mit *aufgebaut*. Meine Sippe saß vor tausend Jahren im allerersten Rat, und er täte gut daran, diese Tatsachen im Kopf zu behalten, wenn er seinen schwachen Stand hier behaupten will. Ich bin so sehr versucht, diese grausame Warnung auszusprechen, dass ich mir auf die Zunge beißen muss.

Bayek kritzelt etwas auf einen Zettel und reicht ihn Tantchen. »Eingewiesen und vorbereitet gleich morgen früh«, murmelt er.

Morgen. Ich hatte erwartet, dass ich bald abreisen würde, aber zu hören, dass er es bestätigt, lässt plötzlich ein Dutzend Vögel in meinem Brustkorb flattern.

Meine Tante verlässt steif den Tisch. »Ich sorge dafür, dass sie sich im Morgengrauen in der Kaserne treffen. Komm, Imani, ich begleite dich hinaus.«

7

Ich erwarte, dass meine Tante mich zur Tür bringt. Stattdessen bittet sie mich, sie tiefer in das Heiligtum zu begleiten. Ich rechne damit, dass sie mich während des langen Spaziergangs für meine Unverschämtheit ausschimpft, aber sie schweigt, und bald kommen wir an einem Ort heraus, an dem ich noch nie gewesen bin: dem Garten des Misra.

Ich bleibe auf dem Marmorweg stehen und staune nicht schlecht. Der uralte Baum ist bestimmt so hoch wie ein Minarett; obwohl er regelmäßig für Gewürz geschält wird, ist der glatte, braune Stamm makellos, und seine goldenen Adern schimmern im Mondlicht. Seine Äste sind schön und ebenmäßig geformt und tragen elliptische, grüne Blätter, auf denen silbernes Licht wie flüssiges Wasser spielt. Der Baum steht in der Mitte eines Gartens, der teilweise lange ohne Pflege der herrlich wilden Art der Natur überlassen wurde. An anderer Stelle zeigt er die durchdachten Spuren menschlicher Hand: Steinwege schlängeln sich zwischen gepflegten Blumenbeeten und präzise geformten Hecken; kunstvolle Steinbänke stehen in der Nähe von Brunnen, die Wasser in faszinierenden Mustern versprühen, und schmiedeeisernen Laternenpfählen, von denen ewiges Licht ausgeht – eine Schöpfung einer Gruppe von Zaubernden, die unter der Leitung von Tantchen das ganze Jahr über für Licht in der Sahir sorgen. Zwischen den Hecken lugen Granitstatuen von Bogenschützen, Falknern und Gelehrten hervor, und das ist nur das, was ich von meinem Standort aus sehen kann. Ein melodiöses Flüstern vibriert in der Luft;

mein Blick wird von einem violettblauen Oasenvogel mit Schleppgefieder angezogen, der über mich hinwegsegelt und irgendwo im Misra-Baum zur Ruhe kommt. Und obwohl er nur ein Baum ist, ist er es auch nicht. Die Magie des Großen Geistes geht von ihm aus, unsichtbar, aber spürbar. Dies ist das schlagende Herz der heiligen Sahir, des Landes der Magie und des Wohlstands; es ist die Sonne, der Mond und die Sterne, der Sand, die Gräser, die Berge und Flüsse, die Hitze und die Kälte, die verschiedenen Vögel und Tiere. All das spüre ich in der Erde unter mir, in der Luft, in meiner Seele. Und ich bin zu Tränen gerührt.

»Diese Schönheit übersteigt jede Vorstellungskraft«, sage ich mit einem leisen Atemzug. Ich sehe zu meiner Tante auf. »Warum hast du mich hierhergebracht? Ich bin dankbar, aber ich dachte, nur Zahim sei es erlaubt, den Baum zu betrachten. Und nach dem, wie ich mich vor dem Rat benommen habe …«

»Ich habe dir erlaubt, ihn zu betrachten«, sagt sie in einem Tonfall, der keine Fragen zulässt. Mit langen, gleitenden Schritten nähert sie sich dem Baum und zieht ihren durchsichtigen Schleier locker über ihr Haar. Die Kristalle, die darin eingebettet sind, fangen das Licht ein; es scheint, als trage sie einen Sternenschweif. Ihr Blick ist so weit entfernt wie sie selbst.

»Heute ist ein bedeutender Tag für dich, Imani. Du hast einen Blick auf das geworfen, was jenseits der Sande existiert, auf die Zivilisationen und die Menschen dort. Auch auf die Gewürzstraße, auf der verschiedenste Kulturen mit Gewürzen und anderen Waren handeln: Seide, Pferde, Stahl, Kunst. Konflikte. Für diejenigen, die in den – wie wir sie nennen – ›verfluchten‹ Ländern leben, ist der Anblick von Magie lebensverändernd. Die Dinge, die wir tun, ohne zu überlegen, sind für andere Handlungen der Göttlichkeit. Und die Magie *ist* göttlich, sie wurde uns vom Großen Geist geschenkt, obwohl ich fürchte, dass wir das leicht vergessen und es selten zu schätzen wissen. Für uns, das Volk der Magie, ist es die Wahrheit der Verfluchten, die unser Innerstes erschüttert. Die Wahrheit der ungebremsten Armut, der Pestilenz und des Krieges.«

Wahrheit. Atheer sprach beim letzten Mal davon – er sagte, die Wahrheit sei es wert, alles zu riskieren. Was meinte er damit? Ich wünschte, ich wüsste es, aber ich wandte mich von dem Gespräch ab, weil ich fürchtete, zu erfahren, wie tief er wirklich in Schwierigkeiten steckte. Holte er deshalb Qayns Rat ein, weil ich ihm nicht zuhörte? Ich hätte es tun sollen. Ich hätte eingreifen und ihm helfen können zu erkennen, dass seine Großzügigkeit und sein Mitgefühl von den Auswärtigen ausgenutzt wurden. Immer wieder führte er mich auf den richtigen Weg, und ich habe mich nie revanchiert. Es ist meine Schuld, dass er gegangen ist, sich im Hitzedunst wie eine Fata Morgana aufgelöst hat und nie wieder gesehen wurde. Es ist meine Schuld, dass er in Gefahr ist.

»Wir mussten uns noch nie mit solchen Nöten befassen, denn wir sind zu diesen Taten fähig.« Tantchen schnippt mit den Fingern und zieht eine wirbelnde Lichtkugel zusammen. »Aufzeichnungen berichten, dass der Rat vor einem Jahrtausend die Warnung des Großen Geistes beherzigte und die Zerstörung fürchtete, die über uns hereinbrechen würde, wenn die Auswärtigen von unserer Magie erfuhren. Also …« Sie umfasst das schwebende Licht mit ihrer Faust. »… belegte der außergewöhnlichste Zauberer die Verschlingenden Sande mit einem mächtigen Zauber, der die Monster hier gefangen hielt. Wenn eine Person nicht genau einem der geheimen Pfade folgte, würden die Sande schreckliche Verwirrung stiften und Reisende zum Umherirren und zum Tod verdammen. Der Zauber kappte die Verbindung zwischen uns und Alqibah – ja, der ganzen Welt. Man glaubte, unser Volk sei in der Sahir ausgestorben, und unsere Gesellschaft war nie mit der Gewürzstraße verbunden.« Sie schließt ihre Faust und löscht das Licht. »Wir gerieten in Vergessenheit, galten neben Dschinn und Geistern als Mythen.«

»Wir müssen vergessen bleiben«, sage ich. »Wir sollten nicht einmal Späher nach Alqibah schicken. Wir können nichts von den Auswärtigen lernen, und so bedauerlich ihre Situation auch ist, wir haben keine Möglichkeit, ihnen zu helfen. Wir haben unsere eigenen Probleme, um die wir uns kümmern müssen.« Mir wird ganz mulmig zumute, als ich mir Atheer allein in diesem fremden Land vorstelle. Plötzlich sticht mich der Hafer vor Ungeduld; der morgige Tag kann nicht früh genug kommen. »Unter ihnen zu sein, ihre Gewalt und ihren Krieg zu sehen, hat etwas in Atheer zerbrochen. Ich hoffe nur, dass Großarzt Tariq ihn heilen kann.«

»Vielleicht wird der Anblick des Königreichs Alqibah auch dich beeinflussen«, sagt meine Tante.

»Nein.« Ich zerschneide die Luft mit meinen Händen. »Ich habe die ›richtige Konstitution‹, egal was Bayek denkt.«

»Ich habe nie an deiner guten Verfassung gezweifelt.« Sie betrachtet die Glühwürmchen, die zwischen den Ästen des Baumes umherschwirren, den Oasenvogel, der seine üppigen Flügel putzt. »Wir bemühen uns, die Welt zu formen, Imani. Aber hin und wieder gelingt es der Welt, uns zu formen.«

»Wenn wir es zulassen. In der magischen Praxis geht es darum, einen starken Willen zu bilden und ihn durch unsere Zugehörigkeiten der Welt aufzuzwingen. Das hast du mich gelehrt.«

Sie schließt die Augen, als ein Windhauch durch den Garten weht und Gras und Äste zum Rascheln bringt. »Sehr gut. Aber ein eiserner Wille hat keine Macht …«

»Wenn er nicht zu einem Schwert geformt ist. Ich weiß.«

»Oder zu einem Schild, wenn die Umstände es erfordern. Vergiss nie, meine Nichte, dass alles Leben heilig ist. Wenn wir können, müssen wir unser eigenes aufs Spiel setzen, um es zu verteidigen. Komm, ich habe etwas für dich.« Sie lächelt, obwohl ich so dumm wie Dreck aussehen muss.

Ich folge ihr zurück ins Heiligtum und eine einsame Wendeltreppe hinauf. Auf dem Treppenabsatz schließt sie eine verschnörkelte Holztür auf und betritt einen stockdunklen Raum. Er bleibt nicht lange so. Während sie sich anmutig hindurchbewegt, erhellen über Kopf hängende Buntglaskugeln das Zimmer. Sie bringen einen runden Raum zum Vorschein, dessen Wände von der Decke bis zum Boden mit dunklen Bücherregalen bedeckt sind. Aber

Tantchen besitzt so viele Bücher, dass sich sogar auf ihrem Zedernschreibtisch zwischen Federkielen, Tintenfässern und Pergamentstapeln wertvolle, altertümlich anmutende Wälzer stapeln. Das hohe, schmale Fenster hinter dem Schreibtisch hat die beste Aussicht in der ganzen Sahir: Es führt hinaus zum Garten des Misra. Selbst das Mondlicht, das hindurch tanzt, schimmert wie aus zerkleinerten Diamanten, und der Wind, der durch die weißen Vorhänge weht, bringt den subtilen Duft von Jasmin, Rosen und *Magie* mit.

Ich bleibe mit meinen schmutzigen Stiefeln an der Kante des feinen lilafarbenen Teppichs stehen. »Dein Büro ist wunderschön, Tante.«

»Und unordentlich.« Sie wirft mir einen trockenen Blick zu, während sie zu einer Kommode geht.

Ich lasse meinen Blick über ihren Schreibtisch schweifen und erkenne einen der aufgeschlagenen Bände. »Das hat Mama vor Kurzem noch gelesen.«

»Ah, ja. Zahra hat die Abstammung unserer Sippe erforscht. Sie glaubt, dass es Vorfahren von historischer Bedeutung gibt, die wir womöglich noch nicht entdeckt haben.« Meine Tante räuspert sich. »Ich nehme an, du wirst sie und deinen Vater darüber informieren wollen, dass Atheer vielleicht noch in Alqibah lebt.«

»Das wäre das einzig Richtige.« Ich zögere, weil mir ein Gedanke gerade erst bewusst geworden ist. »Sie wussten nicht, dass er ein Späher war.«

»Nein. Die Identität des Spähers war nur dem Rat bekannt. Ich bedaure, zugeben zu müssen, dass ich Atheers Ernennung zu einem so neuen und gefährlichen Posten vor meiner eigenen Schwester geheim gehalten habe.«

Ich sehe ihr trauriges Stirnrunzeln, bevor sie sich der Kommode mit den Schubladen zuwendet. Ich trete näher heran. »Du darfst nicht so streng mit dir sein. Du hattest keine Wahl.«

»Wir haben immer eine Wahl, Imani«, sagt sie knapp. »Sag ihnen alles Nötige, sie haben lange genug in Unwissenheit gelitten.

Morgen werde ich mich dem Zorn meiner Schwester stellen.« Sie schließt eine Schublade, kommt zurück und hält etwas in der Hand. »Ich weiß nicht, was dich auf dieser Reise erwartet, aber ein Laternenpfahl in der Dunkelheit ist oft alles, was man braucht, um den Weg zu finden.« Sie drückt mir ein Kristallfläschchen in die Hand, das eher wie ein frisch vom Himmel gepflückter Stern aussieht.

Ich bewundere die sich windende weiße Kugel, die sich darin befindet. »Was ist das?«

»Unsterbliches Licht, gebunden durch einen Faden meiner Seele. Wenn du dich jemals verirrst, lass das Licht frei. Es wird dich leiten.«

Meine Augen weiten sich. »Aber wenn du das erschaffen hast, bedeutet das, dass du die Belebung gemeistert hast.«

Es ist die seltenste aller magischen Praktiken, die eigene Seele mit der eigenen Zugehörigkeit für eine Vielzahl von Zwecken zu verbinden; die bekannteste ist, eine dauerhafte, komplexe Verzauberung von etwas zu hinterlassen, wie es angeblich bei den Verschluckenden Sanden der Fall ist.

»*Gemeistert* ist ein starkes Wort«, sagt Tantchen. »Das hier allein hat Jahre der Übung, des Studiums und der Meditation erfordert. Und ein bisschen Glück, denke ich.«

»Aber was ist mit den Risiken für dich, für deine Seele?«

Sie legt mir eine Hand auf die Schulter. »Fass dir ein Herz, Imani. Die Seele ist weder statisch noch endlich; wir nähren sie unser ganzes Leben lang durch unsere Entscheidungen. Ungerechtigkeit lässt die Seele schrumpfen, Großzügigkeit weitet sie aus. Selbstloses Handeln stärkt sie.«

Ich halte ihr das Fläschchen hin. »Trotzdem kann ich das nicht annehmen, Tantchen. Es ist zu kostbar.«

»Ich habe keine Verwendung dafür.« Sie schließt meine Finger darum. »Licht, das nicht geteilt wird, ist schließlich …«

»Vermindertes Licht«, flüstere ich. »Hat Atheer das auch zu dir gesagt?« Sie lächelt, aber ihr Blick ist weit weg. Ohne ein weiteres Wort verlässt sie das Büro und geht die Treppe hinunter. Ich stecke das Fläschchen in meine Tasche und eile ihr hinterher, zurück durch das Sanktuarium und durch die Gärten zu den Ställen.

»Wir sehen uns bei Sonnenaufgang in der Kaserne«, sagt sie, als ich in Badrs Sattel steige. »Gute Nacht, Imani.«

Ich reite zu den Toren, während sich mein Inneres zu mysteriösen Knoten verdreht. Meine Tante wartet in den wechselnden Schatten unter einer Zypresse und beobachtet mich.

8

Bei Einbruch der Nacht wurde es kalt, und die meisten Menschen hatten sich in ihre Häuser verzogen. Ich schlendere durch die sanft beleuchteten Kopfsteinpflasterstraßen und habe nur ein Gedankengewirr als Gesellschaft. Indem ich Qayns Seele an meinen Dolch band, konnte ich fühlen, was er fühlte – ein Nebenprodukt der verbotenen Praktik –, aber anstatt mich von dem Teufel zu distanzieren, tauchte ich in seine Gefühle ein und teilte zweifellos etwas von den meinen mit ihm. Ich ließ uns näher zusammenrücken.

Die rätselhaften Worte meiner Tante verstärken meine Sorgen nur noch. Ihre Rätsel kreisen in meinem Kopf und betteln darum, gelöst zu werden, und die Kristallphiole wiegt schwer in meiner Tasche. Sie würde sie mir nur geben, wenn sie davon ausging, dass ich sie brauchen würde – wenn sie glaubte, dass ich mich verlaufen könnte. Seltsamerweise glaube ich, dass ich das bereits getan habe.

Ich nehme den langen Weg nach Hause, in der Hoffnung, dass die Stille der Stadt meinen aufgewühlten Geist beruhigen wird. Qalia ist wie aus einem Traum. Bei ihrem Erscheinungsbild wurde an keinem Luxus gespart: Gold, Silber und ein Regenbogen kostbarer Juwelen schmücken Alabasterstatuen, reich verzierte Torbögen und Säulen. Die Pflastersteine sind perfekt geschnitten und bündig verlegt; die Gebäude sind aus massivem Sandstein und Marmor gebaut und weder durch Alter noch durch Abnutzung beeinträchtigt; die Gassen duften nach Weihrauchbäumen; das Wasser in den

Brunnen fließt rein und ist für alle gratis. Dies sind Segnungen, die durch die Misra-Gabe des Großen Geistes ermöglicht wurden – Segnungen, die ich bis heute nicht wirklich zu schätzen wusste.

Ich habe auch nie den Frieden meiner Heimat in vollen Zügen genossen. Das versuche ich jetzt, am Vorabend meines Abschieds von dieser Oase, bestmöglich zu tun. Ich komme an der Schule meiner Kindheit vorbei, an der Buchhandlung, zu der ich Amira nachmittags begleitete, an dem Krankenhaus, in dem Atheers ausgekugelte Schulter nach einem Sturz von Raad verarztet wurde, an dem schönen Garten, in dem wir Amiras zwölften Geburtstag feierten.

Ich komme oben auf dem Hügel an, von dem aus ich die mit Laternen übersäten Grabstätten sehe. So nah bin ich ihnen seit einem Jahr nicht mehr gekommen. Ich habe nicht einmal an Atheers Beerdigung teilgenommen; ich konnte es nicht ertragen, auf die Wand zu schauen, an der sein Name eingraviert ist, und zu akzeptieren, dass er wirklich tot ist. Ich blieb zu Hause und gab vor, krank zu sein, aber ich war später da, als Baba die Tür zu seinem Schlafzimmer schloss. Ich drückte mich an die Flurwand, das Herz schlug mir bis zum Halse, und sah zu, wie die warmen Bänder des Sonnenlichts, die sein Zimmer einschläfernd nachmittagsgelb färbten, langsam aus dem Blickfeld verschwanden. Ich spürte, wie der Flur – mein Körper – in kalten Schatten versank. Ich erwartete halb, dass er auftauchen und die Tür aufhalten würde, um grinsend zu offenbaren, dass diese ganze Situation ein Missverständnis war. Dass er die ganze Zeit hier gewesen war, um einen seiner Streiche zu spielen. Aber das Zuschlagen der Tür kam mit der Endgültigkeit einer versiegelten Gruft, und ich blieb in der Dunkelheit zurück. Er klingt immer noch in meinen Ohren, dieser dumpfe Schlag, jetzt, in schlaflosen Nächten, manchmal, wenn ich auf einer Mission unterwegs bin und die Sahir zu still ist. Er verfolgt mich. Und ich kann immer noch nicht zur Grabmauer hinuntergehen, obwohl es vielleicht keine Rolle mehr spielt. Wenn es mir gelingt, Atheer nach Hause zu bringen, können wir gemeinsam hinuntergehen und seinen Namen aus dem Stein schleifen. Dann wird es so sein, als hätte sich nie etwas geändert. Die Tür zu seinem Zimmer wird sich wieder öffnen, und das warme Sonnenlicht wird den Korridor, das Haus, uns alle durchfluten.

Ich finde das Tor zur großen Steinvilla unserer Familie noch unverschlossen. Ich bringe Badr in den Stall und gehe zur Haustür, aber es dauert lange, bis ich mich in den Eingangsflur wage. Alles ist so, wie ich es erwartet habe: Weihrauch brennt in einer Messingurne, eine Laterne flackert auf dem Beistelltisch, und meine Eltern sind mitten in einem Streit. Als ich meinen Mantel und meine Stiefel ausziehe, verstummt der Lärm im Hof, und Mama erscheint an der Tür.

»Endlich bist du zu Hause.«

Mit ihren dunklen Haaren und Augen werden Mama und Tantchen oft für Zwillinge gehalten. Vom Naturell her könnten sie nicht unterschiedlicher sein: Wo Tantchen nachdenklich ist, ist Mama fest im Praktischen verwurzelt. Tantchen lotet die rätselhaftesten Abgründe des Misra aus; Mama recherchiert und schreibt darüber, wie die Magie die sahiranische Gesellschaft auf alltäglicher Ebene verändert hat. Und während ich ihre körperliche Ähnlichkeit normalerweise wohltuend, wenn nicht sogar komisch finde, verunsichert sie mich jetzt. Ich werde an Tantchens Phiole und ihre kryptischen Worte erinnert, und Mama verhält sich noch merkwürdiger als ihre Schwester: Sie tritt ins Laternenlicht, und ich merke, dass sie geweint hat.

»Mama, geht es dir gut?«

Sie zieht mich in eine feste Umarmung. Mein Inneres krampft sich noch fester zusammen.

»Was ist passiert?«, frage ich. »Bitte, sag es mir.«

»Ich verbiete es«, sagt sie mit erstickter Stimme. »Keine Missionen mehr. Du hast genug getan, Imani.«

Ich weiß, dass sie sich auf die Schilde bezieht, aber ich weiß nicht, was sie dazu bewogen hat. Ursprünglich unterstützten meine Eltern meinen Beitritt, aber seit Atheers Verschwinden ist Mama dagegen. Ich habe gehört, wie sie einmal zu Teta sagte, der Verlust eines Kindes habe sie umgestimmt, und sie würde den Verlust eines weiteren Kindes nicht überleben. Baba hingegen ermutigt mich. Meine Heldentaten als Dschinntöterin sind fester Bestandteil seiner Samstagmorgengespräche beim Friseur und im Café; er erzählt jedem und allen von mir, und dank der Berühmtheit unserer Sippe hören die Leute nur allzu gern zu. So unterschiedlich sind meine Eltern. Baba gesteht den »Tod« seines Sohnes offen als die verwirrende Tragödie ein, die er war. Mama schweigt zu diesem Thema und weint nur, wenn sie glaubt, dass niemand von uns wach oder in der Nähe ist, um es mitzubekommen. Baba weint überhaupt nicht, obwohl ich ihn manchmal dabei ertappe, wie er in die Ferne blickt. Ich glaube, dass er sich dann an seinen Goldjungen erinnert, an all die Zeit, die sie zusammen verbracht haben, beim Beten, bei der Jagd, bei der Gartenarbeit, beim Züchten der Pferde, beim Shisha-Rauchen und beim Diskutieren über Politik. Er fragt sich, wohin sein Sohn gegangen ist und warum die Dinge so falsch gelaufen sind. Er wird es bald herausfinden.

Schniefend zerrt Mama mich durch die Tür in den offenen Innenhof. Gemäß der traditionellen sahiranischen Architektur hat unsere Villa nur wenige Fenster zur Straße hin; stattdessen wendet sich das Haus schützend diesem Innenhof zu, seinem Herzstück. In einer Nische in der Nähe empfangen wir Gäste; hier schöpfen wir frisches Wasser aus dem Kachelbrunnen; hier brechen wir das Fasten an dem großen Esstisch, der zwischen Steinbögen und Zitrusbäumen steht, die gepflanzt wurden, als Tetas Mutter noch ein Mädchen war.

Am Esstisch sitzen zwei Gestalten. Teta, Mamas Mutter, eine zierliche Frau, die mich mit den gleichen warmen braunen Augen wie Atheer anschaut. Die andere ist Baba, und mit seiner stämmigen Brust, seiner vom Pferdetraining unter der Sonne der Sahir geröteten Haut und der grimmigen Narbe unter einem Auge, die ihm als kleiner Junge der Vogel eines Falkners zugefügt hat, ist er das Abbild von *Zähigkeit*. Simsim, unser Hund, liegt zusammengerollt zu seinen Füßen, spitzt aber die Ohren, als Baba aufsteht, um mich zu begrüßen.

Mein Herz klopft, als ich mich ihm nähere. Das Weiße seiner Augen ist rot – er hat auch geweint.

»Was ist hier los, Baba?«, frage ich, obwohl mein Instinkt mich den Innenhof nach dem Schreckgespenst Amira absuchen lässt. Ich entdecke sie am Fenster im zweiten Stock, von dem aus man den Hof überblicken kann, und sie starrt auf mich herab, ohne schadenfroh zu grinsen oder finster zu blicken. *Warum?*, möchte ich ihr zurufen. Sie hat meine Anweisung, die Angelegenheit geheim zu halten, mutwillig missachtet. Ich fürchte mich davor, herauszufinden, welche Details sie unseren Eltern mitgeteilt hat … ob sie Qayn erwähnt hat.

»Ich muss es von dir hören.« Baba zieht seine dicken Brauen hoch, seine dunkelbraunen Augen mustern mich. »Das Königreich jenseits der Sande … und Atheer … ist es wahr?«

Der Hof ist so still wie ein Gemälde. Mama steht reglos am Brunnen, Tetas faltige Finger hören auf, Gebetsperlen zu zählen. Ich sehe wieder Baba an, und alles in mir klappt zusammen. Ich stürze nach vorne und falle in seine wartenden Arme. »Ja, Baba, alles.«

Mama verbirgt ihr Gesicht in den Händen; Tetas trübe Augen blicken zu den Sternen, während sie ein stilles Dankgebet spricht. Zu meinem Erstaunen lacht Baba laut und triumphierend, seine breite Brust bebt an meiner.

»Mein mächtiger Junge lebt! Und meine tapfere Tochter wird ihn zu uns zurückbringen!« Er drückt mir einen Kuss auf die Stirn, aber die Freude verfliegt schnell.

»Imani wird nichts dergleichen tun.« Mama füllt ein Glas aus einem Krug mit Wasser und Minzblättern auf dem Tisch und drückt es mir in die Hand. »Ich werde nicht noch ein Kind an diese verfluchten Länder verlieren.«

Ich stehe zwischen meinen Eltern und nippe ganz langsam am Wasser, obwohl meine Kehle ausgedörrt ist. Aber ich habe diese dumme Vorstellung, dass ich nicht in ihren Streit hineingezogen werden kann, wenn ich zu sehr mit Trinken beschäftigt bin.

»Zahra, bitte«, sagt Baba und schlurft hinter ihr her, während sie beginnt, den Tisch zu decken. »Wer soll sonst gehen, wenn nicht Imani?«

»Irgendwer. Imani ist ein Kind …«

»Sie ist eine Schild.«

Mama knallt einen Teller auf den Tisch, wodurch der Tisch wackelt und der Krug fast umkippt. »Ja, und es ist unerträglich genug, dass sie ihr Leben riskiert, um in diesem nicht enden wollenden Krieg zu kämpfen, während alle anderen die Füße hochlegen, anstatt herauszufinden, *warum* die Monster immer wiederkommen und *warum* die Gewässer austrocknen. Sie wird nicht in einen weiteren sinnlosen Krieg ziehen. Ich werde dafür sorgen, dass meine *verantwortungslose* Schwester und dieser überhebliche Trottel, der sich Großzahim nennt, die besten Schwerter schicken, um unseren Sohn aus dem Schlamassel zu retten, *in den sie ihn gebracht haben.*«

»Nun komm schon«, fleht Baba und kneift die Finger zusammen. »Es ist unangemessen, einen Fremden anstelle von Atheers Schwester zu schicken. Was würden die Leute sagen?«

»Die Leute werden gar nichts sagen. Diese Situation muss geheim gehalten werden; das ist das Mindeste, was der Rat für uns tun kann. Wie kann Aziza es wagen, meinen Jungen zu stehlen und ihn ohne meine Zustimmung in Gefahr zu bringen?«

»Bleib ruhig, Mädchen, ganz ruhig«, beschwichtigt Teta.

Es ist zwecklos. Mama ist so wütend, wie ich sie noch nie gesehen habe. Es ist beinahe verwunderlich, dass ihr noch nicht der Dampf aus den Ohren pfeift.

»Ich werde mich nicht beruhigen. Aziza muss sich erklären. Und Gnade dem Rat, wenn *irgendjemand* die Frechheit besitzt, zu fragen, warum Atheer sich so verhalten hat, wie es jeder junge, verwirrte Mensch in seiner Lage tun würde.«

Ich werfe einen Blick auf Amira, die immer noch am Fenster

im zweiten Stock lauert. Wenn sie nur gewartet hätte, bis ich nach Hause komme und alles erkläre, dann hätte dieser Streit vermieden werden können, und meine Eltern würden nicht so reden, als wäre Atheers Leben eine bestätigte Tatsache. Ich wende mich ihnen wieder zu.

»Es gibt keinen Grund zum Streiten. Die Angelegenheit ist mit dem Rat geklärt. Ich reise morgen als Teil einer Gruppe ab.«

»Nein!« Mama umfasst meine Hände. »Versteh mich nicht falsch, mein Mädchen, bitte. Ich bin den barmherzigen Geistern dankbar, dass mein wunderbarer Atheer am Leben ist, aber das ist nicht deine Aufgabe, und es war auch nicht seine Aufgabe, die Auswärtigen zu erforschen, um die Neugier des Rates – meiner *Schwester* – zu befriedigen. Wenn der Rat damit ein Problem hat, werde ich im Morgengrauen zum Heiligtum marschieren und diesem großspurigen Dummkopf Bayek befehlen, jemand anderen zu beauftragen.«

»Darum geht es nicht, Mama.« Ich wippe auf meinen Fersen. »Ich *will* gehen.«

»Und ich will, dass du bleibst. Es ist gefährlich, Imani. Diese Länder werden nicht ohne Grund ›verflucht‹ genannt. *Bitte.* Sieh doch, was mit deinem Bruder passiert ist.«

Auf einmal bin ich innerlich schrecklich verwirrt, wie vergessenes Garn, das verknotet und durcheinander in einer unteren Schublade liegt. Es wird Mama belasten, wenn ich morgen abreise, aber ich muss diejenige sein, die Atheer nach Hause bringt. Ich habe ihm zu oft den Rücken gekehrt, das muss ich wiedergutmachen.

»Verzeih mir«, sage ich schwach. »Ich muss die erste Person sein, die Atheer sieht. Es wird ein großer Trost für ihn und für mich sein. Bitte, lass mich gehen, Mama.«

Tränen laufen ihr übers Gesicht, Tränen, die ich auffangen möchte, aber nicht kann. »Dann sollst du eins wissen«, flüstert sie, »wenn dir oder ihm irgendetwas zustößt, werde ich mich nie wieder erholen. *Niemals.*« Sie eilt über den Hof und verschwindet in der Küche, wobei sie mein gebrochenes Herz mitnimmt. Ich will ihr folgen, aber Baba hält mich auf.

»Lass mich mit ihr reden, Imani. Du tust das, was deiner Familie und deiner Sippe gegenüber ehrenhaft ist. Geh und sag deiner Schwester, sie soll zum Abendessen herunterkommen, ja?« Er wirft einen Blick hoch zum zweiten Stock. »Ich werde später noch ein Wörtchen mit ihr reden.«

»Ja, Baba.«

Ich schleppe mich die Treppe hinauf, und er geht in die Küche und schließt die Tür hinter sich. Das dämpft Mamas heisere Rufe nur wenig, und auch Teta, die wieder Gebete mit ihren Perlen murmelt, kann ich nicht ignorieren. Ich renne den restlichen Weg nach oben. Bei den Schilden zu sein, mag gefährlich und einsam sein, aber wenigstens bin ich da draußen kein Seil, das zwischen den beiden Menschen, die ich am meisten liebe, hin- und hergezerrt wird.

Der Flur im zweiten Stock ist leer, die Tür zu Amiras Zimmer ist geschlossen, genau wie die von Atheer am Ende des Ganges. Ich mache mir nicht die Mühe, bei ihr anzuklopfen, sondern stoße die Tür auf und lasse sie gegen die Wand krachen. Das Zimmer meiner Schwester ist wohl das prunkvollste in der Villa. *Das passt,* denke ich wütend, *wenn man bedenkt, wie selbstsüchtig sie sich verhält.* Ein mit Kristallen besetztes Himmelbett steht neben einem ähnlich geschmückten Schreibtisch, auf dem sich teure Bücher stapeln, die sie seit einem Jahr nicht mehr aufgeschlagen hat. Daneben steht ein aus allen Nähten platzender cremefarbener Kleiderschrank, vollgestopft mit feinen Kleidern, die sie ebenfalls seit einem Jahr nicht mehr getragen hat, und dann noch ein Bücherregal, das ähnlich überquillt. An der Wand hängt ein schmutziger Schminkspiegel, dessen Perlenrahmen mit Staub bedeckt ist. Meine Schwester hat sich auf der Fensterbank zusammengerollt, teilweise verdeckt von Spitzengardinen, die sich in der Nachtluft blähen und wehen. Verglichen mit dem Zimmer wirkt sie in ihrem schwarzen Kleid schmerzlich freudlos.

Ich schließe die Tür hinter mir. »Du hättest warten können.«

Sie zuckt mit den Schultern und blickt auf die Feigenbäume hinunter, statt mich anzusehen. »Verdammt, Amira, du hast dich meinem Befehl widersetzt, nur um mich zu ärgern.« Ich ziehe einen Stuhl ans Fenster und lasse mich darauf fallen. »Wann hörst du endlich auf, dich so ungehorsam zu verhalten? Das bist doch nicht du …«

»Nicht ich?« Sie lacht und legt ihren Kopf an die Fensterscheibe. »Als ob du wüsstest, wer ich bin.«

Ich könnte streiten und fluchen, bis die Sonne aufgeht, aber was würde das nützen? Eine Reise nach Alqibah wird Wochen, wenn nicht Monate dauern – Monate, in denen Amira meinen Eltern Ärger bereitet. Ich muss etwas anderes bei ihr versuchen.

»Ich weiß, dass du meine Schwester bist. Du liebst es, fantastische Geschichten zu lesen, Kleider zu tragen, dich zu schminken, du liebst die Schule …«

»Ich liebe keins dieser Dinge«, schnauzt sie.

Ich seufze und rutsche auf meinem Stuhl nach unten. »Was denn dann?«

»Was macht das schon? Du musst nicht so tun, als ob es dir etwas bedeutet, jetzt, wo du gehst.« Sie wendet sich ab und stützt sich mit den Knien am Fenster ab.

»Woher kommt das denn nur?«, rufe ich aus. »Ich habe mich immer um dich gekümmert. Ich mache mir Sorgen, dass du unsere Eltern verärgerst und dein Leben ruinierst.«

»Oh, *ruinieren.* Ganz bestimmt. Als könnte nicht jemand aus unserer Sippe die Fäden ziehen und alles für mich richten. Nichts, was ich tue, hat irgendwelche Konsequenzen.«

Meine Lippen teilen sich. Sie sagt diese unverschämten Dinge bestimmt, um mich zu provozieren. Sie kann das doch nicht ernst meinen.

»Hör mir zu, Amira. Ich verstehe, dass du dich nach Atheers Tod danebenbenommen hast, aber es besteht die Möglichkeit, dass er in Alqibah noch lebt, und wenn das der Fall ist, bringe ich ihn nach Hause.« Ich ziehe meinen Stuhl näher heran. »Du musst nicht länger gegen die Welt kämpfen. Bald wird alles wieder normal werden, und wenn das der Fall ist, wirst du dir wünschen, du könntest dort weitermachen, wo du aufgehört hast.«

Sie lacht bitter auf. »Du machst mir Sorgen, Imani. Wie kann jemand, der so viel erreicht hat, so naiv sein? Das Leben ist kein Stahlband, das man nach seinem Willen biegen kann. Dinge verändern sich. *Menschen* verändern sich. Akzeptiere das, oder eines Tages, das verspreche ich dir, wird dich etwas furchtbar aufregen und du wirst nicht wissen, wie du damit umgehen sollst.«

Verwirrt senke ich meinen Blick auf den Teppich. Mein Körper ist reglos, aber alles in mir bewegt sich trotzdem. Ich bin zu einem Gefäß für den Fluss geworden, und er schwappt umher und versucht, mich von diesem Stuhl zu stoßen.

»Ich mag nicht so denken oder handeln wie du, aber das bedeutet nicht, dass ich nicht etwas Wertvolles beizutragen habe«, sagt Amira. Sie wendet sich mir zu und lässt ihre nackten Füße baumeln. »Ich gehe morgen mit dir mit.«

Ganz ehrlich, mit einer Ziegelmauer zu verhandeln wäre Erfolg versprechender. Ich schiebe meinen Stuhl zurück und stehe auf. »Hörst du mir überhaupt zu, wenn ich rede, oder wartest du einfach, bis es still ist, um deinen Mund aufzumachen?«

»Beschreibst du dich selbst?«

Ich balle meine Fäuste. »Darüber haben wir doch schon gesprochen, Amira. Die Antwort lautet Nein, es ist zu gefährlich.«

»Ich kann deiner Gruppe folgen«, beharrt sie. »Atheer ist auch mein Bruder, es ist mein Recht, ihn zu sehen.«

Zorn ergreift von mir Besitz und lässt mich dorthin marschieren, wo sie auf dem Fensterbrett hockt. »Nein, es ist deine *Pflicht*, deinen Älteren zu gehorchen. Erfülle deine Pflichten, und du wirst dir deine Rechte verdienen.«

Ihr Atem beschleunigt sich zu einem hektischen Tempo, und sie streckt die Hände nach mir aus. »Bitte, Imani. Du könntest mich da draußen brauchen.«

Ich schiebe ihre Hände weg. »Das werde ich *nicht!* Deine Anwesenheit wird mich nur gefährden, und deine Abwesenheit wird Mama nur wehtun.«

Sie wischt sich eine Träne weg und zuckt wieder mit den Schultern. »Es wird nicht schlimmer sein als das, was sie empfindet, wenn du gehst. Sie und Baba interessieren sich sowieso nur für dich und Atheer. Ihr seid beide perfekt, im Gegensatz zu mir.« Ihre Stimme bricht, sie sackt in sich zusammen. Sie sieht aus, als würde sie gleich von der Fensterbank fallen.

Ich fühle einen Stich in der Brust und umarme sie schnell. »Hey, hey, Mama und Baba lieben dich, genau wie ich. Wenn wir das nicht täten, wäre es uns egal, ob du zur Schule gehst oder Zwiebeln am Straßenrand verkaufst. Bitte, Amira, gib mir dein Wort, dass du mir nicht folgst und dein Bestes tust, um die Dinge hier zu verbessern. Für mich.«

»Ich werde dir nicht folgen«, murmelt sie nach einer ganzen Weile. »Ich bleibe hier und gehe zur Schule. Versprochen.«

Ihre Kapitulation ist eine große Erleichterung, aber ich achte darauf, nicht zu froh auszusehen. »Ich danke dir. Komm, das Essen ist gleich fertig.«

Ausnahmsweise widerspricht sie nicht. Wir setzen uns unten zu unserer Familie an den Tisch, aber trotz der guten Nachrichten des Tages und Babas Gesprächsversuchen bleibt die Stimmung gedrückt. Mama hält den Blick ihrer blutunterlaufenen Augen gesenkt; sie weicht mir aus, selbst als sie Bamya in meine Schüssel löffelt. Ich schmecke den sonst so köstlichen Okra-Eintopf nicht und merke kaum, wie die Zeit vergeht.

Später gehe ich hoch in mein Zimmer und lege mich in mein kaltes Bett. Und obwohl ich meine Augen schließe, kann ich nicht schlafen. Ich habe nur meine Gedanken, die unaufhörlich und unerbittlich um die Themen kreisen, die sie erforschen wollen. Atheer, da draußen. Der fremde Junge in der fremden Welt, der Löwe ohne sein Rudel. Ich frage mich, was er gesehen hat, welche Visionen nachts in seinem Kopf herumspuken, ob er schlafen kann oder ob er keine andere Wahl hat, als in den dunklen Stunden Wache zu halten, wie ich es tue. Vor allem aber frage ich mich, ob ich es rechtzeitig zu ihm schaffe oder ob es schon zu spät ist, um noch jemanden von uns zu retten.

»Atheer«, flüstere ich in die Dunkelheit. »Halte durch.«

9

In der Nacht plagt mich ein seltsamer, rastloser Traum.

Ich laufe barfuß durch einen schattigen, üppigen, ummauerten Garten inmitten einer prächtigen Stadt aus weißem Stein;

Sonnenlicht schimmert zwischen dem Laub eines mächtigen Baumes hindurch und landet mit warmen Sprenkeln auf meinem Gesicht. Ich bin hier glücklich und im Reinen mit mir, lausche dem Gesang der Vögel und genieße die milde Brise, die den Duft von Weihrauch mit sich bringt. Doch in Sekundenschnelle verwandelt sich der Garten in ein heißes, wütendes Feuer, der Tag in eine bitterkalte Nacht, und anstelle meines Glücksgefühls schwelt ein tödlicher Groll. Als ich aufwache, bleibt wenig Zeit, um über die Bedeutung des Traumes nachzudenken. Ich muss mich vor dem Morgengrauen von meiner Familie verabschieden, und obwohl ich befürchte, dass Mama mir gegenüber kalt sein wird, hält sie mich fester als je zuvor. »Ich kann dich nicht zum Bleiben überreden«, flüstert sie mir unter Tränen ins Ohr, »und ich werde jeden Moment um dich bangen. Bitte, pass auf dich auf, Imani. Du hast mich zutiefst verletzt, aber du bist meine Tochter. Ich werde dich immer lieben.«

Kurz darauf verabschiede ich mich, denn wenn ich es nicht tue, werden meine Schuldgefühle und mein Heimweh den wenigen Mut, den ich noch habe, zerstören. Ich reite mit vollem Herzen und schwerem Kopf zum Heiligtum und frage mich, ob ich meine Familie heute zum letzten Mal sehen werde.

Tante Aziza empfängt mich am Eingangstor. Obwohl sie in ihrer formellen, beigefarbenen Tunika mit Gürtel gut aussieht, ist ihr verhärmtes Gesicht düster. »Konntest du schlafen?«, fragt sie, während wir einem mit Kopfsteinen gepflasterten Weg durch hohes Gras folgen.

»Wenig. Ich nehme an, du hattest auch nicht viel Glück, Tantchen.«

»Unter den gegebenen Umständen ist es schwer, geistig zur Ruhe zu kommen.«

Sie sieht mich an. »Wie hat meine Schwester die Nachricht aufgenommen?«

Ich zucke zusammen, als ich an Mamas Zorn denke. »Nicht gut«, gebe ich zu.

Unglaublicherweise ändert sich ihr Gesichtsausdruck kaum. Sie nickt und sagt: »Die mit der Mission beauftragte Gruppe ist in der Kaserne versammelt.«

Ich betrachte stirnrunzelnd einen schwarzen Falken, der über mir schwebt. »Schon? Die Einsatzbesprechung war für die Morgendämmerung angesetzt.«

»Sie wollten erst noch eine Trainingseinheit einschieben.«

»Sie?«, frage ich und folge dem Falken immer noch mit meinen Blicken. Er ist zu groß und auffällig, um ein Botenvogel zu sein, eher einer, der von Tiersehern benutzt wird.

»Späher, wie Atheer«, antwortet meine Tante und lenkt meine verwirrte Aufmerksamkeit auf sich. »Nachdem er verschwunden war, schlug ich vor, einen anderen Späher auszuwählen, aber der Rat musste einsehen, dass die Belastung seiner Missionen und die Isolation seiner Rolle wahrscheinlich zu seinem Verschwinden beigetragen haben. Wir haben beschlossen, dieses Mal eine Gruppe von drei Spähern auszubilden. Sie werden dich begleiten.« Sie räuspert sich. »Der Anführer der Gruppe ist Bayeks ältester Sohn, Taha.«

Ich stolpere über meine eigenen Füße und stürze in eine nahe gelegene Hecke. Tantchen packt mich hinten an der Tunika und zieht mich auf die Füße.

»Bist du verletzt?«

Unbeholfen richte ich meine Tunika. »Nein, nein, es geht mir gut. Hast du Taha gesagt?« Zu meinem Leidwesen nickt sie. »Taha«, wiederhole ich zu mir selbst. Dann bricht die abscheuliche Erkenntnis über mich herein, dass ich mich mit jemandem in die verfluchten Lande begeben muss, der mich ganz offensichtlich nicht mag, und dass ich mich auf ihn verlassen muss, um zu überleben. Was für ein lächerliches Konzept. Ich wäre besser dran, wenn ich mich auf eine leere Pistazienschale verlasse. Und wenn man bedenkt, wie wenig Bayek von mir zu halten scheint, bin ich mir sicher, dass Taha mich wie besessen auf Regelverstöße beobachten wird, wie etwa meine Unterredung mit einem Dschinn, den ich auf keinen Fall an meinen Dolch hätte binden sollen. Reflexartig streiche ich mit einer Hand über den Griff der Klinge. Als Reaktion darauf fährt mir ein Schauer über den Arm, und für einen kurzen Moment wate ich durch ein Meer fremder, widersprüchlicher Gefühle. Wut, Freude, Ungeduld – der Wille, so lange abzuwarten, wie die Sonne brennt …

»Bayek hat Taha als Kandidaten vorgeschlagen, und wir haben ihn für geeignet befunden«, sagt Tantchen und unterbricht meine Gedanken.

»Du fandest *Taha* geeignet?« Ich kneife meine Augen zusammen. »Sei ehrlich, Tantchen. Der Großzahim hat mit einem Aufstand gedroht, wenn der Rat seinen Sohn nicht wählt.«

Sie runzelt die Stirn. »Ganz und gar nicht. Ich kann mir nur vorstellen, dass deine Skepsis daher rührt, dass du Taha nicht mit eigenen Augen gesehen hast.«

Darüber bin ich unerwartet verärgert. *Meine* Tante, Meisterin des Misra, ist von Taha beeindruckt wie jeder andere in dieser Stadt, als wäre er der einzige vollendete Schild, den es gibt. Ich fahre mir mit einer Hand unruhig über den Nacken. »Nun, nein, ehrlich gesagt hatten wir nur gemeinsamen Theorieunterricht. *Puh*, aber warum *er*, Tantchen? Warum nicht ich? Ich bin mehr als qualifiziert.«

»Genau wie er.« Sie öffnet ein Tor für mich. »Die übrigen Späher gehören zu seiner regulären Gruppe.«

Meine Kinnlade kann nicht noch tiefer fallen. Meine Tante merkt es nicht und geht an mir vorbei.

»Ja, nachdem Taha ausgewählt worden war, regte er an, seine eigenen Kandidaten vorzuschlagen, da die Einheit in einem sehr beschwerlichen Umfeld zusammenarbeiten muss. Wir hielten das auch für eine geeignete Lösung.«

Ich stapfe hinter ihr her. »Wie schön, dass es für alle so gut gelaufen ist.«

»Nun, wie das Sprichwort sagt: Der Baum, der dem Taifun Rechnung trägt, hält am längsten durch«, antwortet sie geheimnisvoll.

Ich habe keine Gelegenheit, sie zu fragen, was sie meint. Die Doppeltüren der Sandsteinkaserne werden von Nachwuchswächtern in Lederrüstungen geöffnet, sodass wir durch eine überdachte Halle in den Innenhof gelangen. Es herrscht bereits reges Treiben von trainierenden Schilden. Ich folge meiner Tante zwischen ihnen hindurch. Sobald sie die Meisterin des Misra bemerken, verbeugen sie sich und weichen respektvoll auseinander.

Sie geht langsamer und deutet mit einem Nicken auf etwas. »Da ist deine Gruppe.«

Ich folge ihrem Blick zum Bogenschießplatz. Eine einsame Gestalt, groß und kräftig, feuert Pfeile vom äußersten Punkt des Schießstandes ab. Während jeder Pfeil mühelos die Mitte der Zielscheibe durchschlägt, wird bereits ein weiterer aus dem Köcher gezogen und angelegt. Von einem nahe gelegenen Pfosten aus beobachtet mich derselbe elegante schwarze Falke, den ich vorhin gesehen habe. Plötzlich wird mir die Verbindung klar, und ich erkenne, dass der schwarzhaarige junge Mann hinter dem Recurvebogen Taha ist und der Falke sein Geisttier. Die beeindruckende Darbietung hinterlässt einen sauren Geschmack in meinem Mund, und so richte ich meine Aufmerksamkeit auf einen jungen Mann und eine junge Frau, die sich ein paar Schritte entfernt einen erbitterten Zweikampf liefern, bei dem ihre Langschwerter laut aufeinanderprallen.

»Das ist Tahas Cousin Reza.« Meine Tante nickt dem drahtigen Mittzwanziger mit dem kurz geschorenen Haar zu, in dessen Nacken ein dünner Zopf herabhängt. »Er bestand seine Aufnahmeprüfungen einige Jahre vor Taha. Er hat eine sehr beeindruckende Zugehörigkeit zur Erde. Und sie ist Feyrouz, obwohl sie es vorzieht, Fey genannt zu werden. Sie ist dem Feuer zugehörig.«

»Ja, ich kenne sie. *Leider*«, füge ich leise hinzu, während ich das hübsche Mädchen, das etwas jünger als Reza ist, betrachte. Fey hat bronzefarbene Haut, ist blond und aggressiv und begleitet jeden Schlag mit einem hochmütigen »Ha«, aber niemals ist sie unsicher auf den Beinen oder ungenau in ihrer Haltung. Selbstbewusst in allen Dingen, auch als sie mich gestern Morgen in der Teestube beleidigt hat.

Als Taha Tantchens Ankunft bemerkt, wirft er sich den Bogen über die Schulter und pfeift. Die beiden stecken ihre Schwerter in die Scheide und nehmen neben ihm Haltung an.

»Taha, Reza, Fey, ihr habt Imani bestimmt schon kennengelernt«, sagt meine Tante, als wir näher kommen.

Ich kann besser mit der Klinge umgehen als alle drei zusammen, aber das hindert mich nicht daran, mich klein und bedroht zu fühlen, wie ein Hase zwischen Hunden. Ich zwinge mich, zu winken. »Schön, euch richtig kennenzulernen.«

»Gleichfalls«, sagt Reza. Fey nickt nur und mustert mich von Kopf bis Fuß. Ihren geschürzten Lippen nach zu urteilen, genüge ich ihren Ansprüchen nicht.

»Sollen wir?« Meine Tante übernimmt die Spitze und führt uns in die blockartige Abishemu-Halle, die nach einem der Gründer der Schilde benannt ist. Doch anstatt sich seinen Freunden anzuschließen, lässt Taha sie vorbei und geht neben mir her. »Endlich werde ich die sogenannte Dschinntöterin in Aktion sehen«, sagt er.

Ich mustere ihn aus den Augenwinkeln. Sein glattes Gesicht

ist so unleserlich wie polierter Stein, und auch seine Stimme verrät nichts. Am meisten lenken die glänzenden Haarsträhnen ab, die ihm in die Stirn baumeln und sich in der morgendlichen Brise bewegen. Die Zahl der Schilde, die ich offen von Tahas Aussehen schwärmen hörte, irritiert mich – als wäre dieser arrogante Junge von den Geistern selbst zu uns gesandt worden. Mit den geschorenen Seiten seines Schädels und dem langen Haar auf dem Kopf sieht er für mich aus wie ein aufgeplusterter Gockel.

Wir gehen einen Flur entlang, vorbei an leeren Räumen, die normalerweise den Schilden vorbehalten sind, um Magie, Monster und Kampftheorie zu studieren.

»Ich nehme an, dein Vater hat dich über die Situation informiert«, sage ich. Es ist nur zu leicht, sich Bayek vorzustellen, wie er vor seinem Sohn beim gestrigen Abendessen schäumte.

»Ja. Ich nehme an, es ist so, wie ich vermutet habe: Allein die Tatsache, dass man aus einer angesehenen Familie stammt, ist noch keine Garantie für eine bedeutende Zukunft«, antwortet Taha. »Also, was denkst du – ist dein Bruder verrückt oder böse? Vielleicht ein bisschen von beidem?«

Ich habe mich geirrt. Taha ist kein junger Mann, er ist ein Dämon, der das Fleisch eines solchen trägt. »Du solltest versuchen zu verbergen, wie sehr dich diese Situation erfreut.«

»Mich erfreut?« Er zieht die Brauen zusammen, als wäre er verwirrt, aber seine schilfgrünen Augen sind so stumpf wie immer. »Und warum sollte es mich freuen, dass das Wohl meiner Familie und meines Volkes bedroht ist?«

»Niemand wird von irgendetwas bedroht«, sage ich abwehrend. Die anderen betreten einen Raum vor uns und lassen uns allein im Flur zurück. Taha schüttelt den Kopf. »Du würdest anders fühlen, wenn es nicht um deinen Bruder ginge.«

»Und du wärst kein Späher, wenn dein Vater nicht der Großzahim wäre«, kontere ich.

Er ist so unempfindlich gegen Beleidigungen, dass es mich rasend macht. Ich bin niemand, den er als Rivalen betrachten müsste; ich bin eine unbedeutende Mücke, auf die er herabsehen kann. »Wenn deine Tante Großzahim wäre und ich andeutete, dass sie korrupt sei, würdest du mich aus den Schilden werfen lassen«, sagt er.

Plötzlich empfinde ich eine merkwürdige Schieflage, als hätte er mir einen Fuß weggetreten. Ich überspiele meine Verärgerung mit einem Grinsen. »Willst du dir so den Weg an die Spitze krallen? Indem du mich verbannst?«

»Nein, natürlich nicht.« Er lacht; das ist das erste Mal, dass ich ihn lachen sehe, und es ist einschüchternd schön und selbstsicher. Er stützt eine Hand gegen die Wand über meinem Kopf und beugt sich zu mir, sodass ich an der Wand zusammenschrumpfe. »Im Gegensatz zu dir«, sagt er mit tiefer Stimme, »bin ich nicht dünnhäutig.«

Er stößt sich von der Wand ab und marschiert in den Raum. Ich bleibe zurück, um mich zu beruhigen, aber mein Inneres hört nicht auf, Saltos zu schlagen. Ich greife spontan nach meinem Dolch. Er funktioniert wie beabsichtigt: Ich tausche meine Unsicherheit schnell gegen kühle Zuversicht ein. Qayns. Sie übernimmt die Kontrolle und beruhigt das schnelle Schlagen meines Herzens. Ich betrete den Teeraum und spüre, wie Taha mir einen Blick zuwirft. Doch es gelingt mir, eine distanzierte Miene beizubehalten. Ich weiß, dass es falsch ist, die Bindung des Dschinns auf diese Weise zu benutzen, aber wenn ich diese Mission überleben will, darf ich weder vor Taha noch vor den anderen schwach erscheinen. Und wenn ich schon dabei bin, ein heiliges Gesetz zu brechen, kann ich auch einen Nutzen daraus ziehen.

Die Feuerstelle in der Mitte des Raumes brennt, und ein verzierter, silberner Kessel mit Wasser wurde bereits zum Kochen gebracht. Bayek wartet, bis Taha und ich an gegenüberliegenden Punkten des Kreises knien, bevor er mit der Teezeremonie beginnt. Taha beobachtet starr, wie sein Vater das Misra zwischen uns mahlt, aber ich beobachte Taha. Ich tue es nur in der Hoffnung, dass es ihn wütend macht, und nach ein paar Minuten glaube ich, dass es funktioniert. Er will mich anstarren – sein wacher Blick zuckt immer wieder –, aber die zeremonielle Tradition schreibt vor, dass er seinen Blick nicht von Bayek abwenden darf, und wenn man bedenkt, wer ihn großgezogen hat, ist es vollkommen klar, dass Taha nicht in der Lage ist, Regeln zu missachten. Die ganze Sache ist kleinlich von mir, aber das geht schon in Ordnung. Kleinlich ist das Höchste, was Taha zu verdienen scheint.

Bayek serviert jedem im Raum Tee von einem Tablett. Das Misra schmeckt so bitter wie noch nie, und die Magie ist wie Blei in meinen Gliedern. Nach der Zeremonie nehmen Aqil, Yasmeen, Nadia und Tariq Zahim Beobachtungsplätze in einer hinteren Stuhlreihe ein. Ich stelle mich mit den Spähern vor Bayek und meine Tante.

»Die Zeit ist knapp und die Angelegenheit ist dringend«, sagt der Großzahim. »Wir haben Hinweise darauf, dass Atheer, Imanis älterer Bruder, im Königreich Alqibah am Leben sein könnte. Offenbar kämpft er an der Seite einer Rebellenbewegung gegen das Imperium der Verheerenden und hat Misra mit ihnen geteilt.«

Das darauffolgende Schweigen ist vernichtend. Reza und Fey waren noch nie freundlich zu mir, aber jetzt sehe ich totale Missbilligung in ihren Augen. Welche Chance ich auch immer gehabt haben mochte, mich bei ihnen beliebt zu machen, sie ist dahin, und ich bin mir sicher, dass ich keine Gnade von ihnen zu erwarten habe, wenn sie jemals herausfinden, dass ich einen Dschinn an meinen Dolch gebunden habe. Dieses notwendige Übel ist ein Geheimnis, das ich bestens hüten muss, sonst bin ich ruiniert.

Bayek schreitet vor uns auf und ab, die Hände auf dem Rücken verschränkt. Ich sehe den berühmten Krieger in seiner ganzen imposanten Gestalt und mit seinem grimmigen Gesicht, das noch nie ein Lächeln kannte. Er mag Großzahim sein, aber in der Rolle des Großkommandanten glänzt er, und ich habe keinen Zweifel, dass er sich darin am wohlsten fühlt.

»Ihr müsst Folgendes verstehen: Atheer ist ein sehr erfahrener

Späher, der mehrere Wege durch die Sande kennt. Er sympathisiert mit den Auswärtigen und ist aktiv in ihre Angelegenheiten verwickelt. Er hat ihnen unsere Magie offenbart, entweder aus freien Stücken oder als Gegenstand einer Manipulationskampagne. Jederzeit könnte seine Sympathie für die Auswärtigen so weit gehen, dass er einen von ihnen durch die Sande in die Sahir führt. Das ist bisher noch nicht geschehen – was nicht heißt, dass es nie geschehen wird. Dies ist eine sehr reale, sehr ernste Bedrohung, und ohne Atheers Absichten oder Geisteszustand zu kennen, müssen wir das Schlimmste annehmen und schnell handeln, um ihn abzufangen und zurückzuholen. Noch Fragen?«

Ich habe eine, die ich nur in meinen Gedanken auszusprechen wage: *Könnte mein Bruder wirklich etwas tun, das uns schadet?*

Taha hebt die Hand. »Wo ist Atheers Aufenthaltsort, Vater?«

Ich lasse meinen Blick zu ihm hinübergleiten. Bayek hat ihm gestern Abend die skandalöse Antwort gegeben. Ich weiß, dass es so ist, denn selbst Bayek scheint von der Frage seines Sohnes verwirrt zu sein. Die Schläfe des Großzahim pulsiert, und er streckt eine Handfläche aus.

»Imani, möchtest du das erklären?«

Taha dreht sich erwartungsvoll zu mir um; Fey und Reza tun das Gleiche. Das ist eine List, eine, die Taha ausgeheckt hat, um mich vor dem Rat und den Spähern zu blamieren. Aber, selbst wenn mir die Worte nicht im Halse stecken blieben, könnte ich ihnen nicht sagen, wo Atheer ist. Ich weiß nur, dass er in Taeel-Sa bei einer Rebellin namens Farida ist. Alle Antworten, die darüber hinausgehen, hat nur Qayn, und *er* weigert sich, sie *mir* zu sagen.

»Die Zeit drängt«, insistiert Taha.

Der Anblick seines ungeschützten Halses lässt meine Hände vor unsagbarem Verlangen kribbeln. »Nein«, sage ich mit zusammengebissenen Zähnen.

Er legt den Kopf schief. »Wie bitte?«

Ich möchte ihm die Frage aus seinen grellen, leeren Augen prügeln. Er weiß genau, worum es geht, aber er zieht diese Show geschickt zugunsten der anderen ab. Oder tut er es zu seinem eigenen perversen Vergnügen?

»*Nein*«, wiederhole ich. »Wenn ich dir jetzt sage, wo Atheer ist, wirst du bei der Mission keine Verwendung mehr für mich haben.«

»Verzeih mir, wenn ich ungefragt spreche, Großzahim.« Fey tritt vor, sodass sie ungehinderte Sicht auf mich hat, und stemmt die Hände in die Hüften. »Imani, willst du damit sagen, dass du den Rat *erpresst*, um mit uns zu kommen?«

»Genau das tut sie«, antwortet Taha.

Reza wendet sich an Bayek. »Bei allem Respekt, Onkel, das wird doch nicht gestattet werden, oder? Imani ist keine Späherin ...«

»Sie hat keine Erfahrung«, sagt Fey.

»... und sie ist ein Risiko für die Integrität der Mission.«

Ich habe genug davon, ihre Beleidigungen zu ertragen. »Warum?«, verlange ich zu erfahren. »Was genau macht mich zu einem Risiko?«

In der Stille, die auf meinen Ausbruch folgt, ist mein schwerer Atem unerträglich laut. Taha ist immer noch ruhig. Wie ein Fluss, stelle ich fest, und egal, was ihn in seinen Tiefen erschüttert, er ist sich sicher, dass er unbeugsam und arrogant weiterfließen wird, bis er alles unterspült und die Erde eingeebnet hat.

»Es ist ganz einfach«, sagt er. »Dein Bruder könnte sich weigern, mit uns zurückzukehren, dann müsste er gewaltsam gefangen genommen werden. Aus Mitleid wirst du nicht in der Lage sein, die notwendigen Schritte zu unternehmen, um seine Rückkehr sicherzustellen. Du könntest sogar dazu verleitet werden, ihm gegen uns zu helfen.«

»Bayek«, ruft Aqil aus dem hinteren Teil des Raumes. »Das sind sehr ernste Anschuldigungen, die dein Junge da macht.«

Bayek weiß das nicht nur, er weidet sich geradezu daran. Selten war der Großzahim einem Lächeln so nahe; und selten war ich so nah dran, sein wahres, furchterregendes Wesen zu verstehen. Er ist ein Dorn, der in den Rat getrieben wurde, und trotz all ihrer kollektiven Weisheit und ihres Einflusses, wissen die Ratsmitglieder nicht, wie sie mit ihm umgehen sollen.

Plötzlich ergreift alles, was ich fürchte und brauche, Besitz von mir, dreht und windet sich, um mich zu zerreißen. Ich bin wütend, aber meine Wangen brennen. Ich bin entschlossen, aber ich stottere, als ich sage: »A-Achte auf deine Worte, Taha. Ich liebe meinen Bruder, aber ich bin nicht meinen Gefühlen ausgeliefert. Meine Pflicht gegenüber unserem Volk und dem Großen Geist steht an erster Stelle.«

»Und doch hast du den Rat erpresst. Beweise uns, dass dir das Wohlergehen deines Bruders nicht wichtiger ist als das unsere. Sag uns, wo er sich aufhält, und lass uns die Sahir vor seinem Wahnsinn oder seiner Bosheit schützen.«

In meinem Inneren winde ich mich fürchterlich, als wäre ich ein Apfel mit einem Wurm in seinem faulen Kern. Der Rat stöhnt auf, als ich einen Satz auf Taha zu mache und seine Tunika packe. »Mein Bruder ist einhundertmal mehr Späher, als du Flegel es je sein wirst. Stell seine oder meine Loyalität unserem Volk gegenüber noch einmal infrage, und ich verspreche dir, du wirst es bereuen.«

Endlich bewegt sich etwas in seinem betäubten Blick. »Komm nicht mit uns, wenn du weißt, was gut für dich ist, Imani«, sagt er so leise, dass nur ich es hören kann. »Ich meine es ernst.«

»Aziza, bitte«, sagt Bayek. Er sieht hilfesuchend die anderen Zahim an, als könnte der kleine Aqil mich und Taha besser voneinander trennen als der Großkommandant selbst. Ich bin kein Dummkopf. Dies ist eine einmalige Gelegenheit, ihn und seinen Sohn als prinzipientreu hinzustellen und mich als kaum mehr als eine Bedrohung, und Bayek hat sie mit beiden Händen und sämtlichen Klauen ergriffen. Das Theater hat bei Tantchen Wirkung gezeigt.

»Das reicht, Imani. Lass Taha los.«

Sie spricht zum ersten Mal bei diesem unerhörten Treffen, und sie verteidigt dieses Biest. Nicht mich, nicht Atheer. Sie hat große Macht über Qalia, aber sie hält es nicht für angebracht, diese gegen

Bayek einzusetzen? Ich verstehe sie nicht; ich verstehe niemanden mehr.

»*Jetzt!*«, befiehlt sie.

Taha verdient es, aus dem Fenster geworfen zu werden, und der einzige Grund, warum ich der Zivilisation diesen Dienst nicht erweise, ist, dass es dadurch schwieriger wird, Atheer zu verfolgen. Ich lasse Taha los, knie vor seinem hasserfüllten Vater nieder und spreche Worte, die mir die Zunge verbrühen.

»Verzeih mein inakzeptables Verhalten, Großzahim.«

Er seufzt. »Dies ist die Nichte, die die Sicherheit unseres Volkes in ihren Händen hält, Aziza. Bring sie zur Vernunft, ich flehe dich an.«

Mögen er und sein Sohn ins Land ohne Wiederkehr verdammt werden. Was auch immer mich aus Scham in die Knie gezwungen hat, der Groll bringt mich wieder auf die Beine. »Nichts, was irgendjemand sagt oder tut, wird mich umstimmen. Die Vereinbarung ist getroffen. Herr.«

»Ich fürchte, meine Nichte ist sehr dickköpfig«, sagt Tantchen zu ihm.

Ich wische mir den Schmerz aus dem Gesicht, als er mich von oben herab ansieht. »Stolz ist eine gefährliche Sache, Schild«, sagt er. Ein beklemmender Moment vergeht, dann wendet er seine Aufmerksamkeit der Karte zu, die er auf dem Tisch ausbreitet. »Tretet näher, schnell.«

Ich stelle mich an ein Ende des Tisches, meine Tante rechts und Taha links von mir. Bayek zeigt auf die Karte.

»Ihr werdet die Verschlingenden Sande hier durchqueren und diesen Weg nach Alqibah nehmen.«

Die anderen beugen sich vor, um den Weg zu begutachten. Tantchen berührt mich leicht am Arm, und ich zucke vor Verärgerung fast zurück. »Du bist die Einzige in der Gruppe, die die Sande noch nicht durchquert hat«, sagt sie. »Solltest du den Weg verlassen, auch nur einen Schritt, bist du für immer verloren. Folge Taha unbeirrt, hast du verstanden?«

Mein Kopf zuckt. Ich sehe zu ihm hinüber und erwarte ein süffisantes Grinsen, aber er ist ganz auf Bayeks Anweisungen konzentriert und tut mal wieder so, als würde ich nicht existieren.

»Ich verstehe«, murmele ich.

»Es handelt sich um eine sehr dringende Angelegenheit, für die ihr die Sande so schnell wie möglich erreichen müsst«, fährt Bayek fort. »Dabei gibt es nur einen Weg, der am ehesten infrage kommt. Das Tal der Knochen.«

Meine Augen weiten sich, und mein Blick zuckt zu den Spähern. Falls sie Angst haben, haben sie das überzeugend hinter stählernen Fassaden versteckt. Wie können sie nur? Haben sie die Geschichten nicht gehört? Das Tal der Knochen ist eine uralte, unbewachte Wildnis, in der viele Monster leben, allen voran ein Riese namens Hubaal der Schreckliche. Dieser hatte auf Geheiß der Geißel der Wüste im Tal gewütet, Stämme vernichtet und das Land verwüstet. Nachdem die Geißel besiegt war, verschwand er, und man munkelt, dass er irgendwo im Tal schlummert. Alte Geschichten warnen vor den Schrecken, die bevorstehen, falls er erwachen sollte.

»Es muss doch bessere Wege geben«, platzt es aus mir heraus.

»Die werden uns Tage kosten, die wir uns nicht leisten können«, antwortet Bayek kurz angebunden. »Ich habe Taha eine alte Karte der Gegend zur Verfügung gestellt, und Aziza und Yasmeen Zahim waren so liebenswürdig, einen Weg hindurch festzulegen. Wenn die Geister es wollen, werdet ihr das Tal unversehrt durchqueren. Noch Fragen?«

Das Tal der Knochen. Ich kann es nicht glauben. Ich war noch nie dort, habe nie auch nur einen Fuß über seine Schwelle gesetzt. Ich hätte mir nie träumen lassen, dass ich das eines Tages tun müsste. Ich werfe einen Blick auf das Fenster zu unserer Linken, auf den weiten, offenen Himmel und das sichere Gelände des Heiligtums. Nach Hause ist es nicht weit. Innerhalb eines Augenblicks wird eine kleine, zitternde Stimme in meinem Kopf sehr laut. *Gib diese Torheit auf*, fordert sie mich auf. *Geh nach Hause, entschuldige dich bei Mama …*

Dann sagt Taha: »Keine Fragen, Herr. Nichts wird uns aufhalten«, und seine draufgängerische Arroganz verscheucht meine Angst. Er hat gezeigt, wie begierig er darauf ist, die Ehre meiner Sippe zu beschmutzen, begierig genug, dass er das Risiko eingeht, dem Tod dafür in sein grausiges, gigantisches Gesicht zu blicken. Aber zuzulassen, dass Taha von der Al-Baz-Sippe meinen Bruder wie einen verirrten, tollwütigen Hund durch die Sahir zurückschleift, ist eine Schmach, die ich nicht dulden werde. Ich werde Atheer retten, ob ich nun durch das Tal oder durch Alard selbst gehen muss, um das zu erreichen.

Bayek rollt die Karte zusammen und steckt sie in eine Lederhülle. »Nun gut. Wenn es sonst nichts mehr gibt, Aziza, bring sie bitte zu ihren Vorräten.«

Wir verbeugen uns vor dem Rat, der sich von seinen Stühlen erhebt. »Die Geister mögen euch leiten«, sagt Aqil und winkt mir zu, als er mit den anderen den Raum verlässt. Vielleicht hat er nach Tahas beleidigenden Bemerkungen seine Meinung darüber, mich mitgehen zu lassen, geändert.

Reza und Fey folgen meiner Tante durch eine andere Tür hinaus. Ich lasse mich etwas hinter sie zurückfallen, um einen Blick auf Taha zu werfen, der mit Bayek zurückbleibt. Seltsamerweise verhalten sie sich nicht wie Vater und Sohn. Es gibt keine Wärme oder Ungezwungenheit und schon gar keine körperliche Interaktion zwischen ihnen. Keine Umarmung, nicht einmal eine Berührung oder einen Händedruck. Sie verhalten sich eher wie Vorgesetzter und Untergebener: Bayek, der Großkommandant, rattert Anweisungen herunter, und Taha, der pflichtbewusste Krieger, nickt.

Er taucht neben mir auf, als unsere Gruppe sich der Waffenkammer nähert. Ich spüre, dass er etwas sagen will – und mir geht es genauso. Ich werde langsamer, damit eine Lücke zwischen uns und den anderen entsteht.

»Ich weiß nicht, ob du die lächerlichen Anschuldigungen glaubst, die du vorhin von dir gegeben hast, aber ich weiß, dass du das mit Absicht getan hast.«

Er runzelt die Stirn. »Was getan?«

»Mich vor allen Leuten zu provozieren, um mich schlecht aussehen zu lassen.«

»Oh.« Er mustert mich ernst. »Jetzt ist nicht der richtige Zeitpunkt, um Demut zu lernen, Imani. Du bist diejenige, die hart daran gearbeitet hat, deinen Ruf zu ruinieren.«

Er schreitet davon, bevor ich etwas erwidern kann. Das ist auch gut so. Mir fällt nichts ein, was ich sagen könnte.

10

Bewaffnet und ausgerüstet machen wir uns am späten Vormittag von Qalia auf den Weg und gehen in einem engen Korridor entlang des Al-Ayn-Flusses nach Norden. Sichere, von Patrouillen bewachte Dörfer tauchen auf und verschwinden, und dann gähnt die Sahir vor uns. Bald erstrecken sich nahtlose Grasflächen bis zum Horizont, die gelegentlich von gläsernen Gewässern unterbrochen werden, die Oden an den unberührten Himmel singen. Ein schöner, weitläufiger Blick, der durch grobes Geschwätz ruiniert wird.

Ich reite ganz hinten in der Gruppe und bin einem weiteren von Rezas vulgären Witzen ausgesetzt. Zu meinem Pech mag Tahas Cousin sie sehr und verfügt über ein endloses Repertoire.

»Ein Junge erzählt seinem Papa, dass er seine Teta heiraten will …«, beginnt er. »Oh, *pfui.*« Fey streckt ihm die Zunge raus, obwohl sie einen roten Kopf vom Kichern über Rezas dumme Witze hat. Wir sind erst einen halben Tag aus Qalia weg, und ich habe bereits bemerkt, dass die beiden sich zuzwinkern und verstohlen zulächeln. Auch Taha weiß von ihrer Romanze, obwohl er sie, wie alles andere auch, nur mit einem teilnahmslosen Blick bedenkt. Selbst jetzt füttert er lieber den riesigen schwarzen Falken namens Sinan, der auf seinem Lederhandschuh hockt, als sie zu beachten. Anders als die kleineren Botenfalken, deren Käfige, in denen sie gehalten werden, an unsere Sättel gebunden sind, ist Sinan außerordentlich loyal gegenüber Taha und muss nicht eingesperrt werden.

Rezas Augen glitzern. »Ja, das hat der Vater des Jungen auch gesagt. ›Schämst du dich nicht, dass du meine Mutter heiraten willst?‹ ›Nein‹, sagt sein Sohn. ›Du bist mit meiner Mutter verheiratet, und ich habe mich nie beschwert.‹«

Fey krümmt sich kreischend vor Lachen in ihrem Sattel, und das gefällt Reza enorm, wenn man das alberne Grinsen betrachtet, das sich bei ihm von Ohr zu Ohr ausbreitet. Tahas Glucksen zeugt nicht gerade von Begeisterung. Er schickt seinen Falken los und dreht sich zu mir um.

»Was ist los, Imani? Beleidigen Rezas Witze deine Empfindsamkeit?«

Er sucht also anderweitig nach Unterhaltung. Ich verdrehe die Augen. »Schwerlich. Sie sind zum Totlachen. Schade, dass ich nicht hier bin, um mich zu amüsieren.«

»Schade, dass du so unausstehlich bist«, bemerkt Fey mit einem strahlenden Lächeln.

»Nein, nein, es ist *meine* Schuld. Es ist mir entfallen.« Reza fuchtelt entschuldigend mit der Hand. »Die beste, jüngste, klügste, reichste und beliebteste Schild hat keine Zeit, über Witze zu lachen.«

Ich verziehe spöttisch das Gesicht, obwohl mein Herz zu hämmern begonnen hat. »Vorsicht, Reza, dein Neid schimmert durch.«

Er schürzt seine Lippen und sieht Taha an, der nickt und sagt: »Ich sagte doch, sie sind alle gleich.«

»Entschuldige, wer sind *sie?*«, will ich wissen.

Taha ignoriert mich. »In ihrer Welt gibt es so etwas wie Kritik nicht. Die Leute können nicht missbilligend sein, sie können nur *neidisch* sein.«

Ich ziehe die Zügel straff. »Wenn du auch nur ein Fünkchen Ehre hättest, würdest du mich direkt ansprechen.«

Er wackelt mit den Augenbrauen in Richtung Reza. »Siehst du?«

Fey dreht sich im Sattel und wirft mit einer dramatischen Geste ihr perfekt gelocktes blondes Haar nach hinten über ihren Rücken. »Es stimmt also. Das arme Ding hat wirklich keinen Sinn für Humor.«

»Habe ich nicht? Komisch.« Ich sehe Taha an. »Ich finde dich zufällig sehr lustig, weil ich genau weiß, was du tust.«

Sein sonst so lockerer Blick verhärtet sich wie kristallisierter Sirup. »Ach, und das wäre?«

»Du versuchst, mich loszuwerden. Ich will dir den Ärger ersparen, Taha: Nichts wird mich davon abhalten, meinen Bruder nach Hause zu bringen, schon gar nicht ein paar Tyrannen.«

Ich drücke Badr meine Fersen in die Flanken und reite an ihm vorbei, wobei ich seinen Blick auffange. Er sieht mich verwirrt an, und dieses Mal denke ich, dass er derjenige ist, der nichts erwidern kann.

Wir schlagen unser Lager vor Einbruch der Nacht auf. Mithilfe ihrer Zugehörigkeit erzeugt Fey tanzende Flammen zwischen ihren zierlichen Handflächen und entzündet das Lagerfeuer. Taha und Reza sammeln Anzündholz, während ich die Verantwortung für die Absicherung unseres Geländes übernehme. Ich spanne ein dünnes Seil um die Stämme der Bäume, die unser Lager umgeben, und hänge daran Warnamulette auf: kleine Trauben aus Stein, Metall und Glas, die aneinanderrasseln, falls jemand – Mensch, Tier oder Monster – in der Nacht über das Seil stolpert.

Danach machen sich die drei gemeinsam auf den Weg in die Dämmerung, Taha mit seinem Bogen bewaffnet, Reza mit einem braunen geflochtenen Sack, Fey mit einer Fackel. Sie machen sich nicht die Mühe, mich darüber zu informieren, was sie vorhaben, aber ich höre zufällig, dass sie auf die Jagd gehen. So, wie sie mich ignorieren, bin ich eindeutig nicht eingeladen. Bald verschmelzen ihre Gestalten im Zwielicht mit dem Grasland, und ich bleibe mit meinen Gedanken allein. Normalerweise würde ich Ruhe und Frieden begrüßen, aber meine Gedanken sind eine furchtbare Gesellschaft. Ich kann nicht aufhören, mich zu fragen, ob Atheer bereits umgekommen ist und ich somit zu spät komme. Was ist, wenn ich meiner Familie falsche Hoffnungen gemacht habe und sie damit in noch größere Verzweiflung stürzen werde? Ich versuche, mich mit einem Falafel-Sandwich – Tetas Beitrag zu meinen Vorräten – von meinen Sorgen abzulenken, aber es klappt nicht. Ich fühle mich furchtbar einsam und isoliert, und es ist erst ein Tag vergangen. Angesichts der Art und Weise, wie die anderen mich behandeln, weiß ich, dass sich dieses Gefühl im Laufe der Reise noch verschlimmern wird. Seufzend lege ich mein Sandwich beiseite und greife nach meinem Dolch, obwohl mich eine innere Stimme davor warnt, das zu tun.

Aber im Moment würde ich mich lieber diesem Teufel stellen als meinem eigenen.

Als ich sicher bin, dass die anderen nicht zurückkehren, raune ich der Dunkelheit meinen Befehl zu. »Qayn, ich wünsche deine Anwesenheit.«

Der Dschinn materialisiert sich mit einem Windhauch, der das Lagerfeuer zum Flackern bringt. Ich atme instinktiv scharf ein, weil ich sein auffälliges Aussehen vergessen habe. Am erstaunlichsten sind seine großen Augen, die an dunkle, bodenlose Teiche erinnern, und die perfekte Balance seines Gesichts.

»Wie kann ich dir helfen, Töterin?«, fragt er.

Mein Mund ist ein trockenes Flussbett, das mit Tahini aus meinem Sandwich überzogen ist. Zumindest glaube ich, dass das die Ursache dafür ist. »Ich wollte reden«, sage ich widerwillig.

Seine Lippen kräuseln sich bereits. »Gewiss. Du kannst mit mir reden, wann immer du willst.« Er lässt seinen Blick über die dunkle Wiese schweifen, bevor er seine Sirwal-Hose an den Knien hochzieht und sich neben mir auf dem umgefallenen Baumstamm niederlässt. »Worüber sollen wir also reden?«

Irgendwie gewinnt das Lagerfeuer vor uns an Kraft und beleuchtet seine Schönheit – der Flammenschein tanzt auf seinen hohen, königlichen Wangenknochen und seinen fein geschwungenen Lippen und schimmert auf der undurchdringlichen Oberfläche seiner schwarzen Tiefseeaugen. Sie brennen so freudig, dass sie das Gefühl haben müssen, auch sie würden durch den Austausch verschönert. Ich kann das Gefühl gut verstehen. Da er so nah bei mir sitzt, kämpfe ich gegen den Impuls an, eine tiefe, ursprüngliche Freude zu empfinden, wenn ich ihn so bewundere. Er ist nur eine Illusion, ermahne ich mich, eine Verbeugung vor etwas, das zu schön ist, um wahr zu sein. Ein Lügner und Betrüger, der meinen Bruder in die Irre geführt hat.

»Ich weiß es nicht«, gebe ich zu und senke den Blick. Was soll man auch mit einem Teufel reden? Ich hatte an Atheer gedacht, aber ich will weder über meinen Bruder noch über das schreckliche Schicksal sprechen, das ihn ereilt haben könnte. Ich sehne mich nach Ablenkung. »Du«, sage ich und sehe wieder hoch. »Lass uns über dich reden.«

Er wirft mir einen Seitenblick zu, und ein Anflug von Überraschung mildert seine scharfen Züge. Ich nehme meinen Dolch in die Hand und fange an, ihn herumzuwirbeln. »Sag mir, wie kommt es, dass ich, als ich ihn während meines Treffens mit dem Rat berührte, Hass und Wut von dir gespürt habe?«

Er starrt jetzt ins Feuer, und ich kann mich des Gefühls nicht erwehren, dass er meinen Blick meidet. »Ich mag wohl keinen Rat, der mich beseitigen will, das ist alles.«

»Kannst du es ihnen verdenken? Du bist die fleischgewordene Bösartigkeit.«

Er spricht leise, aber ein hinterhältiges Glitzern glänzt in seinen Augen. »Also bitte, Töterin, es gibt keinen Grund, verletzend zu sein. Ich bin nur ein einfacher Dschinn, der versucht, seinen Weg in der Welt zu machen.«

»Einfach – na klar«, spotte ich. »Sei ehrlich und sag mir: Wer bist du wirklich, und warum willst du so unbedingt, dass ich nach Alqibah gehe?«

Er verzieht das Gesicht zu einer grinsenden Grimasse. »Das würde ich lieber nicht tun. Ich rede nur furchtbar ungern über mich selbst.«

Schnaubend stehe ich auf und beginne, um das Feuer herum

zu laufen. Ich fühle mich jetzt belebt, weniger niedergeschlagen. Vielleicht bin ich einfach nur froh, über etwas anderes als meine Probleme zu sprechen.

»Du redest nicht gern über dich selbst«, erwidere ich und mache mit einer Drehung meines Handgelenks eine ruckartige Dolchbewegung. Die Magie, die ich von der Teezeremonie heute Morgen noch in meinen Adern habe, fließt eifrig durch meine Finger in die Klinge und verlängert sie zu einem Kurzschwert. Das ist vielleicht meine Lieblingsbeschäftigung, nebenbei mit meiner Magie zu spielen, während ich nachdenke, und die Ruhepause als Chance zu nutzen, die verschiedenen Waffenverwandlungen zu üben und zu meistern. Stolz schwillt in meiner Brust, als ich innehalte, um mein Werk zu bewundern. »Aus irgendeinem Grund fällt es mir schwer, das zu glauben«, murmle ich zu Qayn und drehe das Kurzschwert so, dass das Licht des Feuers rot und hell an seiner perfekten Schneide entlangrollt. »Es scheint eher die Ausrede eines Lügners zu sein.«

Auch Qayn ist fasziniert und beobachtet, wie ich geschickt mit der Klinge spiele und sie erst in eine kleine, glänzende Axt und dann in ein tödliches Rasiermesser verwandle, das mit einem einzigen Schnitt töten kann. Wenn ich seinen Gesichtsausdruck sehe, macht mich das nur noch stolzer.

»Wenn man so lange dabei ist wie ich, kann über sich selbst zu reden, ziemlich ermüdend werden«, sagt er.

Ich betrachte seine schlanke Gestalt, die elegant in schwarzes Leinen gehüllt ist, sein glattes, ansprechendes Gesicht, das zu einem Jungen von neunzehn Jahren gehört, wenn überhaupt. »Warum? Wie alt bist du?«

Er schüttelt den Kopf. Sein schwarzes, kinnlanges Haar weht im Wind. »Mein Alter? In Jahren? Verzeihung, ich fürchte, so funktioniert die Zeit für Individuen wie mich nicht.«

»Was meinst du?« Ich verwandle die Klinge in ihre ursprüngliche Form. »Früher warst du es nicht, jetzt bist du wie jeder andere auch, Dschinn oder nicht. Wie lange schon?«

Er schaut wieder weg, diesmal zu einem einsamen Glühwürmchen, das zwischen den Grashalmen herumtanzt. »Ich weiß es nicht, wirklich. Ich war schon immer so.«

»Ein hübscher Junge? Sei nicht so abgedroschen«, platzt es aus mir heraus. Mein Bauch kribbelt sofort vor Bedauern, als sich Qayns Mundwinkel nach oben ziehen. Plötzlich ist er auf den Beinen und kommt zu mir herüber.

»Du findest mich also hübsch, Töterin, ja?«

Meine Wangen erröten. Ich ziele mit dem Dolch, obwohl ich zugeben muss, dass mir gefällt, wie sehr ihn mein unbeabsichtigtes Kompliment erfreut. »Du tust gerade so, als wüsstest du nicht, welche Gestalt du angenommen hast, Teufel.«

Er bleibt einen Schritt entfernt stehen, der Dolch ist ihm im Weg. Ich habe keinen Zweifel, dass er näher kommen würde, wenn er könnte. Er würde sich in meine Seele stürzen, und im Moment weiß ich nicht, ob ich dieser Vorstellung völlig abgeneigt bin.

»Eine Gestalt, die dir gefällt, wie es scheint.« Seine scharfen Lippen kräuseln sich bei seinen spöttischen Worten. »Doch es tut mir leid, dich zu enttäuschen. Ich habe keine Gestalt *angenommen*. Das bin wirklich ich.«

»Lächerlich.« Ich beginne wieder, hin und her zu laufen, und drehe die Klinge nur, um zu verbergen, wie sehr er mich aus der Fassung bringt. »Dschinn sehen von Natur aus nicht wie Menschen aus. Du hast dich nur für diese Gestalt entschieden, weil du hoffst, mich dadurch dazu zu bringen, das zu tun, was du willst. Das wird nicht funktionieren.«

»Wie seltsam«, murmelt er hinter mir. »Vielleicht bin ich ja doch kein Dschinn.«

Eine Gänsehaut läuft mir über die Arme. Langsam nähere ich mich dem Licht des Lagerfeuers und spähe über meine Schulter. »Was bist du dann?«

Er starrt mich an, und ich sehe wieder die Leere in seinen Augen, den grenzenlosen Hunger des Grabes, den unergründlichen Abgrund des Universums. Ich bin vollkommen darin vertieft, ins Nichts zu schauen. Es ist paradox – wie kann man das *Nichts* sehen – ein Rätsel, das mich nur verwirrt, je mehr ich darüber nachdenke. Dann grinst er wie ein Schakal und der intensive Moment ist vorbei, so flüchtig wie Wolken, die über einen Sommerhimmel ziehen, zufrieden, gekommen zu sein, und ebenso zufrieden, zu gehen.

»Ich scherze, Töterin. Ich bin ein Dschinn, ein alter Dschinn nach deinem Zeitbegriff.«

»Und noch dazu ein schwacher«, sage ich, doch mein Seitenhieb wird von entfernten Stimmen unterbrochen. Taha und die anderen kehren zum Lager zurück. Mein Herz schlägt mir bis zum Halse. Wenn einer von ihnen auch nur einen flüchtigen Blick auf Qayn erhascht, werde ich nach Qalia zurückgeschleppt, um mich dem Rat zu stellen, und Atheers Schicksal wird in Tahas Händen liegen. Eilig richte ich meinen Dolch auf Qayn. »Du musst jetzt gehen, bevor die anderen dich sehen.«

»Schade«, sagt er mit einem Schmollmund. »Wir haben gerade erst angefangen, Spaß zu haben.«

Er verschwindet in einem Wimpernschlag. Einen Moment später spüre ich, wie er den Griff der Klinge erhitzt. Etwas anderes taucht auf, ein Wirrwarr von Versuchungen: Qayn will, dass ich wieder nach ihm rufe, dass ich alle Vorsicht über Bord werfe und die anderen zurücklasse, aber dieses Mal will er, dass ich vorher ihr Misra und ihre Vorräte stehle. Ich soll die Reise zu Atheer allein antreten, er und ich und niemand sonst.

»Geister, was denke ich nur?«, murmle ich und schüttle den Kopf. Ich ziehe den Dolch von meinem Oberschenkel und greife nach meiner Tasche, da tritt Taha in den Schein des Feuers. Einen Moment lang beobachte ich nervös seinen Gesichtsausdruck, um zu sehen, ob er etwas bemerkt hat. Sein ernstes Gesicht ist schweißgebadet, eine seiner Fäuste umklammert fest die braune gewebte Tasche. Blutige rote Flecken markieren ihren unteren Teil.

»Abendessen«, sagt er und hält die Tasche hoch.

Mein Geheimnis ist also vorerst sicher.

»Ich habe gegessen«, sage ich. Ich fange seinen Blick auf, als ich losmarschiere, um einen Platz zum Schlafen zu suchen. In seinen Augen liegt ein Ausdruck, den ich nicht recht einordnen kann – Enttäuschung? Ich weiß es nicht, aber nach dem, wie er mich behandelt hat, werde ich meine Zeit bestimmt nicht mit dem Versuch vergeuden, es zu entschlüsseln.

11

Mehrere Tage lang reisen wir durch bewachte Länder, durchzogen von malerischen Sandsteinstädten und langen Bändern von Handelskarawanen, die Gewürze, Kaffee, Nüsse und Datteln transportieren und von Schildgruppen beschützt werden. Jetzt, da das Trio gemeinsam beschlossen hat, mich zu ignorieren, ist es ein ruhigerer Ausflug. Die Vormittage sind erfüllt mit feierlichen Teezeremonien, dem Löschen von Lagerfeuern und dem Satteln der Pferde; die Nachmittage gehören dem meditativen Ritt in die rote Dämmerung, der gelegentlich durch Rezas Witze, Feys Kichern und Tahas ermüdende Monologe über die feinen, aber wichtigen Unterschiede zwischen zwei identischen Arten von Recurvebogen unterbrochen wird. Die Nächte sind kühl und gnädigerweise ruhig, aber ich wälze mich nur unruhig hin und her. Wenn ich schlafe, werde ich von Albträumen über diese geheimnisvolle große Stadt heimgesucht, die ich nicht kenne; immer wieder sieht mein Traum-Ich hilflos zu, wie der ummauerte Garten von rasendem Feuer erfasst wird, während meine Freude auf meiner Zunge zu Asche verbrennt. Der Traum ist unerbittlich und kommt jede Nacht. Keine noch so große innere Einkehr hilft mir, die verschleierte Bedeutung zu entschlüsseln.

Ich wache oft von Kummer geplagt auf, der so schwer auf meiner Brust sitzt, dass er sie in Richtung meiner Schlafmatte drückt. Ein anderes Mal ist es nicht der Kummer um Atheer, der auf mir lastet, sondern Schmerz. Verzweiflung darüber, warum mein Bruder uns nie einen Brief geschickt hat, in dem er uns mitteilt, dass er noch lebt, und uns stattdessen trauern lässt. Angst, dass er zu jemandem geworden ist, den ich nicht wiedererkennen werde, dass seine Güte vielleicht zu Grausamkeit erstarrt ist, dass seine Großzügigkeit nicht mehr so bedingungslos ist, dass seine Schlagfertigkeit und sein leichtes Lächeln durch etwas Ernstes ersetzt wurden. Was auch immer ich am Ende fühle, ich nutze die Einsamkeit, um darüber nachzudenken, was ich meinem Bruder sagen werde, wenn wir endlich wieder vereint sind – ob ich aus Wut Antworten verlangen werde oder ob ich von purer Erleichterung übermannt schweigen werde.

Noch dringlicher ist das Problem, Qayn zu rufen, um ihn nach einer Wegbeschreibung zu Atheer zu fragen, ohne dass Taha es bemerkt. Ich bin in jener Nacht ein großes Risiko eingegangen, indem ich Qayn an einen Ort gerufen habe, an dem Taha ihn leicht hätte sehen und mein Fehlverhalten mithilfe eines Botenfalken seinem Vater melden können. Doch dieses Wissen hat mein Verlangen, den Teufel wiederzusehen und mehr über ihn zu erfahren, kaum gemildert. Aber das geht nicht, noch nicht. Selbst wenn Taha mich nicht beobachtet, spüre ich, dass ich überwacht werde. Sogar verfolgt. Oder vielleicht fordert mein Unbehagen darüber, dass wir uns dem Tal der Knochen nähern, seinen Tribut. Wir sind noch Tage entfernt und durchqueren im leichten Trab eine sichere Gestrüpplandschaft, und doch habe ich das Gefühl, dass ich kurz vor einem tödlichen Abgrund stehe. Und als hätte ich nicht schon genug Gründe, angespannt zu sein, hat Taha heute Morgen beschlossen, unseren zaghaften Frieden zu brechen.

»Die Ausländer in Alqibah sprechen die Sprache der Verheerenden«, verkündet er und sieht mich an. »Du musst zu deiner Sicherheit ein paar Sätze lernen.«

Das ist ein untypisches Zeichen von Höflichkeit. Vielleicht sollte ich ihn fragen, ob es ihm gut geht, ob er aus Versehen giftige Waldbeeren gegessen hat oder vom Pferd gefallen ist und sich den Kopf angeschlagen hat. Meine Intuition warnt mich, dass dies eine Falle ist. Bei ihm kann es nur eine sein.

»Warum? Ich habe nicht die Absicht, mit irgendwelchen Kolonisatoren zu sprechen.«

»Sie könnten mit dir sprechen, und es wäre unklug, sie zu ignorieren«, sagt er.

»Wart ihr alle schon einmal in Alqibah?«, frage ich.

Die drei nicken, und Taha sagt: »Ja, einmal.«

»Wie war das?«

Fey rümpft die Nase, als würde sie etwas Verdorbenes riechen. »Dreckig, hektisch, arm, gewalttätig …«

»Wenig bemerkenswert«, unterbricht Taha sie. »Hör gut zu. Das Wort, das ich jetzt sage, heißt in unserer Sprache ›Halt‹.«

Fey und Reza beugen sich vor, um unsere improvisierte Lektion zu beobachten, wie ein Paar hungriger Tauben, die am Rande eines Bäckerdachs auf ein paar Krümel warten. Ich ignoriere sie und konzentriere mich stattdessen auf Taha, aber das ist auch nicht besser. Im Gegensatz zum melodischen Sahiranisch ist die Sprache der Verheerenden eine monotone, abgehackte Sprache. Sie rollt nicht in meinen unwissenden Ohren, sie knallt und kracht.

»Hast du das verstanden?«, fragt er. Nein, aber ich nicke trotzdem. »Gut. Dieser Satz bedeutet übersetzt: ›Was hast du hier zu suchen?‹ Ein Soldat könnte dich das an einem Kontrollpunkt oder am Stadttor fragen. Hör zu.«

Ich versuche es, aber es ist in dem Einheitsbrei der anderen Wörter nicht zu verstehen. Entweder hat Taha es bemerkt und es ist ihm egal, oder ich verberge meine Verwirrung gut, denn er fährt fort. »Wenn du nach deinem Beruf gefragt wirst, nennst du deinen Namen und sagst, dass du eine Jägerin aus einer Stadt namens Tull bist. Das klingt so …«

Ich höre zu, nicke immer noch, habe immer noch keine Ahnung.

»Probier es selbst aus. Ich spiele die Rolle eines Soldaten und frage dich, was du hier willst.« Er rezitiert den Satz in der Sprache der Verheerenden. Ich weiß nur, dass er fertig ist, weil er die Brauen hochzieht. »Jetzt sagst du …«

»Oh, richtig.« Ich kneife meine Augen zusammen. »Ähm … Mein … Imani … Ich …«

Fey grinst Reza an, der sein Lachen unterdrückt. Taha verlangsamt seinen weißen Hengst zum Schritt, und damit auch den Rest von uns. »Hör gut zu und mach es mir nach«, sagt er. Ich bin versucht zu fragen, ob er denkt, dass meine Ohren aufgemalt sind. Er spricht in der Sprache der Verheerenden und nickt. »Versuch du es. Ich werde dir befehlen, stehen zu bleiben, und dich fragen, was du hier willst.«

»Gut«, sage ich, obwohl mich das hektische Kribbeln meiner Eingeweide aus der Fassung bringt. Ich bin im Studium und in der praktischen Anwendung von Theorie sehr gut, und ich hatte noch nie Probleme damit, Reden zu halten. Warum bin ich so nervös? Tahas Urteil ist mir ganz bestimmt nicht wichtig.

Er sagt seinen Satz in der Sprache der Verheerenden und gestikuliert in meine Richtung. »Also gut. Dann würde ich sagen …« Ich räuspere mich und gebe die Antwort, aber ich muss nicht einmal Feys Schnauben hören, um zu wissen, dass es falsch klingt. Klobig und hässlich. Wie auch sonst? Meine Zunge fühlt sich an wie ein fetter Lederstreifen und ist auch ungefähr so nützlich wie einer.

Taha erhebt seine Stimme. »*Hör zu*, Imani. Beobachte dieses Mal meine Lippen.«

Stirnrunzelnd senke ich meinen Blick auf seine geöffneten Lippen, mein Puls beschleunigt sich. Er wiederholt den Satz langsam und deutlich. Ich nicke mit dem Kopf.

»In Ordnung, ich habe es. Frag mich noch mal.«

Er tut es und macht eine erwartungsvolle Geste. Fey und Reza beugen sich in ihren Sätteln noch weiter nach vorne. Ich zögere. Grinst Taha oder lächelt er aufmunternd? *Was spielt das für eine Rolle? Konzentrier dich.* Ich atme tief ein und gebe mit fester, selbstbewusster Stimme mein Bestes.

»Mein Nahm Imani. Mich Jager von Tule.«

Eine schwache Röte streift seine Wangen. »Fast«, sagt er, aber er wird von Feys schallendem Gelächter übertönt.

»Du bist *schrecklich* darin«, jault sie und fällt fast vom Pferd. Währenddessen kann Reza die Tränen, die ihm hinunterlaufen, nicht schnell genug wegwischen. Ich habe noch nie eine so unerträgliche Demütigung erlebt. Am liebsten würde ich fliehen oder mir einen Tunnel zum Untertauchen suchen. Ich knurre in meiner Brust. »Nur zu, lacht, bis ihr erstickt. Ich nehme an, ihr zwei seid perfekt und beherrscht jede Fähigkeit beim ersten Versuch?« Ich seufze und sehe Taha an. »Wenn das so wichtig ist, wie du sagst, dann lass es mich noch einmal versuchen. Ich weiß, ich kann es mit Übung schaffen.«

Unsere Blicke treffen sich, und er sieht mir einen Moment zu lange in die Augen. Ich warte auf eine gemeine Bemerkung darüber, dass ich die Sprache der Verheerenden nie lernen werde, da dreht er sich im Sattel und schnauzt: »Haltet endlich eure Mäuler. Ich kann mich wegen euch Hyänen nicht selbst denken hören.«

Ich betrachte blinzelnd seinen Hinterkopf. Hat er mich gerade *verteidigt?* Unmöglich. Taha besitzt keinen Funken Einfühlungsvermögen, sonst hätte diese Welt den Verstand verloren. Wahrscheinlicher ist, dass wir von dem langen Ritt in der prallen Sonne einen Sonnenstich haben.

Was auch immer der Grund sein mag, seine Zurechtweisung hat eine willkommene Wirkung. Feys Lachen löst einen Hustenanfall aus, und als sie schließlich verstummt, sind ihre Augen tränenüberströmt und ihr sonst so hübsches Gesicht ist hässlich radieschenrot. Sie und Reza sitzen starr auf ihren Pferden und ähneln den hölzernen Spielzeugkriegern, mit denen Atheer und ich als Kinder gespielt haben.

»Gut.« Taha sieht mich wieder an. »Sprich mir nach, Imani.«

Und so geht unsere Lektion weiter.

12

Eine weitere schlaflose Nacht, krank vor Kummer.

Die Sahir ist in blasses Dämmerungsblau getaucht, und ich liege schon seit einer Stunde wach und versuche vergeblich, wieder einzuschlafen. Aber sobald mein Verstand sich zu regen beginnt, ist er eine Kaffeemühle aus Messing mit einem sehr engagierten Ladenbesitzer an der Kurbel.

Ich setze mich auf. Fey und Reza schlafen noch am heruntergebrannten Feuer, aber Tahas Schlafsack ist leer. Wahrscheinlich ist er gegangen, um sich hinter einem der Terebinthenbäume zu erleichtern, die unseren Lagerplatz umgeben. Als ich leise aus meinem Schlafsack krieche und mir meine Lederrüstung anziehe, stelle ich mir neidisch vor, wie er über das lange Gras zurückstolpert und schon schläft, bevor sein Kopf die Matte berührt. Ich unterdrücke ein Gähnen, nehme meine Wasserflasche und ein paar Pflaumen und steige über das dünne Seil hinweg, das ich zwischen zwei Bäumen gespannt habe. Dabei achte ich darauf, die daran hängenden Warnamulette nicht zu berühren.

Außerhalb des Lagers finde ich einen Felsen, auf dem ich mich niederlasse, während ich esse. Ein wilder Hund mit großen Ohren, mager und rothaarig, wühlt im Gras in der Nähe einer Terebinthe. Er sieht mich und geht seines Weges. Ich esse auf und beginne, meine Arme und Beine zu dehnen, während ich leise einige der Sätze in der Sprache der Verheerenden aufsage, die Taha mir beigebracht hat.

»Mein Name ist Imani. Ich bin eine Jägerin aus der Stadt Tull.

Ich danke Euch, Herr. Ich danke Euch, Ma'am. Verzeiht mir. Ja, Herr. Nein, Herr. Schönen Tag noch.«

Ich lockere mich, ziehe den Dolch von meinem Oberschenkel und schwinge ihn eine Weile herum, bis auch meine Schultern gelockert sind. Es ist eine vertraute Handlung, Kampfhaltung einzunehmen und so zu tun, als stünde ein Ghul vor mir, der sich auf einen Angriff vorbereitet. Wann immer ich auf einer Mission nicht schlafen kann, übe ich Sparring, mit oder ohne meine Magie. Das ist das Einzige, was meinen Kopf wirklich frei macht.

Ich mache einen Satz vorwärts und spieße den imaginären Ghul auf. Heulend holt er mit seinem langen Arm aus, der in tödlich scharfen Krallen endet. Ich ducke mich, der Arm schwingt über meinen Kopf hinweg, dann schieße ich hoch und steche zu. Energie erwärmt meine Muskeln und beschleunigt meinen Herzschlag. Ich pariere und weiche aus, springe zurück und stürze mich in den Angriff. Es dauert nicht lange, und ich bin schweißgebadet, atme schnell und fühle mich stark. Egal, was mich im Tal der Knochen, in den Verschlingenden Sanden oder in Alqibah selbst erwartet, ich werde damit fertigwerden und Atheer erreichen.

»Ich habe dich nie für eine Frühaufsteherin gehalten.«

Ich wirbele herum, meine Selbstsicherheit verpufft. Taha lehnt an einem Baum, die starken Arme verschränkt, das Haar baumelt vor seiner Stirn. Es sieht auf anziehende Art zerzaust aus, fast absichtlich, obwohl ich weiß, dass er keinen Kamm besitzt.

Ich konzentriere mich darauf, meinen Dolch wegzustecken. »Ich nehme an, du hältst mich für jemanden, der bis mittags schläft und nie am Training teilnimmt.«

»Ja, ich habe schon lange den Verdacht, dass die Geschichten über die Dschinntöterin ausgeschmückt, wenn nicht sogar erfunden sind.«

Dolche sprühen aus meinem Blick. Mein Gesicht glüht. *Ach,* deshalb *hat er mich und meine Leistungen nie zur Kenntnis genommen.*

Er schlendert herbei. Ohne seine Lederrüstung hat er einen sehr ungeschützten Hals in seiner weißen Tunika, die seine muskulöse Brust zur Geltung bringt, wenn er die Arme schwingt.

»Da ist etwas, das ich schon immer seltsam an dir fand«, sagt er. »Du bist so stolz, aber du hast nie die Angebote der Leute angenommen, um zu klären, wer von uns der bessere Schild ist.«

Ich hätte es wissen müssen. Taha hat mich nicht für eine höfliche Unterhaltung aufgesucht oder um die Sprache der Verheerenden mit mir zu üben. Nein, entweder bin ich für ihn unsichtbar, oder er versucht, mich zu besiegen. Es gibt nichts dazwischen.

Stöhnend knie ich mich hin, um meine Wasserflasche aufzuheben. »Und ich weigere mich, sie anzunehmen. Sie sind töricht. Das ist, als wolle man Birnen mit Feigen vergleichen.« Ich will an ihm vorbeigehen, aber er stellt sich mir in den Weg.

»Das kann ich akzeptieren. Wie wäre es also, wenn wir uns darauf einigen, wer jeweils der Beste ist: ich als Tierseher und du als Duellantin.«

»Ach, komm schon. Hältst du dich wirklich für den besten Tierseher in unseren Reihen?«

»Den besten aller Zeiten«, ergänzt er.

»Aller Zeiten! Ha!« Ich gehe um ihn herum. »Und ich dachte schon, Arroganz hätte Grenzen. Als Nächstes behauptest du, du seist ein besserer Tierseher als Mera Urabi.«

»Das bin ich«, sagt er ernst und folgt mir.

Mamas treffende Beschreibung von Bayek kommt mir wieder in den Sinn: *überheblicher Trottel.* Das passt genauso gut auf seinen Sohn. »Vielleicht kennst du dich mit der Geschichte der Schilde nicht so gut aus«, sage ich über meine Schulter, »aber Mera Urabi, meine Vorfahrin, hat viel mehr getan, als ihren Löwen nur dazu zu benutzen, nach Gefahren Ausschau zu halten. Sie war einmal in einem schlimmen Sturm gefangen und ein Baum stürzte auf sie, und sie konnte ihr Geisttier dazu bringen ...«

»Einen Hebel anzufertigen und damit den Baum von ihrem Körper zu heben«, beendet Taha die Geschichte für mich. »Ich kenne die Geschichte; ich würde einen Beutel Misra darauf wetten, dass ich die Geschichte der Schilde besser kenne als du.«

Ich drehe mich um und sehe ihn mit zusammengekniffenen Augen an. »Das bezweifle ich. Meine Mutter ist eine Erzgelehrte in den Archiven. Während deine Mutter dir Gutenachtgeschichten über den hinterhältigen Fuchs und den weisen Falken erzählte, berichtete meine in allen Einzelheiten über historische Dinge wie die Gründung von Qalia.«

Ein Schatten zieht über Tahas Gesicht. »Meine Mutter ist bei der Geburt meines kleinen Bruders gestorben. Ich habe keine Geschichten mehr gehört, seit ich knapp sieben Jahre alt war.«

Die Enthüllung ist schockierend, wie ein Schlag ins Gesicht. Sogar Taha blinzelt einige Male, sichtlich erschüttert über seine eigene Ehrlichkeit.

Ich wische mir das Grinsen aus dem Gesicht und stottere: »Es tut mir leid. Ich wusste nicht, dass sie … Es ist nur so, dass ich deine Mutter gesehen habe …«

»Stiefmutter«, korrigiert er, und eine leichte Röte legt sich auf seine Wangen.

»Tut mir leid«, wiederhole ich, dieses Mal leiser. Ich hätte nie gedacht, dass Taha einen ähnlichen Kummer durchgemacht hat, wie ich ihn mit Atheer erlebe. Die Erkenntnis lässt mich verwirrt zurück – Taha scheint diese Wirkung regelmäßig auf mich zu haben. Ich bin kurz davor, ihn zu fragen, warum sein Vater ihm nicht anstelle seiner Mutter Gutenachtgeschichten erzählt hat, aber die flüchtige Erinnerung daran, *wie* Bayek in der Kaserne auf seinen Sohn einredet, ist Antwort genug.

»Ich kenne die Heldentaten jedes berühmten Tiersehers«, fährt Taha fort. »Ich würde immer noch darauf wetten, dass ich dich davon überzeugen könnte, dass ich besser bin als sie.« Ich bin seltsam erleichtert, dass er wieder ein eingebildeter Esel ist. Einen Moment lang glaubte ich, einen Riss in seiner Rüstung zu sehen, und das ließ ihn – ich weiß nicht – menschlicher erscheinen, als er wirklich ist. Trotzdem fühlt es sich falsch an.

»Du hast zwei Jahre lang so getan, als gäbe es mich nicht, und jetzt willst du dich mir beweisen?«, wage ich zu fragen.

Erstaunt reißt er die Augen weit auf. »Ich hätte nicht gedacht, dass dich das kümmert, um ehrlich zu sein.«

Dachte ich auch nicht, wird mir klar. »Tut es auch nicht«, lüge ich schnell und stoße dann zum Beweis einen bockigen Seufzer aus. »Aber wenn du so unbedingt darauf bestehst … Also eine Teezeremonie?«

Er geht voran über die Seile, die das Lager umspannen. Fey und Reza schlafen noch immer, obwohl die Morgendämmerung den Himmel schon rosa färbt. Ich erwarte, dass Taha sie angesichts der Zeit wecken wird, aber vielleicht zieht er es vor, dass unser Wettkampf ohne Publikum stattfindet, falls er verlieren sollte.

Er arbeitet leise um sie herum und stellt einen Teekessel auf das Feuer. Während das Wasser leise blubbert, mahlt er mit Mörser und Stößel Misra-Streifen zu einem feinen Pulver. Wenn ich so nah bei ihm knie, sehe ich, dass die Spitzen seiner Fingerknöchel von alten blauen Flecken gekrönt sind, deren verblasstes Olivbraun sich mit der Bewegung seiner Hände hebt und senkt. Sie sehen aus wie die, die man von Schlägen auf harte Oberflächen bekommt.

Im Laufe der Zeremonie kehrt die Röte allmählich auf Tahas Wangen zurück. Wir sollen über den Magiesegen des Großen Geistes meditieren, aber ich spüre, dass er sich ganz auf meine Anwesenheit konzentriert, was durch die riesige, stille Landschaft um uns herum nur noch verstärkt wird. Es ist seltsam, aber ich bin mir fast sicher, dass er sogar *nervös* ist, weil ich ihn so aufmerksam beobachte. Er reicht mir meine dampfende Tasse, und ich bin angenehm überrascht, dass die vom Tee aufsteigenden Dampffäden nicht wie üblich bitter sind, sondern den kaum wahrnehmbaren Duft von frisch gemähtem Gras, Holzfeuern und Regen verströmen. Der Tee schafft es sogar, leicht süßlich zu schmecken, und ich bin froh über die Pause.

Nach der Teezeremonie verlassen wir das Lager, wobei Taha eine seiner Taschen mit sich schleppt.

»Wofür ist das?«, frage ich und begutachte die Tasche.

Wir kehren zu dem Platz zurück, an dem ich vorhin trainiert habe. Er lässt die Tasche ins Gras fallen und holt einen kleinen Beutel heraus. »Du wirst schon sehen.« Er pfeift einige Male, und der melodische Klang hallt endlos um uns herum. Wenige Augenblicke später schwebt Sinan von einer Baumgruppe aus über die Ebene hinweg auf uns zu.

»Bevor wir beginnen«, sage ich mit wachsender Nervosität, »sollten wir uns auf die Bedingungen dieses Wettbewerbs einigen.«

Taha holt einen Streifen Hasenfleisch aus dem Beutel. »Ich garantiere dir, dass das, was du gleich sehen wirst, dich mehr beeindrucken wird als jede verstaubte Geschichte über Mera Urabi.«

Ich verkneife mir ein ungläubiges Lachen. Wie viel Aufgeblasenheit kann ein Mensch in sich tragen, ohne zu platzen?

»Richtig. Und wenn es so ist – *falls* –, was dann?«

Der Falke landet auf Tahas nacktem Unterarm. Ich zucke instinktiv zusammen, aber sein Geisttier geht erstaunlich behutsam mit seinen Krallen um, und zwischen ihnen herrscht spürbares Vertrauen.

»Dann«, sagt Taha und füttert den scharfsichtigen Vogel, »wirst du mich zum besten Tierseher erklären, den du kennst, und du wirst mir einen Beutel Misra übergeben.«

Ich betrachte ihn genau. »Die Zuteilung von Misra ist wegen der Gefahr der Magiebesessenheit streng geregelt – wir dürfen keine Mengen austauschen, nicht einmal unter Schildkameraden.«

Taha scheint über meine Worte nachzudenken, seine Gesichtsröte reicht hinunter bis zu seinem mahlenden Kiefer. »Ich werde nichts sagen, wenn du auch nichts sagst.« Er hebt den Arm und lässt den Falken davonflattern. »Außerdem ist es ja nicht so, dass du dafür bestraft würdest, wenn man dich erwischt. Sollen wir anfangen?«

Mir geht es weniger um die Strafe als um seine ungewöhnliche Rücksichtslosigkeit. Taha war schon immer dafür bekannt, alles nach Vorschrift zu machen. *Vielleicht bedeutet es ihm viel, meine Zustimmung zu bekommen.*

Ich strecke eine Hand aus. »Bitte, nur zu. Übertrumpfe Mera Urabi.«

Ein schwaches Lächeln umspielt seine Lippen. Er entfernt sich von mir und der Tasche auf dem Boden und stellt sich auf den Felsen, auf dem ich vorhin saß. Seine Augen, sowohl die Iris als auch das Weiße, glänzen wie flüssiges Gold, während er seine Gedanken mit Sinan teilt. Ich versuche vorherzusagen, was gleich passieren wird, aber was könnte eine Schild übertreffen, die ihr Geisttier so gut beherrscht, dass es unter ihrer Anleitung einen komplexen Hebel herstellt?

Sinan wendet und fliegt auf mich zu. Ich starre in seine goldenen Augen, irgendwie spüre ich Taha in ihnen. Ich erwarte, dass er in eine andere Richtung abdreht, aber er schießt weiter pfeilgerade auf mich zu. Ich schreie beinahe auf, als ich mich aus dem Weg ducke und der Falke rechts von mir kreist. Er kippt in einer Windböe ab, die schwarzen Federn flattern, und er landet neben der Tasche. Langsam richte ich mich wieder auf, um ihn zu beobachten. Mit seinem langen Schnabel öffnet der Falke die Tasche, entnimmt ihr mehrere ordentlich aufbewahrte Gegenstände und legt sie auf das Gras: einen ledergebundenen Stapel Papiere, einen sauberen Federkiel, ein Gefäß mit Tinte. Meine Augen werden groß, als der Falke den Knoten löst, der die Papiere zusammenhält, und ein leeres Blatt herauszieht. Dann schraubt er mit seinen Krallen und seinem Schnabel das Tintenfass auf, taucht die Feder ein und …

»Nein«, hauche ich. »Unmöglich.«

Der Falke berührt das Blatt mit der Federspitze und kritzelt eine Nachricht. Einen Moment später hebt Sinan das Papier mit seinen Krallen an. Ich nehme es dem riesigen Vogel ab.

»Könnte Mera Urabi das tun?«, lese ich laut vor.

Die Augen des Falken wandeln sich wieder zu ihrem dunkleren Gelb und Tahas sind wieder grün. Er schreitet lächelnd über die

Ebene. Meine Ohren glühen und meine Finger verkrampfen sich um das Blatt. *Deshalb* war Tantchen so beeindruckt von ihm, dass sie ihn zum Späher ernannte. Sie hatte es sogar zu mir gesagt: »Ich kann mir nur vorstellen, dass deine Skepsis daher rührt, dass du Taha nicht mit eigenen Augen gesehen hast.« Jetzt habe ich ihn gesehen, und ich kann ihre Entscheidung nicht missbilligen. So viel Kontrolle über sein Geisttier zu haben, ist ungewöhnlich. Ich frage mich, wie viele Stunden Taha geübt hat, um seine Fähigkeiten zu verbessern, während andere Jugendliche sich mit ihren Freunden amüsierten. Das erinnert mich an mich, wie ich in der Kaserne bis in die späten Abendstunden mit meiner Klinge trainierte, selbst an Ruhetagen.

»Also, lass es hören, laut und deutlich.« Er breitet die Arme aus. »Ich bin der beste Tierseher, den du kennst. Sag es.«

Wenn Stolz körperliche Form hätte, würde er den freien Platz in meiner Kehle einnehmen. »Na ja, zu sagen, dass du der beste *aller Zeiten* bist, ist aufgrund einer Handlung …«

Er verschränkt die Arme und lacht; das Morgenlicht reflektiert in seinen hellen Augen und auf seinen geraden weißen Zähnen. »*Natürlich* bist du zu sauer, um zuzugeben, dass ein Al-Baz-Junge besser ist als jemand aus *deiner* Sippe.«

»Nein.« Ich mache ein finsteres Gesicht. »Ich bin nicht zu *sauer.*« Endlich gelingt es mir, meinen Stolz hinunterzuschlucken; er sinkt wie ein Ziegelstein in die Magengrube. »Allein aufgrund dieser Tat«, schnaufe ich, »scheinst du der beste Tierseher zu sein, den ich kenne.«

Die Worte sind wie Klebstoff, so schwer lassen sie sich von meiner Zunge lösen. Aus Tahas geweiteten Pupillen und seinem offenen Grinsen strahlt mehr als nur Zufriedenheit. Er ist überglücklich, und irgendetwas daran erregt mich zutiefst. Mir wird flau im Magen.

Oh nein, denke ich. *Nein, nein, das kann nicht sein. Das ist es nicht.*

Wir haben zu viel Zeit miteinander verbracht, das ist alles, vor allem, nachdem er mich so lange ignoriert hat, und er *ist* so imposant mit seiner Großtuerei. Er weiß, dass ihn alle für gut aussehend und mutig und bemerkenswert talentiert in seiner Zugehörigkeit halten, und weil er so tut, als sei das die unumstößliche Wahrheit, ist es schwer, nicht von seiner Strömung mitgerissen zu werden. In Qalia bereute ich jedenfalls, ihn nicht aus dem Fenster gestoßen zu haben. Man geht nicht von diesem Gedanken dazu über, jemanden zu *mögen*, oder?

Plötzlich rauscht ein Windhauch durch das Gras, reißt mir das Papier aus der Hand und verstreut die anderen aus ihrer Lederhülle. Taha flucht, und wir beide jagen dem Inhalt hinterher, bevor noch mehr davon in den goldenen Äther davonfliegt. Ich sammle eine Karte auf und mehrere Vorratslisten – und dann fällt mir ein Brief in die Hände, der zwischen zwei langen Grashalmen eingeklemmt ist. *Teurer Vater*, steht da, geschrieben von unsicherer Hand. *Ich schreibe, um deine Sorgen zu zerstreuen.*

Ich sehe zu Taha hinüber. Er kniet mit dem Rücken zu mir und legt die Seiten wieder in ihre Mappe. Er weiß nicht, dass ich diesen Brief gefunden habe und dass es noch andere gibt, die unserem Zugriff entgangen sind. Vielleicht denkt er, sie seien vom Winde verweht. Was auch immer mich reitet – Neugier, Sorge, Bosheit –, ich zerknülle den Brief und stopfe ihn in meinen Waffenrock.

»Hier«, sage ich und gehe mit den anderen Seiten zu Taha hinüber.

»Danke.« Er legt auch sie zurück, aber bevor er die Lederkordel um die Mappe schlingt, hält er inne. Er dreht den Kopf und schaut über die Ebene.

Hitze steigt in mir auf. »Stimmt etwas nicht?«

»Einige Dinge fehlen«, murmelt er.

»Ah. Hmm.« Ich verschränke die Arme vor der Brust, wo der Brief versteckt ist.

Er seufzt. »Und was ist mit dir?«, fragt er und sieht zu mir hoch.

Schreck durchfährt mich. »Mit mir? Was meinst du?«

»Na ja.« Er schiebt die Mappe in seine Tasche und steht auf.

»Wir haben festgestellt, dass ich der beste Tierseher aller Zeiten bin. Jetzt klären wir, ob du die beste Duellantin bist.«

»Oh.« Ich stoße ein leises, erleichtertes Lachen aus. »Nun, nein. Im Gegensatz zu *dir*, Taha, erhebe ich nicht den Anspruch, die Beste aller Zeiten zu sein.«

»Aber doch bestimmt besser als ich«, stichelt er, wobei er eine Augenbraue leicht hochzieht. »Es sei denn …«

Das reicht, um mich meinen Diebstahl vergessen zu lassen. »Nein, es gibt kein Es-sei-denn. Ich bin mit der Klinge besser als du, und mit meiner Magie sogar noch besser.«

»Beweise es. Lass uns sparren.«

Ich rolle mit den Augen, während sich mein Magen umdreht. »Nein. Ich hätte zu viel Angst, dich versehentlich zu ermorden.« Oder absichtlich.

»Du solltest dir lieber um dich Sorgen machen«, sagt er, wobei sich ein Grübchen auf einer Wange abzeichnet. Er albert mit mir herum. *Taha*, der Junge, der im Unterricht ständig an meinen Namen erinnert werden musste. »Hilf Imani, die Almanache aus dem Schrank zu holen, Taha«, sagte der Lehrer, und Taha antwortete unbekümmert: »Wer ist Imani?«

»Warte mal. Ich hole mein Schwert.« Er lässt mich unruhig von einem Fuß auf den anderen tretend zurück und kehrt in seiner Lederrüstung zurück, das Schwert in der Faust. Er nickt zu dem Dolch an meinem Oberschenkel. »Mach dich bereit.«

»Eine faire Warnung an dich, Taha«, sage ich, während ich Magie durch meine Adern schießen lasse, »ich werde mich nicht zurückhalten. Wenn du einen Kampf willst, dann bekommst du einen Kampf. Pass auf deinen Hals auf.« Die Magie strömt durch den leuchtenden Dolch und verlängert ihn zu einem Schwert, während sie gleichzeitig meine zeternden Gedanken zum Schweigen bringt. Ich versetze mich in den beruhigenden Zustand der Vollkommenheit und Konzentration, den ich immer erlebe, wenn ich meine Zugehörigkeit nutze. In der Klinge spüre ich Qayns Anwesenheit wie einen neugierigen Zuschauer bei einer Schlägerei.

»Gut.« Taha fährt mit der Zunge über seine Unterlippe. »Lass uns tanzen.«

Er rückt als Erster vor, schnell für seine Größe, aber ich bin schneller. Ich wehre seinen Schlag ab; unsere Schwerter treffen mit einem metallischen Klirren aufeinander, das über die vergoldeten Ebenen hallt. Unsere Blicke treffen sich, und seine Augen funkeln im intensiven Morgenlicht. Der Moment des Friedens ist flüchtig. Er holt aus und schlägt wieder zu, aber dieses Mal hält er nicht inne, als ich den Schlag pariere. Er bewegt sich wie eine zornige Viper, schlägt nach oben, zur Seite und versucht, mir dreist in die Brust zu stechen. Ich weiche mit leichtem Schlurfen über das Gras zurück und wehre jeden Angriff schnell ab. Er zielt nach unten auf meine Schienbeine; ich setze über die Klinge hinweg, die das Gras zerschneidet, und lande außerhalb seiner Reichweite. Wir halten inne, atmen schnell; seine Haut glänzt, feucht von den ersten Perlen der Anstrengung, die Augenbrauen spitz über den leuchtenden Augen zusammengezogen. Langsam richtet er sich zu seiner vollen, einschüchternden Größe auf.

»Du kämpfst defensiv.«

Wir nehmen wieder Kampfhaltung ein und bauen uns voreinander auf wie zwei Wölfe, die um eine umkämpfte Beute schleichen.

»Nein, ich lasse meinen Gegner erst seine Schwächen aufdecken«, antworte ich.

Seine Lippen zucken spöttisch grinsend. »Das ist bedauerlich. Ich habe keine.«

Er greift wieder an, und zwar mit einer Wut, die er vorher nicht besaß. Doch er ist entschlossen, diese Aussage zu beweisen und mich zu besiegen. Ich pariere seinen Angriff, das Schwert kracht heftig auf meins, ein Zittern fährt durch den Stahl in meinen Arm und zwischen meine Rippen, wo es um mein pochendes Herz tanzt. Ich trete ihm vor die Brust. Er ächzt und stolpert zurück, lässt das Schwert sinken und verzieht die Stirn zu einem verblüfften Stirnrunzeln. Ich nutze die Pause, drehe mich auf dem Absatz herum und verwandle mein Schwert in eine Keule. Als ich aushole, schlage ich ihm gerade hart genug ins Gesicht, dass sein Kopf zur Seite zuckt und er zusammenbricht. Magie brodelt in meinen Adern und ein Hochgefühl beflügelt meine Glieder. Eine weitere Magiewelle, und die Keule wird zu einem Speer. Ich beuge mich über Taha und drücke ihm die Spitze gegen den Hals. Er liegt auf dem Rücken und blinzelt zu mir hoch. Vorsichtig bewegt er eine Hand um den Speer herum und fährt mit einem Finger über seine Lippe. Sie ist aufgeplatzt, und Blut läuft ihm über das Kinn.

»Reicht dir das?«, frage ich ruhig, obwohl mein Herz wie ein aufgeregtes Kind hüpft.

Ich schwöre bei den Geistern, dass verlockendes Verlangen seinen Blick verdunkelt. »Mehr als genug. Hilf mir auf, ja?«

Ich verwandle den Speer in einen Dolch, stecke ihn in die Scheide und ziehe Taha auf die Beine. Die Berührung seiner warmen Hand auf meiner ist mir deutlicher bewusst, als sie sollte. Ich räuspere mich, lasse seine Hand los und trete zurück. »Dann lass mal hören, laut und deutlich.«

Ich warte auf gemurmelte Leugnungen und verärgerte Ausflüchte. Stattdessen sieht er mir in die Augen und sagt ernsthaft: »Du bist eine bessere Duellantin als ich, Imani. Vielleicht ist der Beiname ›Dschinntöterin‹ verdient, nicht gekauft.«

»Vielleicht?« Ich seufze, aber insgeheim freue ich mich über seine Worte. Endlich hat Taha meine Fähigkeiten und Leistungen anerkannt, obwohl ich in Wahrheit einen Großteil meines Erfolgs als Zauberin und Schild Atheer zu verdanken habe, der mich in seiner Freizeit zu Hause und in der Kaserne unermüdlich trainiert hat. Und wann immer ich mir Sorgen über das Tempo meines Fortschritts machte und mich mit ihm oder sogar Tantchen verglich, war er mit Ermutigung und unerschütterlichem Glauben an meine Fähigkeiten zur Stelle.

»Glaub an dich selbst, Imani«, sagte er am Morgen meiner ersten Bewährungsprobe beim Orden der Zaubernden, beide Hände fest auf meine Schultern gelegt. »Selbstvertrauen ist das wahre Geheimnis des Erfolgs, ja? Das und die Bereitschaft, immer wieder aufzustehen, wenn man zu Boden gegangen ist.«

Ein Kloß bildet sich in meiner Kehle. »Ich nehme an, wir sind quitt, wenn es um Beutel mit Misra geht«, sage ich und reiße mich von der kostbaren Erinnerung los.

Taha wischt sich den Schweiß von der Stirn. »Ich schätze, das sind wir. Wie wäre es mit einem Frühstück?«

Taha und ich, die freundschaftlich zusammen essen. Ich hätte nie gedacht, dass ich diesen Tag erleben würde. Aber ich bin müde und hungrig, und die gesprenkelten Eier, die er vor zwei Tagen aus dem Nest eines roten Grashuhns gesammelt hat, klingen gerade sehr verlockend.

»Was ist hier los?«

Erschrocken fahren wir herum und sehen Reza über das Gras schlendern. Im Nu verhärtet sich die Linie von Tahas Schultern, und auch sein Gesichtsausdruck wird härter.

»Training«, antwortet er kühl, als Reza eintrifft.

Sorgfältig achte ich darauf, seine Lüge nicht durch meine Verwirrung zu verraten. Reza sieht neugierig von einem zum anderen – misstrauisch sogar. »Ihr habt Sparring gemacht? Wer hat gewonnen?«

Ich sehe eine Gelegenheit, Rezas Abneigung gegen mich zu zerstreuen. Wenn er sieht, dass Taha mich akzeptiert hat, könnten er und Fey ihre Feindschaft aufgeben. Doch bevor ich den Mund aufmachen kann, spricht Taha. »Ich. Wer sonst.« Er sieht mich nicht einmal an. »Imani hat noch ein paar Dinge zu lernen.«

Ich starre ihn fassungslos an, und Reza kichert. Egal, ob da vorher Anziehung in seinem Blick war oder nicht, jetzt ist er mir gegenüber völlig distanziert. Es ist, als hätte er gemerkt, dass er nie an mir interessiert war, und nur einen Weg gesucht, sich den Morgen zu vertreiben. Die winzige Insel des Verständnisses, die Taha und ich heute entdeckt haben, ist in einem Ozean der Feindseligkeit versunken. Ein Ozean, den wir nie überqueren werden, egal was er sagt oder tut.

»Du lügst, um vor deinem Cousin das Gesicht zu wahren, was?«, sage ich scharf, aber Taha rollt nur mit den Augen und hievt sich seine Tasche über die Schulter. Er nickt Reza zu, dessen zuvor selbstgefälliger Gesichtsausdruck von einem verwirrten Stirnrunzeln bedroht wird.

»Beachte sie nicht; sie ist eine schlechte Verliererin. Ist Fey schon wach? Ihr zwei habt verschlafen. Wir frühstücken kurz, damit wir die verpasste Zeit aufholen können.« Er führt seinen Cousin zurück zum Lager, und Reza widerspricht nicht, was die Sache besiegelt. Ich folge ihnen, wüte schweigend vor mich hin und frage mich halb ernsthaft, ob ich die Gelegenheit nutzen und ihm den Speer in den Hals hätte rammen sollen. Stattdessen greife ich in meine Tunika und vergewissere mich, dass der Brief an seinen Vater noch da ist. Wenn es vorhin noch die Möglichkeit gegeben hat, dass ich den Eingriff in seine Privatsphäre bereuen könnte, ist das jetzt nicht mehr der Fall. Ich werde die Schwächen finden, von denen er sagt, dass er sie nicht hat, und wenn er es wagt, mir bei Atheers Rettung in die Quere zu kommen, werde ich sie dazu nutzen, um ihn zu vernichten.

13

Ich bekomme keine Chance. In den folgenden Tagen beobachtet mich Taha schärfer denn je. Er reitet neben mir, schläft in meiner Nähe, er beobachtet jede meiner Bewegungen. Wo ich früher für ihn unsichtbar war, scheine ich jetzt das Einzige zu sein, was in seiner Welt existiert. Einmal stand ich sogar mitten in der Nacht auf, in der Hoffnung, den Brief lesen zu können, aber er erwachte durch das leise Geräusch meiner Taschenschnalle und musterte mich fragend. Er redet allerdings nicht mit mir; das scheint er vermeiden zu wollen. Ich bin mir fast sicher, dass er nicht ansprechen will, was zwischen uns passiert ist oder – was noch wichtiger ist – wie sich sein Verhalten änderte, sobald Reza auftauchte.

Am nächsten Morgen erreichen wir das Tal der Knochen. Eine heftige Morgendämmerung empfängt uns; rote Platten zerschellen am Horizont, und Splitter durchlöchern den purpurnen Himmel und saugen Blut. Wir halten unsere Pferde an, um das kahle Tal zwischen den zerklüfteten Bergen zu betrachten. Als ich ein Mädchen war, erzählte mir Mama, dass die Sahir einst ein Land ohne Magie und Monster war. Dann tauchte eine empfindungsfähige Dunkelheit auf – diese Dunkelheit war die Geißel der Wüste, und seit einem Jahrtausend streiten die Akademiker, wo genau das Monster herkam. Einige Gelehrte glauben, die Geißel sei ein bösartiger Höhlengeist, andere glauben, das Biest sei einfach vom Himmel gefallen. Unabhängig davon, woher die Geißel kam, war das Ergebnis dasselbe: Eines Tages beschloss dieses unvorstellbar mächtige Monster, alles, was es finden konnte, zu vernichten.

Es verwüstete Städte und Dörfer, löschte ganze Stämme aus und entzog weiten Teilen der Sahir – wie beispielsweise dem Tal – die Feuchtigkeit. Bevor die Geißel der Wüste das Land verheerte, war das Tal grün, so grün wie der Himmel blau, und die Heimat vieler Gemeinschaften, die Wagen, Kutschen und Handelskarawanen über diesen Weg ziehen ließen. Jetzt ist das Tal leer. Tot. Das Einzige, was hier lebt, ist die Vergangenheit und Hubaal der Schreckliche, irgendwo.

»Der Weg von Aziza und Yasmeen Zahim durch das Tal würde zwei Nächte und drei Tage dauern«, sagt Taha und betrachtet die Karte, die er auf seinen Oberschenkeln ausgebreitet hat.

»Drei? Sicherlich nicht.« Reza kaut einen Apfel und beugt sich in seinem Sattel vor, um einen Blick darauf zu werfen. »Oh, wenn unsere Pferde laufen und wir diesen Weg nehmen statt … diesen.« Er deutet auf die Karte. »Wir könnten das in zwei Tagen schaffen, wenn wir zügig reiten.«

»Damals haben wir den Anzu-Pass in einem halben Tag überquert«, sagt Fey, die nicht einmal hochsieht und sich die Nägel an ihrer Tunika poliert.

»Das ist keine gute Idee«, mische ich mich ein und errege damit ihre argwöhnische Aufmerksamkeit. »Wenn Tantchen drei Tage geschrieben hat …«

»*Tantchen*«, spottet Fey. »Sie ist keine Schild.«

»Nein, sie ist nur die Meisterin des Misra.«

»Ja, wir sind uns der Errungenschaften deiner Sippe sehr wohl bewusst, danke, Imani. Wir werden ja auch nur in jedem wachen Moment daran erinnert.« Die lässige Feindseligkeit, die sie an den Tag gelegt hat, wird plötzlich zu etwas Persönlichem und Wütendem. »Es sind die verwerflichen Einzelheiten über die Beya-Sippe, von denen wir nie etwas erfahren, nicht wahr? Du, zum Beispiel …«

Taha sieht von der Karte auf. Meine Hand gleitet instinktiv nach unten zu meinem Dolch – und Qayn –, während mein ganzer Körper von Hitze durchdrungen wird. *Hat Fey irgendwie mein Geheimnis entdeckt?*

»Ja, ich«, sage ich leise und drücke meine zitternde Hand stattdessen flach gegen meinen Oberschenkel.

»Du bist die jüngste Person, die in den Orden der Zaubernden aufgenommen wurde«, fährt sie fort, und ich achte darauf, nicht vor Erleichterung darüber auszuatmen, dass, was auch immer hier gerade vor sich geht, nichts damit zu tun hat, dass ich ein bindendes Abkommen mit einem Dschinn eingegangen bin. Aber ich weiß nicht, worauf Fey hinauswill, und das gefällt mir nicht.

»Ja … und?«

Sie führt ihr Pferd im Kreis um mich herum. »Du hast kaum Zeit gebraucht, um mit dem Misra zu üben, bevor du die Einführungsprüfung abgelegt hast. Ich frage mich, ob du nicht zu Hause Zugang zu Misra hattest, *bevor* du volljährig wurdest.«

»Gutes Argument«, kommentiert Reza.

Meine harte Maske droht mir vom Gesicht zu gleiten. Meine Tante *hat* mir mit vierzehn Jahren erlaubt, Misra zu trinken – ein Jahr vor allen anderen –, aber da war ich schon bereit für die Magie. Die Tatsache, dass ich die Einführungsprüfung abgelegt und beim ersten Versuch bestanden habe, ist der Beweis. Nur wenige andere wären dazu in der Lage, selbst wenn sie mit zehn Jahren mit der Magie angefangen hätten. Tantchen hat das verstanden; sie können es nicht.

»Nein, habe ich nicht«, lüge ich.

»Du würdest es uns sowieso nicht sagen, wenn du es getan hättest. Wir wissen aber«, Fey zählt die Punkte an ihren Fingern ab, während sie mich immer noch umkreist, »dass du den Rat erpresst; dass dein Bruder Misra gestohlen hat und den Großen Geist und die Sicherheit seines Volkes für schmutzige Auswärtige verrät; und deine Schwester, na ja …« Sie stößt einen Pfiff aus und hält links von mir an. »Ich habe gehört, dass Amira eine ziemlich fiese Diebin ist …«

»Wie kannst du es wagen, schlecht über meine Schwester zu reden«, sage ich, aber Feys Anschuldigungen wühlen mich auf. Vor etwa fünf Monaten erhielt ich einen Brief von Mama, als ich auf einer Mission war. Darin schrieb sie, Amira habe die Schule geschwänzt und eine Flasche Rosenparfüm von Souq al-Attareen gestohlen. Der Parfümhändler, ein Freund der Familie, besuchte meine Eltern zu Hause und es gelang ihnen, die Sache zu klären. Amira gab den Flakon zurück, ohne jemals eine Erklärung abzugeben, warum sie ihn überhaupt gestohlen hatte, obwohl Baba ihn leicht für sie hätte kaufen können, und der Parfümhändler versprach, den Vorfall geheim zu halten. Entweder hat der Parfümhändler gelogen oder Amira hat Dinge gestohlen, von denen wir nichts wissen.

»Sei's drum«, seufzt Fey. »Dein Tantchen ist und war nie eine Schild. Sie wird wahrscheinlich auch nicht mehr lange Meisterin des Misra sein.« Fey stockt und wirft Taha einen nervösen Blick zu.

Das Grauen nagt an mir. »Was soll das bedeuten?«

»Nichts«, sagt er und schiebt die zusammengerollte Karte in seine Satteltasche.

»Nein, nicht nichts, Taha. Was verschweigst du mir?«

Seine Schläfe pulsiert, dann atmet er aus. »Gut, du willst es wissen? Es gibt Gerüchte über dein Tantchen.«

Löwenzahn sprießt in meiner Lunge und in meinem Rachen und raubt mir die Luft. »Gerüchte?«, quieke ich.

»Es heißt, sie wusste, dass Atheer Misra stiehlt, Monate bevor alle anderen es herausfanden, und sie hat ihn nicht aufgehalten oder es gemeldet.«

»Sie könnte ihm sogar geholfen haben«, führt Fey mit einer gewissen Schadenfreude aus.

Ich fahre mit der Zunge über meine Lippen. Sie sind ausgedörrt, rau wie die Oberfläche von Sandstein. Was hat Qayn damals gesagt im Verbotenen Brachland? *Atheer hat im Laufe der Jahre eine beachtliche Menge an Misra aus eurem Heiligtum gestohlen.* Die Feststellung rast wie ein Speer auf mich zu und trifft mich mitten in die Brust. Ich beuge mich vor und lege eine Hand auf mein pochendes Herz. Jahre. Geister, helft mir. Konnten Atheers Diebstähle wirklich so lange unentdeckt bleiben? Aber wenn nicht, bedeutet das … Ein wütender Schraubstock legt sich eng um meine Schläfen und unterbricht den Gedanken. *Qayn lügt*, sage ich mir, *und Leute wie Taha, Reza und Fey wünschen sich nichts sehnlicher als den Untergang meiner Sippe.*

Ich richte mich auf. »Eure Versuche, meine Sippe in Verruf zu bringen, sind lächerlich. Atheer hat nur ein paar Monate lang Misra gestohlen, und meine Tante hat das zum selben Zeitpunkt herausgefunden wie alle anderen auch.«

»Und als Meisterin des Misra bestimmte sie allein, wie viel fehlte«, sagt Taha.

»Ja, und ...?«

Er mustert seinen hoch über uns kreisenden Falken. »Es ist nichts, Imani. Für dich und deinesgleichen ist es immer nichts. Aber für alle anderen ...« Er sieht auf mich hinunter. »Wusstest du, dass ein Jäger einmal einen einzigen Beutel Misra aus einem Lager der Schilde gestohlen hat und dafür zwei Jahre im Gefängnis saß?«

Ich gerate ins Wanken, mein Inneres bewegt sich, als hätte ich wieder den Fluss in mir. »Das wusste ich nicht, aber wenn der Jäger Schilden wissentlich lebenswichtiges Misra vorenthalten hat, hat er seine Strafe verdient.«

»Der Jäger war ein armer Mann, der zu Anfällen von Wahnsinn neigte.«

»Also einer von euch«, erwidere ich impulsiv, obwohl ich weiß, dass es schrecklich ist, so etwas zu sagen. Aber ich bin zu nervös, um meine Zunge rechtzeitig zu zügeln.

Reza schüttelt den Kopf und schaut angewidert weg, aber Taha dreht seinen Hengst in meine Richtung, und in seinen Augen lodert die Wut.

»Wie lange, glaubst du, wird Atheer im Gefängnis sitzen? Misra zu stehlen, es weiterzugeben, unsere Sicherheit und unser Versprechen an den Großen Geist zu gefährden – da wären mehr als zwei Jahre doch sicherlich fair, meinst du nicht?«

»Nein, nein, ein paar strenge Worte und die Suspendierung von den Schilden für einen Monat sind *viel* fairer«, sagt Reza, während Fey mit gespielter Ernsthaftigkeit nickt.

Ratssitzungen sind streng vertraulich; es ist eine Sache, wenn Taha durch seinen Vater erfährt, was gesagt wurde, aber eine ganz andere, wenn er dann Klatsch und Tratsch an seinen Cousin und die Geister-wissen-wen-sonst weitergibt. Ich sollte meinen Mund halten, um diese Konfrontation nicht in die Länge zu ziehen oder sie noch bösartiger zu machen, aber der Selbsterhaltungstrieb ist zu langsam und zu schwach, und meine Lippen bewegen sich bereits.

»Du willst über Befangenheit reden, Taha? Warum fragst du deinen Vater nicht, wie er Großzahim wurde?«

»Er wurde für diesen Posten ausgewählt.«

»Ausgewählt?« Ich werfe meinen Kopf in den Nacken. »Ha! Ja, natürlich, nachdem er die Ältesten mithilfe seines Gesindels unter Druck setzte, bis sie ihre ursprüngliche Wahl änderten, und durch die bloße Gnade des Großen Geistes sind einige seiner schärfsten Kritiker verstorben.«

Tahas Gesicht verzerrt sich. »Du nennst also die Bürgerversammlung ›Gesindel‹?«

»Na klar«, sagt Fey. »Wohlhabende Sippen haben es noch nie nötig gehabt, sich auf die Bürgerversammlung zu verlassen, um eine faire Chance zu bekommen.«

»Es reicht jetzt«, warne ich sie. Ich bin fiebrig vor Wut und krank vor etwas anderem, etwas, das ich im Zusammenhang mit dem Menschen, zu dem ich erzogen worden bin, nicht verstehen kann und nicht verstehen will. »Wir lassen dieses schändliche Thema jetzt fallen. Es gibt einen Grund, weshalb meine Tante und Yasmeen Zahim wollen, dass wir auf einer bestimmten Strecke langsam reiten: Im Galopp würde der Hufschlag unserer Pferde den Boden erschüttern und unsere Position verraten. Wir wollen nicht Hubaal den Schrecklichen oder andere Ungeheuer anlocken, die im Tal lauern.«

Ich erinnere mich an Mamas Warnungen über die Geißel der Wüste, die die monströsen Kreaturen, die uns heute noch plagen, hervorgebracht – oder, wie manche behaupten, *hergeholt* – haben soll. Einige Gelehrte glauben, die Geißel habe das Gemetzel aus

Vergnügen begangen, andere denken, sie habe die Menschen für eine niedere Lebensform und für nicht existenzwürdig gehalten. Hätte uns der Große Geist nicht gnädigerweise Misra gewährt, damit wir uns wehren können, wäre heute niemand von uns hier, und die Monster, die in den Verschlingenden Sanden gefangen sind, würden die Welt verwüsten. Doch obwohl wir die Geißel der Wüste besiegt haben, sind ihre Auswirkungen immer noch überall in der Sahir spürbar, auch im Tal. Hier sind immer noch Monster, und sie werden immer zahlreicher; viele Menschen glauben, dass die Vorfahren selbst unruhig sind. Tantchen beschrieb die Situation einmal als ein Gefühl, dass etwas aus dem Gleichgewicht geraten sei – irgendwo gibt es ein loses Ende.

Fey sackt in ihrem Sattel zusammen. »Ach, *bitte*. Das sind Ammenmärchen, Imani. Du bist alt genug und hast genug echte Monster gesehen, um zu wissen, dass es Hubaal nicht gibt …«

»Sei still, Fey«, murmelt Taha. »Hubaal und die Geißel der Wüste sind keine Märchen. Sie sind historische Realitäten, die von jedem Großzahim seit einem Jahrtausend bestätigt werden, auch von meinem Vater. Sie sind der Grund, warum wir überhaupt Magie erhalten haben. Behandle die Angelegenheit mit etwas Respekt.«

Ihr Gesicht nimmt einen kränklichen Wassermelonenfarbton an, der mit ihrem flachsblonden Haar nicht harmoniert. »Natürlich weiß ich, dass sie wahr sind …«

Während sie entschuldigend vor sich hinplappert, wirft Reza einen gereizten Blick in Tahas Richtung. Ich traue meinen Augen nicht. Ist Taha ein junger Mann mit eigenem Verstand oder der Entwurf eines gedankenlosen, pflichtbewussten Sohnes, den Bayek durch einen uns unbekannten Zauber zum Leben erweckt hat? »Ich bleibe bei meinem Standpunkt«, sagt er. »Es ist besser, das Tal so schnell wie möglich zu durchqueren, statt darauf zu warten, dass Hubaal uns findet.«

Ich treibe Badr vorwärts. »Würdest du mir bitte zuhören, Taha? Das ist eine sehr schlechte Idee.«

»Du kannst gerne nach Hause zurückkehren, wenn du nicht einverstanden bist.« Seine Augen färben sich golden, als er seinen Geist mit Sinan teilt. Der Falke fliegt einen Bogen und schwebt eine lange Minute über dem Tal, um die Gegend zu inspizieren. Tahas Augen verblassen zu ihrem trägen Grün. »Der Weg vor uns ist frei.«

»Ein guter Anführer hört auf seine Schildkameraden«, sage ich hinter ihm. »Auf jeden einzelnen.«

»Und eine loyale Schild stellt das Wohlergehen ihres Volkes über ihre Geschwister.« Er lässt sein weißes Pferd in Richtung des Tals herumwirbeln. »Wir reiten stark, wir reiten schnell. Nacheinander, um den Einschlagbereich zu verringern. Los!«

Sein Hengst verfällt in Trab. Fey folgt ihm, dann Reza, dann widerwillig ich. Und während ich auf den verbrannten Pfad zureite, der sich durch die Berge schlängelt, fällt mir etwas ein, eine Wahrheit, die viel zu spät kommt, um noch von Nutzen zu sein. Hier, an der Mündung des Tals der Knochen, wird mir klar, dass ich nicht in einen Krieg ziehe – ich befinde mich bereits in einem.

Der Tag beginnt mit azurblauem Himmel; der felsige Boden erhebt sich um uns herum in knolligen, kahlen Hügeln, die unter einer unerbittlichen Sonne glühen. Auf Tahas Anweisung wechseln wir zwischen Galopp, Trab und Schritt, damit die Pferde zwischendurch immer wieder zu Kräften kommen können, um länger durchzuhalten. Ich warne ihn, dass die Tiere mehr Ruhe brauchen, aber er ignoriert mich. Danach spricht niemand mehr; sie wollen geräuschvoll reiten, aber es scheint, als hätten wir insgeheim vereinbart, ansonsten zu schweigen. Ich akzeptiere das zunächst und bin froh, mein Gedankenwirrwarr zu durchforsten, obwohl ich wenig Erfolg habe. Meine Gedanken rasen, meine Emotionen überschlagen sich, und ich schwöre, ich habe ein anderes Pferd oder mehrere hinter uns gehört. Ich bin so überzeugt davon, dass ich immer wieder über meine Schulter schaue, nur um ein ausgetrocknetes Flussbett zu sehen, das langsam aus meinem Blickfeld verschwindet.

Dann, am späten Nachmittag, lugen die ersten Überreste einer alten Stadt über den Gipfel eines nahen Hügels. Ich erkenne brüchige Granitmauern, verstreute Kalksteinbrocken und zerbrochene Marmorsäulen. Im Schatten dieser Ruinen hasse ich die Stille und alles, was sie beinhaltet. Ich sehne mich nach dem beruhigenden Treiben in Qalia, nach den Händlern, die poetisch ihre Waren anpreisen, nach dem unaufhörlichen Knarren von Kutschenrädern, dem Quieken von Kindern, die in den duftenden Gassen spielen; ich wünsche mir sogar den Trubel meiner streitenden Eltern und das Bellen von Simsim. Geister, ein bisschen Vogelgezwitscher würde reichen. Hier singt nichts.

»Brr«, brüllt Taha.

Ich blicke von der Medina hinunter zu seinem Pferd, das sich auf den Hinterbeinen aufbäumt. Fey und Reza reißen ihre Pferde nach links und rechts, um einen Zusammenstoß zu vermeiden, und die Falken kreischen in ihren rasselnden Käfigen, die an den Sätteln befestigt sind. Ich bin im hinteren Teil der Gruppe und muss Badr scharf zur Seite reißen. Ich verfehle sie nur knapp, aber Badr bewegt sich ungeschickt, stolpert über Felsen und rutscht ab. Plötzlich stehe ich schief, aber Badr rennt immer noch und wiehert. Einen Herzschlag später fliege ich aus dem Sattel.

Die Welt verschwimmt um mich herum, rostiges Orange, spätes Blau und alles ist dunstig. Ich schlage auf dem Boden auf. Dumpfer Schmerz schießt durch meinen Rücken und dröhnt in meinen Ohren; ein schärferer Schmerz brennt irgendwo unter meinen Rippen. Ich rutsche den Schotter hinunter, stöhne die untergehende Sonne an und frage mich, warum ich hier bin und nicht zu Hause im Bett, sicher bei meiner Familie. Ich frage mich, *wo* ich bin. Ein paar Mal schlucken und blinzeln, und die Realität kehrt schnell zurück. Die anderen sind in einen heftigen Streit verstrickt. Fey will wissen, warum Taha angehalten hat, aber er weiß nicht, was sein Pferd so erschreckt hat, und Reza bringt sie zum Schweigen.

»Ruhe! *Seht mal.*«

»Oh nein.« Stiefel knirschen eilig über den Schotter, und ein großer Schatten schirmt mich vor der grellen Sonne ab. »Imani, bist du verletzt?« Taha. Ich spüre seine Hände auf meinen Schultern, meinem Gesicht, er tätschelt sanft meine Wange. »Imani? Kannst du mich hören?«

Unruhig drehe ich meinen Kopf nach links und rechts. Ich bewege meine Arme, wackle mit den Zehen und setze mich auf. Mein Rücken tut weh und eine Schürfwunde pocht heiß unter meinen Rippen, aber soweit ich das beurteilen kann, ist nichts gebrochen.

»Mir geht es gut«, ächze ich.

»Bist du sicher?« Er streckt mir die Hand hin.

An jedem anderen Tag würde ich das nur ungern tun, aber ich nehme seine Hand und stehe vorsichtig auf. »Ja, alles gut. Ich bin schon öfter gestürzt, weißt du?« Ich wische mir den Schmutz von der Tunika, anstatt ihn anzusehen. Es fällt mir schwer zu glauben, dass er sich wirklich um mein Wohlergehen sorgt. »Wir müssen weiter. Es hat keinen Sinn, in den Ruinen herumzulungern.«

»Wir haben ein Problem«, sagt Reza. Er und Fey stehen inmitten verstreuter Lebensmittel und Beutel, die wohl aus meinen Satteltaschen gefallen sind – und Reza deutet auf eine große, umgestürzte Gestalt am Boden. Mein Herz krampft sich zusammen.

»Badr.«

Ich renne zu der Stute, die auf der Seite ausgestreckt im Dreck liegt. Sie keucht schwer und strampelt schwach mit einem ihrer Vorderbeine. Das andere ist noch immer ungelenk angewinkelt, und etwas Weißes ragt aus … Ich wende meinen Blick ab. »Schon gut, mein Mädchen, du bist in Ordnung.«

»Ihr Bein ist schwer verletzt«, sagt Reza zu Taha, aber er klingt weit entfernt. Das tun sie alle, als würden sie einen Ozean weit weg unter Wasser sprechen.

Ich streiche Badr über die Flanke. »Es ist alles in Ordnung. Sie braucht nur einen Moment Ruhe, nicht wahr, mein Mädchen?«

Reza seufzt und geht, und Feys Schatten zieht mit ihm davon.

Die Zeit vergeht, ich weiß nicht, wie viel. Taha kniet sich neben mich. »Imani …«

Ich sehe alles nur verschwommen. »Ich sagte, es ist *in Ordnung*. Badr wird es gut gehen; das tut es immer.«

»Sie hat einen offenen Bruch.«

Ich beuge mich über sie und nehme mir vor, nicht vor Taha zu weinen, aber es ist sinnlos. Ich bin wieder da, an diesem sonnigen Nachmittag, und Baba ruft mich zu sich, um das neue Fohlen zu sehen, das Atheer mit zur Welt gebracht hat. »Sie gehört ganz dir, Imani. Wie willst du sie nennen?« Ich sah sie lange an, dieses verletzliche Bündel im Heu, und suchte nach dem perfekten Namen für meine neue Freundin. Atheer sagte: »Sie ist silbern, wie ein Vollmond. Wie wäre es mit Badr?« Und der Name gefiel mir sofort, als ich ihn hörte. In meinem Herzen wusste ich, dass es ihr Name war, und er war umso wertvoller, weil mein Bruder ihn vorgeschlagen hatte.

Die goldene Erinnerung verblasst, andere drängen sich an die Stelle ihrer tristen Abwesenheit. Die Missionen, die wir gemeinsam unternommen haben, als wären es keine Monate, sondern Sekunden, die übereinandergestapelt und in einem Augenblick sichtbar waren. All die Gelegenheiten, bei denen sie mir das Leben rettete und mich mit Schnelligkeit und Tapferkeit vor dem Tod bewahrte; all die langen, schweigsamen Ritte durch die Weiten der Sahir. Manchmal verließ ich meine Gruppe, um ein nahe gelegenes Dorf aufzusuchen, aber ich hatte nie Angst oder war einsam, selbst wenn wir nur zu zweit waren. Ich habe gesungen, weil ich wusste, dass kilometerweit sonst niemand war. Da war niemand, der mich auslachte, schon gar nicht Badr. Ich sang, und sie wippte mit dem Kopf im Rhythmus.

»Wir müssen sofort weg.« Reza eilt über die Felsen zu uns. »Irgendetwas rührt sich in der Erde unter diesen Ruinen.«

»Imani«, beginnt Taha.

Seine Stimme ist ein Streichholz an meinem Docht. Ich werde zu einem Inferno aus Angst und Wut; das Gesicht meines Bruders blitzt in meinem Kopf auf, und für diesen einen, flüchtigen Augenblick hasse ich Atheer; ich *hasse*, was er mir, meiner Familie und der Welt angetan hat. Meinem Pferd. Eine verzweifelte Stimme in mir schreit nach Antworten, fleht darum zu erfahren, warum er mich so leichtfertig auf diesen Weg geführt hat.

Ich stürze mich auf Taha und werfe ihn zu Boden, setze mich rittlings auf seine Brust und schlage mit meinen Fäusten auf ihn ein. »Das ist *deine* Schuld!«, schreie ich und ignoriere Rezas Bitten, leiser zu sein. »Ich habe dir gesagt, wir hätten langsamer reiten sollen. Ich habe dich gewarnt, dass die Pferde Fehler machen, wenn sie übermüdet sind. Ich habe dich gewarnt!«

Taha packt meine Arme. Ich reiße einen los und kugle mir dabei fast die Schulter aus der Gelenkpfanne aus. Aber das ist mir egal. Ich schlage ihm auf den Kiefer. Sein Kopf ruckt zur Seite, dunkles Haar wirbelt über seine Augen. Es gelingt ihm, meine Handgelenke zu ergreifen und mich festzuhalten.

»Hör auf, Imani. Ich weiß, was du durchmachst, hörst du? Ich *weiß es.*«

»Das tust du nicht!« Ich erschlaffe und schluchze. Hielte er mich nicht aufrecht, ich würde zusammenbrechen.

»Doch, ich weiß es.« Er lässt mich sanft auf den Schotter gleiten. »Als ich sieben Jahre alt war, ging ich mit meinem Vater und meinen Onkeln auf einen Jagdausflug. Eines Nachts, weit weg von jeder Stadt, griff ein Rudel Wölfe unseren Familienhund Rashiq an. Ich half, die Wölfe zu verjagen, aber die Verletzungen …«

Ich hebe meine schweren Lider. Taha kniet so nah vor mir, dass ich den Schweiß an ihm riechen kann. Ich bemerke den Ring aus aufsehenerregendem Orange, der seine erweiterten Pupillen umgibt, die Art, wie sich seine dunklen Wimpern trotzig aufrichten, die verblasste Narbe neben seinem Ohr, wo er sich einmal beim Rasieren geschnitten hat. Ich sehe etwas anderes in ihm als Stolz: Kummer, und ich bin hin- und hergerissen von dem Gefühl, dass ich mich vielleicht in ihm getäuscht habe.

»Ich habe nur einmal so geweint, als meine Mutter starb«, sagt er. »Rashiq war ein Geschenk von ihr. Ich hatte sie doch schon verloren. Da konnte ich ihn nicht auch noch verlieren. Ich habe alle angefleht, mir zu helfen, die Wunden zu schließen, aber mein Vater sagte mir, dass wir nichts tun könnten. Wir müssten Rashiq einschläfern, und wenn wir das nicht täten, würde er unnötig leiden. Aber wie kann man das einem Hund antun, der seit deiner Geburt am Fußende deines Bettes geschlafen hat? Einem Freund, der deiner Familie das Essen auf den Tisch gestellt und deine Füße warmgehalten hat, während du gegessen hast?«

Ich sehe Badr an, ihre feuchten braunen Augen sind in die Ferne gerichtet, ihre breiten Lungen heben sich, das Vorderbein strampelt immer noch, aber mit weniger Kraft, immer weniger.

»Ich weiß, dass du dein Pferd nicht von seinem Elend erlösen kannst.« Taha seufzt und steht auf. Ich höre, wie er sein Langschwert aus der Scheide an seinem Gürtel zieht.

Ich blinzle mir die Tränen aus den Augen. »Was tust du da?«

»Was getan werden muss, um ihret- und unseretwillen.« Er führt sein Schwert zu Badr, die nun resigniert auf dem Boden liegt, und richtet die Spitze über ihrem Kopf aus. »Geh zu deinen Vorfahren.«

»NEIN«, schreie ich, aber ich bin machtlos, das Grauen rechtzeitig aufzuhalten. Die Klinge trifft auf. Das Geräusch ist schrecklich, nass und dick, aber schnell vorbei, ohne dass Badr auch nur einen Schmerzenslaut von sich gibt. Nur Stille und all das Elend, das sie birgt. Mein Vollmond, für immer vom Himmel gestohlen.

Ich kämpfe mich auf die Beine und laufe zu ihr hinüber. Dabei kreische ich: »Wie konntest du das tun, du grausames, unwürdiges *Ungeheuer!*« Ich bücke mich und streiche ihr über die seidene Mähne, suche vergeblich nach einem Schimmer in ihren Augen. Sie sind wie die bemalten Glaslampen, die man auf einem Basar in der Heimat findet. Schön, aber hohl ohne das Licht. »Oh, Badr«, flüstere ich, »warum musstest du gehen? Unsere Abenteuer waren doch noch nicht zu Ende.«

Um mich herum geschieht alles in hektischem Durcheinander. Taha schnallt einige halb leere Satteltaschen ab und trägt sie davon. Fey und Reza versuchen, unsere verstreuten Gegenstände zu bergen. Ich helfe nicht, ich bewege mich nicht einmal, als der Boden unter mir zittert.

»Vergiss das Essen. Es ist zu spät«, sagt Reza und schiebt Fey zu ihrem Pferd.

Taha schwingt sich in den Sattel. »Imani, du hast keine andere Wahl, als mit mir zu reiten. Mein Pferd kann das Gewicht am besten tragen.«

Ich kann weder mit ihm reiten noch die Vorstellung abschütteln, wie er Badr tötet. Wie töricht bin ich, zu glauben, dass dieser Junge etwas anderes als Eitelkeit und Grausamkeit in sich hat?

»Ich schwöre beim Großen Geist«, sagt er mit lauter Stimme.

Ein gutturales Knurren schallt über den Hügel. Es ist ein animalisches Geräusch, begleitet von dem Gestank nach verfaulendem Fleisch. In einem entfernten Teil meines Geistes erkenne ich die Zeichen von …

»Werhyänen«, ruft Reza.

Zwischen den bröckelnden Säulen der Ruine auf dem Hügel taumeln zwei Meter fünfzig große Bestien hervor, weder Mensch noch Hyäne, irgendwie beides. Mindestens ein Dutzend der Monster, die nach Fleisch gieren – sie waren einst Menschen, verlorene Seelen, von denen es heißt, sie seien von der Geißel der Wüste dazu verflucht worden, niemals erlöst zu werden. Und wenn ein Mensch von einer Werhyäne getötet wird, gesellt er sich zu ihnen und ist dazu verdammt, bis in alle Ewigkeit in ihren umherirrenden Rudeln zu leben.

Die Meute beginnt, auf uns zuzupreschen. Ihr geflecktes Fell tarnt sie inmitten der auf dem Hügel verstreuten Trümmer; sie hüpfen und springen von den Trümmern, als wäre das Land aus Glas und sie aus Licht. Die Ungeheuer lachen, knurren und fletschen die Zähne. Sie geben Laute von sich, die einmal Worte gewesen sein mögen, aber ich könnte nur in einem Albtraum verstehen, was sie sagen, ob sie uns bedrohen oder uns um Hilfe bitten. Die Vorstellungen erschrecken mich gleichermaßen.

»Imani, *bitte*«, schreit Taha mich an.

Aber ich kann mich nicht bewegen. Ein irrationaler Teil von mir will das nicht. Er will hier bei Badr bleiben; er würde lieber dorthin gehen, wohin sie gegangen ist, als mit Taha zu reiten.

Fey schnippt mit den Fingern und beschwört helle Flammenkugeln auf ihren Handflächen. Reza hält seine Hände offen über die trockene Erde; der Boden zittert und knackt unter ihm, während sich tödliche Steinsplitter erheben und in der Luft schweben. Während Fey anfängt, riesige Feuerschwaden auf die Werhyänen zu schleudern, beschießt Reza sie mit den Steinsplittern, die er vom Boden hochholt. Die Monster fallen den Hügel hinunter, versengt, zerquetscht und aufgespießt, aber noch mehr nehmen ihren Platz in einer anschwellenden Horde ein.

»Das bringt nichts. Wir sind zu sehr in der Unterzahl«, schnauzt Fey und wirft Taha einen bösen Blick zu. »Lass sie einfach hier. Wir müssen von hier verschwinden!«

»Nein, wir brauchen sie.« Taha springt von seinem Hengst und sprintet zu mir hinüber, während Reza und Fey hinter ihm zu ihren Pferden eilen. »Komm schon«, brummt er und zerrt mich an der Rückseite meines Mantels hoch. Er schleift mich zu seinem Hengst und wirft mich praktisch darauf, bevor er sich in den Sattel schwingt und sich die Zügel schnappt. *»Hüa!«*

Ich habe keine andere Wahl, als mich an ihm festzuhalten, also knülle ich seinen Reitmantel in meinen Fäusten zusammen. Wir stürmen durch das Tal, während unsere gehetzten Tiere Erde und Kies aufwirbeln und sich die Schatten ihrer strampelnden Gliedmaßen kolossal über die Hügel erstrecken. Die Meute der Werhyänen sieht uns rennen und nimmt die Verfolgung auf.

14

Die Pferde rasen über den gewundenen Weg des Tals. Ich folge Tahas Beispiel und spanne meinen Körper im schaukelnden Sattel an. Geschickt lenkt er seinen Hengst um die Kurven des Weges, aber der rasante Ritt ist endlos. Es scheint, als kämen wir nicht voran, bis wir schließlich auf eine Gabelung stoßen, die von einigen Bergen gebildet wird. Wir stürmen weiter, ändern aber nicht den Kurs. Ich beuge mich vor, um Tahas Gesicht zu sehen. Er starrt auf die Weggabelung, und hinter seinen Augen passiert nichts – keine Gedanken, keine Pläne, keine Gefahreneinschätzungen für die verschiedenen Routen. Nichts. Er hat vergessen, in welche Richtung wir müssen, oder er kann seine Angst nicht überwinden.

Ich schüttle seinen Ellbogen. »Taha, wo lang?«

Er blinzelt, zieht die Zügel an und führt uns nach rechts. Er wirft Reza einen Blick über meine Schulter zu. »Versperre ihn!«

Der drahtige Mann wirft sein Pferd herum und bleibt in der Mitte des Weges stehen, sein Zopf flattert im Wind. Werhyänen kommen um die Biegung, lange Zungen hängen aus ihren offenen Mäulern, Speichel tropft. Rezas Anblick entfacht ihren Blutrausch, sie kreischen und stürzen sich mit ihren unförmigen Gliedmaßen ungeschickt auf ihn. Die Arme des jungen Mannes heben sich mit geöffneten Handflächen. Innerhalb von Sekunden beginnen die Berge zu ächzen. Die Werhyänen schenken dem keine Beachtung; sie sind nur wenige Meter von Reza entfernt, da schließt er seine Fäuste und reißt seine Arme nach unten. Ein gewaltiger Knall durchdringt die Luft, und ein riesiger Steinbrocken rutscht vom

Berghang und kracht auf den Weg, wobei er die kreischenden Werhyänen unter sich begräbt.

Taha lässt uns anhalten, was mir die Gelegenheit gibt, den unglaublichen Anblick zu betrachten. »Gut gemacht, Cousin«, ruft er.

»Ich könnte dich auf der Stelle küssen«, ruft Fey Reza zu, als er herbeireitet. Er ist schon ganz rot vor Anstrengung, aber es gelingt ihm, noch tiefer zu erröten.

Ich kann nicht anders, als mich von der Erleichterung über den Sieg mitreißen zu lassen. »Danke, dass du uns gerettet hast, Reza. Deine Zugehörigkeit ist wirklich beeindruckend.«

Er lässt sich dazu herab, mein Kompliment mit einem Nicken zu quittieren, und begutachtet dann, wie wir anderen auch, den Schutthaufen. »Ich glaube, das ist der größte einzelne Erdbrocken, den ich je bewegt habe.«

»Mit Leichtigkeit«, sagt Taha.

»Ja … das war schon was«, murmelt Fey und streicht mit einer Hand über Rezas Arm.

Daraufhin reißt Taha sein Pferd unsanft herum und drückt ihm die Fersen in die Flanken. »Weiter geht's.«

Wir reiten weiter, jetzt langsamer, und das Gespräch kommt zum Erliegen und wird nicht wieder aufgegriffen. Die Nacht kommt wie ein Dieb, schleicht sich langsam heran und raubt den Tag Stück für Stück. In dieser völligen Stille, in der sich die Bergwände um uns herum erheben, wird uns die schreckliche Realität unserer Situation bewusst.

»Wir hätten die Anweisungen meiner Tante befolgen sollen«, sage ich in Tahas Ohr.

Er ignoriert mich, obwohl er nicht leugnen kann, dass es allmählich schwierig wird, mehr als nur wenige Meter weit zu sehen. Und sogar seine Haut wird aufgrund der Kälte mit einem Schauder überzogen. In vielen Teilen der Sahir ist es tagsüber heiß und nachts eiskalt. Für einen unvorsichtigen Reisenden können die Bedingungen schnell tödlich sein.

Ich versuche es noch einmal. »Wir müssen bald anhalten und ein Lager aufschlagen. An einem geschützten Ort, sonst werden wir sterben, bevor der Nahrungsmangel zum Problem werden kann.«

Er hält an, um im Halbdunkel seine Karte zu studieren. Sorgenfalten zeichnen sich auf seiner Stirn ab und machen mich noch nervöser. Ich versuche, um ihn herum einen Blick auf die Karte zu erhaschen, aber er steckt sie schnell wieder in seine Satteltasche und führt uns weiter. Ich bin zu schwach, um zu protestieren. Ich hatte noch keine Gelegenheit, die Wunde in meiner Seite zu untersuchen, aber sie fühlt sich schlimmer an als nur eine Schürfwunde, und klebriges Blut rinnt mir bereits am Rumpf hinunter. Ich wünsche mir nichts sehnlicher, als irgendwo anzuhalten, und zwar bald.

Der Weg, dem wir folgen, führt uns von einem vergleichsweise offenen Flussbett zu einem engen Pass zwischen Granitwänden. Stunden vergehen, während wir durch die Dämmerung waten. Der ansteigende, sich windende Pfad verschwindet, die Schatten werden dichter, und die Luft wird eisig, unbarmherzig und dünn. Ich kann keine Einzelheiten mehr erkennen, die Welt verschwimmt und schrumpft. Als wir endlich aus dem Gebirgspass herauskommen, reicht das Licht der Mondsichel gerade aus, um zu sehen, wohin Taha uns geführt hat.

Der Weg vor uns öffnet sich weit wie Lungenflügel, die sich für einen vollen Atemzug ausdehnen. Er wird zu beiden Seiten von Zedernbäumen gesäumt, die viel zu üppig für einen toten Ort sind. Und dort, am Ende, erhebt sich eine Granitfelswand mit einer extravagant gemeißelten Fassade und den Worten *Al-Medina-Al-Uwla*. Zwischen den geschnitzten Säulen und den zarten floralen Details darunter wartet ein Eingang.

»Was ist das für ein Ort?«, fragt Reza, als wir langsam darauf zureiten.

»Hatten wir nicht genug Ruinen für einen Tag?«, jammert Fey.

Das fahle Mondlicht reflektiert unheimliche Splitter in Tahas Augen. »Ich bin da hinten ein paar Mal falsch abgebogen, und es gab keine Möglichkeit, den Weg zu verlassen, also müssen wir hier durch … was immer dieser Ort auch ist.«

»Die Erste Stadt.« Ich lese den Namen laut vor und betrachte die Fassade noch einmal genau. »Sie muss von uralten Stämmen erschaffen und bewohnt worden sein. Wir sind vielleicht die ersten Menschen seit Jahrhunderten, die sie zu Gesicht bekommen.« Für einen Moment vergesse ich meinen Schmerz und meinen Kummer. »Meine Mutter wird es nicht glauben, wenn ich es ihr erzähle.«

Fey wedelt mit einem Arm. »Toll, interessant! Ich würde gerne wissen, ob wir uns *hineinwagen* müssen?«

»Ja, wir haben keine andere Wahl«, antwortet Taha. »Aber wenn die Karte stimmt, sollte der Weg durch die Stadt effizienter sein als die Route, die wir genommen hätten. Sobald wir den Berg auf der anderen Seite hinuntersteigen, verlassen wir das Tal und sind nur noch wenige Tage von den Sanden entfernt. Also schlagen wir unser Lager drinnen auf und brechen im Morgengrauen auf. Wir werden morgen bei der ersten Gelegenheit nach Nahrung suchen.«

»Wunderbar«, murmelt Fey. »Eine Nacht in einer alten, verlassenen Stadt, die seit einer Ewigkeit niemand mehr betreten hat.«

Mir stellen sich die Nackenhaare auf, und ich sehne mich nach tröstlichem Licht. Ich greife nach meiner Fackel, aber zum Glück hat Fey den gleichen Gedanken. Sie hält eine Hand über ihre unbeleuchtete Fackel, und ich spüre die Wärme, die sie aus unserer Umgebung und ihrem eigenen Körper schöpft. Die Hitze wird intensiver, ein Keuchen und ein tiefes Fauchen sind zu hören, und der Fackelkopf entzündet sich. Mit einem Flattern ihrer Finger wirft sie das Feuer auch auf unsere Fackeln. Seltsamerweise betonen die Flammen die Dunkelheit nur noch mehr.

Taha führt uns die Treppe hinauf und über den Säulengang in den Eingangsbereich. Das Hufgetrappel unserer Pferde hallt durch einen sehr langen Tunnel. Rotes Fackellicht fällt auf seine Wände und die dort eingeätzten detaillierten Landschaften – ein Dünenmeer, fruchtbare Ebenen, ein Löwenrudel, eine Ansammlung von Menschen auf Kamelen. Ich spüre eine intensive, verwirrende Gewissheit, dass ich so etwas wie diese Kunstwerke schon einmal gesehen habe, aber ich kann mich nicht erinnern, wo.

Mein Blick bleibt an einem Bild hängen, das mir den Schrecken bis ins Mark treibt. »Taha, langsam«, flüstere ich.

Er zieht an den Zügeln und hält seinen Hengst an. Ich halte meine Fackel, so hoch es geht, ohne mir Schmerzen zu bereiten. Das Licht erhellt geschwungene Linien eingeritzter Äste.

Taha zieht eine Augenbraue hoch. »Es ist ein Baum.«

»Nein«, hauche ich und lasse meinen Blick über das Bild schweifen, »nicht irgendein Baum. Er ist identisch mit dem Misra-Baum im Heiligtum. Aber warum ist er hier abgebildet?«

Er sieht mich über seine Schulter hinweg an. »Warte mal, du hast den Misra-Baum gesehen?«

»Einmal, bevor wir Qalia verließen. Meine Tante hat ihn mir gezeigt.«

»Natürlich hat sie das.« Er wendet sich wieder dem Bild zu und schüttelt den Kopf. »Du irrst dich. Der Misra-Baum ist immer nur im Heiligtum gewachsen.«

So steht es in jedem historischen Bericht, aber ich werde das Gefühl nicht los, dass der Baum, der in diese alte Mauer geritzt ist, etwas ganz Besonderes ist. Auch dieser Ort hat etwas Besonderes an sich. Ich erinnere mich an die herrliche Stadt, die ich in den letzten Wochen immer wieder in meinen Träumen gesehen habe. Könnte es dieser Ort sein? *Wie?*

Unbeeindruckt geht Taha weiter. Langsam schmilzt mein Fackellicht an den Zweigspitzen des Baumes und taucht ihn wieder in Dunkelheit. Wenige Augenblicke später treten wir aus der Halle auf einen Platz, und wir schnappen im Chor nach Luft.

Die Stadt besteht fast vollständig aus demselben hellen Granit, und das zuvor schwache Mondlicht wird durch ihn verstärkt und erzeugt ein diffuses Leuchten. Links und rechts erheben sich neblige Berge, dazwischen ein ansteigendes Labyrinth aus Treppen und Rampen, die kuppelüberdachte Gebäude miteinander verbinden. Zwischen dem Gittermuster der Rampen stehen weitere

Zedernbäume und Obelisken, von denen silberne Laternen baumeln. Ein tosender Wasserfall stürzt über einen Berggipfel auf der rechten Seite; das kristallklare Wasser rauscht in einen Kanal, der sich zur Stadt hinunterschlängelt und den Platz vor uns überquert. Dann fließt er Dutzende von Metern zu unserer Linken über den Rand einer Plattform und fällt hinab.

»Unglaublich«, sagt Fey. »Es ist, als wäre die Stadt …«

»Unberührt von der Zeit.« Kein einziger Stein weist Risse auf oder zerbröckelt. Das Silber der Laternen hat keine Patina angesetzt; die Häuser sehen aus, als wären sie erst vor Kurzem gebaut worden. *Ihr Geister*, es gibt fließendes Wasser in einem Land, das eigentlich ein Land des Todes und der Verzweiflung sein sollte.

»Das ist er«, murmele ich vor mich hin. »Das ist der Ort.«

»Wie war das?«, fragt Taha und wirft mir über seine Schulter einen Blick zu.

Ich antworte nicht – wie könnte ich? Da er spürt, dass keine Antwort zu erwarten ist, springt Taha von seinem Pferd und wagt sich mit jener sturen Zuversicht, die er offenbar nicht ablegen kann, zu dem Kanal vor. Wir beobachten ihn, und ich bin mir sicher, dass die anderen auf das Gleiche warten: eine Flussschlange, die aus dem Wasser auftaucht und ihn mit sich hinunterreißt. Doch nichts dergleichen geschieht. Er füllt seine Wasserschläuche und trinkt ausgiebig.

»Das ist das frischeste Wasser, das ich je geschmeckt habe«, verkündet er.

Fey löscht unsere Fackeln, und ich schließe mich ihr und Reza widerstrebend an, um unsere Wassersäcke zu füllen. Das Wasser des Kanals ist das kälteste, das ich je in meinem Leben gespürt habe. Außerdem ist es so sichtbar rein, dass es unter dem wachsamen Blick des Großen Geistes selbst entsprungen sein muss.

»Wo sollen wir unser Lager aufschlagen?«, fragt Reza, als wir fertig sind.

»Wir könnten in einem Gebäude bleiben«, schlägt Taha vor.

»Suchst du Ärger? Wir schlafen doch nicht in einem …« Fey

hält inne und sieht sich um. »Wie alt ist dieser Ort? Jahrhunderte? Jahrtausende? Weißt du was, das spielt keine Rolle. Wir werden nicht in einem alten Haus schlafen. Ich sage, wir schlagen unser Lager draußen auf, irgendwo in der Nähe der Stadttore.«

»Einverstanden«, sagt Reza und streicht mit einer Hand über Feys Schultern.

»Drinnen wird es wärmer sein«, sagt Taha. »Der Stein wird uns schützen, und wir müssen kein Lagerfeuer anzünden, das Aufmerksamkeit erregen könnte. Wir sind in einer Ruine, oder was eine Ruine sein sollte, schon vergessen? Wir wissen nicht, was hier haust.«

Wir sehen uns gegenseitig an und suchen nach Antworten. Taha wendet sich an mich. »Was denkst du?«

Fragt er mich wirklich nach meiner Meinung? Könnte es sein, dass er ein *schlechtes Gewissen* hat wegen dem, was er Badr angetan hat? Unsinn. Eher fühlt sich ein Löwe schuldig, weil er eine Gazelle gerissen hat, als dass Taha über sein Verhalten nachdenkt. Wie dem auch sei, mir ist kalt bis auf die Knochen, und die Wunde in meiner Seite ist schmerzhaft und völlig steif.

»Drinnen«, sage ich mit klappernden Zähnen. »Nichts deutet darauf hin, dass wir hier draußen sicherer sind. Wenigstens ist es in einem der Gebäude warm, und im Moment ist die Gefahr, der Kälte ausgesetzt zu sein, die größte Bedrohung.«

Taha nickt. »Gut. Wir suchen das Tor, das aus der Stadt herausführt, und suchen uns ein Gebäude in der Nähe.«

Reza seufzt, aber es ist immerhin ein Kompromiss. Wir führen unsere Pferde über die Brücke und eine Rampe hinauf zur ersten Ebene. Die Stadt mit ihrer Pracht ist traumhaft. Der Stein, aus dem sie erbaut ist, fängt jeden Schimmer des Mondlichts liebevoll ein und sendet ihn hundertfach zurück. Jedes Gebäude, an dem wir vorbeikommen, hat Türen aus massivem Gold, die mit geometrischen Mustern verziert sind. Die Eingänge werden von bronzenen Urnen voller schillernder, violetter Blumen flankiert. Auf einigen Ebenen ist genug Platz, um eingezäunte Felder mit blühenden

Obstbäumen und Reihen mit reifem Gemüse zu bewirtschaften. Reza und Fey schleichen zwischen den Feldern umher und stibitzen so viel, wie sie für das Abendessen auf ihre Arme stapeln können. Als wir an einer Feigenbaumwiese vorbeikommen, hievt Taha sich über den Steinzaun und pflückt ein paar Feigen von den Zweigen ab. Er drückt eine an seine Nase.

»Wie ist sie?«, flüstere ich.

»Wie echt.« Er ruft Reza und Fey hinterher. »Wir werden unsere Lebensmittelvorräte auffüllen, bevor wir im Morgengrauen aufbrechen.«

Sie nicken, und wir gehen weiter, über breite Treppen und Rampen, die sich den Berg hinauf und um den Wasserfall herumschlängeln, dessen feine Gischt ich als kühlen Nebel auf meinem erhitzten Gesicht spüre. Doch trotz des sauberen Wassers und der blühenden Pflanzenwelt ist kein einziges Lebewesen zu sehen oder zu hören. Keine Vögel in den Bäumen, keine Insekten im Gras, keine Mäuse, die sich in einer Nische oder einem Garten verstecken. Es ist unnatürlich.

Wir sind schon ein gutes Stück den Berg hinaufgestiegen, als wir einen lang gestreckten Garten mit Zedern erreichen. Am anderen Ende befindet sich eine ähnliche Felswand wie am Eingang, und ein dunkler Gang scheint zum Ausgang der Stadt zu führen.

»Da ist es«, sage ich und klopfe Taha auf die Schulter. »Lass uns hier anhalten. Wir können die Pferde einpferchen und ein Haus finden, in dem wir bleiben können.«

Ich deute sein Schweigen als Zustimmung. Obwohl ich unter Schmerzen leide, strenge ich mich an, so zu tun, als wäre es nicht so. Es hat etwas Melancholisches, beim Absatteln und Füttern von Taras Hengst zu helfen und zuzusehen, wie er dem Tier behutsam ein Tuch über den Rücken legt und Sinan, seinen bernsteinäugigen Falken, herbeiruft. Er füttert Sinan und die kleineren Botenfalken mit Fleischstreifen und deckt dann auch ihre Käfige mit Decken ab. Die Zärtlichkeit, die er seinen Tieren entgegenbringt, überrascht mich, wenn man bedenkt, wie distanziert seine Beziehung zu seinem Vater zu sein scheint. Sie macht mich auch wütend und löst ein tiefes Gefühl des Verlustes aus. Wegen seiner Grausamkeit verrottet Badr in der prallen Sonne und der kalten Nacht und wird nie mehr gefunden werden, außer vielleicht von Monstern, die ihr Fleisch verschlingen und, wenn keins mehr da ist, ihre Knochen zu Staub zernagen werden.

Bald ist der emotionale Schmerz zu groß, als dass ich ihm helfen könnte. Stattdessen helfe ich Fey, indem ich Seile um mehrere Bäume wickle, um eine Koppel zu errichten. Aber das ist auch nicht besser – ich denke an Baba in Qalia, wie er durch den Stall schreitet und mit der Zunge schnalzt, während er seine Pferde trainiert, wobei Atheer ihm an seinen freien Tagen oft hilft. Wir haben Badr gemeinsam trainiert, Baba und ich, um sie darauf vorzubereiten, mich bei den Schilden zu begleiten. Ich vermisse Baba so sehr, obwohl ich daran gewöhnt bin, für längere Zeit von zu Hause fort zu sein. Ich vermisse sie alle, und selbst der Gedanke, meine Familie mit Atheer wieder zu vereinen, vertreibt nur einen Teil des Schmerzes. Ich fürchte mich vor dem, was mich in Alqibah erwartet; ich fürchte mich davor, zu erfahren, dass mein Bruder umgekommen ist, genauso wie ich mich davor fürchte, zu entdecken, dass mein Bruder eine Person ist, die ich nicht mehr wiedererkenne.

Ich versuche, mich auf die anstehende Aufgabe zu konzentrieren, indem ich mit meinen tauben Fingern die provisorischen Warnamulette an den Seilen befestige. Als das erledigt ist, sammeln wir unsere Taschen ein und steigen die Rampe hinunter, um einen Platz zum Übernachten zu suchen. Ich humple nur noch hinter ihnen her. Taha wirft mir ein paar Mal einen Blick zu, spricht mich aber nicht darauf an.

Jedes Haus, an dem wir vorbeikommen, sieht akzeptabel aus, aber es scheint, wir haben alle Angst, eine Entscheidung zu treffen, auch Taha, und das sieht ihm gar nicht ähnlich. Ungeduldig zeige ich auf ein Haus, das auf einem Felsvorsprung thront und die Form eines gedrungenen Minaretts mit einem goldenen Dach hat.

»Wie wäre es mit dem da?«

Sie nicken zaghaft. Taha steigt die vorderen Stufen hinauf und tastet an der verschnörkelten goldenen Tür nach einem Griff, den er herunterdrücken kann. Die Tür öffnet sich knarrend und führt in einen dunklen Raum. Ich halte den Atem an, weil ich eine Staubwolke erwarte, aber das Innere ist überhaupt nicht muffig. Wie der Rest der Ersten Stadt ist es von der Zeit unberührt.

Schritt für Schritt wagen wir uns in eine voll möblierte Eingangshalle vor.

»Wie …« Reza geht zu einem Zedernholzpult. An der Wand darüber hängt ein Fransenteppich. »Wie ist das möglich?«

Das sollte es nicht sein. Es kann nicht sein.

Fey zündet einen hohen Kandelaber an, und wir staunen über das, was zum Vorschein kommt: gemusterte Gravuren an den Wänden; ein Dachfenster über uns, das mit violetten Blumen und Ranken bewachsen ist; traditionelles, verziertes Mobiliar, unter anderem eine silberne Sisha neben einer roten Sitzgelegenheit am Boden. Alles ist makellos, als hätten die Bewohner des Hauses es erst vor wenigen Minuten verlassen.

Wir lassen uns von Raum zu Raum treiben und erkunden alles in fassungsloser, angsterfüllter Stille. Das Haus ist sogar gemütlich geheizt, obwohl kein Feuer brennt. Und obwohl es Betten mit Perlendecken und weichen Kissen gibt, lassen wir uns auf dem Teppich im Wohnzimmer nieder. Reza und Fey legen ihre Schlafmatten nebeneinander und schlemmen von ihrem kleinen Obstsegen, weit weg von mir und Taha. Er prüft noch immer die Schlösser an den Fenstern und Türen. Ich habe keinen großen Appetit, also setze ich mich in die Ecke, ziehe meine Stiefel aus und hebe, als die anderen nicht hinsehen, vorsichtig meine Tunika an. Unter meinen Rippen klafft eine unregelmäßige, blutverkrustete Wunde, wahrscheinlich verursacht durch einen der Felsen, auf die ich gestürzt bin. Sie ist nicht sehr lang und auch nicht zu breit, aber sie muss genäht werden, wenn sie richtig heilen und sich nicht entzünden soll. Das wird schmerzhaft sein, aber ich will vor den anderen keine

Schwäche zeigen. Ich werde warten müssen, bis sie eingeschlafen sind, um es zu tun.

Behutsam ziehe ich meine Tunika wieder hinunter und schlüpfe unter meine Decke. Auch Fey und Reza rollen sich auf der Seite zusammen, Reza erzählt einen Witz, und Fey kichert leise. Die einlullende Atmosphäre lockt meinen erschöpften Körper in den Schlaf, doch als ich ein Schlurfen höre, öffne ich meine Augen zu einem Schlitz. Taha hat seine Schlafmatte neben meine gelegt und steht mit dem Rücken zu mir. Ich beobachte, wie er sich sorgfältig seines Reitmantels entledigt und seine lederne Rüstung ablegt, bis er nur noch seine Sirwal-Hose und eine fadenscheinige beigefarbene Tunika trägt, die sich um seine muskulösen Schultern legt. Er dreht sich um, und im flackernden Kerzenlicht erkenne ich den Schatten eines Blutergusses auf seinem Kiefer, wo ich ihn vorhin getroffen habe.

Er legt sich mit einem Seufzer hin, und ich stelle mich schlafend. Ich lasse ein paar Augenblicke verstreichen, bevor ich ihn wieder durch meine Wimpern betrachte. Es ist so, als würde ich ein gefährliches Tier von außerhalb seines Geheges beobachten. Er lehnt sich zurück und legt einen Arm hinter den Kopf. Der obere Teil seiner Tunika klafft über der Brust auseinander. Mit der anderen Hand berührt er einen hölzernen Falkenanhänger, der an einer Lederschnur um seinen Hals hängt. Jetzt, da er so ruhig ist, nicht von seinem Vater herumkommandiert wird und selbst niemandem Befehle erteilt, beginne ich, etwas in seinen harten Augen zu sehen, das ich nie erwartet hätte. Freie Gedanken und auch Gefühle, ein stürmischer, aufgewühlter Ozean. Sorgen, die zwischen den wogenden Wellen glitzern. Furcht, vielleicht sogar Zweifel. Oder ich glaube, es zu sehen – ich will es sehen –, damit ich nicht das Gefühl habe, meine Sicherheit in die Hände eines Fremden mit unbekannten Absichten zu legen.

Taha runzelt die Stirn und lässt den Anhänger los, der den von Atheer geschnitzten Figuren ähnelt. Er dreht sich zu mir um, und egal, was Bedeutungsvolles in ihm vorgegangen ist, es ist vorbei.

Ich schließe meine Augen und versinke in der Stille. Dann, als ich sicher bin, dass auch er eingeschlafen ist, setze ich mich auf, ziehe meine Tasche heran und entnehme ihr einen kleinen Arzneikasten. Ich arbeite so leise wie möglich und entkorke eine antibakterielle Tinktur, aber irgendwie schaffe ich es trotzdem, Taha zu wecken – oder er hat auch nur so getan, als würde er schlafen.

»Du bist verletzt«, flüstert er und setzt sich auf.

Verdammt, denke ich. »Der Sturz. Es ist nichts Schlimmes.«

Er wirft einen Blick über seine Schulter auf Fey und Reza. Als er feststellt, dass sie schlafen, sieht er wieder zu mir. Jetzt ist er der junge Mann, mit dem ich gesparrt habe. Nicht mehr so hart und arrogant, sondern ein wenig verletzlich; die Schwachstelle in seiner Rüstung zeigt sich wieder. »Lass mich mal sehen.«

»Ich sagte, es ist nicht schlimm.« Ich gieße ein paar Tropfen der klaren Tinktur auf einen Verband.

Taha legt seine Hand sanft auf mein Handgelenk. »Lass mich dir helfen. Ich habe schon viele Wunden genäht, auch schlimme.«

»Ich brauche deine Hilfe nicht«, krächze ich, während mein Herz hämmert. »Warum interessiert dich das überhaupt?«

Er nimmt mir den Verband trotzdem ab. »Bei den Geistern, ich habe gehört, du wärst sturer als ein Berg, aber ich dachte, das wäre übertrieben. Imani.« Er rutscht näher heran. »Willst du, dass das vernünftig gemacht wird, oder nicht?«

»Wer sagt, dass ich stur bin?«, murmle ich.

Er starrt mich erwartungsvoll an. Ich zögere und meine Ohren zittern im Takt meines Pulsschlags. Taha, der meine Wunde näht. Mich fürsorglich *berührt*. Ich weiß nicht, warum mich der Gedanke erschauern lässt. Vielleicht habe ich mir die letzten zwei Jahre nur vorgemacht, dass es mir egal ist, wenn er mich ignoriert.

Widerstrebend hebe ich meine Tunika. »Na schön.«

Er kommt noch näher, legt seine warmen Fingerspitzen sanft auf meinen Körper und hält mich fest. »Geht das so?«, fragt er leise. Ein blasses Rosa breitet sich von seinem Kinn aus über sein Gesicht.

»Ja«, stöhne ich, und mein Herz kriecht in meiner Brust nach oben.

Er nickt und beginnt, die Wunde abzutupfen. Es brennt teuflisch, als würden tausend winzige Dolche in mich eindringen. Ich ziehe Luft durch meine zusammengebissenen Zähne und richte meinen tränenüberströmten Blick an die Decke. Taha räuspert sich.

»Ich wollte mich dafür entschuldigen, was mit Badr passiert ist. Du hattest recht, ich habe die Pferde zu sehr unter Druck gesetzt und …« Er schluckt. »Ich wollte ihr nicht das Leben nehmen. Ich habe es nur getan, weil es getan werden musste. Dein Vater ist der größte Reiterfürst in Qalia. Du weißt, dass sich die meisten Pferde von offenen Brüchen nicht mehr erholen.«

Ich nicke wortlos. Meine Kehle ist wie zugeschnürt, in meinem Kopf drückt ein Schmerz. Ich bin sprachlos über sein unerwartetes Geständnis, so sehr, dass es mich sogar von meinem Schmerz abgelenkt hat.

»Es ist … schon gut«, flüstere ich zurück. »In gewisser Weise war es eine Gefälligkeit. Du hast mir ohne viel Federlesens die Bürde der Tat erspart.«

Taha säubert seine Hände mit Tinktur und fädelt fachmännisch eine Nadel ein. »Das wird wehtun«, sagt er, hebt die Nadel zu meinem Oberkörper und beugt sich vor. »Versuch, an etwas anderes zu denken.«

»An was denn?«, frage ich schwach und sehe wieder hoch zur Decke.

»Etwas, bei dem es dir gut geht.«

Ich sehe wieder zu ihm hinunter und nehme den Anblick seiner dunklen, zerzausten Haare und seiner hellen Augen, die im Kerzenlicht glitzern, in mich auf. Seine Lippen, feucht an der Stelle, über die er immer wieder mit der Zunge fährt, wenn er sich konzentriert. Die Nadel sticht ins Fleisch. Fieber befällt mich, und plötzlich ist mein Inneres ein einziges Durcheinander, ein Fluss mit all seinen schlammigen Sedimenten, die aufgewühlt werden. Ist es der Schmerz des Nähens oder Tahas völlig untypisches Verhalten? Die Verwirrung darüber, wie unbeständig er ist, so unberechenbar wie das Wetter. Erst klarer Himmel, dann ohne Vorwarnung stürmisch entzieht er sich geschickt meinen Versuchen, ihn zu verstehen. Ich kann mir keinen Reim darauf machen und suche eilig nach einem leichteren Gesprächsthema, um von mir abzulenken. Ich deute mit meinem Kinn auf den Falkenanhänger, der an seinem Hals hängt.

»Ich habe diesen Anhänger noch nie gesehen. Er ist wunderschön.« Ohne darüber nachzudenken, strecke ich meine Hand aus und berühre das Holz, meine Finger streifen seine nackte Brust. Ich merke erst, worauf meine Worte hinauslaufen, nachdem ich sie schon ausgesprochen habe. »Er erinnert mich an die Figuren, die Atheer in seiner Freizeit zu Hause geschnitzt hat. Sie waren immer so lebensecht. Wenn er sich einmal für etwas interessierte, für einen Menschen oder ein Tier, für einen seltsam geformten Baum, selbst wenn er es auf seinen Reisen nur kurz gesehen hatte, vergaß er die Details nie …« Der Schmerz in meinem Kopf verstärkt sich, ein Schraubstock legt sich immer enger um meine Schläfen. Ich ziehe meine Hand weg, aber nicht bevor ich bemerke, dass Taha trotz der angenehmen Wärme im Raum eine Gänsehaut bekommt.

»Du lebst nur für deine Familie«, sagt er.

»Ja. Ich würde mein Leben für sie geben.«

»Auch wenn sie etwas falsch gemacht haben?«, fragt er.

Er meint Atheer, und ich weiß nicht, ob ich verletzt oder entrüstet sein soll. »Mein Bruder ist nicht der Mensch, für den du ihn hältst«, sage ich, auch wenn sich ein kleiner Teil von mir fragt, ob Atheer noch der Mensch ist, für den *ich* ihn halte. »Er ist selbstlos, gutherzig. Ein Mann von Ehre.« Taha antwortet nicht, sondern sieht mich weiter an. Ich seufze. »Egal, was mit mir passiert, mein Bruder kehrt wohlbehalten nach Hause zurück.«

»Ich bewundere deine Hingabe«, sagt er, aber sein Ton ist traurig. Er senkt den Blick, obwohl ich bei den Geistern schwöre, dass das Silber von Tränen seine Augen umspielt. »Fertig«, sagt er nach ein paar stillen Momenten und schneidet den Faden mit einer Schere ab. »Ich muss es nur noch verbinden.« Ich werfe einen Blick auf sein Werk; er hat nicht gelogen, als er sagte, er habe Erfahrung im Nähen von Wunden. Diese hier ist perfekt genäht. Er wickelt mir einen Verband um den Oberkörper und packt meine Sachen ordentlich in meine Tasche.

»Danke, Taha.« Ich hätte nie gedacht, dass es in meinem Leben einen Grund geben würde, diese Worte auszusprechen. Aber ich dachte auch, mein Bruder wäre tot und ich würde niemals einen Dschinn an mich binden. Ich nehme an, es gibt für alles ein erstes Mal.

»Nicht der Rede wert.« Er verstaut den Anhänger unter seinem Hemd und legt sich auf die andere Seite, um mir sein Gesicht nicht zu zeigen.

Ich bleibe noch ein Weilchen sitzen und beobachte das sanfte Heben und Senken seiner Schultern. Ich weiß nicht genau, was ich fühlen soll, aber ich fühle alles auf einmal. Sorge, Beunruhigung und das Schlimmste davon: Verlangen. Wonach, die Frage stelle ich mir nicht. Ich lege mich ebenfalls hin und schließe die Augen.

15

Ausnahmsweise ist mein Schlaf traumlos, alles vereinnahmend.

Als ich aufwache, kann ich nicht sagen, ob ich vor einer Minute eingeschlafen bin oder ob ein ganzes Jahr vergangen ist. Es ist unklar, was mich geweckt hat, aber der Kandelaber ist halb heruntergebrannt. Es ist also noch nicht Morgen. Im Haus gibt es genauso wenig Geräusche wie in der Welt draußen. Die Erste Stadt. Ich bin so sehr an die nächtlichen Rufe der Vögel gewöhnt, dass diese solide Stille ohrenbetäubend ist. Ich schließe die Augen und versuche, wieder einzuschlafen, bevor mich meine Sorgen übermannen können. *Zu spät.* Da kommt mir eine Idee, eine Möglichkeit, zwei Probleme auf einmal zu lösen, ohne erwischt zu werden. Tahas Brief und Qayn.

Langsam und leise setze ich mich auf und schaue zu den anderen. Fey und Reza sind einander zugewandt, und Taha liegt immer noch mit dem Rücken zu mir auf der Seite. Die Bewegung ihrer Schultern, der Rhythmus ihrer Atmung – sie schlafen tief und fest.

Ich schiebe meine Decke beiseite und schleiche zu meinem Gepäck hinüber. Nachdem ich den Brief sicher in meine Tasche gestopft habe, nehme ich eine der größten brennenden Kerzen, gehe den Flur entlang zu einem Schlafzimmer und schließe die Tür hinter mir. Ich lege mein Ohr an die Tür und lausche, aber niemand hat gemerkt, wie ich fortging.

Ich stelle die Kerze in einen goldenen Halter neben der Tür und falte die zerknitterte Seite auseinander. Wieder fällt mir die unsichere Handschrift auf, das Gefühl, dass der Schreiber sich seiner selbst nicht sicher ist, aber versucht, anders zu erscheinen. Die gekritzelte Nachricht lautet:

Teurer Vater,
ich schreibe dir, um deine Bedenken zu zerstreuen.
Auch wenn wiederholte Versuche, ihre Rückkehr zu erzwingen, gescheitert sind, sei versichert, dass ihre Anwesenheit mich weder ablenken noch daran hindern wird, deinen Willen zu erfüllen.
Ich bleibe konzentriert und unserer Sache verpflichtet, und sollte sie ein Hindernis darstellen, wird man sich schnellstmöglich um sie kümmern.
Unsere Expedition wird Alqibah planmäßig erreichen. Wir sind jeden Tag gut vorangekommen.

Der Rest des Briefes enthält akribische Details über unseren Tagesablauf, die Zeiten, zu denen wir aufstehen, wie lange wir reiten und wann wir uns ausruhen. Es gibt weder einen Schluss noch eine Unterschrift, also nehme ich an, dass Taha keine Gelegenheit hatte, den Brief zu beenden, bevor er verloren ging.

Ich lese die Nachricht zwei-, drei-, viermal und fühle mich von Mal zu Mal unwohler. Knifflige Fragen beißen sich mit spitzen Zähnen an mir fest. Ich habe keinen Zweifel daran, dass ich diejenige bin, die gemeint ist. Ich hatte also recht. Tahas Schikanen waren ein abgestimmter Versuch, mich dazu zu bringen, in Qalia zu bleiben. Aber zu welchem Zweck, und was ist Bayeks *Wille*, von dem er schreibt? Was bedeutet *um mich kümmern?* Und warum fühle ich mich von all dem so niedergedrückt und enttäuscht? Taha verhält sich seinem Vater und seinen Freunden gegenüber auf eine Art und Weise – ihnen gegenüber ist er kalt, arrogant, grausam. Und zu mir ist er anders, wenn auch nur ein bisschen – er ist wärmer, freundlicher, sogar ein wenig ausgelassen. Es ist, als gäbe es zwei Seiten an ihm, und er könne sich nicht entscheiden, welche die Oberhand haben soll. Ich vermute, dass Taha unter seiner

Kraft, seiner Rüstung und seinen tödlichen Waffen kaum mehr ist als ein hohler Junge, der sich nach Orientierung sehnt.

Ich zerknülle den Brief in meiner Faust und lehne meinen Kopf gegen die Tür. Warum sollte mich das überhaupt interessieren? Hier geht es schließlich um Taha, und ich bin eine Närrin, die sich von seinem magischen Talent, seiner Disziplin, seiner Entschuldigung und seinen gelegentlichen großzügigen Taten hat einwickeln lassen. Es ist alles nur Schau. Er spielt mit mir, es *kann* gar nicht anders sein. Und ich verachte mich dafür, dass ich immer noch die Hoffnung hege, dass das Gesicht, das er seinem Vater und seinen Freunden gegenüber zeigt, vorgespielt ist.

Seufzend flüstere ich: »Qayn, ich befehle dir, dich zu zeigen.«

Der Dschinn materialisiert sich vor mir in einem Windhauch, der die Flamme der Kerze beinahe auslöscht. »Endlich erachtest du mich würdig, freigelassen zu werden«, lallt er und lässt den Blick aus seinen schwarzen Augen durch den Raum schweifen. Schließlich findet er mich und verharrt auf dem zerknüllten Brief in meiner Faust. »Was ist das?«

Ich schaue auf das sich öffnende Blatt in meiner Handfläche. Eigentlich wollte ich Qayn nur ein paar Fragen über Alqibah stellen, aber ehe ich mich versehe, laufe ich durch den Raum und flüstere hitzig einen zusammengefassten Bericht, von Badrs Schlachtung bis zum Inhalt des Briefes. Es fällt mir schwer, zu erzählen, wie Taha die Stute getötet hat, und ich muss mit einer Hand meine tränenden Augen verbergen.

»Ich bedaure deinen Verlust, Töterin. Es war ein ungerechter Tod.«

Ich sehe ihn zwischen meinen Fingern hindurch an, aber Qayns Gesichtsausdruck ist aufrichtig. Das hätte ich ihm nicht zugetraut; es verstärkt nur meinen Wunsch zu reden. Ich schlurfe hinüber und lasse mich auf das Bett fallen.

»Ich sehe ein, dass Taha es tun musste, wirklich, aber nachdem ich seinen Brief gelesen habe … Ich weiß nicht, was ich von ihm halten soll oder was er vorhat.«

Qayn lehnt an der Wand neben dem Milchglasfenster und seufzt, als würde ihn das Thema langweilen. »Scheint mir ziemlich offensichtlich zu sein. Das ist doch der Junge, der deinen Bruder fangen soll. *Retten* – verzeih mir.«

Ich ziehe eine Augenbraue hoch. »Was willst du damit andeuten?«

Er schlendert vom Fenster weg und steckt die Hände in die Taschen. »Ach, ich weiß es nicht. Vielleicht, dass er Atheer verhaften und ihn fröhlich durch die Sahir führen wird wie eine fette, angebundene Ziege, die zur Schlachtbank gebracht wird.«

Mein Magen verdreht sich wie ein nasses Tuch, das ausgewrungen wird. »Wenn du nur Beunruhigendes zu sagen hast, lass deine gespaltene Zunge in deinem Mund, Schlange. Taha kann meinen Bruder nicht aus einer Laune heraus verhaften. Das geht nur, wenn Atheer sich wehrt, was er nicht tun wird.«

Qayn hebt einen Finger. »Erstens: Das weißt du nicht über Atheer.« Er hebt einen weiteren. »Zweitens: Falls Atheer sich bereit erklärt, friedlich mitzukommen, wird Taha ihn provozieren, wie er es bei dir regelmäßig tut, und damit den idealen Grund für eine Verhaftung liefern.« Als er mein Entsetzen sieht, huscht ein boshaftes Grinsen über Qayns Gesicht. »Du hast es selbst gesagt. Taha, ältester Sohn des mächtigen Großzahim – beide Männer haben alles zu verlieren und alles zu gewinnen. Das Vergnügen, jemanden aus der Beya-Sippe in Ketten gelegt zu haben, wird sie ein Leben lang begleiten.«

»Und auf diesem schrecklichen Thema herumzuhacken, ist für dich kaum mehr als Unterhaltung«, schieße ich zurück. »Ich glaube immer noch nicht, dass du nur wegen einer Besichtigungstour mitgekommen bist oder um nach dem Wohlergehen meines Bruders zu sehen. Du verheimlichst mir etwas.«

»Ist das so?«, fragt er in einem zweideutigen Tonfall, der nicht zum Diskutieren einlädt.

»Beantworte mir wenigstens das, Teufel. Hast du gelogen, als du sagtest, Atheer habe jahrelang Misra gestohlen?«

»Nein, ich habe die Wahrheit gesagt«, bestätigt er.

Ich fummle an einem losen Faden meines Ärmels herum und denke an die Vorwürfe, die Taha und die anderen gegen mich erhoben haben, bevor wir das Tal betraten. »Hat Atheer dir gesagt, warum er angefangen hat, es zu stehlen?«

»Um es zu den Rebellen in Alqibah zu schmuggeln.«

»Nicht, weil er von der Magie besessen war?«, frage ich.

Qayn schüttelt den Kopf. »Er genoss es, Magie zu benutzen, wie jeder andere Mensch auch, aber er hatte sich unter Kontrolle.«

Genau wie Amira gesagt hat. Warum habe ich je an ihr gezweifelt? Ich war mit meiner Familie bei Atheers erster Bewährungsprobe im Orden der Zaubernden dabei. Atheer war der einzige Zauberer in seiner Kohorte, der seine Zugehörigkeit in diesem Stadium vollständig ausüben konnte. Er konnte sich nur für eine Minute in einen kleinen Löwen verwandeln, aber diese Minute war für ihn eine Minute der totalen Kontrolle – und für unsere Eltern eine Minute des überwältigenden Stolzes. Atheer schwankte nicht zwischen Löwen- und Menschengestalt hin und her; er musste nicht vollkommen stillhalten, um die Verwandlung aufrechtzuerhalten, wie andere Anfänger der Hautwechsler es tun mussten. Es fiel ihm nicht schwer, die Magie mit seinem Willen zu steuern – und nicht umgekehrt. Bei den Geistern, er brachte sogar ein Brüllen hervor, das die versammelten Familien erschreckte und zum Lachen brachte. Wie Tante Aziza habe ich meinen Bruder immer für den Inbegriff magischer Disziplin gehalten. Womöglich habe ich nur deshalb angefangen, etwas anderes zu glauben, weil ich verzweifelt eine Erklärung für seinen rätselhaften Diebstahl und sein Verschwinden brauchte. Der Gedanke an Mamas Schwester erinnert mich an die wichtigste Frage, die ich stellen möchte und die mir auf der Zunge liegt – *hat Atheer jemals erwähnt, ob meine Tante ihm geholfen hat* –, aber ich kann sie beim besten Willen nicht aussprechen. Sie bleibt, wo sie ist, eine kurze Klinge, die in meiner Kehle steckt.

»Du wirkst beunruhigt, Töterin«, sagt Qayn.

»Hast du jemals das Gefühl gehabt, dass du jemanden nicht so gut kennst, wie du dachtest?«, frage ich leise.

»Ja, und ich habe einen schrecklichen Preis für meinen Fehler bezahlt.« Er bleibt am Fenster stehen, wo er vom kalten Licht des Mondes umspült wird. Es macht ihn noch ätherischer und unfassbar schön; es verdunkelt in gewisser Weise das Schwarz seiner Augen und verstärkt die Gefahr, die darin schwimmt. Derselbe Geruch, den ich schon im Verbotenen Brachland wahrgenommen habe, durchdringt den Raum: der Geruch von Feuer und Verderben. »Ich war nicht immer so, weißt du«, sagt er. »Machtlos.«

Ich weiß, dass ich mich auf dieses Gespräch nicht einlassen sollte, egal wie sehr mich dieses Monster fasziniert, aber meine Neugierde, mehr über ihn zu erfahren, ist unbändig. »Warst du nicht?«

»Nein. Ich besaß einst Magie, wie du. Sie wurde von einer Person gestohlen, die mir sehr wichtig war, einer Person, der ich glaubte, vertrauen zu können … Diese Person wusste, wie wichtig die Magie für mich war, aber weil man mir wehtun wollte, nahm man sie mir weg. Seitdem bin ich schwach, ein erbärmlicher Schatten meines früheren Selbst.«

Ein Stich ohne physischen Ursprung durchbohrt mich, und ich denke an Atheer und Tantchen. Menschen, die ich liebe und denen ich vertraue. Menschen, die niemals die Wahrheit vor mir verbergen würden, oder?

»Hasst du sie dafür?«, frage ich.

Das undurchsichtige Glas verdunkelt die Stadt, aber Qayn blickt dorthin, wo der Mond am Himmel hängt. »Ich hasse sie jeden Tag seit tausend Jahren.«

Tausend Jahre. Qayn ist nicht alt, er ist *uralt*, ein Wesen außerhalb der Zeit. »Wie hat man dir die Magie genommen?«, frage ich.

»Wenn dir jemand dein Misra wegnimmt, hast du keine Magie mehr. Jemand hat meine Quelle gestohlen«, antwortet er.

»Aber gibt es denn keine Möglichkeit, sie zurückzubekommen?«

Wut verzerrt seine zarten Gesichtszüge. »Manche Dinge, die einmal genommen wurden, können nie wieder zurückgegeben werden. Manche Dinge, die einmal zerbrochen wurden, sind für immer zerbrochen.«

Ich fühle einen Stich schlechtes Gewissen. Ich dachte, Qayn sei nicht viel mehr als ein Teufel, der sich herumtreibt und Schlechtigkeit und billigen Spaß verbreitet. Aber wenn ich so etwas über ihn erfahre ... Er hat schon viele Leben vor mir gelebt, er hat Verlust und Kummer erlitten. Sind andere Dschinn auch so? Bei den Schilden wurde mir beigebracht, unter keinen Umständen zu versuchen, ein Ungeheuer zu verstehen. Was, wenn das falsch war?

»Warum erzählst du mir das alles?«, frage ich.

»Betrachte es als eine Geste des guten Willens.« Er sieht mich von der Seite her an. »Ich mag meine eigene nicht mehr haben, aber ich weiß viel über verschiedene Magiearten. Ich könnte dir helfen, deine zu verbessern.« Er wartet auf eine Antwort von mir, aber ich kann meine Zunge kaum bewegen, so zwiegespalten bin ich von diesem Gespräch. Qayn geht vom Fenster weg. »Deine Fähigkeit, deine Klinge zu verwandeln, ist beeindruckend. Aber du könntest mehr tun.«

»Wie?«, frage ich dünn.

Er bleibt kaum einen Schritt von mir entfernt stehen. »Ich könnte dir beibringen, wie *du* die Klinge werden kannst, wie du deine Seele mit ihr verschmelzen kannst. Sogar, wie du sie in andere Dinge verwandeln kannst.«

Ein erregter Schauer läuft mir über den Rücken. Er streicht mir eine Haarsträhne, die mir über die Wange gefallen ist, sanft aus dem Gesicht. »Warum gibst du dich damit zufrieden, mit diesem mittelmäßigen Jungen, Taha, um den Titel des besten Schilds zu konkurrieren?«, säuselt er mit einer Stimme wie dunkler Honig und fährt mit einem kalten Finger an meinem Kinn entlang. »Ich weiß, dass der berühmten Beya-Sippe das Verlangen nach magischer Macht im Blut liegt. Immerhin bist du ein Nachkomme deiner Vorfahren. Aber ich könnte dich zur größten Zauberin machen, die je gelebt hat, die sogar noch mehr erreicht als sie. Würde dir das nicht gefallen?«

Ja, möchte ich mit einer Intensität schreien, die mich erschreckt. *Nein*, schreit eine andere innere Stimme. *Er führt dich in die Irre, wie er Atheer in die Irre geführt hat.* Ich weiß es, doch das dunkle Verlangen ist ein Strudel in mir. Ich muss alles in meiner Macht Stehende tun, um dagegen anzukämpfen, um mich gegen *ihn* und seine bösen Verlockungen zu wehren, und selbst dann fühle ich mich noch schwach.

»Du bist böse«, flüstere ich.

Frustration flackert in seinen Augen auf. »Und du gibst dich damit zufrieden, naiv zu bleiben.« Er lässt seine Hand sinken und kehrt zum Fenster zurück. »Wo sind wir in der Sahir?«

Ich stoße den angehaltenen Atem aus. So nah bei ihm zu stehen, seine tödliche Berührung zu spüren, war wie unter Wasser zu sein. »Al-Medina-Al-Uwla, im Tal der Knochen«, antworte ich. »Kennst du es? Es steht in keinem der Geschichtsbücher, die ich gelesen habe.«

Er bleibt am Fenster stehen, seine schmalen Schultern verkrampfen. »Ihr hättet nicht herkommen sollen«, sagt er mit seltsam zurückhaltender Stimme.

»Das hatten wir nicht vor, aber wie ich bereits sagte, hat uns Taha auf eine falsche Route geführt. Ich werde vielleicht keine Gelegenheit mehr haben, mich mit dir zu beraten, bevor wir die Sande erreichen. Ich muss wissen, was ich tun soll, wenn ich in Alqibah bin. Du hast die Stadt Taeel-Sa erwähnt, aber könntest du mir Genaueres sagen …«

»Ihr hättet nicht herkommen sollen«, sagt er wieder und ballt die Fäuste. »Dies ist ein erbärmlicher Ort.«

»Das *weiß* ich. Wir sind nur ins Tal gekommen, um Zeit zu sparen.«

»Nicht das Tal, Töterin. *Hierhin* … in die Stadt des Bedauerns.« Er legt seine Hand an das Glas. Eiszapfen bilden sich um seine Finger, kriechen in silbernen Ranken heraus und knarren und knistern über das Fenster.

Ich starre ihn entgeistert an. »Du *kennst* diesen Ort?«

»Ja. Überheblichkeit hat das Volk vor langer Zeit vergiftet. Sie verbannten ihren König und bemächtigten sich seines Throns. Aber als die Tragödie über sie hereinbrach, baten sie ihren verschmähten König um Schutz.«

Weiße Atemwolken bilden sich vor meinen zitternden Lippen – die Temperatur im Raum fällt rapide. Ich trete näher zu ihm. »Und … hat er ihnen geholfen?«

Qayn zieht seine Augenbrauen hoch. »Nein«, flüstert er und schüttelt den Kopf. »Er sah sie lieber fallen.«

Ein kalter Schauer senkt sich in meine bebenden Muskeln und beginnt, mein Blut zu kristallisieren. »Qayn, woher weißt du das?«

Nach einer langen, schrecklichen Stille flüstert er: »Der König war ich.« Ich blinzle ihn an, einmal, zweimal, und erwarte halb, dass er sich in einer Rauchfahne auflöst und mir klar wird, dass ich träume. Aber das geschieht nicht. Ich schüttele den Kopf und gebe ein ersticktes Kichern von mir, obwohl die zuckenden Muskeln in meinem Gesicht nicht wissen, ob sie sich zu einer Grimasse oder zu einem spöttischen Lachen verziehen sollen. »Jetzt ist nicht die Zeit für deine Märchen, Teufel.«

»Es ist die Wahrheit. Ich war äußerst mächtig, als ich meine Magie noch besaß. Ich baute diese Stadt als Geschenk für die, die ich liebte, und euer Volk strömte herbei, um sie zu bewundern. Doch dann …« Seine toten Augen drehen sich zu mir. »Hast du den Namen Hubaal schon einmal gehört?«

Eiskalter Schrecken zerreißt mich. Mein Mund öffnet und schließt sich geräuschlos.

Ich kann nur nicken.

Qayn blickt zurück zum Fenster, zu seinen Fingern und dem Frost, der von ihnen ausgeht. »Hier liegt Hubaal, unter der Ersten Stadt … und träumt.«

»H-hier«, stottere ich und gerate ins Taumeln. »Du willst also sagen … Hubaal ist *hier?*«

Draußen vor dem Haus schreit ein Mädchen.

16

Der Schrei zerreißt die Nacht und lässt die anderen aufschrecken, die sich gegenseitig schläfrig Antworten abverlangen. Taha sagt meinen Namen, dann ruft er ihn.

»Imani! Wo bist du?«

Er muss denken, dass *ich* diejenige bin, die geschrien hat. Qayns und meine Blicke treffen sich. Die Sorge in seinen Augen erschüttert mich bis ins Mark; ich habe tausend Fragen zu seinem Geständnis, dass er einst König dieser Stadt war, aber ich kann mich jetzt nicht mit ihm befassen, und ich kann nicht zulassen, dass seine Existenz entdeckt wird. Ich richte die Klinge auf ihn. »Geh.«

»Du brauchst mich.«

Schritte trappeln den Flur entlang in Richtung des Zimmers. Taha, er sucht nach mir.

»Keine Zeit«, zische ich und sehe zurück zu Qayn.

»Töterin, beende den Lärm …«

»Geh jetzt!«

Die Tür knallt auf, und die Kraft des Windes lässt die Kerze erlöschen.

»Da bist du ja.« Tahas Besorgnis verwandelt sich in Verwirrung. »Mit wem hast du gesprochen?«

Ich sehe zu der Stelle, auf die ich immer noch den Dolch richte, aber Qayn ist weg. Ich atme zittrig aus und lasse meinen Arm sinken. »Mit niemandem.«

Taha blickt zwischen mir und dem Raum hin und her. »Ich habe dich gehört. Was hast du gemacht?«

»Meine Sparring-Haltungen geübt.« Ich atme schnell, und der Schweiß glänzt dünn auf meiner Haut. Die Lüge ist gut, aber das Zittern in meiner Stimme könnte sie trotzdem verraten.

»Mitten in der Nacht? Mit deiner Wunde?«

»Ich konnte nicht schlafen.« Ich dränge mich an ihm vorbei und stecke den Dolch zurück in seine Scheide an meinem Oberschenkel. »Hast du den Schrei gehört?«

Fey und Reza stehen gemeinsam am Ende des Korridors. »Ich dachte, du wärst es«, sagt Reza und reibt sich die müden Augen.

»Es war jemand anderes. Wir müssen nachforschen.«

»Nein.« Taha kommt aus dem Schlafzimmer. Mir läuft es kalt den Rücken herunter bei der Vorstellung, dass er tatsächlich hineingegangen ist, um zu überprüfen, ob ich gelogen habe.

»Warum nicht?«, frage ich, während er den Flur entlangmarschiert.

»Es ist eine Falle. Monster, die uns herauslocken wollen.«

»Ja, natürlich«, sagt Fey. Ihr fällt etwas ein und sie wird stocksteif. »Sie könnten ins Haus gelangen.«

Taha kehrt ins Wohnzimmer zurück. »Sie sollten nicht wissen, wo wir sind. Das kann so bleiben, wenn wir uns ruhig verhalten …«

Ein weiterer Schrei ertönt, aber dieser ist deutlicher als der erste. Und dieses Mal sagt das Mädchen: »*Helft mir, bitte!*«

»Oh, Geister.« Mir wird schwindelig und ich stolpere gegen Taha.

Er hält mich fest. »Was ist los mit dir?«

»Das ist sie.« Ich humple zu meinen Sachen hinüber, packe meine Bettrolle zusammen und stecke sie in meine Tasche.

»Wovon redest du?«, fragt er und kommt drohend auf mich zu.

Ich hocke mich hin und ziehe meine Stiefel an, springe auf und beginne, meine Rüstung anzulegen.

Er schnippt mit den Fingern. »Imani? Kannst du mir das mal erklären?«

»Das ist Amira da draußen«, sage ich ungeduldig, werfe meinen Umhang über und schließe ihn.

»Deine Schwester? Das kann nicht sein«, sagt Fey.

Ich nehme drei bittere Schlucke aus einer Flasche kalten Misra-Tees und verstaue sie. »Ich kenne die Stimme meiner Schwester. Ich muss ihr helfen.« Ich hieve mir meine Tasche auf die Schultern und gehe zur Tür.

Taha stellt sich mir in den Weg. »Du gehst da nicht raus.«

Er ist nicht so schmächtig wie Qayn, der sich auf Betrug und dunkle Worte verlässt, um seinen Willen zu bekommen. Taha wurde aus Stein gehauen und zum Leben erweckt. Ich versuche trotzdem, ihm auszuweichen. »Aus dem Weg.«

Er packt mich an der Schulter. »Es ist eine Falle.«

»Ist mir egal«, knurre ich und wehre mich gegen ihn. Genauso gut könnte ich versuchen, durch eine Wand zu gehen. »Lass. Mich. Gehen.«

»Du denkst nicht klar. Sie denkt nicht klar«, sagt er zu den anderen. »Amira ist nicht wirklich da draußen, Imani. Sie kann es nicht sein.«

Doch, das kann sie. Er weiß nicht, was meine Schwester am Abend vor unserer Abreise aus Qalia gesagt hat: *Ich komme morgen mit dir.*

»Imani, kannst du mich hören?«, schreit sie. »Ich brauche dich!«

Ich stemme mich gegen Taha, aber er packt nur noch fester zu. Wie seltsam er ist. Er verabscheut mich, und doch lässt er mich nicht in die Gefahr laufen. »*Halt*«, sagt er. »Denk an deine Ausbildung.«

»Denk du an *deine!*«, schreie ich. »Ja, manche Monster können unserem Verstand vorgaukeln, dass wir die Menschen, die wir lieben, hören oder sehen, aber wenn wir alle die Schreie desselben Mädchens hören, dann ist das keine Illusion. Ich werde diese Stimme nicht ignorieren, ob sie nun von meiner Schwester stammt oder nicht. Ich bin eine Schild und habe geschworen, unser Volk zu schützen und zu verteidigen. Du kannst deine Pflicht vernachlässigen, Taha, aber ich werde es nicht tun. Jetzt lass mich los, oder, so wahr mir der Geist helfe, ich werde dich verstümmeln.«

Ich habe den richtigen Ton getroffen, aber ich weiß nicht, ob es die Erwähnung der Pflicht oder meines Dolches war.

»Na schön, verdammt noch mal. Macht euch bereit«, weist er Fey und Reza an. Sie rennen an mir vorbei und sammeln ihre Sachen ein. Taha schüttelt mich. »Wir gehen als Gruppe. Und wenn das wirklich deine Schwester da draußen ist, hast du einiges zu erklären.«

Er nimmt seine Hände weg und macht sich an die Arbeit. Ich laufe in einem kleinen Kreis herum und dränge sie zur Eile, aber wenn die Späher eins sind, dann schnell. In einer halben Minute sind sie fertig, und inzwischen strömt die Magie nur so durch meine Adern.

Taha geht zuerst zur Tür, ich dicht dahinter. Er öffnet sie, und wir schauen beide hinaus. Der Mond scheint hell auf die Veranda, aber es ist unmöglich, darüber hinaus zu sehen. Der Nebel, der vorhin die Berge umhüllte, hat sich über die Stadt gelegt und verdeckt die anderen Gebäude. Wir wechseln einen Blick, bevor wir uns die Treppe hinunterstehlen. Ich kann nicht sehen, wohin ich gehe, und wir befinden uns so hoch in den Bergen, dass ich bei einer falschen Bewegung über ein Geländer in den Tod stürzen würde. Ich bin gezwungen, mich langsam vorwärtszubewegen und mit den Händen zu wedeln, um den Nebel zu vertreiben.

»Amira, kannst du mich hören?«

»Sei leise«, befiehlt er.

»Imani? Ja, ich bin's!«, ruft Amira von irgendwo weiter unten in der Stadt. Ihre Stimme ist angestrengt, sie scheint unter Druck zu stehen oder Schmerzen zu haben.

Ich taumle mit ausgestreckten Händen weiter und versuche verzweifelt, das Geländer der Rampe zu finden, die mich in die untere Etage führen wird. »Ich komme zu dir, aber ich muss weiter deine Stimme hören«, rufe ich.

»*Arg* … Ich weiß nicht, ob ich …« Eine Sekunde später stößt sie einen kurzen Schrei aus und beginnt zu schluchzen.

»Oh, Geister«, krächze ich. »Amira, bitte halte durch!«

Ich erreiche das Ende der Rampe und folge dem furchtbaren Geräusch des Entsetzens meiner Schwester, wobei ich meine Hand über das Geländer gleiten lasse. Ich möchte schneller gehen, aber ich bin gefangen von dem rationalen Bedürfnis, darauf zu achten, wo ich hintrete. Ich suche den Nebel mit Blicken ab, während in meiner Brust Panik aufkeimt.

»Ich weiß nicht«, flüstere ich vor mich hin. »Ich weiß nicht, wo …«

»Geradeaus, in der Nähe des Wasserfalls«, antwortet Taha schroff.

Wir gehen weiter bis zum Ende des Geländers und fächern den Nebel beiseite. Amira kommt zum Vorschein, die sich mit ihren Fingern an den Rand der Plattform klammert, wo der Wasserfall den Berg hinunterschießt.

»Ich kann mich nicht mehr halten«, schreit sie und sieht mich mit flehenden Augen über den Rand der Plattform hinweg an.

Ich stürze vorwärts, reiße meinen Dolch vom Oberschenkel und knalle gegen die Brüstung. Im selben Moment rutschen Amiras Finger ab. Sie fällt und stößt einen Schrei aus, der laut genug ist, um Tote zu wecken.

»*Greif zu*«, rufe ich, schwinge die Klinge über meinen Kopf und lasse Magie durch meine Hand in den Stahl strömen.

Die Klinge erstrahlt leuchtend blau und verlängert sich zu einem Speer. Sie senkt sich gerade rechtzeitig, damit Amira sie ergreifen kann, obwohl sie ein paar Zentimeter auf seiner glatten Länge herunterrutscht. Das plötzliche Gewicht des Speers reißt mich nach vorne, was einen Protestschrei der Wunde in meiner Seite verursacht. Ich kippe in den Wind und in schwindelerregende Höhe, das dunkle, neblige Tal dreht sich unter mir.

Starke Arme legen sich um mich. Taha zerrt mich hoch und zurück, und die anderen helfen, den Speer über die Brüstung zu ziehen. Fey fängt meine schluchzende Schwester auf und lässt sich mit ihr auf den Stein fallen. Ich sinke in die Hocke, und mein Herz klopft gefährlich schnell. Der Speer klappert neben mir auf den Boden und schrumpft auf seine ursprüngliche Form zusammen.

»Danke!« Amira springt auf, rennt immer noch schluchzend auf mich zu und stößt gegen mich. »Ich danke dir, Imani. Es war der Nebel. Ich konnte nicht sehen, wo ich hinlaufe …«

Ich bin benommen, als hätte ich einen Schlag ins Gesicht bekommen, der mir die Gedanken aus den Ohren geprügelt hat. Mein Mund ist trocken, meine Wunde pocht, und meine Gedanken wirbeln so schnell, dass ich Amira nicht mit Worten trösten kann. Ich schließe ihren zitternden Körper in meine Arme und hoffe, dass das ausreicht.

»Was ist hier los, Imani? Du hast uns von deiner Schwester beschatten lassen?« Taha hat sich vor mir aufgebaut, Fey und Reza stellen sich hinter ihn. Irgendwie ist er größer geworden. Wütender. Meine Tränen trocknen, meine Arme erschlaffen, Amira schleicht sich davon, still wie ein Mäuschen.

Ich richte mich auf. »Ich habe nichts dergleichen getan. Sie ist aus eigenem Antrieb gekommen.« Eine späte Welle des Schocks überrollt mich. Ich stütze mich mit den Händen auf die Knie, keuche, und jeder Muskel in meinem Körper zittert noch immer. Taha trägt nicht dazu bei, dass ich mich besser fühle.

»Das ist Blödsinn und das weißt du«, sagt er.

Ich versuche, mich wieder aufzurichten. »Ich habe sie *nicht* gebeten, uns zu folgen, hörst du? Ich habe ihr befohlen, in Qalia zu bleiben, während ich Atheer nach Hause bringe – und sie hat wie immer nicht gehorcht.«

»Hey …«, piepst sie.

»Nicht jetzt«, schnauze ich.

Tahas Augen sind eine brennende Savanne. »Wenn das stimmt, dann befiehl ihr, nach Hause zu gehen.«

Ich seufze. »Taha, bitte, sei nicht unvernünftig. Sie hat bereits eine zu weite Reise hinter sich, um sicher nach Hause zurückzukehren.«

Er tritt näher und neigt seinen Kopf, um auf mich hinunterzustarren. »Es ist mir egal, ob es nicht sicher ist. Diese Mission ist bereits durch deine Anwesenheit gefährdet. Ich werde nicht zulassen, dass sich ein weiteres Geschwisterchen von Atheer einmischt.«

»Worin einmischen?«, frage ich und denke an den Brief in meiner Tasche. »Meinen Bruder zu verhaften?«

Seine Augenbrauen bilden eine harte Linie. »Ich führe meine Befehle aus. Schick sie nach Hause. Oder besser noch, wenn du weißt, was gut für euch ist, bring sie selbst nach Hause und lass uns unserer Wege gehen.«

»Ich weigere mich ...«

»Bitte, hört zu«, setzt Amira erneut an.

Aber Taha hört nicht zu. Er steht so nah, dass unsere Nasen aneinander reiben würden, wenn wir gleich groß wären. »Mit wem hast du vorhin im Haus gesprochen?«

Mein Bauch verwandelt sich in einen radschlagenden Narren. »Ich habe mit niemandem gesprochen. Ich habe schon gesagt, dass ich Stellungen geübt habe.«

»Ich habe dich gehört.« Er kneift seine lebhaften Augen zusammen; das Grün ist leichenblass im Mondlicht. »Du hast gesprochen, aufgehört, und weitergesprochen. Du hast ein Gespräch geführt.«

Ich zucke unbeholfen mit den Schultern. »Ich weiß nicht, was ich dir sagen soll. Du warst gerade erst aufgewacht, vielleicht hast du noch einen Traum abgeschüttelt.«

»Nein, du lügst uns und den Rat an«, wettert er. »Die Geister mögen dir helfen, Imani, wenn du gekommen bist, um deinem Bruder zu helfen, ihm eine frische Ladung Misra zu bringen oder ihn bei seinen Plänen gegen uns zu unterstützen.«

»Das ist lächerlich!«, rufe ich aus. Und doch kriecht die Angst in mir hoch und sammelt unerklärliche Kräfte. Taha hat sich in den Kopf gesetzt, dass Atheer ein Verräter an unserem Volk ist, und jetzt macht er Platz, um mir die Rolle einer Mitverschwörerin zuzuweisen. Er hat in beiden Fällen unrecht, warum also ducke ich mich vor seinen prüfenden Blicken weg? Es sollte keine Rolle spielen. So die Geister es wollen, werde ich Atheer nach Hause bringen, und sobald wir wieder in Qalia sind, umgeben von unserer Familie und unseren Freunden, werden wir vor den Auswärtigen, dem Imperium der Verheerenden und Tahas und Bayeks Intrigen sicher sein.

Amira schüttelt meinen Arm. »Hör mir zu, *bitte!* Irgendetwas passiert hier!«

Taha wendet seinen Blick nur widerwillig von mir ab. »Wovon redest du, Mädchen?«

»*Seht doch*«, sagt sie und gestikuliert herum.

Wir sehen uns um, und ich merke schnell, dass sie recht hat. Vorhin war die Erste Stadt in Nebel getaucht gewesen. Jetzt löst sich der Nebel auf. Er wird nicht von einer Windböe fortgetragen, sondern verschwindet völlig. Innerhalb weniger Augenblicke tauchen Häuser und Gebäude aus dem Nebel auf, und die Berge ragen in den Nachthimmel. Ein unsichtbarer Vorhang fällt, und eine andere Stadt kommt zum Vorschein. Eine erbärmliche Stadt.

Der Glanz der Steine verblasst, das Mondlicht nimmt ab; die goldglänzenden Kuppeln und Türen werden trübe, stumpf und erodieren; in den Wänden entstehen Risse, die sich wie windende Schlangen ausbreiten; ganze Brocken des Bodens zerfallen und lassen die Bauwerke bedenklich in Richtung des steilen Abgrunds des Tals kippen. Die Zedern werfen ihre Nadeln ab, und ihre Stämme bleichen aus, während der angenehme Duft des Harzes sich ändert und faulig wird; violette Blumen verwelken, Ernten schrumpfen, der Wasserfall trocknet aus, und über alles legt sich eine Schicht uralten Zerfalls. Der Boden zittert, und ein tiefer Seufzer vibriert in den verfallenen Knochen der Stadt.

»Was geht hier vor?«, flüstert Amira.

Qayns Warnung. Jetzt ergibt sie einen Sinn.

»Hubaal«, sage ich und drehe mich langsam um. »Wir haben ihn geweckt.«

17

Taha stupst mich an. »Was hast du gesagt?«

»Hubaal. Er haust hier, in der Ersten Stadt, und schlummert …« Ich breche ab und verstehe endlich, warum uns die Stadt zuerst wie eine unvorstellbar schöne Fata Morgana erschienen ist. »Irgendwie war Al-Medina-Al-Uwla sein Traum, und die Magie eines Riesen muss so mächtig sein, dass sie uns getäuscht hat. Aber jetzt, da er aufwacht … Das hier – so, wie es uns jetzt erscheint – ist die Wahrheit.«

»Woher weißt du das?«

Fey schüttelt den Kopf. »Du irrst dich. Es ist unmöglich, das passiert nicht …«

»Wir waren in Hubaals Traum?«, fragt Reza mit dem skeptischen Tonfall, den er mir gegenüber so oft anschlägt.

Ich ignoriere ihren Widerspruch und suche nach Hubaal. Aber er kann nicht *in* der Stadt sein, nicht ein Riese wie er. Dieser Ort ist nicht groß genug, um ihn aufzunehmen. Der Boden bebt wieder, die Berge rumpeln. Amira umklammert meine Hand und schwankt auf ihren Füßen.

»Imani, was sollen wir tun?«

»Tun?« Fey zeigt auf eine nahe gelegene Rampe. »Wie wäre es mit *Laufen?*«

Taha wirft ihr einen zornigen Blick zu. »Wir wissen nicht, womit wir es zu tun haben, also wissen wir auch nicht, wo wir uns in Sicherheit bringen können.«

»Imani sagte, es sei Hubaal. Sie sollte es wissen«, sagt Fey und zeigt anklagend auf mich.

»Und?«, fragt er. »Bist du dir sicher bei dem, was du sagst, oder ist es wieder eine Lüge?«

Ich lasse meinen Blick über die Ruinen schweifen, die ungleichmäßig im Berg verankert sind. »Wo? Wo wirst du aufstehen?«

Hier liegt Hubaal, unter der Ersten Stadt … und träumt.

»Das ist es.« Ich renne zur Brüstung und schaue den steilen Abhang hinunter in das Nebelmeer. Die anderen schließen sich mir an.

»Ich sehe verdammt noch mal nichts …« Tahas Worte ersticken in seiner Kehle.

Der Nebel schwillt eine Ewigkeit lang an, die Wellen brechen sich an der dunklen Masse, die aus dem Talboden aufsteigt. Wir weichen von der Brüstung zurück, als ein weiteres tiefes Grollen die Stadt erschüttert. Amira klammert sich an mir fest; ein zitternder Reza versucht, eine zunehmend in Panik geratende Fey zu trösten. Taha ist still und ruhig und starrt auf das aufsteigende Ungeheuer. Das Einzige, was sich an ihm regt, ist der Puls in seinem schweißnassen Nacken.

Hubaal der Schreckliche steht schließlich im Mondlicht, und er ist so gewaltig wie die Berge selbst. Über schwer zu findende Riesen, ihre Magie oder ihr Temperament ist wenig bekannt, aber ich habe einmal einen kurzen, uralten Bericht über Hubaal im Almanach gelesen. Die Worte und die dazugehörige Skizze haben sich in mein Gedächtnis eingebrannt.

Hubaal hat das Gesicht eines Löwen, sein gigantischer Körper ist mit dornigen Schuppen gepanzert, er hat die Klauen eines Geiers als Füße, und aus seiner Mähne wachsen die Hörner eines wilden Stiers, sein Schwanz endet mit dem Kopf einer Schlange.

Der Rest der albtraumhaften Passage sprudelt mir über die Lippen. »Sein Blick ist Schrecken, sein Gebrüll ist Sintflut, seine Fäuste sind Verwüstung.«

Hubaal öffnet seine Augen und enthüllt die kranke Verschmelzung von Gold und Purpur – und er sieht uns. Ich wende meinen Blick nicht schnell genug ab. Existenzielle Angst keimt, sprießt und gedeiht in einem einzigen Atemzug, ihre verfaulte Ranke wickelt sich um mein Herz und drängt mich, Trost zu finden, indem ich über die Balustrade springe.

»Ihr wagt es, meinen Schlummer zu stören?«, donnert Hubaal. Mein Brustkorb zittert, meine Ohren schmerzen. *»Ihr wagt es, Al-Medina-Al-Uwla ohne meinen Segen zu betreten? Alle, die die heilige Stadt betreten, müssen sterben.«*

Ich ergreife Amiras klamme Hand. »Lauf.«

Sie rührt sich nicht, keiner von ihnen tut es. Sie stehen wie angewurzelt auf ihren Plätzen, gebannt von Hubaals schrecklicher Macht, versteinert von seinem Blick. Ich versuche, sie wegzustoßen.

»*Lauft*, sucht Deckung, solange ihr noch könnt!«

»Niemand, der es wagt einzutreten, wird entkommen.«

Ich muss Amiras Kopf mit meinen Händen drehen, um ihren Blickkontakt mit dem Riesen zu unterbrechen, aber es funktioniert. Sie taumelt, zunächst verwirrt, bevor sie sich umdreht und von der Balustrade verschwindet, wobei sie die Spalten im Stein vorsichtig umgeht. Ich tue dasselbe mit Reza und mit Fey, die lange Feuerfäden aus ihren Händen auf jede tote Zeder wirft, an der sie vorbeikommt. Sie entzünden sich und verwandeln sich in Laternen, die in der staubigen Dunkelheit leuchten.

»Wir müssen gehen«, sage ich und laufe zu Taha hinüber.

»Warum?« Er blinzelt den Riesen stumpfsinnig an. »Wir können nirgendwo hingehen. Schau, wie groß er ist.«

Seine Bereitschaft aufzugeben schockiert mich. Taha sollte nicht derjenige sein, der aufgibt, selbst im Angesicht eines Riesen nicht. Er ist arrogant, stolz, der Schild, der denkt, er sei der Beste, und scheint genug Beweise dafür zu haben, um andere Menschen davon zu überzeugen. Aber diese Person vor mir … Hubaal hat Taha verscheucht und nur die Hülle zurückgelassen.

Ich versuche, ihn von der Brüstung wegzuziehen. »Wir können uns verstecken, und wenn wir uns nicht verstecken können, können wir kämpfen!«

»Kämpfen?« Er lacht und weigert sich, sein Gewicht zu verlagern. »Du glaubst wirklich, die Welt kniet vor dir.«

»Sie haben sich seinem Willen widersetzt«, brüllt Hubaal. Am Rande meines Blickfelds sehe ich, wie der Riese seine Faust schwingt. Er wirft einen riesigen Schatten über die Stadt – einen Schatten, der schnell schrumpft, während er die Lücke zu *uns* schließt.

Mit meinen Händen neige ich Tahas Kopf nach unten und zwinge ihn, mich anzusehen. »Würde dein Vater zulassen, dass du dich so einfach ergibst?«

Er blinzelt, runzelt die Stirn, und seine Hand findet meine. Wir drehen uns um und spurten hinter den anderen die Rampe zur nächsten Ebene hinauf, wobei wir im Licht der brennenden Bäume den Weg zwischen den tückischen Spalten hindurch finden. Hubaals schuppige Faust kracht gegen die Brüstung und zerstört den Weg, auf dem wir eben noch standen. Riesige Steine schleudern zur Talsohle hinunter; einige fliegen gen Himmel wie Staubfetzen, die von einer Brise aufgewirbelt werden. Ein Beben erschüttert die Stadt und wirft Taha und mich von den Füßen. Ich stürze und verheddere mich in meinem Umhang, oder ist es seiner?

Hubaals Faust erscheint wieder über uns. *»Sie haben seine Freigiebigkeit missbraucht.«*

Ich rapple mich auf und ziehe Taha mit mir in eine Gasse zwischen zwei Häusern. »Runter!«, schreie ich.

Wir lassen uns auf den Boden fallen. Ein gewaltiger Schatten macht das Haus vor uns dem Erdboden gleich; ich werde von dem Luftdruck getroffen, den Hubaals Faust verursacht. Ich schreie und schlage die Arme über den Kopf, als große Steine auf mich einprasseln. Der Schatten hebt sich und es regnet Trümmer.

»Hier oben!«, ruft Amira.

Ich suche nach der Quelle ihrer Stimme und entdecke sie auf der Eingangstreppe eines Hauses eine Etage höher. Ich schleife Taha mit mir durch die Trümmer zu einer Rampe und bemerke das tödliche Beben der Berge, bevor mir klar wird, dass Hubaal gebrüllt hat. Es ist so laut, dass ich es fast nicht höre, aber ich spüre es in meinem Herzen, das sich windet und in diesem Moment aufzugeben droht. Wir ducken uns in eine schattige Gasse zwischen weiteren Häusern, als hoch oben in den Bergen etwas kracht. Taha zieht mich gegen die Wand und presst seinen warmen Körper an meinen.

»Warte.« Er legt eine Hand fest unter mein Schlüsselbein. »Warte, bis Hubaal sich auf etwas anderes konzentriert.«

Wir bleiben still stehen, eingehüllt in die Schatten, und mein Herz rast unter Tahas Handfläche. Felsbrocken aus den Bergen krachen auf die oberste Ebene der Stadt; ich zucke zusammen, als unsere Pferde gequält wiehern und kreischen. Taha klopft mir auf die Brust, um mir zu signalisieren, dass ich ruhig bleiben soll. Ich schließe meine Augen und versuche, gleichmäßig zu atmen, während ich bete, dass die Pferde unverletzt sind. Hubaal zertrümmert ein paar Häuser weiter ein Gebäude.

»Jetzt«, flüstert Taha.

Wir stürmen aus der Gasse und die bröckelnde Rampe hinauf. Ich springe über die Risse und kann durch sie hindurch einen Blick auf die darunter liegende Ebene und den Höhenunterschied zum Tal werfen.

»Beeilung«, ruft Amira aus dem Haus vor uns. Sie hält die Tür auf und winkt uns weiter.

»Sie müssen büßen«, donnert Hubaal hinter uns.

Wir fliegen die schmalen Stufen hinauf in das dunkle Haus, und Amira schlägt die Tür hinter uns zu. Ich rutsche auf dem kalten Steinboden auf die Knie und keuche. Amira umarmt mich.

»Bist du verletzt?«

»Nein, nein, mir geht's gut«, sage ich und tätschle ihren Arm. Ich lehne mich zurück und wische mir den Schweiß von der Stirn.

Taha steht mit dem Rücken gegen die Tür gepresst, die Augen golden, während er seinen Geist mit Sinan teilt. Die anderen drängen sich in einem engen Kreis um mich.

»Ist es klug, sich in einem Haus zu verstecken?«, flüstert Reza, während Fey misstrauisch die Decke mustert.

»Besser als sich im Freien zu verstecken, oder?«, sagt Amira. Taha gesellt sich zu uns. »Der Riese weiß nicht, wo wir sind.«

»Aber das wird er, sobald wir aus dieser Tür treten!« Fey zeigt mit dem Finger auf den Eingang. »Wir können ihm nicht entkommen. Und so sicher wie die Sonne aufgeht, können wir ihn auch nicht bekämpfen. Der Große Geist vergebe dir, Taha. Wir hätten nicht herkommen sollen.«

»Wir hatten keine andere Wahl«, murrt er und lässt sich auf ein Knie sinken.

»Du hättest auf mich hören können.« Ich sollte diesen Augenblick nicht nutzen, um etwas zu beweisen, aber vermutlich bin ich wirklich so stur, wie er arrogant ist. »Der Weg meiner Tante hätte uns dieses Leid nicht gebracht. Er wäre zwar langsamer, aber sicherer gewesen.«

Zu meinem Erstaunen stimmt Fey zu. »Imani hat recht. Wir wären nicht auf diese Werhyänen gestoßen, und wir wären nicht diejenigen gewesen, die den verdammten Hubaal nach einem Jahrtausend geweckt hätten!«

»Das löst unser aktuelles Problem auch nicht«, knurrt Taha und lässt seinen Blick über uns schweifen. »Wir brauchen einen Plan, um diese Bestie zu bekämpfen.«

»Gegen ihn *kämpfen?*« Fey schlägt sich mit der Hand vor die Stirn. »Wie denn? Glaubst du, dass deine Pfeile seine Haut durchdringen können? Dass mein Feuer ihn verbrennen wird? Seht es ein. Wir sind hier gefangen, und wenn wir versuchen zu gehen, sind wir tot.«

Das Geräusch von Hubaals Atem erfüllt die Stille; es ähnelt dem fernen Rauschen der Wellen.

»Er hat doch bis jetzt geschlafen, oder?«, sagt Amira zu mir. »Vielleicht können wir warten, bis er wieder einschläft.«

»Wie lange wird das dauern?«, fragt Fey. »Es könnte Stunden dauern; es könnte aber auch Tage oder Wochen dauern. Er lebt seit der Geißel der Wüste. Ich bezweifle, dass er Zeit auf dieselbe Weise wahrnimmt wie wir.«

»Du bist nicht hilfreich«, murmelt Taha.

»Aber du bist es?«, kontert Reza.

Aber Fey war sehr wohl hilfreich. Sie hat mich an etwas erinnert, was Qayn gesagt hat: *So funktioniert Zeit für Individuen wie mich nicht.* Und noch etwas. *Du brauchst mich.* Er muss das in Bezug auf Hubaal gemeint haben.

»Wo verstecken sich die Ratten?«, ruft der Riese.

Amira hält sich die Hände über die Ohren. Fey schützt ihren Kopf, als würde sie sich gegen einen Schlag wappnen, und Taha, Reza und ich starren auf die bebende Decke und den von ihr herabrieselnden Staub.

Reza wischt sich den feinen Puder von der schweißnassen Stirn. »Solange Hubaal weiß, dass wir hier sind, wird er nicht einschlafen.«

Taha flucht leise vor sich hin. »Es muss einen Weg geben. Imani, du scheinst eine Menge über Hubaal zu wissen. Alle Ungeheuer haben Schwächen. Was sind seine?«

»Ich habe keine Ahnung«, sage ich und zucke mit den Schultern. »Ich weiß nur, was ich aus dem Almanach erfahren habe.«

»Der Almanach erwähnt weder diese Stadt noch die Tatsache, dass Hubaal unter ihr schläft. Woher wusstest du das?«

Amira senkt den Kopf. Sie muss erkannt haben, dass meine Informationsquelle Qayn ist. Der Dschinn muss in der Lage sein, uns zu helfen, da er sich selbst den König dieser verfluchten Stadt genannt hat. Es fällt mir schwer, ein Wort davon zu glauben, aber er scheint auf jeden Fall mehr darüber zu wissen, was hier vor sich geht, als wir, die wir in diesem dreckigen Haus gefangen sind. Er könnte eine Antwort darauf haben, wie wir an Hubaal vorbeikommen – aber dazu muss ich ihn herbeirufen, und ich bin mir nicht sicher, ob ich dieses Risiko in Tahas Gegenwart eingehen kann.

Ich sehe zu Amira hinüber, die unruhig an ihren Nägeln kaut. Sie hat so viel riskiert, um mir hierher zu folgen. Ich finde das nicht gut, aber sie ist meine Schwester und mein Schützling. Ich kann nicht zulassen, dass ihr etwas zustößt. Das ist ein Risiko, das ich nicht vermeiden kann.

»Ich brauche Zeit zum Nachdenken.«

Unter Tahas wachsamen Blicken gehe ich zum Flur. Gott sei Dank versucht er nicht, mich aufzuhalten. Am Ende des Flurs finde ich einen Raum, dessen Tür noch intakt ist. Ich schließe sie und lehne mich mit dem Rücken daran. Das Letzte, was ich gebrauchen kann, ist, dass Taha hereinplatzt.

»Qayn, komm raus«, flüstere ich.

Der Dschinn erscheint und zieht aus dem baufälligen Raum sofort die richtigen Schlüsse. »Es ist passiert, nicht wahr? Ihr habt Hubaal aus seinem Schlummer geweckt.«

»Sind die Ratten … hier?« Ein Knall erschüttert die Stadt, als Hubaal ein Haus nicht weit von diesem zertrümmert. Im Wohnzimmer schreit Amira, und Fey flucht lautstark.

»Ist das Antwort genug?«, zische ich. »Ich brauche deine Hilfe. Sag mir, was Hubaals Schwächen sind.«

Qayns Brauen heben sich langsam. »Schwächen? Er hat keine. Ihr könnt ihn nicht bekämpfen.«

»Dann sag mir, wie ich ihn umgehen kann.«

»Es führt kein Weg an ihm vorbei.« Qayn verschränkt hochmütig seine dünnen Arme. »Ich habe Hubaal zum Wächter der Ersten Stadt und der Zedernbäume des Tals ernannt. Er hat diesen Ort so sehr geliebt, dass ihm nur die Träume von seiner früheren Pracht Ruhe geben. Nichts kann sich seinem wachsamen Auge entziehen.«

»Du hast ihn *ernannt?* Er ist ein Riese, er ist …«

»Böse?«, beendet Qayn den Satz für mich. »Nicht alle von uns sind Monster, Töterin, sie werden nur von eurem Rat so gemalt.«

»Geister, in welche Torheit bin ich geraten?«, murmle ich und fahre mir mit den Fingern durch die verfilzten Haare. »Das war's dann also? Wir sind dazu bestimmt, hier zu sterben? Lass dir eins gesagt sein, Teufel: Wenn ich sterbe, stirbst du auch.«

Er richtet den Blick aus seinen leeren Augen auf mich. »Hubaal muss wieder in seinen Schlummer zurückkehren. Dann könnt ihr gehen.«

Ich atme aus. »In Ordnung, gut, das hat Amira auch vorgeschlagen. Wie soll ich das machen?«

»Das kannst du nicht.«

»Was bist du nur für ein König?!« Ich hebe meine geballte Faust. »Was nützt deine Bindung, wenn du mir nicht hilfst?«

»Hättest du mich ausreden lassen, Töterin, hättest du erfahren, dass *du* ein solches Kunststück nicht vollbringen kannst, *ich* aber schon.«

Meine Faust sinkt langsam. »Wie? Du bist machtlos.«

»Worte sind mächtiger als das Schwert und die Teekanne.«

»Das verstehe ich nicht«, sage ich und verziehe das Gesicht. »Schlägst du vor, mit Hubaal zu *reden?*«

»Ja. So, wie ich unter deinem Befehl stehe, steht er unter meinem. Ich werde ihm befehlen, wieder in seinen Schlaf zurückzukehren und uns sicheren Abzug zu gewähren.«

Ich ziehe meinen Dolch und drücke ihn in seinen Nacken. »Bei meinen Vorfahren, das ist nicht der richtige Zeitpunkt für deine Scherze ...«

»Ich erzähle weder Lügen noch Märchen, Töterin. Wann wirst du das begreifen? Ich war der König dieser Stadt. Hubaal wird auf mich hören.«

Ein dünnes Wimmern vibriert in meiner Brust. »Wie ist es möglich, dass du über diese Stadt geherrscht hast? Und Hubaal hat der Geißel der Wüste geholfen. Bedeutet das, dass du das auch getan hast?«

»*Ich werde euch finden*«, wütet Hubaal draußen. Eine Explosion erschüttert die Stadt, dieses Mal näher. Noch ein zerstörtes Haus. Was, wenn unseres das nächste ist? Im Wohnzimmer ruft Taha ungeduldig meinen Namen. Jeden Moment kann es so weit sein, dass er versucht, durch die Tür zu stürmen und Antworten zu verlangen.

»Müssen wir das *wirklich* jetzt besprechen, Töterin?«, sagt Qayn.

»Sag es mir. Es ist wichtig …«

»Willst du, dass ich dein Leben rette, oder willst du es nicht?«

»Ja, das will ich!« Ich atme tief ein, meine Lungen sind wie eingeklemmt, und mir ist schwindlig, als hätte ich mich in der letzten Stunde auf der Stelle gedreht.

»Ausgezeichnet. Zuerst werde ich Hilfe brauchen, um zu Hubaal zu gelangen – mit einer Ablenkung vielleicht? Er ist viel zu wütend und könnte mich zerquetschen, sobald ich einen Fuß aus diesem Haus setze.«

»Aber dann musst du vor den anderen erscheinen«, sage ich entsetzt. »Taha wird herausfinden, dass du an mich gebunden bist.«

»Ja, der Junge wird wissen, dass du das Gesetz gebrochen hast, und er wird vor Aufregung außer sich sein. Vielleicht holt er sogar die Fesseln heraus. Hast du eine bessere Idee? Nein? Nun, ich habe vielleicht eine eigene Lösung.« Er kommt mir unangenehm nahe. Ich will ihm nicht in die Augen sehen, aber sie schwimmen vor mir und nehmen mir die Sicht. »Du kannst die Erste Stadt allein verlassen. Bring mich zu Hubaal. Auf meine Bitte hin wird der Riese dich verschonen, aber nicht Taha …«

Ich weiche bis zur Tür zurück. »Auf keinen Fall! Wie kannst du nur so etwas Niederträchtiges vorschlagen?«

Sein Achselzucken ist beunruhigend schnippisch. »Das scheint mir ein besseres Ergebnis zu sein, als dem Großzahim wegen deiner Gesetzesverstöße gegenüberzustehen.«

»Du schlägst vor, eine unschuldige Person zu *ermorden*.«

»Unschuldig, hmm.« Qayn nähert sich meinem Gesicht mit seinem, seine weichen Lippen streifen mein Ohr. »Vielleicht wird Taha danach einen weiteren aufschlussreichen Brief an seinen Vater schreiben. Meinst du, Bayek wird unsere kleine Indiskretion geheim halten? Oder ist das etwas, über das die Menschen in ganz Qalia bald bei Tee und Ka'ak diskutieren werden? Imani von der stolzen Beya-Sippe, gebunden an einen sehr bösen Dschinn …«

Meine Schultern heben sich, mein Atem pfeift in meiner Kehle. »Was bist du eigentlich, Qayn?«

Er lehnt sich zurück und ein Lächeln huscht über sein schmales Gesicht. »Ein Freund.«

»Nein, du bist nicht mein Freund! Und ich werde Taha zur Vernunft bringen. Ich finde schon einen Weg.« Ich drehe mich zur Tür. Wenn ich noch länger hier stehe und mir sein Gift anhöre, wird er jede Entschlossenheit, die mir noch bleibt, zunichtemachen.

»Dummes Mädchen«, säuselt er und lacht. »Taha hört nicht auf die Vernunft, er hört auf seinen Vater.«

Ich halte mit der Hand auf dem Knauf inne, als dieser von der anderen Seite her gedreht wird. Ich schließe meine Faust und halte Taha auf. Er beginnt, gegen die Tür zu hämmern.

»Imani, lass mich sofort rein.«

Das leibhaftige Böse lauert an meinem Ellbogen. »Ein weiser Rat: Triff heute die schwierigen Entscheidungen, Töterin. Wenn du morgen den Sieg genießt, wirst du dich nicht mehr so schlecht dabei fühlen.«

»Das hier ist noch nicht vorbei, Qayn.« Ich öffne die Tür.

18

Taha nimmt mich kaum wahr, da sieht er Qayn auch schon in die Augen. Alle Farbe verschwindet aus seinem Gesicht, bis auf ein rotes Band, das über seinen Nasenrücken verläuft. »Du …«

Ich marschiere an ihm vorbei, und Qayn schlendert hinter mir den Flur hinunter.

»Wie konntest du nur?«, stottert Taha.

Amira, Reza und Fey erheben sich vom Boden, als wir das Wohnzimmer betreten. Meine Schwester sieht aus, als hätte sie eine Zitrone verschluckt.

»Das ist Qayn«, verkünde ich. »Er ist …«

»Ein Dschinn«, beendet Taha für mich.

Ich drehe meinen Kopf zu ihm, als er wie ein nervöser Wolf den Raum betritt. »Du bist die verdammte Dschinntöterin, und du hast einen an dich *gebunden?*«

Das Gewicht ihrer tadelnden Blicke ist erdrückend. »Ja«, gestehe ich mit einem erstickten Atemzug. »Er untersteht meinem Kommando.«

Fey und Reza fluchen; Taha beginnt, die Lücke zwischen uns zu schließen. »Du hast das Gesetz gebrochen, genau wie dein Bruder. Verrat liegt in eurer Familie, nicht wahr? Er fließt wie Gift in eurem Blut.«

»Hüte deine Zunge«, sage ich, aber ich frage mich, was ich getan habe. Atheer hat Misra gestohlen; ich habe mich an ein Übel gebunden, das ich nicht verstehe … Hat Taha recht, was uns angeht?

»Du hast den Rat, die Schilde und den Großen Geist verraten«, sagt er. »Alle loben dich, und so hast du deine Zugehörigkeit gemeistert? Mit der Hilfe eines dreckigen Dschinns?«

Ich ziehe die Brauen zusammen. »Das nehme ich dir übel, Taha. Die Bindung hat erst vor Kurzem stattgefunden …«

»Weiß deine Tante davon?«, fragt Fey und zuckt kaum mit der Wimper, als in der Nähe ein weiteres Haus zerstört wird.

Amira tritt zwischen uns und fuchtelt mit den Armen. »Bitte, hört auf. Wir haben keine Zeit für so etwas!«

»Glaubst du, dass du damit durchkommst?« Taha schüttelt den Kopf. »Diesmal nicht, Imani. Dein Verbrechen wird nicht ungesühnt bleiben.«

»Das wird es, wenn du mir nicht erlaubst zu helfen«, sagt Qayn.

Sie versammeln sich vorsichtig um ihn, wie Hühner, die erst jetzt den Fuchs bemerken, der sich in ihr Haus gestohlen hat.

»Wie?«, knurrt Taha.

»Qayn kann Hubaal aufhalten, wenn er nah genug herankommt«, erkläre ich zähneknirschend. »Er ist unsere einzige Möglichkeit, lebend aus der Stadt zu kommen.«

Der Dschinn lächelt. »Richtig. Also wenn ich du wäre, *Junge*, würde ich mich von der Töterin fernhalten.«

Stattdessen stürzt Taha sich auf ihn. »Willst du mir drohen, Teufel? Weißt du nicht, was die Schilde mit deinesgleichen anstellen?« Taha ist einen Kopf größer und sieht aus, als hätte er Qayn während des Aufwachsens sein Essen gestohlen.

Doch Qayn *gähnt* tatsächlich. »Jaja, die abscheulichen Feinde des Großen Geistes beseitigen.« Er zuckt mit den Schultern, aber er ist nicht im Geringsten ambivalent. »Ich war schon lange vor euch da. Ich werde auch noch lange nach euch da sein.«

Ein Schauer läuft mir über den Rücken. Ich kann mir nicht vorstellen, dass er die Wahrheit spricht, dass er einst über diese Stadt geherrscht hat. Ein Dschinn, der die Menschen regiert? Vielleicht hat er auch die Wahrheit gesagt, als er sagte, er sei gar kein Dschinn …

Taha beißt die Zähne so fest zusammen, dass sein Kieferknochen aus der Haut zu springen droht. Er will etwas sagen, aber Amira unterbricht ihn. »Taha, *bitte*, kannst du das auf später verschieben, wenn wir nicht alle kurz davor sind, zerquetscht zu werden?«

Ich sehe Qayns Blick und lese darin den abscheulichen Vorschlag. Ich schüttle den Kopf, aber mehr aus Trotz als aus Ablehnung. Tatsächlich hat ein dunkler, ungewohnter Teil von mir begonnen, sein Angebot in Betracht zu ziehen, Taha ein für alle Mal zu beseitigen; die Idee wie ein kostbares Juwel zu prüfen, seine Facetten zu untersuchen und sich zu fragen, ob ich es mir leisten kann. *Was denke ich hier eigentlich?* Nichts würde Qayn mehr Freude bereiten, als mich weiter zu erniedrigen, wie er es mit Atheer getan hat.

Taha atmet schwer aus. »Was brauchst du?«

»Wir müssen eine Ablenkung schaffen«, sage ich. »Wir müssen Qayn genug Zeit geben, um die Balustrade zu erreichen und nah genug an Hubaal zu sein, damit dieser ihn erkennen kann.« Ich halte eine Hand hoch. »Frag nicht warum. Ihr müsst mir einfach vertrauen.«

»Dir vertrauen«, murmelt Taha verbittert. Er schaut von uns weg, und allmählich belebt sich sein stumpfer Blick mit einem Plan. Schließlich nickt er. »Gut, eine Ablenkung. Amira, du bleibst hier bei mir. Imani, du begleitest den Teufel. Fey, Reza – haltet euch bereit.«

Nachdem wir uns auf einen Plan geeinigt haben, leeren die anderen feierlich zwei Feldflaschen mit kaltem Misra-Tee. Danach versammeln wir uns vor der Tür. Taha hockt sich daneben, und Amira kniet neben ihm.

»Wartet, bis Hubaal seine Aufmerksamkeit abwendet«, sagt er. Die anderen nicken, und Amira schenkt mir ein angespanntes Lächeln.

»Passt auf euch auf«, sage ich. »Ihr beide. Und, Taha, … falls

Sinan getötet wird, während du mit ihm den Geist teilst … manche Tierseher erholen sich nicht davon.«

»Kümmere dich um dich selbst.« Er neigt den Kopf und seine Augen leuchten golden.

Ich seufze und öffne die Tür einen Spalt weit, sodass wir einen Blick auf Hubaal werfen können, der wachsam über der Stadt aufragt. Ich mache mich bereit und spanne meine Muskeln an. Ein paar Augenblicke lang ändert sich nichts. Dann tippt Fey mir auf die Schulter und flüstert: »Sieh mal da, vom oberen Teil der Stadt aus.«

Ich suche den Himmel ab und entdecke den geschmeidigen schwarzen Falken, der sich auf Hubaal zubewegt. Als er näher kommt, stößt Sinan einen durchdringenden Schrei aus, der in der ganzen Stadt widerhallt. Hubaals Kopf ruckt herum, und seine Aufmerksamkeit wird von den Häusern abgelenkt – und damit auch von uns.

»Jetzt«, flüstere ich und reiße die Tür auf.

Sinan stürzt sich auf Hubaals riesige Augen und schreit erneut.

»Was macht die kleine Motte?«, brummt der Riese und reißt seinen Kopf zur Seite.

Wir rennen die zerbrochenen Steinstufen hinunter und teilen uns auf. Fey läuft nach links, Reza schwenkt auf der nächsten Ebene nach rechts. Qayn trottet an meiner Seite, dreht den Kopf und macht eine Bestandsaufnahme der Stadt, oder dessen, was von ihr übrig ist. Wenn er der König von Al-Medina-Al-Uwla war, dann war er es, der den Fall der Stadt miterlebt hat. Er muss einer der ersten Dschinn gewesen sein, die zusammen mit der Geißel der Wüste in die Sahir kamen. Das bedeutet, dass er dabei war, als die Geißel später das ganze Land, einschließlich des Tals, verbrannte. Was hat er in dieser Zeit gemacht? Die Tatsache, dass ich keine Antwort habe, macht mir Angst.

Sinan unternimmt einen weiteren Angriff auf Hubaals Auge und dreht sich dann spiralförmig auf die linke Seite des Riesen, sodass Hubaals Kopf in diese Richtung gedreht bleibt.

»Ahh! Hinfort, Kreatur!«, befiehlt der wütende Riese und schwingt eine riesige Faust.

Meine Eingeweide krampfen sich zusammen, als er Sinan beinahe zermalmt. Der von Hubaals Schwung erzeugte Wind reicht aus, um Sinan aus der Bahn zu werfen. Der Falke stürzt ab, während Taha versucht, die Kontrolle über seinen Flug wiederzuerlangen. In der Pause lässt Hubaal seinen Blick wieder über die Stadt schweifen und bemerkt sofort Qayn und mich, wie wir zwischen den Häusern in Richtung der Balustrade rasen.

»Aha! Die Ratten!« Seine Faust zentriert sich über unserem Weg und fährt schnell nach unten. »Hier entlang!« Ich ergreife Qayns Hand und ziehe ihn nach rechts durch einen schmalen Garten zu einem Steinzaun. Wir werfen uns darüber hinweg, während das Haus hinter uns dem Erdboden gleichgemacht wird. Ich lasse mich auf den Boden fallen und schleife Qayn zurück an den Zaun. Trümmer krachen durch die obere Hälfte des Zauns, überschütten uns mit Steinen und nehmen beinahe unsere Köpfe mit. Wir pressen unsere Körper zusammen, Qayn zittert neben mir.

»Was für eine Ablenkung, Töterin«, sagt er heiser.

Ich komme auf die Füße und ziehe ihn mit mir. Hand in Hand springen wir über verstreute Ziegelbrocken und erreichen die Ecke eines unversehrten Hauses, wo wir im Schatten wartend verharren. Die Balustrade ist weniger als zweihundert Meter entfernt.

»Jetzt wäre es gut, Fey«, murmle ich.

Ein hoher Schrei ertönt von hoch oben zu unserer Linken. Ein gewaltiger Feuerball segelt durch die Luft, trifft Hubaals Arm und versengt ihn. Er heult wütend auf und wendet seine Aufmerksamkeit von uns weg zu Fey, die das Dach eines gedrungenen Hauses erklommen hat und ihre Arme über den Kopf hebt.

»Unglaublich«, flüstere ich, bevor ich Qayn eine lange Gasse hinunter zur Balustrade ziehe. »Komm, das ist unsere Chance.«

Hubaal hat seine ganze Wut auf Fey gerichtet. Flüchtig sehe ich, wie sie vom Dach des Gebäudes springt und mit einer geschickten Purzelbaumrolle landet. Sie rennt in Deckung, während Hubaal das Haus zu Staub zermalmt. Aber so schnell, wie sie sich auch bewegt, der Riese tut es ihr gleich. Er stürzt sich mit beiden Fäusten auf sie.

»Beeil dich, bevor er sie tötet«, dränge ich Qayn und versuche, schneller zu rennen, als mein Körper es zulässt.

»Hier drüben, großer Mann!«

Ein fliegender Felsbrocken knallt auf die andere Seite von Hubaals Kopf und bringt ihn aus dem Gleichgewicht.

»Reza«, keuche ich erleichtert, obwohl ich den Späher nicht sehen kann.

Hubaal gibt seine Jagd nach Fey auf und beginnt eine neue Suche nach dem Zauberer mit der Erdzugehörigkeit. Zur gleichen Zeit hat Taha die Kontrolle über Sinans Flug wiedererlangt und unternimmt einen gewagten Angriff auf die Augen des Riesen. Hubaal stolpert zurück, fuchtelt mit den Armen und lässt die Erde erzittern. Ich verliere beinahe den Halt und drohe, kopfüber in eine Felsspalte auf dem Weg zu stürzen. Qayn reißt mich zurück und schiebt mich in Richtung der Brüstung. Der Angriff auf Hubaal geht weiter; Feuerkugeln und Erdsplitter bombardieren ihn von beiden Seiten, und Sinan umkreist ihn geschickt mit einer anmutigen, aber mörderischen Zielstrebigkeit.

Wir sind noch einige Meter von der Brüstung entfernt, als Qayn mich aufhält. »Warte hier«, schnauft er und schiebt mich in Richtung eines anderen Hauses. Ich eile in die Sicherheit des Schattens und hocke mich hin.

Qayn richtet seinen Waffenrock und nähert sich der Balustrade mit beunruhigender, arroganter Selbstsicherheit. Ruhig bleibt er stehen und ruft: »Hubaal!«

Der wilde Angriff auf den Riesen hört plötzlich auf und Sinan fliegt in einem Bogen davon. Hubaal starrt schwer atmend auf Qayn hinunter. Ich halte mir die Hände vor den Mund und versuche, einen Schrei zu unterdrücken. Qayn breitet seine Arme aus und sagt etwas, das ich nicht verstehe. Und unglaublicherweise blitzt in den Augen des Riesen Erkennen auf. Innerhalb weniger

Augenblicke ist er auf ein Knie gesunken und hat sein Löwengesicht auf eine Ebene mit der Stadt gebracht. Ohne jeden Anflug von Angst schlendert Qayn an den Rand dessen, was von der Plattform übrig geblieben ist, und die beiden beginnen ein Gespräch.

»Großer Geist, erbarme dich«, flüstere ich mir selbst zu.

Sie sprechen in einer äußerst melodiösen Sprache. Es ist fast wie Sahiranisch, aber nicht ganz. Das Zuhören ist wie die Erinnerung an einen Traum, aus dem ich gerade aufgewacht bin. Die Worte kommen mir bekannt vor, doch je mehr ich mich bemühe, sie zu enträtseln, desto fremder erscheinen sie mir. Am Tonfall, an der Art und Weise, wie Hubaal nickt, erkenne ich, dass Qayn ihn beschwichtigen will – und es funktioniert. Ein paar Minuten vergehen, dann senkt der Riese den Kopf und taucht außer Sichtweite ins Tal ab.

Die Stadt ist eine Gruft. Reglos, ruhig; selbst der Staub rührt sich nicht. Langsam tauchen Gestalten aus den Trümmern auf und bewegen sich auf Qayn an der Balustrade zu. Zuerst Reza, dann Fey, die sich gegenseitig beglückwünschen, dann Taha und Amira, beide unversehrt. Ich tauche als Letzte auf, auf wackligen Beinen. Qayn muss wirklich der König sein, wie er gesagt hat. Ich bin erleichtert, dass ich von Hubaals Zorn verschont geblieben bin, wenn auch nur um Haaresbreite. Als ich mich Qayn nähere, wird mir klar, dass wir uns in größerer Gefahr befinden als je zuvor.

Die freudige Stimmung verfliegt sofort, als ich die Gruppe erreiche und Taha sich zu mir umdreht. »Wie hat dein Dschinn das gemacht?«

Die bessere Frage ist: Wie konnte ich dieses Monster an meine Klinge binden? Wie auch immer die schrecklichen Antworten lauten mögen, Taha darf nichts damit zu tun haben.

»Das geht dich nichts an.« Ich dränge mich an ihm vorbei, um Amira zu umarmen. Er bleibt wie ein Schatten bei mir.

»Das geht mich sehr wohl etwas an, Imani. Die Sicherheit dieser Gruppe liegt in meiner Verantwortung. Was ist hier eigentlich los? Deine Schwester taucht auf, du hast einen seltsamen Dschinn an dich gebunden …«

Ich fahre zu ihm herum. »Hast du Sand in den Ohren? Noch einmal: Meine Schwester ist mir aus eigenem Antrieb hierher gefolgt, und ich muss noch mit ihr darüber sprechen. Aber sie wird sich nicht einmischen, falls es dir darum geht.« Ich werfe ihr einen spitzen Blick zu; sie starrt trotzig zurück. *Manche Dinge ändern sich nie.* In einem Moment umarmen wir uns und im nächsten gehen wir uns an die Gurgel.

»Und dieser Teufel?« Taha deutet auf Qayn.

»Imani bevorzugt meine Gesellschaft«, sagt er. »Ein Glück für dich, würde ich sagen.«

Taha zieht ihn mit einer Hand zu sich heran und zückt mit der anderen einen kurzen gebogenen Dolch. »Findest du das lustig?«

»Nur dich, Junge«, gähnt Qayn und betrachtet Taha mit tanzenden Augen.

Ich dränge mich vor. »Halt, tu ihm nichts.«

»Es ist meine Pflicht, ihn zu beseitigen.«

»Taha, *hör auf!* Zwing mich nicht dazu …« Aber da er seinen tödlichen Blick nicht von dem Dschinn abwendet, habe ich keine andere Wahl. Ich schwinge meinen Dolch und richte ihn auf ihn. »Steck ihn weg.«

Reza zieht sein Schwert. Feys Hände sind von Flammen umhüllt, die auch auf mich zielen. »Du zuerst«, sagt sie.

Amira wippt auf ihren Fersen. »Großer Geist, wie kann es sein, dass ihr vier Schilde seid? Seht ihr nicht, dass wir gehen müssen, bevor der Riese wieder aufsteht?«

»Du wirst ihm kein Leid zufügen, Taha«, sage ich und umfasse den Griff fester.

Er sieht mich an. »Du magst seine Gesellschaft wirklich. Was, bist du … in ihn verliebt?«

Amira stemmt die Hände in die Hüften. »Wie bitte?«

»Die ganze Beya-Sippe ist krank«, murmelt Reza. Neben ihm würgt Fey ihren Ekel hinunter.

»Was ist los, Taha?«, fragt Qayn leise. »Du bist doch nicht etwa eifersüchtig, oder?«

Plötzlich glühen meine Wangen. »Haltet eure unanständigen Mäuler!«

Taha packt Qayn an den Haaren, reißt seinen Kopf nach hinten und entblößt seinen schlanken Hals. »Ich werde zuletzt lachen«, knurrt er und setzt die Klinge an Qayns Kehle.

»Nein, wir brauchen seine Hilfe«, rufe ich und halte ihn auf. »Qayn ist der Einzige, der weiß, wo mein Bruder zu finden ist! Ohne ihn ist Atheer für uns verloren!«

Taha atmet schwer, Schweißtropfen rinnen ihm trotz der Kälte über das Gesicht. Er sieht mich verwirrt an. »Was hat Atheer mit diesem Teufel zu tun?«

Trotz seiner prekären Lage wird Qayns Grinsen breiter. »Er mochte auch meine Gesellschaft. Anscheinend bin ich bei der Beya-Sippe recht beliebt.«

»Ignoriere ihn«, sage ich, obwohl es mich in den Fingern juckt, ihn zu töten. »Er manipulierte meinen Bruder im Gespräch und erfuhr Dinge über ihn, aber Qayn weigerte sich, mir Atheers Aufenthaltsort zu verraten, wenn ich nicht zustimmte, ihn an meinen Dolch zu binden. Vermutlich will er sehen, was jenseits der Sande ist.«

»Du bist wirklich lächerlich«, sagt Taha zu Qayn. »Du hast deine Freiheit gegen einen *Urlaub* eingetauscht?«

Obwohl Qayns Grinsen allmählich verblasst, bleiben seine scharfen Eckzähne entblößt. Er sieht aus, als wolle er Taha in die Wange beißen. »Ich bin ein Vogel und mein Käfig ist die Sahir. Wonach sehnt sich ein gefangener Vogel am meisten? Platz, um seine Flügel auszubreiten, selbst wenn es nur in einem größeren Käfig ist.«

»Du hältst dich für schlau«, sagt Taha.

»Und du hältst dich für unangreifbar«, kontert Qayn, ohne eine Sekunde zu zögern. »Ich sehe deine Schwächen, Junge, und meine Güte, wie viele du hast.«

Auch Taha fletscht die Zähne, seine Hand mit der Klinge zittert. Ich nehme meinen Dolch herunter.

»*Bitte*, Taha, ich flehe dich an. Was ich getan habe, war falsch, und ich hätte niemals das Gesetz gebrochen, wenn es nicht absolut notwendig gewesen wäre. Ohne Qayn werden wir Atheer nie finden; wir werden meinen Bruder nie aufhalten können, bevor er etwas tut, das die Sahir betrifft. Uns alle.« Ich sehe zu Fey und Reza hinüber. »Im Moment hängt das Leben unserer Familien und Freunde von diesem Dschinn ab, ob er nun ein Monster ist oder nicht. Ihn zu binden war der einzige Weg, das müsst ihr einsehen. Sobald wir Atheer gefunden haben, habt ihr mein Wort, dass ich diesen Teufel töten werde, wie ich es geschworen habe.«

Und ich meine es ernst. Ich wusste, dass Qayn ein Lügner ist, aber ich dachte auch, er sei ein unbedeutender Dschinn. Es ist zu viel passiert und ich vermute inzwischen, dass sein Anschein von Unbedeutsamkeit ein Trick seinerseits war – und ich beabsichtige herauszufinden, was er verbirgt. Ich fange den Blick des Dschinns auf und bete, dass er glaubt, dass ich diese Worte nur sage, um die anderen zu beschwichtigen.

Taha drückt fester mit dem Dolch zu, und ein Tropfen onyxfarbenen Blutes tritt hervor.

»Ich könnte ihn dazu bringen, die Informationen herauszuheulen, die wir brauchen, wenn du uns einen Moment allein lässt.«

Qayn lacht leise in seiner Brust. »Ich werde nie für dich singen, es sei denn …« Seine teuflischen Augen richten sich auf Fey und Reza. »Du benutzt diese Klinge für einen deiner Kameraden. Wen du nimmst, ist mir egal, aber es muss wehtun. Dann werde ich dir alles sagen, was du über Atheer wissen musst.«

»*Schlange*«, spuckt Taha und stößt Qayn angewidert weg. »Ich freue mich sehr darauf, deine Hinrichtung zu beobachten. Ihr beiden …« Er richtet seine Aufmerksamkeit auf Fey und Reza. »Kein Wort hiervon darf an den Rat dringen. Habt ihr verstanden? Die Mission hat Vorrang.« Er sieht mich an. »Geh vorsichtig vor, Imani. Wenn du noch einmal versuchst, uns hinters Licht zu führen, werde ich meinem Vater einen Brief schicken und ihn darüber informieren, dass du unter dem Einfluss eines Dschinns stehst.« Er steckt seinen Dolch weg und murmelt: »Lasst uns gehen. Ich habe genug von dieser von den Geistern verlassenen Stadt.«

Die Flammen in Feys Händen erlöschen, und Reza senkt sein Schwert. Erschöpft sammeln wir unsere Habseligkeiten ein und stapfen dann eine Rampe hinauf, die zu dem Feld führt, auf dem wir die Pferde eingepfercht haben. Obwohl die Tiere unruhig sind, sind sie unversehrt, und ich spüre einen Hoffnungsschimmer, als ich Raad sehe, der auf mich zutrottet. Wenigstens werde ich Atheer nach all der Zeit wieder mit seinem Pferd zusammenbringen können. Ich werfe Amira einen Blick zu, die neben mir hergeht. Sie erwidert den Blick mit einem verlegenen Lächeln.

»Er hat mich klaglos gut hierher getragen.« Sie drückt meinen Arm. »Es tut mir leid wegen Badr. Ich habe sie auf dem Weg gesehen, als ich euren Spuren folgte.«

Ich sage nichts und fühle nichts als Verzweiflung. Während die anderen ihre Pferde satteln, ziehe ich sie hinter Raad.

»Warum? Du hast versprochen, zu Hause zu bleiben.«

»Ich habe meine Meinung geändert«, sagt sie.

»Du hast gelogen! Du weißt nicht, worauf du dich da eingelassen hast, und Mama und Baba werden sich große Sorgen machen.«

Sie winkt abweisend mit der Hand. »Ich habe ihnen einen Zettel hinterlassen, auf dem steht, dass ich in die Zhofal-Oase reise, um den Kopf freizubekommen, und dass ich nach meiner Rückkehr eine bessere Schülerin sein werde.«

Mir fällt die Kinnlade herunter. »Das zu tun, ist äußerst verletzend …«

»Aber mich zurückzulassen ist es nicht?« Sie späht über Raads Flanke hinweg, aber die anderen sind immer noch abgelenkt. »Während der Reise hatte ich Zeit zum Nachdenken, und mir ist etwas klar geworden. Atheer hat Qalia und den Rat mit Absicht hinter sich gelassen. Imani, was ist, wenn er gar nicht zurückkommen will?«

Ich kneife meine Augen zusammen. »Wovon, um der Sahirs

Willen, redest du da? Der ganze Zweck dieser Mission ist es, Atheer zu seiner Familie und seinem Volk zurückzubringen.«

»Aber das ist nicht deine Entscheidung. Atheer hat das Recht zu entscheiden, wo und wie er leben will. Wir sollten dafür sorgen, dass er in Sicherheit ist, sonst nichts.«

»Sonst nichts?« Ich schüttele den Kopf. »Atheer kann nicht bei klarem Verstand sein, wenn er entscheidet, dass er in den verfluchten Ländern bleiben und weiterhin unsere Magie offenbaren will.«

»Und wenn er bei klarem Verstand ist?« Sie zuckt mit den Schultern, als wolle sie sagen: *Was dann?* »Wenn er jede Entscheidung bewusst und mit voller Absicht getroffen hat? Willst du ihm dann deinen Willen aufzwingen?«

Nach den Ereignissen des Tages bin ich müde, aufgebläht und krank unter meiner Rüstung, und die Wunde in meiner Seite schmerzt. Ich möchte in meinem Zustand nicht über eine solche Angelegenheit sprechen; ich möchte mir keine Welt vorstellen, in der mein Bruder ein anderer Mensch ist. In der er sich dafür entscheidet, in Alqibah zu bleiben und Auswärtigen zu helfen, anstatt nach Hause zu seiner Familie zu kommen.

»Er wurde manipuliert, unsere Magie zu teilen, ob er es weiß oder nicht«, sage ich und ergreife ihr Handgelenk. »Bitte, hör mir gut zu, Amira. Du hast es geschafft, mit uns zu kommen, aber ich habe das, was ich zu Taha gesagt habe, ernst gemeint. Du darfst dich nicht einmischen. Hast du das verstanden?«

»Die Menschen haben ein Recht darauf, selbst zu denken. Verstehst du das?«

Ich packe fester zu, obwohl mein emotionaler Zugriff auf alles immer brüchiger wird. »Misch dich *nicht* ein.«

»Kenne deine Grenzen – sie erstrecken sich nicht auf andere.« Sie reißt ihr Handgelenk aus meiner Umklammerung und trabt über das Feld. »Hey, Fey, richtig? Was dagegen, wenn ich mit dir reite?«

Ich erinnere mich an etwas, das Baba einmal zu ihr gesagt hat: *»Vor einer Prüfung wegzulaufen, verzögert sie nur«*, und ich bin versucht, es ihr hinterherzurufen. Aber es fühlt sich so sinnlos an. Seit Atheer uns verlassen hat, liegen Amira und ich uns nur in den Haaren. Er hat unwissentlich diese Barriere zwischen uns errichtet und ist gegangen, ohne uns zu sagen, wie wir sie abbauen können.

Ich seufze und versuche, mich auf meine Satteltaschen zu konzentrieren, aber Qayn hat sich leise neben mich geschlichen.

»Da unsere Vereinbarung vorsieht, dass ich mich in Alqibah umsehen darf, und da jeder von meiner Existenz weiß und nichts dagegen tun kann, kann es doch nicht schaden, wenn ich draußen bleibe, oder? Und auf Raad hast du genug Platz für mich.« Er lächelt und streicht mit einer eleganten Hand über den schnaubenden Hengst. »Hallo, mein furchtloser Junge.«

Die bloße Anwesenheit des Teufels macht mich wütend. Ich drehe mich um, packe seine Tunika und stoße ihn gegen eine tote Zeder. »Du solltest besser anfangen, mir Antworten zu geben, Qayn, oder es wird nicht mehr lange eine Vereinbarung zwischen uns geben. Gib zu, dass du gelogen hast, als du sagtest, du seist der König dieser Stadt. Gib es zu!«

Er hat wieder diesen finsteren Blick, als wäre er eher ein Schakal als ein Junge. »Ich habe nicht gelogen«, sagt er und schäumt vor Wut. »Ich habe dir gesagt, dass ich diese Stadt erschaffen habe, als ich noch Magie besaß, und dein Volk ist von der anderen Seite der Sahir hergekommen, um sie zu bewundern.«

»Unmöglich! Kein Dschinn ist so mächtig.«

»Ich schon.«

Ich dränge ihn noch fester gegen den Baum. »Und nach deiner eigenen Aussage hast du zugesehen, wie Hubaal sie auf Anweisung der Geißel der Wüste zerstört hat. Wie viele wurden hier abgeschlachtet, Qayn?«

»Hunderte«, antwortet er.

Meine Hände zittern um den gebündelten Stoff. »*Hunderte*. Und du hast nichts getan, um sie zu retten.«

»Ich habe es ihnen übel genommen, dass sie mich ausgenutzt haben.« Er schnaubt verächtlich. »Jedenfalls war die Geißel der

Wüste niemand, dem man etwas ausreden konnte. Wenn du den Zorn dieses Monsters gesehen hättest, würdest du mein Handeln nicht falsch finden.«

»Du hast gesehen …« Mein Atem stockt, meine Finger lockern sich unter einem plötzlichen Anflug von Zerbrechlichkeit. Dieser Dschinn, der meinen Bruder im Verbotenen Brachland gefunden hat und der auch mich gefunden hat, ist einst persönlich der bedeutendsten Figur in der Geschichte meines Volkes begegnet, dem eigentlichen Anstoß dafür, dass der Große Geist uns die Magie gab. Ich möchte plötzlich, dass Qayn aufhört zu reden. Ich fühle mich, als würde ich die dunkle Seite des Mondes sehen oder das Moos von einer alten Schrifttafel abbürsten und darauf Wahrheiten lesen, die ich nicht kennen sollte, wenn ich meinen Verstand behalten will.

Meine Welt verändert sich auf eine Art und Weise, wie sie es nicht sollte, aber ich bin krankhaft neugierig darauf, einen Bericht aus erster Hand über die Tragödie zu hören, die die Sahir für alle Zeit gezeichnet hat.

»Wie war die Geißel?«, flüstere ich.

Qayn fixiert mich mit seinen außerweltlichen Augen, den Augen, die weder ihm noch sonst jemandem gehören. Die weniger wie Augen als vielmehr wie Höhlen wirken, die mich verschlingen wollen. »Das ist eine Erinnerung, der ich nicht nachgehen möchte.«

Ich fühle mich wie eine geplatzte Blase. »Ich befehle dir …«, beginne ich, ziehe meinen Dolch und richte ihn auf ihn.

»Das kannst du nicht«, unterbricht er mich.

»Ich werde die Antworten aus dir herausholen«, sage ich mit zusammengebissenen Zähnen, »wenn nicht jetzt, dann bald, Qayn. Du hast mein Wort.« Ich gehe von ihm weg. »Geh. Wir sind noch nicht in Alqibah.«

Er seufzt und schlendert davon. Mit dem Rücken zu mir sagt er: »Es ist schade, Imani, wie wenig du von der Geschichte deines Volkes wirklich weißt. Die Wahrheit wurde vor dir verborgen, und du hast die Täuschung mit offenen Armen aufgenommen.«

Die Frage, was er damit meint, liegt mir auf der Zunge. Ich schlucke sie herunter und schließe meine Faust um meinen Dolch, bis meine Knöchel schmerzen. Wut brennt in meiner Brust; sie ist weitaus besser als die Angst, die meine Handflächen zum Schwitzen bringt.

»Meine Mutter ist eine der angesehensten Gelehrten in Qalia. Ich kenne die Geschichte meines Volkes.«

Eine sanfte Brise spielt mit seinem langen Haar und seiner weiten Tunika, während er die zerstörte Stadt betrachtet, und weht den Geruch der Zerstörung zu mir herüber. »Deine Mutter kennt Unwahrheiten, also kennst du sie auch.«

Er verschwindet in der Brise. Eine Sekunde später spüre ich, wie sein Unmut den Griff meiner Klinge erhitzt.

Mit klopfendem Herzen schwinge ich mich in den Sattel und folge den anderen zu den Toren der Stadt, deren Felswand jetzt im fahlen Morgenlicht liegt. Ich bin die Letzte, die die Erste Stadt verlässt, aber ich kann nicht gehen, ohne einen Blick zurückzuwerfen. Sie ist so makellos, wie wir sie vorgefunden haben. Die Häuser sind wiederhergestellt, die Zedern gedeihen, die Felder stehen in voller Blüte, und die frühe Sonne bringt Diamanten im Wasserfall zum Funkeln, der über den Berghang rauscht.

Hubaal träumt wieder – und irgendwo darunter liegen die Gebeine meines Volkes.

19

Wir lassen das Tal am späten Nachmittag hinter uns und steigen hinunter zu einer weiten, ruhigen Landschaft. Der Anblick der wogenden grünen Ebenen ist Balsam für meine empfindlichen Nerven. Ich kann mein Glück kaum fassen, Hubaal dem Schrecklichen lebendig entkommen zu sein. Dem Tod so nahe zu kommen, hat mein Bedürfnis, Atheer zu retten, nur noch tausendfach verstärkt – und meine Ungeduld ebenso.

Nach stundenlangem, fast ununterbrochenem Ritt fängt mein Magen an zu knurren, und Fey hat ihren Hunger mehr als einmal erwähnt – jedes Mal in einem höheren Jammerton, der nicht einmal durch Rezas krasse Versuche, Humor an den Tag zu legen, zu mildern ist. Kurz vor der Dämmerung erbarmt sich Taha und lässt unseren Trupp bei einer Eichengruppe anhalten.

»Fey, schlag das Lager auf und fülle unsere Flaschen im nahen Bach auf. Reza und ich werden sehen, was wir fangen können.« Er gleitet von seinem Pferd und bindet seinen Bogen und Köcher los. Ich warte darauf, dass er mir auch einen Befehl gibt, aber er tut wieder so, als würde ich nicht existieren.

Ich sehe Amira, die von Feys Stute absteigt. Als ich erkenne, wie sich in ihrem Blick ein Streit zusammenbraut, beschließe ich, der Jagdgruppe zu helfen, ob Taha mich nun darum gebeten hat oder nicht. Im Moment würde ich seine und Rezas Gesellschaft der meiner Schwester vorziehen.

Ich binde Raad an einem Baum an, und nachdem ich ihm etwas Wasser gegeben habe, eile ich hinter Taha her. Er hat mit Reza einen nahe gelegenen Hügel erklommen, den Recurvebogen über die eine Schulter gehängt und den braunen, geflochtenen Sack über die andere geworfen. Sie unterhalten sich gerade in aller Ruhe darüber, welche Beute sie wohl finden werden.

»Was willst du?«, fragt Taha, als er meine Ankunft bemerkt. »Helfen«, sage ich und sehe von einem zum anderen. »Was kann ich tun?«

»Wie wäre es, wenn du weggehst?«, schlägt Reza fröhlich vor.

Ich schürze meine Lippen. *Angenehme Gedanken, Imani. Wenn du Atheer wiedersiehst, wird es das alles wert sein.* »Mein Essen ist auch verloren gegangen. Ich würde gerne etwas dazu beitragen.«

»Ich dachte, deinesgleichen ziehen es vor, wenn andere etwas für sie tun«, sagt Reza.

Wäre ich jemand anderes, würde ich das vielleicht als Scherz auffassen, weil das sonst seine Art ist. Aber ich weiß, dass dies etwas Persönliches ist. Er beugt sich vor, um mich an Taha vorbei anzusehen, und kneift ein Auge zu.

»Und außerdem, kannst du überhaupt jagen? Dass dein Baba auf den Basar geht, um Essen zu holen, zählt übrigens nicht.«

Ich weiß nicht genau, wie weit mich angenehme Gedanken bringen werden, aber ich bete, dass es bis zum Horizont reicht. »Ich weiß so viel, wie man uns bei den Schilden beigebracht hat«, antworte ich steif.

»Schon gut«, murmelt Taha und klingt genervt. »Du kannst dich uns anschließen.« Reza zuckt mit den Schultern und wendet sich wieder nach vorne, nachdem er seinen Teil gesagt hat und zufrieden zu sein scheint. Ich gehe nicht auf seine Beleidigungen ein, damit Taha mich nicht endgültig wegschickt und ich mich nicht mit Amira auseinandersetzen muss. Stumm wandere ich neben ihnen über Hügel und durchs Gebüsch, das träumerische Lieder um unsere Waden flüstert. Ab und zu zeigt Taha auf eine unscheinbare Bodenwelle, und Reza legt seine Finger darauf, um sie zu betrachten, bevor er uns in eine neue Richtung führt.

»Geomantie«, erklärt Taha nach dem fünften Mal, der offensichtlich meine Verwirrung bemerkt.

Ich überdecke sie schnell mit einem brüsken Nicken. »Das wusste ich. Er sucht den Boden nach Tieren ab, die kürzlich darüber gelaufen sind.«

»Ja.« Reza wischt sich seine staubigen Hände an den Knien ab. »Und etwa fünf Goldhasen sind vor Kurzem auf diese Bäume zugelaufen. Ich wette, sie haben dort einen Bau.«

»Gut. Schick sie zu mir.« Taha nimmt den Sack von seiner Schulter. Während Reza sich leise einen Weg zu den Bäumen bahnt, drückt er mir den Sack in die Hand. »Das ist keine Aufgabe für zwei Personen, aber da du darauf bestanden hast, mitzukommen: Reza wird die Hasen aufscheuchen. Ich werde sie fangen. Du hältst das hier, während ich sie einsacke.«

Er bewaffnet sich mit seinem Bogen und pirscht in die entgegengesetzte Richtung davon. Ich folge ihm so leichtfüßig wie möglich. Ich bin zwar keine erfahrene Jägerin, aber ich weiß, je leiser ich auftrete, desto besser wird unser Abendessen sein.

Taha sucht sich einen geeigneten Platz und hockt sich ins Unterholz. Ich tue es ihm gleich und blicke über die im späten Tageslicht rot gefärbte Ebene. Nach einer Weile schaue ich kurz zu ihm hinüber. Er ist wie ein Falke, der ohne zu blinzeln unsere Umgebung mit Blicken absucht, obwohl sie sich nicht verändert hat. Ich bin kurz davor, ihn zu fragen, ob Reza sich auf dem Weg zu den Bäumen verlaufen hat. Aber ich tue es nicht, und die große Stille zwischen uns weitet sich aus und schreit danach, mit etwas gefüllt zu werden. Aber *womit?* Sosehr ich Taha im Laufe der Jahre auch verabscheut habe, ich weiß nicht genug über ihn, um ein Gespräch anzufangen und die Spannung zu vertreiben.

»Wir werden bald die Verschlingenden Sande erreichen«, sage ich schließlich. »Wie sind sie?«

Er zuckt mit den Schultern und lässt die Ebene nicht aus den Augen. »Schwierig … wie durch Nebel zu laufen. Es gibt keinen Boden und keinen Himmel, kein Vor oder Zurück, keine Vergangenheit oder Zukunft. Überall nur Sand.« Er wirft mir einen Blick zu, während ich auf meiner Lippe kaue. »Aber mach dir keine Sorgen. Bleib an meiner Seite, und du wirst sie wohlbehalten durchqueren.«

Glücksgefühle machen sich in meiner Brust breit. Das sollte nicht so sein – er tut es schon wieder, verhält sich in meiner Gegenwart völlig anders, jetzt, wo wir allein sind. Aber ich kann nicht anders, als seine Gesellschaft zu genießen, wenn er so ist. Es ist, als würde man mir Zugang zu einem geheimen Garten gewähren.

»Was ist mit Alqibah?«, frage ich. »Ist es so schrecklich, wie Fey es dargestellt hat?«

Er kichert leise. »Nein. Ich meine, ja, es gibt Gewalt und Armut, aber Alqibah ist sehr gewöhnlich. Keine Magie, langweilige Städte und Dörfer. Und wie alle anderen Orte hat auch Alqibah seine hässlichen, schlechten Seiten.«

»Qalia hat keine hässlichen, schlechten Seiten«, sage ich mit einem schwachen Lächeln.

Er sieht mich stechend durch seine Wimpern hindurch an. »Für dich nicht, nein.«

Bevor ich ihm weitere Fragen stellen kann, fällt ihm eine Bewegung ins Auge. Er steht auf, spannt einen Pfeil und schießt mit einer einzigen, nahtlosen Bewegung. Ich springe auf und beobachte den davonzischenden Pfeil, doch ich kann nicht sagen, worauf er zielt, bis er den rennenden Goldhasen trifft. Reza taucht aus dem fernen Hain auf und macht einen Lärm, vor dem selbst ich weglaufen würde. Taha ist bereits in Bewegung. Er springt ein paar Schritte entfernt auf einen Felsen und schießt einen Pfeil ab, dreht sich geschickt nach links, verfolgt sein Ziel ein paar Sekunden lang, schießt und feuert dann sofort einen weiteren Pfeil nach rechts ab. Jeder Schuss trifft einen schlappohrigen Goldhasen, der aus dem Gebüsch hüpft.

»Zu einfach, Cousin!«, brüllt Reza über die Ebene. »Reicht das für den Moment?«

»Ja, du kannst zurückgehen«, ruft Taha und winkt. Er schlingt seinen Bogen wieder über die Schulter und nickt mir zu. »Lass sie uns einsammeln.«

Ich folge ihm zum ersten Hasen, und meine Ohren glühen schon, weil ich ihm gleich ein Kompliment machen werde. »Du bist ein hervorragender Bogenschütze«, würge ich hervor und füge schnell hinzu: »Und du wirkst glücklich bei der Jagd. Warum bist du stattdessen zu den Schilden gegangen?«

»Danke.« Er reißt den Pfeil aus dem Hasen. »Mein Vater wollte, dass ich seine Tradition, ein Schild zu sein, fortsetze, und es macht mich genauso glücklich, sein Werk fortzusetzen.«

»Warum? Ihr habt eine viel ältere Tradition als Jäger.«

»Mein Vater versteht richtigerweise, dass die Angehörigen der Al-Baz-Sippe mehr als nur Jäger sind«, sagt er und legt den Pfeil wieder in seinen Köcher. »Mein Vater sagt, dass wir dort am stärksten sind, wo wir uns für etwas interessieren.« Ich stecke unsere Beute in den Sack und folge ihm zum nächsten Hasen. »Ich wollte nicht Gelehrte werden wie meine Mutter oder auf die Universität gehen wie meine Tante, und obwohl ich Pferde liebe, ist es nicht das, was ich im Moment tun möchte. Ich habe mich von klein auf für Magie und Kampf interessiert, genau wie Atheer. Den Schilden beizutreten war also nur natürlich. Ich glaube, ich war deswegen so gut auf diesen Gebieten.«

»Das ist selbstverständlich nur natürlich.« Taha zieht den blutigen Pfeil heraus. »Ich wette, der Gedanke, von den Schilden abgewiesen zu werden, ist dir nie in den Sinn gekommen.«

»Niemals. Ich war zuversichtlich, weil ich von den Allerbesten ausgebildet wurde …«

»Ich wurde vom Großkommandanten ausgebildet und hatte trotzdem Angst, nicht zugelassen zu werden«, sagt er.

Ich zögere. »Nun, ich wüsste nicht, warum …«

Er drückt mir den schlaffen Hasen in die Hand. »Aus demselben Grund, aus dem mein Vater anfangs für das Amt des Großzahim übersehen wurde. In unserer Gesellschaft bedeuten harte Arbeit und Begabung nie so viel wie die Abstammung.«

»Das ist nicht wahr …«

»Nicht?«, unterbricht er mich. »Wie hast du es noch gleich formuliert? Mein Vater musste die Ältesten *unter Druck setzen?*«

Meine Zunge wird bleischwer. »Tja, vielleicht habe ich mich geirrt«, murmle ich. Ich schiebe den Hasen in den Sack und eile ihm hinterher. »Ich hoffe, du willst nicht andeuten, dass ich wegen etwas anderem als meiner Verdienste in die Schilde aufgenommen wurde.«

»Was kümmert dich das?«, fragt er über die Schulter. »Du gehörst zu den Schilden, egal, was ich andeute.«

»Egal?« Ich hocke mich vor ihn. »Mir geht es um mehr als nur darum, zu den Schilden zu gehören, Taha. Mir geht es darum, fähig zu sein und für das geschätzt zu werden, was ich tun kann, unabhängig vom Ruf meiner Sippe.« Ich halte inne und höre meine eigene Heuchelei. Sie ist schrecklich laut, selbst hier, in dieser weitläufigen Umgebung. »Ich nehme an, du denkst genauso.«

»Das tue ich wohl«, sagt er und sieht zu mir auf. Der Sonnenuntergang findet seine Juwelenaugen und verwandelt sie in feurige Smaragde, umrahmt von intensiven, schwarzen Wimpern. Im richtigen Licht, stelle ich fest, können sie ziemlich entwaffnend sein. So sehr, dass ich ihn offen anschaue und er mich, und zwischen uns verschiebt sich die Zeit. Als ich Taha zum ersten Mal in der Kaserne begegnete, umschwärmte ihn eine Gruppe der Schilde. Ich wartete darauf, dass er mich bemerkte und sich offiziell vorstellte; angesichts der Stellung seines Vaters und der meiner Tante hielt ich das für richtig. Doch in zwei Jahren hat er das nicht ein einziges Mal getan. Bevor ich Taha als jemanden abweisen konnte, der keine Ahnung davon hat, wie die obere qalianische Gesellschaft funktioniert, wies er mich ab. Bevor ich entscheiden konnte, dass Taha sich irrte, wenn er glaubte, die Wahl seines Vaters in den Rat stelle seine Sippe auf eine Stufe mit meiner, entschied Taha, dass ich seiner Zeit nicht wert sei. Er erkannte früher als ich, dass ich die Bedeutung dessen, was seine Sippe erreicht hatte, nicht sehen konnte – dass ich es nicht wollte. Aber wie kann ich Respekt erwarten, wenn ich nicht bereit bin, ihn zu erweisen?

»Es tut mir leid«, sage ich leise. »Manchmal handle ich, ohne daran zu denken, wie es sich auf andere auswirkt.«

Sein Kiefer mahlt, als er den Pfeil aus dem letzten Hasen zieht. »Sag mir etwas. Glaubst du wirklich, dass dein Bruder nichts Unrechtes getan hat?« Sein Ton ist jetzt anders, weder zurückhaltend noch aggressiv. Er ist intim, wie gestern Abend in der Ersten Stadt, als er sich entschuldigte. Und wie einer seiner präzise abgefeuerten Pfeile durchdringt er meinen Schutzschild bis in mein Innerstes.

»Das habe ich nie gesagt. Ich glaube, Atheer war nicht er selbst – er wurde von den Auswärtigen und diesem Teufel Qayn manipuliert –, aber ich bin nicht im Geringsten mit seinem Handeln einverstanden. Ich hätte Qayn nicht an meinen Dolch gebunden, wenn ich es so sähe. Ich würde mich hier nicht mit einer Schwester herumschlagen, die sich hartnäckig weigert, auf mich zu hören. Ich will Atheer retten, aber ich will auch verhindern, dass er noch mehr Fehler macht und unser Versprechen an den Großen Geist bricht, unsere Magie geheim zu halten.« Ich seufze und schüttle den Kopf. »Ehrlich gesagt glaube ich, dass es ein Fehler des Rates war, jemals Späher nach Alqibah zu schicken, selbst wenn es nur zur Beobachtung war. Wir sollten uns nicht mit den Auswärtigen und ihren Problemen befassen. Das gefährdet nur unseren Frieden.«

Ein leichtes Erröten ziert Tahas Gesicht. Die ganze Zeit, während ich sprach, fuhr er mit dem Daumen über die Pfeilspitze. Hin und her, hin und her, als würde er überlegen, ob er Blut vergießen soll. Jetzt legt er den Pfeil wieder in seinen Köcher.

»Das überrascht mich.«

Ich runzle die Stirn. »Was denn?«

»Wir sind uns endlich bei etwas einig.«

Er packt den Hasen ein, wirft sich den ausgebeulten Sack über die Schulter und geht zurück zum Lager. Ich folge ihm und frage mich, ob die Insel, die wir einst flüchtig geteilt haben, größer ist, als ich zunächst dachte.

Nachdem wir eine Minute schweigend nebeneinander hergegangen sind, pfeift Taha ein leises Lied. »Magst du Musik?«, fragt er mich.

»Ja«, sage ich, verwirrt über den plötzlichen Themenwechsel in unserer Unterhaltung, ganz zu schweigen von der Tatsache, dass er sich entschieden hat, sie fortzusetzen.

»Jemand Bestimmtes?«, fragt er.

»Na ja«, sage ich langsam, »meine Mutter hat Amira und mich einmal zu einem Konzert von Sabah im Theater von Qalia mitgenommen.«

»Sabah«, murmelt er und lächelt vor sich hin. »Meine Mama hat ihre Lieder bei der Hausarbeit gesummt.«

Er streckt eine Hand in die kühle Luft, während goldene Schlieren in seinen Augen wirbeln. Die Farbe verdrängt nicht das übliche Grün, sondern verschmilzt mit ihm – irgendwie besetzt Taha den Raum zwischen Magie und Alltäglichem. Zu meinem Erstaunen flattert ein winziger, blaubrüstiger Nay-Vogel über den Himmel und landet in seiner offenen Handfläche. Behutsam schiebt er ihn auf seine Schulter, während er eine bekannte Melodie summt. Der Vogel lässt sich gerne nieder und wiederholt dieselbe Melodie mit seinen eigenen zauberhaften Ausschmückungen – aber Sabahs berühmtestes Lied, »Mein Herz und meine Liebe«, ist immer noch erkennbar. Ich breche in entzücktes Gelächter aus, und die Glücksblase in meiner Brust weitet sich so sehr, dass ich glaube, ich könnte einen Fuß vom Gras heben und davonschweben.

»Sehr beeindruckend, aber ich habe bereits zugestimmt, dass du der beste Tierseher, bist, den ich kenne. Es gibt keinen Grund zu prahlen.«

»Ein kleiner Trick, an dem ich gearbeitet habe.« Er wirft mir ein hübsches, schiefes Grinsen zu und sagt leise: »Ich dachte, es würde dir gefallen.«

Meine Augen weiten sich. Ich neige meinen Kopf. »Ja, ich danke dir.«

Er nickt, und damit scheint die Sache besiegelt zu sein. Tahas Vogel singt weiter, während wir uns auf den Rückweg zum Lager machen, einem Ort, an dem die Musik zweifellos aufhören und er mich wieder vergessen wird. Fragen drängen sich mir auf, die ich unbedingt stellen muss, hier und jetzt. Ich muss wissen, warum er so nett zu mir ist, wenn wir allein sind, aber so gemein, wenn wir mit anderen zusammen sind. Ich muss wissen, wie er sich warmherzig und kalt verhalten kann und es trotzdem schafft, zu funktionieren. Ich möchte wissen, wer der *wahre* Taha ist – und was er für mich empfindet. Nimmt er mir die Taten meiner Sippe und meines Bruders übel? Bin ich für ihn kaum mehr als ein Unterhaltungsprogramm in langweiligen Momenten? Oder empfindet er vielleicht ein wenig von dem, was ich für *ihn* empfinde …

Aber zu fragen, würde nur den schönen Moment ruinieren, von denen es so selten welche zwischen uns gibt, dass er sich zu kostbar anfühlt, um ihn zu verjagen. Also schweige ich und lasse die Musik über die Ebene erklingen. Über uns leuchten die Sterne am violetten Himmel heller, und der Tag weicht endlich der Nacht.

20

Die gelben Dünen der Verschlingenden Sande erheben sich ohne Vorwarnung aus dem Schotter und breiten sich wellenförmig aus, so weit das Auge reicht – Wellen, die alle genau gleich aussehen.

Wir halten vor ihnen an und knien im Schatten eines großen Felsblocks für eine Teezeremonie nieder. Die Vertrautheit der Zeremonie hilft mir, meine Ängste zu lindern; sie erinnert mich an mein Zuhause und meine Familie – sie erinnert mich an alles, wofür ich kämpfe.

Taha macht ein kleines Feuer und stellt eine volle Teekanne darauf. Während das Wasser in der Kanne kocht, mahlt er das Misra mit Mörser und Stößel, wodurch dessen rätselhafter Duft freigesetzt wird. Ich erwarte, einen Hauch von Bitterkeit wahrzunehmen, aber ein Teil von mir hofft, den angenehmen Duft von dem Tag einzuatmen, an dem er und ich sparrten. Stattdessen rieche ich Apfel-Shisha, Sand und Holz. Atheer.

Erschrocken wende ich meinen Blick von Taha ab und schaue in die dunstige Ferne. Der Trost, den mir dieser einzigartige Duft verschafft, ist nur vorübergehend. Als Taha jedem von uns Tee einschenkt, wird der Geruch intensiver, und meine Angst kehrt zehnfach zurück. Diesmal ist sie untrennbar mit unangenehmen Gedanken verwoben. Könnte ich zu spät kommen, um Atheer und unser Volk zu retten? Vielleicht war dieser Kampf umsonst. Und wenn nicht, warum hat Atheer uns dann so lange gequält? Der Bruder, den ich kenne und liebe, hätte zu so etwas nicht fähig sein dürfen. Aber er tat es.

Ich trinke den Tee mit zitternden Händen und finde ihn so bitter wie immer. Seltsamerweise bin ich darüber erleichtert. Wenigstens ist das eine Sache in meiner Welt, die sich nicht verändert hat.

Nach der Teezeremonie meditiert Taha abseits von unserer Gruppe. Reza nutzt die Zeit, um einen Brief zu verfassen, der den Rat über unsere Fortschritte informiert und den er mit einem der mitgebrachten Botenfalken abschicken wird. Amira schwebt wie ein Moskito an seinem Ellbogen und inspiziert eifrig seine tanzende Schreibfeder.

»Sagst du ihnen bitte nicht, dass ich hier bin? Meine Eltern denken, ich unternehme einen Ausflug zur Oase Zhofal.«

Reza dreht sich mit einem Brummen weg. »Weg mit dir, Kleines.«

Sie wirft mir einen flehenden Blick zu, aber ich bin nicht in der Stimmung, ihre Vergehen zu verteidigen, und ich will Reza nicht verärgern. Er und Taha scheinen sich nahezustehen, wie es sich für Cousins gehört, und ich will ihm keinen Anreiz geben, den anderen aus Rache von meiner Bindung zu Qayn zu berichten.

Stattdessen richte ich meinen teilnahmslosen Blick auf Taha. Er macht eine gute Figur zwischen seinem weißen Hengst und dem schwarzen Falken, der auf einem nahe gelegenen Felsen sitzt. Es ist keine leichte Aufgabe, unsere Gruppe über die Sande zu führen, und ich wünschte, ich könnte irgendwie helfen. Ich verabscheue es, dass nur die Späher den Weg kennen, obwohl ich nicht so stolz bin, dass mir die Ironie entgeht: So müssen sie sich gefühlt haben, als ich ihnen Atheers Aufenthaltsort verheimlichte, bevor sie verstanden, dass ich es eigentlich selbst nicht wusste.

Mit diesen Gedanken wende ich mich Qayn zu. Der Dschinn hockt im Schneidersitz auf einem nahen Felsen und isst die letzte Pflaume, die Amira mitgebracht hat. »Wohin gehen wir in Alqibah zuerst?«, frage ich ihn.

Er steckt sich den Kern in den Mund und der Saft tropft über sein spitzes Kinn. »Ihr müsst durch Bashtal zur Hauptstadt Taeel-

Sa«, murmelt er vor sich hin. »Atheer hat dort einen Vermittler der Rebellion getroffen, einen Fischer, der ihn mit Farida bekannt gemacht hat. Wir werden ihn auch treffen.«

Ich trete auf der Stelle. »Ich brauche mehr Einzelheiten. Wie hat Atheer diesen Fischer kennengelernt? Wann …«

»Alle herkommen«, unterbricht Taha.

Qayn wirft den Kern augenzwinkernd über seine Schulter und lässt seine Zunge über den Saft an seiner Unterlippe gleiten. »Folge mir einfach, Töterin. Ich werde dich nicht in die Irre führen.«

Ich balle meine Fäuste. *Ja, natürlich, ich folge einem niederträchtigen Dschinn, der nur auf seine eigene Besichtigungstour von Alqibah aus ist.* Was soll man angesichts solch schamloser Unehrlichkeit sagen? Nichts, außer ihm zu befehlen, mir seine verfluchte Gesellschaft zu ersparen. Als er in die Klinge zurückgekehrt ist, geselle ich mich zu den anderen, die sich um Taha versammelt haben. Ein langes Seil ist zwischen seinen vernarbten Händen aufgerollt.

»Man kann lernen, wie man die Sande überwindet, indem man sie durchquert. Bei meiner Ausbildung zum Späher führte mich mein Vater.« Er schaut in meine Richtung. »Jetzt werde ich euch führen. Wir gehen im Gänsemarsch und ziehen dieses Seil auf einer Seite an den Pferden entlang, um das Risiko zu verringern, dass jemand vom Weg abweicht. Wenn einer von euch das tut, dürfen die anderen nicht folgen. Habe ich mich klar ausgedrückt? Entweder ihr lasst die Person gehen oder ihr seid ebenfalls dem Untergang geweiht.« Er wartet auf ein grimmiges Nicken von jedem von uns. »Gut. Folgt meinen Schritten genau, Imani, Amira. Haltet euch an dem Seil fest und bleibt nicht stehen. Den Weg in einem Durchgang zu absolvieren ist am sichersten. Sprecht nicht, sonst lenkt ihr euch von dem einzigen Punkt ab, auf den ihr euch die ganze Zeit konzentrieren müsst …« Er hält das Seil hoch. »Und beachtet unter keinen Umständen die Illusionen der Sande, egal wie real sie aussehen, sich anfühlen oder anhören. Sie sind nur Illusionen, aber sie sind grausam und werden versuchen, euch vom Weg abzubringen.«

Nachdem er seine ernüchternde Rede beendet hat, gehen wir zu unseren Pferden. Taha wirft mir das Seil zu, ich fange es auf und werfe es Fey und der mürrisch dreinblickenden Amira im Sattel zu, sie wirft es Reza zu, der das Schlusslicht bildet. Taha neigt sein Gesicht zum Himmel.

»Großer Geist, führe mich.«

Er drückt seinem Pferd die Fersen in die Flanken, und es betritt die Sande.

Wo ist die Zeit geblieben?

Wir erklimmen eine Düne, wir rutschen die nächste hinunter, und immer noch kräuselt sich ein Meer aus Gold bis zum unerreichbaren Horizont. Sand umklammert Raads Hufe, seufzt über unser Eindringen, er überschlägt sich, spritzt und türmt sich zu kleinen Hügeln. Der Himmel bietet keine Atempause. Er ist blau, flach und selbstvergessen, seltsam unwirklich und ohne Dimension. Ich suche Hilfe bei der Sonne, die jetzt rechts von mir ist, während sie vorher links war und davor in meinem Rücken. Ich glaube nicht, dass wir uns drehen, aber das müssen wir, damit das alles einen Sinn ergibt.

Ehrlich gesagt weiß ich nicht, ob wir geradeaus gehen oder wie ziellose Motten um die Flamme der Sonne kreisen. Taha sagte, ich würde den Weg lernen, indem ich ihm folge, aber ich kann mich nicht an den letzten Schritt erinnern, den Raad gemacht hat, geschweige denn an den ersten. Selbst Tahas Silhouette hat sich nicht verändert seit – wie lange ist das her? Eine Minute, eine Stunde, ein Jahr? Er ist immer noch derselbe, ein junger Mann auf einem weißen Hengst, den Kopf gegen die gelegentlichen Sandböen nach vorn gebeugt. Hasserfüllter Sand, überall. Ich muss anhalten und Wasser trinken, um ihn aus meinen Atemwegen zu spülen; ich muss ihn von jedem Zentimeter meiner geröteten Haut abwischen. Die Temperatur ist unerträglich. Meine Augen sind durch verschrumpelte Pflaumenkerne ersetzt worden; meine Lippen platzen in der trockenen Hitze auf. Die Sonne brennt mit monströser

Grausamkeit auf uns herab, und die Luft ist schwer, unvernünftig still. Wie sehr sehne ich mich danach, diesem Ort zu entkommen; ich bin besessen von dem Gedanken. Ich überlege, das Seil loszulassen und zu fliehen, nur um etwas anderes als Sand zu sehen. Der Impuls ist erschreckend stark, und ich habe bereits eine verschwitzte Hand vom Seil genommen. Schnell lenke ich sie zu meinem Dolch. Zu Qayn. Ja, das ist besser. In den schwarzen Augen des Teufels kann ich kühlen Trost finden, und er wird mich daran erinnern, das Seil festzuhalten, wenn ich noch Hoffnung haben will, Atheer wiederzusehen.

Ich lege meine Hand auf den Griff und stelle fest, dass er mit furchterregender Raserei pulsiert.

»Qayn?« Ich räuspere mich, aber meine Stimme verlässt kaum meine ausgetrocknete Kehle.

Plötzlich weht ein kühler Atem über die Dünen zu meiner Rechten. Ich genieße es, ihn auf meiner Haut zu spüren, während er die Hitze vertreibt. Ich liebe ihn, auch wenn sich der Wind zu einer Böe steigert; ich lache und freue mich, wenn er meinen feuchten Zopf durcheinanderwirbelt und meinen Umhang zum Flattern bringt. Eine zweite, stärkere Böe wirft mich fast aus dem Sattel, und diese ist mit Sand beladen, der auf meine nackte Haut peitscht. Ich schreie auf, als er kratzt, kratzt und Blut hervorbringt und alles außer Raad unter mir verdunkelt.

Raad.

Ich reiße an den Zügeln und lenke den Hengst in die entgegengesetzte Richtung des Angriffs. Der Wind nimmt zu, wird schneller und stärker und kennt keine Grenzen. Ich krümme mich zusammen, lege die Hände um den Kopf und schreie: *»Stopp!«* Im heulenden Schlund des Sturms sind Stimmen zu hören, die immer leiser werden. Meine Schwester, die meinen Namen schreit. Auch Taha, der in scharfem Ton etwas erwidert. Taha, der sagte, ich solle das Seil niemals loslassen. Aber ich habe losgelassen, und mein Pferd hat nicht aufgehört, sich zu bewegen.

Ich setze mich ruckartig auf, und alle Luft entweicht aus meiner Lunge. Der Tag ist zur Nacht geworden und der Sandsturm hat sich verzogen. Wie kann es Nacht sein? Ich starre hinauf in den schwarzen Himmel, mein Verstand dreht sich. Kein Mond, keine Sterne. Keine Zeit; es ist unmöglich, dass die Zeit so schnell vergangen sein kann.

Ich drehe mich im Sattel und suche die Dunkelheit ab. »Amira? Taha? Kann mich jemand hören?«

Meine Ohren saugen die Stille auf, meine Augen trinken die Nacht. Nein, natürlich können sie mich nicht hören. Nicht sie haben den Pfad verlassen, sondern ich. Der Sand hat mich und Raad verschluckt, wie es vor einem Jahrtausend angekündigt wurde.

»Oh, Geister«, keuche ich.

Galle kocht in meiner Brust, mein Kopf schwebt über meinen Schultern. Benommen lasse ich mich aus dem Sattel in den Sand fallen, der tiefer ist als erwartet. Ich finde nicht rechtzeitig mein Gleichgewicht wieder. Mit ausgestreckten Armen und einem Aufschrei in der Kehle stürze ich die Düne hinunter, Schulter über Schulter, und rolle eine Ewigkeit lang – und gleichzeitig gar nicht lange. Während ich mich drehe, merke ich, dass ich die vergehenden Momente nicht fassen kann; sie sind Wasser zwischen meinen Fingern, oder ich bin Wasser zwischen den Fingern der Zeit. Plötzlich sacke ich am Fuße der Düne zusammen und schreie vor Schmerzen, die in meinem Nacken zucken.

Ich kneife in den Muskel und gebe erst nach, als der Schmerz sich zu einem erträglichen Pochen abschwächt. Dann versuche ich, zögerlich aufzustehen. Es ist auf eine Weise schwer, die ich nicht nachvollziehen kann. Ich weiß nicht, wo ich bin; ich weiß nicht, *wie* ich bin; ich weiß nicht, welcher Weg nach Norden oder Süden, Osten oder Westen führt. Wie Taha beschrieben hat, *kein Boden und kein Himmel, kein Vor oder Zurück, keine Vergangenheit oder Zukunft.*

Ich drehe mich im Kreis, wirbele Sand um meine Waden auf, aber die makellose Obsidianplatte über mir bewegt sich nicht, gibt nicht nach. Es ist wie ein Grab – wie ein Blick in Qayns Augen.

»Das ist es«, flüstere ich.

Er muss mir helfen können; er muss eine Anleitung aus seinem uralten Wissensschatz schöpfen können. Ich taste nach dem Dolchgriff, um ihn zu rufen, aber in dem Moment, in dem meine Finger den Stahl berühren, bewegt sich der Boden. Ich kann es nicht sehen, aber ich höre das bedrohliche Rascheln. Ich *fühle* es: Eine Grube öffnet sich im Sand unter meinen Füßen.

»Nein, nein, nein …«

Ich kippe und taumle, meine Füße suchen nach Halt. Ich falle nach vorne, kralle mich verzweifelt in den Boden und versuche, nicht mitgerissen zu werden. Mein schmerzender Hals protestiert gegen jede Bewegung; die Wunde in meiner Seite schreit mörderisch. Der Sand steigt bis über meine Oberschenkel, greift nach meiner Brust und schließt mich in kalter, flüsternder Dunkelheit ein. Mein schreiender Mund füllt sich mit Sand; ich huste und stottere, aber mit jedem röchelnden Atemzug ersticke ich mehr. Ich reiße die Arme über den Kopf und versuche, über der Erde zu bleiben; Schweiß rinnt an mir herunter, und meine Muskeln zittern. Nichts davon ändert etwas. Ich bin kurz davor, begraben zu werden, weit weg von zu Hause, weit weg von allen, die ich liebe. Ich werde sterben, ohne Atheer jemals wiederzusehen. Ich werde ihn nie ein letztes Mal umarmen, nie einen dummen Witz hören oder eine neue Sparringstechnik üben oder zusammen reiten. Ich werde nie seine Wahrheit erfahren.

»Imani!«

Das kann nicht sein. Es sollte nicht sein. Ich höre Dinge, warum also greifen warme Hände nach meinen? Ein paar Augenblicke später ziehen sie. Mein Kopf löst sich aus dem Sand, dann meine Schultern, meine Brust.

»Komm schon!«, schreit Amira.

Die Gruft gibt nach und spuckt mich aus. Meine Schwester ächzt und strauchelt, unsere Finger gleiten auseinander. Ich falle auf meine schwer atmende Brust, huste Sand aus und sauge kühle, saubere Luft ein. Amira krabbelt zu mir herüber.

»Geht es dir gut?« Ihre Stimme ist durchdringend klar in der Stille. Sie gehört nicht hierher. »Imani? Oh, bitte sag etwas.« Ich rolle mich auf den Rücken und schluchze. »Warum bist du mir gefolgt? Warum hast du dich nicht an Tahas Anweisungen gehalten?«

»Was?«, haucht sie. »Ich konnte doch nicht ...«

Ich setze mich auf und taste nach ihrem Gesicht. Ich finde es, feucht, die Muskeln angespannt.

»Verstehst du nicht? Wir haben den Pfad verlassen, Amira. Wir sind verloren in der Wüste, dazu verdammt, zu wandern und zu sterben!« Mamas verzweifeltes Gesicht blitzt in meinem Kopf auf. Wie wird es ihr ergehen, wenn sie erfährt, dass nur eins ihrer Kinder nach Hause zurückkehren wird? Oder vielleicht kehrt gar keins zurück, weil Atheer dieses Reich schon lange verlassen hat. Sie wird am Boden zerstört sein und ein leeres, verdunkeltes Haus vorfinden, einen Flur mit nichts als geschlossenen Türen. Eine Reihe von Gräbern, eingefroren in der Zeit, während sie älter und trauriger wird. Ich sacke auf allen vieren zusammen. »Du hättest nicht hinter mir herkommen sollen! Warum kannst du nicht einfach tun, was man dir sagt?«

»Ich konnte dich nicht verlassen«, weint sie.

Ich drücke mein Gesicht in den kalten Sand. »Das hättest du tun sollen. Du hast dich umgebracht.«

»Dann habe ich das eben!« Sie schiebt mich in eine sitzende Stellung. »Lieber sterbe ich an der Seite meiner Schwester, als ein trostloses Dasein in dem Wissen zu führen, dass ich dich hier im Stich gelassen habe. Lieber würde ich in Alqibah mit dir und Atheer sterben, und ich würde keine Träne vergießen, weil wir dann wenigstens zusammen wären. Das ist alles, was ich will, Imani, alles, was ich je gewollt habe. Dass wir *zusammen* sind.«

Meine Tränen versiegen, und in der völligen Dunkelheit sehe ich endlich meine Schwester. Ich sehe ihre Seele, das, was sie unter dem harten, streitlustigen Äußeren wirklich ist. Das Mädchen, das der Sahir getrotzt hat, um mit mir und Atheer zusammen zu sein. Das Mädchen, das wusste, dass das Verlassen des Pfades sie in die

Sande verdammen würde, und es trotzdem tat. Vielleicht hat sich dieser unerschütterliche Mut gar nicht hinter ihrem Äußeren versteckt – ich habe mich nur geweigert, die Person zu erkennen, zu der sie geworden ist, obwohl sie direkt vor mir stand. Ich habe ihre Unabhängigkeit und ihren starken Willen für Ungehorsam gehalten, ihren Wunsch, frei zu denken, für Widerspenstigkeit. Ich habe ihre Liebe zu unserer Familie völlig übersehen, eine Liebe, von der sie bewiesen hat, dass sie ihr bis zu ihrem letzten Atemzug dienen wird. Atheer habe ich schon lange als meinen besten Freund anerkannt. Aber was ist mit meiner Schwester, die nur *meine* Freundin sein will? Warum habe ich sie so lange ignoriert?

»Oh, ich bin so ein Dummkopf.« Ich strecke die Hand nach oben und streiche über ihr strähniges Haar. »Kannst du mir verzeihen? Als du mir sagtest, ich würde dich hier draußen vielleicht brauchen, und ich sagte, das würde ich nicht … Ich habe mich geirrt. Ich habe dich gebraucht, ich *brauche* dich. Es sind leere Worte, aber ich wünschte …« Meine Stimme bricht. »Geister, ich wünschte, ich hätte dich besser kennengelernt, als ich die Gelegenheit dazu hatte.«

Sie hält mich fest. »Es ist noch Zeit, Schwester.«

»Nein«, flüstere ich, »nicht genug. Nicht genug für ein ganzes Leben.«

»Oh *doch*. Wir werden hier nicht umkommen.«

Wir lösen uns voneinander und ich schüttle den Kopf, auch wenn sie es nicht sehen kann. »Niemand ist jemals den Verschlingenden Sanden entkommen.«

»Aber du bist nicht irgendwer! Es muss doch einen Ausweg geben, eine magische Lösung, oder?«

Ich lächle traurig. Da ist noch etwas, das ich an meiner Schwester bisher nicht zu schätzen wusste: Sie ist voller Hoffnung. Sie ist davon durchdrungen; sie strahlt damit so hell wie die Sonne. Für sie ist das Ende nie das Ende, sondern die Tür zu einem neuen und besseren Anfang. Sie hat nie die Hoffnung aufgegeben, dass Atheer lebt; sie hat nie aufgehört, daran zu glauben, dass sich die Dinge für unsere Familie verbessern können. Und ich habe sie im Stich gelassen, so wie ich Atheer im Stich gelassen habe. Ich habe mich von ihnen abgewandt, als sie mich am meisten brauchten, weil ich die Veränderung fürchtete, die ich in ihnen erkennen würde. Ich wollte nicht akzeptieren, dass die Menschen, die ich liebe, sich mit der Zeit entwickeln, und vielleicht ist das auch in Ordnung – so, wie es in Ordnung ist, dass Bäume nach Belieben in allen möglichen Formen und Richtungen gedeihen, dass Flüsse sich ihren eigenen Weg bahnen und Leben mit sich bringen, dass die Farben des Sonnenuntergangs von einem Tag zum anderen anders aussehen.

»Imani, hörst du mir überhaupt zu?«

Ich habe die Hände vor mein Gesicht geschlagen und schluchze leise. Amira beginnt, vor mir auf und ab zu gehen; der Sand knirscht unter ihren Stiefeln. Wenn sie an mir vorbeigeht, streift mich eine leichte Brise.

»Es muss einen Weg geben, es muss.« Sie schnippt mit den Fingern. »Was ist mit Qayn? Er könnte uns helfen.«

»Nein«, krächze ich. »Ich habe versucht, ihn zu beschwören, aber das verärgert die Sande. Vielleicht spürt die Verzauberung, dass ich ein Monster hindurchschmuggle, das in der Sahir bleiben sollte.« Ich seufze und strecke meine Hand in der Dunkelheit nach ihr aus. Ich erwische ihren seidenen Saum und ziehe sie an mich. »Bitte, Amira, lass uns die Sache nicht noch schwerer machen. So viele verbringen bestimmt ihre letzten verzweifelten Momente in der Wüste damit, nach einem Ausweg zu suchen, ohne zu erkennen, dass sie im Kreis laufen. Das möchte ich nicht tun.«

»Pah, würdest du bitte mal *nachdenken?* Wir haben noch nicht einmal ein Viertel des Weges bis zum Tod zurückgelegt, und du hast schon aufgegeben!« Sie hockt sich vor mich hin. »Ich erinnere mich an das Märchen von der Gelehrtenkönigin und ihrem Spatzen, in dem Königin Nuha sagt, man solle ein schwieriges Problem Gleichung für Gleichung angehen, sonst werde man überfordert und könne den Weg nicht mehr sehen. *Aha!* Apropos sehen: Das Erste, was uns helfen würde, wäre etwas Licht. Hast du eine Fackel in deiner Satteltasche? Raad? Hierher, Junge.« Sie geht los und pfeift nach dem Pferd.

»Licht«, murmle ich. Der knarrende Webstuhl der Strategie spinnt in meinem Kopf, nimmt ungleiche Fäden auf und verwebt sie zu etwas Zusammenhängendem, etwas, das ich verwenden kann. Eine Erinnerung an Tantchen. *Ich weiß nicht, was dich auf dieser Reise erwartet, aber ein Laternenpfahl in der Dunkelheit ist oft alles, was man braucht, um den Weg zu finden.* Das Kristallfläschchen.

»Imani, Raad weigert sich, zu mir zu kommen. Kannst du versuchen, ihn zu rufen?«

Ich springe auf die Füße. »Moment mal. Du und Königin Nuha habt mich auf eine Idee gebracht.«

»Haben wir?« Sie eilt herbei, während ich die Taschen meiner Sirwal-Hose abklopfe. Meine Hand trifft auf einen harten Klumpen, und Erleichterung macht sich in mir breit. Zögernd greife ich hinein und ziehe einen Lederbeutel heraus. Ich brauche nur die Kordel zu lösen, um das reine Licht freizugeben.

Amira erschrickt. »Ist das eine Entdeckerkugel?«

»Etwas Besseres. Unsterbliches Licht. Tantchen hat es mit einem Faden ihrer Seele erschaffen.« Ich halte das Fläschchen hoch. Das Licht darin ist zwar winzig, aber es erhellt ein endloses Dünenmeer, das sich von uns in alle Richtungen ausbreitet. Und meine kluge, mutige Schwester, ohne die ich mit Sicherheit verloren wäre. Sie starrt wie gebannt auf das Licht, und ich starre sie an, als würde ich sie zum ersten Mal sehen.

»Tantchens Seele«, haucht sie. »Sie ist wunderschön. Und sie ist mehr als eine Kugel.«

»Ja. Sie sagte: ›Wenn du dich jemals verirrst, lass das Licht frei. Es wird dich leiten.‹« Ich ziehe den Stopfen heraus. Mit einem leisen, wirbelnden Summen entweicht das Licht aus dem Fläschchen und schwebt hoch über unseren Köpfen. Selbst der unendliche schwarze Himmel reicht nicht aus, um sein Strahlen zu bannen. Es ist nicht einfach nur ein Licht; aus jedem Strahl strömt Tantchens Seele. Empfindsamkeit, Güte. *Hoffnung*. Einen Moment später schwebt das Licht ruhig am Himmel entlang.

»Es bewegt sich.«

Ich nehme Amiras Hand. »Ja, sie muss uns aus den Sanden führen. Beeil dich.«

Wir eilen die Düne hinauf zu Raad und schwingen uns in den Sattel. Irgendwie erkennt der Hengst die Rettung, wenn er sie sieht. Er trabt ohne meine Anweisung hinter dem Licht her, das uns leiten soll. Amira weint, während wir über die Dünenkämme reiten, aber sie lacht auch. Sie lacht, sie umarmt mich, und ich umarme sie zurück.

Und nach und nach lassen wir die alles verzehrende Dunkelheit hinter uns.

21

Wir treten so plötzlich aus den Verschlingenden Sanden heraus, wie wir hineingeraten sind. Dieser Vorgang ist erholsamer, als nach einer verlorenen Ewigkeit nach Hause zurückzukehren.

Die letzte Düne verjüngt sich zu einem niedrigen Sandbett, und die Nacht verwandelt sich innerhalb eines Wimpernschlags zum Nachmittag. Der Dunst, der sich über mein Gemüt gelegt hat, lichtet sich, und auch die Hitze wird weniger intensiv. Ich spreche ein stilles Dankgebet an die Geister und an Tantchens Einfallsreichtum.

»Sie hat uns nach Alqibah geführt und nicht nach Hause«, sagt Amira, als wir auf einer unbekannten Ebene ankommen, die von steinigen Hügeln eingerahmt ist.

»Sie hat uns den richtigen Weg gezeigt«, sage ich und lasse meinen Blick über das Gestrüpp schweifen. »Hier liegt unser Schicksal.« Im Königreich Alqibah, einem Ort, von dem ich vor ein paar Monaten noch nicht einmal wusste, dass er existiert. Es unterscheidet sich nicht sehr von der Sahir, zumindest noch nicht, aber es genügt mir, zu erkennen, dass ich auf demselben Boden wandele, auf dem mein Bruder in diesem Augenblick sein könnte.

Der Ruf eines Falken ertönt über uns. Sinan, der hinter Tantchens unsterblichem Licht schwebt. Das bedeutet … Ich werfe einen Blick hinter mich auf die drei Gestalten, die mit Taha an der Spitze über den Schotter auf uns zu rennen. Ich steige aus dem Sattel und helfe Amira herunter, als er uns erreicht.

»Du hast es raus geschafft«, schnauft er und kommt taumelnd

zum Stehen. Sein Gesicht ist von der Hitze gerötet, seine Haut ist schweißnass, und die Sorgenfalten um seine Augen sind nicht zu übersehen. Ich starre ihn ungläubig an, als er mir den Arm tätschelt. »Du hast es raus geschafft«, wiederholt er und nickt, als ob er immer noch nicht glaubt, dass wir keine Fata Morgana sind. »Ich bin froh.«

Ich versuche, mir meinen Schock nicht anmerken zu lassen. Reza und Fey tauchen hinter ihm auf; kugelrunde Augen starren verblüfft zwischen Schmutzflecken hervor.

»Wie?«, krächzt Reza. »Ich habe dich wegreiten sehen, Imani.«

»Ich habe gesehen, wie du ihr hinterhergerannt bist«, sagt Fey zu Amira.

»Ich habe euch beide angeschrien, dass ihr stehen bleiben sollt«, murmelt Taha abwesend, als würde er aus einer schrecklichen Erinnerung sprechen. Ich erkenne den Ausdruck auf seinem Gesicht … Die Angst und Hilflosigkeit, die er als Anführer der Gruppe durchlebt haben muss, als er Zeuge wurde, wie wir vom Weg abkamen und in unser Verderben rannten, muss lähmend gewesen sein. Es ist dieselbe Angst und Hilflosigkeit, die ich empfand, als ich sah, wie Amira in der Ersten Stadt von der Balustrade stürzte. Oder als ich sah, wie sich die Tür zu Atheers Zimmer zum letzten Mal schloss.

»Es war nicht deine Schuld.« Ich zeige ihm das Fläschchen. »Ich wäre umgekommen, wenn meine Schwester nicht gewesen wäre. Sie hat mich gerettet, als ich von den Sanden lebendig begraben wurde, und sie hat mich daran erinnert, dass ich das hier besitze …« Langsam sinkt das Licht vom Himmel herab und kehrt in sein kristallenes Gehäuse zurück, wo es fröhlich wirbelt. Ich drücke den Stöpsel wieder hinein. »Ein Geschenk aus unsterblichem Licht, verwoben mit einem Stück Seele unserer Tante. Es hat uns aus den Sanden herausgeführt.« Ich schiebe die Phiole in ihren Lederbeutel und stecke ihn in meine Tasche.

Tahas Augen zucken. »Aziza Zahim beherrscht die *Belebung?*«

Ich kann mir ein Lachen nicht verkneifen. »Tantchen ist der Meinung, *beherrschen* sei ein zu starkes Wort, aber ich bin geneigt zu sagen, ja, das tut sie. Ihr scheint alle überrascht zu sein. Aber warum? Glaubt ihr, dass sie aus anderen Gründen als ihrer magischen Begabung zur Meisterin des Misra gewählt wurde?«

»Oh, Imani«, stöhnt Amira und schlägt sich vor die Stirn. »Du kannst nicht einen Moment des Friedens genießen, oder?«

Feys Gesicht leuchtet heller als der orangefarbene Ball über uns, und Reza kann keinem von uns in die Augen sehen. Taha starrt mich derweil unverwandt an. Ich grinse.

»Ich genieße diesen Moment«, sage ich.

Ich ziehe Raad zu den Pferden hinüber, die gemeinsam im Schatten einiger Kiefern stehen. Und obwohl ich die Reise durch die Sande wie im Rausch überstanden habe, bin ich mir irgendwie sicher, dass ich durch sie zurückkehren könnte, wenn ich mich stark genug konzentriere.

Unter den Bäumen füttere ich Raad, und Amira leert eine ganze Wasserflasche. Taha, Fey und Reza stehen ein wenig abseits und wechseln vielsagende Blicke. Sie warten auf Wegbeschreibungen, die nur ich geben kann. Oder besser gesagt, nur Qayn.

Ich ziehe den Dolch von meinem Oberschenkel. »Qayn, komm raus.«

Der Dschinn erscheint in einem heißen Luftzug, auffällig wie immer und mit wallendem Haar. Doch statt seines üblichen Lächelns schüttelt er besorgt den Kopf. »Das war sehr knapp, Töterin. *Zu* knapp. Deine Tante ist eine kluge Frau und hat dir dieses Licht geschenkt. Ohne wärst du tot.«

Ich ziehe den Dolch aus der Scheide und durchquere das dünne Gras. »Du solltest dich bei mir entschuldigen.«

»Wofür?«, fragt er und folgt mir.

»Ich wurde nur vom Weg gestoßen, als ich versuchte, dich zu rufen. Beim zweiten Mal wäre ich beinahe lebendig begraben worden. Die Sande waren wütend über deine Anwesenheit.«

»Natürlich«, sagt er. »Sie spüren, dass du einen Dschinn hinüberschmuggelst. Die Verzauberung wurde nicht nur geschaffen, um Fremde draußen zu halten, sondern auch mich *drinnen*.«

Ich drehe mich halb um und versperre ihm den Weg. »Richtig. Ich habe mein Leben riskiert, um dich hierherzubringen. Also, *König ohne Krone*, erwidere den Gefallen und führe mich zu meinem Bruder.«

Sein Blick verfinstert sich. »Ich verbitte mir diesen Beinamen, Töterin.«

»Ach, wirklich?« Ich bleibe wieder stehen, und er prallt beinahe gegen mich. »Warum? Es ist doch wahr, oder?« Ich warte auf eine Erwiderung; er schweigt, seine Schläfe pulsiert. Ich trete näher heran. »Vielleicht war es für alle besser, dass deine Magie gestohlen wurde, Qayn. Ich frage mich, ob sie dir von dem genommen wurde, der dir am Herzen lag, bevor oder nachdem du zusehen musstest, wie deine Stadt niedergemetzelt wurde.«

Er starrt mich an, aber ich glaube nicht, dass er mich wirklich sieht. »Die Sache ist kompliziert.«

»Entkompliziere sie für mich, König ohne Krone.«

Der bittere Geruch von Asche zieht durch die Luft. »Du wirst die Wahrheit erfahren, wenn du sie verdienst«, knurrt er. »Aber die Unwissenden verdienen *nichts*.«

Ein Schauer läuft mir über den Rücken. Irgendwo auf dem Weg dieses Gesprächs haben wir eine falsche Abzweigung genommen. Ich bin wieder an diesem dunklen Ort, erfahre Dinge, die ich nicht erfahren sollte, mische mich in Dinge ein, die ich nicht verstehen kann. Oder ich werde mit großer Souveränität belogen – ich bin überrascht, dass ich tatsächlich *hoffe*, dass er lügt.

Qayns lange Wimpern flattern, und er blinzelt mehrmals, als ob auch er von diesem dunklen Ort zurückkehrt. Er lehnt sich zurück und wendet den Blick ab, sein Kiefer entspannt sich, das Grinsen wird durch ein gelöstes, fröhliches Lächeln ersetzt. »Verzeih mir, Töterin, das war nicht nett. Aber ich finde diesen Namen sehr verletzend und bitte dich, ihn nicht mehr zu benutzen.«

Und *genau so* hat er auf die Beleidigung reagiert. Ist es da ein Wunder, dass dieses Monster Hunderte von Menschen vernichten ließ, weil er der Meinung war, sie nutzten ihn aus?

»Geister«, murmle ich und wende mich ab. »Schweig, wenn du dich weigerst, mir klare Antworten darüber zu geben, wer du bist und was du hier tust.« Ich eile davon, begierig, Abstand zwischen uns zu schaffen. Ich traue weder Qayn noch seinen Absichten. Die Besichtigungstour kann nicht alles sein, und dass er nach Atheer sehen will, ist noch weniger glaubwürdig. Während ich mich zu den anderen geselle, beschließe ich, die Wahrheit herauszufinden, und zwar bald.

»Du bist jetzt im Königreich Alqibah«, verkündet Taha und wendet seinen feindseligen Blick von Qayn ab. »Wir haben unser Ziel erreicht, Imani. Jetzt bist du an der Reihe, uns zu Atheer zu führen.«

Und ich brauche eine Antwort von Qayn. Der Dschinn ist damit beschäftigt, die Welt um ihn herum zu inspizieren. Ich klopfe mit dem Fuß auf den Boden. »Hallo?«

Er lächelt. »Seht euch alle an, wie ihr außerhalb der Sahir steht. Denkt daran, wie wenige Bewohner der Sahir das von sich behaupten können.«

»Niemand behauptet irgendetwas«, knurrt Taha. »Wir sind zur Verschwiegenheit verpflichtet. Und jetzt gibt uns die Wegbeschreibung.«

Qayn stopft seine Hände in die Taschen und wippt auf seinen Fersen. »Hm, nein, ich weiß nicht, ob ich das tun werde. Wenn ich mich recht erinnere, bin ich dir nicht verpflichtet, Junge. Ich bin nicht verpflichtet, dir zu helfen.«

Ich packe seinen Ellbogen. »Aber du bist es mir gegenüber. Sag es uns, oder ich werde deinen Kopf als hübsches Souvenir mitnehmen.«

Er lacht und seine dunklen Augen funkeln. Die Eigensinnigkeit wird nur noch mehr durch sein Äußeres mit den nackten Füßen und dem perlenbesetzten Fußkettchen unterstrichen. Sein zerzaustes Haar glänzt in der Nachmittagssonne. Er sieht nicht aus wie ein König, der ein Massaker durch einen Riesen beaufsichtigt hat; er sieht aus wie ein junger Mann, der dich zu einem romantischen

Nachmittagsspaziergang am Flussufer einlädt. Die Sorte, vor der dich deine Eltern warnen, weil sie dir süße Poesie ins Ohr flüstert und dich am Boden zerstört zurücklässt. Ein Schakal.

Er neigt den Kopf. »Natürlich, Töterin. Eine Karte, wenn ich bitten darf.«

Widerwillig breitet Taha die Schriftrolle auf dem Boden zwischen uns aus. Wir gehen in die Hocke, und Qayn deutet auf eine Stadt.

»Das ist Bashtal. Soweit ich weiß, ist es die nächstgelegene größere Stadt an diesem Ende der Gewürzstraße. Wenn wir sie durchqueren, gelangen wir am schnellsten nach Taeel-Sa, dem ehemaligen Sitz des Königs von Alqibah. Dort werden wir einen Mann namens Zakariya finden, er ist Fischer und so etwas wie ein Vermittler für die Rebellion, die Atheer unterstützt.«

Ich stoße meinen angehaltenen Atem aus. Einen Moment lang hatte ich befürchtet, Qayn hätte uns nur hierhergeführt, um uns zu verraten. Zuzutrauen wäre es ihm.

»Wozu brauchen wir Zakariya?«, fragt Taha.

Qayn seufzt theatralisch. »Ein Fremder nähert sich nicht einfach einer paranoiden Rebellion und erwartet einen herzlichen Empfang, Junge.«

»Wir brauchen ein vertrautes Gesicht«, sage ich, und Qayn nickt. Ich sehe noch einmal auf die Karte. »Der Plan ist also, Zakariya zu finden und ihn zu bitten, uns zu Farida, der Anführerin der Rebellion, zu bringen. Atheer sollte bei ihr sein.«

»Das wird er«, murmelt Amira und sieht mir vielsagend in die Augen. Ich erinnere mich an das, was sie an jenem Tag im Verbotenen Brachland zu mir gesagt hat: *Nur dieses eine Mal halte an der Hoffnung fest. Bitte. Ohne sie gehen wir zugrunde.*

Qayn betrachtet derweil eine Ameise auf seinem Finger. »Ja, Atheer hat mir beschrieben, wo Zaks Haus in Taeel-Sa ist.«

»Was ist, wenn Zak nicht bereit ist, uns zu helfen?«, fragt Reza und spricht damit meine eigene Sorge aus.

Qayn hält eine Hand in Höhe seines Gesichts, sodass wir alle sehen können, wie die Ameise über seine glatte braune Haut taumelt. »Ich wüsste nicht, warum er das nicht tun sollte. Atheer sagte, er sei ein sehr aufgeschlossener Kerl.«

»Aber wenn …«, setze ich an.

»Ich bin sicher, ihr werdet einen Weg finden, ihn zu überzeugen«, unterbricht Qayn mich mit einem Grinsen.

Ich schürze meine Lippen. »Hat Atheer noch irgendetwas über die Rebellion gesagt? Mit was für Leuten wir es zu tun haben?«

»Nicht viel. Atheer zufolge sind es aufrechte Menschen, die wütend darüber sind, dass ihnen ihre Heimat gestohlen wurde. Farida ist eine fähige junge Frau von großer Integrität, die Tochter eines Schiffskapitäns. Atheer sprach in den höchsten Tönen von ihr.« Er zuckt mit den Schultern und setzt die Ameise wohlbehalten im Dreck ab. »Ich fürchte, mehr weiß ich nicht.«

Taha rollt die Karte zusammen. »Das reicht mir. Ziehen wir uns unauffälligere Kleidung an und machen uns auf den Weg.«

Die Gruppe löst sich auf, und Qayn schleicht Amira hinterher. Ich gehe mit meiner Tasche hinter ein paar Felsen und tausche meine schmutzige Kleidung gegen eine grüne, gegürtete Tunika und eine dunkelbraune Sirwal-Hose ein. Ich nutze die Gelegenheit, um nachzusehen, ob die Fäden meiner Wunde nicht aufgegangen sind. Den Göttern sei Dank hat Tahas Handarbeit gehalten. Als ich mir ein Paar bestickte Pantoffeln anziehe, sehe ich ihn einige Meter entfernt, halb versteckt zwischen den Bäumen. Er zieht sich seine schmutzige Tunika über den Kopf.

Ich schaue mich um und vergewissere mich, dass mich niemand beobachtet. Amira striegelt Raad, Qayn durchwühlt ihre Taschen – wahrscheinlich nach weiteren Pflaumen –, und Fey und Reza sind irgendwo versteckt und ziehen sich um. Ich schaue wieder zurück auf Tahas nackten, verschwitzten Oberkörper; er glänzt in der heißen Sonne, seine definierten Muskeln spielen, wenn er seine starken Arme bewegt. Ich schaue und schaue, und – die Geister mögen mir helfen – es fühlt sich immer noch nicht genug an. Er hat eine beachtliche Anzahl von Narben, blauen Flecken und alten Striemen auf seinem Körper. Ich weiß, dass er ein Schild und ein Späher ist. Er durchquert gefährliches Gebiet, er kämpft gegen Monster, aber trotzdem … Er hat viel mehr Verletzungen, als er haben sollte. Sie erzählen eine Geschichte; seine Haut ist das Pergament, auf dem sie geschrieben stehen, und ich bin so damit beschäftigt, sie zu entschlüsseln, dass ich peinlich langsam reagiere, als er bemerkt, dass ich ihn anstarre. Doch anstatt sich in den Schutz der Bäume zu ducken, richtet sich Taha auf, immer noch mit nacktem Oberkörper, und steht da, als würde er mich einladen, ihn weiter zu beobachten. Ein heftiges Hüpfen bricht in meiner Brust aus. Ich richte meinen Blick auf meine Pantoffeln und tue so, als würde ich mich ihnen begeistert widmen, obwohl ich mir sicher bin, dass er meinen trommelnden Puls von dort drüben hören kann oder zumindest sieht, wie rot mein Gesicht ist. Endlich verschwindet er aus meinem Blickfeld, und ich kann aufatmen.

»Närrin«, murmle ich vor mich hin und ziehe meinen anderen Pantoffel an. »Du bist so eine verdammte Närrin.«

Ich trödle hinter den Felsen herum, während die anderen sich um ihre Pferde versammeln. Ich habe vor, mich noch viel länger zu verstecken, aber Amira steht auf den Zehenspitzen, um mich zu suchen, und noch länger herumzulungern würde die Sache nur noch offensichtlicher machen. Ich packe meine Sachen und schreite über das Gras.

»Da bist du ja«, sagt sie. »Ich habe Raad ordentlich gestriegelt. Er war so *staubig* …«

»Ausgezeichnet, danke.« Qayn schubst sie in Richtung Fey. »Leider werde ich mit der Töterin reisen, also musst du dir eine andere Mitreitgelegenheit suchen.«

Sie fangen an zu zanken, während ich meine Tasche am Sattel befestige. Die Luft bewegt sich hinter mir, und ein Schatten huscht an Raads Flanke entlang.

»Wenn du das nächste Mal einen Blick auf mich werfen willst, frag vorher.« Tahas Atem kitzelt mich am Ohr. »Spionieren gehört sich nicht für jemanden deines Standes.«

Mein Kopf ruckt hoch, aber er schlendert schon zu seinem Pferd. Ich reiße meinen Blick los und richte ihn wieder auf die Schnalle meiner Satteltasche, aber meine Finger zittern kraftlos, und ich bekomme das verdammte Ding nicht zu. Hat er gescherzt oder war es ihm ernst? Und war das Selbstgefälligkeit, die ich aus seinem Tonfall herausgehört habe? Die ganze Zeit hat er mich kühl ignoriert, und jetzt ertappt er mich mit offenem Mund und gaffend wie jedes andere vernarrte Schildmitglied. Wenn ich so tun wollte, als wäre ich nicht an ihm interessiert, habe ich diese Chance zunichtegemacht, und ich glaube, er weiß das.

»Verdammt«, murmle ich vor mich hin. Warum konnte ich meinen Blick nicht bei mir behalten?

»Worum ging es?«, fragt Qayn, und ich schrecke zusammen.

Ich lasse mich gegen Raad fallen und lege meine Hand auf mein rasendes Herz. »Geister, *lass* das! Kündige dich bitte an. Und nichts«, brummele ich. »Es ging um nichts.«

Ich schnalle meine Tasche fest und geselle mich zu den anderen, die auf ihren Pferden sitzen und sich unterhalten. Irgendwie reiten Taha und ich Minuten später nebeneinander. Vorhersehbarerweise sieht er mich nicht an. Er scheint Augenkontakt sogar aktiv zu vermeiden, und das ist für mich völlig in Ordnung. Ich bin hierhergekommen, um meinen Bruder zu retten, nicht um mich mit Taha und seiner Meinung über mich zu beschäftigen.

Allmählich weicht der Schotter wildem Grasland, das in der Hitze des frühen Nachmittags brutzelt. Wie ein Hirngespinst taucht eine Stadt am Horizont auf, wie man sie auch in der Sahir finden könnte, und ein breiter Weg führt durch die Ebene auf sie zu.

»Wow, ist das …«

»Die Gewürzstraße, ja«, antwortet Qayn.

Wir folgen ihr von der Stadt weg. Ich blinzle zurück und staune, dass es dort Menschen gibt, die keine Sahiraner sind. Auswärtige, die nicht wissen, wer wir sind, und wir wissen nicht, wer sie sind. Auswärtige, die denken, dass wir vor tausend Jahren in der Wüste ausgestorben sind. Und hier bin ich auf der Gewürzstraße, genau wie Atheer, und reite jetzt wirklich auf dem Band, das ich damals im Verbotenen Brachland auf der Karte verfolgt habe.

Ein Stück weiter die Straße hinauf finden wir ein gedrungenes Sandsteingebäude mit einem breiten Torbogen. Draußen rauchen Männer in weißen Gewändern und roten Kufiyahs Pfeife und unterhalten sich.

»Das ist eine Karawanserei«, erklärt Taha und sieht mich an. »Ein Gasthaus für Reisende, das Vorräte für Lasttiere und ihre müden Reisenden bereithält.«

»Ja, wir haben welche zu Hause.«

Und das ist es, was mich beunruhigt. Die Strukturen sind sich so ähnlich, und diese Auswärtigen – ihre braune Hautfarbe, ihre Gesichtszüge, ihre Kleidung, ihre Art zu sprechen, die Art, wie sie mit ihren Händen ausdrucksstark gestikulieren – ähneln den Menschen aus der Sahir auf unheimliche Weise. *Aber sie können es nicht sein*, sage ich mir. Es wird etwas an ihnen geben, das anders und falsch ist, etwas, an dem man sie als Auswärtige aus den verfluchten Ländern erkennt.

Doch die Reise, die ich mir als Albtraum durch ein barbarisches Ödland vorgestellt hatte, ist stattdessen ein überraschend milder Traum. Gewöhnlich, wie Taha es beschrieben hat. Das heißt, bis die Straße vom Hufgetrappel vibriert und eine Kolonne von Pferden in militärischem Ornat auf dem Hügel vor uns auftaucht und auf uns zugaloppiert. Dann zerfällt der Traum an den Rändern.

Hochmütige Männer, wie ich sie noch nie gesehen habe, sitzen kerzengerade in den Sätteln. Ihre Haut ist gespenstisch weiß, aber zu rohem Fleisch versengt, wo die Sonne sie getroffen hat. Ihre Augen sind kalt, ihr Blick unfreundlich. Ihre hochgewachsenen Gestalten sind durch eine Mischung aus feinem Leder und Plattenrüstung geschützt, und an ihren Gürteln hängen tödliche Langschwerter. Die beiden Männer am Ende der Kolonne tragen lange Stangen mit braunen Bannern, auf denen das weiße Symbol eines Hirsches prangt.

»Sind sie das?«, frage ich Taha. »Die Verheerenden.«

Die Eindringlinge, die Atheer so traumatisiert haben, dass er allem, was er kannte, und allen, die er liebte, den Rücken kehrte.

»Ja. Ändere dein Verhalten nicht, dann lassen sie uns vielleicht passieren.«

Ich tue mein Bestes, aber ich habe Mühe, mich aufrecht zu halten, weil mein Herz so stark pocht. Ein Soldat an der Spitze hält eine behandschuhte Faust hoch und pfeift. Die Kolonne verlangsamt sich zum Trab.

»Taha«, sage ich und meine Stimme wird höher.

»Bleib ruhig. Überlass sie mir.«

Unsere Kolonnen treffen aufeinander. Die Verheerenden halten an, und der Soldat an der Spitze sagt ein Wort in seiner Sprache, das ich erkenne: »Halt.«

Taha gibt uns ein Zeichen zum Anhalten. Der Soldat fängt an, in seiner rauen, knappen Sprache auf ihn einzureden, und ein Satz, den Taha mir mühsam beigebracht hat, taucht auf: »Was habt ihr hier zu suchen?«

Taha antwortet in der gleichen Sprache, und obwohl ich nur das Wort *»Jäger«* verstehe, bin ich von seiner Sprachgewandtheit und seinem Selbstbewusstsein beeindruckt. Er deutet auf seinen Bogen und die Tierfelle, die er auf dem Rücken seines Pferdes trägt und die er während unserer Reise hergestellt hat. Der Soldat hört teilnahmslos zu, während er uns mustert, und ich kann nicht widerstehen, ihm in die Augen zu sehen. Sie sind so blau, wie ich es noch nie gesehen habe. Viele Sahiraner – und Taha ist einer von ihnen – haben helle Augen, aber die Augen dieses Mannes sind anders. Ihr Blau erinnert an ein kaltes, karges Land, das kaum von einer zurückhaltenden Sonne beschienen wird. Welcher Impuls würde ihn dazu verleiten, sich in ein Land wie Alqibah zu wagen, das so weit von dem entfernt ist, was er kennen muss, und zu versuchen, Herrschaft darüber auszuüben?

Der Soldat sagt etwas, und allein an seinem Tonfall erkenne ich, dass wir weitergehen dürfen. Taha antwortet mit einem Satz, den er mir eingebläut hat, weil er »lebenswichtig« sei, wenn wir unsere Mission hier überleben wollen: »Lang lebe König Glaedric.«

Die Soldaten wiederholen den Satz und reiten in einer Staubwolke davon. Ich atme erleichtert aus und nähere mich Taha. »Was hat er gesagt?«

Taha starrt ihnen nach. »Er wollte wissen, weshalb wir hier sind. Ich sagte ihm, wir seien Jäger. Er betonte, dass wir unsere Abgaben an den König zahlen müssen, wenn wir den nächsten Markt erreichen und unser Fleisch und unsere Felle verkaufen. Ich versprach, dass wir das tun würden.«

»Ich dachte, die Verheerenden hätten den König abgesetzt, als sie die Macht übernahmen«, sagt Amira in ihrer scharfsinnigen Art, die mich sehr an Mama erinnert.

»Das haben sie«, sagt Taha. »Es ist *ihr* König, der jetzt auf dem Thron von Alqibah sitzt.«

Wir wechseln einen verwirrten Blick. »Das ist nicht richtig«, sagt Amira.

Taha zieht an den Zügeln. »Vieles ist falsch in der Welt jenseits der Sahir, Mädchen. *Hüa.*«

22

Bis zum späten Nachmittag befinden wir uns zwischen Grashügeln, die mit dunklem, dichten Gestrüpp und vereinzelten Johannisbrotbäumen bedeckt sind. In den vergangenen Stunden sind wir an mehreren Kutschen und zwei Gewürzkarawanen vorbeigeritten, die hinter sich den köstlich scharfen und berauschenden Duft von Sumach, Kreuzkümmel, Paprika und Safran verbreiteten. Die meisten der Reisenden sind Alqibahner, die uns keines zweiten Blickes würdigen. Ich schaue sie zwei-, dreimal an, sooft ich es schaffe, bevor sie außer Sichtweite geritten sind. Ich suche nach unseren Unterschieden und finde nur Gemeinsamkeiten in der Art, wie wir aussehen, sprechen, uns kleiden, leben. Abgesehen von diesen Soldaten hat niemand versucht, uns in einen Hinterhalt zu locken oder anzugreifen – es gibt keinen Hinweis auf die tödliche Wildnis, von der mir als Kind erzählt wurde. Dies könnte einfach eine Erweiterung der Sahir sein, und hätte man mir nie gesagt, dass es nicht so ist, wäre es mir nie bewusst geworden. Tatsächlich stelle ich mit Schrecken fest, dass es nicht die Alqibahner sind, die mir als Auswärtige auffallen, sondern die Verheerenden. Sie sind die unwillkommenen Splitter im Fleisch dieses Landes.

»Wie kamen die Kolonisatoren hierher?«, frage ich, als wir am Rande einer riesigen Kreuzkümmelfarm entlangreiten. Die grünen Reihen sind übersät mit knienden alqibahnischen Arbeitern, bewacht von Soldaten der Verheerenden, die das Pflücken der Samen kontrollieren.

Taha sieht aus, als wolle er meine Frage beantworten, aber Qayn kommt ihm zuvor. »Wo ist *hier?* In Taeel-Sa haben sie dem König eine riesige Menge Gold geliehen, um seine Stadt zu verschönern, mit Zinsen, versteht sich.«

»Das nennt man Wucher«, murmelt Taha.

Qayn zeigt auf ihn. »Ganz recht, Junge. Nun, als diese deutlich überhöhten Schulden fällig wurden, merkte der König, dass er sie nicht zurückzahlen konnte. ›Keine Sorge‹, sagten die Verheerenden. ›Wir werden Alqibah kontrollieren, um die Rückzahlung der Schulden zu verwalten.‹ Der König war damit nicht einverstanden, und so schlugen sie ihm den Kopf ab.«

»Großer Geist, das ist ungerecht«, sage ich. »War es an anderen Orten nicht so?«

»Ja, in …«, setzt Taha an, wird aber von Qayn unterbrochen. »Weißt du, Töterin, *Königreich Alqibah* ist so etwas wie eine unzutreffende Bezeichnung, habe ich gelernt«, erklärt er in einem gelehrten Ton, der uns alle aufhorchen lässt. »Es gibt einen König, ja, aber Alqibah ist weit davon entfernt, als eine Einheit zu gelten. Es ist durch uralte Streitigkeiten um Land, Reichtum, Religion und Ehre gespalten. Bashtal zum Beispiel wird von einem mächtigen Gewürzhändler regiert, den Atheer einmal als korrupten Verräter bezeichnet hat. Angeblich hat er seine Stadt den Verheerenden überlassen. Dafür wurde ihm versprochen, er würde einen bedeutenden Teil des Territoriums und der Handelslinien erhalten, sobald die Schulden beglichen und sie wieder fortgegangen sind.«

»Werden sie wirklich wieder fortgehen?«, fragt Amira.

Qayn gluckst. »Nein, mein liebes Mädchen. Bei der Mühe, die sie auf sich genommen haben, um hierherzukommen, bezweifle ich, dass sie das tun werden. Im Osten von Alqibah liegt die große Stadt Brooma, die von einem Kriegsherrn regiert wird, und Ghazali, das von einer heiligen Frau regiert wird. Als sie von den Schulden erfuhren, entzogen sie ihrem König die Unterstützung und weigerten sich, mit den Verheerenden zu verhandeln. In einer ziemlich dramatischen Wendung der Ereignisse beschwerten sich ausländische Händler auf der Gewürzstraße darüber, von Söldnern überfallen worden zu sein, die auf Geheiß der Herrscher von Brooma und Ghazali ausgesandt worden waren. Die Verheerenden griffen die Städte mit der Begründung an, ihre Herrscher stellten eine Bedrohung für die zivile Ordnung des Reiches dar. Die Verheerenden haben versprochen zu gehen, sobald die Lage wieder stabil ist.«

»Das ist alles schlichtweg gelogen«, sage ich. »Kennt ihre Niedertracht keine Grenzen?«

»Mit der Magie kommen in der Sahir die Monster. Hier kommen mit dem Reichtum die Diebe«, antwortet Qayn.

Wir verlassen die Hügel und vor uns liegt Bashtal in einer üppigen Ebene, durch die sich der Azurfluss schlängelt. Und obwohl es eine ummauerte Stadt ist, wie Qalia, ist sie klein und nicht besonders prunkvoll.

»Ich bin kurz vorm Verhungern«, sagt Fey und reibt sich den Bauch. »Lasst uns unsere Vorräte dort drinnen auffüllen, bevor wir nach Taeel-Sa weiterziehen.«

»Wir könnten in einem Gasthaus übernachten«, schlägt Qayn vor und beugt seinen Kopf über meine Schulter. »Das ist viel bequemer, als in der Wildnis zu schlafen, und es gäbe Essen, Trinken und Kartenspiele.« Er spricht leiser. »Und vielleicht Tanz.«

»Tanz?« Ich winde mich im Sattel und hoffe, dass Taha diese Bemerkung nicht gehört hat, damit er keinen falschen Eindruck von Qayn und mir bekommt. »Du magst vielleicht einmal wie ein König gelebt haben, aber jetzt nicht mehr«, zische ich mit ähnlich leiser Stimme.

»Wir können nichts davon tun«, übertönt Taha mich und reitet an uns vorbei den Hügel hinunter. »Unsere Münzbeutel sind aus Imanis Taschen gefallen, als ihr Pferd im Tal gestürzt ist.«

Feys Kinnlade fällt herunter. »Und du sagst uns erst jetzt, dass wir kein Geld für Essen oder Vorräte haben?«

»Wir haben einen Beutel, aber der ist für Weggebühren und andere Abgaben, die die Soldaten von uns verlangen, reserviert.« Taha seufzt unwillig. »Ja, wir haben kein Geld für Vorräte.«

Fey wirft ihre Hände in die Höhe. »Großartig, gut gemacht! Ein weiteres Beispiel für deine brillanten Führungsqualitäten.«

Ich beiße mir fest auf die Unterlippe, denn ich erwarte, dass Taha auf sie losgeht, weil sie es gewagt hat, den ältesten Sohn des Großzahim zu beleidigen. Reza beugt sich vor und versucht, Fey mit einem Händedruck zu beruhigen, doch er sieht zu seinem Cousin, der vor uns reitet.

»Uns bleibt nichts anderes übrig«, sagt er zu Taha. »Wir werden in diesen Beutel greifen müssen …«

»Kommt nicht infrage.« Taha stellt seinen Hengst quer und blockiert die Straße. »Es ist kein Problem. Wir können nach Nahrung jagen, wie wir es bisher getan haben.«

»Oh, nein, das werden wir nicht tun.« Fey wedelt mit dem Finger. »Ihr seid es vielleicht gewohnt, von Hasen, Käfern und Dreck zu leben, aber ich *nicht*. Meine Familie mag nicht wohlhabend sein, aber mein Baba sorgt für alles. Bei jedem Frühstück gibt es immer frisches Brot, Oliven, Labneh, Eier, Tee …«

Der Blick der Cousins verdunkelt sich. Taha wendet seinen Kopf in Feys Richtung, und ich höre, wie er über ihr Geschwätz hinweg leise zu Reza sagt: »Willst du dir das bieten lassen? Sie hat dich arm genannt.«

Reza schüttelt den Kopf. »Fang nicht damit an, Taha, bitte.«

»Ehre geht vor«, sagt Taha in warnendem Ton.

Ich beobachte ihren Austausch mit großen Augen. Wo bisher nur Harmonie zwischen den Cousins herrschte, gibt es jetzt eine spürbare Spannung, die eine unangenehme Hitze erzeugt. Vielleicht stehen sie sich gar nicht so nahe, wie ich bisher dachte, oder Reza versucht, eine Freundschaft zu pflegen, aber Tahas Neigung, alle um ihn herum zu entfremden, ist zu stark.

»Wir könnten Reste sammeln«, mischt Amira sich ein. Ihr Vorschlag unterbricht Feys unaufhörliches Geplapper und den sich anbahnenden Streit zwischen Taha und Reza.

»Wie meinst du das?«, fragt Fey mit unverkennbarer Hoffnung. Amira lässt ihren Blick selbstbewusst über ihr neu gewonnenes Publikum schweifen. »In Qalia schließen die Bäcker früher als alle anderen, und sie haben immer Reste. Da sie diese am nächsten Tag nicht mehr verkaufen können, werfen sie die Sachen weg. Die besseren Bäcker verteilen sie an Bedürftige. Ich bezweifle, dass es hier anders ist.«

Fey nickt enthusiastisch. »Endlich benutzt mal jemand seinen Kopf! Danke, Amira. Das ist eine großartige Idee.«

Die Welt ist verrückt geworden – Taha und Reza streiten sich, Fey macht meiner Schwester Komplimente. Im Moment ist nur der Teufel beständig und betrachtet unser Durcheinander mit einem Lächeln, das zeigt, wie amüsant er uns alle findet.

»Ich hätte nicht gedacht, dass sich deine Familie mit Resten auskennt«, murmelt Taha und wendet sich wieder Bashtal zu. »Gut. Wir decken uns mit Essen und Wasser ein und ziehen weiter nach Taeel-Sa. Unterwegs schlagen wir irgendwo unser Lager auf.«

Als wir Richtung Stadt reiten, schließe ich zu Fey und Amira auf. »Woher wusstest *du* von den Resten?«, frage ich meine Schwester leise.

»Von ein paar Freunden von mir. Du kennst sie nicht«, fügt sie hinzu.

Ich möchte fragen, ob es dieselben Freunde sind, die in ihre Diebstähle verwickelt waren, aber ich würde lieber sterben, als diese Frage in Hörweite der anderen zu stellen. Ich muss mich mit der unangenehmen Erkenntnis abfinden, dass meine Schwester ein Leben führte, von dem ich nichts wusste, während ich mich in die Schilde stürzte. Ein Leben, in das ich nie hineingezogen werden wollte.

Ich runzle die Stirn und konzentriere mich darauf, die Stadtwachen zu mustern, während wir uns nähern. Die meisten sind Bashtaler, einige flankieren die offenen Holztore, ein paar Bogenschützen sind auf den Wällen verteilt. Aber die ranghöchsten von ihnen sind Verheerende, und sie wachen militant über die anderen. Der Mann, der auf den Wällen über den Toren steht, muss ein Offizier sein – er ist der Einzige, der einen silbernen Helm trägt, dessen Krone zu gewundenen Metallhörnern geformt ist. Die bedrohliche, unmenschliche Fratze beobachtet uns, als wir durch die Tore eintreten, die Hirschhörner heben sich düster gegen den blauen Himmel ab.

Drinnen erwartet uns eine enge, überfüllte Stadt mit kalkverputzten Wänden, die in einem verblassenden Smaragdgrün gestrichen sind. Die sonnenüberflutete Straße, die wir entlangtraben, ist voller Kutschen und waghalsiger Menschen, die sich zwischen ihnen hindurchwinden. Enge, gepflasterte Gassen zweigen von ihr ab wie Adern in einem Blatt. Bashtal scheint ohne Sinn und Verstand zu sein. Kurze Gebäude stehen neben hohen Gebäuden, die wiederum neben lang gestreckten Häusern stehen, wie ungleiche Reihen von grün gefärbten Zähnen. Die Menschen gehen eilig mit gesenkten Köpfen ihrem Tagesgeschäft nach, und obwohl ihre Gewänder, Kleider und Umhänge fröhlich bunt sind, ist ihr Verhalten es nicht. Soldaten der Verheerenden sind überall in der Menge. Die gepanzerten Männer patrouillieren und halten regelmäßig Leute an, um ihre Taschen zu durchsuchen oder sie zu befragen. Sie sitzen an Kontrollpunkten entlang der Hauptstraßen und halten den Verkehr an, um Kutschen zu inspizieren und die ängstlichen Insassen zu zwingen, im Dreck zu warten. Sie reiten auf großen Pferden umher und haben anscheinend Vergnügen an der Einschüchterung.

Außer den Soldaten gibt es noch andere Verheerende: beflissene Männer in gerade geschnittenen Gewändern und Umhängen, die Schriftrollen, Bücher und Federkiele tragen, und aufgeblasene Frauen mit großen Hüten und schweren Brokatkleidern, die mit Spitzenschirmen herumwedeln. Auf eine markante Mauer hat jemand »Das Imperium bringt Frieden und Einheit« auf Alqibahnisch gemalt. In der Nähe steht eine ähnliche Aussage: *Seht euch unseren König an – Kampf bedeutet Tod.* Sie müssen auf die Zeit zurückgehen, als die ersten Invasoren kamen. In Anbetracht der wenigen Anzeichen eines langjährigen Konflikts ist es offensichtlich, dass Bashtal lieber kapitulierte, als von einer derart organisierten Militärmacht schrittweise dezimiert zu werden.

»Ich weiß nicht, wie man sich hier zurechtfinden soll«, bemerke ich einige Augenblicke später, woraufhin Amira ihre Arme ausbreitet und mit den Schultern zuckt.

Die Stadt scheint eher nach Lust und Laune als nach Vernunft angeordnet zu sein: Eben noch navigierten wir durch kreuz und quer verlaufende Gassen. Jetzt treffen wir auf einen riesigen öffentlichen Platz, auf dem sich viele Menschen tummeln. Ich umklammere die Zügel und mache mich auf noch mehr Anblicke, Gerüche und Geräusche gefasst, obwohl ich bereits überwältigt bin. Egal, wie sehr ich dagegen ankämpfe, ein bestimmter Gedanke kehrt immer wieder zurück, jedes Mal stärker: Abgesehen von der fehlenden Magie könnten Bashtal und seine Einwohner aus Alqibah herausgeholt und nahtlos in die Sahir versetzt werden. Die Leute, vor denen uns der Große Geist gewarnt hat, die Leute, vor denen wir auf seinen Befehl hin unsere Magie und unseren Wohlstand verbergen sollen. Aber warum eigentlich? Sie scheinen so *normal* zu sein. Wie konnten die Auswärtigen jahrhundertelang ein Leben führen, das mit dem unseren fast identisch ist, während wir in der Sahir dasselbe taten, ohne es zu bemerken? Aber wir waren nur aufgrund der Lehren des Rates ahnungslos. Wir wurden über die Existenz von Alqibah *getäuscht*. Was ist, wenn man uns auch über andere Dinge getäuscht hat, wie beispielsweise das, was der Große Geist uns zu tun befohlen hat? Was ist, wenn Atheer recht hatte und der Rat uns wirklich in vielen Dingen belügt?

Ich kneife meine Augen fest zusammen und versuche, alles auszublenden und diese bösen Gedanken zu stoppen. Allein die Existenz dieser Welt macht mich wütend; wie kann ich nach Qalia zurückkehren und vergessen, was ich gesehen habe? Ich wollte mit Atheer und Amira nach Hause gehen und alles wieder normal werden lassen, aber nach dieser Sache wird nichts mehr so sein wie vorher, und ich weiß nicht, auf wen ich wütend sein soll. Auf meinen Bruder? Auf den Rat? Auf mich selbst? Ich bin dabei, mich von meinem Körper, meinem Leben, meiner Geschichte zu lösen – von allem, was mich bis zu diesem Moment ausgemacht hat. Ich habe in dem Irrglauben gelebt, dass mein Fundament aus festem Stein besteht, obwohl ich fürchte, dass es in Wirklichkeit nur Sand ist und die Flut mich schließlich eingeholt hat.

»Der Marktplatz ist nicht weit.« Tahas Stimme durchbricht den Nebel meiner Angst. »Wir lassen unsere Pferde da vorne und gehen zu Fuß weiter.«

Ich folge ihm zu den öffentlichen Ställen, da ich befürchte, dass sich die Ereignisse der Sande wiederholen könnten. Amira muss das Gleiche fühlen, denn als wir auf den Platz gehen, nimmt sie meine Hand und lässt sie nicht mehr los.

Wie der Rest der Stadt ist der Platz ein ganz normaler Knotenpunkt, wie es ihn auch in Qalia gibt. Er ist von Geschäften gesäumt, und an einer Ecke steht sogar ein Botenturm aus Sandstein. Von seiner Spitze wehen die Rauchfahnen brennender Gewürze herab, und auf den vielen Balkonen sitzt ein Falke neben dem anderen, und alle halten Schriftrollen in ihren Krallen. Doch im Herzen dieser Normalität steht eine zerbrochene Statue, die einst den ehemaligen König von Alqibah dargestellt haben muss. Jetzt ist sie nicht viel mehr als die untere Hälfte eines Mannes in Gewandung und mit Sandalen auf einem Thron, der die Spitze eines Stabes umklammert und dessen Name auf der Tafel durchgestrichen ist. Und neben diesem traurigen Symbol der Kapitulation steht ein Schafott mit Galgen, an denen *Menschen* hängen.

Ich gehe langsamer hinter der Menge, die sich bei der Hinrichtungsstätte versammelt hat. Einige der Gehängten scheinen schon seit einiger Zeit tot zu sein. Ihre Körper sind fahl und schlaff, ihr Fleisch hat das Verlangen, ihnen von den Knochen zu gleiten. Am meisten stören mich ihre Gesichter: elendig verzerrt, die Münder aufgerissen, die Wangenknochen stechen aus der ledernen Haut. Und ihre Augen, leer, ihre Seelen gestohlen. An ihren Hälsen hängt jeweils ein Schild, auf dem in roter Farbe die Alqibah-Worte *Aufrührer*, *Hetzer*, *Aufwiegler* und *Rebell* aufgemalt sind. Das letzte Wort schwirrt mir im Kopf herum. Rebell, wie diejenigen, für die Atheer sein Leben riskiert hat.

Ein mageres Mädchen in Handschellen wird von einem stämmigen ausländischen Mann, der eine schwarze Kapuze mit ausgestanzten Löchern für die Augen trägt, auf das Schafott geschoben. Die plötzliche Bewegung schreckt die Geier auf, die sich oben auf dem Galgengerüst versammelt haben.

»Was ist das für eine Grausamkeit?«, frage ich Taha, der sich zu mir gesellt hat. Ich kenne Hinrichtungen aus den Geschichtsbüchern, denn diese Bestrafung wurde vor Jahrhunderten vom Rat geächtet. Aber es ist eine abscheuliche Tat, einen Menschen zu töten, und eine andere, die Tat öffentlich zu begehen und die verrottenden Toten als Drohung für die Lebenden zurückzulassen.

»Es ist gefährlich, hier zu verweilen«, murmelt er.

Aber ich könnte mich nicht bewegen, selbst wenn ich es wollte. Ein weiterer Verheerender, diesmal in einem dunkelvioletten, gemusterten Gewand, liest durch eine dünne Brille, die er zwischen Daumen und Zeigefinger geklemmt hat, aus einer Schriftrolle vor. Neben ihm übersetzt ein demütiger Alqibahner.

»Layla Al-Din – du wirst für die verräterische Tat des Fluchens und die Aufwiegelung anderer, für das Verfluchen Seiner Majestät König Glaedrics und des Großen Verheerenden Imperiums für schuldig befunden und zum Tod durch den Strang verurteilt. Hast du irgendwelche letzten Worte?«

»Das ist unglaublich«, hauche ich. »Gehängt, weil sie geflucht hat?«

»Ruhig«, knurrt Taha und mustert die nervöse Menge.

Der Henker legt Layla eine Schlinge um den Hals. Mein eigener Hals schnürt sich zu, die Luft kratzt in meiner Kehle. Layla wehrt sich gegen ihn, aber es ist völlig aussichtslos, und als sich die Schlinge zuzieht, resigniert sie und starrt nur noch traurig in die Menge. Zu mir.

Amiras Finger verschränken sich mit meinen, während ich zu diesem Mädchen hinaufstarre, das nicht älter ist als meine eigene Schwester. Was wäre, wenn es wirklich Amira auf dem Schafott wäre? Und was spielt es für eine Rolle, dass es nicht so ist? Sollte ich mich nicht für sie empören, als gehörte sie zu meiner Familie, so wie ich es von Fremden verlangen würde, wenn das dort oben Amira wäre? Kann man Gnade für die eigenen Leute erwarten, während man sie anderen verweigert?

Sie ist eine Auswärtige, sage ich in meinem Kopf. *Ihr Schicksal geht mich nichts an.* Die Finger meiner rechten Hand streifen den Griff meines Dolches. *Sie ist eine Auswärtige.* Ich lasse meinen Blick zwischen dem Seil und der Menge hin- und herschweifen – *ihr Schicksal geht mich nichts an* –, zähle die Soldaten, suche nach dem nächsten Ausgang vom Platz – *sie ist eine Auswärtige* – und lasse den Zauber der Teezeremonie von heute Morgen durch meine Adern fließen. Plötzlich ergreift Taha meine Hand und führt mich von der Hinrichtung weg. Ich höre Laylas letzte Worte nicht – ich höre, wie sich die Falltür öffnet, wie sich das Seil strafft und wie die Menge aufstöhnt.

»Geister«, wimmert Amira und vergräbt ihr Gesicht an meiner Schulter.

»Es ist alles in Ordnung«, sage ich, aber ich schenke meinen eigenen Worten keinen Glauben.

Nichts ist hier richtig.

Taha führt uns vom Platz weg zu einem Marktplatz. Der Kontrast zwischen dem Mörderischen und dem Alltäglichen ist erschütternd und löst ein weiteres Sandkorn aus dem Fundament, das mich aufrecht hält. Warum ist Atheer an diesen erbärmlichen Ort gekommen und hat beschlossen, zu bleiben? Das ist das Einzige, woran ich denken kann, immer und immer wieder. *Warum?*

Der Markt ist ein Freiluftlabyrinth aus Ständen und drängelnden Menschen, die sich wie riesige Schwärme bunter Vögel bewegen und von dem grausamen Treiben ein paar Gassen weiter nichts mitbekommen. Hier gibt es mehr Waren, als man sich vorstellen kann, aber der beliebteste Stand ist der, an dem Gewürze aus großen groben Säcken verkauft werden. Die wunderbar würzigen, scharfen, beißenden Aromen erfüllen den ganzen Markt wie eine Verlockung. Die Menschen umringen den Stand, schreien ihre Angebote und drängen sich an den Tisch, um mit Silbermünzen zu bezahlen. Das bunte Treiben findet unter den wachsamen Augen der Soldaten der Verheerenden statt. Sie beobachten auch die anderen Stände, aber nicht mit der gleichen Intensität. Bei diesem Stand interessieren sie sich ebenso sehr für die Käufer wie für die Betreiber des Standes. Jedes Mal, wenn etwas verkauft wird, beobachten die Soldaten die Ladenbesitzer sehr genau dabei, wenn sie die Einzelheiten in ein dickes Buch eintragen und die Münzen in eine Truhe legen.

»Weißt du noch, was der Soldat auf der Straße vor Bashtal gesagt hat?«, flüstert mir Amira ins Ohr, als wir vorbeigehen.

Ich nicke. »Sie sorgen dafür, dass die Gewürzhändler König Glaedric keine Abgaben vorenthalten.«

»Ganz recht«, sagt Qayn von meiner anderen Seite. »Stellt euch das nur vor. Das hart verdiente Geld der Ladenbesitzer, dreist gestohlen und in die Kassen eines fremden Königs gesteckt, während die Menschen in Bashtal schmachten.«

Der Gedanke ärgert mich mehr als er sollte, aber als Taha zu mir herüberschaut, bin ich darauf bedacht, desinteressiert zu wirken. Ich weiß nicht, wie sehr ihn das überzeugt, und auch nicht, wie er das, was hier vor sich geht, als *gewöhnlich* oder *langweilig* bezeichnen kann.

Kurz darauf bleibt er in der Nähe einer Bäckerei in einer ruhigen Gasse stehen. »Hier sind deine Reste«, sagt er zu Amira.

Ich folge seinem Blick zu einem stämmigen Bäcker, der seine Auslagentische zurück in den Laden trägt – auf einigen stehen noch Tüten mit Khobz und Backwaren.

»Ja. Wartet hier auf uns.« Amira nimmt meine Hand und führt mich zur Bäckerei.

»Warte«, flüstere ich. »Was ist, wenn das nicht gelingt?«

»Dann machen wir mit dem nächsten Plan weiter. Verzeihung, Herr«, ruft sie dem Bäcker freundlich zu. »Werft Ihr das Brot weg?«

»Verschwindet, ihr Bälger.« Er schnappt sich einen anderen Tisch und stürmt in die Bäckerei.

Amira und ich wechseln Blicke. Ich schüttle den Kopf, aber sie hat noch nicht aufgegeben. Sie folgt dem Mann nach drinnen. »Es ist falsch, gutes Essen zu verschwenden, Herr.«

Mit einem Brummen setzt er den Tisch ab. »Wer sagt, dass ich es verschwende? Ich nehme es mit nach Hause und esse es.«

Wir schauen auf seinen Bauch, der sein weißes Knopfleistenhemd spannt. Er bemerkt das und zieht seine schwarze Weste zu. »Dies ist ein Geschäft, kein Ort der Wohltätigkeit. Raus hier. Ich dulde keine Bettler in meinem Laden.«

»Eine Tüte, bitte. Wir können es Euch zurückzahlen«, biete ich an. »Wir haben unseren Münzbeutel gerade nicht dabei, aber …«

»Dann das da.«

»Hm?«

Er nickt zu meinem Dolch, den ich unter dem Saum meiner Tunika trage.

»Tausche den ein, und du darfst dir für den Rest der Woche so viel Brot nehmen, wie du willst.«

»Den Rest der *Woche?*« Ich vergesse den Plan sofort und folge ihm nach draußen. »Seid Ihr ein Narr oder tut Ihr nur so? Dieser Dolch ist mehr wert als Euer ganzes Haus …«

Er schiebt mich mit einem anderen Tisch beiseite. »Kein Dolch, kein Essen.«

Er verschwindet im Laden und lässt meinen Magen von den Duftwolken der köstlichen Brote aufgewühlt zurück.

»Verdammter Narr«, schimpfe ich, »für wen hält er sich, dass er meinen Dolch verlangt? Der ist wahrscheinlich älter als Bashtal selbst.« Ich drehe mich zu Amira um. Über ihre Schulter hinweg sehe ich Taha, der uns mit verschränkten Armen beobachtet. Ich seufze. »Wir müssten wahrscheinlich fünfzig Bäckereien abklappern, bevor wir jemanden finden, der großzügig ist, und dafür reicht die Zeit heute nicht mehr aus.«

»Du hast recht.« Amira zerrt mich um die Ecke. »Deshalb brauchen wir eine Ablenkung.«

»Ich kann dir nicht folgen …«

Sie schnalzt mit der Zunge. »Der Bäcker. Du lenkst ihn ab, und ich stehle etwas von dem Brot, wenn er nicht hinsieht.«

»Ich weiß nicht, Amira«, sage ich und trete unruhig von einem Fuß auf den anderen. »Was würde Mama sagen, wenn sie wüsste, dass ich deine Diebstähle gutheiße?«

»Ich würde es nicht vorschlagen, wenn er nicht so aussähe, als könnte er eine Pause vom Brot gebrauchen.«

»Du kennst seine Umstände nicht …«

»Ich kenne unsere.« Ihre braunen Augen blitzen. »Manchmal muss man Dinge tun, die man nicht mag, um zu überleben. Wir müssen essen, ja? Auf diese Weise können wir es.«

Ich erinnere mich an das Sprichwort, das Tantchen sagte, als wir an jenem Tag zur Kaserne gingen: *Der Baum, der dem Taifun Rechnung trägt, hält am längsten durch.* Vielleicht gab es noch einen anderen Grund, warum sie akzeptierte, dass Taha Späher wurde, und warum sie sich Bayek während der Besprechung nicht widersetzte – sie erkannte den Großzahim in diesem Moment als Taifun und beschloss, es sei klüger, nicht gegen ihn zu kämpfen. Noch nicht.

»Na schön«, schnaufe ich. »Aber mal ehrlich, machst du das in Qalia auch regelmäßig?«

»Ja. Aber die meiste Zeit tue ich es nicht für mich.« Sie geht auf die Straßenecke zu. »Komm, wir müssen schnell sein. Du gehst zuerst um die Ecke, rufst ihn herbei und versuchst, mit deinem Dolch zu feilschen. Achte darauf, dass er mit dem Rücken zu den Tischen steht. Sobald du mich siehst …«

»Ja, ja«, murmle ich und richte meine Tunika. »Ich kann nicht glauben, dass ich das tue.« Ich biege um die Ecke, gehe an der Bäckerei vorbei und bleibe ein paar Schritte weiter auf dem Fußweg stehen. »Herr«, rufe ich, als der Bäcker in seinen alten Lederpantoffeln über den Bürgersteig schlurft. Ich schnalle meinen Dolch von meinem Oberschenkel ab. »Ich habe mir Euer Angebot noch einmal überlegt.«

»Ach, tatsächlich?« Er lässt den Tisch fallen und kommt herüber, um seine Beute gierig zu betrachten.

Ich werfe einen Blick auf Amira. Sie ist hinter ihm hergeschlichen, leiser als ein Gespenst, und hat begonnen, Tüten mit Khobz und Gebäck in ihre Tunika zu stopfen. Am anderen Ende der Straße fuchtelt Fey mit den Armen in einer gestörten Form der Ermutigung. Ich räuspere mich.

»Ja, aber das ist ein exquisiter Dolch. Er ist sogar uralt.« Ich halte ihn hoch, damit der Stahl im Nachmittagslicht glänzt.

Der Bäcker reibt sich die dicklichen, mehlbestäubten Hände. »Wie uralt?«

»Tausend Jahre.«

Er stößt einen Seufzer aus, der seinen Bauch zum Beben bringt. »*Tausend?* Hättest du dich nicht mit einer weniger fantasievollen Zahl zufriedengeben können?«

Ich drehe und wende ihn. »Ich lüge nicht. Seht Euch die Klinge aus gewässertem Stahl an. Die Qualität spricht für sich selbst. Dieser Dolch hat Schlachten gegen Feinde gesehen, die Ihr Euch in Euren kühnsten Träumen nicht ausmalen könnt.«

Amira zeigt mir den Daumen hoch und huscht um die Straßenecke.

»Also schön, ich habe genug von den Lügengeschichten«, sagt der Bäcker. »Was willst du?«

»Einen Monat lang Brot, so viel ich will.«

»Einen *Monat?*« Er zupft an seinem Hemd. »Was, willst du mich etwa in den Ruin treiben?«

»Ihr habt recht.« Ich stecke den Dolch zurück in seine Scheide. »Was ist schon ein Monat im Vergleich zu einem Jahrtausend?« Ich befestige ihn an meinem Oberschenkel und gehe achselzuckend davon. Aus den Augenwinkeln sehe ich, wie ein Lächeln über Tahas Gesicht huscht – und das bringt mich zum Grinsen.

»Zwei Wochen, das ist mein letztes Angebot«, ruft der Bäcker mir hinterher. Ich winke mit der Hand. »Einen schönen Tag noch, Herr.«

»Jaja, dir auch einen schönen Tag, *Halunke.*«

23

Amira wartet in der Nebenstraße auf mich und zieht Tüten mit Khobz und Backwaren aus ihrer Tunika.

»Beeindruckende Ausbeute«, lobe ich sie und helfe ihr.

Sie zwinkert mir zu. »Wir sind ein gutes Team.«

Am Ende der Straße sind Schritte zu hören. Ich werfe einen Blick über meine Schulter auf Taha und die anderen. Sie werden in weniger als einer Minute hier sein, dann habe ich keine Chance mehr, das Thema anzusprechen.

»Amira, als du vorhin sagtest, du hast das nicht für dich in Qalia getan, was hast du damit gemeint?«

Sie lehnt sich an die sonnengewärmte Wand und kaut auf der Innenseite ihrer Wange. »Diese Freunde, die ich erwähnt habe, haben nicht immer etwas zu essen oder anständige Kleidung.«

Ich runzle die Stirn. »Du stiehlst Dinge für sie? Aber in Qalia wird für jeden gesorgt.«

»Nein, das stimmt nicht. Du glaubst es nur, weil es bei uns so ist.« Sie hält inne, als eine zerzauste, barfuß gehende Frau an uns vorbeischlurft. Ich denke an Taha, der mir widersprach, als ich sagte, es gäbe keine hässlichen oder schlechten Seiten an Qalia.

»Außerdem ist das relativ«, fährt Amira fort. »Wir sind in der Sahir viel gesegneter als die Menschen hier.«

»Ja, das fange ich an zu verstehen«, murmle ich. »Aber warum stiehlst *du* für deine Freunde?«

»Wenn ich erwischt werde, bekomme ich im Gegensatz zu ihnen keinen Ärger«, antwortet sie.

Schon wieder ist es wie das, was Taha darüber sagte, dass Atheer nicht die gleiche Strafe wie andere für den Diebstahl von Misra zu erwarten hat. Das sandige Fundament unter mir lockert sich noch mehr.

Ich schüttle den Kopf. »Wie bist du vom Lesen von fantastischen Geschichten zum Stehlen für die Armen gekommen?«

»Ganz einfach. In diesen Geschichten geht es um Menschen, die andere beschützen und sich um sie kümmern, auch wenn es sie selbst viel kostet. Ich habe es satt, über solche Leute zu lesen …«

»Du wolltest stattdessen eine von ihnen werden«, stelle ich laut fest.

Sie lächelt mich freundlich an und hält dann die Tüten hoch, als die anderen eintreffen. »Reicht das?«

»*Mhmm.*« Fey drückt eine Tüte mit Sfiha an ihre Nase und atmet den Duft von gewürztem Fleisch und Backwerk darin ein. »Köstlich. Vielen Dank, Amira. Ich hatte wohl unrecht, dich eine *gemeine* Diebin zu nennen. Du bist sogar ziemlich großzügig.«

Amira rollt mit den Augen und kichert zusammen mit Reza. Als wäre ich, bevor ich Fey hörte, wie sie sich bei meiner Schwester bedankte, nicht schon durcheinander genug gewesen. Jetzt bin ich völlig zerrüttet. Alles, was ich einst zu kennen glaubte, wird vor meinen Augen auseinandergenommen.

Taha packt feierlich die Lebensmittel ein und führt uns zu einem öffentlichen Brunnen, wo wir unsere Wasserflaschen füllen. Auf dem Rückweg erspart er uns das Schafott und führt uns durch ruhigere Gassen, die die letzten Sonnenstrahlen aufsaugen, zu den Ställen.

»Ich habe dich ermahnt, dich vorzusehen«, sagt er zu mir. Wir gehen Seite an Seite an der Spitze der Gruppe, während Reza, Fey und Amira sich freundschaftlich unterhalten.

»Hier kann man nicht sagen und tun, was man will. Spione lauschen in der Menge auf Andersdenkende, um sie zu entführen und für Informationen zu foltern. Vor den Verheerenden arbeiten sie für den Kaufmannsherrscher, von dem dein Teufel sprach.

Jetzt werden sie von den Kolonisatoren bezahlt, um dasselbe zu tun.«

Seine Warnung erinnert mich nur an Laylas Entsetzen, als ihr die Schlinge um den Hals gelegt wurde. Die kalte Hand des Todes kommt auch, um ihren Anteil zu fordern. Ich denke an die Menschen auf dem Marktplatz, die ich anfangs für unwissend hielt. Aber sie tun, was sie können, und führen ihr Leben unter der eisernen Faust des Eindringlings so gut wie möglich weiter. Was wäre, wenn nicht sie die Augen vor den Ungerechtigkeiten verschließen, sondern *wir?*

»Hat es dich jemals gestört, dass diese Gesellschaft existiert, aber unser Volk nichts davon weiß?«, frage ich.

»Nein. Du weißt davon und sieh mal, welche Auswirkungen das auf dich hat«, antwortet er. »Du warst kurz davor, etwas Leichtsinniges zu tun.«

»War ich nicht«, lüge ich. Woher weiß er das überhaupt? »Du findest es also fair, was mit dem Mädchen passiert ist?«

Er wirft mir einen strengen Blick zu. »Nein. Aber wir sollten uns nicht in die Probleme hier einmischen. Du hast es selbst gesagt. Der Große Geist hat uns die Sahir anvertraut, nicht Alqibah, und es ist unsere Pflicht, die Sahir und unser Volk vor dieser Brutalität zu schützen. Dein Bruder hat diese Lektion entweder nicht verstanden oder sie ignoriert.«

»Sind die Alqibahner und die Sahiraner so verschieden, Taha?« Ich sollte meinen Mund halten. Ich bin gefährlich nahe daran, etwas Unangemessenes zu sagen, aber die Worte fließen ungefiltert. »Man hat uns beigebracht, dass die Fremden gefürchtet und gemieden werden müssen, doch sie sind von unseren eigenen Leuten kaum zu unterscheiden. Ja, sie besitzen keine Magie, aber wie können wir feststellen, was sie damit tun würden, wenn wir sie ihnen nie geben?«

»Es ist nicht unsere Aufgabe, darüber zu befinden, was der Große Geist bereits entschieden hat«, sagt er und seine Wangen röten sich.

»So hat es uns der alte Rat gesagt. Der Große Geist sprach direkt zu ihnen, als er ihnen den Misra-Baum schenkte.«

»Ja, und der Große Geist befahl ihnen, das Misra und die Sahir vor Monstern und Auswärtigen zu schützen«, sagt er so steif, als würde er aus einem Buch zitieren.

»Aber was ist, wenn sie uns über den Austausch und das Gesagte *belogen* haben?«, dränge ich. »Das wäre doch leicht. Niemand könnte irgendwelche Fragen stellen. Der Rat hätte nach Gutdünken alles sagen können.«

»Aber das haben sie nicht.« Er stoppt mich mit einer Hand auf meinem Arm. »Hör mir genau zu, Imani. Du stehst unter Schock von dem, was du heute gesehen hast, und das trügt deine Sinne. Aber du kennst unsere Geschichte und unsere Anschauungen. Du hast damals in der Sahir mit voller Überzeugung gesagt, dass du mit den Handlungen deines Bruders nicht einverstanden bist.«

»Damals wusste ich nicht, was ich heute weiß«, murmle ich, aber er unterbricht mich.

»Für uns gibt es *nichts* jenseits unserer Grenzen. Städte oder nicht, Gesellschaften oder nicht, dies ist nicht unsere Welt. Wir gehören nicht hierhin, und du solltest das auch nicht wollen. Wir haben unseren Platz und unsere Magie in der Sahir. Und als Schilde haben wir unsere Pflichten.«

Pflicht, bei ihm geht es immer um Pflichten und Regeln. So sollte es auch bei mir sein. Wir gehen weiter, und ich starre dumpf auf einen älteren Bettler vor uns, der kniend die faltigen Hände über seinen Kopf hält. Taha klingt wie ich früher, bevor ich hierherkam und dieses Elend und diese Gewalt sah. Wie kann er Zeuge der Hinrichtung werden und nicht bewegt sein? Wenn überhaupt, dann hat es seine Hingabe an die Lehren des Rates nur noch verstärkt. Bei mir droht es das Gegenteil zu bewirken. Ist es das, was mit Atheer geschehen ist? Vielleicht hatte Amira recht und unser Bruder wurde nie manipuliert – vielleicht ist das die Wahrheit, die er sah und von der er sich nicht guten Gewissens abwenden konnte. Aber ich darf das nicht glauben, sonst bin ich verloren. Ich habe dem Großen Geist, den Schilden und meinem Volk einen Eid geschworen; meine Gefühle dürfen mich nicht überwältigen.

»Ob du mir nun glaubst oder nicht, ich sage diese Dinge zu deinem eigenen Besten.« Taha mustert mich ernst. »Du darfst dich hier in keiner Weise einmischen, bei gar nichts. Das ist die oberste Regel, wenn du ein Späher bist. Du hast die Sande durchquert, und es war die Idee deiner Tante, die Späher überhaupt erst zu gründen. Du kannst genauso gut anfangen, dich wie einer zu verhalten. Wir sind unsichtbare Beobachter auf einer Mission, verstehst du?«

»Ja«, sage ich und nicke, auch wenn ein starkes Gefühl, das ich nicht einordnen kann, um die Kontrolle über mich kämpft. Aber Taha hat recht. Ich muss vernünftig sein. Wie die Natur der Auswärtigen auch aussehen mag, ich hätte die Hinrichtung nicht verhindern können, genauso wenig wie ich das Imperium der Verheerenden nicht aufhalten kann. Was ich tun kann, ist sicherzustellen, dass die Bedrohung durch dieses Imperium niemals mein Volk erreicht. Ich kann meinen Bruder finden und ihn von diesem abscheulichen Ort nach Hause bringen; ich kann dafür sorgen, dass er nie etwas tut, was unsere Beziehung zum Großen Geist gefährdet, oder den Frieden und die Sicherheit, für deren Schutz wir so lange gekämpft haben.

»Gut«, sagt Taha, als wir um die Ecke biegen. Dort stehen ein Soldat der Verheerenden und eine Bashtalerin an eine Wand gepresst.

Der Soldat hält ihr verängstigtes Gesicht mit einer Hand fest, seine andere Hand gleitet ihren Oberschenkel hinauf. Ich brauche seine Sprache nicht zu kennen, um zu wissen, was ich da sehe. Der Kopf des Soldaten dreht sich zu uns, und sein Blick stachelt uns an, einzugreifen. In den Augen der Frau steht ein Flehen. Taha blickt zwischen ihnen hin und her. Dafür, dass er gerade so unnachgiebig war, dass die Probleme der Auswärtigen nicht die unseren sind, malt sich die quälende Entscheidung auf seiner gerunzelten Stirn, in der harten Linie seines Kiefers und dem Zögern in seinen steifen Schultern ab. Er räuspert sich, aber das scheint ihm Schmerzen zu bereiten.

»Lang lebe König Glaedric«, sagt er gestelzt in der Sprache der Verheerenden. Der Blick des Soldaten entspannt sich. Er wartet darauf, dass Taha mit Fey und Reza vorbeigeht. Amira und ich haben uns nicht bewegt. Qayns Arm streift meinen und erschreckt mich. Ich hatte vergessen, dass er bei uns ist.

»Nun, Töterin?«, flüstert er mir ins Ohr. »All das Gerede über die Barmherzigkeit des Großen Geistes. Was ist mit deiner Barmherzigkeit? Verweigerst du dich heute der Gerechtigkeit?«

Magie pulsiert in meinem Blut. Der Soldat merkt sofort, dass etwas nicht stimmt und spricht mich in der Sprache der Verheerenden an.

»Imani«, warnt Taha.

Ich starre ihn auf der anderen Straßenseite an, mein Herz klopft. Ich versuche, mich dazu zu zwingen, mich zu fügen; ich wiederhole Tahas Worte von vorhin in meinem Kopf, aber sie haben nicht mehr die Kraft, die sie einmal besaßen. Verärgert über meine Aufsässigkeit stößt der Soldat die Frau beiseite und marschiert auf mich zu, die Faust erhoben und zum Schlag bereit.

Plötzlich ist Taha herbeigeeilt, hat sich zwischen uns gestellt und den Soldaten versehentlich von mir weggestoßen. Der Verheerende stolpert und verzieht sein sonnenverbranntes Gesicht. Taha hebt seine offenen Hände und entschuldigt sich eilig. Das bringt den aufgebrachten Soldaten nur noch mehr in Rage. Er schlägt Taha ins Gesicht. Amira und ich springen aus dem Weg; Qayn tritt einen Schritt zurück. Reza und Fey schauen starr von der anderen Seite der Gasse aus zu.

Taha taumelt, eine Hand fängt das Blut auf, das ihm von der Lippe spritzt, die andere hebt er, um einen weiteren Beschwichtigungsversuch zu unternehmen. Aber der Verheerende will nicht beschwichtigt werden, er will *kämpfen*. Er schlägt erneut zu und zwingt Taha in die Knie.

»Hör auf!«, schreit Amira.

»Komm schon!«, blafft der Verheerende und geht mit seinen langen, ausgebreiteten Armen auf Taha zu. Er will, dass Taha reagiert, damit er einen guten Grund hat, ihn neben Layla auf das Schafott zu werfen. Und Taha weigert sich, nachzugeben und an einer Welt teilzunehmen, die er nicht anerkennt.

Der Soldat tritt ihm in die Rippen und wirft ihn auf die Seite. Etwas in mir zerreißt. Ich kann nicht tatenlos zusehen, wie dieser Soldat weiter ungehindert seine Gewalt ausübt, nicht gegenüber Taha, nicht gegenüber dieser Frau und auch nicht gegenüber irgendjemand anderem, sei es einer meiner Leute oder jemand aus einem fremden Land zehntausend Wüsten entfernt. Wir alle sind Menschen, die Menschlichkeit verdienen.

Der Soldat holt zu einem Tritt mit seinem Stiefel gegen Tahas Kopf aus. Meine Klinge fliegt nur so in meine Hand.

»Hier!«, rufe ich in der Sprache der Verheerenden.

Er erstarrt und sieht auf, als ich meine Schulter einen Bogen beschreiben lasse und den Dolch werfe. Magie strömt durch meine Hand in den Wurf. Der Dolch wirbelt und brummt bedrohlich. Helles weißblaues Licht leckt über seine Länge und verwandelt ihn in ein Schwert, das die Schulter des Mannes durchbohrt. Die Spitze der Klinge bricht aus seinem Rücken hervor, und sein Blut zischt auf dem Kopfsteinpflaster. Er schreit auf und fällt, schlägt mit dem Kopf auf, und plötzlich ist er eine Stoffpuppe, die schlaff alle viere von sich streckt.

»Ihr Götter, beschützt uns!« Die Bashtalerin taumelt davon und schreit aus Leibeskräften.

»Warum hast du …«, setzt Fey an.

Ich laufe hinüber, reiße mein Schwert aus dem Soldaten und stecke es als Dolch ein. Mein Magen dreht sich um beim Anblick der purpurnen Lache, in der er liegt. Die Wunde in seiner Schulter ist schlimmer, als ich vermutet hatte, und er ist bewusstlos, weil er sich den Kopf angeschlagen hat. Er könnte tot sein. Ich habe schon viele Kreaturen getötet, die die Gestalt von Menschen angenommen haben, aber noch nie einen echten Menschen. Ich drehe mich um und übergebe mich in den Rinnstein.

»Warum hast du das getan?« Taha kommt hinter mir näher heran. »Ich habe dich gewarnt, dich nicht einzumischen. Ich habe es dir gesagt, verdammt noch mal! Du hast vor ihren Augen Magie benutzt! Was hast du dir dabei gedacht?«

Ich wische mir das Erbrochene vom Kinn und richte mich auf, obwohl die pure Nervosität mich in ihren Klauen hält. »Ich wollte dein Leben retten.« Das ist nur die halbe Wahrheit. Ich habe aus einem Impuls heraus gehandelt, den ich nicht kontrollieren konnte; einem Impuls, den ich zwar verstehe, dem ich mich aber nur ungern stelle.

Taha schubst mich gegen die Wand. »Ich habe dich nicht darum *gebeten*, mein Leben zu retten, Imani. Ich habe schon viel schlimmere Schläge ertragen. Hör mir gut zu: Wenn du weißt, was gut für dich ist, wirst du so etwas *nie wieder* tun. Niemals. Ist das klar?«

Wir starren uns in die Augen. In seinen lauert ein tödliches Versprechen, das ich nicht herauszufordern wage, obwohl ich fürchte, dass ich es trotzdem tun werde. Hatte er recht, was mich angeht? Er hat sich dem Wohlergehen unseres Volkes auf Kosten seines eigenen verschrieben, so wie ich es von mir auch dachte. Aber ich fürchte, ich könnte mich geirrt haben. Der Beweis ist der Mann, der zu unseren Füßen blutet. Und jetzt habe ich einem anderen gefährlichen Mann gezeigt, dass er und ich sehr wohl nach gegensätzlichen Dingen streben könnten – dass meine Hand unabhängig ohne Rücksicht auf die Worte, die aus meinem Mund kommen, handeln wird. Die Klinge folgt dem Herzen.

Leises Donnern grollt hinter uns. Die Hufe der Pferde kommen in unsere Richtung.

»Verdammte *Soldaten*«, knurrt Taha und stößt mich von sich. »Lauft alle weg, bevor wir auf dem Schafott landen.«

24

Es ist schwer, sich zu bewegen; meine Füße sind Ranken, die sich in den Lücken zwischen den Pflastersteinen festgesetzt haben. Taha brüllt den anderen Befehle zu.

»Teilt euch auf. Amira, du gehst allein, hier oben links, zurück über den Platz. Die Soldaten werden nicht nach einem unbewaffneten Mädchen suchen. Reza, Fey, ihr geht geradeaus und versucht, einen Bogen zu schlagen. Ich nehme Imani mit.« Er ergreift mein Handgelenk. »Geht zurück zu den Ställen, und wenn es sicher ist, *verlasst die Stadt*. Wenn ihr es aus Bashtal herausschafft, wartet ihr an der Gewürzstraße und haltet Ausschau nach uns anderen. Los.« Er schüttelt mich. *»Beweg dich.«*

Ich wache nur blinzelnd aus meiner Trance auf, weil Amira mich umarmt. »Wir sehen uns bald«, sagt sie. »Sei vorsichtig.« Sie wirbelt herum und eilt um die Kurve außer Sichtweite. Sie macht sich tapfer auf in ein Schicksal, das ich nicht kenne und nicht kontrollieren kann.

Ich richte meinen Dolch auf Qayn, aber er ist verschwunden, noch bevor ich den Befehl ausgesprochen habe. Männer schreien uns vom anderen Ende der Gasse an. Ich erhasche einen kurzen Blick auf die berittenen Soldaten, bevor Taha mich in die nächste Gasse zieht. Er stößt einen Pfiff aus, während wir rennen; ein durchdringender Schrei antwortet, und einen Moment später schwebt Sinan hoch über uns. Wir rasen um die nächste Ecke und stoßen mit einigen Frauen zusammen, die Säcke mit Stoffen tragen.

»Uff, passt auf, wo ihr hinlauft«, sagt eine unter einem Stapel weißer Wäsche.

»Verzeihung.«

Taha springt auf und reißt mich mit sich hoch. Es ist, als würde ich von einer Kutsche gezogen, bei der die Pferde durchgegangen sind. Er ist etwa einen Meter neunzig groß und gebaut wie ein Hengst, aber ich besitze antrainierte Ausdauer. An dem Tag, an dem Atheer erfuhr, dass ich den Schilden beitreten wollte, begann er, mich zu einer Kriegerin auszubilden, brachte mir das Sparring bei und rannte mit mir Runden durch die Stadt. Ich lege mein Kinn auf die Brust, lasse meine Beine pumpen und atme lang und gleichmäßig. Taha erkennt, dass ich mithalten kann, und lässt meine Hand los. Jetzt sind wir zwei Speere, die die Welt durchbohren. Die Leute springen uns aus dem Weg, einige verfluchen uns, einige lachen sogar amüsiert. Sinan gleitet rechts von uns und schreit.

»Hier entlang.« Taha dirigiert mich nach links. Wir springen um die engen Kurven der Gasse und stürzen uns in eine träge Menschenmenge. Wir drängen uns hindurch und rennen über eine belebte Straße, wobei wir nur knapp einem entgegenkommenden Wagen ausweichen können. Mein Umhang peitscht um mich herum; der panische Fahrer schreit uns an. Hinter uns rufen Männer »Halt!« in der Sprache der Verheerenden.

Wir tauchen in eine Gasse ein, in der Arbeiter eine Holzplatte quer zur Fahrtrichtung anheben. Sie sehen uns kommen, erstarren wie Hasen vor der Pfeilspitze eines Jägers und blockieren die Fahrbahn.

»Nicht stehen bleiben«, schnauft Taha.

Wir springen beide gleichzeitig auf die Holzplatte, schlittern an ihr entlang, landen auf der anderen Seite und nehmen wieder Tempo auf. Sinan stößt einen weiteren Warnschrei von links aus. Wir laufen nach rechts, eine lange, schmale Treppe hinauf und halten direkt auf weitere Soldaten zu.

Ich kann sie noch nicht sehen, aber ich höre, wie sie schnell vom anderen Ende der Straße auf uns zukommen. Wir sind eingekesselt.

Zu unserer Linken befinden sich private Terrassen, die Fenster und Türen sind geschlossen. Zu unserer Rechten ein paar Geschäfte in niedrigen Gebäuden, bis auf eines. Ein schmales, dreistöckiges Sandsteingebäude – dem Schild nach eine Raucherstube –, dessen Läden an den schmalen Fenstern offen sind und den Blick auf flatternde Seidenvorhänge freigeben. Lachen und der verführerische, schwere Duft von schwarzem Kaffee schlägt uns entgegen. Der Fußweg draußen ist voller Tische, die alle von schweigenden, starrenden Verheerenden besetzt sind.

Ich komme schlitternd vor ihnen zum Stehen. »Was nun, Taha?«

Er starrt sie an, der Schweiß rinnt ihm übers Gesicht. Seine Augen sind zwei glasige, grüne Knöpfe – voll leerer Angst, wie damals im Tal. Die Schreie der Soldaten zerreißen die Luft am Fuß der Treppe hinter uns. »Verdammt, wir müssen weg von der Straße«, sage ich. Ich ergreife seine glühende Hand und stürme durch die Tür der Stube. Die Gäste schreien auf, Stühle schrammen über die Dielen, Kaffeetassen klirren auf den Tabletts, und das Blubbern des Wassers in den Shishas verstummt. Die Bedienung – ein Bashtaler in seidenen Sirwal-Hosen und Weste – erscheint und macht mit den Händen scheuchende Bewegungen. »Ihr dürft nicht hier sein!«

»Aus dem Weg!« Ich schiebe mich an ihm vorbei zu der mit Teppich ausgelegten Treppe. Wir eilen zwei Stufen auf einmal nehmend hinauf, überraschen einen Kellner, der sein Tablett mit Kaffee auf den Teppich fallen lässt, und stoßen eine Verheerende zur Seite, die auf der Treppe zum dritten Stock herumtrödelt. Wir platzen in eine private Veranstaltung, die in einem langen Raum stattfindet. Weiße Gesichter starren uns an, Männer in spießigen Anzügen erheben sich von ihren Stühlen und versuchen, uns in der Sprache der Verheerenden zu vertreiben. Hinter ihnen rahmt ein schlüssellochförmiges Fenster die ungeordnete Silhouette Bashtals ein – einschließlich des Dachs des nächsten Gebäudes. Unten drängen sich Soldaten in der Stube und donnern die Treppe hinauf.

Taha und ich nicken uns vielsagend zu. Wir rennen an den

plappernden Verheerenden vorbei. Sie schreien; ein paar hüpfen auf ihre Stühle, als wären wir Ratten, die ihre hässlichen Schuhe anknabbern wollen. Wir machen einen Satz auf das Fenster zu. Es explodiert mit einem gewaltigen Klirren, und um uns herum schweben Glasscherben, die die Sonne bunt wie ein Schauer aus Juwelen einfangen. Ich segle durch den rauschenden Wind, lande unsanft und falle auf die Knie. Die Leute in dem Raum zeigen durch das zerbrochene Fenster auf uns, verschwinden aber schnell wieder und werden durch Soldaten ersetzt.

»Komm schon!« Ich zerre Taha über das Dach hinter mir her.

Männer fliegen wie Raubvögel durch das zerbrochene Fenster hinter uns, und ein dumpfer Aufprall nach dem anderen ertönt, als sie landen. Einer schreit uns an; seine Stimme klingt so dicht, dass ich beinahe ins Stolpern gerate. Unbeholfen stürze ich mich auf das nächste Dach, das tiefer am Hang gebaut ist. Es gelingt mir, wieder auf die Beine zu kommen und über eine kurze Mauer zu klettern, an der eine Frau ihre Wäsche aufhängt.

»Vorsicht«, rufe ich.

Sie springt zurück, was uns genug Platz lässt, um zwischen den hängenden Laken zum nächsten Dach zu huschen. Aber es ist unmöglich, die Weite des Sprungs abzuschätzen oder zu wissen, ob ich es schaffen werde. Meine Knie drohen einzuknicken, und Angst durchströmt mich hartnäckig. Wie ein Rettungsanker erinnere ich mich daran, wie Atheer mir als Kind beigebracht hat, auf einen Baum zu klettern. Er stand am Fuß des Baumes, lachte und rief hoch: »Bist du sicher, dass du dich nicht in einen Affen verwandeln kannst? Du bist ein Naturtalent!« Die Erinnerung an meinen Bruder ist wie das unsterbliche Licht meiner Tante, das mich durch die Dunkelheit zur Erlösung führt. Zu einer besseren Zukunft, einer glücklicheren Welt. Sie gibt mir genug Hoffnung, um zu springen.

Ich fliege über den gähnenden Spalt und stolpere. Meine Knie treffen auf die Terrasse, der Schmerz heult in meinen Oberschenkeln. Taha hilft mir auf und wir rennen weiter. Eine Terrasse nach der anderen, ein Balkon nach dem nächsten, ich wiederhole

Atheers Ermutigung, springe und vermeide Zusammenstöße mit Tonurnen, Liegestühlen im Freien und einem betenden Mann. Die Gebäude führen den Hügel hinunter zu einem Hauptteil der Stadt, wo das Geräusch von Straßenverkäufern die feuchte Luft erfüllt.

»Frischer Fisch!«

»Wassermelonen zum halben Preis!«

»Das ist ein Basar«, rufe ich Taha zu. »Wir können uns zwischen den Kunden verstecken.«

Wir rasen über das Dach; rechts von uns taucht der Basar auf, auf dem es von Menschen nur so wimmelt. Wir müssen hinunter auf den Boden, aber da wir keinen Zugang zum inneren Treppenhaus dieses Gebäudes haben, können wir nur die Außenwände hinunterklettern. Ich höre einen Soldaten unter uns schreien und drehe meinen Kopf. Ich sehe sie auf Pferden, wie sie die Straße neben dem Gebäude entlanggaloppieren. Sie versuchen, uns den Weg abzuschneiden.

Wir stürzen uns auf die Terrasse des nächsten Gebäudes. Ich bewege mich in blinder Panik, verliere den Halt und rutsche von der Kante.

»Nein, nein, nein …«

Ich kralle mich mit den Fingern an den Ziegeln fest und knalle mit den Beinen gegen die Seite des Gebäudes. Pferde lassen die Gasse unter mir beben, noch mehr stürmen auf der Straße vorbei.

»Ich hab dich.« Taha erscheint über der Dachkante und zieht mich hoch. Durch den Schwung fällt er nach hinten, und ich lande auf seiner Brust, die sich von schweren Atemzügen hebt und senkt. Ein Soldat sagt etwas in der Gasse darunter. Tahas Augen weiten sich.

»Sie gehen drinnen die Treppe hoch, um uns in die Enge zu treiben.«

»Wir müssen schneller sein als sie.« Ich stehe auf, trotz des Pochens unter meinen Rippen und des Glases, das mich durch meine Kleidung hindurch schneidet. Dies ist kein Ort zum Ausruhen, kein Ort zum Sterben.

Wir rennen an der Tür zum Dach vorbei, da stürmt ein Soldat heraus.

Ausgestreckte Finger streifen den Umhang an meinem Rücken. Ich werfe mich nach links, entziehe mich seinem Griff und laufe mit Taha weiter, doch jenseits des Gebäudes ist nichts zu sehen außer dem glitzernden Azurfluss, zwei, vielleicht drei Stockwerke tiefer.

Vor uns tauchen Hände am Fliesenrand des Daches auf, gefolgt vom Kopf eines Soldaten. Wir hasten nach rechts, er klettert auf das Dach und nimmt die Verfolgung auf. Ich weiche leeren Wäscheleinen aus und stoße gegen einen Korbstuhl. Ich stürze; der Soldat wirft sich zu Boden, packt mich und gräbt seine Nägel in mein Fleisch.

»Nein!«, kreische ich und trete ihn, wo immer ich ihn treffe. Der andere Soldat nähert sich mit gezogenem Langschwert.

Taha tritt ihn von mir herunter und der Griff des Mannes lockert sich, sodass ich mich aus seinen Fängen befreien kann. Ich laufe zum Rand des Daches; er torkelt hinter mir her und befiehlt uns, stehen zu bleiben. Aber wenn ich anhalte, warten Handschellen und eine Schlinge auf mich. Meine Schwester wird verloren und allein sein, mein Bruder auch, und mein Volk wird in Gefahr sein. Das ist ein Schicksal, das ich nicht akzeptieren will, denn die Hoffnung ist noch nicht erloschen, die bessere Welt noch nicht unerreichbar. Noch gibt es eine Chance, die Tür zu öffnen und das Licht hereinzulassen.

Ich strecke meine Hand aus, aber Taha wartet schon. Unsere Finger verschränken sich ineinander und wir springen.

Das Rauschen des Windes raubt mir den Schrei von den Lippen. Ich falle wie ein Stein, strecke die Zehen spitz nach unten und durchbreche die Oberfläche. Ich tauche tief in das warme, reißende Wasser ein. Meine Gedanken verstummen, mein Körper entspannt sich. Schwerer Frieden senkt sich auf mich, schnell gefolgt von einem unwiderstehlichen Bedürfnis nach Ruhe. Ich schließe gerade die Augen, als etwas in der Dunkelheit aufblitzt. Ein Fisch. Sonst nichts. Ich muss schlafen.

Ein anderer Gedanke stachelt mein müdes Gehirn an. *Krokodil,* flüstert er.

Ich reiße die Augen auf und suche nach dem Glitzern von spitzen Zähnen, die sich in mich hineinbohren wollen. Aber da ist kein angreifendes Raubtier, nur Fäden aus Farbe und Licht, die von der Hand einer kosmischen Näherin zusammengewebt werden. Sie vereinen sich zu einem Bild des jüngeren Baba, das geisterhaft vor mir schwebt. Er steht hüfttief in einem Teich in der bewaldeten Zhofal-Oase, die wir besuchten, als ich sieben war. Mama sitzt hinter ihm im Schatten eines Baums und liest Amira eine Fantasiegeschichte vor, während Atheer mit einem Stock zwischen ein paar Steinen stochert. Meine eigene Stimme, klein und ängstlich, ruft von irgendwoher.

»Ich habe Angst, meinen Kopf unter Wasser zu stecken, Baba.«

Seine dunklen Augen sind sanft, und Mama lächelt mich über seine Schulter hinweg an. »Hab keine Angst, Imani. Wir sind hier bei dir. Ich verspreche dir, wir werden dich nicht untergehen lassen.«

Eine Luftblase entweicht meinen Lippen; ich zapple, mein Brustkorb ist fiebrig, meine Kehle verlangt nach Luft. Das Keuchen kommt. Ich bin kurz davor zu *ertrinken.*

Ich neige den Kopf zum Sonnenlicht, das die Wasseroberfläche erhellt, und strample mit den Beinen, kämpfe gegen den Schmerz und die Müdigkeit an, die einen tödlichen Tanz in meinen Gliedern vollführen. Ich konzentriere mich auf nichts anderes als auf dieses Sonnenlicht – das gleiche Sonnenlicht, das auf alle fällt, die ich liebe. Ich darf sie nicht enttäuschen.

Ich durchbreche die Oberfläche und schlucke zwischen stotterndem Husten einen Lungenzug süßer Luft. Die verblüfften Soldaten sind immer noch auf dem Dach, aber sie bemerken nicht, dass ich überlebt habe oder dass der Fluss mich sicher außer Reichweite trägt.

Der Fluss wird an einer Biegung schmaler, wo der Rand eines Abflusses ins Wasser ragt. Ich klettere hinaus, dankbar dass noch etwas Sonnenlicht bleibt, um meinen fröstelnden Körper zu wärmen. Ich werfe meinen durchnässten Mantel beiseite und löse mein Haar aus dem verhedderten Zopf, bevor ich auf dem Stein zusammensacke.

Allmählich wird mir klar, was passiert ist, und meine Erleichterung darüber, dass ich den Sprung überlebt habe, ist so groß, dass ich anfange zu schluchzen. Und ich weiß nicht, wo Taha ist; ich habe ihn nach unserem Sprung nicht mehr gesehen. Meine Tränen fließen heftiger, mein Körper zittert unter einem plötzlichen, unerwarteten Ausbruch von Trauer. Meine Ausbildung sollte mich eigentlich auf die Risiken einer Schild vorbereiten, aber die Erfahrung, dass ein Kamerad stirbt, ist etwas völlig anderes – kein noch so gutes Gespräch oder das Lesen über den Tod hätte mich auf den Schock vorbereiten können, der mir die Brust zusammenschnürt. Ich suche verzweifelt nach Trost und rede mir ein, dass ich um Taha weine – den abscheulichen, eingebildeten Taha, der mein Mitgefühl nicht verdient, aber das macht die Sache weder besser noch einfacher. Es macht die Dinge sogar noch schlimmer, denn jetzt wird mir klar, dass mir Taha und sein Wohlergehen trotz all seiner Schwächen tatsächlich am Herzen liegen. Es wäre meine Schuld, sollte er ertrinken. Ich habe seinen Befehl missachtet, mich nicht einzumischen; ich habe ihn gezwungen, seinen eigenen Befehl zu missachten und den Soldaten von seinem Angriff auf mich abzuhalten. Diese eine Tat hat diesen Ärger ausgelöst.

Ich presse meine Hände vor mein Gesicht und schütze meine weinenden Augen vor dem Sonnenlicht. Was hätte ich anders machen können? Wenn es nach Taha ging, hätte ich weitergehen und die Frau dem Schicksal überlassen sollen, das der Soldat im Sinn hatte. Aber ich bin nicht mehr davon überzeugt, dass ich das kann. Selbst wenn ich in die Vergangenheit reisen könnte, würde ich, obwohl ich die Konsequenzen kenne, den Dolch wieder werfen. Ich würde immer noch versuchen, einzugreifen, denn in meinem Herzen und in meiner Seele spüre ich, dass es das Richtige ist; es ist das, wozu mich meine Eltern und meine Tante ermutigen würden. Das ist die Wahrheit, und so schwierig es auch sein mag, die Wahrheit muss sich immer durchsetzen, ungeachtet der Regeln, denen sie widerspricht, und der falschen Geschichte, die sie neu schreibt. Atheer hatte recht, die Wahrheit ist der Dorn, nicht die Rose. Und vielleicht hatte auch Bayek recht – wenn die richtige Verfassung Apathie ist, dann fehlt sie mir, glaube ich.

Das Geräusch von Husten lässt mich aufhorchen. Ein junger Mann klettert aus dem Wasser, die durchnässte Tunika und die Sirwal-Hose schmiegen sich an die harten Linien seines kräftigen Körpers.

»*Taha!*«, rufe ich und rapple mich auf. »Den Geistern sei Dank, du hast überlebt! Ich war so besorgt.«

Meine Erleichterung ist so groß, dass es mir egal ist, ob ich Taha gegenüber meine wahren Gefühle offenbare. Ich laufe zu ihm und werfe, ohne nachzudenken, meine Arme um ihn. Und anstatt mich wegzuschieben, zieht er mich näher heran und küsst mich.

Mein Geist leert sich, doch ich weiche nicht zurück. Ich lehne mich an ihn, lasse zu, dass er mein Gesicht umfasst und meine Wangen mit seinen Daumen streichelt, während er die kühlen Wassertropfen wegwischt, die sein stacheliges Haar hinterlassen hat. Ich genieße es so sehr, als hätte meine Welt die ganze Zeit über keine Farbe gehabt und würde jetzt förmlich vor Farbe explodieren. Tahas Kuss ist nicht das, was ich erwarte, nicht frech und prahlerisch. Er ist so schüchtern und zaghaft, hat Angst vor mir und noch mehr Angst vor sich selbst. Zärtlich, zurückhaltend, aber mit einer verlockenden Andeutung von mehr, wie eine Morgensonne, die über den Horizont blinzelt und noch nicht ganz bereit ist, die Welt zu erleuchten. Und er ist zu schnell zu Ende.

Er tritt zurück und stammelt heiser: »Verzeih mir. Ich wollte das nicht tun.«

»Wolltest du nicht?« Ich erstarre und bin peinlich berührt darüber, wie entsetzlich enttäuscht ich klinge. Aber ich bin enttäuscht, verletzt und verwirrt. Ich bin überzeugt, dass in Taha mehr steckt, als er zugeben will. Und auch ich bin voller Sehnsucht und dem krankmachenden Verlangen, den Kuss zu wiederholen und mehr. Ich wünschte, ich könnte mir diese Sehnsucht austreiben und wieder so sein, wie ich vor dieser Mission war, als ich Taha überhaupt nicht kannte. Da war ich mir noch sicher, dass es mir egal ist, ob er mich anerkennt. Es war mir egal, dass dieser talentierte, engagierte Krieger sich nicht einmal an meinen Namen erinnern konnte.

Er schüttelt den Kopf und deutet auf den Fluss. »Nein. Der Sturz, der Schock, fast zu ertrinken …« Er kneift die Augen zusammen und atmet kurz ein. »Konzentrieren wir uns einfach auf die Mission.«

Ich erinnere mich an den Brief, den er an seinen Vater geschrieben hat: *Ihre Anwesenheit wird mich weder ablenken noch daran hindern …* Er hat also nicht gelogen. *Aber warum?*, will ich wissen. *Warum spielst du dann mit mir?* Und wie kann ich verhindern, dass es mir etwas ausmacht? Ich muss mir einreden, dass dies der wahre Taha ist: grausam, arrogant, gefühllos. Nicht der, der meine Wunde genäht oder einen Singvogel herbeigerufen hat, um mich zu begeistern. Nicht derjenige, der mich geküsst hat. Hässliche Gedanken schwirren in meinem Kopf herum wie summende Bienen, die ihre Stacheln bereithalten: *Er* sollte dankbar sein, überhaupt in meiner Gesellschaft zu sein. *Er* sollte sich verzweifelt nach meiner Anerkennung sehnen. *Er* ist ein Niemand aus einer unbedeutenden Sippe mit einem schändlichen Tyrannen als Vater, und ich bin Imani von der Beya-Sippe, Abkömmling eines glanzvollen Geschlechts, das noch tausend glorreiche Jahre überdauern wird, während seines in Verruf gerät und zu Staub zerfällt.

»Imani«, sagt er leise.

Ich wende mich ab und blinzle die wütenden Tränen aus meinen Augen. »Gut«, murmle ich. »Lass uns zu den Ställen zurückkehren.«

Er nickt und wringt das Wasser aus seinen Kleidern. Dabei betrachtet er den Eingang des Tunnels hinter mir. »Wenn wir uns durch die Kanalisation bewegen, können wir von den Soldaten nicht gesehen werden. Gib mir eine Minute.«

Er kniet sich auf die Böschung, und seine Augen werden golden. Ich sehe Sinan am Himmel, der Kopf des Falken dreht sich nach links und rechts, während er die Stadt begutachtet. Ich sehe wieder zu Taha hinunter und werfe ihm trotz allem verstohlene, lange Blicke zu. Seine Lippe ist aufgeplatzt, und der Schatten eines Blutergusses schimmert auf seinem Wangenknochen; kleine Wassertropfen klammern sich tapfer an sein durchnässtes schwarzes Haar. Er ist attraktiv, aber nicht auf dieselbe Weise wie Qayn, der verrucht und auffällig ist. Taha ist anders. Unkompliziert, ernst, zurückhaltend. Ich hasse es, dass ich in seiner Gegenwart nostalgische Behaglichkeit empfinde. Er erinnert mich an das Vertraute: Er steht für die Sahir, die Familie und die Schilde; für etablierte, oft wiederholte Lehren; für alles, was pflichtbewusst und geordnet ist. Er verkörpert das Leben, das ich kannte und das mein Bruder gerade auf den Kopf stellt. Er steht für eine schreckliche Entscheidung.

Seine Augen werden wieder blassgrün, und er steht auf. »Ich glaube, ich weiß jetzt, wo es langgeht. Folge mir.«

Wir gehen in stürmischer Stille durch die Tunnel unter Bashtal. Irgendwann hat er die Frechheit, mich zu fragen, ob ich die Sprache der Verheerenden noch etwas üben möchte, aber ich bin so wütend, dass ich kein Wort herausbekomme und nur den Kopf schütteln kann.

Es dämmert bereits, als wir aus dem Gitter an der Straße gegenüber den Ställen klettern. Wir warten, bis keine Soldaten mehr auf der Straße sind, bevor wir sie überqueren. Taha geht hinein und kehrt nur mit seinem weißen Hengst und Feys Pferd zurück. Meine Erleichterung darüber, dass Raad weg ist, wird durch eine schreckliche Erkenntnis abrupt beendet: Fey hat ihr Pferd nicht abgeholt.

Es ist ein melancholischer Ritt zurück durch die besiegte Stadt. Ich zittere vor Kälte, als die Dämmerung der Nacht weicht, aber meine Angst ist zu groß, als dass es mich kümmern würde. Als wir

Bashtal verlassen, gibt es zum Glück nicht viele Wachen vor den Toren. Vielleicht sind die Soldaten überzeugt, dass Taha und ich beim Sturz in den Fluss gestorben sind. Ein Teil von mir ist sicherlich gestorben, als ich aus dem Fluss kam.

Wir erreichen die breite Gewürzstraße, und ein Stück weiter die Straße entlang lösen sich mir bekannte Gestalten von der Baumgrenze und laufen uns entgegen. Ich springe aus dem Sattel und renne über das Gras zu Amira, um sie in die Arme zu schließen.

»Den Geistern sei Dank, ich bin so froh, dich zu sehen! Geht es dir gut?«

»Ja, ich hatte keine Probleme, die Stadt zu verlassen«, sagt sie und wirft Reza neben ihr einen entschuldigenden Blick zu.

Der junge Mann schüttelt Tahas Hand, seine Augen sind blutunterlaufen und verweint. »Fey ist gestürzt, als wir geflohen sind«, erklärt er. »Die Soldaten haben sie mitgenommen. Wir müssen sie retten.«

Taha verzieht das Gesicht und streckt Reza die Zügel von Feys Pferd hin. »Tut mir leid, Cousin. Die Mission hat Vorrang.«

»Aber … es ist Fey«, sagt Reza und runzelt die Stirn. »Wir müssen ihr helfen.«

»Nicht, solange noch eine Mission aktiv ist. Das weiß sie, und sie kannte die Risiken.«

»Das hier habe ich nicht gewollt, Taha!« Reza gestikuliert um uns herum und zeigt auf Bashtal, das in der Dämmerung glitzert, auf eine einsame Kutsche, die knarrend die Gewürzstraße entlangfährt, und auf eine schimmernde Öllampe, die von ihrer Stange baumelt. »Ich wollte ein Schild sein, Mann.«

»Dem Rat als Späher zu dienen, ist die Art von Ehre, von der unsere Sippe bisher nur träumen konnte«, antwortet Taha kalt. »Respektiere, was wir erreicht haben, und erfülle deine Pflichten. Hast du das verstanden?«

Reza stehen die Tränen in den Augen. »Was ist, wenn sie sie hängen, so wie das Mädchen? Wir müssen schnell etwas tun, bitte.«

»Hast du das verstanden?«, wiederholt Taha mit harter Stimme.

Rezas Schultern heben sich. »Ja«, flüstert er nach einer langen Pause. »Ich habe verstanden.«

»Gut.« Taha lenkt sein Pferd zu einem Baum. »Wir schlagen unser Lager auf und brechen bei Tagesanbruch nach Taeel-Sa auf.«

Reza starrt ihm nach, stumme Tränen laufen ihm über die Wangen. Ich frage mich, ob er, wie ich, endlich Tahas wahre Natur erkennt: ein junger Mann, der sich nur um das kümmert, was ihm vom Rat aufgetragen wurde. Von seinem Vater. Jemand, der alles und jeden, sogar sich selbst, im Dienste der Ziele seines Vaters opfern wird. Ich trete näher an Reza heran. »Es tut mir leid«, sage ich. »Nachdem wir Atheer gefunden haben, werde ich dir helfen, Fey zurückzubekommen.«

»Tu einfach, was man dir sagt«, murmelt er und wischt sich zornig die Tränen aus dem Gesicht.

Ich zucke zusammen, als er mit Feys Pferd im Schlepptau davonmarschiert. Aber ausnahmsweise nehme ich ihm seine Unfreundlichkeit nicht übel. Er ist zutiefst verletzt und baut Schutzmauern auf, um zu verhindern, dass jemand diese offene Wunde berührt. Er will sich auf unsere Arbeit konzentrieren, nicht auf seinen Verlust, nicht auf die Person, die er liebt und die er vielleicht nie wieder sehen wird. Diesen Schmerz kann ich nur zu gut verstehen, und so lasse ich ihn schweigend gehen. Hinter ihm sammelt Taha Holz zwischen den Bäumen. Ich bin versucht, zu rufen und zu fragen, warum er sich die Mühe macht. Nicht einmal die Wärme von tausend Lagerfeuern würde ausreichen, um sein Herz aufzutauen.

25

Die Küstenstadt Taeel-Sa ist majestätisch trotz der unauslöschlichen Spuren, die der Krieg auf ihr hinterlassen hat. Die Verteidigungsmauern aus Sandstein wurden stark beschädigt; in einigen Bereichen wurden die Wälle durch Trebuchet-Beschuss zerstört, und auf den äußeren Feldern wurden Steinblöcke wie Grabsteine hinterlassen. Um die Trümmer herum sind Hunderte von Zelten aufgebaut. Zwischen ihren Reihen finden sich Lagerfeuer, Kutschen, Pferde und Soldaten der Verheerenden. Das Lager ist eine militärische Machtdemonstration, wie ich sie noch nie gesehen habe, und lässt die sahiranischen Streitkräfte im Vergleich dazu erbärmlich aussehen. Wir haben Magie, ja; wir sind ausgebildet, aber wir haben seit tausend Jahren keinen echten Krieg mehr gesehen. Diese Männer leben ihn.

Der Anblick dieser Aasgeier, die sich auf dem Kadaver der Stadt versammelt haben, trübt meine ohnehin schon gedrückte Stimmung. Endlich haben wir die Stadt erreicht, in der Atheer sich angeblich bei den Rebellen versteckt, doch anstatt Erleichterung und Aufregung zu empfinden, bin ich ängstlich. Was erwartet mich in diesen vernarbten Mauern? Vielleicht die Nachricht von Atheers Tod oder ein Bruder, den ich nicht erkennen werde? *Hab Hoffnung*, sage ich mir. *Ohne sie hast du nichts.*

»Wo finden wir Zakariya?«, fragt Taha Qayn, der jetzt wieder mit mir reitet. Der Dschinn hat sich sehr gefreut, als ich ihn rief und er sah, dass ich lebe. Er hat mich sogar umarmt. Taha hingegen hat seit unserem Kuss nicht mehr mit mir gesprochen. Ich spüre, dass er versucht, die Erinnerung daran zu begraben und so zu tun, als wäre es nie passiert.

»Er wohnt in einem Haus in der Nähe des Feldes der Erinnerungen«, antwortet Qayn.

Taha schaut prüfend auf seine Karte und nickt. »Ich sehe es. Folgt mir.«

In Taeel-Sa herrscht ein geschäftiges Treiben, das mit dem von Qalia mithalten kann, aber die Atmosphäre ist einschüchternd. Drinnen gibt es sogar noch mehr Soldaten als draußen, und jeder von ihnen ist mit einem blitzenden Langschwert und einem noch böseren Funkeln in den Augen bewaffnet. Trotz ihrer Kriegsverletzungen ist die Stadt darunter unbestreitbar atemberaubend. Sie ist sonnenverwöhnt und sandgelb, und ihre hohen Minarette und kunstvollen Arkaden aus weißem Marmor mit ihren glitzernden Kuppeln aus massivem Gold bilden den Kontrast dazu. Überall gibt es Dattelpalmen, lange Mauern mit intakten, komplizierten Kachelmustern, verschlungene Gassen mit mandelfarbenen Türen und blühenden Blumenbeeten und sogar mit Teichen, auf deren smaragdgrüner Oberfläche Stockenten entlanggleiten. Weinreben hängen über den Straßen, die sanft zum Meer abfallen; die Ecken sind durch dekorative schmiedeeiserne Laternenpfähle gekennzeichnet. Alles ist verschwommen und traumhaft, eine Stadt, die an einem lauen, schläfrigen Nachmittag erbaut wurde, der nie endete.

Unser Weg führt uns durch den Großen Basar, also lassen wir unsere Pferde im nächstbesten Stall und gehen zu Fuß weiter. Auf unserem Weg bleibt uns der Anblick eines Schafotts nicht erspart. Es ist das Gleiche wie in Bashtal: Die blauen Toten schaukeln mit Schildern um den Hals, die ihre Verbrechen gegen das Reich verkünden. Aber es gibt einen Unterschied. Hier steht neben den Galgen eine erhöhte Plattform, auf der eine andere Strafe vollstreckt wird: Auspeitschungen. Nur wenige versammeln sich, um die Grausamkeit mit anzusehen; viele werfen im Vorbeigehen nicht einmal einen Blick darauf. Diesmal bin ich nicht unwissend genug, um es ihnen übel zu nehmen.

Ich tausche nur allzu gern die ekelerregenden Anblicke und Geräusche gegen die Gassen des Großen Basars ein. Sie sind überfüllt mit Läden und ihren rufenden Inhabern, einige davon benutzen die Sprache der Verheerenden. Das beunruhigt mich, denn ich höre, dass viele Einwohner von Taeel-Sa die fremde Sprache sprechen. Ein paar unangenehm aussehende Menschen sind sogar wie die Eindringlinge gekleidet.

»Es gibt so viel zu sehen«, sagt Amira mir ins Ohr.

Ich nicke ihr verunsichert zu. Einige Teile des Basars sind in Schutt und Asche gelegt oder vom Feuer geschwärzt worden, aber in jeder unversehrten Nische bietet jemand etwas an, das mich zum Stehenbleiben und Staunen bringt: Glas, das zu Vogelfiguren geblasen wurde, gewebte Körbe, perlenbesetzte Kissen, Seidenteppiche mit komplizierten Blumenmotiven, feine Lederschuhe und -taschen, berauschende Parfüms, Beutel mit Weihrauch, juwelenbesetzte Handspiegel, Silber- und Goldschmuck mit eingefassten Edelsteinen, Figuren von tierköpfigen und geflügelten Gottheiten, Säcke mit duftendem Kaffee, sogar bunte Vögel in vergoldeten Käfigen.

Aber je weiter wir über den Basar gehen, desto mehr wird mir klar, dass die Einzigen, die sich diese Dinge leisten können, die Eindringlinge sind. Und trotz des offensichtlichen Reichtums der prächtigen Stadt gibt es ein erschütterndes Ausmaß an Armut, die sich gerade außerhalb des Sichtfelds befindet. Ich entdecke eine ganze Familie in zerschlissenen Tuniken, die in einer mit Schutt übersäten Gasse hinter einem Stoffladen auf dem Boden schläft. An der nächsten Ecke hält ein Mann seinen kleinen Sohn hoch.

»Jemand muss ihn bitte mitnehmen«, ruft er. »Ich kann es mir nicht leisten, meine Kinder zu ernähren. Bitte, habt Erbarmen. Er ist doch nur ein Junge!«

Ich neige den Kopf, als wir vorbeigehen, und Amiras Finger schlingen sich fester um meine Hand. Taha wirft einen Blick über seine Schulter auf uns, aber diesmal gebe ich mir keine Mühe zu verbergen, wie sehr mich die verzweifelten Bitten des Mannes erschüttert haben. Ein Stück weiter kniet eine ältere Frau in einer Nische und bittet uns inständig um Hilfe. Ich wende meinen Kopf ab, nur um einen Blick in eine ruhigere, schattige Gasse zu unserer Rechten zu erhaschen. Außerhalb einer mit Vorhängen verschlossenen Kaschemme tanzen zwei junge Leute in hellen Seidengewändern und rufen den vorbeilaufenden ausländischen Soldaten etwas zu. Doch ihr kokettes Lächeln berührt nicht ihre Augen.

Wohin ich auch schaue, werde ich mit Armut und Elend konfrontiert: Kleine schmuddelige Kinder arbeiten in Geschäften und Handwerksbetrieben, anstatt zur Schule zu gehen; unter den Armen herrschen Unterernährung und Krankheiten wie trübe Augen und krumme Beine, die man in der Sahir nicht sieht. Soldaten wachen ohne jede Gefühlsregung über die Entbehrungen. Nicht wenige grinsen und wechseln mühelos zwischen dem Schikanieren unschuldiger Menschen und dem Scherzen mit ihren Kameraden. Sie berauschen sich an der uneingeschränkten Macht, und das widert mich an.

Anders als in Bashtal, wo sich die Anwesenheit von Ausländern meist auf Soldaten und Beamte beschränkte, gibt es in Taeel-Sa eine große Zivilbevölkerung von Verheerenden, die stolz durch den Ort streifen, als ob er rechtmäßig ihnen gehörte. Überall, wo ich erwarte, einen Bewohner von Taeel-Sa zu sehen, finde ich stattdessen einen Kolonisator. Sie drängen sich in den Stuben, Restaurants und Gärten; sie faulenzen auf den Balkonen der schönen Häuser, die Familien aus Taeel-Sa gehört haben müssen, die dort seit unzähligen Generationen gelebt haben und gestorben sind. Die Menschen aber, die diese Lokale geschaffen haben, sind nirgends zu sehen. Entweder können sie sich die Teilhabe nicht leisten, oder man hat sie ihnen verboten. Viele Gebäude wurden oder werden gerade umfunktioniert – in einem prächtigen Marmortempel, der wohl einst den hiesigen Göttern geweiht war, steht jetzt die aschfahle Statue von jemandem, der halb Mensch, halb Hirsch ist und ein goldenes Zepter trägt. Ein Beamter der Verheerenden beaufsichtigt mehrere Männer aus Taeel-Sa, die in der Sprache der Verheerenden verfasste Schilder an die Wände nageln. Die Stadt ist ein Stein, der von Moos erstickt wird.

Inzwischen erkenne ich die Läden, die Gewürze verkaufen, nicht nur an ihren Aromen, sondern auch an ihren roten Türen und den ständigen Kundenströmen, von denen die meisten Kolonisten oder Besucher aus anderen Ländern sind. Vor jeder Tür befindet sich eine starke Präsenz von Soldaten: Die rotgesichtigen Männer stehen draußen, erteilen verärgert Befehle und verjagen manchmal die Bettler, als wären sie nichts weiter als Ungeziefer. Und nach dem, was ich von den Leuten, die ich durch die Fenster sehe, sagen kann, ist keiner der Gewürzläden geöffnet, ohne dass ein Verheerender hinter dem Tresen steht und darüber wacht, wenn Münzen den Besitzer wechseln. Sie bewachen ihre unrechtmäßig erworbenen Abgaben.

Wir erreichen das weitläufige Erzeugnisviertel des Basars und folgen Tahas Beispiel, wobei wir bedürftigen Kindern ausweichen, die sich an unsere Säume klammern und um Münzen betteln, und Jugendlichen, die Kisten mit Granatäpfeln und Feigen für ihre Kunden aus dem Imperium der Verheerenden tragen. Riesige Scharen von Fremden trödeln hier herum und feilschen um Fisch aus der nahe gelegenen Glasbucht, deren salzige, frische Brise um jede Ecke weht. Wir gehen an so vielen Essensverkäufern vorbei, die etwas Leckeres anbieten, dass mein Bauch protestiert. Amira stupst mich an und zeigt auf die Stände, an denen wir vorbeikommen.

»Wie ähnlich ihr Essen dem unseren ist«, staunt sie.

Ich wünschte, ich könnte es leugnen, aber ich bin mit jedem Gericht vertraut. Die klebrigen, goldenen Quadrate mit Pistazienfüllung, das gewürfelte Lammfleisch, das mit einer Knoblauchsoße beträufelt wird, die flachen Khobz, die frisch aus dem Ofen kommen und mit geschmolzenem Ziegenkäse oder Zatar-Gewürz überzogen sind.

»Wir sind mit diesen Gerichten aufgewachsen«, sage ich, während sich mein Magen umdreht. Obwohl ich hungrig bin, habe ich noch mehr Schuldgefühle. So viele hungern hier, und ich habe so lange mit vollem Bauch und unwissendem Herzen gelebt.

Ich verlasse den Basar als verunsicherte, kaum zusammengehaltene Ansammlung freiliegender Nerven. Ich bemerke die auf uns zustürmende Kolonistin erst, als die unerträgliche Weite ihres Rocks Amira und mich vom Bürgersteig in eine stinkende Pfütze rätselhafter Herkunft gestoßen hat. So beleidigt ich auch bin, ich möchte keine Aufmerksamkeit erregen, wie ich es in Bashtal getan habe.

»Geh weiter«, murmle ich und führe Amira weiter, woraufhin Taha zustimmend nickt.

Hinter dem Großen Basar verliert die Stadt ihren Glanz und wird irgendwie noch voller. Die Gebäude hier sind beim besten Willen nicht mehr mit denen vergleichbar, die ich gesehen habe, als wir in Taeel-Sa ankamen. Die sorgfältig verlegten Kacheln sind abgeplatzt, und an manchen Stellen sind Stücke herausgebrochen. Der Kalkputz an den Wänden wurde nicht instand gehalten, und einige Bereiche sind rissig und geben den Blick auf die Ziegelsteine dahinter frei, wie Fleisch, das sich von müden Knochen abschält. Selbst die angenehmen Düfte des Basars haben dem Abfall und dem Müll nichts entgegenzusetzen. Obdachlose versammeln sich in den Gassen, husten und jammern; die müden Verarmten kauern auf den Treppen von Häusern und heruntergekommenen Geschäften, rauchen Pfeife, hantieren mit Gebetsperlen und vertreiben sich den Tag, weil ihnen nichts anderes übrig bleibt. Ihre Augen sind traurig, ihre Münder nach unten verzogen, ihre Kleidung verblichen und schäbig. Enttäuschung und Niederlage sind allgegenwärtig. Und an mindestens einer Wand in jeder Straße hängt eine Schriftrolle, die sowohl in Alqibahnisch als auch in der Sprache der Verheerenden verfasst ist und die Menschen dazu auffordert, Verrat am Imperium zu melden, um eine Belohnung zu erhalten.

»Du siehst es, nicht wahr?«, flüstert Amira mir zu. »Das, was Atheer auch gesehen hat.«

Es ist mir nahezu unmöglich, meine Stimme zu gebrauchen,

also nicke ich nur. Damals in Qalia habe ich mich gefragt, was Atheer so drastisch verändert haben könnte. Ich war davon überzeugt, dass er an Magiebesessenheit litt oder manipuliert worden war. Wenn ich diesen Ort sehe, wenn ich ihn erlebe, wenn ich die Verzweiflung spüre, die mein Fleisch durchtränkt und mein Innerstes befleckt – dann beginne ich die Wahrheit zu verstehen, von der er sprach. Und der Schrecken, den ich bei dieser Erkenntnis empfinde, könnte größer nicht sein.

Qayn unterbricht meine Gedanken und deutet nach vorn. »Da ist das Feld der Erinnerungen.«

Es handelt sich um einen schönen, aber vernachlässigten Garten, umgeben von einem Steinzaun, der von Weinreben überwuchert ist. Schwarze Obelisken, in die Namen von Alqibahnern eingraviert sind, ragen aus offenen Wunden im Gras. Abgesehen von einem schlanken Mann, der sich auf seinen Stock stützt und pflichtbewusst Unkraut von der Basis eines Obelisken zupft, ist der Garten leer.

»Und das«, Qayn hält vor einem schäbigen Reihenhaus neben dem Garten an, »muss Zakariyas Haus sein.«

Ich kann kaum glauben, dass wir unser Ziel erreicht haben. Ich atme tief durch und will schon an die Haustür klopfen, als mir das Blatt Papier auffällt, das an die Tür genagelt ist.

»Was ist das?«, murmle ich und reiße es ab. Die anderen drängen sich um mich und lesen mit.

Ich bin nicht zu Hause.
Wenn es dringend ist, ich bin im Bootshaus.
Z.

»Da steht eine Adresse«, sagt Taha, nimmt mir das Blatt ab und begutachtet es.

»Verdammt«, flüstere ich und gehe zu den geschlossenen Fenstern. Eins ist nicht gesichert und lässt sich mit wenig Kraftaufwand öffnen. Ich schaue in ein Wohnzimmer. Zu sagen, dass das Haus einfach eingerichtet ist, wäre noch nett formuliert. Der Raum beherbergt zwei abgenutzte Sofas und einen Couchtisch mit zerbrochenen Beinen, der mit leeren Flaschen übersät ist. Die Flaschen haben sich aber nicht damit begnügt, dort zu bleiben, sondern haben sich auch auf dem zerschlissenen Teppich ausgebreitet. Sie müssen einmal Arrak enthalten haben, denn ich kann schon von hier aus den scharfen Lakritzgeruch des Schnapses riechen. Er ist praktisch in die Wände eingezogen.

»Der Mann schlägt also gern mal über die Stränge«, sagt Qayn neben mir. »*Über die Stränge schlagen* ist eine Untertreibung«, murmle ich und lasse meinen Blick über die dicke Staubschicht schweifen und über den Haufen von Kleidern, die auf ein Sofa geworfen wurden. »Was für ein Mann, sagtest du, ist Zakariya noch einmal?«

»Ein anständiger, augenscheinlich.«

»Ich weiß, wo der Bootsschuppen ist«, sagt Taha hinter uns und packt seine Karte weg.

Ich schließe den Fensterladen und nicke. »Bring uns hin.«

Taha führt uns an den Kais vorbei, wo die Glasbucht so flach und ruhig liegt wie ein saphirblauer Farbklecks, gesprenkelt mit weißen Segeln. Der Geruch von Salz und Fisch durchdringt die stille Luft, auf der Möwen wie an Fäden aufgehängt schweben und undeutliche Rufe der Segler schwach zu hören sind wie aus einem nachklingenden Traum. Das Licht reflektiert von dem polierten Holz mehrerer Kriegsschiffe der Verheerenden, die den meisten Raum auf dem Wasser einnehmen. Sie umringen ein langes, schnittiges Schiff mit drei Masten, das unter der braunen Flagge des Imperiums segelt.

»Was ist das?«, frage ich die anderen. Fischerboote schlängeln sich vorsichtig um das Schiff herum wie Mäuse, die an einem Wachhund vorbeischleichen.

»Das muss das Schiff von König Glaedric sein«, antwortet Qayn. »Atheer hat mir davon erzählt. Die Verheerenden halten es nicht für sicher, den König für längere Zeit an Land zu lassen.«

Danach kommen wir an mehreren Handelsschiffen vorbei, die mit Kisten beladen werden. Der würzige Geruch verrät den Inhalt, aber ich hätte die Gewürzschiffe auch allein an den erschöpften, von Soldaten umgebenen Arbeitern erkannt, die von Beamten der Verheerenden herumkommandiert werden.

»Sieh nur, Imani«, flüstert Amira.

Sie deutet auf ein langes Trümmerfeld, auf dem einst einige Gebäude gestanden haben müssen. Ich nehme es mit einem grimmigen Nicken zur Kenntnis. Der Krieg hallt hier überall wider: in den niedergebrochenen Zäunen; den halben Mauern, die sich störrisch den grausamen Stößen des Schicksals widersetzen; den ausgehobenen Gräben anstelle der Bürgersteige, deren Furchen mit blutbefleckten Kleidungsstücken, Glas und Holz übersät sind; den Flecken verbrannter Erde; den verirrten Pfeilen und abgebrochenen Schwertgriffen, die in den mit Schutt übersäten Rinnsteinen liegen. Eine schöne zweispännige Kutsche mit Messingbeschlägen ist hier völlig fehl am Platz. Sie rollt die Straße voller Schlaglöcher mit offenem Fenster entlang. Darin sitzt ein Verheerender zurückgelehnt mit einem Taeel-Saner, der sich hinauslehnt, als sie an uns vorbeifahren.

»Du da, junger Mann«, ruft er und nickt, als Taha zu ihm hinüberschaut. »Ja, du. Mein Lord Osgar finanziert neue Gladiatoren für die Gründe mit einem sehr großzügigen Anteil von siebzig zu dreißig an den Gewinnen, und du siehst aus, als könntest du gut deinen Mann stehen. Ausrüstung und Training sind inbegriffen …«

Taha verbeugt sich in Richtung der Kutsche. »Ich bin nicht interessiert, aber bitte übermittelt Lord Osgar meinen Dank für sein höchst freundliches Angebot.«

»Was war das denn?«, frage ich, als die Kutsche weg ist.

»Er sucht Kämpfer für die Tapferkeitsgründe«, sagt Taha. »Die Leute hier nennen sie die Todesgruben.«

»Todesgruben? Was passiert darin?«

»Benutze deine Fantasie, Töterin«, sagt Qayn von links. »Stramme junge Männer wie Taha hier, die gegeneinander und gegen wilde

Tiere bis zum Tod um Münzen kämpfen. Verzeihung, einen dreißigprozentigen Anteil an der Münze. Das ist wirklich sehr großzügig.«

Amira schnappt nach Luft. »Das ist barbarisch.«

»Du beliebst zu scherzen«, spotte ich. »Warum sollte jemand dabei freiwillig mitmachen?«

»Ein verzweifelter Mensch ist zu allem fähig, und gemeine Menschen sind immer bereit, das zu ihrem eigenen Vorteil zu nutzen.«

Ich werfe einen Blick auf Qayn. Er geht mit gesenktem Kopf, das gewellte schwarze Haar verdeckt seine Augen, die Hände sind tief in den Taschen vergraben. Ich spüre, dass in seiner Antwort etwas Persönliches steckt, und die Erinnerung an seinen Bericht, dass ihn die Menschen in der Ersten Stadt ausnutzten, drängt sich mir auf. *Aber auf welche Weise?* Das wüsste ich gerne.

»Wir sind da«, verkündet Taha.

Wir bleiben am oberen Ende eines unbefestigten Weges stehen. Unten am Ufer der Bucht sehen wir einen blauen Bootsschuppen. Unter der Deckslaterne vor der geschlossenen Tür stehen zwei Soldaten der Verheerenden, deren Pferde in der Nähe angebunden sind.

Wir kauern im Schatten einiger Bäume und beobachten, wie einer der Verheerenden den Bootsschuppen betritt; der andere schließt die Tür hinter ihm.

»Was geht hier vor?«, flüstert Amira.

Ich kaue auf der Innenseite meiner Wange. »Nichts Gutes. Wenn Zak mit ihnen da drin ist …«

»Verhören sie ihn vielleicht«, beendet Taha den Satz. »Können wir warten, bis sie weg sind?«, fragt Amira.

Ein schmerzerfüllter Schrei ertönt aus dem Bootsschuppen und lässt uns zusammenzucken.

»Das klingt nach Folter«, murmelt Taha.

In meinen Eingeweiden rumort es, während meine Vorstellungskraft mir Möglichkeiten aufzeigt, über die ich eigentlich gar nicht nachdenken will. »Wir müssen zu Zak, bevor sie ihn ernsthaft verletzen.«

»Aber wenn du jetzt da reingehst, wirst du es mit diesen Soldaten zu tun bekommen«, sagt Amira und zerrt an meinem Ellbogen.

»Also locken wir sie zuerst weg. Vielleicht ein kleines Erdbeben, das ihre Pferde erschreckt? Mit etwas Glück verschafft uns das genug Zeit, um Zak zu erreichen.« Ich sehe zu Taha hinüber, dann zu Reza, der auf den Bootsschuppen hinunterstarrt. Seit Fey entführt wurde, weicht er allen Blicken aus, auch denen von Taha.

»Und?«, drängt Taha sanft.

Reza nickt wortlos und schlurft zum Rand des kleinen Hügels hinüber, auf dem wir sitzen. Er gräbt seine Hand in den sandigen Boden und holt eine Handvoll davon heraus. Den Blick fest auf die Pferde gerichtet, bewegt er seine Faust langsam hin und her und schüttelt die Erde in seiner Handfläche. Der Boden unter den Pferden reagiert in gleicher Weise. Ein leises Grollen ertönt und die Erde beginnt zu beben. Die Pferde stampfen auf der Stelle, schnauben und schnaufen, ihre Angst steigt mit den zunehmenden Erschütterungen.

Mit gerunzelter Stirn stößt sich der Soldat von der Wand ab, an der er gelehnt hatte. Er ruft den Pferden etwas zu und hält die Hände mit den Handflächen nach oben, um sie zu beruhigen, bis das Beben vorüber ist. Reza schüttelt grob seine Faust; das Grollen wird zu einem Brüllen, und das Erdreich brummt unter meinen Pantoffeln. Feine Risse bilden sich im Boden um die Pferde herum. Der Soldat starrt sie mit weit aufgerissenen Augen an, schwankt in seinen Stiefeln und taumelt mit erhobenen Armen zurück zum Bootsschuppen. Hinter ihm wiehern die Pferde, reißen sich von den Stricken los und stürmen einen Moment später an uns vorbei den Hügel hinauf.

»Gut gemacht. Ein bisschen noch«, flüstert Taha und klopft seinem Cousin auf die Schulter.

Auf Rezas Oberlippe bilden sich Schweißtropfen, und seine Gesichtsmuskeln spannen sich an, aber er bleibt konzentriert, er blinzelt nicht einmal. Der Soldat klopft an die Tür, fummelt am Griff herum und öffnet sie schließlich. Der andere wartet bereits dort. Sie wechseln hektische Worte, der erste Soldat deutet den Hügel hinauf. Der zweite wirft einen wütenden Blick auf das Innere des Bootsschuppens, bevor beide den Hügel hinauflaufen. Wir ducken uns ins Unterholz, während sie an uns vorbeikommen. Als sie weg sind, hört Reza mit dem Erdbeben auf. Eine ganze Minute lang spricht niemand, bis wir sicher sind, dass die Soldaten nicht zurückkommen.

»Das war ausgezeichnet«, sage ich zu Reza.

Er würdigt mich keines Blickes, während er sich das verschwitzte Gesicht mit der Vorderseite seiner Tunika abwischt; er reagiert auch nicht, als Taha ihn anweist, an Ort und Stelle zu bleiben und nach den Soldaten Ausschau zu halten. Wir Übrigen eilen den Hügel hinab zum Bootsschuppen. Ich bin nur wenige Meter davon entfernt, als eine schemenhafte Gestalt von innen die Tür schließt.

»Zak?«, rufe ich und eile hinüber. Ich klopfe an die Eingangstür. »Zakariya?«

»Wer will das wissen?«, erklingt eine schroffe Stimme.

»Nicht die Soldaten.«

Die Tür springt auf, und ein blutunterlaufenes braunes Auge blickt heraus. »Was willst du?«

»Mein Name ist Imani. Ich bin auf der Suche nach jemandem, den du vielleicht kennst. Sein Name ist Atheer.«

Zak will die Tür schließen, aber Taha stemmt sein Gewicht dagegen. »Nicht so schnell.«

»Geh von der verdammten Tür weg«, knurrt Zak und schiebt von der anderen Seite her. »Ich kenne niemanden, der so heißt.«

Qayn beugt sich um Taha herum, um einen Blick auf den Mann im Bootsschuppen zu werfen. Er ist immer noch kaum mehr als eine Silhouette.

»Ach komm, natürlich kennst du ihn. Du hast ihn doch Farida vorgestellt.« Mit einem Brummen taucht eine geballte Faust aus dem Spalt auf und boxt Taha aufs Ohr. In dem Moment, als Taha loslässt, ist die Tür wieder verriegelt.

»Lasst mich in Ruhe.«

»Wir haben nur ein paar Fragen«, sage ich. »Bitte, willst du uns nicht helfen?«

Wenn Zak mein Flehen gehört hat, hat er sich entschieden, es zu ignorieren. Ich lasse mich gegen die Wand des Bootsschuppens fallen und blicke unglücklich auf das ruhige Wasser hinaus. Taha hat unterdessen begonnen, auf dem Deck auf- und abzugehen wie ein eingesperrtes Tier, während er sich sein gerötetes Ohr reibt. Nur dass er nicht verzweifelt hinaus will, sondern *hinein*.

»Es muss einen Weg geben«, murmelt er.

Ich folge seinem Beispiel und schaue mich am Bootsschuppen um. Ich kann nur ein Fenster sehen, und das ist fest verriegelt. Die Tür ist aus stabilem Holz, und ich will nicht unbedingt meinen Dolch in eine Axt verwandeln und Zaks Eigentum zerstören, also kommt das auch nicht infrage. Aber der Schuppen hat eine Tür, die knapp über der Wasseroberfläche liegt, sodass Boote hineinfahren können. Ich ziehe Taha an den Rand des Ufers und zeige darauf.

»Lust auf eine Runde schwimmen?«

Mit einem resignierten Seufzer lässt er sich zuerst ins Wasser gleiten. Ich sage Amira und Qayn, dass sie hier auf uns warten sollen, dann atme ich scharf ein und gehe zu Taha ins Wasser, wobei ich meine Lippen schürze, um nicht zu schreien. Das Wasser ist kühl und reicht mir im Nu bis zu den Schultern, meine Tunika bläht sich auf komische Art um mich herum auf. Es ist nicht kalt, aber ich bin so sehr an das warme Wasser der Oasen in der Sahara gewöhnt, dass es sich fast wie Eis anfühlt. Ich knirsche mit den Zähnen und folge Taha zu der großen Tür. Seite an Seite halten wir uns an der Unterkante mit einer Hand fest, kneifen mit der anderen die Nasenlöcher zu und tauchen ab. Wir gleiten unter der Tür hindurch und tauchen im Inneren des Schuppens auf wie ein Krokodilpaar.

Ein Mann mit kinnlangem Haar steht mit dem Rücken zu uns, durchwühlt eine Kiste mit Gegenständen auf einer Arbeitsplatte und murmelt Flüche. Außer Zak ist niemand hier, und der Bootsschuppen ist wie sein Haus vollgestopft mit Arrakflaschen und Unordnung. Aber Zak sieht nicht wie ein Mann aus, der normalerweise unordentlich oder nachlässig ist. Das vertäute Boot, an dem Taha und ich vorbeischwimmen, ist ansehnlich, und der Bootsschuppen wäre es auch, wenn er sauber wäre. Und mit einem behelfsmäßigen Feldbett, das an eine Wand gelehnt ist, scheint Zak hier genug Zeit zu verbringen, um es sauber zu halten. Aber warum schläft er ausgerechnet hier und nicht zu Hause?

Taha und ich erreichen den Rand der Steinplattform, das Geräusch unserer Annäherung wird durch das Plätschern des Wassers übertönt. Er deutet mit den Fingern auf mich und zählt runter. Bei null hieven wir uns mit einem Satz aus dem Wasser, Wassertropfen fliegen von uns ab und spritzen auf den Boden.

»Was zur Hölle?«, knurrt Zak und dreht sich um. Er ist Ende zwanzig, bärtig, hat die Schatten von blauen Flecken um beide Augen und die geschwollene Lippe von jemandem, der kürzlich verprügelt wurde. Und abgesehen von dem Geruch nach Alkohol und Blut, der ihm anhaftet, rieche ich Traurigkeit.

»Was glaubt ihr, was ihr da tut?«, lallt er und greift unbeholfen nach einer Holzstange auf dem Tresen.

Ich halte meine Hände hoch. »Bitte, Zak, wir wollen dir keinen Ärger machen. Wir wollen nur reden.«

»Man muss es nicht wollen, um es zu tun.«

»Ich suche nur meinen Bruder«, betone ich.

Er zögert, seine Lippen bewegen sich lautlos. »Bruder?«, murmelt er nach einem Moment. »Du … du kommst aus dem magischen Land jenseits der Sande?«

»Du weißt, woher wir kommen«, sagt Taha mit fester Stimme, öffnet die Tür des Bootsschuppens und lässt Amira und Qayn eintreten.

»Ich muss mich mit meinem Bruder in Verbindung setzen«, sage ich schnell. Ich muss das Gespräch auf Atheer lenken, bevor Taha sich vergisst. Ich kann die Wut, die von ihm ausgeht, bereits spüren.

»Ich weiß nicht, wo er ist«, sagt Zak. »Ich arbeite nicht mehr mit ihnen zusammen.«

Ich fühle mich inzwischen atemlos, obwohl man das Schwimmen kaum anstrengend nennen kann. »Du meinst die Rebellion«, sage ich, und Zak nickt. »Wann hast du meinen Bruder das letzte Mal gesehen?«

»Vor Monaten. Vielleicht neun oder zehn Monate.«

Mir rutscht das Herz in die Hose. »So lange? Und du weißt nicht, was seitdem mit ihm passiert ist?«

Zak schüttelt den Kopf. »Das kann ich dir nicht sagen.«

Ich weiß nicht, ob ich erleichtert sein soll oder nicht. Vor zehn Monaten war mein Bruder noch am Leben. Aber zehn Monate sind eine lange Zeit, und eine Tragödie kann sich innerhalb eines Herzschlags ereignen.

»Aber Farida kann es uns sagen«, unterbricht Qayn und schlendert an mir vorbei. »Atheer wird bei ihr sein, also bring uns zu ihr.«

Zak fletscht die zusammengebissenen Zähne. »Ich sage es noch einmal: Ich habe nichts mehr mit ihnen zu tun.«

Qayn nähert sich ihm weiter und strahlt dabei königliche Ungeduld aus. Zak schlurft rückwärts und wirft erst einen misstrauischen Blick auf die nackten Füße des Dschinns, dann auf seine feine Leinenkleidung. Meine Kleidung ist keineswegs billig, aber die von Qayn strahlt selbst in ihrer Schlichtheit Wohlstand aus. Und obwohl er schlank ist, mehr Junge als Mann, kann er nach Belieben einschüchternd wirken.

»Mein lieber Junge, wir verlangen ja nicht, dass du König Glaedric in ihrem Namen ermordest«, sagt er. »Wir bitten lediglich darum, dass du uns zu Farida bringst. Allein können wir keinen Kontakt zu den Rebellen herstellen; wir brauchen ein Gesicht, das sie kennen und dem sie vertrauen. Wenn wir erst einmal drin sind, werden wir uns um den Rest kümmern, in Ordnung?«

»Nein, das werde ich nicht tun.« Zak entfernt sich kopfschüttelnd. »Ich habe zu viel an diese idealistischen Narren verloren. Ich werde nicht noch einmal mein Leben riskieren, um mich einzumischen.«

Aus dem Augenwinkel bemerke ich Gegenstände auf der Arbeitsplatte, die dort nicht hingehören: ein feiner Haarkamm, ein ordentlich gefalteter rosa Blumenschal, eine kleine, blühende gelbe Blume in einem Tontopf. Es sind die einzigen Dinge in diesem Bootsschuppen, die nicht mit Staub bedeckt sind.

»Warum hast du die Rebellion verlassen?«, frage ich. »Was hast du verloren?«

»Nicht was«, murmelt er. »Wen.«

Aber natürlich. Dieser Mann verströmt nicht nur Traurigkeit, sondern *Kummer*. Etwas, das ich nur zu gut verstehe. »Jemand, den du geliebt hast«, sage ich hilfreich.

Sein Blick wandert hinüber zu dem Schal und der Topfblume. »Meine Schwester. Rima.«

Ihr Name wurde in einem von Atheers Briefen erwähnt. »Sie wurde von den Soldaten gefangen genommen, nicht wahr?«, sage ich.

»Hat sich in ihrem Gefängnis zu Tode geschuftet.« Zaks Gesicht verzerrt sich, Tränen schießen ihm in die Augen. Er wendet sich ab. »Es ist Faridas Schuld. Sie hat Rima die lächerliche Idee eingeimpft, unsere Stadt von den Verheerenden zurückzuerobern. Rima war erst einundzwanzig.«

»Das tut mir so leid, Zak. Aber ich brauche deine Hilfe – ich muss das Schicksal meines Bruders erfahren.«

Er schnappt sich die Stange vom Tresen und richtet sie auf mich. »Raus hier. Ich kann dir nicht helfen.«

»Bitte«, sage ich verzweifelt und gehe auf ihn zu. »Kannst du uns wenigstens zu jemandem bringen, der uns helfen kann?«

Er schwingt die Stange und stoppt meinen Vormarsch. »Nein! Und wenn du nicht gehst, rufe ich die Soldaten!«

»Bist du verrückt?« Qayn lacht ihm ins Gesicht. »Hast du noch nicht genug von ihren Bestrafungen? Glaubst du etwa, sie verschonen dich im Tausch gegen uns? *Tss, tss*. Du wirst mit uns auf dem Schafott baumeln für deine lange, verräterische Geschichte, Junge.«

Zak hört auf zu schwingen, hält aber die Stange vor sich, um uns in Schach zu halten. »Ich lasse es darauf ankommen. Ich kann euch nicht helfen. Bitte, geht einfach.«

Ich seufze und lasse meine Hände sinken. Er lässt sich nicht umstimmen; sein Schmerz ist so groß, dass er nicht darüber hinwegsehen kann. Für einen Haufen Fremder wird er das bestimmt nicht tun. Ich weiß nicht, was das für mich bedeutet, aber Zaks Bootsschuppen ist nicht der richtige Ort, um das herauszufinden.

Ich wende mich zur Tür um, da marschiert Taha durch den Raum. »So leicht gibst du auf, Imani?« Er zeigt auf Zak. »Wir haben keine Zeit für deinen Blödsinn.«

Zak holt erneut mit der Stange aus. Taha weicht ihm geschickt aus, packt den Mann am Hals und stößt ihn gegen den Tresen, wobei er beinahe die Topfblume umwirft. »Du hast zwei Möglichkeiten, Zak. Wähle mit Bedacht: Tu, was wir verlangen, oder stirb, wenn du dich weigerst.«

»Das werde ich nicht«, würgt Zak hervor und schlägt mit den Fäusten auf Tahas Schultern. »Ich werde nicht …«

»Ich schon.« Taha drückt ihm den Hals zu. Zak gurgelt und versucht, mit den Beinen zu strampeln. Seine flatternden Hände zerren vergeblich an Tahas Handgelenken.

»Tu das nicht«, schreit Amira, aber Taha ignoriert sie. Ich laufe zu ihm hinüber. »Taha, hör auf, du tust ihm weh!«

»So ist es«, knurrt er und drückt Zak gegen den Tresen. Das Gesicht des Mannes hat violette Flecken, um die geschwollenen Augen herum beinahe grün, und er ist zu schwach geworden, um noch mit den Beinen zu strampeln.

»*Bitte!* Es gibt andere Wege …«

»Gibt es nicht!«, blafft er. »Wir brauchen ihn, um Atheer zu finden!«

Schließlich gibt Zak einen Laut von sich, der vage wie das Wort »Ja« klingt, und Taha lässt ihn auf den feuchten Steinboden fallen. Zak krümmt sich und hustet heftig.

»Na schön, du Bastard«, krächzt er und massiert seinen schmerzenden Hals. »Ich werde dich zu Farida bringen. Aber bring mich nicht um.«

»Du hast zwei Minuten, um draußen bereitzustehen.« Auf dem Weg zur Tür fällt Taha mein Blick auf, dann sieht er den entsetzten Ausdruck auf Amiras Gesicht.

»Das ist kein Ort für dich, Mädchen«, sagt er und drängt sich an ihr vorbei.

Ich stürme aus dem Bootsschuppen hinter ihm her. »Hey, warte mal.«

»Nicht du auch noch«, murmelt er.

»Nicht ich auch noch?« Ich ziehe ihn in den Schatten einer Platane, deren Äste über das Wasser ragen. »Was war das denn? Du hast den Mann fast umgebracht.«

Er verschränkt die Arme vor der Brust. »Ich habe nur Befehle befolgt.«

Der Wille seines Vaters, stelle ich mit Unbehagen fest. »Wir sind *Schilde*, Taha, keine Henker. Welchen Preis werden diese Befehle haben?«

Er kneift die Augen zusammen. »Jeden, solange die Mission erfüllt wird.«

Ein kalter Schauer kriecht über meine Haut. »Würdest du deine Seele dafür opfern?« Als er nicht antwortet, frage ich ihn leise: »Was ist am Ende mit deinem Hund Rashiq passiert? Du hast deine Geschichte nie beendet.«

Er sieht an mir vorbei, seine Schläfe pulsiert. »Ich musste ihn einschläfern.«

»*Du* hast das getan? Wie grausam«, hauche ich. »Warum hat dein Vater das nicht gemacht, um dir den Kummer zu ersparen, so wie du es für mich mit Badr getan hast?«

Er blinzelt und atmet langsam; er schweigt so lange, dass ich anfange zu glauben, er wird nicht antworten. Dann sagt er leise: »Einige von uns mussten harte Lektionen lernen, um zu überleben.«

Ich habe das Gefühl, in einem Winkel zu stehen und Zeuge einer unerträglich krummen Welt zu sein. Taha sieht mich nicht an, während er spricht. Er starrt auf das Wasser, aber er sieht nichts; vielleicht ist er in dieselbe Erinnerung versunken, die vor meinem inneren Auge steht. Die eines kleinen, traurigen Jungen mit einem Messer, das ihm von einem herzlosen Vater in die Hand gedrückt wurde. Ein Junge, der gezwungen ist, das zu töten, was er liebt.

Zak trottet hinter uns über den Schotter. »Fertig«, brummt er entschlossen.

»Gut.« Taha geht an mir vorbei. »Geh voran.«

26

Zak führt uns zum Ende der Kaianlagen und nickt dem Dock zu. »Da ist es. Glaube ich.«

Ich kneife die Augen gegen die späte Sonne zusammen und sehe einen einsamen Zweimaster, der vor uns festgemacht hat. Er ist hübsch, sein gebogener Bug wird zu einem Löwenkopf, sein Heck ist mit Ranken verziert. Ein einzelner, rauchender Seemann mustert uns vom Ende des Docks aus.

»Du glaubst?«, frage ich.

Zak hustet dumpf und feucht in den Ellbogen seiner Tunika. »Na ja, Faridas Rebellen haben sich größtenteils auf Schiffen einquartiert«, erklärt er und klopft sich auf die Brust. »Die meisten unter ihnen sind wie ich – Fischer, Seeleute, Hafenarbeiter, die an der Seite der Armee unseres Königs gegen die Verheerenden gekämpft haben und nun die Stadt von den Invasoren zurückerobern wollen. Dieses Schiff gehörte Faridas verstorbenem Vater – er wurde im Krieg getötet, als die Verheerenden Taeel-Sa erstürmten.«

»Aber?«, frage ich ungeduldig und spüre, dass Zaks Rede stockt.

»Aber früher gab es mehr als ein Schiff und einen Matrosen …«

Für weitere Nachforschungen ist es zu spät. Wir haben das Schiff erreicht, und der schmächtige Seemann stakst herbei.

»Ist lange her, Zak«, sagt er ohne eine Spur von Freundlichkeit. Über seine rechte Wange zieht sich eine tiefe Narbe, die von schwarzen Bartstoppeln verdeckt wird.

Zak zuckt nur mit den dicken Brauen. »Wo sind alle, Makeen?«

»Wo?« Makeen schnaubt. »Sie sind den Weg deiner Schwester

gegangen oder haben die Sache nach den letzten Überfällen aufgegeben. Feiglinge, wie du.«

»Ist das wirklich so?«, murmelt Zak und lässt seinen Blick über das Schiff schweifen. Er scheint mehr über die Enthüllung als über Makeens Beleidigung verärgert zu sein.

»Die Rebellion ist zerfallen, Bruder. Wir sind die Einzigen, die noch übrig sind.« Makeen nickt dem Schiff zu. »Bist du hier, um wieder mitzumachen?«

»Nein«, sagt Zak entschlossen. »Diese Leute müssen zur Kapitänin, wenn sie hier ist.«

»Das ist sie.« Makeen sieht uns an. »Du glaubst, du kannst neue Gesichter mitbringen, ohne uns vorher zu informieren?«

Zak berührt vorsichtig seinen Hals, der von roten Striemen umgeben ist, die wie Tahas Finger geformt sind. »Ich hatte nicht viel Vorwarnung.« Er tritt zur Seite und deutet auf mich. »Das ist Atheers Schwester Imani und andere aus ihrem Land.«

»Atheer?« Makeens höhnisches Grinsen wird von Entsetzen abgelöst. »Du siehst aus wie er«, sagt er und nickt Zak zu. »Kommt an Bord.«

Zak drängelt sich an uns vorbei, weg vom Schiff. »Danke, aber ich habe meinen Teil getan. Zufrieden? Ich wünsche mir, keinen von euch jemals wiederzusehen.« Er eilt hustend den Pier entlang. Taha sieht ihm nach, als sei der Mann ein Goldhase, und Makeen spuckt ins Wasser und murmelt: »Feigling.«

Ich nehme Amiras Hand und schwanke hinter dem Matrosen über die knarrende Rampe zum Schiff. Das Oberdeck ist völlig verwahrlost, vollgestopft mit Kisten, Netzen, halb aufgerollten Seilen und offenen Säcken mit Vorräten. An einem Ende raucht, trinkt und würfelt eine Gruppe von Matrosen, von denen keiner Atheer ist, doch sie unterbrechen das Spiel, um uns zu beobachten. Selbst der Matrose im Krähennest beobachtet eher uns als unsere Umgebung. Ich war so naiv, mir vorzustellen, dass diese Rebellion viel mehr wäre als ein unordentliches Schiff und ein Haufen verschwitzter Spieler, und ich bin sowohl schwer enttäuscht als auch zutiefst besorgt über die gescheiterte Sache, für die Atheer seine Sicherheit geopfert hat. Und ich brenne darauf, ihn endlich zu sehen; die Tränen stehen mir in den Augen. Ich habe mich nicht darauf vorbereitet, was ich sagen oder tun werde, aber ich denke, es wäre auch egal, wenn ich es getan hätte.

Wir folgen Makeen zu einem Ende des Decks, dann eine Treppe hinauf zu einer geschlossenen Tür. Er klopft an und wartet mit der Hand auf dem Knauf. Inzwischen hat sich ein Kloß in meinem Hals festgesetzt, und Amiras schlaffe Hand zittert in meiner. Eine heisere Stimme ist zu hören. Makeen öffnet die Tür und winkt uns hinein.

Die stickige Kabine riecht nach Meer und altem Weihrauch. Sie ist mit dunklem Holz ausgekleidet. Ein schmuddeliger roter Teppich unter den Füßen, der zu den Vorhängen an der geschwungenen Fensterfront passt, heitert alles etwas auf. Ein Schreibtisch steht dort, übersät mit Schriftrollen, Tintenfässern, bronzenen Seefahrtinstrumenten und einer hölzernen Löwenfigur – eine von Atheers Schöpfungen. Hinter dem Schreibtisch sitzt eine junge Frau, die eine Landkarte studiert. Eine Frau, allein.

Ich bleibe zögernd stehen und umfasse Amiras Hand noch fester. Das muss Farida sein, die Frau, die Atheer angeblich liebt. Die Frau, die er als jemanden mit »großer Integrität« beschrieben hat. Ich sehe nur die Person, die mir meinen Bruder gestohlen hat.

Die Anführerin der Rebellen ist vielleicht dreiundzwanzig, hat rostbraune Haut und einen vollen Schmollmund, der daran gewöhnt zu sein scheint, Befehle zu erteilen. Ein Auge ist mit Kajal umrandet und hat die Farbe von nassem Lehm, das andere ist durch eine schwarze Augenklappe verdeckt. Ihr lockiges braunes Haar fällt ihr unter einem locker umgelegten Kopftuch bis zu den Schultern. Sie trägt eine schwarze Sirwal-Hose und eine weite, fleckig weiße Tunika mit hochgekrempelten Ärmeln unter einer kurzen, schwarzen Weste, die beinahe schäbig wirkt.

Makeen tippt sich zum Gruß mit zwei Fingern an die Stirn. »Kapitän, Zak hat sie mitgebracht. Dieses Mädchen sagt, sie sei Atheers Schwester.« Er winkt mich nach vorne, verabschiedet sich und schließt die Kabinentür hinter sich.

Faridas Blick gleitet über mein Gesicht, die Brauen ziehen sich in der Mitte zusammen. »Atheers Schwester … aus Qalia?«

Es dauert einen Moment, bis ich antworte, so sehr bin ich darauf gespannt, endlich mit der Person am anderen Ende von Atheers Briefen zu sprechen. Dieser real gewordene Geist, dieses endlich erreichte Ziel. Diese Auswärtige, die Qalias Namen mit beunruhigender Vertrautheit ausspricht.

»Ja«, stottere ich. »Mein Name ist Imani, und das ist Amira, ebenfalls Atheers Schwester. Das sind Taha und Reza, gemeinsame Freunde aus Qalia, und Qayn. Du bist Farida, die Frau, wegen der mein Bruder vor über einem Jahr von zu Hause weggegangen ist.« Ich kann die Verärgerung in meiner Stimme nicht verbergen.

Farida humpelt um den Schreibtisch herum und gibt eine große, souveräne Figur ab. »Das bin ich.«

Mein Atem wird flacher. Jetzt ist es so weit. Nach all der Zeit und den Strapazen kann ich die eine Frage stellen, die mir auf der Zunge brennt, seit Atheer die goldenen Tore von Qalia verlassen hat.

»Wo ist unser Bruder? Ist er … am Leben? Wir müssen mit ihm sprechen, es ist eine dringende Angelegenheit.«

Farida bleibt am Schreibtisch stehen und fährt mit dem Finger über den geschnitzten Löwen.

»Imani, Amira«, sagt sie, ohne uns anzusehen. »Es schmerzt mich, euch das zu sagen, aber … euer Bruder, Atheer … Er ist im Gefängnis.«

27

Farida schluckt, und in ihren Augen sammeln sich Tränen, aber sie fallen nicht. Amira schluchzt an meiner Schulter. Ich bin wie vom Schlag getroffen und rühre mich nicht, während die Welt um mich herum zusammenbricht, und ich weiß nicht, ob ich wegen ihrer Antwort einen Hauch Erleichterung verspüren soll.

»Er wurde vor einigen Monaten verhaftet, als er eine Gruppe von Soldaten davon abhalten wollte, einen Mann zu verprügeln«, erklärt Farida. »Ich habe erfahren, dass er nur wegen seiner Kraft vor der Hinrichtung bewahrt wurde. Sie haben ihn in ihr Gefängnis für Schwerstarbeit gesteckt, und seitdem habe ich ihn nicht mehr gesehen. Das tut mir sehr leid. Ich wünschte, ich hätte bessere Nachrichten für euch beide. Ich liebe euren Bruder und vermisse ihn jeden Tag.«

Tausend Fragen schießen mir durch den Kopf, aber ich bin nicht in der Lage, sie zu stellen. Amira fällt mir weinend in die Arme und sagt wieder und wieder *Nein*. Ich starre über ihre Schulter auf Farida, mein Leben pulsiert in meinen Ohren. Es versucht, mich daran zu erinnern, dass ich hier bin, dass ich etwas tun kann, dass mein Bruder noch lebt. Aber es fühlt sich vergeblich an, ungefähr so sinnvoll, wie an einem heißen Tag Pfeile auf die Sonne zu schießen. Die freudige Erleichterung, die ich in diesem Moment hätte empfinden sollen, weil ich weiß, dass mein Bruder lebt, ist nicht vorhanden. Farida hat ihn mir schon wieder gestohlen.

»Du liebst und vermisst ihn«, wiederhole ich.

Sie nickt. »Er bedeutet mir sehr viel. Zak hat uns einander vorgestellt. Während des Krieges um Taeel-Sa half Atheer meinem Volk, dem sicheren Tod zu entgehen. Zak trat an ihn heran und erzählte ihm von unserer Sache, und Atheer wollte unbedingt helfen, zunächst im Kampf gegen die Invasoren, später dann als Rebell. In dem Moment, als wir uns trafen …« Sie schüttelt den Kopf und blickt zur Seite. »Er zeigte mir, *uns*, unglaubliche Dinge, wie die Magie eures Volkes – er bot uns eine echte Chance auf den Sieg, als alle Hoffnung verloren schien. Er hatte einen Plan, nicht nur Taeel-Sa, sondern auch Alqibah zurückzuerobern … und dann wurde er verhaftet.« Taha räuspert sich; er brennt darauf, seine Missbilligung über Atheers Handeln zu äußern, und wenn er es wagt, werde ich ihm diesen Dolch durch sein Auge rammen.

Ich lasse der Verachtung, die in meiner Brust aufgestiegen ist, freien Lauf und spotte. »Wie romantisch von dir. Wenigstens wusstest du, dass er lebt. Wir haben ein Jahr lang geglaubt, er sei tot. Kannst du dir vorstellen, wie das für uns, für unsere Eltern war? Wir haben eine Beerdigung abgehalten. Mein Vater hat seinen Namen in die Wand unserer Vorfahren geritzt; wir haben zum Großen Geist gebetet, seine Seele ins Jenseits zu befördern. Ich weinte wochenlang und versuchte zu akzeptieren, dass unser großer Bruder und bester Freund für immer von uns gegangen war.«

Meine Stimme bricht. Amira hat sich an mich geschmiegt und legt ihre ganze Seele in ihre Tränen. Ich nehme sie in den Arm, aber ich starre Farida weiter an. Ich weiß nicht, warum ich ihr diese Dinge erzähle, aber ich höre nicht auf. Ich will, dass sie so verletzt wird, wie wir es waren, so wie sie uns verletzt hat.

»Wir haben um ihn getrauert, Farida. Wir versuchten unser Bestes, um weiterzumachen, aber wir konnten es nicht. Sein Verschwinden hat uns alles genommen, es hat uns beinahe zerstört. Und jetzt …« Ich beiße die Zähne zusammen und unterdrücke eine Welle von Tränen. »Wir sind so weit gereist, wir haben einen von uns verloren, wir sehen dem Tod und der Verzweiflung ins Auge, und du sagst mir, er ist im Gefängnis? Was soll das bedeuten?

Ist er in Sicherheit? Lassen sie ihn sich zu Tode schuften, wie sie es mit Rima getan haben?«

Farida keucht und presst eine Hand an ihren Hals. »Woher weißt du von …«

»Und, tun sie es?«, rufe ich aus.

»Ich weiß es nicht«, stammelt sie. »Ich habe meinen Kontaktmann bei der Stadtwache verloren, deshalb kann ich euch nicht sagen, was im Gefängnis vor sich geht, aber ich hoffe …«

»Du *hoffst?*« Ich lache barsch. »Deine Hoffnung bedeutet nichts.«

»Ich dachte, wir würden ihn hier bei dir finden!«, bricht es aus Amira heraus. »Das sollten wir; er sollte hier sein. *Du hast ihn uns weggenommen!*«

Für sie ist dies Atheers zweiter Tod. Erst wurde er ihr vom Rat weggenommen, jetzt von diesem Scherbenhaufen einer Rebellion. Unser lieber Bruder, der nur versuchte, das Richtige zu tun, wird von einer Ecke in die andere gedrängt und nimmt Leiden auf sich, die gar nicht seine sind.

»Es tut mir leid«, sagt Farida mit schwacher Stimme.

Ich strecke fragend eine Hand aus. »Das ist es also? Das ist die Antwort, die du für uns hast? Unser Bruder hat sein glückliches, sicheres Leben für euch geopfert, und ihr könnt höchstens mit den Schultern zucken und sagen, er sei im Gefängnis und ihr wüsstet nicht, wie es um ihn steht. Ich dachte, du wärst Teil einer Rebellion.«

Ihr Blick verhärtet sich. »Das bin ich.«

Geschmolzener Zorn sprudelt aus meinen Tiefen, schießt in meine Ritzen, findet mein Herz und schwärzt es zu Asche. »Ach? Wo denn? Ist das hier alles? Eine undichte Wanne und ein paar betrunkene Matrosen? Warum habt ihr euch nicht zusammengerauft, um unseren Bruder zu retten, Farida? Ihr habt genug Kampferfahrung, um wenigstens *etwas* zu tun. Warum hast du ihn in seiner Not im Stich gelassen, wo du doch weißt, dass er dir das nicht antun würde?«

»So einfach ist das nicht …«

»Ist es nicht?« Ich führe Amira zu einem Stuhl in der Ecke. »Du hast seine Magie mit Freuden entgegengenommen. Zweifellos wusstest du, welche Folgen das für ihn haben würde, für das ganze Land, das er in Gefahr brachte, für die Gesetze, gegen die er verstieß. Aber du hast ihn ermutigt, sie zu stehlen und seine Familie und sein Volk zurückzulassen. Du hast ihn überzeugt, uns für dich zu verraten …«

»So ist es *nicht* gewesen …«

»Und jetzt ist es zu schwierig, ihn zu retten?«, schreie ich sie an, meine Stimme dröhnt durch die Holzwände. »Nach allem, was er für dich auf sich genommen hat?«

Dunkelrote Flecken zeigen sich auf ihren Wangen. »Du hast keine Ahnung, wovon du redest. Ich weiß, dass du verletzt bist …«

»Du weißt *gar nichts!*«

Sie schürzt die Lippen und seufzt einen Moment später. »Bitte. Ich weiß, dass du verletzt bist, und ich mache dir keinen Vorwurf. Aber du musst verstehen, dass die Verhaftung deines Bruders eine von vielen war. Ohne ihn ist etwas mit uns geschehen. Unsere Operationen … Ich weiß nicht, wir haben Fehler gemacht, *ich* habe Fehler gemacht. Wir wurden mehrmals überfallen. Uns ging das Misra aus, weil wir nicht wussten, wie man es richtig einsetzt. Viele von uns wurden getötet. Wir wurden dezimiert, und die, die überlebten, nun ja.« Sie deutet mit zitternder Hand auf die Tür. »Sieh dir da draußen den mickrigen Beweis an. Sie trinken bis zum Umfallen und spielen mit Münzen, die sie nicht haben. Ich muss kämpfen, damit sie irgendeine verdammte Arbeit machen, um uns über Wasser zu halten. Sie haben jegliches Vertrauen in mich verloren, und ich weiß nicht, ob ich sie verdammen oder es ihnen gleichtun soll.«

»Ich bin nicht so weit gereist, um mir Geschichten über dein Leid anzuhören«, murmle ich.

Sie trinkt aus einer braunen Flasche auf dem Schreibtisch. Es ist Wein; ich rieche die Säure von hier aus. »Warum dann?«

»Um Atheer zurückzubringen.«

»Zurück?« Sie betrachtet mich kalt über ihre Schulter. »Du meinst, nach Hause, nach Qalia?« Jetzt ist sie an der Reihe zu lachen. »Dann weißt du wirklich nicht, wovon du redest.«

»Erzähl uns von dem Gefängnis«, mischt Taha sich ein.

Ich hatte vergessen, dass er mit uns im Zimmer ist und meinen Ausbruch mit angehört hat. Ich fühle mich plötzlich entblößt, wie eine frische Wunde, die dem kalten Wind ausgesetzt ist. Er kommt zum Schreibtisch herüber, während Farida auf den Stuhl dahinter sinkt.

»Muss das sein ...?«

»Warum hast du Atheer nicht rausgeholt?«, fragt er. Ich spüre einen kleinen Anflug von Erleichterung, dass er es mir nicht allein überlässt, die Angelegenheit voranzutreiben.

Farida hebt ihr rechtes Bein mit der Hand an und legt ihre abgewetzten Stiefel auf den Schreibtisch. »Ich kann nicht lange gehen, bevor ich Schmerzen bekomme. Den anderen da draußen geht es nicht besser. Was hätte ich denn tun sollen? Sie in die Schlacht gegen Dutzende von Soldaten schicken, die oben im Gefängnis stationiert sind? Mit welchen Waffen? Unsere stumpfen Krummsäbel und Fischdolche gegen ihre Bogen und Langschwerter?«

»Ein Kampf ist nicht nötig«, sagt er. »Einer von euch hätte sich als Gefängniswärter verkleiden und hineinschleichen können.«

Sie schlägt sich mit einer Hand an ihre Wange. »Oh, natürlich, warum bin ich nicht darauf gekommen?« Sie nimmt einen Schluck Wein und zuckt zusammen. »Es gibt dort keinen einzigen Soldaten, der kein Verheerender ist. Du magst blond sein, aber unter diesen Eseln würdest du trotzdem auffallen wie ein Pferd.«

»Es muss doch noch andere Arbeiter geben«, sage ich und greife seinen klugen Gedankengang auf. »Alqibahner, die die niederen Aufgaben des Gefängnisses erledigen, wie Kochen, Putzen ...«

»Was spielt das für eine Rolle?«

Ich schlage mit der Faust auf den Tisch. »Es ist *wichtig*. Der Große Geist möge dich nach Alard verdammen, es ist wichtig! Beantworte unsere Fragen; das ist das Mindeste, was du tun kannst, nachdem du meinen Bruder in diesen Schlamassel gebracht hast.«

»Ihr glaubt wirklich, dass ihr ihn befreien könnt«, sagt sie und schüttelt den Kopf.

Ich kann nicht glauben, dass *dies* die Frau ist, in die Atheer sich verliebt hat. »Mit deiner Hilfe wäre es möglich«, sage ich mit zusammengebissenen Zähnen.

»Ist es *nicht*. Warum willst du mir nicht zuhören?« Sie stößt ihre Füße vom Schreibtisch ab und setzt sich auf. »Es sind die Gefangenen selbst, die die niederen Arbeiten verrichten. Die Verheerenden machen alles andere. Sie fahren die Gefangenen- und Versorgungswagen, ihre Schwertkämpfer bewachen die Tore, ihre Bogenschützen patrouillieren auf den Mauern. Verzeih mir, Imani, *wirklich*, aber dieser Ausbruch ist unmöglich. Ich habe alles, woran du gerade denkst, schon überlegt. Ich bin jedem Weg gefolgt; ich bin jedem Silberfischchen in jede wertlose Ritze hinterhergejagt und bin immer noch nicht fündig geworden. Es gibt keinen Weg in dieses Gefängnis.«

»Außer als Gefangener«, wirft Qayn aus dem hinteren Teil der Kabine ein.

Wir verdrehen unsere Hälse, um ihn anzuschauen. Er hat ein breites, charmantes Lächeln aufgesetzt und die Arme ausgestreckt wie ein Zirkusartist, der Applaus erwartet. Er seufzt und lässt sie an den Seiten herabsinken.

»Kommt schon, sagt mir nicht, dass keiner von euch daran gedacht hat. Es ist so *einfach*, obwohl ich vermute, dass die List in der Einfachheit liegt …«

»Wer ist das noch gleich?«, fragt mich Farida.

Taha und ich sprechen gleichzeitig.

»Ein Freund …«

»Ein Dschinn, dessen Zeit fast abgelaufen ist.«

Farida spricht das Wort Dschinn lautlos aus und starrt Qayn an. In der Zwischenzeit hat sich Amira die Tränen von den Wangen gewischt und ist zu mir herübergeeilt.

»Das könnte doch funktionieren, oder?«

»Nein.« Farida drückt die Weinflasche an ihre verschwitzte Stirn.

»Ihr könnt euch gerne dort einsperren lassen, aber ihr werdet nicht entkommen, schon gar nicht mit Atheer im Schlepptau. Die einzigen Gefangenen, die dort wieder herauskommen, sind die Toten.«

»Das will ich wohl meinen, wenn die Verheerenden ihrem Ruf gerecht werden sollen. Aber mit Magie?« Qayns Grinsen wird breiter. »Wir haben in unserer Mitte einige der besten und klügsten Zauberer, die Qalia zu bieten hat.«

Taha zuckt halb mit den Schultern und sieht mich an. »Es könnte funktionieren. Mein Falke kann in Bereiche sehen, die wir nicht sehen können; er kann tun, was wir nicht können …«

»Du bist ein Hautwechsler wie Atheer?«, unterbricht Farida ihn.

Taha macht keinen Hehl aus seiner Abneigung, entweder mit Atheer verglichen zu werden oder mit einem Auswärtigen über unsere Magie sprechen zu müssen. Wahrscheinlich beides, und angesichts meiner eigenen Gefühle für Farida kann ich es ihm nicht verübeln. »Nein, ich bin ein Tierseher. Das sind völlig unterschiedliche Zugehörigkeitsklassen. Ich teile den Verstand mit Falken. Ich verwandle mich nicht in einen.«

»Beeindruckend. Meine Zugehörigkeit ist das Wasser. Wenig überraschend, wenn man bedenkt …« Sie deutet auf das Schiff.

Taha ignoriert sie und sieht seinen Cousin an, aber Reza wendet sich an Farida. »Die Leute, die in Bashtal gefangen genommen wurden … Besteht die Möglichkeit, dass sie auch in diesem Arbeitsgefängnis landen?«

Meine Augen weiten sich. *Ja, natürlich.* Fey. Taha klappt den Mund auf, aber zum Glück widerspricht er nicht. Wir sollten uns die Gelegenheit nicht entgehen lassen, Atheer und Fey gleichzeitig zu retten.

»Ja, geeignete Gefangene werden aus anderen Städten hergebracht«, antwortet Farida. »Warum?«

»Reine Neugierde.« Er nickt Taha zu, mit mehr Energie in seinen zuletzt trüben Augen. »Ich könnte einen Fluchttunnel für uns erschaffen.«

»Ich kann meine Klinge auf keinen Fall hineinschmuggeln«, denke ich laut. »Ist es möglich, irgendetwas mit einem Falken in das Gefängnis zu transportieren?«, frage ich Farida.

Die Kapitänin zerschneidet die Luft mit den Händen. »Unmöglich. Die Bogenschützen kennen ihre wenigen Botenfalken. Alle anderen werden abgeschossen, um zu verhindern, dass Menschen etwas reinschmuggeln.«

»Verdammt«, flüstere ich und balle meine Faust.

»Das macht nichts«, sagt Taha. »Rezas und meine Zugehörigkeiten sind unsichtbar. Wir werden nichts anderes brauchen.«

»Du hast leicht reden«, murmle ich. Er würde ohne Magie nicht hilflos sein und müsste sich nicht auf andere verlassen, denen er nicht vertraut, um sicher zu sein.

»Schade«, sagt Qayn in mein Ohr. »Wenn du nur jemanden kennen würdest, der dir beibringen könnte, wie du deine Magie auf neue, erfinderische Weise einsetzen kannst.«

Unsere Blicke treffen sich. Ich schüttle kurz den Kopf und bilde mit den Lippen lautlos die Worte: *Nicht jetzt*, aber sein verlockendes Angebot hat sich bereits tief in meine Gedanken eingegraben.

»Wir müssen immer noch ins Gefängnis rein«, sagt Taha und geht in der Kabine auf und ab. »Ist die Verhaftung der einzige Weg?«

»Es ist riskant«, sagt Farida und lehnt sich an den Schreibtisch. »Manche Menschen werden bei der Verhaftung geschlagen, manchmal sogar rücksichtslos. Wenn das passiert, kann man nicht wissen, ob man zur Arbeit oder zur Hinrichtung verurteilt wird.«

Reza flucht und wendet sich von uns ab, zweifelsohne in Gedanken an Feys schreckliches Schicksal. Ich möchte ihn trösten, aber ich bin sicher, dass er diese Geste ablehnen würde.

»Es gibt auch keine Garantie dafür, wie lange es dauern wird, bis wir ins Gefängnis kommen«, sage ich und richte meine Aufmerksamkeit auf Taha.

Er fährt mit dem Daumen über seine Unterlippe. »Die Magie. Wir müssen am selben Tag, an dem wir den Tee trinken, rein und raus. Wenn sie uns ausgeht, bevor wir rauskommen, sitzen wir im Gefängnis fest.«

Wir verstummen. In der Stille umspült das Meer das Schiff, Möwen krächzen, an Deck verhöhnen die Matrosen sich und ziehen sich gegenseitig auf. Ich schnippe mit den Fingern.

»Es könnte einen anderen Weg geben. Wir geben uns als Gefangene aus.«

»Einen Gefangenentransporter überfallen«, sagt Taha und seine Augen leuchten.

Farida nickt langsam. »Das wäre möglich. Einer meiner Matrosen kennt ihre Wege zum Gefängnis.«

Ich gehe immer schneller auf und ab, während das Flackern der Hoffnung in meiner Brust zu einem Feuer wird. »Wenn wir einen dieser Wagen anhalten können, ohne die Soldaten an Bord oder irgendjemanden sonst zu alarmieren, können wir mit den Gefangenen darin den Platz tauschen und uns auf den Weg machen.«

»Das sind eine Menge Wenns«, sagt Amira nägelkauend.

»Und wir können es schaffen«, sagt Taha barsch.

Ich sehe ihn an und stelle fest, dass ich endlich etwas Wesentliches über Taha gelernt habe – die Maxime, nach der er lebt: Finde einen Weg oder erschaffe einen. Das musste ich in meinem Leben noch nie tun, oder? Für mich gab es immer einen Weg, gepflastert, gut beleuchtet, sicher. Dass ich eine Schild wurde und in den Orden der Zaubernden aufgenommen wurde, war selbstverständlich, wie er angedeutet hat, als wir in der Sahir jagten. Meine Eltern waren erfreut und stolz auf mich, ebenso wie der Rest unserer Sippe, aber niemand war überrascht. Sie haben kein großes Fest für mich gegeben, an dem die ganze Nachbarschaft beteiligt war, wie es Tahas Familie tat, weil es für uns nicht unerwartet war. Und vielleicht ist es das, was Taha und mich voneinander unterscheidet. Widrigkeiten haben die Teile weggeschnitten, die ihn zögern lassen würden, und nur harte Entschlossenheit übrig gelassen.

»Wir brauchen ein gutes Ablenkungsmanöver, um die Soldaten während des Austauschs von der Kutsche fernzuhalten«, sagt er.

Qayn schiebt sich eine Locke hinters Ohr und grinst. »Du hast Glück, Junge. Ich bin außergewöhnlich gut darin, im Mittelpunkt zu stehen.«

»Genieße es, solange du kannst«, antwortet Taha, sehr zu Faridas Verwirrung.

»Was ist mit der Suche nach Atheer?«, fragt Amira.

Farida wendet ihren Blick von Taha ab. »Das weiß ich genauso wenig wie du. Ihr müsst ihn finden, wenn ihr drinnen seid. Vielleicht fragst du die anderen Gefangenen.«

Ich verkneife mir einen Fluch. Atheer ist immer der eine Faktor in der Gleichung, der nicht mit Sicherheit bestimmt werden kann. Er ist die schwer fassbare Oase am Horizont, die Gnadenfrist, die nicht in Reichweite ist. Ich versuche, mich von dem Gedanken nicht entmutigen zu lassen. Er ist am Leben, und wir haben hier mehr als genug, um ihn zu befreien; wir haben die Anfänge eines starken Plans.

Farida schaut versonnen zu uns herüber. »Ihr macht das wirklich. Ihr werdet Atheer retten.«

»Oder bei dem Versuch sterben«, sage ich. »Es ist beschlossen. Wir brauchen Einzelheiten über die Route des Gefangenentransporters.«

Farida geht zur Tür. »Sprich mit Muhab da draußen. Du kannst ihn nicht verfehlen; er ist der gemeine, bärtige Bastard mit dem Holzbein. Und ihr dürft gerne in den Mannschaftsquartieren an Bord schlafen.« Farida zieht eine Grimasse. »Sie sind nicht besonders groß und stinken fürchterlich, aber sie kosten nichts und man ist unter Freunden.«

Ich verlasse die Kabine und kann nicht anders, als Taha einen Blick zuzuwerfen, um zu sehen, ob er mich anschaut. Er tut es, natürlich tut er es. *Freunde*. Wenn Farida nur die bittere Wahrheit wüsste.

28

Einige Tage später erwache ich aus dem Albtraum über den brennenden Garten mit einer Idee.

Wir haben die letzte Woche damit verbracht, uns mit Muhab in die Stadt zu schleichen, um die Gefangenentransporte zu beobachten. Taha hat sie mit seinem Falken aus Blickwinkeln beobachtet, die wir nicht einsehen können, und wir haben die Route der Wagen und die Zeiten ihrer Ankunft herausgefunden. Was wir noch nicht herausgefunden haben, ist, wie wir heimlich den Austausch mit den Gefangenen im Wagen bewerkstelligen können – aber ich habe vielleicht eine Lösung.

Ich schwinge meine Beine aus der Koje und hüpfe hinunter auf das kühle, knarrende Holz. Es ist noch vor der Morgendämmerung, und steinblaues Licht fällt durch das Backbordfenster auf Reza, Amira und die Matrosen, die fest schlafen. Tahas Koje ist leer, aber das habe ich erwartet. Seit wir Qalia verlassen haben, ist er früher aufgestanden als alle anderen, um zu trainieren. Ich ziehe meine Stiefel an und denke an meine erste Reaktion auf seine Angewohnheit. Ich war überzeugt, dass er das nur tat, um zu beweisen, wie überaus hingebungsvoll er seinen Pflichten nachgeht, aber er erwähnte es mir gegenüber kein einziges Mal. Ich entdeckte es nur, weil ich einmal früh aufwachte und ihn heimlich bei Liegestützen auf einer Lichtung in der Nähe des Lagers beobachtete. Da wurde mir klar, warum ich an dem Tag, an dem wir sparrten, seinen Schlafsack leer vorgefunden hatte. Wahrscheinlich hat Bayek ihm das von Kindesbeinen an eingeimpft. Inzwischen bin ich davon überzeugt, dass Taha selbst dann früh aufstehen würde, um zu trainieren, wenn er der letzte lebende Mensch wäre und es niemanden mehr gäbe, den er beeindrucken könnte.

Ich ziehe mich an, steige die schmale Stiege hinauf und stehe an Deck. Vor mir liegt ein Bild des Friedens. Abgesehen von dem dösenden Matrosen im Krähennest ist das Deck leer, die Tür zu Faridas Kabine geschlossen. Draußen auf dem flachen Wasser der Bucht dümpeln die Kriegsschiffe leise vor sich hin, selbst die Möwen schweben in Stille. Ich drehe mich langsam um, gähne, reibe mir die Augen und suche nach Taha. Ich entdecke ihn, aber nicht dort, wo ich es erwartet hatte: Er geht den Pier entlang, *weg* vom Schiff.

Ein Dutzend Theorien kommen mir in den Sinn. Er will mit dem Geld, das Farida ihm geliehen hat, ein Frühstück kaufen, oder er muss eine weitere Untersuchung wegen des Gefängnisausbruchs durchführen. Die Antwort wird harmlos sein, aber irgendetwas an Tahas Verhalten lässt mich über die Rampe zum Dock huschen. Und obwohl er mich schon einmal ermahnt hat, ihn nicht auszuspionieren, gebe ich mich nicht zu erkennen. Ich schleiche hinter ihm her, wobei ich sorgfältig darauf achte, einen gewissen Abstand zwischen uns zu halten. Gelegentlich, wenn er einen Blick über die Schulter werfen will, verstecke ich mich sogar hinter einer Mauer oder einer abgestellten Kutsche und warte ab.

Ich pirsche mich an ihn heran, und bald tauchen dieselben Kriegsnarben der Stadt auf, auf die Amira auf dem Weg zu Zaks Bootsschuppen hingewiesen hat. Mein Verdacht bestätigt sich, als die schwarzen Obelisken des Feldes der Erinnerungen in Sicht kommen. Taha geht an Zaks Haus vorbei, betritt das Feld und bezieht Posten hinter einem der Obelisken, um die Reihenhäuser zu beobachten.

Ich schleiche mich in eine nahe gelegene schattige Nische. Taha unterbricht seine Beobachtung von Zaks Haus mit Blicken in den Himmel, als wolle er die Zeit messen, die vergeht.

»Was machst du da?«, murmle ich.

Die Eingangstür zu Zaks Reihenhaus schwingt auf. Ich drücke mich an die Wand, als Zak herauskommt, eine Stofftasche hängt über seiner Schulter. Der ruppige, ruhelose Mann mustert die Straße, wahrscheinlich auf der Suche nach Soldaten, dann schließt er die Tür hinter sich und eilt in Richtung Basar davon. Taha sieht ihm nach, ohne sich über diese Entwicklung auch nur im Geringsten zu wundern. Kurz darauf erhebt er sich und folgt ihm.

Ich warte, bis sie aus meinem Blickfeld verschwunden sind, bevor ich mich aus der Nische schleiche, die Kapuze tief in die Stirn ziehe und die beiden beschatte. Um uns herum kündigt sich der Tag mit einem blassrosa Schimmern an, das sich auf die zerbrochenen Wände legt. An dem immer lauter werdenden Lärm der Händler, der zu mir herüberschallt, erkenne ich, dass wir uns auf den Basar zubewegen. Innerhalb weniger Minuten taucht ein Torbogen mit einem Schild auf, auf dem AL-BAZAAR AL-KABIR steht, und ich werde von den ersten Käufern umringt.

»Verzeihung«, sage ich leise und dränge mich an den bettelnden Kindern vorbei, die sich an meinen Umhang klammern. Ich behalte Tahas Rücken im Auge; einige Meter vor ihm geht Zak, ohne die Bedrohung zu bemerken, die ihn jagt. Und genau das passiert hier – Taha *jagt* diesen Mann. Aber zu welchem Zweck?

Wir betreten das Erzeugnisviertel. Die Menschen drängen sich bereits, um warmen Khobz, fangfrischen Fisch und die reifsten Früchte und Gemüse zu kaufen. Taha schließt zu Zak auf, und wir nähern uns einer Engstelle, an der der Basar zu einem schmalen Durchgang wird und sich die Menschen Schulter an Schulter drängen. Ich beschleunige das Tempo, weiche den Feilschern an einem Laden für Datteln und Nüsse aus, einem Mann, der einen Baklava-Karren schiebt, und einem Paar Soldaten der Verheerenden auf muskulösen Pferden. Ich muss mich anstrengen, um in dem Chaos den Überblick zu behalten, aber Taha bekomme ich nur noch flüchtig zu sehen, und Zak habe ich ganz aus den Augen verloren.

Ich weiche einem Spielzeugverkäufer aus, der von einer Schar gaffender Kinder umringt ist, und stoße dann mit einer Verheerenden zusammen, die einen breitkrempigen Hut mit Federn trägt.

»Pass doch auf, Mädchen«, sagt sie mit einem gereizten, finsteren Blick. Taha hat mir beigebracht, dass die Kolonisatoren diesen Satz gerne verwenden. Nicht »Entschuldigung«, sondern »Pass doch auf«.

»Bitte verzeiht mir«, antworte ich in der klobigen Sprache der Verheerenden und verbeuge mich, obwohl es mich ärgert, dies zu tun. Aber ein Soldat beobachtet mich von seinem Posten an einem nahen Gewürzladen, und ich habe keine Zeit, mich ausfragen zu lassen.

Meine Entschuldigung beschwichtigt die Frau ausreichend und ich darf weitergehen. Ich bahne mir einen Weg durch die Menge, murmle noch mehr Entschuldigungen in Alqibahnisch und der Sprache der Verheerenden und sehe schließlich Taha, der sich die Kapuze über den Kopf gezogen hat. Ich schlüpfe in eine kleine Lücke zwischen zwei Männern, direkt hinter Taha, als wir den Engpass erreichen. Mein Magen krampft sich zusammen, als ich erkenne, dass Zak in der Reihe direkt vor mir steht – und Taha einen schlanken Dolch aus seinem Ärmel in seine Hand gleiten lässt.

Ich schiebe die junge Frau, die neben Taha geht, beiseite, nehme ihren Platz ein und fasse ihn am Ellbogen. »Was auch immer du vorhast, ich ermahne dich, es noch mal zu überdenken.«

Er reagiert nicht so, wie ich es mir vorgestellt habe – er reagiert überhaupt nicht –, und das macht mir Angst. *Er ist ein Fluss, schon vergessen?* Selbst wenn sich ein Berg vor ihm erhebt, wäre er zuversichtlich, dass seine Strömung ihn irgendwann zerstören würde. Er wird einen Weg finden oder seinen eigenen schaffen.

Wir verlassen die Engstelle. Zak geht weiter, aber ich steuere Taha nach links. Ich lasse ihn nicht los, bis wir den Strudel der Hauptverkehrsstraßen verlassen haben und ich sprechen kann, ohne belauscht zu werden. Ich ziehe ihn in eine leere Gasse und drücke ihn an die Wand.

»Was *tust* du hier?«

Das Grün seiner Augen ist an diesem Morgen trüb; weniger Savanne als Moos, das in einem schattigen Hain wächst, an einem einsamen Ort, den niemand je besucht.

»Du solltest mir nicht folgen«, sagt er.

»Du bist Zak gefolgt und hast einen Dolch gezogen. Warum?«

Er starrt mich an, die Lippen aufeinandergepresst. Ich lege meinen Unterarm gegen seine Brust und drücke ihn gegen den feuchten Stein. »Du bist nur eine unbeantwortete Frage davon entfernt, dass mein Dolch auf *dich* gerichtet wird.«

Er atmet durch seine Nase aus. »Ich habe den Befehl, mich um jeden Auswärtigen zu kümmern, der von dem Misra weiß.«

»Befehl, sie zu *ermorden?*« Als er nickt, lasse ich ihn los und trete zurück. »Geister, habt Erbarmen, das kann nicht wahr sein.«

»Doch, ist es.« Er glättet die Falten, die ich in seiner weißen Tunika hinterlassen habe. »Und dank dir habe ich heute meine einzige Chance verpasst.«

»Deine Chance zu *morden.*« Ich laufe hektisch ein paar Schritte vor ihm hin und her. »Zak ist nicht der Einzige, der von dem Misra weiß. Farida weiß es, Makeen auch, Muhab, alle Matrosen auf dem Schiff.« Ich stocke und starre ihn an. »Du hast vor, sie zu eliminieren. *Warum*, Taha? Diese Befehle standen nicht in unserem Missionsbefehl.«

»Sie standen in meinem Missionsbefehl.«

Der Brief an Bayek, die geheimnisvollen Worte, die von Tahas unsicherer Hand geschrieben wurden: *Ihre Anwesenheit wird mich weder ablenken noch daran hindern, deinen Willen zu erfüllen. Ich bleibe konzentriert und unserer Sache verpflichtet.*

»Der Missionsbefehl deines Vaters«, stelle ich laut fest.

Bei diesen Worten ist er sichtlich gereizt, als wäre er auf ein Bett aus Federkielen getreten. »Du hast den Auftrag, uns zu Atheer zu führen. Ich werde mich um den Rest kümmern.«

»Nein!«, rufe ich aus. »Du bist ein Späher, kein Meuchelmörder. Andere zu töten ist nicht unsere Aufgabe, das macht niemand von uns in der Sahir. Das ist falsch!«

Er macht sich auf den Weg zum Ende der Gasse. Ich trabe ihm hinterher und ergreife seinen Arm. »Taha, hör mir zu. Du kannst das nicht tun, weder morgen noch jemals, egal, was dein Vater sagt.«

Seine Schläfe pulsiert. »Jede Spur der Magie hier zu beseitigen, ist der einzige Weg, unser Volk zu schützen, wie es der Große Geist wollte.«

»Ist es nicht.« Ich zerre an ihm, damit er stehen bleibt. »Bitte, ich sage das nicht wegen Zak oder Farida, sondern auch um *deinetwillen*.«

Da wird er langsamer und mustert mich. Ich ergreife meine Chance. »Einen anderen Menschen zu töten, ist etwas, was man nicht so einfach wieder abschütteln kann. Es wird dich teuer zu stehen kommen, Taha – es wird deiner Seele schaden.«

Er atmet stoßweise aus und blickt hilflos durch die Gasse, als sei dieser Ort ein Gefängnis, in dem er eingesperrt ist. »Wieso hast du das immer noch nicht begriffen? Ich habe nicht den Luxus, zu tun, was ich will, so wie du. Wenn mir ein Befehl gegeben wird, muss ich ihn befolgen. Ich habe keine andere Wahl.«

»Wir haben immer eine Wahl, so schwierig sie auch sein mag.« Ich halte seine Hand und merke, wie er noch tiefer errötet. Sein Blick ist auch von Sehnsucht umwölkt, wie an dem Nachmittag, als er mich küsste. Der Kuss, von dem er sagte, er wäre ein Fehler, der, von dem ich wünschte, er wäre es nicht. Vielleicht habe ich mich geirrt und er hat das nur gesagt, um sich nicht für seine wahren Gefühle und sein wahres Ich schämen zu müssen. Vielleicht hat er es aber auch wirklich so gemeint.

Ich fasse fester zu. »Tu das nicht. Wir können Farida und die anderen zur Verschwiegenheit verpflichten. Es gibt andere Wege, unser Land zu schützen, als sie zu töten.«

»Die Welt, in der du lebst, ist nicht dieselbe wie meine«, sagt er leise und hoffnungslos.

Ich verspüre den starken Wunsch, ihn an mich zu ziehen und ihn zu trösten. »Bitte«, flüstere ich und trete näher.

Er schließt die Augen und scheint zu versuchen, sich zu beruhigen; dann stößt er ein leises, wütendes Knurren aus und zieht seine Hand weg. »Ich werde mich nicht wiederholen, Imani. Hindere mich nie wieder und lenke mich nicht von meinen Befehlen ab. Es ist mir egal, wie sehr du gegen sie bist. Ich handle nach dem Willen des Rates.«

»Der Rat würde niemals …«

»Das ist mir egal!«, brüllt er und die Sehnen seines Halses spannen sich an. »Komm mir noch einmal in die Quere, und du wirst es bereuen.«

»Ich dachte, da wäre etwas zwischen uns, Taha«, stoße ich wütend hervor, und mein Herz hämmert gegen meine Rippen.

»Was denn?«, murmelt er, ohne mich anzusehen, wobei sein Gesicht jetzt dunkelrot wird.

»Du verhältst dich doch wie ein völlig anderer Mensch, wenn wir nur zu zweit sind. Sag du es mir.«

Er zögert, und ich spüre, dass in seinem Inneren ein erbitterter Kampf tobt.

Eine Schlacht, die er verloren hat.

»Da ist nichts«, sagt er schließlich, und in seinen Worten schwingt spürbare Verzweiflung mit.

Er marschiert die Gasse hinunter, ballt und öffnet die Fäuste, sein Umhang flattert im Wind. Vor dem neuen Licht des Morgens ist seine sich entfernende Silhouette unnachgiebig schwarz. Schatten und Gänsehaut krabbeln über meine Haut, mein Herz schmerzt. Wieder einmal habe ich meine Schwäche für ihn offenbart, in der naiven Hoffnung, dass meine Gefühle erwidert werden. Doch alles, was er mir zurückgab, war dieser undurchdringliche Schutzwall. Ich habe mich in Taha getäuscht, und zwar vom ersten Moment an, als ich dachte, er würde während unserer Sprachstunden Freundlichkeit zeigen. Es war keine Freundlichkeit oder eine aufkeimende gegenseitige Anziehung – es war eine Täuschung, damit er an meinen Bruder und die Rebellen herankommt, um die Wünsche seines Vaters zu erfüllen. Bevor er Badr tötete, fragte ich

Taha, was er vorhabe, und er sagte: »Was getan werden muss.« Vielleicht hat er mein Stutfohlen nicht getötet, weil er mir den Schmerz ersparen wollte, sondern weil er es gewohnt ist. Er kann morden, wenn er muss, Tier und Mensch. Dafür hat Bayek gesorgt. Ich habe mein Herz zu Stahl gehärtet, aber Taha? Ich weiß nicht, ob ich ihn dafür bemitleiden soll, dass er von einem Mann wie Bayek großgezogen wurde, oder ob ich ihn dafür hassen soll, dass er dieses Schicksal einfach so hinnimmt. Aber wenn er es tolerieren kann, mir und seinem eigenen Cousin gegenüber gefühllos zu sein, wenn er den Befehl hat, die Auswärtigen, die von dem Misra wissen, zu töten, wie wird er dann meinen Bruder behandeln, den er offen verachtet und ideologisch bekämpft? Wird er zulassen, dass Atheer uns friedlich nach Hause begleitet, oder wird er darauf bestehen, Atheer in Ketten nach Hause zu schleifen und ihn auf Schritt und Tritt zu misshandeln?

Oder noch schlimmer, flüstert eine Stimme aus den trüben Tiefen. *Oder noch schlimmer.*

29

Die nächsten Tage vergehen schnell, nachdem ich mich auf nichts anderes konzentriere, als meinen Bruder nach Hause zu bringen.

Nachdem wir einen soliden Plan für den Überfall auf den Gefangenentransporter haben, untersuchen wir das Gefängnis selbst. Taha kann Sinan nicht zu nahe heranbringen, ohne dass ein Bogenschütze zuschlägt, aber er kann uns einen groben Grundriss des Gefängnisses skizzieren, und der ist überraschend. Ich hatte mir eine einzelne, uneinnehmbare Festung vorgestellt, aber das Gefängnis ist eine Ansammlung von Gebäuden, die von zwei konzentrischen Verteidigungsmauern umgeben ist und auf einer Anhöhe über dem Meer liegt. Die Gefangenen können sich in den frühen Morgen- und Abendstunden innerhalb des Geländes frei bewegen, werden jedoch ständig von Bogenschützen auf den Wällen beobachtet. Tagsüber werden sie in die verschiedenen Gebäude geführt, vermutlich um zu arbeiten. Die Mahlzeiten werden morgens und abends in einem separaten Gebäude eingenommen. Nachts werden die Gefangenen in langen, gedrungenen Schlafsälen untergebracht, und Soldaten patrouillieren auf dem Gelände, um sicherzustellen, dass sich niemand während der Ausgangssperre draußen aufhält. Ich nehme an, dass jemand, der erwischt wird, auf der Plattform in der Mitte des Gefängnishofs ausgepeitscht wird.

Nach langen Diskussionen steht unser Plan für den Weg zum und aus dem Gefängnis fest. Am Tag vor dem Ausbruch sitze ich an einem knarrenden Tisch unter Deck und studiere den Grundriss des Gefängnisses bei schwankendem Laternenlicht. Anfangs hilft mir Amira – ohne auf die Karte zu schauen, beschreibe ich einen bestimmten Aspekt, und sie sagt mir, ob ich richtig- oder falschliege, aber schließlich studiere ich die Skizze schweigend, und sie rollt sich auf der gegenüberliegenden Bank zusammen, um zu schlafen.

»Du starrst schon seit Stunden auf das Ding«, sagt Farida und lehnt sich gegen die Tür.

»Und ich werde noch stundenlang daraufschauen, bis ich mir jedes Gebiet und jedes Gebäude eingeprägt habe.« Ich warte darauf, dass die Kapitänin geht, damit ich mich konzentrieren kann, aber sie verweilt und beobachtet mich. Seufzend lehne ich mich in meinem Stuhl zurück. »Willst du etwas?«

»Ja, mit dir sprechen.« Sie betritt den Raum und schließt die Tür hinter sich. »Über Atheer.«

Jetzt hat sie meine volle Aufmerksamkeit. »Was meinst du?«

»Warum du hier bist«, sagt sie und humpelt zu der Bank, auf der Amira sich gerade hinsetzt. »Was denkst du, was du tun wirst, wenn du ihn morgen aus dem Gefängnis befreist?«

»Ich habe dir schon gesagt, dass wir ihn nach Hause, nach Qalia bringen werden«, sage ich.

Sie setzt sich neben Amira. »Das ist es ja gerade, Imani. Dein Bruder wird nicht mit dir zurückgehen.«

»Genug«, murmle ich am Tisch. Ich kann die Person nicht ansehen, die mir Atheer schon einmal dreist gestohlen hat und es jetzt wieder versucht. Mein Blick fällt auf die Karte, die Tahas Hand gezeichnet hat. Dieselbe Hand, die an einem Tag meine Wange streichelte und an einem anderen bereit war, Zak zu töten. Ich verfluche mein Schicksal, das mich in die Gesellschaft von Menschen gebracht hat, die nur das wollen, was ich nicht will.

»Ich weiß, dass Atheer dein Bruder ist, und du kennst ihn besser als die meisten …«, beginnt Farida.

»Alle.« Ich drücke den Rand der Karte zusammen. »Besser als alle anderen, dich eingeschlossen.«

»Nein, Imani. Ich kannte den Mann, der er *hier* war.« Sie sieht zwischen mir und Amira hin und her. »Ich weiß, ihr mögt mich nicht, aber ihr müsst beide verstehen, dass die Dinge, die Atheer gesehen und mitgemacht hat, der Krieg …«

Amira reibt sich die geschwollenen Augen. »Er hat darin gekämpft?«

»Ja. Während des Krieges war er in mehrere Gefechte um Taeel-Sa verwickelt. Er kämpfte an unserer Seite mit Schwert und Bogen und mit Magie, die er später mit uns teilte, unter der Bedingung, dass wir sie behutsam einsetzen würden.«

Ich rolle mit den Augen. »Oh, du hast sie wirklich nicht nach Belieben benutzt?«

»Nein. Ich habe versucht, dir zu erklären, dass nichts davon so ist, wie du denkst. Atheer warnte uns vor der Anwendung der Magie und den Folgen, die sie für uns und dein Volk haben könnte. Er hat uns gelehrt, sie mit Bedacht einzusetzen, und das haben wir getan. Er war ein guter Anführer.« Ihre Stimme schwankt. »Er war sogar da, als mein Vater durch den Pfeil eines Verheerenden getötet wurde. Er versprach Baba, dass er uns retten würde, und Baba glaubte ihm. Aber Atheer musste nach Qalia zurückkehren. Taeel-Sa fiel, der König wurde hingerichtet, die Verluste waren hoch …«

Ich halte meinen Blick gesenkt, um meine Tränen nicht vor Farida zu zeigen. Tapferer Atheer, er hat keine schlechten Entscheidungen getroffen, weil er unzurechnungsfähig war oder manipuliert wurde. Ja, er hat unsere Magie verraten, aber nicht aus Leichtsinn oder bösem Willen. Er hat aus Großzügigkeit und Fürsorge gehandelt, vielleicht sogar mit zu viel davon. Er war schon immer von der Loyalität eines Löwen zu seinem Rudel besessen, aber ich erkenne jetzt, dass Atheers Rudel jeder ist, nicht nur unsere Familie oder die Menschen in Qalia oder die Menschen in Alqibah oder Farida. Alle von uns. Er machte keinen Unterschied zwischen »uns« und den »Auswärtigen«.

»Ich zweifle nicht daran, dass diese Erfahrungen ihn verändert haben«, fährt Farida fort. »Er wird nicht mit dir nach Qalia zurückkehren, und wenn er es tut, wird es nicht von Dauer sein. Bevor er verhaftet wurde, erzählte er mir, dass er an einem Plan zur Rettung von Alqibah arbeitet. Er hat mir nicht erklärt, worum es sich dabei handelt, aber ich weiß, dass er ihn zu Ende führen will. Er kann alles tun, was er sich vornimmt.«

»Und er ist stur.« Amira lächelt schief. »Das ist typisch für die Beya-Sippe.«

Farida erwidert das Lächeln und greift über den Tisch hinweg nach meiner Hand. Ich weigere mich, sie ihr zu geben.

»Ich wollte dich nur vorwarnen, Imani«, sagt sie. »Ich weiß nicht, wie es dir geht, aber Taha und Reza scheinen entschlossen zu sein, Atheer so schnell wie möglich nach Hause zu bringen. Das wird doch wohl nicht mit Gewalt geschehen, oder?«

»Nein«, lüge ich. Was soll ich sonst sagen? Wenn ich ihr die Wahrheit sage, dass Atheer zur Sahir zurückkehrt, ob es ihm gefällt oder nicht, könnte sie den Gefängnisausbruch vereiteln. Aber was ist mit Taha? Was wird er sagen, wenn er erfährt, dass Atheer mit uns zurückkehrt, aber nur vorübergehend? Wenn er herausfindet, dass Atheer sich dieser Sache verschrieben hat, gegen den Willen des Rates – gegen Bayeks eigene Sache? Das wäre nicht gut, und ich weiß nicht, ob ich das Zeug dazu habe, Taha aufzuhalten, wenn es so weit ist. Ich muss diese Situation jetzt in den Griff bekommen, bevor sie mir noch weiter entgleitet.

»Wie dem auch sei«, sage ich und verschränke die Arme, »mein Bruder wird auf mich hören. Ich werde ihn überreden, nach Hause zu kommen.«

Farida steht auf. »Ich dachte mir, dass du das sagen würdest. Kommt mit mir, alle beide. Ich habe etwas, das ihr sehen solltet.« Sie verschwindet durch die Tür. Amira und ich wechseln einen fragenden Blick und eilen ihr auf das Deck nach. Taha steht am anderen Ende und streitet sich mit Reza, doch der Blick seiner kalten Augen verfolgt mich, als wir die Rampe hinunter zur Anlegestelle gehen.

»Wohin fahren wir?«, frage ich Farida.

Sie zieht ihr Kopftuch in die Stirn. »Du wirst schon sehen.«

Mit langen, steifen Schritten führt uns Farida von den Anlegern zu einem belebten Platz. Ich kann mir beim besten Willen nicht vorstellen, was sie vorhat, als wir an einem großen, runden Amphitheater mit Arkaden ankommen. Sie bezahlt die paar Silbermünzen für unseren Eintritt, und wir schließen uns einer Masse von Besuchern an, die durch einen schummrigen Tunnel gehen, der nach Körperausdünstungen und Metall riecht. Wir drängen uns hinter ihr durch ein feuchtes Treppenhaus und kommen im blendenden Sonnenlicht wieder heraus, wobei wir von einer Menge von Ausländern und Taeel-Sanern geschubst und geschoben werden. Sie zerrt uns zu einem leeren Platz an der Wand. Wir stehen auf einer der Terrassen des Amphitheaters und blicken auf ein leeres, mit Kies bestreutes Oval. Ein Verheerender geht vor uns vorbei. Wenn ich mir die Münzen und Zettel, die ausgetauscht werden, so ansehe, habe ich das Gefühl, dass er zu Wetten aufruft.

»Warum hast du uns hierhergebracht, um uns Sportveranstaltungen anzuschauen?«, frage ich.

Farida schlingt wortlos den Zipfel ihres Kopftuchs über die untere Gesichtshälfte. Jemand brüllt eine Ankündigung in der Sprache der Verheerenden, und die Menge tobt, als ein großer, junger, weißer Mann durch das Oval schreitet. Er trägt ein Kettenhemd und hält einen Säbel in der Hand. Er ist ein Hüne mit Beinen so dick wie Baumstämme, er lässt Taha fast zierlich aussehen.

»Wie lauten die Regeln dieses Spiels?«, frage ich nervös.

Ein dürrer Junge aus Taeel-Sa, nicht älter als siebzehn, schlurft zögerlich von der anderen Seite durch das Oval. Auch er trägt Rüstung und Waffen, aber nichts an ihm sieht so teuer oder strapazierfähig aus wie bei dem anderen.

»Farida, wie lauten die …«

»Der Gewinner ist derjenige, der überlebt«, sagt sie.

Ein Schauer läuft mir über den Rücken. Ich schaue mir das Meer von aufgeregten ausländischen und einheimischen Gesichtern an. »Das sind die Tapferkeitsgründe«, stelle ich fest und denke an die Kutsche von vor ein paar Tagen. »Die Todesgruben.«

Ein Horn ertönt und das Publikum beginnt zu johlen. Farida nickt dem Oval zu.

»Meistens sind die Gladiatoren Alqibahner, aber es nehmen auch immer mehr Ausländer teil. Sie sind immer besser ausgerüstet und trainiert; sie gewinnen immer. Hinter den Geschäften stehen die Leute, die die Gladiatoren finanzieren, und viele Verheerende machen die Todesgruben zu ihrem Geschäft. Sie suchen sich Menschen aus ganz Alqibah, locken sie von der Straße, aus Schulen, Basaren, Bauernhöfen und Waisenhäusern. Vielen ist es egal, ob ihre Gladiatoren gewinnen oder verlieren; sie erhalten einen Pauschalbetrag für jede Person, die sie für die Show beschaffen. Kaufleute, Fürsten und sogar Beamte bringen ihre eigenen Gladiatoren mit, die von den Besten trainiert, durch die beste Rüstung geschützt und mit den besten Waffen ausgerüstet werden. Aber lass dich nicht täuschen. Ihre Gladiatoren stammen oft aus armen Familien, die nur wenig von den Gewinnen abbekommen. Jeder andere Kämpfer tritt, wenn er verzweifelt genug ist, mit leeren Händen an und erhält nur die nötigste Grundausstattung zum Kämpfen. Diese Ungleichheit trägt zum Spaß an der Show bei.«

»Spaß«, echot Amira hohl.

Die Gladiatoren beginnen, sich gegenseitig zu umkreisen. Die Augen des Jungen sind so groß und blinzeln nicht, als hätte jemand die Lider festgenäht. Er ist verängstigt – und ich zittere.

»Der Förderer des überlebenden Gladiators wird bezahlt, ebenso wie die Glücksspieler, die auf den Sieger wetten«, erklärt Farida, »aber es gibt noch andere Gewinnbedingungen für die Glücksspieler: Sie müssen zum Beispiel richtig raten, wie lange der Verlierer braucht, um zu sterben, auf welche Weise, ob er am Ende noch all seine Gliedmaßen hat. Viele Gladiatoren melden sich freiwillig, in der Hoffnung, dem Elend zu entgehen, aber genau hier, wo sie sich Erlösung erhofften, finden sie ihr Ende.«

Der Fremde macht einen Satz und schwingt seinen Säbel. Der Junge springt aus dem Weg, aber die Spitze der Klinge trifft ihn an der Schulter. Blut fließt, und das Publikum johlt.

Übelkeit überkommt mich. »Ich will das nicht sehen«, sage ich.

Farida ergreift meine Hand mit überraschender Kraft. »Dein Bruder hat es gesehen.«

Der Fremde greift erneut an, der Junge stolpert bei seinem Fluchtversuch. Er fällt auf den Schotter und rappelt sich auf, als der große Mann angreift. Der Fremde brüllt vor Lachen und wirbelt seinen Säbel so schnell herum, dass er kaum noch als Stahl zu erkennen ist. Der Junge schafft es, sich wieder aufzurichten und auszuholen. Sein Gegner weicht aus und streift mit seiner Klinge den Oberschenkel des Jungen. Diese Wunde ist viel schlimmer als die erste. Der Schnitt ist tief, klafft hässlich auseinander und spuckt Blut. Ich fange an zu würgen. Ich wehre mich gegen Faridas Hand, aber sie hat mich fest im Griff.

»Die Verheerenden sind stolz auf ihre würdevolle Zivilisiertheit, und doch ermutigen sie unter dem Deckmantel der Unterhaltung zur Gewalt gegen uns.«

Der Junge taumelt zurück und keucht, während Blut an seinem Bein herunterläuft. Anstatt anzugreifen, wendet der Ausländer sich der ohrenbetäubend lärmenden Menge zu, winkt mit der Hand und stachelt sie an. Er spielt mit dem Jungen und zieht das Gemetzel in die Länge wie eine Katze, die mit einer Maus spielt. Er wird den Jungen nicht mit einem schnellen Schlag töten. Er wird ihn Stück für Stück auseinandernehmen, ihm genug Schmerz und blutende Wunden zufügen, um die Ghule im Publikum zu befriedigen, aber nicht genug, um die Show zu schnell zu beenden.

»Ich will das nicht mit ansehen.« Ich ziehe meine Hand aus Faridas und schiebe Amira zur Treppe. Wir rennen hinunter in den Tunnel und springen über Pfützen mit verschüttetem Wein. Die Decke erzittert unter den Freudenschreien. Übelkeit steigt in meiner Brust auf, als ich endlich den metallischen Geruch hier drinnen identifiziere. Blut.

Ich stürme aus dem Amphitheater und ziehe Amira mit mir in eine Seitengasse. Ich breche an der Wand zusammen und starre in den Himmel, während sie in ihre Hände schluchzt. Das Bild des

Jungen brennt sich in mein Gedächtnis ein. Ich stelle mir sogar Taha dort unten vor, wie er von Lord Osgar in seiner extravaganten Kutsche in einen grausamen, gnadenlosen Tod gelockt wird.

»Imani.«

Ich wirble herum und stoße Farida weg. »Warum hast du uns hierhergebracht?« Ich drehe mich um und presse die Handflächen an meine Stirn. »Das ist nicht fair. Dieser Junge wurde vor Hunderten von Menschen abgeschlachtet, und *niemand* hat es verhindert! Sie haben den Gladiator sogar angefeuert!« Farida führt uns tiefer in die Gasse. »Nimm, was du mit angesehen hast, multipliziere es mit einem Vielfachen, und du hast den Krieg, in dem Atheer und ich gekämpft haben.«

Ich fühle mich ein wenig schuldig, weil ich die Kapitänin so sehr verabscheut habe. Bis jetzt habe ich keinen Gedanken an die schrecklichen Erlebnisse verschwendet, die Farida durchgemacht hat. Sie musste den Tod ihres Vaters mit ansehen und konnte ihn nicht verhindern. Ich habe mir keine Gedanken darüber gemacht, wie verzweifelt sie nach Hilfe gesucht haben musste, und auch nicht über den Mut, den es braucht, um eine Rebellion in einem Königreich anzuzetteln, in dem man schon für einen Fluch gehängt werden kann. Im Angesicht von Gewalt, die schlimmer ist als die in den Todesgruben, aufrecht zu stehen, würde eine Art von Mut erfordern, von der ich glaube, dass ich sie nicht besitze. Ich kann ihr noch nicht vertrauen und ihr auch nicht verzeihen, dass sie Atheer in einen solchen Schlamassel hineingezogen hat, aber ich fange an, einen gewissen Respekt für sie zu empfinden – vielleicht sehe ich sogar das in ihr, was Atheer gesehen hat.

»Verstehst du jetzt?«, fragt sie mich. »Dein Bruder wird sich nicht von dem abwenden, was hier geschieht, auch wenn du versuchst, ihn zu zwingen. Und tief in deiner Seele weißt du, dass das die Wahrheit ist. Er ist ein zu guter Mensch, um das Leid der anderen zu ignorieren. Und du bist es auch.«

Ich nehme meine Hände herunter. »Was meinst du damit?«

»Rette deinen Bruder und bleib hier bei uns. Wir brauchen

Leute, wenn wir unser Land zurückerobern wollen, Menschen wie *dich*.«

Ich lasse mich gegen die moosbewachsene Wand fallen und spotte. »Du meinst Zaubernde, die dir mehr Misra geben können.«

»Geschickte Krieger, die das Unrecht bekämpfen werden.«

Ein Schwarm gurrender Tauben schreckt auf einem Dach über uns auf und fliegt davon. »Ich werde darüber nachdenken«, sage ich schwach und beobachte, wie sie sich am gleißenden Himmel zerstreuen.

Farida drückt meine Schultern und holt meinen Blick wieder nach unten. »Imani, dieses Land gehört auch dir. Qalia und die Sahir … sie sind Teil von Alqibah. Wir sind keine Nachbarn, wir sind Schwestern.«

»Und Schwestern kämpfen füreinander.« Amira tritt an meine Seite und sagt zu mir: »Du befürchtest, dass unser Land angegriffen wird, wenn wir uns einmischen? Das wird es bereits.«

»Ich sagte, ich werde darüber nachdenken«, wiederhole ich.

Amira und Farida wirken niedergeschlagen, aber zu viel verändert sich zu schnell, und ich habe das Gefühl, die Kontrolle zu verlieren. Es ist eine Sache, mit Taha und Reza für die Freiheit meines Bruders zu kämpfen, aber eine ganz andere, meine Familie und mein Volk im Stich zu lassen, um hier bei der Rebellion zu bleiben, auch wenn ich mit ihrer Sache übereinstimme.

»Aber«, sage ich und sehe zwischen ihnen hin und her, »ich werde Atheer aus dem Gefängnis befreien. Darüber hinaus sind seine Entscheidungen seine eigenen. Ich werde seine Wahl respektieren. Es ist das Richtige.«

Amiras Augen füllen sich mit Tränen der Erleichterung. »Danke«, flüstert sie und umarmt mich, während Farida mit einer Hand meinen Arm entlang streicht.

»Das wird ihm sehr viel bedeuten«, sagt die Kapitänin.

Amira nickt am Ende der Gasse. »Komm, lass uns zurückgehen. Wir können bis morgen noch ein wenig lernen.«

Ich folge ihnen zurück zum Schiff und freue mich darauf, endlich wieder mit Atheer zusammenzukommen. Doch dann muss ich an den unerbittlichen Schatten denken, der meinen Bruder verfolgt – Taha. Er sagte, wenn Atheer sich der Rückkehr widersetzt, wird er ihn in Ketten legen. Aber Atheer ist kein Mann, den man leicht bezwingen kann. Er kann sich in einen Löwen von der Größe einer kleinen Kutsche verwandeln, und wenn er erst einmal an etwas glaubt, ist er fest dazu entschlossen. Er wird morgen aus Leibeskräften kämpfen – was für Taha gefährlich enden könnte. Aber Taha – nein, *Bayek* – ist ein leidenschaftsloser und eiskalter Stratege. Wenn einer von ihnen die mögliche Bedrohung für Tahas Leben bereits erkannt hat, wird Taha vielleicht gar nicht erst den Versuch unternehmen, Atheer festzunehmen – er wird meinen Bruder einfach töten, sobald er ihn erblickt.

Das ist töricht, sage ich mir, doch das scheint der Wahrheit am nächsten zu kommen. Ich habe gesehen, wie Taha sich bereit machte, Zak zu töten; ich habe in seinem Brief gelesen, dass er sich der Sache seines Vaters verschrieben hat. Er ist dazu fähig, und er hat die richtige Motivation – den Hass auf meine Sippe. Aber ich brauche ihn und Reza, wenn ich überhaupt Hoffnung haben will, morgen in das Gefängnis hinein- und wieder herauszukommen. Ich bin im Moment genauso gefangen wie Atheer.

Amira streicht mir über den Arm. »Geht es dir gut? Du siehst nicht gut aus.«

»A-Alles in Ordnung«, stottere ich. Ich bin alles andere als das, denn mir ist klar geworden, dass es nicht die Verheerenden sind, vor denen ich meinen Bruder letztendlich morgen retten muss – es ist einer von uns.

Taha, der Attentäter.

30

Wir kehren kurz vor Einbruch der Dunkelheit zum Schiff zurück. Amira will mit mir zusammen weiter die Karte studieren, aber ich lehne das Angebot ab und schicke sie freundlich weg. Ich muss mich auf andere Weise auf den morgigen Tag vorbereiten; dankenswerterweise hat Farida mir die Kapitänskabine angeboten, damit ich meine Ruhe habe.

Sobald Amira die Tür zur Kabine geschlossen hat, ziehe ich meinen Dolch heraus. »Qayn, komm raus.«

Der Dschinn erscheint mit hochgezogener Augenbraue vor mir. »Wie kann ich helfen, Töterin?«

Trotz meiner Überzeugung fühlt sich meine Zunge an wie mit Steinen beschwert. Ich gehe durch die Kabine zum schmutzigen Fenster und halte inne, um auf die belagerte Stadt zu blicken.

»Ich habe mich entschlossen, dein Angebot für eine magische Ausbildung anzunehmen.« Zögernd werfe ich einen Blick über meine Schulter zu Qayn. »Ich habe Angst vor dem, was Taha morgen tun könnte. Ich muss bereit sein, auch wenn ich meine Klinge nicht dabeihabe.« Ich lege sie entschlossen auf Faridas Schreibtisch und trete zurück.

Qayn denkt darüber nach, seine Lippen kräuseln sich an den Mundwinkeln. Das Grinsen wird schnell wieder unterdrückt. »Wie du wünschst, Töterin. Ich stelle mein Wissen gern zur Verfügung, um die Sicherheit deines Bruders zu gewährleisten.«

»Gut.« Ich nicke brüsk, obwohl sich mein Puls in Erwartung dessen, was diese Lektion beinhalten könnte, beschleunigt hat. »Ich werde meinen Dolch morgen nicht dabeihaben, aber ich hatte gehofft, dass es einen Weg gibt, wie ich meine Magie trotzdem einsetzen kann.«

»Den gibt es.« Qayn nähert sich dem Schreibtisch und hebt nach einem zaghaften Blick in meine Richtung sowohl den Dolch als auch eins von Faridas kleinen Messern hoch, die im Holz stecken. Er hält sie empor. »Diese Waffen sind aus Stahl gefertigt, der wiederum aus Eisen hergestellt wurde.«

»Meine Zugehörigkeit«, sage ich und setze mich auf die Schreibtischkante.

»Ja. Daher könnte man diese Waffen für deine Zwecke als ein und dasselbe betrachten.«

Ich runzle die Stirn. »Aber meine Zugehörigkeit bezieht sich nur auf meine Klinge.«

»Nein. Die Reichweite deiner Zugehörigkeit ist auf die gleiche Weise auf deine Klinge beschränkt, wie ein Tierbändiger wie Taha nur einen einzelnen Falken kontrollieren kann, obwohl er die Magie besitzt, in den Geist eines jeden Falken einzudringen.«

»Eigentlich kann Taha zumindest seinen Falken und Singvögel kontrollieren«, korrigiere ich mürrisch.

»Der mittelmäßige Junge ist also weniger mittelmäßig, als ich dachte«, räumt Qayn mit einem spitzen Grinsen ein. »Wie dem auch sei, die Zugehörigkeit zu beschränken, ist bei jungen Zaubernden üblich, die noch lernen, einen Aspekt ihrer Magie zu beherrschen. Die meisten Zaubernden kommen nie über dieses Stadium hinaus, selbst wenn sie in diesem begrenzten Bereich sehr gut werden. Wasserzaubernde, die zwar einen Strom, aber keinen Sturm beschwören können, zum Beispiel. Es gibt jedoch einen grundlegenden Unterschied zwischen dir und solchen Zaubernden. Du hast den Ehrgeiz der Beya-Sippe. Wie deine Tante, die Belebung studierte und sie mit ihrer Sonnenzugehörigkeit kombinierte, um dieses Glasfläschchen zu erschaffen.«

»Danke, vermute ich«, murmle ich und meine Wangen werden heiß. »Aber was bedeutet das für mich?«

Qayn seufzt und legt die Waffen auf den Tisch. »Du denkst zu enggefasst, wenn es um deine Magie geht. Apropos deine Tante, hat sie dir denn gar nichts beigebracht?«

»Sei vorsichtig«, warne ich.

Er ignoriert das und legt seine Hände auf meine Schultern. »Beherzige diese Lektion, Töterin. Sie wird dich weiter voranbringen als jede andere. Misra ist ein *Schlüssel.* Mehr gibt es dazu nicht zu sagen.«

»Ein Schlüssel«, plappere ich nach, während ich das neue Konzept in meinem Kopf durchspiele.

»Ja. Ein Schlüssel, der den Zugang zu den Bausteinen der Welt aufschließt. Misra erlaubt es dir, die Welt zu sehen und zu manipulieren, wie es der Große Geist tut. Es ist nicht die Magie selbst – es ist die Brücke zur Magie. Und deine Zugehörigkeit gilt dem Eisen, nicht nur deiner Klinge.«

Ich mustere Qayn aufmerksam. »Ich habe noch nie gehört, dass jemand so über das Misra gesprochen hat. Wie kannst du so viel über eine Magie wissen, die nicht die deine ist?«

Er lässt die Arme sinken und zuckt mit den Schultern. »Ich habe genug von eurem Volk kennengelernt, um meine eigenen Theorien zu entwickeln.«

»Theorien, hmm«, sage ich und schniefe. »Du bist dir also nicht sicher, wovon du sprichst.«

»Sicher genug, dass ich dich dazu bringen könnte, jede Klinge so intuitiv zu führen wie deine eigene«, erwidert er.

Ich nehme Faridas Messer und untersuche es. »Ich wüsste nicht, wie. Ich fühle keine Verbindung zu dieser Klinge, obwohl sie aus demselben Material gefertigt ist.«

»Versuch es«, sagt er.

Ich schließe meine Augen und beschwöre die Magie, die seit der Teezeremonie von heute Morgen durch meine Adern schwimmt.

Ich lenke sie in meine Hand, die das Messer hält, aber sie scheint die Fingerspitzen zu erreichen und zu stoppen, als würde sie von einer unsichtbaren Wand blockiert.

»Ich kann es nicht«, sage ich und öffne meine Augen.

Qayn hat mich beobachtet. »Versuch es noch einmal«, drängt er.

Ich werfe einen Blick auf das Fenster. Die Sonne ist schon fast untergegangen und wirft lange Schatten in die Kabine. Es ist schon spät, und diese Übung erscheint mir sinnlos. Ich sollte die wenige Zeit, die mir noch bleibt, nutzen, um die Karte des Gefängnisses zu studieren, anstatt mir von einem machtlosen Dschinn falsche Lektionen erteilen zu lassen.

»Töterin«, sagt er ungeduldig. »Versuch es noch einmal.«

Widerstrebend atme ich tief ein und lasse beim Ausatmen die Magie in meine Hand strömen. Sie kribbelt in meiner Handfläche und in meinen Fingern – und kommt krachend zum Stillstand.

»Das ist sinnlos«, murmle ich und werfe das Messer auf den Tisch.

»Du gibst auf?«

»Ich kann das verdammte Ding nicht einmal *spüren*«, rufe ich aus. »Mein Dolch ist ein Teil von mir. Ich fühle ihn genauso wie meine eigenen Hände. Aber das hier – man könnte meinen, ich hätte es gar nicht in der Hand. Die ganze Sache war reine Zeitverschwendung, eine weitere deiner Täuschungen.«

Qayn sieht mir einen Moment lang dabei zu, wie ich auf und ab laufe. Die Schatten um ihn herum reifen heran und hüllen ihn ein. »Du hast Angst«, sagt er mit dieser dunklen, honigsüßen Stimme.

Ich höhne: »Angst, wovor?«

»Über das Bekannte hinauszugehen. Neue Dinge auszuprobieren. Zu entdecken, dass die Ideale, an die du dich immer geklammert hast, vielleicht nicht die ganze Wahrheit sind.«

Ich verdrehe die Augen, aber Qayn nickt.

»Du wirst sagen, dass es nicht so ist. Du wirst dir einreden, dass du entschlossen bist, die Beste, die Stärkste, die Klügste, die Mutigste zu sein. Aber die traurige Wahrheit ist, Imani, dass du nicht das Zeug dazu hast, es weit zu bringen. Du bist viel zu festgefahren, als es gut für dich wäre.«

»Ach, bin ich das?« Ich bleibe stehen. »Ich habe dich an meinen Dolch gefesselt, stimmt's? Festgefahren? Unsinn.«

»Die winzigen Schritte eines ängstlichen Babys«, spottet er und versinkt wieder in den Schatten. Nur seine Augen stechen hervor, obwohl sie dunkler sind als die Dunkelheit selbst. »Ich habe einen Vorschlag für dich, einen Weg, wie du diese Lektion wirklich begreifen und anwenden kannst, aber du wirst ihn sofort ablehnen, aus Angst und einer unangemessenen Sorge um ›die Regeln‹.«

Ich sehe ihn von der Seite her an. »Ich höre, Teufel.«

Er taucht aus den Schatten auf, als würde er aus einem schwarzen, tiefenlosen Ozean aufsteigen. »Binde mich an deine Seele. Ich werde in der Lage sein, dir diese Lektion direkt zu vermitteln, und ich garantiere dir, dass du eine andere Waffe so führen kannst, wie du deine eigene führst.«

»D-Dich an meine Seele binden«, stottere ich, während sich mein Inneres wälzt und dreht. Ein Monster an einen Gegenstand zu binden, ist schon gefährlich genug. Die Seele eines Dschinns an *die eigene* zu binden, ist mit unvorstellbaren Gefahren verbunden; es bedeutet, dass Qayn alles durch mich erfahren könnte, jeden Gedanken, jedes Gefühl, jede Handlung – und das Gleiche im Umkehrschluss. Es ist keine Partnerschaft, sondern eine Verbindung, um eins zu werden.

»Und sei es nur für einen Moment«, sagt er leise und kommt auf mich zu. »Höchstens eine Minute, und ich bin einverstanden, danach zum Dolch zurückzukehren.«

Er bleibt vor mir stehen; wir stehen zu dicht beieinander, aber ich bin wie versteinert und kann nicht weggehen. Qayn ist ein Strudel, eine Art Salzwüste, und man braucht nur einen einzigen Zeh in seine Mitte zu setzen, damit er einen hinunterzieht und erstickt.

»Versuch es«, sagt er und streicht mit seinen Fingern über meine. »Ich werde dir nichts tun, versprochen.«

»Deine Versprechen bedeuten nichts«, schimpfe ich und entziehe ihm meine Hand.

Er seufzt und weicht zurück, wodurch sich die Spannung, die zwischen uns schwelte, löst. »Ich wusste, du würdest Nein sagen. Ich schätze, du bist wirklich zufrieden damit, morgen ganz und gar hilflos zu sein. Taha wird lernen, eine ganze Voliere zu beschwören, während du dich stur an diesen Dolch klammerst.«

Ich fluche leise vor mich hin. »*Na schön.* Eine Minute, mehr nicht, und nur zu dem Zweck, diese Lektion zu vermitteln.« Ich drohe ihm mit dem Finger. »Wenn du irgendetwas anderes versuchst, werde ich dich von deinen Fesseln befreien und dich töten, bevor die Verzauberung des Sandes dich in die Wüste zurückzerren kann. Verstanden?« Er hebt kapitulierend seine Hände und lächelt. »Verstanden. Sprich mir nach.«

Ich wiederhole die Worte. »Qayn, ich werde dich für eine Minute an meine Seele binden, danach wirst du zu deiner ursprünglichen Bindung in meinen Dolch zurückkehren. Nimmst du an?«

»Ich nehme an«, sagt er sofort.

Er verschwindet, die Schatten in der Kabine werden größer. Ich spüre, wie er sich mit meiner Seele verbindet, als wären wir zwei Fäden, die sich ineinander verflechten, spiralförmig aufwickeln und bald nicht mehr zu entwirren sind. Es ist ein Gefühl, das ich noch nie erlebt habe und das ich nicht ganz begreifen kann. Das Gefühl, allein zu sein und doch nicht – die Linien, die mich und *nicht mich* trennen, verschwimmen wie Farbe, die in einer Sonnendusche tropft und verläuft. Das intuitive Verständnis, dass etwas Fremdes neben dem Blut in meinen Adern fließt.

Und obwohl ich reglos wie eine Statue in dieser leeren Kapitänskabine bin, bin ich auch woanders. Ich muss nur die Augen schließen, um dorthin zu gelangen: ein kalter, nicht enden wollender Korridor mit geschlossenen Türen. Sie alle gehören zu Qayn. Teile von ihm, Erinnerungen, Gedanken, *Geheimnisse*. Dies ist sein Palast, ich stehe darin und kann tun, was ich will.

Ich spüre, dass er auch zu meinen Türen geht; seine Hand schlängelt sich an einem Türknauf entlang. Die Versuchung, hineinzugehen und alles, was er von mir wissen will, zu enthüllen, steigert sich zu einem unerträglichen Crescendo. Ich spanne mich an, bereit, ihn von mir zu lösen und zu töten, aber er lässt den Türknauf los und verlässt den Korridor. Er hat sein Wort gehalten, nicht herumzuschnüffeln – aber er hat mir nie das gleiche Versprechen abverlangt.

Ich spüre, dass er woanders ist und undeutliche Worte in seiner geheimnisvollen Sprache flüstert, Worte, die bald zu einer Lektion werden sollen, die ich nicht mehr vergessen werde. Ich sollte geduldig warten, bis er fertig ist, aber die Sanduhr ist fast leer. Bald werde ich meine einzige Chance verlieren, endlich die Antworten zu bekommen, die er mir verweigert.

»Die Erste Stadt«, flüstere ich, und meine Bitte wandert einsam den Korridor entlang. »Zeig mir, was dort passiert ist.«

Eine unsichtbare Hand schiebt mich weiter und stellt mich vor eine riesige Holztür. Viele der umliegenden Türen sind mit Staub bedeckt, aber diese? Unbefleckt – sie wurde regelmäßig besucht. Ich drehe den Türknauf und schiebe mich in die Erinnerung. Anderswo spüre ich, wie Qayn aufschreckt, als er merkt, was ich vorhabe.

Er kommt zu spät. Ich stehe in einem opulenten Raum mit Granitfußboden. Er ist still und in Blautönen gehalten, das Licht der Morgendämmerung scheint durch ein Fenster rechts von mir herein. Eine milde Brise weht durchs Fenster und bringt Vogelgezwitscher und Weihrauch mit sich. Sie öffnet die weißen Leinenvorhänge und gibt den Blick auf einen üppigen, ummauerten Garten frei – den Garten meiner Albträume. Nein, nicht meiner. Sondern Qayns.

Die Architektur des restlichen Ortes ist mir vertraut, von den geschwungenen Gravuren in den Wänden bis hin zum Glasdach, das von blühenden Ranken umhüllt ist. Ich befinde mich irgendwo in der Ersten Stadt. Zu meiner Linken sind perlenbesetzte Seidenkissen auf einem großen Bett hoch aufgetürmt – und darauf ruht ein junger, schlafender Mann, dessen glänzendes, kinnlanges schwarzes Haar mit einer ätherischen, dreifach mit Juwelen besetzten Krone geschmückt ist, die aus Gold, Silber und dem Licht selbst gewebt ist.

»Du bist es«, hauche ich.

Seine Augenlider öffnen sich flatternd. Der Qayn, den ich kenne, hat einen toten Blick, aber seine Augen sind feurig und voll trotzigen Lebens. Irgendwie ist er noch schöner als jetzt, so außerweltlich, wie ein Stern. Ich versuche, eins mit einem Teppich an der Wand zu werden, als er sich aufrichtet und die Decke mit dem Mosaikmuster von seiner mageren, nackten Brust fällt. Aber Qayn sieht mich nicht. Er sieht auf das leere Bett neben sich, das zerknittert ist, weil dort jemand gelegen hat. Er berührt mit einer liebevollen Hand die Falten im Stoff und zieht langsam die Brauen zusammen.

»Nahla«, murmelt er. Er schiebt die Decke beiseite und geht um das Bett herum. »Nahla«, ruft er und sieht sich in dem großen Raum um. »Wo bist du?«

Etwas sticht ihm ins Auge. Eine Tür in der gegenüberliegenden Wand, die in den Garten führt. Sie wurde offen gelassen, der durchsichtige Vorhang hebt und kräuselt sich unheilvoll. Ein dunkler Blick – ein vertrauter Blick – huscht über Qayns Gesicht. Er macht sich auf den Weg zur Tür.

»Nahla«, sagt er wieder, aber jetzt schärfer, seine leuchtende Krone verströmt ein starkes, verärgertes Licht. »Bist du da draußen?«

Ich schleiche hinter ihm her, als er den Vorhang beiseiteschiebt und in den Garten tritt. Er atmet scharf ein und stößt das Wort »Nein« mit leisem Atem aus. »Nein, *bitte*, nein.«

Doch bevor ich den Grund für sein Entsetzen erkennen kann, zerrt mich der gegenwärtige Qayn verzweifelt zurück. Ich wehre mich gegen ihn, krampfhaft darauf bedacht, durch die Tür in den Garten zu schauen und endlich die Wahrheit darüber zu erfahren, was Qayns Freude in jedem meiner Albträume in bittere Wut verwandelt. Doch es ist unmöglich, gegen seine stählerne Kraft anzukämpfen. Die Vision verfliegt wie Shisha-Rauch in einem Luftzug – das Letzte, was ich höre, ist Qayns heiserer Schrei in der frischen Morgenluft:

»NAHLA! Wie konntest du mir das antun? *Wie konntest du nur?*«

Ich werde aus der Erinnerung herausgeschleudert oder besser gesagt, Qayn wird aus meiner Seele herausgeschleudert. Ich reiße meine Augen auf und atme schwer. Er steht vor mir, seine Schultern heben und senken sich schnell. Sein Anblick, die Kapitänskabine, der salzige, stickige Geruch der realen Welt, das alles lässt mein Gehirn in meinem Schädel umherwirbeln. Ich sacke gegen den Schreibtisch.

»Wer ist Nahla?«, keuche ich und lege eine Hand auf meinen hämmernden Kopf. »Ist sie diejenige, die deine Magie gestohlen hat? Ist es das, was passiert ist?«

»Du hast meine Privatsphäre verletzt, Imani.«

Mein Herz setzt einen Schlag aus. »Wie bitte? Ich dachte …«

»Du dachtest, es wäre in Ordnung, mich zu hintergehen, als ich es vermied, das Gleiche mit dir zu tun?«, fragt er. »Du dachtest, du hättest ein Anrecht darauf, in meine Vergangenheit eingeweiht zu werden, nur weil ich in deiner Gesellschaft bin, oder besser gesagt, weil ich dir ausgeliefert bin?«

Meine Kehle schnürt sich zu, die Wände scheinen sich auf mich zuzubewegen. »Nein, aber ich hätte nicht gedacht, dass es dich so sehr stören würde …«

»Warum sollte es? Es ist nur eine meiner schmerzhaftesten Erinnerungen.« Zorn verzerrt seine feinen Gesichtszüge, Tränen glitzern in seinen Augen. »Es war dir egal, ob es mich verletzt, denn du siehst in mir nur ein Mittel zum Zweck. Du bist nicht wie Atheer. Er hat mich respektiert, er hat mich mit *Würde* behandelt. Aber du benutzt andere nur, um zu bekommen, was du willst, und du bist empört, wenn sie sich weigern. Du bist wie der Rest deiner Art. *Selbstsüchtig.*«

»Qayn.« Ich ergreife seine kalten Hände. »Du hast recht, es war falsch von mir, ohne deine Zustimmung Einblick in deine Erinnerungen zu nehmen. Meine Neugierde hat mich übermannt. Deine Vergangenheit gehört dir, und du sollst sie nur mit mir teilen, wenn du dich dabei wohlfühlst.«

Er senkt seinen Blick und eine einzelne Träne fällt, so rein und kostbar wie ein Kristall. Das wühlt mich auf – ich hatte gedacht, Qayn würde wütend auf mich werden, und darauf war ich vorbereitet, aber nicht darauf, dass er bestürzt oder verletzt sein könnte. Ich hatte weder mit dem Schmerz gerechnet, den ich bei dieser Erinnerung empfand, noch damit, wie schuldig ich mich jetzt fühle.

Er entzieht mir seine Hände. »Ich habe die Lektion irgendwo hinterlassen, wo du sie finden wirst«, sagt er tonlos. »Schlaf darüber. Sie wird sich dir erschließen, wenn du sie brauchst. Wenn das alles war …«

Er kehrt wieder in den Dolch auf dem Schreibtisch zurück und lässt mich wirklich allein in der trüben Dunkelheit zurück. Scham verdreht mein Inneres wie ein nasses Tuch und wringt jede Ausrede aus mir heraus, die ich zu haben glaubte. Die ganze Zeit war ich davon überzeugt, Qayn sei böswillig – doch er hat nichts anderes getan, als seinen Teil der Abmachung zu erfüllen. Er hat mich so weit gebracht, und am Vorabend der Rettung meines Bruders habe ich seine Hilfe ausgenutzt. Die Geister mögen mir verzeihen, ich habe das Gefühl, einen *Freund* verletzt zu haben. Qayn ist eine weitere Person in meinem Leben, die ich gedankenlos falsch eingeschätzt und verärgert habe.

Ich höre kaum das Klopfen an der Tür und das Knarren, als sie sich öffnet.

»Imani?« Amira schlurft herein und sieht sich in der abgedunkelten Kabine um. »Ich hoffe, ich störe dich nicht. Ich wollte dir viel Glück für morgen wünschen. Außerdem habe ich ein Abendessen unter Deck vorbereitet.«

Jetzt laufen mir die Tränen hinunter. Ich gehe zu meiner süßen Schwester und ziehe sie in eine Umarmung. »Es tut mir so leid, dass ich dir so oft wehgetan habe«, schluchze ich.

Stirnrunzelnd reibt sie mir über den Rücken. »Imani, du brauchst dich nicht zu entschuldigen. Ich weiß, du hast es immer gut gemeint.«

Aber genau das ist das Problem. Es reicht nicht aus, es gut zu meinen, nicht mehr – ich muss es auch gut *machen*. Sind Taha und ich sonst so verschieden? Wir beide entfremden andere auf der Suche nach unseren eigenen Idealen, meinen es gut auf dem Weg, nur um uns am Ende allein wiederzufinden. Keine Familie, keine Freunde. Opfer eines Weges, der mit verletzten Menschen und nie ausgesprochenen Entschuldigungen gepflastert ist.

Amira tätschelt meine Hand und holt mich aus meinen dunklen Gedanken. »Du tust dein Bestes, hörst du? Das ist alles, was man von dir verlangen kann. Komm, lass uns essen. Dann wird es dir besser gehen.«

Immer noch schluchzend folge ich ihr aus der Kabine, aber ich bin noch nicht überzeugt, dass ich die Erlösung gefunden habe.

31

Das rhythmische Stampfen der Pferdehufe ist zu hören, lange bevor der Gefangenentransporter um die Kurve kommt.

Genau nach Zeitplan. Wenn ich eines gelernt habe, dann, dass die Verheerenden ordentlich sind; in allen Dingen scheinen sie pünktlich, organisiert und effizient zu sein, vielleicht sogar übermäßig. Das kommt uns zugute. Seit unserer Teezeremonie heute Morgen haben wir bis ungefähr zum Sonnenuntergang Zeit, Atheer zu befreien. Danach wird unsere Magie erschöpft sein – und das Gefängnis wird unser Zuhause werden.

Ich stoße mich von der Gassenmauer ab, an der ich seit fast einer halben Stunde lehne, versunken in meine unruhigen Gedanken. Im Dreck neben meinen Pantoffeln krabbelt ein schwarzer Skarabäus, auf dessen gekrümmtem Rücken die ersten Strahlen der Morgensonne schimmern. Erschrocken stößt er ein hohes Quietschen aus und fuchtelt mit seinen angestrahlten Beinen. Ich steige über ihn hinweg und hinaus in das Modeviertel von Taeel-Sa, beschattet von Taha und Reza.

Von der Gerberei auf der anderen Straßenseite weht mir der erstickende, üble Geruch von verrottenden rohen Tierhäuten, Taubenkot, Salz und Kalkstein entgegen. Meine Augen tränen und ich rümpfe die Nase, als ich meine Umgebung mit Blicken absuche. Braune kaiserliche Fahnen, trotz ihrer goldenen Fransen unscheinbar, hängen zwischen den Gebäuden und flattern in der heißen Brise. Unter ihnen öffnen Näherinnen, Schneider und Schuhmacher ihre Läden für den Tag. Und obwohl sich die Menschen in Taeel-Sa noch immer kleiden wie ihre Vorfahren, dominieren in den Schaufenstern der Läden die Silhouetten von König Glaedrics Heimatland: enge Taillen und voluminöse Röcke für die Frauen, enge Hosen, Wams und lange Tuniken für die Männer. Ich frage mich, ob die Kolonisatoren glauben, sie könnten das trockene Wetter in Al-Qibah ändern, indem sie sich entsprechend kleiden.

In einer Gasse weiter oben auf der Straße steht ein von Qayn gefahrener Wagen. Unsere Ablenkung, die heute Morgen kaum mit mir gesprochen hat. Ich sehe an der Steinfassade des Ladens mir gegenüber hoch, wo ein Ende der Fahnen an einem Metallhaken in der Wand befestigt ist. Auf dem flachen Dach zwischen getopften Palmen sitzen Amira mit meinem Dolch und Farida, beide haben ihre Kopftücher in die Stirn gezogen. Meine Schwester lächelt aufmunternd, aber Farida blickt weiter nachdenklich die Straße entlang zum Gefängnis. Die monströse Festung thront wie ein Ungeheuer über der gelben Stadt, und Sonnenstrahlen fächern sich um ihre Wälle und Wachtürme auf. Und irgendwo in seinem Bauch befindet sich Atheer.

Ich taste in der Tasche meiner Sirwal-Hose nach meinem Dietrich, dann drehe ich mich um und sehe mit zusammengekniffenen Augen die Straße hinunter, während ich mit den Fingern über den kühlen Stahl streiche. Entfernt nehme ich den Schweiß wahr, der sich auf meiner Stirn bildet, das schwere Klopfen meines Herzens, das Zittern der Magie in meinen Muskeln. Ich habe schon härtere Dinge getan; ich habe gegen eine Sandschlange gekämpft, die so lang war wie drei Kutschen, ich habe mich einem Friedhof voller Ghule gestellt, ich bin Hubaal dem Schrecklichen entkommen. Aber das ändert nichts an meiner Nervosität. Dies ist keine dieser Missionen. Hier geht es um meinen Bruder.

Der Wagen donnert um die Ecke, seine zwei braunen Pferde galoppieren zügig. Ich schlendere langsam und gemächlich den Seitenweg entlang, Taha und Reza folgen mir. Der Wagen rumpelt neben mir her, und mit einem Schlag ändert sich alles. Die Räder knarren, die Achsen ächzen protestierend, wütende Rufe ertönen, und die wenigen Fußgänger auf der Straße bleiben stehen und starren auf Qayns Wagen, der gerade den Weg des anderen kreuzt. Die beiden Soldaten spucken ihm Worte entgegen, die nur Flüche sein können, aber er weigert sich, sich zu bewegen. Stattdessen ruft er aus: »Passt doch auf, wo ihr langfahrt, ihr *Esel!*«

Die Soldaten scheinen etwas Alqibahnisch zu verstehen. Sie steigen vom Kutschbock und marschieren mit den Händen an den Schwertgriffen hinüber. Dies eröffnet uns ein kleines Zeitfenster, das einzige, das wir haben.

Wir schleichen uns neben den Wagen, als Farida das Seil durchtrennt, das die Banner über der Straße hält. Das Seil reißt, die Banner fallen flatternd herunter, bedecken den Wagen und verhüllen uns. Dieser Teil war meine Idee. Vorne fluchen die Soldaten wieder, und die Schreie der Schaulustigen werden etwas lauter.

»Schert euch nicht um die Fahnen. Ihr Narren habt fast meinen Wagen überfahren«, sagt Qayn. Er fügt ein paar ausgewählte Worte in der Sprache der Verheerenden hinzu, die den Zorn der Soldaten wieder auf ihn lenken.

Taha hüpft auf die hintere Stufe des Wagens und blickt kurz durch das kleine Bronzefenster auf die Gefangenen, dann hebt Reza den Holzriegel, der die Tür verschließt, an und öffnet sie. Sechs Gefangene in Handschellen starren uns an, ihre schmutzigen, besorgten Gesichter sind schweißnass.

»Ihr drei bekommt eure Freiheit«, flüstert Taha und zeigt auf zwei junge Männer und eine Frau. »Der Rest von euch verhält sich ruhig. Wenn einer von euch auch nur daran denkt, die Soldaten zu alarmieren, werdet ihr sterben, bevor die Worte in eurer Kehle gebildet werden.«

Und diesmal weiß ich, dass er seine Drohungen ernst meint. Ich spüre, dass die anderen Gefangenen uns Fragen stellen wollen, uns vielleicht anflehen wollen, auch sie gehen zu lassen, aber ihre Angst vor Taha hält sie zurück. Ich verstehe ihr Schweigen in dieser Hinsicht nicht nur, ich verlasse mich darauf.

Draußen streiten sich die Soldaten immer noch mit Qayn, aber ihre Stimmen werden lauter. Jeden Moment könnten sie des Streits überdrüssig werden und die Schwerter auf ihn richten. Wir nehmen unsere Dietriche und befreien die drei Gefangenen eilig von ihren Handschellen.

»Jetzt eure Kleider«, sage ich und lege die Handschellen auf die Bank.

»Warum tut ihr das?«, fragt die eine, während sie ihre Tunika über den Kopf zieht. »Niemand will ins Gefängnis gehen.«

»Manche schon. Hier – zieh das an.«

Wir tauschen die Kleidung, und ich ziehe die kratzige, beigefarbene Gefängnistunika und die Sirwal-Hose an. Neue Gefangene werden bei ihrer Ankunft durchsucht, also werfen Reza und Taha ihre Dietriche zur Tür hinaus, bevor sie sich auf die gegenüberliegende Bank setzen und die Handschellen an ihren Handgelenken schließen. Ich beende das Anziehen meiner Pantoffeln, halte aber inne, als die Fahnen über dem Dach rascheln. Die Ablenkung ist vorbei. Wir müssen uns beeilen, bevor die Kutsche wieder freigelegt wird.

»Verschließt die Tür mit dem Riegel und geht, als hättet ihr nie ein Gesetz gebrochen«, sage ich zu den Gefangenen und werfe auch meinen Dietrich hinaus.

Die Kutsche ruckt und wackelt. Die Gefangenen bedanken sich und werfen uns einen letzten verwirrten Blick zu, bevor sie hinaushuschen und die Tür schließen. Ich drücke mein Ohr daran und warte darauf, dass jemand den Tausch bemerkt und die Soldaten auf ihre entlaufene Fracht aufmerksam macht. Der Riegel gleitet wieder an seinen Platz, und die Gefangenen landen im Schotter. Mit einem letzten Ruck werden die Banner vom Wagen gehoben, gefolgt von einem Schrei. Ich atme scharf ein.

»Es ist alles in Ordnung«, flüstert Taha. »Er sagte, sie sind bereit.« Der Wagen senkt sich, als die Soldaten wieder auf den Kutschbock klettern.

Die Räder quietschen und wir rollen die Straße hinauf, vorbei an Qayn auf seinem Wagen, der nun an der Seite steht. Er nickt mir knapp zu, aber darin liegt eine Warnung. Ich denke an das, was er mir damals in der Ersten Stadt angeboten hat – eine Chance, Taha ein für alle Mal loszuwerden. Eine Chance, die ich verloren habe.

Ich nehme den leeren Platz auf der Bank ein, schließe die Fesseln an meinen Handgelenken und versuche, den plötzlichen Anstieg meiner Unruhe zu ignorieren. Der Wagen nimmt an Fahrt auf, und innerhalb weniger Augenblicke braust er die lange, kurvenreiche Straße zum Gefängnis hinauf. Die Pferde galoppieren, um die verlorene Zeit wieder aufzuholen, und wir schwanken in der feuchten Stille. Die Minuten vergehen in der brütenden Hitze, und die Fesseln an meinen Handgelenken werden von Sekunde zu Sekunde schwerer. Das Gewicht von Tahas wütenden Blicken wiegt schwerer. Ich schließe die Augen, lehne meinen Kopf an die Wand und atme tief durch. Es gibt jetzt kein Zurück mehr. Was auch immer er für Atheer geplant haben mag, es ist im Gange.

Schreie von draußen lassen den Wagen langsamer werden. Holztüren ächzen und kündigen unseren Eintritt in das Gefängnis an. Die anderen rutschen unruhig auf ihren Plätzen herum, ihre Handschellen flüstern traurig an ihren Handgelenken. Der Wagen hält an, der Riegel wird angehoben, und die Türen schwingen auf. Kühle, salzige Seeluft strömt herein, und wir alle holen tief Luft.

»Raus«, sagt ein Soldat und klopft mit der Faust gegen die Tür.

Ich folge den anderen und springe hinunter in den Dreck. Wir befinden uns in einem kleinen Hof, der von hohen Mauern umgeben ist. Auf den Wällen patrouillieren Bogenschützen, von denen einige teilnahmslos auf uns herabblicken. Ein wartender Beamter begrüßt einen der Soldaten; sie tauschen Worte und etwas aus, das wie eine Passagierliste aussieht. Der Beamte prüft die Papiere, während sich weitere Soldaten nähern. Ein Mann mit steinerner Miene nimmt mir die Handschellen ab. Er sagt Worte, die ich nicht verstehe, aber er macht vor, dass ich meine Arme ausstrecken soll, also tue ich es. Er fährt mit seinen sommersprossigen Händen darüber, klopft meine Ärmel, meinen Oberkörper und meine Beine ab und überprüft sogar die Innenseite meiner Schuhe. Ohne Vorwarnung reißt er mir den Mund auf und sucht mit einem Finger unter meiner Zunge und hinter meinen Zähnen. Ich muss mich fast übergeben, aber das scheint ihn nicht zu interessieren. Nachdem er sich vergewissert hat, dass ich nicht versuche, irgendetwas in das Gefängnis zu schmuggeln, geht er zu den anderen Gefangenen und kontrolliert sie. Fröstelnd stehe ich an der Seite und beobachte, wie Taha an die Spitze der Reihe geht. Der Soldat, der ihn anbrüllt, ist viel aggressiver. Taha folgt den Anweisungen des Mannes, hebt seine Tunika über der vernarbten Brust an und stülpt seine Taschen um. Der Soldat tastet ihn ab und schiebt sogar einen Finger zwischen den Bund von Tahas Sirwal-Hose und seine Hüfte. Er zieht den Bund zurück und wirft einen schamlosen, langen Blick nach unten. Taha erträgt die Misshandlung mit zusammengepresstem Kiefer. Der Soldat prüft grob seinen Mund, bevor er ihn vorwärts stößt und sich dann den anderen zuwendet.

Am Ende der Inspektion werden uns dünne Lederbänder ausgehändigt. An jedem ist ein quadratischer Holzanhänger mit einem eingravierten Symbol befestigt – wahrscheinlich eine Zahl. Der Beamte, flankiert von Soldaten, führt uns durch einen überdachten Durchgang. Zu meiner Überraschung spricht der rothaarige Mann fließend Alqibahnisch.

»Ihr müsst eure Halsketten immer tragen, damit man euch identifizieren kann. Jeder, der seine Halskette verliert oder sich weigert, sie zu tragen, wird ausgepeitscht. Männer schlafen im roten Schlafsaal, Frauen im blauen. Der Tag beginnt vor der Morgendämmerung; ihr werdet im Speisesaal verpflegt und zu euren Aufgaben begleitet. Der Arbeitstag endet am späten Nachmittag, nicht früher. Danach gibt es eine Mahlzeit und eine Stunde Bewegung im Hof. Beim Ertönen der Glocke kehrt ihr pünktlich in eure Schlafsäle zurück und bleibt dort bis zum nächsten Morgen. Wer nach dem Läuten der Glocke draußen angetroffen wird, wird ohne Ausnahme ausgepeitscht. Arbeitet hart und befolgt die Regeln, das ist es, was von euch erwartet wird.«

Wir gehen durch ein Eisentor auf einen kahlen, von Gebäuden

umgebenen Hof. Der Beamte hält uns vor einem langen Tor an; aus dem Inneren ertönen Rufe von Soldaten und Schreie, die nur von Gefangenen stammen können.

»Männer, ihr werdet in der Tretmühle arbeiten.«

Ein Soldat öffnet die Tür. Ich kann aus meinem Winkel nicht hineinsehen, aber der saure Geruch von Schweiß strömt heraus, und ich höre das pulsierende, unaufhörliche Schleifen einer Art Maschine. Die anderen Gefangenen schlurfen hinein; Taha wirft mir einen Blick zu, und ich nicke. Wir hatten vorhin vereinbart, dass wir uns in der Pause bei dem toten Baum im Hof wiedertreffen, falls wir getrennt werden.

Der Beamte fährt fort. »Du wirst in der Wergsammelstelle arbeiten«, sagt er zu mir.

Wir halten vor einem Gebäude, und ein Soldat öffnet eine Tür zu einem langen Raum, in dem Bankreihen stehen. Die Menschen, die darauf sitzen, halten ihre Köpfe gebeugt, während sie Seile entwirren. Sie stecken bis zu den Knöcheln in losen Seilfasern, und der ganze Raum stinkt nach Teer. Soldaten überwachen die Arbeit von vorne, von hinten und von den Seiten. Als ich näher herankomme, sehe ich, dass viele der Gefangenen von der rauen, sich wiederholenden Arbeit blutige Nägel und blaue Flecken an den Fingern haben. Sie werfen dem Beamten ängstliche Blicke zu. Ich mustere die Gesichter, die ich sehen kann, und hoffe inständig, dass eines zu meinem Bruder oder Fey gehört. Der Beamte schnippt mit den Fingern nach einem Mädchen in meinem Alter, das am Ende einer Bank in der Nähe sitzt. Sie ist erschreckend dünn, hat braune Haut und große bernsteinfarbene Augen, die allerdings etwas glanzlos sind. Sie huscht herbei.

»Erkläre dieser Gefangenen die Aufgabe«, sagt der Beamte. »Verschwende keine Zeit.«

Sie verbeugt sich und nickt mir zu. Ich folge ihr zu der Bank und setze mich. Der Beamte schaut kurz zu, macht auf dem Absatz kehrt und marschiert hinaus. Die Soldaten schließen die Tür wieder und sperren uns in der Hitze ein. Und schon neigen sich die Köpfe der Gefangenen und die Arbeit wird wieder aufgenommen.

»Wie heißt du?«, flüstert das Mädchen auf Alqibahnisch.

Ich blicke zu dem Soldaten, der uns von vorne beobachtet. »Imani. Und du?«

»Ich bin Safiya.« Sie lächelt schwach, bevor sie einen Haufen aufgerollter Seile auf die Bank zwischen uns legt. »Werg ist eine geteerte Faser, die die Verheerenden in ihren Schiffen zum Abdichten von Planken und Fugen verwenden. Es kann aus alten Seilen wiederverwendet werden. Unsere Aufgabe ist es, die Seile bis auf ihre Fasern zu entwirren, so wie hier.« Sie beginnt, mit geschickten Fingern in das Seil zu greifen und es zu entwirren. Ich versuche, es ihr nachzumachen und ihre Bewegungen nachzuahmen.

»Es ist schwer«, sage ich und zucke zusammen. »Und es tut meinen Fingern weh.«

»Ja, aber es muss getan werden. Jeder muss mindestens ein halbes Kilogramm pro Tag herauszupfen, sonst wird er bestraft.«

»Ausgepeitscht, meinst du.«

»Ja, oder schlimmer, aber das ist in Ordnung. Am ersten Tag hat man noch Nachsicht mit dir. Und die Finger gewöhnen sich nach einer Weile daran.«

Ich bete, dass ich nur einen einzigen Tag an diesem von den Geistern verlassenen Ort erleben werde. Aber was ist mit allen anderen, die hier gefangen sind? Ich habe einen Plan, um zu entkommen; sie haben nichts anderes als diese Qual, tagein, tagaus.

»Was ist die Tretmühle?«, frage ich und denke an Taha und Reza. Safiya sieht mich an. »Warum? Wurdest du damit beauftragt?«

»Nein, meine Freunde.«

Sie betrachtet stirnrunzelnd das Seil zwischen ihren Fingern. Ich arbeite auch weiter, denn ich will den Soldaten keinen Grund geben, hierherzukommen. »Es ist eine Art Rad mit Schaufeln. Die Gefangenen müssen auf die Schaufeln treten, um das Rad zu drehen und den Weizen darunter zu mahlen. Wir nennen es die ewige Treppe.« Sie reißt eine Faser los und wirft sie auf den Haufen an ihren knochigen Knöcheln. »Ich hoffe, deine Freunde sind stark. Die Soldaten, die sie beaufsichtigen, halten die Peitsche bereit.«

Ich kann mir vorstellen, dass Taha die Folter in entschlossener Ruhe erträgt. In Bashtal sagte er, er habe »weitaus schlimmere Schläge als diese ertragen«. Ich frage mich, von wem. Ich frage mich, warum mich das überhaupt interessiert.

Ich beuge mich zu Safiya hinüber. »Darf ich fragen, warum du hier bist?«

»Mädchen«, sagt einer der Soldaten vorne laut und warnend. Ich hebe den Kopf und sehe, dass er mich anstarrt. Er legt langsam einen Finger auf seine Lippen. Hastig senke ich meinen Blick auf meine Seile.

»Wir dürfen nicht reden«, flüstert Safiya.

Offensichtlich. Ich arbeite eine Zeit lang, bis der Soldat das Interesse an mir verliert. Dann werfe ich einen verstohlenen Blick auf die Gesichter um mich herum. Alle möglichen Leute sind hier eingesperrt, alte und junge, kräftige und einige schwächere, denn die Arbeit hat eindeutig ihren Tribut gefordert. Alles Alqibahner, kein Atheer.

Die Zeit mäandert weiter, und schließlich bin ich davon überzeugt, dass sie sich irgendwo auf dem Weg zum Ende des Tages verlaufen hat. Die Sonne ist am Himmel höher gestiegen und hat die Hitze im Arbeitsraum zu einer unerträglichen Intensität gesteigert. Schweiß rinnt an mir herunter und lässt meine Tunika am Körper festkleben. Auch mein Mund könnte von Fasern versiegelt sein, so geschwollen und trocken fühlt er sich an. Ich sehne mich nach einem Spritzer kalten Wassers, nur einem Hauch von frischer Luft. Die Soldaten, die im Arbeitsraum patrouillieren, gehen regelmäßig hinaus, vermutlich um eine Pause zu machen, und kommen immer frisch zurück. Die Gefangenen dürfen sich nicht einmal bewegen. Meine Finger scheuern und bluten, mein Rücken schmerzt vom Sitzen in dieser einen Position, und mein Hintern ist taub. Ich möchte Safiya unbedingt etwas über Atheer fragen, aber einer der Soldaten hat mich nicht aus den Augen gelassen, wahrscheinlich um sicherzugehen, dass ich mich gut einfüge und die Regeln befolge. Ich halte meinen Mund und bewege meine Finger.

Am Vormittag bricht die Frau vor mir zusammen und fällt mit dem Gesicht nach unten in ihren Werghaufen. Das Mädchen neben ihr erschrickt, hört aber erstaunlicherweise nicht auf zu arbeiten. Ich werfe einen Seitenblick auf Safiya. Sie hält den Kopf gesenkt, und ihre Finger zupfen fleißig, obwohl ich weiß, dass auch sie die Frau hat zusammenbrechen sehen. Aber alle ignorieren es.

Ich lege mein Seil beiseite und rutsche auf der Bank nach vorne. »Bist du in Ordnung?«, flüstere ich.

Die Frau antwortet nicht; sie liegt zusammengerollt in ihrem borstigen Haufen ungeordneter Fasern. Einer der Soldaten vorne hat mich bemerkt, und seine blonden Brauen senken sich über seinen kalten, grauen Augen. Ich verlasse meine Bank und strecke meine Hände aus.

»Imani«, zischt Safiya. »Lass die Finger von ihr.«

Ich lege meine Hand auf die Schulter der Frau und schüttle sie. Sie antwortet immer noch nicht. Eine schreckliche Vorahnung steigt in mir auf. Ich drücke meine Finger an ihren klammen Hals.

»Sie hat keinen Puls«, rufe ich. »Sie braucht Hilfe!«

Ein Soldat kommt hinzu und stößt mich weg. Ich stolpere und schlage mit dem Kopf gegen die Bank hinter mir. Benommen hangle ich mich auf die Bank, kauere mich zusammen und reibe mir die wunde Stelle am Hinterkopf.

»Fang an, zu arbeiten«, drängt Safiya.

Ich weiß, dass sie versucht, mich zu beschützen, aber ich bin gegen jede Vernunft verärgert über den Befehl. Ich hebe das Seil auf, als sich weitere Soldaten um die Frau drängen. Einer dreht sie um, und ein blasses, schlaffes Gesicht mit verlorenem Blick kommt zum Vorschein. Er prüft ihren Puls und sagt barsch etwas zu den anderen. Sie gehen und kommen mit einem Karren zurück. Die Frau wird hineingeworfen und fortgeschafft. Der Soldat, der mich geschubst hat, wirft mir einen drohenden Blick zu, bevor er auf seinen Posten am Eingang des Raumes zurückkehrt.

»Wo bringen sie sie hin?«, flüstere ich.

Safiya spricht dicht an ihrem Seil. »Sie ist tot. Sie werden sie in das kleine Gebäude am Ende des Gefängnisses bringen und ihre Leiche ins Meer werfen. Das ist die einzige Möglichkeit, hier rauszukommen.«

Wie Farida sagte. »Die einzigen Gefangenen, die dort wieder herauskommen, sind die Toten.«

»Großer Geist«, murmele ich. »Was ist das für ein Albtraum?« Safiya antwortet nicht.

32

Am Nachmittag dürfen wir eine kurze Pause im Hof machen. Wir stellen uns an einem Brunnen auf und bekommen zwei Becher Wasser und eine Minute Zeit, um in dem schmutzigen Waschraum unsere Notdurft zu verrichten, obwohl der Raum weder Wände noch Türen hat und sich auch nicht im Inneren befindet. Nach dieser erniedrigenden Erfahrung finde ich Safiya, die pflichtbewusst an der Außenwand des Arbeitsraumes wartet. »Es tut mir leid«, sagt sie, als ich zu ihr komme. »Dieser Ort ist hart. Je eher du dich an die Abläufe gewöhnst, desto besser wird es für dich sein.«

Ich schaue über den Hof zu dem Gebäude, in das Taha und Reza gegangen sind. Sie durften noch keine Pause machen, aber ich glaube, das ist so, damit die Soldaten es nicht mit zu vielen Gefangenen auf einmal zu tun haben. »Warum?«, frage ich und mustere die Gesichter einiger Vorbeigehender. »Wird man freigelassen, wenn man sich gut führt?«

»Ich hoffe es.« Sie rückt näher. »Du hast vorhin gefragt, warum ich hier bin. Vor etwa sechs Monaten wurde ich dabei erwischt, wie ich Essen aus einer Soldatenstation stahl. Ich hätte es nicht tun sollen, aber ich war am Verhungern, und sie behalten so viel davon. Bevor die Verheerenden kamen, hatten meine Eltern eine Karawane, die mit Waren entlang der Gewürzstraße handelte, meist Gewürze im Tausch gegen Seiden aus dem Jade-Königreich. Die Verheerenden erhöhten die Abgaben, die wir ihrem König schuldeten, und bald ging mehr als die Hälfte unserer Einnahmen an die Krone. Es wurde so viel, dass die Karawane nicht mehr rentabel war. Meiner Familie ging das Geld aus.«

»Es tut mir leid«, sage ich und wünschte, ich könnte etwas mehr für sie tun. »Ich verstehe nicht, warum sie es deinen Eltern so schwer machen, dass sie das Geschäft aufgeben müssen.«

»Sie wollen nicht, dass jemand anderes als sie vom Gewürzhandel profitiert.«

»Warum verbieten Sie dann nicht gleich allen den Handel damit?«, frage ich.

Ihre Augen sind glasig, sie kreuzt ihre dünnen Arme vor ihrer fleckigen Tunika. »Je langsamer sie vorgehen, desto unwahrscheinlicher ist es, dass die Menschen sich wehren. Sie sagen uns, dass sie nur hier sind, um unsere Städte zu verwalten und Steuern für die Schulden einzutreiben, und die Menschen akzeptieren das, weil sie denken, dass sie dann sicher sind. Aber dann vertreiben sie uns aus unseren angestammten Häusern, sie stehlen unsere Geschäfte, sie übernehmen die Kontrolle über unsere lukrativsten Unternehmen, sie weihen unsere Tempel ihren Göttern, sie sprechen ihre Sprache auf den Straßen, und sie haben die Frechheit, uns zu sagen, dass es so besser und friedlicher ist. Ehe man sich versieht, wird nichts mehr für uns übrig sein.«

Die Sahir ist übrig geblieben, das glorreiche Qalia, unberührt und unversehrt. Aber anstatt mich darüber zu freuen, schäme ich mich. Ich habe die Welt mein ganzes Leben lang durch eine zerbrochene Linse betrachtet.

Unser Gespräch wird von einem Soldaten unterbrochen, der einen Karren vor uns herschiebt. Ein schlaffer brauner Arm baumelt über die Ladefläche, seine verkrümmten, blutigen Finger sind mit Schmutz überzogen.

»Noch eine«, sage ich und beobachte, wie der Soldat zu dem gedrungenen Gebäude mit Blick auf das Meer wankt. Ein Leuchtturm erhebt sich daraus, umschwärmt von hektischen Möwen.

»Jeden Tag gehen ein paar, aber unsere Zahl wird immer wieder aufgefüllt.«

Wir werfen uns einen traurigen Blick zu. Der Soldat hält am Tor an und wechselt ein paar Worte mit den beiden Wachmännern. Sie überprüfen die Leiche im Wagen, bevor sie ihn mit seiner makabren Lieferung durchlassen. Er bringt sie in das Gebäude und schlägt die Tür hinter sich zu.

»Warum bist du hier?«, fragt Safiya.

»Mein Bruder und eine Freundin von mir«, sage ich und starre immer noch auf den Leuchtturm. »Sie sind beide hier.«

»Du hast dich absichtlich verhaften lassen, um bei ihnen zu sein?«

»So ähnlich«, murmle ich. »Kennst du jemanden namens Atheer oder Feyrouz?«

»Tut mir leid, nein. Ich kenne nur die Mädchen, neben denen ich im Wohnheim schlafe. Aber …«

Sie wird von einem Soldaten unterbrochen, der mit einer Glocke das Ende der Pause ankündigt. Unsere Schlange bewegt sich zur Tür des Arbeitsraumes.

»Aber was?«, dränge ich und schlurfe weiter. Sie schüttelt den Kopf. »Nicht jetzt.«

Ich setze mich drinnen auf die Bank und beginne, das Seil wieder zu entwirren, aber ich kann mich nicht konzentrieren. Welche Antwort Safiya auch immer hat, ich brauche sie jetzt. Was auch immer passiert, wir müssen heute Nacht aus dem Gefängnis ausbrechen, bevor unsere Magie erschöpft ist und Reza uns keinen Tunnel in die Freiheit mehr schaffen kann. Aber ich kann dieses Gefängnis nicht ohne Atheer verlassen. Bei dem Gedanken, dass mein lang verlorener Bruder mir so nah ist, sich irgendwo in einem dieser Gebäude befindet, und ich nicht nur gezwungen wäre, ohne ihn zu gehen, sondern noch nicht einmal einen Blick auf sein wunderbares Gesicht erhaschen könnte … da möchte ich schreien.

Ich arbeite hart, in dem dummen Glauben, dass die Zeit dadurch schneller vergeht, aber das Gegenteil ist der Fall. Die Zeit schleppt sich nur langsam weiter, die brutale Hitze verspottet uns, der Haufen grober Fasern wuchert um meine Knöchel, die Haut um meine Nägel blutet. Ich arbeite, bis mir vor Ungeduld schlecht wird und der Schrei eine Leiter in meiner Brust aufgerichtet hat und sich anschickt, herauszuklettern. Ich werfe einen Blick auf die beiden Soldaten, die vorne dicht beieinanderstehen und sich unterhalten.

»Safiya«, flüstere ich. »Ich muss wissen, was du sagen wolltest.«

Sie runzelt die Stirn, und ein Schweißtropfen spritzt auf das Seil zwischen ihren Fingern. »Nicht *jetzt.*«

»Bitte, es ist wirklich wichtig. Sag mir nur …«

»Gibt es hier ein Problem?«

Ein Soldat schreitet an der Seite des Raumes entlang, eine Hand am Griff seines Langschwerts. Safiyas Stirnrunzeln verflüchtigt sich, als der Mann zwischen die Bänke tritt und auf uns herabschaut.

»N-nein, Herr, kein Problem«, stammelt sie in der Sprache der Verheerenden. Sie hält ihr Seil hoch. »Bitte.«

Widerstrebend verlässt er uns. Ich warte darauf, dass er zu seinem Posten am Eingang des Raumes zurückkehrt. Stattdessen stellt er sich an die nahe gelegene Wand und beobachtet uns. Safiya hält ihr Seil dicht vor ihr Gesicht und zieht ihre Schultern hoch, als würde es ihn beruhigen, wenn sie weniger Platz einnimmt. Auch ich versuche, mich auf mein Seil zu konzentrieren, aber ich spüre, wie der schamlos lüsterne Blick des Soldaten über meine Haut kriecht. Ich werfe einen Blick hinüber. Er starrt mich an, während er mit der Zunge über seine Lippen fährt. Wütende Magie entfacht sich plötzlich in meinen Adern, und ich bin überwältigt von einer starken Anziehung durch das Schwert, das an seinem Gürtel hängt. Erschrocken lasse ich mein Seil unter die Bank fallen. Er richtet sich an der Wand auf. Ich beuge mich vor und taste eilig danach. Als ich mich wieder aufsetze, hat er sich vor mir aufgebaut.

Ich verstehe nur das Wort »Stopp«, bevor er mir eine Ohrfeige verpasst. Mein Kopf ruckt zur Seite, meine Wange schmerzt und glüht rot, meine Faust öffnet sich und das Seil fällt wieder. Safiya zuckt zurück und beugt sich noch tiefer über ihr Seil. Der Angriff lässt meine Zugehörigkeit nur noch stärker wüten, Qayns Lektion wird mir kristallklar vor Augen geführt. Ich drehe meinen Kopf wieder nach vorne und schaue, ohne es zu wollen, auf sein Schwert. Und wie meine eigene Klinge, nur schwächer, *ruft* der Stahl nach mir. Meine Finger kribbeln, meine Muskeln spannen sich an; ich überlege, was ich mit diesem Schwert anstellen werde und wie viele ich töten könnte, bevor ich aufgehalten werde.

Der Soldat hält mir das Seil vors Gesicht. »Arbeite.«

Ich fange wieder an zu zupfen. Zufrieden kehrt er nach vorne zurück, und meine Magie legt sich. Was auch immer das war, es ist mir noch nie passiert – aber dank Qayn bin ich hier vielleicht doch nicht so machtlos, wie ich anfangs dachte.

Den Rest des Tages ertragen wir in ermüdender Stille. Ich zupfe Fasern, bis meine Augen von den verfluchten Dingern schwimmen und meine Finger taub sind. Am späten Nachmittag läutet eine Glocke. Wir schlurfen mit dem Wergbündel im Arm nach vorne. Jeder Stapel wird auf einer Waage gewogen und die Menge in ein dickes Buch geschrieben. Zum Glück habe ich genug gesammelt, sodass ich nicht herausgegriffen werde, und ich darf mit Safiya den Arbeitsraum verlassen. Draußen stehen ein paar Soldaten, die uns zum Speisesaal geleiten. Der Wind hat aufgefrischt und das Gefängnis abgekühlt, aber das ist kaum eine Gnade. Er bringt auch einen fauligen, säuerlichen Gestank mit, der dem ganzen Gelände wie Harz anhaftet. Ich will mir gar nicht ausmalen, woher er stammen könnte.

»Es tut mir leid«, sagt Safiya. »Dieser Soldat braucht keinen Vorwand, um Frauen schlecht zu behandeln.«

»Ich sollte mich entschuldigen. Ich habe mich selbstsüchtig verhalten.« Das wurde mir etwa eine Stunde, nachdem der Soldat mich geschlagen hatte, klar. Meine Empörung ließ nach, das scharfe Stechen in meinem Kiefer wurde zu einem dumpfen Schmerz, und ich erinnerte mich daran, dass Qayn mir vorwarf, andere für meine eigenen Bedürfnisse zu benutzen. Ich würde heute Nacht fliehen, aber Safiya nicht. Ich brachte sie in Gefahr, während ich meinen Bruder suchte, und ich glaube, wenn Atheer das herausfände, würde er sich nicht von mir retten lassen wollen.

»Wir dürfen jetzt ein bisschen reden, also kann ich dir deine Antwort geben«, sagt sie.

Ich sehe hoffnungsvoll zu ihr auf. Sie zieht mich an sich, und wir gehen dicht nebeneinander her.

»Es gibt hier einen Gefangenen namens Zahir, ein großer, kräftiger Mann mit einer Brandwunde am Hals. Er ist schon länger hier als alle anderen, und sogar die Soldaten mögen ihn, weil er so zäh ist und so hart arbeitet. Ich habe gehört, dass er jeden kennt, der ins Gefängnis kommt. Er sollte die Leute kennen, nach denen du suchst.«

Ich sehe sie erstaunt an. »Ich würde dich umarmen, aber ich möchte keinen von uns beiden in Schwierigkeiten bringen.«

Sie lacht tatsächlich darüber, aber der fröhliche Ton steht in so starkem Kontrast zum Gefängnis, dass es mich traurig macht, ihn zu hören.

Wir schlurfen in den staubigen Speisesaal. Es ist ein langer, düsterer Raum mit vielen Tischen. An den Ecken und Türen positionierte Soldaten bewachen ihn. Hinter dem Tisch an der rechten Wand stehen weitere Gefangene, die darauf warten, uns das Essen zu servieren. Wir nehmen unsere Tabletts und reihen uns in die lange Schlange ein. Ich schaue mir die Gesichter aller Leute an, die ich sehen kann, aber ich erkenne weder Atheer noch Fey. Ich halte Ausschau nach ihnen inmitten der Gefangenen, die immer noch durch die Türen strömen, und bemerke einen jungen, verschwitzten Mann mit hellen, pistaziengrünen Augen. *Taha.* Er sieht erschöpft aus, aber wenigstens ist er noch an einem Stück. Reza folgt ihm zum Ende der Schlange.

»Das sind meine Freunde«, sage ich zu Safiya. »Lass uns versuchen, am selben Tisch zu sitzen, dann kannst du ihnen von Zahir erzählen.«

Sie betrachtet sie neugierig. »Ich verstehe nicht, sie sind *auch* wegen deines Bruders und deiner Freundin hier?«

»Ja«, platzt es aus mir heraus, bevor ich darüber nachdenken kann, welche Schlüsse man daraus ziehen könnte. Es ist zu spät, mich zu korrigieren, jetzt, wo ich den Essenstisch erreicht habe. Der Gefangene, der dahinter steht, schaufelt mir eine braune Brühe mit Stückchen darin auf mein Tablett, ein paar kleine ovale Gemüsestücke, grobes Brot, einen Apfel und einen Becher mit Wasser. Ich verlasse die Reihe und werfe einen Blick über meine Schulter. Taha bemerkt mich, und seine Miene wird offener. Ist das Erleichterung? Selbst wenn es so war, jetzt ist sie verschwunden und er ist so stoisch wie immer. Wir nicken uns zu, und ich setze mich an einen leeren Tisch.

Safiya kommt einen Moment später zu mir. »Imani, was meinst du damit, dass du wegen Atheer und Feyrouz ›hier‹ bist?«

Nachdenklich schiebe ich meinen Löffel in der braunen Brühe herum und erhasche einen Hauch von Rindfleisch. Ich könnte Safiya hier rausholen; ich könnte sie mitnehmen, wenn wir fliehen. Ich bin versucht, ihr die Wahrheit zu sagen, aber mein Instinkt rät mir davon ab. Obwohl sie die Verheerenden verabscheut, versucht sie immer noch, dieses Gefängnis zu verlassen. Was, wenn sie denkt, es wäre besser, uns zu verraten und die Gunst der Soldaten zu gewinnen?

»Ich meine, ich möchte sie beide sehen«, sage ich. Sie glaubt mir wahrscheinlich nicht, aber es ist die beste Lüge, die ich im Moment habe.

Taha und Reza setzen sich uns gegenüber, aber wir sprechen nicht sofort miteinander, damit es nicht so aussieht, als würden wir unter einer Decke stecken. Vorsichtig probiere ich den Brei auf meinem Tablett; er ist durchaus genießbar, und ich bin so ausgehungert, dass ich nicht mehr aufhören kann, nachdem ich einmal angefangen habe zu essen. Das Gemüse, das Safiya als »Kartoffeln« bezeichnet, ist angenehm breiig, das Brot ist wie erwartet, und der Apfel ist leicht knackig. Der Speisesaal füllt sich schnell mit Gefangenen, und das leise Brummen der Gespräche sorgt für ein Maß an Unauffälligkeit, das für Taha akzeptabel ist. Er beugt sich vor.

»Und?«

Ich sehe Safiya an. »Erzähl ihnen, was du mir gesagt hast.«

Unter Tahas kritischem Blick verfärbt sie sich wie ein Pfirsich und gibt ihre Informationen mit quietschender Stimme weiter.

»Zahir, ich kenne ihn.« Taha schaut die Tischreihe rauf und runter. »*Großer Kerl* ist eine Untertreibung. Er ist auf der Tretmühle gelaufen, als würde er es genießen. Da.«

Er nickt ein paar Tische weiter, wo sich ein riesiger Mann mit fettigen Haaren über sein Tablett beugt. Er hat doppelt so viel Essen auf dem Tablett stehen wie alle anderen. Safiya hat recht: Die Soldaten müssen ihn mögen.

»Ja, das ist er«, sagt sie. »Er wird wissen, ob Atheer und Feyrouz im Gefängnis sind. Aber ich habe gehört, dass man ihm erst etwas anbieten muss, bevor er Fragen beantwortet.«

»Was denn?«, fragt Reza und beugt sich vor. »Wir haben nichts.« Safiya deutet auf den Apfel auf Rezas Tablett. Er legt ihn sofort auf den Tisch, dann nimmt er den von Taha und legt ihn dazu. Safiya nickt lächelnd.

»Das sollte genügen.«

Jetzt wissen wir, was wir als Nächstes tun werden, und widmen uns wieder unserem Essen. Taha hat seine Mahlzeit bereits beendet und klopft ungeduldig mit dem Finger auf sein Tablett. Ich weiß, dass er sich über dasselbe Sorgen macht wie ich: dass die Magie meine Adern verlässt. Wenn wir Atheer nicht vor der Ausgangssperre finden, haben wir keine andere Wahl, als ohne ihn aus dem Gefängnis zu fliehen. Das kann ich nicht zulassen.

Gleich als ein Soldat mit einer Glocke das Ende der Essenszeit ankündigt, eile ich zur Tür und verliere Taha, Reza und Safiya in dem Gedränge der Gefangenen aus den Augen. Ich stelle mein Tablett in eine Wanne und verlasse den Saal, wobei ich in der um mich herum strömenden Menschenmenge nach Atheer suche. Starke Hände ziehen mich hinter eine nahe gelegene Wand. Ich werfe meine Arme hoch und mache mich auf einen Angriff gefasst. Ich bleibe angespannt, auch als ich sehe, dass es Taha ist.

»Was soll das?«, frage ich misstrauisch. Er hat mich in eine enge Ecke gedrängt, die teilweise von der Sicht auf den Hof abgeschirmt ist.

»Du hast doch dieser Safiya nichts von unserem Plan erzählt, oder?«

Ich mache ein finsteres Gesicht und lasse meine Hände von der Brust sinken. »Natürlich nicht. Ich kenne die Risiken. Du hältst wirklich wenig von mir.«

»Als würdest du nicht noch weniger von mir halten«, kontert er.

Ich fühle mich durch seine Bemerkung merkwürdig beleidigt. »Was soll das heißen?«

»Das weißt du doch ganz genau. Wie hast du mich im Tal noch genannt? ›Grausames, unwürdiges Ungeheuer‹.«

Meine Ohren brennen. Ich kann nicht glauben, dass er sich an meine Beleidigung erinnert; ich hatte sie ganz vergessen.

Er legt seine Hand auf die Wand neben meinem Kopf. »Den Teil mit dem *grausamen Ungeheuer* verstehe ich. Mich macht nur der Teil mit dem *unwürdig* stutzig«, sagt er mit schleimiger Stimme. »Was also ist es? Bin ich verachtenswert, oder bin ich von niederer Geburt? Vielleicht beides.«

Meine Brust zieht sich zusammen; ich spüre die Gefahr, die am Rande dieser Begegnung lauert. »Ich war aufgebracht, als ich das sagte. Ich habe es nicht so gemeint.«

»Doch, das hast du. Sag es. Du hast immer gedacht, du wärst besser als ich.«

Ich will mich nicht darauf einlassen, was auch immer es ist. Er erinnert mich an diesen Soldaten der Verheerenden in Bashtal, der auf einen Kampf aus war. Den werde ich ihm nicht geben. Ich versuche, mich an ihm vorbeizuducken, aber er ergreift meinen Arm und stößt mich gegen die Wand.

»Ich bin noch nicht fertig, Imani. Du kannst gehen, wenn du die Wahrheit über deine Gefühle für mich sagst.«

Die Wahrheit. Was soll ich ihm sagen? Dass ich letzte Nacht

nicht schlafen konnte, mich auf der Seite zusammengerollt und ihn in der gegenüberliegenden Koje schlafend beobachtet habe? Dass ich bewundert habe, wie das Mondlicht auf seiner glatten Haut und seinem dunklen Haar glänzte? Dass ich ihn beobachtete und mich mit der Frage quälte, wie ich mit ihm umgehen sollte, sobald Atheer sicher draußen ist? Dass ich ihn beobachtete und mit dem verdrehten Teil in mir kämpfte, der stattdessen zu ihm gehen und ihn fest in die Arme nehmen wollte?

Ich sehe in seine wilden Augen und auf den frischen Bluterguss, der sich auf der Spitze seines Wangenknochens bildet. »Ich war nicht nur aufgebracht, als ich das sagte. Ich war unwissend. Ich wusste damals nichts über dich.« Ich streiche leicht über sein Gesicht. »Ein Soldat hat dich verletzt, nicht wahr? Geht es dir gut?«

Meine Geste erschreckt nicht nur, sie macht Angst. Tahas Augenbrauen schießen nach oben, dunkelrote Flecken zeigen sich auf seinem Gesicht. Plötzlich legt sich seine Hand um meine Wange, und ich bin in seinem Griff, mein Herz hämmert. Ich sollte das beenden – er hat gesagt, dass nichts zwischen uns ist –, aber als wir uns in die Augen sehen, fühlt es sich an, als ob alles zwischen uns ist. Ich kann meinen Blick nicht abwenden, nicht einmal, als ein dunkler, vertrauter Hunger seinen seltsam traurigen Blick trübt. Ich sehne mich danach, seine Lippen wieder auf meinen zu spüren; ich muss mich vergewissern, dass unser letzter Kuss kein Unfall war, wie er so gefühllos gesagt hat. Ich hasse ihn, aber wie sehr mag ich ihn auch. Es geht nicht nur um sein gut aussehendes Gesicht, diese Juwelenaugen, diesen kraftvollen Körper – es geht um seine unerschütterliche Entschlossenheit und Disziplin, sein spontanes magisches Genie, seine Unerschrockenheit, sogar sein wahnsinniges Selbstvertrauen. Es geht um ihn.

Er hebt mein Kinn an und stupst meine Nase mit seiner an. »Du weißt immer noch nichts über mich, Imani.«

Unsere Lippen berühren sich; der flüchtige Kontakt entfacht das Feuer der Versuchung in mir. Ich greife mit einer Hand nach seiner Tunika und ziehe ihn näher zu mir. Sein Atem geht schneller und schneller, sein Griff um mich zittert. Er gibt einen frustrierten Laut von sich, tief in seiner Kehle.

»Verdammt«, flüstert er wütend. Und dann küsst er mich.

Als ich seinen Brief gestohlen habe, versuchte ich, die Schwäche zu finden, von der er behauptete, sie nicht zu haben – jetzt weiß ich, dass ich seine Schwäche bin. Dieser Kuss ist nicht wie vorher. Keine Schüchternheit, keine Zurückhaltung. Er ist ein Funke, der zu einer Explosion wird, und die Angst ist intensiver als je zuvor. Er zieht mich verzweifelt an seinen Körper, fährt mit seinen Händen an mir entlang, als wäre ich Sand, den er daran hindern muss, zwischen seinen Fingern davonzugleiten. Aber ich spüre, dass die Zeit für uns abläuft, und er weiß das. Er küsst mich heftiger, inbrünstig, sucht die Absolution, bevor sich die Sanduhr leert. Und das hat sie.

»Hört lieber auf damit, bevor euch einer der Soldaten entdeckt.«

Wir sind ein gespaltener Berg. Eine Gefangene hat unseren Schlupfwinkel gefunden – offensichtlich ist es *ihr* Schlupfwinkel –, und sie scheucht uns hinaus. Taha atmet unsicher aus, als hätte diese Frau ihn vom Rand eines gefährlichen Abgrunds zurückgerissen. Als wäre dies ein weiterer Fehler gewesen. Er glättet seine Tunika und marschiert los, ohne mich anzusehen.

»Mach nicht mit anderen Gefangenen rum«, sagt sie, als ich mich vorbeidränge. »Das macht dir Hoffnung, aber hier gibt es keine Hoffnung.«

Was habe ich mir nur dabei gedacht? Ich war eine impulsive Närrin, die wollte, dass er mich wieder küsst, und ich fühle mich weder besser noch glücklicher, nachdem mein Wunsch erfüllt wurde. Unser Beisammensein war falsch; es ist und war immer Gift im Brunnen. Dieser feindselige Ozean tobt immer noch zwischen uns.

Ich schlängele mich hinter ihm her durch Gruppen von Gefangenen, die auf dem Boden hocken, andere schlafen, wieder andere starren ins Leere. Ich suche nach dem Gesicht meines Bruders unter ihnen; ich suche nach Stabilität bei der einzigen Person, der ich vertrauen kann – der einzigen Person, die diese chaotische Welt wieder in Ordnung bringen kann. Aber ich habe nicht das Glück, ihn zu finden, und ich beginne mich zu fragen, ob ich ihn jemals finden werde. Vielleicht war Atheer nie mehr als eine Fata Morgana, und ich werde in dieser Wüste auf der Suche nach ihm untergehen.

Wie vereinbart, wartet Reza am toten Baum auf uns. »Warum habt ihr so lange gebraucht? Und warum bist du so außer Atem?«, fragt er und mustert Taha misstrauisch.

Taha schüttelt den Kopf. »Wo ist Zahir?«

Reza zeigt mit dem Daumen über seine Schulter. Ich muss nicht lange suchen, um den riesigen, Pfeife rauchenden Mann an der Wand eines Gebäudes zu entdecken. Als wir uns auf den Weg zu ihm machen, springt ein Soldat auf die nahe gelegene Auspeitschplattform, zusammen mit einem Gefangenen, der seine Ankündigung übersetzt.

»Kämpfer, stellt euch auf! Der Preis des heutigen Abends ist ein Beutel mit Tabak.«

Mehrere Jugendliche stürmen zur Plattform. Sie werden von Soldaten erwartet, die beginnen, sie zu sortieren. »Entschuldige, bist du Zahir?«

Ich sehe wieder Taha an, der sich dem am Boden sitzenden Mann nähert. Zahir sieht mit seinen kleinen, braunen Augen hoch.

»Das bin ich. Ihr seid die neuen Gefangenen.« Er hat eine tiefe, raue Stimme. In meiner Fantasie würde eine Höhle so klingen, wenn sie sprechen könnte. Taha geht vor ihm in die Hocke und zieht die beiden Äpfel aus seiner Tasche. Er hält sie ihm hin. »Mein Name ist Taha. Das sind Reza und Imani.«

Zahir mustert jeden von uns eingehend und nimmt die Äpfel. »Willkommen.«

»Danke.« Ich knie mich neben Taha. »Zahir, man sagte mir, du kennst alle Gefangenen, die hier ankommen. Stimmt das?«

»Das stimmt«, sagt er, und Rauch quillt mit seinen Worten aus seinem Mund.

Meine Hände haben angefangen zu zittern, und Taha hat es bemerkt. Ich balle meine Fäuste. »Ich bin auf der Suche nach meinem älteren Bruder. Er wurde vor einigen Monaten verhaftet und hierhergebracht. Ich hatte gehofft, du könntest mir sagen, wo ich ihn finden kann. Sein Name ist Atheer.«

»Atheer?« Stirnrunzelnd zieht Zahir die Pfeife zwischen seinen Lippen hervor. »Ja, ich kenne ihn. Aber Atheer ist weg.«

33

Der große Mann verschwindet schnell hinter einer Wand aus Tränen. »Weg?«, würge ich hervor.

»Ja. Er ist nicht mehr hier.«

Karren mit Leichen rattern durch meinen Kopf und verschwinden im Inneren des Leuchtturms. Ich kippe um und schluchze. »Sie haben ihn sich zu Tode arbeiten lassen, nicht wahr?«

»Tja, sie haben es versucht, aber er ist gegangen, bevor es ihnen gelang«, sagt Zahir. »Er war nur ein paar Wochen im Gefängnis.«

»Gegangen? Du meinst, er wurde weggebracht?«, fragt Taha.

Ich hebe meinen Kopf. Zahir zieht an seiner Pfeife, sein Blick ist wehmütig. »Weggebracht, ja. Mitten in der Nacht. Wisst ihr, ich darf nach der Ausgangssperre spazieren gehen, und ich rauchte gerade, so wie jetzt, als die Soldaten kamen. Sie waren anders gekleidet als die hier, förmlicher, mit braunen Uniformen und Umhängen. Sie trugen sogar goldene Schwerter.«

Ich wische mir die Tränen vom Gesicht. »Haben sie gesagt, was sie von ihm wollen?«

Zahir pafft eine Rauchwolke. »Oh, ja. Einer sagte, König Glaedric wolle ihn sehen. Der andere fragte, ob er schon einmal auf einem Schiff gewesen sei. Danach haben sie ihn weggebracht.«

Der König der Verheerenden? Ich sacke auf meine Fersen, meine Gedanken überschlagen sich.

»Er war ein guter Arbeiter, dein Bruder, sehr stark«, grollt Zahir. »Es tut mir leid, dass du ihn verpasst hast.«

Auch Reza kniet nieder. »Wir brauchen Informationen über

eine weitere mögliche Gefangene. Eine junge Frau namens Feyrouz. Sie müsste erst vor Kurzem angekommen sein.«

Zahir überlegt eine Weile und schüttelt dann den Kopf. »Die einzige Feyrouz war sechs Monate hier.«

Tränen steigen in Rezas Augen auf und er ballt die Fäuste. »Sie wurde vor zwei Wochen in Bashtal verhaftet.«

»Es kann einige Zeit dauern, bis Gefangene aus anderen Städten hierherkommen, *falls* sie diesem Gefängnis zugewiesen werden«, antwortet Zahir.

Ein trauriger Seufzer entweicht mir. Sowohl Reza als auch ich kamen in dieses Gefängnis in der Hoffnung, jemanden zu finden, der uns etwas bedeutet. Wir werden beide mit gebrochenem Herzen gehen, weil wir zu spät oder zu früh dran waren, um sie zu finden.

»Es tut mir leid«, sagt Taha leise.

Reza nickt ruckartig. »Danke, Zahir.«

Niedergeschlagen verlassen wir den rauchenden Mann mit seinen Äpfeln. In der Nähe haben johlende Soldaten einen Kreis um zwei Jungen gebildet, die sich mit bloßen Fäusten prügeln. Wir stellen uns an eine Mauer, weit weg von den anderen Gefangenen, aber uns könnte ohnehin niemand hören, so viel Lärm machen die Soldaten.

»So viel zu einer unkomplizierten Mission«, murmelt Taha.

»Ergibt das für einen von euch einen Sinn?«, frage ich. »Warum sollte der König meinen Bruder sehen wollen?«

»Es spielt keine Rolle, warum, wir müssen ihn nur finden«, sagt Taha. »Und ich würde einen ganzen Sack voll Misra darauf wetten, dass das Schiff, das Zahir erwähnte, dasselbe ist, das wir in der Bucht gesehen haben.«

»Ja, ich erinnere mich.« Ein Dreimaster, der eine riesige Imperiumsflagge gehisst hat, umgeben von *Kriegsschiffen.* Ich drücke meine Hände an meinen Kopf. »Geister, wie sollen wir je dorthin kommen?«

»Wir werden schon eine Lösung finden«, sagt Taha auf seine

sture Art, während er abwesend den Kampf beobachtet. Er endet damit, dass einer der Jungen bewusstlos geschlagen wird. Münzen wechseln bei den lachenden Soldaten den Besitzer, und ein Beutel Tabak wird dem Sieger in die blutigen Fäuste geschoben. Weiter oben auf dem Hof läutet eine Glocke.

»Das ist die Ausgangssperre«, sagt Taha und stößt Reza mit dem Ellbogen an. Sein Cousin stapft widerstrebend in Richtung des roten Schlafsaals.

»Wir treffen uns nach der ersten Patrouille am Nordtor, ja?«, frage ich. Taha macht sich ebenfalls auf den Weg. »Ja. Komm nicht zu spät, sonst sind wir gezwungen, dich zurückzulassen. Es wird schon knapp mit der Magie, die wir noch haben.«

Ich nicke, verlasse sie und schließe mich dem Zug der Gefangenen in Richtung des blauen Schlafsaals an. Mein Bruder hätte auch hier sein sollen, bereit, mit uns aus dem Gefängnis zu fliehen. Aber wenigstens ist er nicht tot, wurde nicht ausgepeitscht oder hat auch kein anderes ungerechtes Schicksal in diesen verlassenen Mauern erlitten. Er ist am Leben, und ich kann ihn noch retten. Ich muss an dieser Wahrheit, an dieser Hoffnung festhalten; sie ist das unsterbliche Licht, das mich aus dieser Finsternis herausführen wird.

Der blaue Schlafsaal ist ein langer Raum mit Etagenbetten, auf denen hauchdünne Matratzen liegen, die nach Schweiß und Urin stinken. Ein Soldat zählt uns an der Tür durch und schließt sie hinter sich, sobald wir drinnen sind. Safiya nimmt mich mit und erklärt mir die Gruppen von Betten, als würde sie mich in ihrer Nachbarschaft herumführen.

»Die älteren Frauen, die die Schuhe der Soldaten reparieren, schlafen hier. Diese hier gehören sieben Mädchen aus *derselben Familie.* Ich weiß, das ist ziemlich bemerkenswert. Und das ist meine.« Stolz bleibt sie vor einer Koje stehen, die genauso erbärmlich ist wie die anderen. Sie deutet auf eine leere Koje in der Nähe von ihrer. »Du kannst die da nehmen. Sie gehörte der Frau von heute …«

Die Frau, die ins Meer geworfen wurde. »Danke, Safiya, aber ich glaube, ich bleibe noch eine Weile auf.«

Sie hievt sich auf das obere Bett und lächelt das Mädchen an, das auf dem Bett darunter liegt. »Lass dir eins gesagt sein, Imani. Du wirst so viel Ruhe brauchen, wie du bekommen kannst. Die Nächte vergehen schneller, als du denkst.«

»Und die Tage vergehen langsamer«, fügt das Mädchen hinzu, und ein paar andere in der Nähe stimmen zu.

Um mich herum beginnen die Laternen zu verlöschen. Schatten schleichen heran, müde Körper legen sich in die Betten, eine ruhige Decke legt sich über das Gefängnis. Seufzend hocke ich mich auf die untere Pritsche, obwohl es sich falsch anfühlt, sie auch nur zu berühren, geschweige denn meinen Kopf dorthin zu betten, wo diese arme Frau heute Morgen noch gelegen hatte.

»Das war's also?« frage ich Safiya. »Eine Person geht, eine andere kommt.«

»Das Leben hier drin ist die wahre Tretmühle. Sag mal ...« Sie rollt sich auf die Seite. »Hast du mit Zahir gesprochen?«

Diese eine Frage trifft mich bis ins Mark. Ich vermisse Atheer und habe Angst um ihn, aber wenigstens verlasse ich diesen Ort, um ihn zu suchen. Was ist mit Safiya? Sie wird nicht zu ihren Eltern zurückkehren, gute Führung hin oder her. Zahir ist der einzige Beweis, den ich brauche – er arbeitet hart genug, dass die Soldaten ihm Tabak geben und ihn nach der Ausgangssperre herumlaufen lassen. Aber er ist immer noch inhaftiert.

»Das habe ich. Hey, komm mal kurz runter. Ich möchte etwas mit dir besprechen.«

Nur ein paar Laternen flackern noch, genug Licht für mich, um Safiyas Stirnrunzeln zu sehen. Sie schwingt ihre Beine über die Pritsche und rutscht hinunter, die Sehnen in ihren Füßen spannen. Sie ist zu dünn, um hier drin noch viel länger durchzuhalten. Ich führe sie an das Ende des Schlafsaals, wo es eine Lücke zwischen den Kojen und der Tür gibt. Das Mondlicht dringt durch das Fenster neben uns und beleuchtet ihr besorgtes Gesicht.

»Was ist los?«

Ich bin unschlüssig, während sich die letzten Krallen des Zögerns tiefer in mich senken. Was ist, wenn sie sich weigert oder den Alarm auslöst? Und Taha wird wütend sein, wenn er sie sieht. Bestimmt kann ich ihn überzeugen. Safiya zu helfen, unterbricht die Mission nicht, und es ist das Richtige, ob mit oder ohne Risiko. Ich schaue aus dem Fenster und sehe einen Soldaten, der seine Runde dreht. Jeden Moment wird die erste Patrouille zu Ende sein, und dann muss ich hier verschwinden.

»Imani?«

Ich sehe sie wieder an. »Willst du dieses Gefängnis verlassen?« Ich glaube nicht, dass sie mich verstanden hat. Ihre Lippen bewegen sich, aber sie spricht nicht. Ich versuche es noch einmal. »Ich breche heute Nacht aus, und ich kann dich mitnehmen.«

»Du bist … Aber … was ist mit deinem Bruder und Feyrouz?«

Ich werfe einen Blick auf den patrouillierenden Soldaten. Ich habe bestenfalls eine Minute Zeit. »Wir sind nur hierhergekommen, um sie zu befreien, aber Fey ist nicht hier, und mein Bruder ist schon weg.«

Sie legt eine Hand über ihren Mund. »Er ist *tot?*«

»Nein, nein, er wurde von einigen Soldaten mitgenommen.«

»Wie?« Sie verzieht das Gesicht. »Niemand wird jemals aus dem Gefängnis geholt.«

»Ich weiß, und ich muss herausfinden, warum. Was sagst du? Ich kann dich befreien, aber wir müssen jetzt sofort gehen.«

»Ja«, sagt sie und nickt eifrig. »Ja, natürlich. Ich würde alles tun, um diesen Ort zu verlassen und meine Eltern wiederzusehen.«

Eine Last fällt von mir ab, eine andere ersetzt sie augenblicklich. Meine Magiespeicher sind fast leer; wenn ich das Misra anrufe, erhalte ich eine schwächere Antwort, als mir lieb ist. Und wenn das bei mir so ist, dann ist es das Gleiche bei Taha und Reza. Wir müssen los.

»Also gut, folge mir und tu genau das, was ich tue.«

Ich führe sie zu den Doppeltüren und drücke vorsichtig den

Griff herunter, um sie einen Spalt weit zu öffnen. Kühle, faulige Luft strömt hindurch. Ich spähe hinaus, und als ich keine Soldaten sehe, öffne ich die Tür ein bisschen weiter und schleiche mich mit Safiya auf den Fersen hinaus. Ich schließe sie vorsichtig hinter mir und halte inne, um mich zu orientieren. Der Blick auf diese Türen ist durch einen großen Baum vor den Wällen abgeschirmt – ich muss mir keine Sorgen machen, dass uns Bogenschützen entdecken könnten, nur Soldaten. Einer patrouilliert mit dem Rücken zu uns einige Meter entfernt zu meiner Rechten. Ich schleiche zur Ecke und schaue nach links, vorbei am Schlafsaal. Dort unterhalten sich zwei Soldaten. Die Sichtlinie des einen ist durch den Kopf des anderen versperrt, aber wenn er sein Gewicht von einem Bein aufs andere verlagert, braucht er nur einen Blick über die Schulter des anderen zu werfen, um uns zu sehen. Ich warte, solange ich es aushalte, aber keiner von beiden ändert seine Position. Wir müssen es riskieren.

»Leise und schnell«, flüstere ich und ziehe Safiya mit mir vorwärts.

Wir verlassen unsere Deckung und huschen über den Hof zum nächsten Gebäude. Ich warte auf den Schrei von jemandem, der auf uns aufmerksam geworden ist, aber alles bleibt ruhig. Wir erreichen den dichten Schatten an der Rückwand des Gebäudes, und ich ziehe Safiya mit mir in die Hocke. Sie japst und mustert ihre Umgebung, wobei sie immer wieder blinzelt. Ich schleiche mich zur Ecke und erstarre. In der Dunkelheit vor mir bewegt sich etwas.

Ein Soldat.

Ich drehe mich und lege eine Hand über Safiyas Lippen. Sie versteift sich, ich halte den Atem an. Der pfeifende Soldat schlendert nicht einmal zwei Meter von uns entfernt vorbei. Ich starre auf seine Silhouette, während sich meine Brust aufbläht, aber ich rühre mich nicht, bis er mit seiner fröhliche Melodie außer Hörweite ist. Ich hebe meine Hand und stoße gleichzeitig erleichtert die Luft aus.

»Das war *zu* knapp«, keucht Safiya.

Ich zeige auf die Stelle, an der das Gelände zur kürzeren, inneren Verteidigungsmauer abfällt. »Siehst du die Bäume dort unten? Dort laufen wir hin.«

Ich überprüfe die Wälle und vergewissere mich, dass die Bogenschützen sich auf Bedrohungen von außerhalb der Mauern konzentrieren. Dann werfe ich einen Blick nach links und rechts. Ich kann keine Soldaten sehen, die in diese Richtung schauen. Jetzt oder nie. Ich nehme Safiyas Hand.

»Los«, flüstere ich.

Wir tauschen den schützenden Schatten gegen das grelle Mondlicht. Das Land entblößt sich spielerisch um uns herum, nackt und ungeschützt; ich fühle mich wie eine Ameise, die einen überfüllten Tisch überquert und jeden Moment bemerkt und zerquetscht werden könnte. Und der Abhang begünstigt meine Geschwindigkeit zu sehr. Mein konzentrierter Lauf wird zu einem unbeholfenen Sprint, jeder Schritt birgt die Gefahr, den Halt zu verlieren. Ich bin gezwungen, Spurrillen, Steinen und Geröll auszuweichen, anstatt nach Soldaten Ausschau zu halten.

Wir überwinden den steilsten Teil des Hangs und überqueren einen Weg, wobei unsere Pantoffeln laut über den Schotter knirschen. Zurück aufs Gras, das ebenso laut unter uns raschelt. Meine Lungen fangen an zu brennen, mein Blick wird unscharf. Safiyas Atem pfeift in ihrer Brust, ihre klamme Hand verkrampft sich in meiner, während sie Mühe hat, Schritt zu halten. Das Dickicht hüpft als dunkelgrüner Fleck in meinem Blickfeld herum. Ich senke mein Kinn auf die Brust und werfe alles, was ich habe, in den Sprint. Der Schatten der Bäume fällt auf uns, das Mondlicht halbiert sich. Sekunden später befinden wir uns sicher in den schützenden Armen des Dickichts. Safiya kommt keuchend zum Stehen. Ich gehe langsam ein paar Schritte voraus und spitze meine Ohren, aber nichts deutet darauf hin, dass wir entdeckt wurden.

»Und jetzt?«, fragt Safiya.

Ich wische mir den Schweiß von der Oberlippe und suche das Gelände mit Blicken ab. »Jetzt folgen wir dem Zaun hinter dem Tor zu einer weiteren Baumgruppe wie dieser. Meine Freunde werden dort warten.«

Ich überprüfe die Gegend um uns herum, während Safiya zu Atem kommt. Das Dickicht wächst an der inneren Verteidigungsmauer des Gefängnisses. Auf der anderen Seite der Mauer befindet sich ein privater Bereich für die Soldaten, in dem ihre Kasernen und Waffenlager untergebracht sind. Ein Mann kommt jetzt links von uns den Hang herunter. Er geht den Weg entlang, den wir genommen haben. Ich warte, bis er das Dickicht hinter sich gelassen hat, dann führe ich Safiya im Schatten der Mauer weiter. Das wenig benutzte Nordtor kommt in Sicht.

»Wir sind fast da«, flüstere ich.

Ich werde auf einer Seite des Tores langsamer und werfe einen Blick durch die Gitterstäbe auf den Privatbereich. Ich erblicke die Silhouette eines Gebäudes mit dunklen Fenstern und geschlossene Türen. Keine Soldaten auf der Treppe oder auf dem Gehweg. Ich nicke Safiya zu. Wir eilen am Tor vorbei und hinein in das nächste Dickicht.

Drinnen lehnt sie sich an einen Baumstamm und schlingt ihre Arme um ihren zitternden Körper. Ich schlängele mich zwischen den Bäumen hindurch und suche ungeduldig nach Taha und Reza, die hier warten sollten. Aber sie sind nicht da.

Von ihnen gibt es keine Spur.

34

Wir haben uns in diesem Hain verabredet, und sie sind nicht hier.

Ich erreiche das Ende der Bäume und starre auf das Gefängnisgelände, mein Puls rast in meinen Ohren. Safiya schleicht sich von hinten an mich heran.

»Sollten deine Freunde nicht hier sein?‹

»Doch. Das sollten sie.«

Aber sie sind es nicht. *Warum* nicht? Sie sind spät dran; das muss es sein, und ich würde diese Erklärung akzeptieren, wenn Taha mir nicht eingebläut hätte, wie wichtig es ist, *nicht* zu spät zu kommen. Eine andere grässliche Möglichkeit taucht aus den Schatten auf. Was, wenn sie mich *hereingelegt* haben? Sie sagten mir, ich solle hierherkommen, aber sie sind woanders hingegangen, um ohne mich zu entkommen. Ich kneife meine Augen fest zusammen. Sie haben keinen Grund, mich zu verraten; das ist Paranoia. Aber was soll ich jetzt tun? Ich kann nicht fliehen, ohne dass Reza einen Tunnel unter den Mauern hindurch erschafft, und ich habe Safiya mitgenommen, mit dem Versprechen, dass ich sie herausholen werde. Ihr Leben liegt in meinen Händen. Wenn wir erwischt werden, ist ihre Strafe auch meine Schuld. Ich spüre den Druck, weil sie sich darauf verlässt, dass ich eine Lösung finde, aber mir fällt keine ein. Mein Gehirn ist an die Probleme gekettet, und ich habe so viele … Ich sitze hier fest, meine Magie schwindet schnell, mein Bruder ist weg. Mein Bruder … Ich wende mich an Safiya.

»Du sagtest, dass niemand jemals aus dem Gefängnis weggebracht wird. Mein Bruder wurde von König Glaedrics Männern mitgenommen. Ist das ungewöhnlich?«

»Äußerst«, sagt sie. »Weißt du, warum sie ihn mitgenommen haben?«

Ich schüttle den Kopf, obwohl die Antwort in den trüben Tiefen meines Geistes schwimmt, wie ein glitschiger Aal. Warum eigentlich? Ein goldener Faden verbindet alles mit Atheer: den Rat, die Rebellen und jetzt König Glaedric. Worum geht es?

Safiya stupst mich an. »Deine Freunde sind hier.«

Ich spähe ungläubig zwischen den Bäumen hindurch. Tatsächlich traben Taha und Reza vom anderen Ende des Zauns her auf uns zu. Erleichterung und Unbehagen überkommen mich gleichermaßen. Sie haben mich also doch nicht getäuscht. Taha hat sein Wort gehalten. Dann spüre ich, wie die Welt langsam aus den Fugen gerät. Jedes Mal, wenn ich denke, Taha wird etwas tun, tut er das Gegenteil. Und jedes Mal, wenn ich denke, dass ich Atheer finden werde, finde ich stattdessen weitere Rätsel, die ich lösen muss. Nichts und niemand ergibt einen Sinn.

Die beiden betreten das Dickicht, um uns zu treffen. Reza trägt eine Laterne. Taha bemerkt Safiya, die halb versteckt hinter mir steht, und sein verschwitztes Gesicht verzieht sich.

»Was soll das? Ich dachte, ich hätte mich klar ausgedrückt.«

»Sprich nicht in diesem Ton mit mir«, schnauze ich. »Sie kann mit uns fliehen. Das wird uns nicht schaden.«

Er zerrt mich hinter einen Baum. »Sie wird die Magie sehen«, zischt er. »Was stimmt mit dir nicht?«

»Mit mir?« Ich schiebe seine Hand weg. »Und was ist mit dir? Wir können sie nicht zurücklassen. Ohne sie hätten wir nicht gewusst, dass wir Zahir fragen müssen. Sie verdient es, diesen Ort zu verlassen.«

Er wirkt verzweifelt, als würde er versuchen, mit einem Buschfeuer zu verhandeln. »Es geht nicht darum, was sie *verdient*, sondern darum, wie viel Risiko wir schultern können, bevor etwas schiefgeht. Wir sollten das Risiko minimieren, wo immer wir können, und es nicht erhöhen. Weißt du denn gar nichts mehr von unserer Ausbildung als Schild, oder bist du wirklich so nutzlos, wie ich immer vermutet habe?«

»Wie kannst du es wagen!« Ich balle meine Fäuste, um ihn nicht zu erwürgen. »Es gibt einen Punkt, an dem sich die Minimierung des Risikos und unsere Pflicht, andere zu schützen, treffen, Taha. Das war auch Teil unserer Ausbildung, aber das hast du wahrscheinlich ausgelassen. Ich hielt das Risiko für akzeptabel, da der Nutzen überwiegt. Sie wird die Magie nicht sehen, sie kann wegschauen.«

»*Wegschauen?*« Er legt seine Hände vor seine Augen. »Das kann doch nicht dein Ernst sein. Warum befolgst du nicht die Befehle, die ich dir gebe? Du hast keine Ahnung, wie viel schwieriger du die Dinge gemacht hast.«

Ich fühle mich plötzlich wie Amira, wenn ich mit ihr geschimpft habe. Ich verschränke die Arme. »Ich befolge deine Befehle nicht, weil ich nicht mit ihnen einverstanden bin …«

»Nein, du *respektierst* mich nicht, Imani«, sagt er, schäumt vor Wut und zeigt mit dem Finger auf mein Gesicht. »Da gibt es einen Unterschied.«

»Ich respektiere dich, wenn du dich nicht so aufführst wie jetzt«, argumentiere ich.

»Wie auch immer«, murmelt er und taumelt zurück. »Was unsere Pflicht betrifft, andere zu schützen? Safiya wäre ohne dich sicherer gewesen.«

Er stampft davon. Ich nehme mir einen Moment Zeit, um mich zu sammeln, und gehe ebenfalls um den Baum herum. Reza klopft ihm auf die Schulter und murmelt ihm etwas ins Ohr, während die beiden mich anstarren. Ich ignoriere sie und gehe zu Safiya.

»Das ist eine eigenartige Bitte, aber ich möchte, dass du dich umdrehst, die Augen schließt und dir die Ohren zuhältst.«

»Warum …«

Ich drehe sie eigenhändig um. »Bitte, Safiya. Ich kann nicht zulassen, dass du das siehst.«

Sie tut, wie ihr geheißen, wenn auch mit Unbehagen. »Zufrieden?«, flüstere ich Taha zu.

Wenn Blicke Kraft hätten, würde ich von seinen ausgeweidet werden. Ich bin mir sicher, dass ich kurz davor bin, aber zum Glück färben sich seine Augen golden. Sinan taucht über uns auf, hoch außerhalb der Reichweite der Bogenschützen, ein aufsteigender Fleck am sternenklaren Nachthimmel. Taha erwacht aus seiner Trance und nickt Reza zu.

»Tu es.«

Reza kniet vor der Wand und nimmt mehrere tiefe Atemzüge. Taha wirft einen Blick auf Safiya, aber sie ist immer noch abgewandt, ohne zu wissen, was vor sich geht. Reza stößt seine Hände in den Boden. Unter seinen Fingerspitzen gähnt eine Aushöhlung, die sich bis tief unter die Mauer fortsetzt, und die Erde bewegt sich, als wäre Hubaal auf der anderen Seite und würde sie durch einen Strohhalm absaugen. Die Muskeln in Rezas Gesicht und seinem Nacken spannen sich an; er beißt die Zähne zusammen und stöhnt, während er mit seiner Zugehörigkeit arbeitet. Eine Minute später krümmt er sich keuchend zusammen.

»Es ist vollbracht. Der Tunnel bringt uns bis weit vor die äußere Mauer.« Taha reicht ihm die Laterne. »Gut. Du gehst voran.«

Ich stupse Safiya sanft an. Sie dreht sich um und starrt auf den neu entstandenen Tunnel. »Ist das …«

»Unser Weg nach draußen.«

Reza lässt sich in den Graben fallen und verschwindet in dem Tunnel. Taha geht als Nächster. Ich folge und führe Safiya, die die rot beleuchteten Wände bestaunt.

»Wie habt ihr das gemacht?«

Tahas Kopf zuckt. Ich räuspere mich. »Wir haben ihn über mehrere Wochen gegraben.«

Ich hoffe, sie wird die Antwort akzeptieren, aber ich weiß, dass ich es nicht tun würde. Wochen hin oder her, der Tunnel ist ein Meisterwerk: hoch und breit genug, dass wir bequem gehen können, ohne uns zu bücken, stabil, obwohl er durch nichts gestützt wird; er führt unter zwei Verteidigungsmauern hindurch, und wir kommen außerhalb des Gefängnisses heraus. Das würde Monate harter Arbeit erfordern, wenn es überhaupt möglich wäre, ohne dass die Soldaten es bemerken. Aber Safiya ist so vernünftig, nicht weiter auf die Sache einzugehen, wo die Freiheit doch so nahe ist.

Wir gehen etwa hundert Meter weiter, bis ich das fahle Mondlicht entdecke, das durch eine Öffnung vor uns fällt. Taha bleibt abrupt stehen und versperrt uns den Weg. Reza erreicht das Ende des Tunnels und gibt uns ein Zeichen, zu warten, dann klettert er die Erdwand hinauf und steckt seinen Kopf hinaus. Kurz darauf beugt er sich wieder in den Tunnel und zeigt uns den Daumen nach oben.

»In Ordnung«, sagt Taha leise, wie zu sich selbst. »Also gut. Warte auf mein Zeichen.«

Reza wirft ihm einen sonderbaren Blick zu, bevor er sich hinaushievt. Taha dreht sich zu mir um. Sein Gesicht liegt in den Schatten, nur seine Augen stechen wie die einer Katze in der Nacht hervor. Bevor ich ihn fragen kann, was los ist, sagt er: »Als ich zum ersten Mal hörte, dass du an dieser Mission teilnimmst, habe ich versucht, es dir so unangenehm wie möglich zu machen. Ich wollte, dass du umkehrst und nach Hause gehst, um unser beider willen, aber du warst beharrlich. So begann ich zu hoffen, dass du die richtigen Entscheidungen treffen würdest. Dass du deinen Bruder als den Verräter und die Bedrohung sehen würdest, die er ist, und kein Problem für meine Mission darstellen würdest. Ich habe es versucht, doch du hast immer wieder bewiesen, dass du unfähig bist, deine Pflicht zu erfüllen. Du und Atheer, ihr seid euch zu ähnlich.«

Verwirrt werfe ich einen Blick auf den Ausgang des Tunnels. Er ist so nah, dass ich die Fäulnis in der Nachtluft schmecken kann, aber Taha hält mich davon ab, ihn zu erreichen. »Taha … warum sagst du diese Dinge?«, frage ich.

»Ich weiß, dass du Atheer helfen willst, sich der Verhaftung zu entziehen«, antwortet er. »Ich weiß, was du Farida erzählt hast.«

Mein Herz macht einen Satz. Plötzlich befinde ich mich wieder in der Gasse vor den Todesgruben, höre das Geräusch von Tauben, die aufschrecken, und sehe sie in den glitzernden Himmel flattern. Es war Sinan, der sie bei seiner Landung erschreckt hat. »Geister, du hast mich von deinem Falken verfolgen lassen?«

»Ja. Und jetzt habe ich keinen Zweifel mehr – du bist ein zu großes Risiko für meine Mission geworden.«

Eine kalte, geisterhafte Hand legt sich in meinen Nacken. »Und was ist deine Mission?«, krächze ich.

»Deinen Bruder daran zu hindern, jemals in die Sahir zurückzukehren und seine korrupte Ideologie zu verbreiten.« Tahas Faust findet meine Tunika; seine Finger krümmen sich um den groben Stoff. »Ihn für seinen Verrat so zu bestrafen, wie er es verdient – mit einem Pfeil in die Brust.«

Der Boden scheint mir unter meinen Füßen weggezogen zu werden, mein Magen sackt ab, und plötzlich falle ich ins Bodenlose. Mein Verdacht gegen Taha hat die entsetzliche Wahrheit nur gestreift. Er hat nicht beschlossen, Atheer vorsorglich zu töten – er hatte es von Anfang an vor. *Das* ist der Wille, von dem er in seinem Brief an seinen Vater sprach. *Das* ist der Grund, warum Bayek nicht wollte, dass ich an der Mission teilnehme.

»Hör mir zu«, sage ich atemlos, »mein Bruder ist ein guter Mensch, der nie jemandem etwas zuleide tun wollte. Er versucht nur, das Richtige zu tun. Er hat es nicht verdient, getötet zu werden.«

»Komm schon, dies ist die Gerechtigkeit, von der du immer schwafelst.« Tahas Finger schnappen zu und halten mich fest. »Wir beide wissen, dass Atheer, sollte er nach Qalia zurückkehren, mit einem Klaps auf die Finger davonkommen würde. Aber wäre es einer *meiner* Brüder, der gestohlen und Misra mit Auswärtigen geteilt hätte? Er würde lebenslänglich ins Gefängnis wandern, und meine Sippe würde aus jeder seriösen Einrichtung der Stadt ausgeschlossen werden.« Taha wirft einen Blick über seine Schulter. »Reza, auf mein Zeichen.«

»*Nein*, bitte!« Ich versuche, seinen eisernen Griff zu lockern. »Meinen Bruder zu töten, ist nicht der Wille des Rates, es ist der Wille deines Vaters!«

Er stößt ein verächtliches Lachen aus. »Bist du so blind vor Arroganz, dass du das nicht sehen kannst? Mein Vater *ist* der Rat. Er kontrolliert die Streitkräfte und ihm gehört die Loyalität der ganzen Sahir. Was auch immer er entscheidet, er wird die Unterstützung des Volkes haben – von Leuten wie *ihm* und *mir*, dem unwürdigen Gesindel, das du verabscheust. Sogar der Rat wird irgendwann einlenken, denn das ist die wahre Natur von euch Elitisten. *Parasiten.*« Er spuckt das Wort aus. »Die Zahim und die Ältesten werden alles tun, um ihre eigene Haut zu retten und ihre Position an der Spitze zu bewahren, selbst wenn das bedeutet, vor meinem Vater, diesem niederen, verabscheuungswürdigen Mann, in die Knie zu gehen. Und auf die Knie werden sie gehen.«

Ich merke, wie mein Körper zittert und die Tränen sich ihren Weg über mein Gesicht bahnen. »Bei meinen Vorfahren, du wirst mit diesem Verbrechen niemals davonkommen, Taha. Jeder wird erfahren, was du und dein böser Vater getan haben, wenn ich nach Qalia zurückkehre.«

Ich frage mich, warum er dem nicht widerspricht, bis ich bemerke, dass er mich mitleidig anschaut. Da weiß ich, dass mir eine entscheidende Information fehlt. Ich habe nicht bemerkt, dass die letzten Sprossen der Leiter zur Erlösung entfernt worden sind. Ein Gefühl der Taubheit überzieht mein Gesicht, als ich mich an das gekritzelte Versprechen in seinem Brief erinnere. *Sollte sie ein Hindernis darstellen, wird man sich schnellstmöglich um sie kümmern.* Getötet, wie Atheer.

»Nein«, schluchze ich. Dann schreie ich es ihm ins Gesicht. »NEIN! Das ist falsch, du weißt, dass es so ist!« Ich stemme mich gegen seine Handgelenke; als das nichts nützt, hämmere ich auf seine Schultern ein, obwohl ich vor Angst ganz schwach bin. »Wenn du die ganze Zeit, seit wir aufgebrochen sind, vorhattest, mich und meinen Bruder zu töten, warum bist du dann jemals nett zu mir gewesen? Warum hast du mich geküsst und mich glauben lassen, dass etwas zwischen uns ist?«

Ein nervöses Zucken huscht über sein Gesicht. Er wirft einen

Blick über die Schulter dorthin, wo Reza an der Oberfläche hocken und lauschen muss. »Dumme Fehler. Sie hatten nichts zu bedeuten.«

»Aber ich wollte, dass sie etwas bedeuten«, wimmere ich und schüttle meinen schweren Kopf. »Ich wollte, dass du mich *magst.*«

Er runzelt die Stirn. »Wirklich?«

Er ist von meinem Geständnis überrascht, und das schockiert mich. Hat er wirklich geglaubt, ich hätte mich nie für ihn interessiert? Vielleicht glaubt er wirklich all das, was er immer zu mir gesagt hat – dass ich ihn als unter meiner Würde betrachte, dass ich ihn nicht respektiere.

»Ja, die ganze Zeit!« Ich drücke meine Handfläche auf seine Brust; sein Herz trommelt frenetisch unter seinen Rippen. »Dein Herz will dir etwas sagen, Taha. Warum willst du nicht darauf hören? Bitte, hör darauf und nicht auf deinen Vater.«

Seine weit aufgerissenen Augen zucken hin und her; er hat den Triumph gegen völliges Entsetzen eingetauscht. »Verstehst du denn nicht?«, stammelt er in einem Flüsterton, den nur ich hören kann. Er nähert sich meinem Gesicht mit seinem, bis unsere Nasen sich berühren. »Ich kann es nicht, selbst wenn ich es wollte. Ich *muss* das tun.«

Aber mir fehlt jegliches Verständnis. Was könnte ein Schild mehr fürchten als die Tötung von unschuldigem Leben?

»Bitte«, versuche ich durch dicke Tränen hindurch. »Taha, ich flehe dich an …«

Rezas ungeduldige Stimme hallt durch den Tunnel. »Beeil dich, Mann! Die Mission hat Vorrang, schon vergessen? Oder gilt das nur, wenn es nicht um das Mädchen geht, an dem du interessiert bist?«

Tahas Gesicht läuft knallrot an. Sein Gesichtsausdruck verhärtet sich erneut, aber diesmal ist weder Zorn noch Groll in seinen Augen zu erkennen. Sie sind wie Smaragde und wirken so leblos, wie sich mein Herz anfühlt.

»Verzeih mir, Imani«, flüstert er. »Ich kann nicht zulassen, dass du alles ruinierst, wofür ich gelitten habe.«

Er stößt mich hart von sich. Safiya huscht aus dem Weg, als ich auf den Rücken geschleudert werde. Mein Kopf knallt auf den Boden; Schwaden von unwirklichen Mücken umschwirren meine Sicht in wirbelnden Schwärmen. Taha bewegt sich schneller, als es mir möglich wäre, klettert die Höhlenwand hinauf und verschwindet mit derselben Bewegung aus dem Tunnel. Schwindelig rapple ich mich auf und stürze zum Ausgang. Die Erde dröhnt, der Tunnel bebt unter meinen Füßen. Ich drücke eine Hand an die Wand, um mich abzustützen. Die Erschütterungen küssen meine Handfläche aus der Tiefe des Bodens, aber sie werden stärker, kommen näher. Die Wahrheit trifft mich wie eine Klinge in die Brust.

»Er wird einstürzen.« Ich wende mich an Safiya. »Lauf, bevor wir verschüttet werden!«

35

Ich ergreife Safiyas Hand und zerre sie den Tunnel entlang in Richtung Gefängnishof. Der Ausgang stürzt ein; die nächstgelegenen Wände geben nach, bevor sie ganz einbrechen und das Licht ersticken. Die Zerstörung brüllt hinter uns her wie ein Ungeheuer. Wir rennen auf den Tunneleingang zu, aber kein Mondlicht fällt hindurch, und ich kann vor mir nichts sehen. Ich streiche mit einer Hand über die pulsierende Wand; der Boden schwillt in dem Moment an, in dem ich den Fuß hebe und einen weiteren Schritt mache. Die Lawine treibt Steine vor sich her; sie prallen von Decke und Wänden ab und treffen mich. Staub erfüllt die Luft; er legt sich auf meine Haut und in meine Kehle; Körnchen davon landen in meinen Augen und lassen sie tränen. Mit quälender Langsamkeit entwickelt sich der schwache Hauch frischer Luft vor uns zu einem lockenden Luftzug. Wir sind nah dran, und dann rutscht Safiya aus, fällt hin, und ich stolpere über sie hinweg.

Wir verheddern uns ineinander und rollen in einem Gewirr von wirbelnden Gliedmaßen weiter, wie ein altes Seil, das man nicht mehr entwirren kann. Ich pralle gegen irgendetwas, huste, meine Augen tränen. Die Erde ächzt und stöhnt um mich herum, ein Kiefer schnappt zu. Kaltes Erdreich fällt auf meine Brust, mein Gesicht, in meine Nasenlöcher und verschüttet meine Hände. Ich möchte schreien, aber wenn ich den Mund öffne, ersticke ich. Mein Körper verliert schnell jegliches Gefühl, und anstatt mich vom Dreck freizustrampeln, frage ich mich, ob ich meine letzten Momente damit verbringen soll, vergeblich zu kämpfen. Der Tod wartet auf mich; der Tod ist auch außerhalb dieser Mauern frei und jagt meinen Bruder …

»*Na los*«, kreischt Safiya und zieht mich auf die Beine.

Mein Körper bewegt sich reflexartig, und ich beginne, taumelnd zu rennen. Das ist das Einzige, was ich noch zu tun scheine: vor Problemen weg- und in noch schlimmere hineinzulaufen. Ich knalle gegen die Wand am Eingang des Tunnels, lasse mich auf die Knie fallen und verschränke die Hände ineinander. Safiya stellt ihren Fuß darauf; ich hebe meine Arme und schiebe sie über den Rand. Ich verschwende keine Zeit, kralle mich an den Wänden fest und hieve mich ebenfalls hinaus. Als ich auf dem Rücken lande, löst sich die Höhle zu meinen Füßen auf. Und einfach so hört das Grollen auf, das Gefängnis ist still, und wir sind darin gefangen.

Ich starre in den Himmel, der zwischen den Ästen hervorlugt, und meine Tränen fließen in einem unaufhaltsamen Schwall. Ich schlage mir die Hände vors Gesicht und weine, und die Trauer ist ein Anker wie kein anderer, der mich in die Erde zieht. Warum habe ich mich nicht dem Erdreich hingegeben, wie ich es hätte tun sollen? Welchen Sinn hat es, weiterzumachen? Ich kann weder Atheer retten noch mein Volk oder das Volk von Alqibah. Ich kann weder Safiya noch die Rebellen retten; ich kann nicht einmal mich selbst retten. Ich werde so lange Niederlagen einstecken, bis nichts und niemand mehr übrig ist außer mir, die als Letzte mit ansieht, wie meine Welt im Schatten der Zeit zerbricht.

»Die Soldaten kommen«, jammert Safiya. »Wenn sie uns finden …« Die Möglichkeit ist zu furchtbar, um sie auszusprechen. Sie rüttelt an meiner Schulter. »Imani, was sollen wir tun?«

»Woher soll ich das wissen?«, murmle ich. »Es ist vorbei.«

Sie gibt einen schrecklichen Laut von sich. Sie versucht, mich aufzurichten, aber ich bin schwer und schlaff und gleite ihr aus den Händen. Sie ballt sie zu Fäusten und schlägt auf mich ein, obwohl ich es kaum spüre. »Du gibst auf? Du hast es versprochen! Wenn ich das gewusst hätte, wäre ich nicht mitgekommen! Ich hätte es nicht tun sollen. Ihr Götter, ich bin eine Närrin …«

Du gibst auf? So etwas Ähnliches hat Baba einmal zu mir gesagt, an jenem Abend im Hof, als wir nach unseren vielen Lektionen sein Lieblingsbrettspiel, Tabula, spielten. Meine roten Steine waren von seinen schwarzen umzingelt, und ich wollte aufgeben. Aber Baba verbot es mir. »Bevor du aufgibst, sag mir, warum du dich überhaupt zum Spielen hingesetzt hast.«

»Weil ich gewinnen will«, antwortete ich düster. Ich dachte, Baba würde mich dafür ausschimpfen, aber er griff über das Brett und nahm meine Hand.

»Warum willst du dann nicht mehr gewinnen? Wenn du jetzt aufgibst, wirst du mit Sicherheit verlieren. Aber wenn du weitermachst, solange du noch kannst, wirst du vielleicht eine Siegerin sein. Die Zukunft ist nicht endgültig, bis wir sie erreicht haben.« Er hob ein rotes Stück auf, legte es in meine Handfläche und schloss meine Finger darum. »Es gibt eine Lektion, die über allem steht, Imani, und das ist diese: Wenn du dich entscheidest zu spielen, spiele bis zum Ende.«

Wenn Baba hier wäre, würde er dann nicht verlangen, dass ich weitermache? Er würde mir sagen, dass ich gekämpft habe und zu weit gekommen bin, um jetzt aufzugeben, nicht, solange ich noch Leben in den Knochen habe und mein Herz noch schlägt. Nicht, wenn Atheer nur noch Stunden davon entfernt ist, durch Tahas Pfeil zu sterben. Es gibt ein Ende dieses Spiels, und ich werde es erleben, egal wie bitter oder blutig es auch sein mag.

»Imani, *bitte* …«

Ich setze mich auf und spähe zwischen den Bäumen hindurch auf das Gefängnisgelände. Safiya hat recht – die Soldaten haben den Lärm gehört. Drei von ihnen kommen aus verschiedenen Richtungen auf uns zu, und ich bin sicher, dass noch mehr unterwegs sind.

Safiya wischt sich mit der Hand den Schweiß aus dem mageren Gesicht und ersetzt ihn durch Schmutzflecken. »Wir müssen hier weg.«

»Ich habe eine Idee«, sage ich und werfe einen Blick auf den

Leuchtturm am anderen Ende des Gefängnisses. »Wir können immer noch entkommen.«

»Nein, es ist zu gefährlich. Wir müssen zurück in den Schlafsaal, bevor die Soldaten unsere Gesichter sehen.«

»Ich bleibe nicht hier, Safiya.« Ich greife nach ihrer Hand. »Wir können auf demselben Weg entkommen wie die Leichen.«

Sie stößt mich weg. »Bist du *verrückt?* Das ist eine Klippe, ein steiler Abgrund. Ich wollte *lebend* aus diesem Gefängnis herauskommen.«

»Wir haben keine Zeit zu verlieren. Wir werden es schaffen, vertrau mir …«

»Ich traue dir *nicht*«, zischt sie. »Ich weiß nicht einmal, wer du bist oder woher du kommst. Ich bin mit meiner Familie an viele Orte entlang der Gewürzstraße gereist, aber von Qalia habe ich noch nie etwas gehört! Bitte, ich muss zurück in den Schlafsaal.«

»Dann kommst du hier nie raus.«

Sie wischt sich eine Träne aus dem Auge. »Wir kommen beide nicht hier raus, Imani, aber ich würde gern noch ein bisschen länger leben.«

Qualen verbrühen meine Brust. Ich will schreien, um irgendeine Art von Erleichterung zu spüren, ich will gegen diese ungerechte Welt wüten, aber ich habe keine Zeit, und nichts, was ich Safiya sagen kann, wird sie dazu bringen, mir zuzuhören. Ich kann nur dafür sorgen, dass sie ungesehen in den Schlafsaal zurückkehrt. Ich werfe einen Blick auf die herannahenden Soldaten, während ich in meinen Adern nach Magie suche. *Komm schon, nur ein bisschen,* bete ich. Ein Funke antwortet auf meine Suche, aber er ist winzig. Ich habe keine andere Wahl. Ich muss mit dem arbeiten, was ich noch habe.

»Ich werde für Ablenkung sorgen«, sage ich und stehe auf. »Sobald die Soldaten hinter mir her sind, rennst du zum Schlafsaal.«

Sie schüttelt den Kopf, das Kinn zerknittert. »Tu das nicht, bitte.«

»Es ist meine Pflicht. Viel Glück, Safiya, und vielen Dank.«

Sie schüttelt mir schnell die Hand, dann kauert sie sich zusammen, während ich mich an den Rand des Dickichts schleiche. Noch immer sind nur drei Soldaten in diese Richtung unterwegs, und keiner kommt aus der Richtung des Leuchtturms. Ich atme ein und aus, spanne meine Muskeln an und dämpfe den wirbelnden Sandsturm der Panik, der in meinem Kopf heult. Als er still ist, sause ich aus dem Dickicht.

»Halt!«, schreit ein Soldat.

Ich werfe einen Blick über die Schulter und spüre einen Anflug von Erleichterung, als ich sehe, dass sie die Verfolgung aufnehmen. Safiya wird die Ablenkung haben, die sie braucht. Jetzt muss ich überleben.

Ich rase den Hang im Schatten der Verteidigungsmauer hinauf. Wenn ich dicht neben ihr bleibe, kann ich die direkte Sichtlinie der Bogenschützen vermeiden. Ein Problem weniger. Ein weiteres kommt schnell näher. Ein Soldat, der den Aufruhr gehört hat, hat eine Abkürzung durch einen Gang zwischen zwei Gebäuden links von mir genommen und stürmt auf mich zu. Ich versuche, mir eine Strategie zu überlegen, aber mein Körper ist schneller als mein Verstand. Sein und mein Weg kreuzen sich, er verfehlt mich um Armeslänge.

»Bleib stehen!« Er rutscht auf dem Gras aus, wirbelt um die eigene Achse und jagt mir hinterher.

Das macht jetzt vier Verfolger, die mich in dem Moment erwischen werden, in dem ich ausrutsche, langsamer werde oder auf ein Hindernis stoße, das ich nicht überwinden kann. Aber jetzt ist es zu spät. Ich muss den Weg bis zum Ende des Gefängnisses überwinden. Ich muss an den Soldaten an den Toren vorbei und in den Leuchtturm, und von dort aus, nun ja, ich nehme an, ich werde dem Geruch folgen.

Ein Holzzaun taucht links von mir auf. Ich erinnere mich an die Gefängniskarte, die ich mit Amira studiert habe. Wenn ich den Zaun überspringe und wieder links abbiege, könnte ich es bis zum Schlafsaal schaffen. Ich kann mich wieder hineinschleichen und mich in meiner Koje schlafend stellen, als wäre nichts passiert. Dann kann ich mich in die Gefangenschaft fügen oder an einem anderen Tag eine waghalsige Flucht versuchen. Diese Männer haben mein Gesicht nicht richtig gesehen, und ich bezweifle, dass sie mich unter den Hunderten von anderen Gefangenen identifizieren könnten. Aber ist das die richtige Entscheidung? Selbst wenn ich es ein anderes Mal hier herausschaffe, wird es zu spät sein, um Atheer und die anderen zu retten.

Panik durchströmt mich. Sie pulsiert in meinen Oberschenkelmuskeln und frisst sich in meine Lungen. Sie bekommt Beine, läuft herum und tritt mir in die Rippen. Die richtige Entscheidung. Diese ganze Reise von Qalia bis hierher war eine Kaskade von Entscheidungen, eine stößt die nächste an und schubst mich auf einen Weg, dessen Ende ich nicht mal erahnen kann. Wer kann schon sagen, was richtig ist, wenn das Falsche noch gar nicht eingetreten ist? Wenn ich doch nur die klaren Befehle hätte, die ich früher in der Kaserne erhalten habe … Ich sehne mich nach diesen einfachen Antworten. Aber es gibt keine einfachen Antworten mehr. Es bleibt nur, eine Entscheidung zu treffen und unermüdlich danach zu streben. Taha wird keine Zeit bei seiner Jagd auf meinen Bruder verlieren. Ich muss *heute Nacht* fliehen oder bei dem Versuch sterben.

Ich laufe am Zaun vorbei und lasse meine letzte Chance, zum Schlafsaal zurückzukehren, hinter mir. Ich tausche das Gras gegen den Schotterweg, der sich zwischen den Gebäuden am Kopfende des Gefängnisses hindurchschlängelt. Die Soldatengruppe hinter mir ist auf fünf angewachsen, und sie machen so viel Lärm, dass es bald zehn sein werden.

Eine lange Reihe von Steinstufen erhebt sich vor mir. Ich springe sie hinauf, zwei Stufen auf einmal nehmend. Etwas zischt an meinem Ohr vorbei, der Luftzug peitscht mein loses Haar. Ich stolpere, stoße mit dem Knie gegen eine Stufe und gebe ein schauerliches Knurren von mir. Es gelingt mir weiterzulaufen, und nach einigen Metern wird mir klar, was das da hinten war. Ein Pfeil.

Einer hüpft über das Pflaster hinter mir, ein anderer verkeilt sich mit einem dumpfen, vibrierenden Summen in einem Holzpfosten, ein dritter segelt über meine rechte Schulter, und einer fährt mir heiß über den Nacken. Warmes Blut strömt aus der Wunde, sickert in meinen Waffenrock und fließt meinen rechten Arm hinunter. Keuchend drücke ich eine Hand in meinen Nacken. Der Anblick des Leuchtturms, der über den Dächern vor mir aufragt, dämpft meine Angst ein wenig, und ich kann erkennen, dass die Verletzung nicht schwerwiegend ist. Ich bin meinem Ziel nahe und habe immer noch keinen Plan. Ich kann immer noch nicht anhalten, und ich muss die Soldaten, die mich verfolgen, abhängen oder verwirren.

Ich stürme nach links in einen Gang, biege scharf nach rechts ab, noch einmal nach links, dann rase ich geradeaus, während ich gegen das wachsende Gefühl ankämpfe, von meinen eigenen Beinen losgelöst zu sein. Ich überspringe einen niedrigen Zaun und breche aus dem Labyrinth aus, um dann schlitternd vor dem Tor des Leuchtturms zum Stehen zu kommen. Die beiden Männer, die Wache stehen, sind bereit und warten auf mich – und einer von ihnen ist der Soldat, der mir im Arbeitsraum eine Ohrfeige verpasst hat.

Sadistisches Vergnügen malt leuchtend rote Flecken auf seine Wangen und glitzert in seinen Augen.

»Du«, sagt er und zieht sein Langschwert aus dem Gürtel. Er fährt sich mit der Zunge über die blutleeren Lippen und kommt großspurig auf mich zu. Auch der andere Soldat schwingt sein Schwert. Aber ich sehe nur so aus, als wäre ich unbewaffnet, denn ich habe die Lektion von Qayn endlich begriffen. Magie rauscht in meinen Adern, strömt voller Gier in meine Hände, und überall um mich herum singt Eisen meinen Namen. Ich spüre und höre es in der Erde, durch die Mauern, im Himmel über mir. Zum ersten Mal in meinem Leben bekomme ich eine Ahnung von der Welt jenseits des Schleiers, den Qayn mir aufgedrückt hat. Ich verstehe sie noch nicht ganz, aber ich beginne zu begreifen, wie der Große Geist das Dasein betrachten mag: als ein wenig mehr als Ton, der bearbeitet werden muss. Und anstatt mich vor dieser Unermesslichkeit wegzuducken, stürze ich mich kopfüber in sie hinein.

»Gib es mir«, befehle ich und winke es mit der Hand heran.

Zu meinem blanken Entsetzen und zu meiner wilden Freude reißt das Schwert sich aus dem Griff des Soldaten, fliegt zu mir und landet in meiner Faust. Magie strömt durch meine Finger in den Griff und an der Klinge entlang. Ich nehme mir nicht die Zeit für Fragen. Ich hebe meine andere Hand und richte sie auf den zweiten Mann.

»Weg damit.«

Das Schwert fliegt von ihm weg, wirbelt durch die Luft und bohrt sich mehrere Meter entfernt in den Boden. Beide Männer stehen da und blinzeln mich dümmlich an. Obwohl ich genauso verblüfft bin wie sie, habe ich keine Zeit, zu verarbeiten, was gerade passiert ist. Ich nutze die Pause, stürme vorwärts und schwinge das Schwert über meinem Kopf. Der erste Soldat duckt sich unter dem Schlag meines Schwertes weg und weicht zurück. Ich straffe meine Schultern und lasse mich von dem Schwung leiten. Die Magie lässt das Schwert blau leuchten, sodass helle, schimmernde Schlangenlinien auf die umliegenden Wände geworfen werden, die wie eine Spiegelung auf dem Wasser aussehen. Der Stahl dehnt sich aus und nimmt die Form eines kurzen Speers an. Ich korrigiere meinen Griff, beende meine Drehung und schleudere ihn. Der Speer saust durch die Luft und durchbohrt die Brust des Soldaten. Er spuckt Blut und fällt schlaff zu Boden. Meine Magie haucht ihr Leben aus. Das war's. Ich habe meine Vorräte aufgebraucht.

Der andere Soldat rennt zu seinem Schwert, und der Rest taucht jetzt zwischen den Gebäuden hinter mir auf. Ich ziehe den blutigen Speer heraus und renne zum Leuchtturm. Ein Pfeilhagel prasselt auf mich herab. Ich schlage das klappernde Tor zu; Pfeile stecken im Boden um meine Füße herum und einer prallt vom Tor ab. Keuchend eile ich die Rampe hinauf und reiße mit dem Speer im Anschlag eine der Doppeltüren auf, aber ich stehe in einem kargen, leeren Raum. Ich schließe die Tür und schiebe den Speer durch die Griffe. Als ich meine Hände davon löse, donnert etwas von der anderen Seite gegen die Tür und lässt sie in ihrem Rahmen beben. Aber der Speer hält.

Ich atme aus, drehe mich um und zucke zusammen. Ein Soldat ist aus der Ecke neben einer Treppe aufgetaucht, die in den Leuchtturm führen muss. Ein schlanker junger Mann, nicht älter als ich, mit einem frischen Gesicht mit sanften blauen Augen unter einem Gestrüpp aus blondem Haar. Er trägt ein Schwert am Gürtel, aber er hat es nicht gezogen.

»Nicht Angst.« Er spricht in unbeholfenem Alqibahnisch und kommt langsam auf mich zu.

»Noch einen Schritt näher und ich bringe dich um«, sage ich, obwohl ich keine Ahnung habe, wie ich die Drohung wahr machen soll.

Es donnert gegen die Tür hinter mir, der Speer klingt wie eine Totenglocke, wenn er gegen die Griffe schlägt. Ein Soldat hämmert von der anderen Seite dagegen und schreit.

Dieser hier hält die Hände hoch. »Ich kein Leid. Du willst gehen.« Er deutet auf etwas in der Wand – eine quadratische Metallluke. Ich bemerke einen leeren Karren in der Ecke, der teilweise von den Schatten verdeckt wird. Das muss er sein, der Fallschacht, in den die Leichen geworfen werden.

»Öffnen.« Er zieht einen Schlüssel an einer Kette aus seiner Tasche und geht zur Luke.

Vorsichtig folge ich ihm und versuche, die Falle zu erkennen. Vielleicht hatte Safiya recht und man kann den Fall durch den Schacht nicht überleben. Aber warum streckt er mich nicht stattdessen nieder? Vielleicht ist er noch erbarmungsloser – es wird ihm mehr Freude bereiten, mich hoffnungslos in den Tod stürzen zu sehen. Ich werfe noch einmal einen Blick auf die Treppe, die zum Leuchtturm hinaufführt, aber dort gibt es keine Antwort. Ich kann auf keinen Fall wieder durch die Vordertür hinausgehen. Ich habe mich hier selbst in die Enge getrieben und habe keinen anderen Ausweg als diesen Fallschacht.

Der Soldat entriegelt die Klappe und zieht sie auf. Der Gestank des Todes strömt heraus von den Leichen, die zuvor hineingeworfen wurden. Ich kann nur erahnen, wie furchtbar er da drinnen sein muss.

»Geh. Fallen …« Er hält inne und runzelt die Stirn, während er grübelt. Dann: »*Tief.* Tief fallen, aber.« Er hält einen Finger hoch. »Du wirst landen, ja. Du wirst leben.«

Ich lege eine Hand auf die Ecke der Luke und starre zu ihm hoch. »Warum tust du das?«

Die Tür klappert. Er zuckt zusammen und wirft einen Blick darauf. »Ich, Bauernsohn … will nicht herkommen, Alqibah.« Er schluckt und legt die Hände vor die Brust. »Aber wenn ich ihnen keine Hilfe, sie werden …« Er deutet auf die Tür, dann macht er die Geste einer Schlinge um seinen Hals. »Mich töten.«

»Sie haben gedroht, dich hinzurichten, und dich so gezwungen, hierherzukommen«, sage ich und runzle die Stirn.

Er nickt nachdrücklich. »Ja, ja. Verzeih mir. Geh, bitte, jetzt.«

Ich kann weder ermessen, was er mir erzählt hat, noch kann ich ermessen, wie weit die Ausbreitung dieser Seuche reicht. Ich schwinge ein Bein über den Rand der Luke in den Schacht. »Wirf dein Schwert weg und tu so, als hätte ich dich entwaffnet. Sie werden es glauben.«

Er nickt und gibt mir ein Zeichen, dass ich gehen soll. Ich blicke hinunter in die Schwärze und beruhige mich. Dann schwinge ich mein anderes Bein hinüber und lasse los.

36

Dunkelheit verschlingt mich.

Ich stoße einen wilden Schrei aus und stürze im freien Fall in die Verwesung, wobei ich mit den Armen nach Halt an den glatten Wänden des Schachts suche und nicht finde. Ich falle und falle, und ich frage mich, ob man mir vorgegaukelt hat, dass ich diesen Fall überleben könnte. Der faulige Geruch steigert sich immer mehr unter mir, so dicht, dass ich fast glaube, darauf zu schweben. Licht blendet mich, heller als je zuvor. Ich erkenne, dass es von irgendetwas reflektiert wird – dem Meer, das sich in einem ewigen indigoblauen Mantel ausbreitet, während das Mondlicht in silbernen Streifen über seine Sägezahnspitzen huscht und auf dem gelben Sand eines Strandes glitzert. Ich starre es an, und während der Wind in meinen Ohren heult und meine Tunika um mein Gesicht weht, versuche ich, apathisch zu verstehen. Dann knalle ich auf den Boden.

Wütende Vögel kreischen in meinen Ohren, während ich mich überschlage wie ein Rad, das nach einem Kutschenunfall von der Achse gesprungen ist. Ein Durcheinander von Texturen drückt gegen mein Gesicht und meine Arme, meinen Rücken und meine Brust. Federn, grober Stoff, geschmeidiger Lehm, Strohhalme, Schlammlöcher, etwas wie hartes Holz, das mich pikst, und all dem entströmt der schlimmste Geruch, der mir je in meinem Leben begegnet ist. Verdorbenes Fleisch, das in der Sonne verwest, menschliche Abfälle, nasse Lumpen, verfaulter Fisch. Großer Geist, ich weiß es nicht. Es ist mir ein Rätsel, bis ich schließlich am Fuße dieses Berges zusammensacke, der hoch aufgetürmt an der Klippe liegt. Dieser Berg von *Leichen*.

Ich ducke mich vor dem albtraumhaften Anblick weg. Sein Ausmaß entzieht sich nahezu dem Verständnis. Hunderte von toten Gefangenen bilden am Strand eine Pyramide zum Ausgang des Schachts hin; Skelette an der Basis, aufgedunsene Körper mit noch anhaftendem Fleisch an der Spitze, umschwärmt von gierigen Geiern und Möwen, die beinahe den Anblick verbergen. Das ist es, was meinen Sturz abgefangen hat – die Toten haben mich gerettet.

Ich kotze in den Sand, und in dem Moment, in dem ich aufhöre zu würgen, wuchte ich mich auf die Füße und renne auf das schäumende Wasser zu. Ich bin kein Mensch mehr, keine Ansammlung von Gedanken, Gefühlen und Erinnerungen. Ich bin etwas Aufgelöstes, das in der freien Natur ausgesetzt wurde. Ich habe nur eine vage Vorstellung davon, wo ich bin, und ich kann nicht anhalten, um es herauszufinden. Ein einziger Impuls leitet mich: Runter von diesem Strand.

Das Meer nimmt mich gerne auf. Das Wasser ist schockierend kalt, aufgewühlt von einem bissigen Wind. Ich sinke, ich schlucke Wasser, ich strample mit den Beinen, ich schlage mit den Armen, ich neige den Hals und breche keuchend durch die Oberfläche. Ich werde von der unerbittlichen Strömung herumgewirbelt, hüpfe auf und ab und sehe nur noch Bruchstücke des Strandes und seines Denkmals des Todes.

»*Mama!*«, schreie ich in den Himmel. »*Baba!* Helft mir, bitte! Helft mir!« Sie können mich nicht hören. Ich schreie, bis ich mich selbst nicht mehr hören kann. Unendlich viel Zeit vergeht, bis die Strömung schließlich Erbarmen zeigt und mich um die schwarze Landzunge schiebt. Taeel-Sas Lichter tauchen auf, ein paar schüchterne Augen, die in der Ferne blinzeln, und das rüttelt etwas in mir wach. Ich erinnere mich daran, was ich tue, was ich tun muss.

Ich strample mit allen Gliedern und komme kaum voran, bis sich das Gesicht der Person, die mich hierhergebracht hat, aus meiner geistigen Finsternis erhebt wie Rauch von der Glut. Taha – der

Junge, der mich geküsst und versucht hat, mich zu töten. Mein Strampeln wird zu einem effizienten Paddeln. Ich schwinge meine Arme und trete mit den Beinen; ich teile das eiskalte nächtliche Meer wie ein Pfeil mit einem einzigen Ziel: meinen Bruder zu retten und seinen Mörder zu töten.

Nur dieser Gedanke trägt mich in Sicherheit. Mein durchnässter Körper strandet auf einigen Felsen. Links von mir befindet sich eine Böschung, die ich jederzeit leicht erklimmen kann – die Straße ist zum Greifen nah. Aber ich bin erschöpft, und bevor ich mich entschließen kann etwas zu tun, werde ich bewusstlos, und das Meer leckt an meinen nackten Füßen.

Es ist immer noch mitten in der Nacht, als ich zu mir komme. Ich fahre hoch und muss nicht darum kämpfen, mich zu erinnern, wo ich bin und was passiert ist.

Ich reiße einen Stoffstreifen vom Saum meiner Tunika und binde ihn mir um den blutigen Hals. Vorsichtig klettere ich über die glitschigen Felsen zur Straße, stehe still da und sehe in alle Richtungen. Niemand kommt oder geht; ich könnte genauso gut die einzige Seele in Taeel-Sa sein. Aber ich weiß, dass Taha da draußen ist, und würde ich so denken wie er, würde ich zu Faridas Schiff zurückkehren, damit ich zu Atheer auf dem Schiff des Königs gelangen kann. Die Frage ist, würde ich Farida jetzt töten oder erst, wenn der Auftrag erledigt ist?

»Geister, ich muss mich beeilen«, flüstere ich vor mich hin.

Ich renne los, die Straße hinunter. Meine wunden Füße klatschen auf den Bürgersteig, Wasser fließt an mir herunter und spritzt auf den Stein. Ich weiß nicht genau, wo ich bin, aber der Pier beschreibt einen sanften Bogen, und wenn ich mich an einem Ende befinde, müsste Faridas Schiff am anderen Ende sein.

Ein paar Minuten hektischen Laufens bringen mich zu einem belebten Abschnitt der Docks, wo die Verheerenden ihre Gewürzschiffe beladen. Selbst zu dieser trostlosen Stunde patrouillieren mindestens ein Dutzend Soldaten in Zweiergruppen und achten darauf, dass sich kein Dieb auf die Schiffe schleicht und die unrechtmäßig erworbenen Abgaben stiehlt. Ich schleiche mich aus ihrem Blickfeld in eine Seitengasse und setze meinen Weg im Schatten fort, ohne die Hauptstraßen zu betreten. Ich gehe von Gasse zu Gasse und erhasche nur ab und zu einen Blick auf die Docks und das Meer, aber ich behalte die Orientierung.

Ich erreiche das Ende des Piers, husche die vom Meer zerfressene Promenade entlang und suche die Docks nach der zweimastigen Silhouette von Faridas Segelschiff ab. Aber es ist nicht da. Ich werde langsamer, bleibe schließlich stehen, presse meine Hände an die Stirn und schnappe nach Luft. Meine Schwester ist an Bord dieses Schiffes, und wenn ich zusammen mit Atheer ein Ziel bin, ist sie es vielleicht auch.

»Was soll ich tun?« Ich drehe mich auf der Stelle um mich selbst. »Denk nach, Imani; du musst *nachdenken.*«

Mein Verstand verweigert die Mitarbeit. Ich habe weder eine Waffe noch Misra noch irgendwelche Vorräte, nicht einmal so etwas Einfaches wie Trinkwasser, das ich dringend brauche. Und ich habe erst recht kein Schiff, um Taha zu verfolgen. Meine fiebrige Panik kehrt zurück, schlimmer als zuvor, brennt in meinem Körper und droht, mich in Asche zu verwandeln. Schritte trippeln hinter mir heran. Ich wirble herum, die Fäuste erhoben. Meine Lippen teilen sich.

»Amira?«

»Oh, den Geistern sei Dank!« Sie umarmt mich. Ich schließe die Augen, sauge die Wärme in mich auf und falle glücklich in einen Brunnen der Erleichterung, weil ihr nichts passiert ist. Sie keucht und reißt sich los. »Du blutest.«

»Mir geht's gut«, krächze ich. »Ein Pfeil hat mich gestreift.« Verlegen sehe ich über ihre Schulter hinweg Qayn an. Der schwarzhaarige Dschinn ist mit meiner Tasche beladen. »Was ist passiert?«

»Taha und Reza sind vor etwa zwei Stunden zurückgekehrt«, sagt er und nickt mir ernst zu. »Taha behauptete, du hättest das Gefängnis nicht überlebt. Er erzählte uns, dass Atheer auf dem Schiff des Königs gefangen gehalten wird, und bat Farida, mit ihnen dorthin zu segeln, um ihn zu befreien. Natürlich hat sie Ja gesagt.«

»Aber Qayn hat ihre Lügen durchschaut«, erklärt Amira. »Er hat mich überzeugt, und wir haben uns vom Schiff geschlichen, als es in See stach.«

Ein weiterer Akt der Freundlichkeit, für den ich in seiner Schuld stehe. Ich räuspere mich. »Ich danke dir, Qayn. Du hast meiner Schwester das Leben gerettet.«

»Was ist mit dir passiert?«, fragt sie.

Ich schüttele den Kopf. »Taha und Reza brachten den Fluchttunnel zum Einsturz, bevor ich ihn verlassen konnte. Das hat mich beinahe umgebracht. Und Taha hat zugegeben, dass sein Vater ihn hierhergeschickt hat, um Atheer zu ermorden.«

»Diese *Teufel*«, zischt sie und ballt die Fäuste. »Wie konnten sie das nur tun?«

Ich antworte nicht – ich *weiß* es nicht. Kurz bevor Taha den Tunnel verließ, spürte ich etwas in seinem verängstigten Blick. Eine Verbindung, ein Flackern des Bedauerns. Aber er schaffte es, das zu unterdrücken und seine Mission fortzusetzen. Welche Gefühle er auch immer für mich hegen mochte, sie reichten nicht aus, um ihn von dem Weg abzubringen, auf den sein Vater ihn geführt hat. Wenn ich mich nicht schon so abgestumpft fühlen würde, wäre ich von Enttäuschung zerfressen.

»Wie bist du entkommen?«, fragt Amira.

»Frag nicht. Ich habe es einfach getan.« Ich schlucke meinen Brechreiz hinunter und sehe Qayn wieder an. »Du hattest die ganze Zeit recht mit Taha. Ich hätte auf dich hören und besser auf seinen Verrat vorbereitet sein müssen.«

»Was zählt, ist, dass du mit dem Leben davongekommen bist. Aber das deines Bruders ist immer noch in Gefahr. Hier.« Er stellt meine Tasche auf den Boden und holt ein Fernrohr heraus. »Das habe ich vom Schiff gestohlen, bevor wir aufgebrochen sind.«

»Gerissen von dir«, murmle ich und verspüre wieder diese Mischung aus Schuldgefühl und Dankbarkeit. Ich drücke das Fernrohr an mein Auge. Der mächtige Wind hat Wolken vor den Mond gefegt, und ich kann das Schiff des Königs nur im Schein der Laternen erkennen, die sein langes Deck beleuchten. Ich suche das Wasser ab. Drei Kriegsschiffe liegen in einem lockeren Dreieck um das Schiff herum, aber der Abstand zwischen ihnen ist beträchtlich. Bei Alarm, dass etwas Unerwartetes im Gange ist, werden die Soldaten eine Weile brauchen, um das Schiff des Königs zu erreichen. Ich sehe wieder dorthin zurück.

»Ich glaube, ich sehe ein paar Ankertaue, an denen ich an Bord klettern könnte, aber ich weiß nicht, wie ich Atheer finden soll, und ohne Boot kann ich ihn nicht retten.«

»Wir haben am Ende des Piers ein paar Viererboote gesehen«, schlägt Amira vor.

»Wir brauchen sicher etwas Größeres als das.«

Qayn betrachtet das Meer. »Im Gegenteil, Töterin. Unauffällig zu sein, ist deine beste Chance, in die Nähe der Kriegsschiffe zu gelangen. Die Nacht kann nur so viel verdecken.«

»Und von dort aus muss ich schwimmen«, sage ich und kaue auf meiner Lippe.

»Ja, bis zum Ankertau, an dem du auf das Schiff kletterst.«

»Dann findest du Atheer und bringst ihn zurück«, beendet Amira.

»Geister, das kann man nicht gerade einen Plan nennen.«

Qayn nimmt mir das Fernrohr ab und späht über die Bucht. »Du hast keine Zeit, dir einen anderen auszudenken. Sieh selbst.«

Stirnrunzelnd schaue ich durch das Glas. Ein schwarzer Falke gleitet in einen Strahl des Mondlichts, der aus den Wolken entweicht. Sinan.

»Verdammt«, sage ich und suche den Rest der Bucht ab. Ich sehe Faridas Schiff nicht, aber es muss da draußen sein, verborgen in der Dunkelheit, und wie eine Schlange im Gras warten. Und Taha ist auf der Jagd.

Ich schiebe das Fernrohr zusammen. »Wir müssen los.«

Wir eilen zum Ende der Promenade und bleiben in einem

schattigen Bereich stehen. Amira und Qayn passen auf, während ich eine Feldflasche mit kaltem Misra-Tee aus meiner Tasche hole. Ich halte sie fest in einer Faust und stelle mir vor, wie ich mich in einem sicheren, gemütlichen Teeraum in Qalias Kaserne befinde und eine Zeremonie beginne. Ich versuche, meinen Atem zu verlangsamen, und tue so, als würde ich die Wärme des lodernden Feuers spüren und das leise Blubbern des kochenden Wassers in der Teekanne hören. Ich entkorke die Flasche und atme den entweichenden Duft ein.

Apfel-Shisha. Sand. Holz. Licht, Hoffnung und Heimat.

Ich atme die Wogen der Erinnerungen tief ein; ich trinke den süßen Nektar und fülle damit die Risse, die sich in meinem Inneren gebildet haben. Langsam strömt die Magie durch mich hindurch und entfacht in ihrem Kielwasser Energie. Diese Kräftigung ist eine Täuschung, ich weiß. Darunter sind meine Knochen müde, mein Herz umso mehr, und das Misra überdeckt das nur. Wenn man zu viel und zu lange trinkt, ist das gefährlich für die Gesundheit eines Zaubernden, denn unser Körper verträgt kein Übermaß an Magie, aber ich trinke das ganze Fläschchen im Eiltempo aus. Ich werde Atheer retten, und nichts und niemand wird mich aufhalten.

Wir begeben uns in eine nahe gelegene Nische, von der aus wir einen guten Blick auf den Zaun am Ende des Piers haben. Dahinter sind mehrere kleine Boote vertäut. Ich habe sie schon einmal gesehen, sie werden benutzt, um Waren und Passagiere von und zu den Schiffen in der Bucht zu transportieren. Das Tor wird von einem einzelnen Soldaten bewacht, der mehr daran interessiert ist, seine Pfeife zu stopfen. Neben ihm steht ein zweistöckiges Gebäude mit einem Schild, auf dem *Taeel-Sa Fährverbindung* steht. Im Inneren brennt eine Laterne; wahrscheinlich sind dort Arbeiter während der Nachtstunden im Bereitschaftsdienst, falls man sie brauchen sollte.

»Wir könnten um den Zaun herumschwimmen und eins der Boote stehlen«, flüstert Amira.

»Wir könnten ihn töten«, schlägt Qayn vor.

»Blutvergießen ist unnötig«, sage ich scharf und denke an den jungen Soldaten im Gefängnis. »Wir schleichen an ihm vorbei.«

Ich nehme mir einen Moment Zeit, um den Stoffstreifen um meinen Hals enger zu ziehen. Amira holt meinen Dolch hervor und hält ihn mir mit einem kleinen, ermutigenden Lächeln hin. Ich war noch nie so froh, ihn in der Hand zu halten, aber er erinnert mich auch daran, was ich heute Abend erreicht habe.

»Ich habe es geschafft«, sage ich zu Qayn, während ich die Klinge an meinem Oberschenkel festschnalle. »Ich habe meine Zugehörigkeit mit einem Soldatenschwert im Gefängnis ausgeübt. Deine Lektion hat funktioniert.«

Er zuckt mit seinen geraden Brauen. »Ich wusste, dass es so sein würde. Es ist hilfreich, dass magische Genialität in deiner Familie liegt.«

»Du meinst Atheer«, sage ich und hieve meine Tasche auf die Schultern.

»Ja, den auch«, murmelt er.

Wir verlassen die Nische und gehen zu einer im Wasser versenkten Rampe. Ich beobachte Qayn aus den Augenwinkeln. »Das war nicht gerade ein Urlaubsausflug für dich.«

»Hm.« Er lächelt vor sich hin. »Um ganz ehrlich zu sein, Imani, bin ich eigentlich nicht auf Besuch nach Alqibah gekommen. Ich bin nur gekommen, um zu sehen, dass Atheer gerettet wird, auch wenn ich es erfrischend fand, außerhalb der Sahir zu sein.«

Amira sieht den Dschinn mit hochgezogenen Augenbrauen an. »Du sorgst dich wirklich um unseren Bruder, nicht wahr?«

Wir bleiben an der Rampe stehen, und Qayn zuckt mit den Schultern. »Ich habe es euch beiden schon mehrmals gesagt. Atheer ist mein Freund, und ich glaube an seine Sache. Ich möchte, dass er sie zu Ende führt.«

»Das ist sehr mitfühlend von dir«, sage ich vorsichtig. »Allerdings, wenn ich auch ganz ehrlich sein darf, ist das ein krasser Gegensatz zu deiner historischen Gleichgültigkeit, nicht wahr?«

Tatsächlich steht alles an Qayn, sein Verhalten, sogar sein Aussehen, im Gegensatz zu dem kalten König von einst – er ergriff die Initiative, um meine Schwester vor Taha zu retten, er brachte uns unbeschadet aus der Ersten Stadt heraus, er führte mich zu Atheer. Trotz all seiner Lügen hält er seine Versprechen und übertrifft sie sogar.

»Was soll ich dir sagen, Töterin? Nicht alle, die böse sind, sind es durch und durch.«

Er schlendert an mir vorbei und watet ohne zu zögern ins Meer, obwohl das Wasser kühl ist. Unter diesem Mond, wenn das schwarze Meer die Enden seiner Locken umspült – das gleiche schwarze Meer, das ich in seinen Augen finde –, ist Qayn etwas anderes. Der Qayn der Erinnerung. Andersweltlich, königlich. Unmöglich, ihn wirklich zu kennen, so verführerisch wie ein fruchtbares, aber tückisches Land. Wir nähern uns dem Ende unserer Reise, er und ich. Wenn das Schicksal auf meiner Seite ist, werde ich Atheer vom Schiff des Königs befreien, und Qayn wird seinen Zweck erfüllt haben. Doch jetzt, da es so weit ist, bin ich mir nicht sicher, ob ich den rätselhaften Teufel noch immer töten will, wie es mir befohlen wurde, oder ob ich ihn – *uns* – noch eine Weile beibehalten soll.

Ich bin die Letzte, die in das kalte Wasser eintaucht. Als es meine Haut berührt, blitzt der Silberstrand des Gefängnisses vor meinem geistigen Auge auf. Amira und Qayn beginnen zu paddeln, aber ich sinke. Ich stoße einen Schrei aus und sage mir, dass dies nur vorübergehend ist. Ich bewege meine Arme und trete mit den Beinen, aber aus irgendeinem verdammten Grund passiert nichts. Das Wasser verschluckt mich, dringt in meine Augen, meine Nasenlöcher und meine Kehle ein. Ich werde drei Meter von der Rampe entfernt ertrinken, und irgendwie weiß ich mit Sicherheit, dass meine durchnässte Leiche an jenen Strand dort gespült werden wird, um sich zu den anderen zu gesellen.

Jemand zieht mich heraus. Ich komme an die Oberfläche, spucke Wasser und ringe nach Luft. Qayn stellt mich zur Rede, seine dunklen Augen leuchten, schwarze, nasse Haarsträhnen baumeln darüber. »Ruhig«, flüstert er und umklammert meine schlagenden Arme. »Was ist los mit dir?«

»N-Nichts«, stottere ich. »Es geht mir gut.«

Er lässt mich los, schwimmt aber nur eine Armlänge von mir entfernt. Wir gleiten so sanft wie möglich gegen den Druck des Meeres an den Docks entlang. Der Kopf des Soldaten wird links von uns sichtbar. Er pafft an seiner Pfeife, nimmt lange Züge und bläst Rauch aus. Wir umrunden den rostigen Metallzaun, der ein paar Meter über das Wasser ragt. Amira erreicht ein Vierer-Ruderboot und legt eine Hand auf den Rand. Ich schiebe mich neben sie, Qayn zu meiner Linken.

»Ich binde es los, ihr beide schiebt es weg«, flüstere ich.

Ich verlasse sie und schlängele mich zwischen den anderen Booten hindurch, die auf der Dünung dümpeln. Hier zu schwimmen ist kein Problem, bis es das plötzlich doch wird. Das Wasser rund um die Rampe ist gespickt mit Unterwasserfelsen: schleimig, vorspringend und uneben, manche zerklüftet, und die Strömung schiebt mich unaufhörlich dagegen. Ich presse die Lippen zusammen, um nicht jedes Mal zu fluchen, wenn ich mir ein Knie stoße oder den Ellbogen aufschürfe.

Vorsichtig navigiere ich über die Felsen und tauche auf der Rampe als ein riesiger, klatschnasser Bluterguss auf. Der Kopf des Soldaten ruckt herum. Ich hocke mich in den Schatten und beobachte ihn zwischen den Gitterstäben des Tores hindurch. Stirnrunzelnd dreht er sich ganz um und starrt erst nur in meine Richtung, dann direkt zu mir hin. Ich halte den Atem an; ich wage nicht, mich zu rühren, nicht einmal, um meinen Blick abzuwenden, damit er die Bewegung nicht irgendwie hört. Aber er zuckt mit den Schultern und schlendert in einem Bogen umher, wobei er wieder an seiner Pfeife zieht. Beim Ausatmen bricht er in einen lauten Hustenanfall aus. Vielleicht hat mich mein Glück heute Abend noch nicht verlassen.

Ich nutze seinen Hustenanfall, um das Seil, das das Boot an diesem verrotteten Holzpfosten festhält, loszuwickeln. Ich werfe mir das Seil über die Schulter, gleite zurück ins Wasser und folge Amira und Qayn, die das Boot weiter hinausschieben.

Wir halten ein gutes Dutzend Meter vor dem Steg und ich helfe Amira, ins Boot zu klettern. Das Wasser plätschert von ihrer durchnässten Kleidung, und ich danke dem Großen Geist, dass wir außer Hörweite dieses Soldaten sind. Dann hieven Qayn und ich uns hinein: er und Amira setzen sich auf die Bank und haken die Ruder aus. Ich werfe meine Tasche auf den Boden des Bootes, setze das kleine Segel am Mast und nehme ein Ruder mit zum Bug.

Wir beginnen zu rudern. Die spielerisch rollenden Wellen schaukeln und werfen uns in der Bucht hin und her; das Boot gleitet über und schlägt auf die Wasseroberfläche, wodurch Gischt aufspritzt, uns umspült und mir in den Augen brennt. Ich gebe mein Bestes, um aufrecht zu bleiben, rudere auf einer Seite, dann auf der anderen, wechsle ständig hin und her, direkt in Richtung der Kriegsschiffe und des dazwischen ankernden Schiffs des Königs. Schon bald ähneln meine Arme trockenen Ästen, die in seltsamen Winkeln gebogen sind, meine Atemzüge kratzen in meiner heißen Kehle, und die Wunde in meiner Seite pocht. Ich habe Mühe, etwas vor uns zu sehen. Je weiter wir auf die ausgedehnte Bucht hinausfahren, desto dunkler wird es. Der Himmel und das Meer sind zu einem schwarzen Tuch verschmolzen, das gelegentlich von Mondstrahlen und flackernden Laternen unterbrochen wird. Mich beschleicht die Befürchtung, dass wir gleich in die Breitseite von Faridas Schiff fahren werden. Sie könnten überall sein, vertäut und wartend. Vielleicht hat uns sogar Tahas Falke entdeckt. Ich sehe das Geisttier nirgendwo, aber er hat in der Dunkelheit ein viel schärferes Sehvermögen, als ich es je haben könnte. Die bloße Aussicht, dass dieser Falke am Himmel herumspukt, belastet mich wie eine Klinge, die an meinem Hals liegt.

Wir erreichen die Begrenzung des Dreiecks, das die Kriegsschiffe bilden.

Qayn lässt den Anker fallen, ich hole das Segel ein, und wir drängen uns zusammen. »Das ist ein weiter Weg zu schwimmen«, sagt er und betrachtet das Schiff des Königs.

Die Anspielung entgeht mir nicht, aber ich bin nicht bereit, auf die Geschehnisse an der Rampe einzugehen. »Ich werde es schaffen. Unser Bruder stirbt, wenn ich es nicht tue.«

»Wenn man bedenkt«, murmelt Amira, »dass wir dieses Schiff schon vor Tagen gesehen haben und nicht wussten, dass Atheer die ganze Zeit darauf war.«

»Es scheint, dass es in dieser Stadt überall Gefangene gibt.« Ich vergewissere mich, dass die Riemen, die meine Klinge am Oberschenkel halten, fest sind, und stehe auf. »Bleibt hier vor Anker. Ich werde Atheer zurückbringen.«

»Ich möchte helfen«, beginnt Amira.

»Das wirst du, indem du auf dieses Boot aufpasst. Es ist unser einziger Ausweg, schon vergessen?« Ich setze meinen Fuß auf den Rand. Qayn steht ebenfalls auf.

»Lass mich mit dir kommen, Töterin. Vielleicht brauchst du meine Hilfe.«

Seine willkürliche Großzügigkeit verschlägt mir wieder einmal die Sprache. Amira stürzt sich auf mich und umarmt mich.

»Pass bitte auf dich auf.«

Ich küsse sie auf die Stirn. »Du auch auf dich. Wir sehen uns auf der anderen Seite, Schwester.«

Qayn und ich nicken uns zu, dann beiße ich die Zähne zusammen und lasse mich ins kalte Meer fallen.

37

Das Wasser steigt bis zu meiner Kinnlade. Der Silberstrand spukt wieder vor meinem geistigen Auge herum. Aschfahle Skelette und die Berührung von weichem, undeutlichem Fleisch. Panik macht sich in meinem Kopf breit, aber ich wusste, dass sie kommen würde, und zwinge meine Atmung, sich zu beruhigen. Ich trete gegen die Strömung an, zähle einen Rhythmus und konzentriere mich auf meinen Körper im Hier und Jetzt – obwohl ich mich nicht traue, darüber nachzudenken, was tief unter meinen Füßen lauern könnte.

Ich schwimme zum Schiff des Königs, Qayn bleibt an meiner Seite. Kriegsschiffe ragen haushoch neben uns auf. Ich lausche auf die Stimmen der Matrosen, die nicht kommen. Bis auf das Meer, das gegen die knarrenden Schiffsrümpfe klatscht, ist die Bucht still. Wenn ich die Augen schließe, könnte ich mich selbst davon überzeugen, von einem Leviathan verschluckt worden zu sein.

Wir schieben uns zwischen den Kriegsschiffen hindurch. Durch die Kälte kann ich meine Gliedmaßen kaum noch spüren, und außer meinem ängstlich auf und ab wippenden Kopf, ist von mir nichts zu sehen. Plötzlich höre ich einen Verheerenden und das Plätschern von Rudern zu meiner Linken. Qayn und ich blinzeln in die Dunkelheit. Er erkennt die Form des kleinen Bootes, das sich uns nähert, als Erster.

»Halt die Luft an«, sagt er und zieht mich unter Wasser.

Ich halte mir den Mund zu, während wir abtauchen. Unsere Umgebung ist ein Abgrund; ich klammere mich trostsuchend an

Qayn fest, und seine Finger verschränken sich mit meinen. Das Boot fährt unsichtbar über uns hinweg, aber eine kalte Woge legt sich über uns, und die Ruder durchschneiden das Wasser. Wir treiben wieder nach oben und durchbrechen langsam die Oberfläche, obwohl meine Lungen zu platzen drohen. Ich atme aus und sauge Luft ein, blinzle mir das Wasser aus den Augen. Das Patrouillenboot ist weitergefahren, und ich kann weder unser Boot noch meine Schwester in dieser unersättlichen Nacht erkennen.

Wir schwimmen weiter. Als wir uns unserem Ziel nähern, taucht Tahas Falke über uns auf. Erschrocken drehe ich den Kopf, halb in der Erwartung, dass Taha neben mir mit Mordlust in seinen goldfarbenen Augen schwimmt. Aber es ist nur Qayn, dessen Haare wie Ranken um sein spitzes Gesicht hängen – und wieder tröstet mich seine Gesellschaft ungemein.

Wir erreichen das Ankertau des königlichen Schiffes. Ich erwarte, eine Spur von den Seeleuten zu sehen, aber niemand schaut über Bord, und nur das schwache, unheimliche Trillern eines Vogels unterbricht die Stille. Der leichte Gesang trägt wenig zur Beruhigung meiner Nerven bei. Ich betrachte das lange Tau, das vom Meer zum Schiff reicht, und verfluche mein Pech, an einen machtlosen Dschinn gebunden zu sein. »Wenn du deine Magie hättest, könntest du uns im Handumdrehen da hochbringen«, flüstere ich.

Qayn zieht die Stirn in Falten. »Meine Güte, was für eine scharfsinnige Beobachtung. Vielleicht kannst du mir helfen, sie zurückzubekommen, wenn das hier vorbei ist, und dann kann ich dich nach Belieben im Handumdrehen überall hinbringen.« Er legt meine Hand auf das Tau. »Zeit zum Klettern, Töterin.«

Ich zögere. Damals in der Ersten Stadt hat er angedeutet, dass er seine Magie für immer verloren hat, gestohlen von der Person, die ihn verraten hat – Nahla, da bin ich mir sicher. Aber war das wieder eine Lüge, oder macht er jetzt nur Witze? Ich muss das Problem auf ein andermal verschieben; es wird kein Problem sein, wenn ich diese Nacht nicht überlebe. Ich ergreife das Tau und schlinge meine Schenkel und Knöchel darum.

Wie vorherzusehen war, ist der Aufstieg drei Züge lang einfach, dann wird er zunehmend schwieriger. Das Tau ist sowohl rutschig als auch rau, und meine Hände haben bereits durch das Wergzupfen gelitten. Meine schwere, durchnässte Kleidung macht die Sache noch schwieriger. Etwa auf halber Höhe verlangen meine Schultern nach einer Pause, und ich muss mich an das Tau klammern, während ich darauf warte, dass mein Kopf sich nicht mehr dreht. *Wie erbärmlich ist diese Situation?*, frage ich mich. Und wie unwahrscheinlich ist es, dass ich ihr lebend entkommen werde? Wir begannen diese Reise mit Plänen, Zeitplänen, Karten. Ich beende sie wie ein Insekt, das versucht, aus einer Badewanne zu entkommen, ohne die geringste Vorstellung davon zu haben, was mich erwartet, wenn ich es einmal geschafft habe.

Qayn berührt meinen Knöchel und spornt mich an, mich weiterzuhangeln. Ein paar Minuten später erreiche ich mit zusammengebissenen Zähnen die höchste Stelle, aber ich kann mich nicht auf das Deck fallen lassen und verschnaufen, wie ich es gern tun würde. Ich verharre an Ort und Stelle und spähe zwischen den Stäben des Geländers am Heck hindurch. Da das Schiff vor Anker liegt, gibt es keinen Steuermann am Steuerrad, obwohl ich weiter unten Leute höre. Ich ziehe mich aufs Deck und helfe auch Qayn hinüber. Wir gehen in die Hocke und warten, aber anscheinend hat niemand unsere Ankunft bemerkt. Wir schleichen uns am Steuerrad vorbei. Die Stimmen kommen von unten.

Ich schiebe mich so weit vor, bis meine Augen über den Rand des Decks lugen, und mein Blick fällt direkt auf die Kapitänskajüte, oder in diesem Fall die Königskajüte. Mehrere Männer stehen draußen und sprechen mit jemandem, der nicht zu sehen ist. Ich erspähe einen Offizier in schwarzer Uniform mit passendem Umhang, der seinen Hut unter dem Arm trägt. Flankiert wird er von Untergebenen, die Schriftrollen in der Hand halten. Weiter hinten befindet sich ein Deck, wie ich noch keins gesehen habe; es gleicht eher einer herrschaftlichen Residenz als einem Schiff. Goldene Laternen sind an Haken befestigt, die überall dort ins Holz getrieben sind, wo sie sicher platziert werden können; die handgeschnitzten Geländer sind kunstvoll und in sattem Weinrot gestrichen. Unter dem Vorschiff am Bug befindet sich eine Kajüte mit Buntglasfenstern und einer geschnitzten Tür. An einem Holztisch in der Mitte des Hauptdecks sitzt eine junge Verheerende, die in einem malvenfarbenen, mit Volants besetzten Kleid geradezu ertrinkt. Bei Laternenlicht liest sie ein Buch, während ein schüchternes Dienstmädchen ihr Tee aus einer Keramikkanne einschenkt. Die Frau muss zum Königshaus gehören; sie trägt ein zierliches Diadem in ihrem gelockten, kastanienbraunen Haar und Perlen um ihren schwanenartigen Hals. Sogar ein kleiner Hund ist an Bord, der auf einem bauschigen Kissen mit Rüschen neben ihren in Pantoffeln steckenden Füßen schnarcht.

Die Frau ist nicht das einzige Zeichen dafür, dass dieses Schiff ein Zuhause ist. Eingetopfte Obstbäume, andere Pflanzen und Blumen füllen die freien Ecken des Decks. Inmitten ihres Blattwerks singt ein bunter Oasenvogel in einem goldenen Käfig seine eindringliche Melodie. Weiter unten steht ein Liegestuhl unter einem Spalier mit transparenten Vorhängen. Und ich kann nur zwei Soldaten sehen, die beide auf dem Vorschiff stehen und Pfeife rauchen. Sonst niemand, schon gar nicht Taha. Nichts als einen Hauch von selbstgefälligem, nonchalantem Luxus.

Ich erhasche einen Blick auf Sinan, der hoch über uns kreist. Wenn Taha seinen Geist mit dem Falken teilt, ist es gut möglich, dass er uns hier kauern gesehen hat. Aber es gibt keine Möglichkeit, das zu wissen – oder überhaupt etwas zu wissen. Im Gefängnis konnte man zumindest leicht sehen, was vor sich ging, weil die Soldaten umherliefen und Befehle blafften. Hier, mit dem Falken am Himmel und den Soldaten, die sich möglicherweise in jedem Winkel des Schiffes verstecken, ist es unmöglich, einen soliden Plan zu entwerfen. Ich muss improvisieren, und zwar schnell.

Der Offizier unten salutiert vor dem Mann, mit dem er gesprochen hat, dreht sich um und geht mit seinen Untergebenen die Treppe hinunter. Sie klettern die Takelage des Schiffes hinunter und verschwinden außer Sichtweite, vermutlich zu einem wartenden Boot. Ein anderer Kerl, ein Soldat mit moosgrünen Augen, taucht von unter Deck auf und rennt die Treppe zur Königskajüte hinauf. Er hält einen Bronzeschlüssel in der Hand. Und schließlich kommt die Person, die nicht zu sehen war, herüber und lehnt sich an die Reling.

Dass es sich bei dem Mann im schwarzen Umhang um König Glaedric handelt, erkenne ich nur an dem goldenen Hirschhornkranz, der ihn krönt. Sein Aussehen verblüfft mich, denn er entspricht ganz und gar nicht dem, was ich mir vom Anführer der Kolonisatoren vorgestellt habe. Er ist etwa Ende zwanzig, schlank, kalt und kantig und von überragender Statur – die Verkörperung von Eiseskälte. Sein seidiges, silberblondes Haar ist nach hinten gekämmt, aus seinem hochmütigen Gesicht stechen blaue Augen hervor und seine Mundwinkel sind kritisch nach unten gezogen. Der Mund öffnet sich, als der Soldat mit dem Schlüssel sich vor ihm verbeugt. Grünauge übergibt ihm den Schlüssel, und ich höre das Wort *Gefangener* von Glaedric. Der Soldat bejaht die Frage und verbeugt sich erneut. Ein Nicken später ist der König träge in seine Kabine geschlendert und hat die verzierte rote Tür hinter sich geschlossen. Grünauge wartet einen Moment, um sicher zu sein, dass er nicht mehr benötigt wird, dann überquert er das Deck und gesellt sich zu den anderen beiden auf dem Vorschiff.

»Glaedric hat das Wort *Gefangener* gesagt«, flüstere ich Qayn zu. »Atheer muss hier sein.«

»Wahrscheinlich irgendwo unter Deck«, sagt er.

»Der Meinung bin ich auch. Komm mit.«

Mit dem Dolch in der Hand schleiche ich die rechte Seitentreppe hinunter, vorbei an der Kabine des Königs, auf das Hauptdeck. Hinter einer weiteren Tür verbirgt sich eine Treppe, die nach unten führt, und ohne Karte bleibt mir nichts anderes übrig, als das Schiff zu erkunden. Ich bleibe an der Tür stehen und schaue nach unten. Eine Lampe erhellt die salzgeschwängerte Dunkelheit und zeigt, dass niemand kommt oder geht. Ich schleiche mich die Treppe hinunter. Mit jedem Schritt zieht sich der Knoten in meinem Bauch fester zusammen und Vögel flattern in meinem Brustkorb. Ich versuche, mich davon zu überzeugen, dass es jetzt so weit ist, aber ich kann mir einfach nicht vorstellen, dass ich meinem Bruder nach so vielen Entbehrungen tatsächlich gegenüberstehen soll.

Ich erreiche den ersten Treppenabsatz. Obwohl die Treppe zu einem anderen Deck hinunterführt, halte ich meinen Dolch über den Kopf und schiebe mich vorsichtig in diesen Raum. Die Kombination aus Lagerraum und Waffenkammer ist leer. Fässer, Kisten und Truhen sind an die eine Wand geschoben, Schwerter, Bögen und Pfeile sind an der anderen Wand geordnet. In der Mitte ist eine Eisentrommel an der Decke befestigt, mit der der Anker gehoben und gesenkt wird. Und ganz hinten befindet sich eine Tür mit einem kleinen vergitterten Fenster in der oberen Hälfte.

Eine Gefängniszelle.

Ich stecke meinen Dolch in die Scheide, nehme eine Laterne in der Nähe an mich und durchquere den Raum, obwohl er sich schnell absenkt und ich wie auf Wolken schwebe. Ich erreiche die Tür, aber ich sehe nicht durch das Fenster. Ich kann mich dem nicht stellen, was darin liegt.

Ich beuge mich vor und drücke erst meine Hände an die Tür, dann meine Stirn und versuche zu atmen. Es könnte sein, dass er da drin ist, es könnte jemand anderes sein, es könnte aber auch niemand sein, außer einem Geist. Es ist unmöglich, zu sagen, ob mein Bruder so lange überlebt hat oder ob er am Tag nach seiner Ankunft auf diesem Schiff hingerichtet wurde. Dann wäre diese Reise nichts anderes als eine Lektion darüber, auf welch unerbittliche Weise wir die Trauer in die Länge ziehen können, wenn wir es zulassen. Man kann es nicht sagen, und doch weiß ich es irgendwie in meiner Seele. Ich spüre ihn hinter dieser Tür, meinen großen Bruder und besten Freund, der einfach nur wartet.

»Atheer«, sage ich leise. »Bist du da drin?«

Erdrückende Stille schwillt an, größer als die Summe aller

Nächte. Jemand bewegt sich im Inneren der Zelle. Stoff raschelt, Schritte tappen über das Holz, Hände umfassen die Gitterstäbe. Ein Einatmen.

»Imani?«

38

Die Kraft verlässt mich. Ich sacke auf die Bretter und weine lautlos.

»Imani«, flüstert er. »Du bist hier.«

Ich springe auf und greife durch die Gitterstäbe, um ihn zu berühren und ein für alle Mal zu wissen, dass es sich nicht um eine Fata Morgana handelt, die ein zerrütteter Geist heraufbeschworen hat. Seine warmen Finger streifen meine, sein Gesicht zeichnet sich im Lichtkreis der Laterne ab, und endlich sehe ich ihn.

Meinen Bruder, Atheer.

Er ist erschöpft und dünn, und sein sonst so kräftiger Körper versinkt praktisch in seiner schmutzigen Tunika. Sein Schopf aus karamellfarbenen Locken hängt schlaff über seine Augen. Sie sind immer noch so wunderbar warm, aber von einem violetten Schatten überzogen, der zu den leuchtend roten Schnitten in seinem Gesicht und dem Striemen passt, der sich wie eine Ranke um seinen Hals windet. Mein gefolterter, geschlagener Bruder.

Unsere Finger verschränken sich, fester als der beste Knoten, den Baba uns je gelehrt hat, einer, der nie wieder gelöst werden kann, wenn er einmal geknüpft ist. Ich habe Mühe, unter dem Gewicht meiner Glückseligkeit auf den Beinen zu bleiben, aber Atheer hält mich aufrecht. Er berührt mein Gesicht, er streicht mein nasses Haar zurück, er lacht und ehrt meinen Namen mit seiner lyrischen Stimme. Und ich habe jetzt keinen Zweifel mehr, dass es in dieser Welt wahre Magie gibt. Aber diese war nie das Misra. Es ist die Familie, die Menschen, die wir lieben. Mit ihnen, ihrer Unterstützung, ihrem Glauben und ihrer Freundschaft können wir alles werden und alles erreichen. Und jeder in allen Ländern verdient diesen Zauber; jeder verdient es, bei seinen Lieben in Sicherheit zu sein.

»Willst du nicht sprechen, mein Strahlendes Schwert?«, flüstert er mir zu.

»Wir dachten, du seist tot«, sage ich.

Ein leises Schluchzen entringt sich seiner Kehle. Er küsst mich durch die Gitterstäbe auf die Stirn. »Verzeih mir, Imani. Ich hielt es für das Beste. Aber als ich gefangen genommen wurde, wurde mir klar, dass du nie erfahren würdest, was aus mir geworden ist, und ich sah meinen Fehler ein. Es war falsch, zu lügen und anzunehmen, dass du es nicht verstehen würdest. Ich hätte euch die Wahrheit sagen sollen, euch allen, und die Konsequenzen daraus ziehen sollen. Verzeih mir, bitte.«

»Das tue ich«, flüstere ich weinend. »Ich vergebe dir, Atheer. Ich liebe dich und ich habe dich so sehr vermisst.«

»Schhh, es ist alles in Ordnung«, beruhigt er mich. »Wir sind jetzt wieder zusammen. Sag mir, was ist mit unserer Familie?«

»Sie trauern furchtbar um dich, aber es geht ihnen gut. Amira hat nie aufgehört, nach dir zu suchen – sie hat immer geglaubt, dass du noch lebst. Sie hat darauf bestanden, mit mir hierherzukommen, und ist auf einem Boot in der Nähe.«

Seine Brauen heben sich, und seine geschwungenen Lippen verziehen sich zu einem Lächeln. »Hartnäckig und mutig wie immer. Und Mama?«

»Es geht ihr gut, ja, aber sie macht sich jetzt zu viele Sorgen«, antworte ich. »Sie will, dass ich die Schilde verlasse.«

»*Verlassen?* Niemals, nicht das Strahlende Schwert. Sie würden ohne dich in die Brüche gehen.«

Ich lache durch meine Tränen hindurch. Nach allem, was Atheer durchgemacht hat, macht er immer noch Witze. Aber er ist so optimistisch wie die Sonne strahlend, das war er schon immer. Ich glaube, das ist es, was die Menschen zu ihm hinzieht. Er kann jedes Problem überwindbar machen, jeden Berg nur zu einem angenehmen Hügel.

»Und Baba?«, fragt er. »Kämpft er immer noch gegen diese widerspenstige Stute Almas, oder hat er endlich aufgegeben und sie verkauft?«

Ich schnaube. »Hat Baba jemals vor irgendetwas kapituliert? Es war Almas, die vor ein paar Monaten ihre Niederlage eingestand. Jetzt ist sie ganz brav.«

Atheer grinst. Sein Grinsen ist strahlend, hat Grübchen und singt in seinen Augen. »Ich hätte es wissen müssen.«

»Oh, und Raad ist ganz in der Nähe in einem Stall untergebracht«, sage ich. »Er ist bei guter Gesundheit, auch wenn er dich genauso sehr vermisst wie wir.«

»Ach, wirklich?« Ein wehmütiges Lächeln umspielt Atheers Lippen. »Ich hoffe, das Biest hat euch nicht zu sehr zu schaffen gemacht. Ich hatte schon vermutet, dass er dir Ärger bereiten könnte, weil ich ihn in Qalia zurückgelassen habe. Sag, was ist mit unserem silbernen Ross Badr?«

Ein Kloß bildet sich in meiner Kehle. »Sie ist auf der Reise hierher umgekommen.« Kaum habe ich die Worte ausgesprochen, fließen die Tränen wieder und ich lasse mich gegen die Tür sinken. »Wir haben sie verloren, ebenso wie einen unserer Gefährten. Ehrlich gesagt, habe ich so viel verloren, seit du weg bist.«

»Es tut mir leid, Schwester. Du hast den Schmerz nicht verdient, den ich dir zugefügt habe.« Atheer umfasst mein Gesicht mit seinen Händen, wie Baba es tun würde, und er hat diesen intensiven Blick, den ich schon lange nicht mehr gesehen habe. Er lässt mich sofort aufmerksam werden. »Aber du musst mir sagen, woher du wusstest, dass du hierherkommen musstest.«

In den Schatten hinter mir ist ein Schritt zu hören. Gibt es eine bessere Antwort? Ich trete zurück, sodass das Licht auf den lächelnden Dschinn fällt.

Atheer fällt die Kinnlade herunter. »*Qayn.*«

Mein Bruder greift durch die Gitterstäbe. Der Dschinn nähert sich, und Atheer berührt tatsächlich Qayns Wange mit einer Hand und zerzaust mit der anderen schelmisch sein Haar. Als ob sie alte

Freunde wären. Gute Freunde. Qayn hat es mir erzählt, aber wenn ich es jetzt so mit eigenen Augen sehe … trübt das meine Freude ein wenig, und ich weiß nicht, warum.

»Ich kann nicht glauben, dass du zurückgekommen bist, Mann«, sagt Atheer.

Zurück? Das Wort rasselt bedrohlich in meinem Kopf herum, als wäre ich der Knochensack eines Wahrsagers.

»Komm schon, ich habe dir mein Wort gegeben«, sagt Qayn. »Direkt nach meiner Rückkehr …«

»Rückkehr«, wiederhole ich leise und wende mich ihm zu. »Du meinst … du warst vor mir an meinen Bruder gebunden?«

Sie wechseln einen Blick, und Qayn räuspert sich. »Ja, für eine ganze Weile. Nachdem Atheer verhaftet wurde und sich zeigte, dass sich die Umstände nicht ändern würden, hat er mich von der Bindung befreit, und die Verzauberung hat mich in die Sahir zurückgebracht. Es war besser, dass wir nicht beide im Gefängnis schmachteten. Ich bin sicher, du stimmst mir zu.«

Obwohl ich den Boden sehen kann, spüre ich ihn nicht unter mir. Ich bin im freien Fall, wie damals im Gefängnis, aber ich glaube nicht, dass mich diesmal ein Berg von Leichen auffangen wird.

»Du … du hast mich angelogen …«

»Imani, es war nicht seine Idee«, setzt Atheer an.

»Du wusstest die ganze Zeit, dass Atheer im Gefängnis war, und hast nichts gesagt!«

Ein weiterer schrecklicher Gedanke kommt mir in den Sinn. Wenn mein Bruder Qayn *innerhalb* des Gefängnisses aus der Bindung entlassen hat, an einem Ort, in den nichts hineingeschmuggelt werden kann, bedeutet das, dass der Dschinn nicht an ein Objekt von Atheer gebunden gewesen war – er war an Atheer *selbst* gebunden gewesen. Er muss an seine Seele gebunden gewesen sein. Deshalb hat Farida Qayn nicht erkannt – mein Bruder hatte es nicht nötig, Qayn so zu beschwören, wie ich es tue, nicht wenn Qayn in seinem Kopf und mit seiner Seele verwoben war. Sie konnten miteinander sprechen und Ideen austauschen, ohne dass mein Bruder jemals den Mund öffnete – sie waren eins. Ich habe es nur eine Minute lang getan, und ich verstehe, wie intim das ist, wie *gefährlich* es ist, Qayn so nahe zu sein. Atheer hatte Qayn viel länger als eine Minute an sich gebunden. Wer weiß, was sie miteinander geteilt haben?

»Imani, ich weiß, das ist schwierig, aber du musst mir glauben«, sagt Atheer. »Ich habe Qayn befohlen, dich anzulügen. Wenn er dir sofort die ganze Wahrheit gesagt hätte, über unsere Bindung und Alqibah und die Rebellen, den Rest – es wäre zu viel gewesen, und deine Verwirrung hätte dich dazu gebracht, ihm zu misstrauen, vielleicht sogar mir. Aber ich brauchte dich, um mir zu helfen – gerade dich, mit deinen bei den Schilden erworbenen Fähigkeiten und deiner Magie. Ich wusste, dass du von allein auf die Sache mit mir und Alqibah kommen würdest, und das bist du auch.« Atheer spricht mit einer solchen Leichtigkeit, dass ich mich frage, ob ich überreagiere. Er tippt Qayn auf die Schulter. »Was dann?«

Qayn richtet seine aufgeregte Aufmerksamkeit wieder auf meinen Bruder. »Ich habe sofort damit begonnen, deine Geschwister über deine Anwesenheit hier in Alqibah zu informieren …«

»Es war Raad, der uns im Verbotenen Brachland zu dir geführt hat«, unterbreche ich.

»Ja, ich rief ihn zu mir an einen meiner alten Wohnorte, und ihr beide seid ihm gefolgt.«

Ich starre Qayn an und denke an den Tag, an dem wir uns kennengelernt haben. Der Tag, der nun in einem neuen, grellen Licht erscheint und eine neue Bedeutung erhält. Wir wurden ins Brachland gelockt, um Atheer zu retten. Und Raad hörte besser auf Qayn als auf mich. Ist es bei meinem Bruder auch so?

»Deine Schwester hat den Rat informiert, und der hat eine Gruppe losgeschickt, um dich zurückzuholen«, erklärt Qayn. »Aber wir haben vor Kurzem erfahren, dass der Anführer der Expedition den geheimen Befehl hat, dich wegen deiner angeblich verräterischen Taten zu ermorden.«

Atheers Augenbrauen zucken, und seine sonnige Fröhlichkeit wird zu einer kampferprobten, einschüchternden Haltung. »Wo ist dieser Attentäter jetzt?«

Ich kenne die Antwort, aber ich kann sie nicht aussprechen. Ich bin nicht Teil dieses Gesprächs, dieses Bündnisses zwischen meinem Bruder und Qayn. Ich bin in der kalten Dunkelheit gefangen und betrachte ihre Verbindung durch ein nebliges Fenster. Verzweifelt möchte ich mich ihnen anschließen und habe gleichzeitig Angst davor.

»In der Nähe«, antwortet Qayn. »Wir müssen dich jetzt aus dieser Zelle befreien.«

»Das ist nicht möglich. Die Tür ist verschlossen, und Glaedric hat den Schlüssel bei sich.«

»Warum?«, frage ich lauter, als ich es in Anbetracht unserer Situation sollte. »Was will Glaedric von dir, Atheer?«

Er schluckt. »Der König weiß es. Von der Magie, von der Sahir, von *uns*. Alles.«

»A-Alles?«, stottere ich. »Wie?«

Er wendet sich vom Gitter ab und fährt sich mit den Fingern durch die Locken. »Vor einigen Monaten war ich spät nachts in Taeel-Sa unterwegs. In einer Gasse hinter einer Shisha-Stube stieß ich auf eine Gruppe von Soldaten, die einen Mann brutal verprügelten. Es waren so viele, dass ich in der Unterzahl war, aber die Wut, die ich empfand, als ich ihre mutwillige Gewalt sah … Sie war unkontrollierbar.«

Mir wird ganz flau im Magen. »Du hast deine Magie vor ihren Augen eingesetzt.«

»Ja, ich hatte das schon einmal gemacht, ohne Probleme. Ich habe die Haut gewechselt und angegriffen. Ich dachte, ich hätte sie alle getötet. Als ich eine Straße weiter verhaftet wurde, war ich davon überzeugt, dass sie mich für dieses Verbrechen hängen würden. Stattdessen warfen sie mich ins Gefängnis und ließen mich bis zum Umfallen arbeiten. Ein paar Wochen später kamen die Soldaten des Königs und holten mich heraus.«

»Du hattest nicht alle getötet«, sagt Qayn.

»Nein.« Atheer holt tief Luft. »Einer nach dem anderen fand die Kraft zu sprechen, und sie erzählten alle dieselbe Geschichte. Die Person, die sie angegriffen hatte, war ein junger Mann, der sich in einen Löwen verwandelte.«

Mir ist plötzlich so heiß, als hätte man mich in Brand gesteckt. »Aber so eine ungeheuerliche Behauptung würde hier sicher niemand glauben«, argumentiere ich.

Atheer zeigt an die Decke. »*Er* glaubte es, und das war ausschlaggebend. Er hatte schon früher von zufälligen Ereignissen gehört, die sich während des Krieges zugetragen hatten, wie beispielsweise, dass die See und die Winde sich auf wundersame Weise gegen sie wandten, dass Kutschen in Brand gerieten, als niemand in der Nähe war …«

»Die Magie, die du Farida und den anderen gegeben hast«, murmle ich erstickt.

»Ja. Er vermutete, dass bei diesen Vorfällen mehr als nur Glück im Spiel war. Sobald er mich in der Hand hatte, folterte er die Wahrheit aus mir heraus und noch mehr. Er ist *wahnsinnig.*« Atheer klammert sich an das Gitter, die Knöchel wölben sich. »Ich hatte einen Vorrat an Misra in der Stadt versteckt. Glaedric fand das heraus und zwang mich, ihm die Magie zu zeigen. Er zwang mich sogar, ihn über die Sande zu führen, Imani. Seitdem hat er die dreifache Anzahl an Treffen mit seinen Militäroberhäuptern abgehalten. Ich habe Gesprächsfetzen gehört … Sie reden davon, in die Sahir *einzumarschieren.*«

Meine Knie drohen einzuknicken. Ich schwanke auf der Stelle und muss mich an den Gitterstäben der Zelle festhalten, um nicht umzufallen. »Er weiß, wie man die Sahir durchquert … Er könnte unser Volk mit seiner Armee erreichen … Er könnte Qalia erreichen …«

Und unsere Familie, Mama, Baba, Teta, Tantchen …

»Ein Grund mehr, dich da herauszuholen«, sagt Qayn ungeduldig.

»Das *kannst* du nicht«, sagt Atheer. »Beim ersten Anzeichen von Ärger …«

Glas zerspringt auf dem Deck über uns. Der Hund der Verheerenden fängt an zu bellen. Wie vom Schlag getroffen starren wir an die knarrende Decke.

»Was war das?«, fragt Atheer.

Eine rote Wand schießt über der Bucht in die Höhe. Ich eile zum Backbordfenster und sehe, wie das Kriegsschiff schnell vom Feuer verschluckt wird. Auf dem Deck wimmelt es von Matrosen, deren verzweifelte Schreie über das Wasser schallen.

»Wie ist das passiert?«, murmelt Qayn an meiner Schulter.

Eine goldene Laterne schwebt am Fenster vorbei. Ich zucke erschrocken zurück. Wie konnte diese Laterne so hoch getragen werden? Bange Augenblicke vergehen; noch etwas zerschellt auf dem Deck.

Eine Glocke beginnt zu läuten, und ein Mann am Bug brüllt: »Feuer!«

39

Türen öffnen sich, eilige Schritte donnern über das Deck. Die Menschen schreien sich gegenseitig an, weitere sind von unten zu hören.

»*Versteckt euch*«, zischt Atheer.

Wir ducken uns in den Schatten, während mehrere Matrosen die Treppe hinaufeilen und Fässer tragen, in denen Wasser schwappt. Keiner wirft auch nur einen Blick auf die Gefängniszelle oder auf uns.

»Sie können es löschen, oder?«, fragt Qayn.

»Dies ist ein hölzernes Segelschiff, alles ist brennbar.« Atheer drückt sein Gesicht an die Gitterstäbe. »Imani, nutze den Aufruhr, um zu fliehen, bevor die Soldaten kommen.«

Ich starre ihn an, höre ihn, aber seine Worte dringen nicht zu mir durch. »Das ist Tahas Werk«, sage ich langsam. »Sein Falke … Sinan lässt die Laternen auf die Schiffe fallen und setzt sie in Brand.«

Die Augen meines Bruders quellen hervor. »Moment mal, hast du *Taha* gesagt? Der älteste Sohn des Großzahim?«

Der Lärm oben steigert sich zu einem Getöse. Glas zerspringt, und eine Frau kreischt, als das tiefe Brausen der Flammen hörbar wird.

Weitere ängstliche Matrosen stürmen von unten die Treppe hinauf. Wir ziehen uns in den Schatten zurück und warten, bis sie vorbeigelaufen sind.

»Ja, er ist der Späher, der dich ersetzt hat«, sage ich, als sie weg sind. »Und der Attentäter, der dich umbringen soll. Er versucht, das Schiff zu versenken.«

»Taha«, wiederholt mein Bruder leise, sein Blick ist verschwommen. Er schüttelt den Kopf. »Nein, Imani, du verstehst nicht. Die Soldaten werden mich nicht sterben lassen. Ich bin zu wichtig für den König.«

»Ja, und darauf zählt Taha.« Ich habe keinen Zweifel daran, dass er den Faden gefunden hat, der meinen Bruder mit dem Rat, den Rebellen und jetzt mit dem König verbindet – Misra.

Qayn verzieht das Gesicht. »Ich glaube kaum, dass der Junge und sein Vogel es mit den Männern des Königs aufnehmen können …«

»Du kennst Taha nicht«, sage ich und schaue aus dem Bullauge. Das sinkende Kriegsschiff ist bezwungen, und die Flammen, die unser Schiff hungrig verzehren, spiegeln sich wie das Lachen des Teufels auf der trüben See. Oben wiederholt ein Mann eine gebrüllte Ansage.

»Was sagt er?«, frage ich Atheer.

Seine weit aufgerissenen Augen sehen mich an. »Rettet den König. Verlasst das Schiff.«

Nach einem lauten Knall kracht etwas Riesiges auf das Deck. Schreie ertönen. Einen knappen Moment später durchfährt ein Beben das Schiff, dessen ächzendes Holz wie das Grollen eines Monsters klingt – und dann beginnt das Schiff zu krängen. Mein Magen macht einen Satz nach oben. Durch das gegenüberliegende Bullauge sehe ich, dass der Meeresspiegel uns entgegengekommen ist.

»Wir sinken«, sagt Atheer, aber seine Stimme klingt losgelöst von ihm.

Ich drehe mich um und lege meine Hände auf seine. »Hab keine Angst. Ich werde dich beschützen, ich verspreche es.«

Ausgerechnet ich soll meinen tapferen Bruder beschützen. Aber wie? Ich ertrinke bereits in einer Kakofonie des Schreckens – das sterbende Stöhnen des Schiffes, die verzweifelten Schreie der Seelen an Bord, der Gedanke an unsere Schwester da draußen auf dem unruhigen Wasser, die hilflos zusieht, wie dieser Wahnsinn seinen Lauf nimmt.

Oben auf dem Hauptdeck ruft jemand nach »dem Gefangenen«. Die Soldaten müssen unterwegs sein, um Atheer in Sicherheit zu bringen. Besorgt betrachte ich das Zellenfenster und denke daran, wie ich im Gefängnis Eisen spüren konnte, das sogar über das der Schwerter der Soldaten hinausging. Aber selbst wenn es möglich wäre, meine Zugehörigkeit so umfassend zu nutzen, und selbst wenn ich so geübt wäre, dass ich die Gitterstäbe auf magische Weise manipulieren könnte, ist der Spalt immer noch zu klein, als dass Atheer durch ihn entkommen könnte. Ich bezweifle auch, dass ich das Schloss der Tür wirksam aufbrechen könnte; es scheint mir zu gut konstruiert zu sein. Ich brauche einen anderen Plan, und zwar schnell. Ich zwinge mich, über die Panik hinweg zu sprechen, die sich in meinen Lungen festsetzt.

»Qayn, wir müssen hierbleiben und meinen Bruder beschützen. Atheer, wenn die Soldaten kommen, sag ihnen, dass Qayn und ich deine Geschwister sind und wir gekommen sind, um dich zu befreien. Bestehe darauf, dass wir für den König genauso wertvoll sind wie du. Wir wissen, was das Misra ist und wo der König mehr davon bekommen kann, also müssen sie uns auch schützen.«

Atheer hämmert mit der Faust gegen die Tür. »*Verschwinde* von hier, Imani, bitte!«

»Nein.« Ich ziehe meinen Dolch von meinem Oberschenkel. »Ich werde dich nie wieder im Stich lassen.«

Ich lasse die Magie durch meine Adern spülen und sie in meine Hände fließen. Sie erhitzen sich und kribbeln, die Magie tanzt in meinen Nerven, als würden Sterne durch sie hindurchschießen.

»Was machst du da?«, fragt Qayn.

»Jetzt oder nie«, sage ich mir.

Entweder endet diese Reise hier und ich versinke in der Bucht, oder ich werde von einem Soldaten der Verheerenden mit einem Spieß durch die Brust getötet, oder ich rette meinen Bruder. Entweder wir entkommen, oder diese Gewässer werden zu unserer letzten Ruhestätte, und der Kummer zerstört meine Eltern, lange bevor die Verheerenden es tun können. Ich fahre mit der Hand über meinen Dolch; er leuchtet hellblau und beginnt, sich zu krümmen.

»Imani«, sagt Qayn und versucht, meine Aufmerksamkeit auf sich zu lenken.

Ich ignoriere ihn und konzentriere meine Willenskraft und Aufmerksamkeit auf die Handlung; mit meiner Zugehörigkeit greife ich durch den Schleier und forme meinen Dolch für meine Zwecke. Warum sollte ich mich schließlich darauf beschränken, ihn nur in andere Waffen zu verwandeln? Wenn Qayn recht hat, was meine Zugehörigkeit angeht, dann sollte meine Herrschaft über diese Klinge es mir erlauben, sie in jedes beliebige eiserne Objekt zu verwandeln. Meine Magie atmet aus, und die Schneide der Klinge verliert ihre tödliche Schärfe; der Stahl wird dünner und schrumpft. Wenige Augenblicke später versiegt die Magie in meinen Adern, aber ich bin fertig. Ich ziehe meine Hand weg und ein unscheinbarer Ring kommt zum Vorschein, den ich auf meinen Finger stecke. Jetzt sieht der Dolch aus wie etwas, das mir die Soldaten nicht ohne Weiteres abnehmen werden.

»Geister, ich wusste nicht, dass du zu so etwas imstande bist«, sagt Atheer.

»Ich auch nicht«, murmelt Qayn.

Ich sinke auf die Knie und begegne seinem Blick. Er ist fasziniert, wenn nicht sogar ein wenig misstrauisch angesichts dessen, was er gesehen hat.

Vier verschwitzte Männer stürmen auf das Deck. Der grünäugige Mann an der Spitze ist derjenige, der vorhin mit Glaedric gesprochen hat. Er blinzelt uns an und zieht sein Schwert. Qayn gesellt sich auf dem Boden zu mir.

»Wirklich sehr beeindruckend, Töterin«, sagt er und hebt die Hände über den Kopf.

»Bitte«, ruft Atheer in der Sprache der Verheerenden, während die Männer vorrücken. Er fängt an zu protestieren, und ich verstehe nicht alles, aber es lässt Grünauge innehalten. Der Soldat mustert uns, spuckt einen Fluch aus und dreht sich um, um seinen Untergebenen Befehle zuzurufen. Während er die Tür der Gefängniszelle aufschließt, durchsuchen uns zwei Soldaten nach Waffen und ziehen uns an den Ärmeln unserer Tuniken auf die Beine. Atheer wird herausgelassen, und wir drei werden zur Treppe geschoben.

Ich klettere auf das Hauptdeck und hebe meine Hände, um mein Gesicht zu schützen. Feuersäulen peitschen im Wind; die Hitze brennt mir in den Augen, leckt über meine Wangen, verbrennt meine Lungen. Sie hat die Masten zerstört; zwei liegen zersplittert und wie abgebrochene Zweige quer über dem Deck; einer steht noch wie ein hartnäckig schwelendes Streichholz. Das Deck ist mit dem Glas zerbrochener Laternen übersät, ihre Haken an den Wänden sind leer. Matrosen laufen an uns vorbei und tragen Kisten, Truhen und Bündel von Schriftrollen, die sie auf dem Deck stapeln; andere werfen sie über Bord, vermutlich in wartende Boote. Rechts von mir sind weitere Matrosen in der Takelage oder helfen der Frau in dem lilafarbenen Kleid eilig auf ein Boot, das hochgezogen neben der Bordwand befestigt ist. Sie weint und hält ihren bellenden Hund an die Brust gepresst. Hinter ihr hält König Glaedric sich an einem Seil fest.

»Eure Majestät«, sagt Grünauge.

Der König dreht sich um und mustert uns mit einem Blick, der so kalt und distanziert ist wie der Mond selbst. Der Soldat erklärt ihm, wer wir sind. Der kantige Kiefer des Königs mahlt, seine goldenen Brauen senken sich.

»Glaedric, *beeil dich*«, schreit die hysterische Frau durch den Wind. Seine bleiche Faust schließt sich um das Seil. Er starrt Atheer und Qayn an, dann mich, wo sein Blick verweilt. Verständnis flackert in seinem Blick auf. Er *weiß*, dass etwas Unheimliches im Gange ist, aber er kann nichts dagegen tun. Sein schwimmendes Zuhause ist kurz davor unterzugehen, als wäre es kaum mehr als ein Hirngespinst der träumenden Bucht, und er ist nicht bereit, potenzielle Zaubernde zu töten, die ihm mehr von dem geben könnten, was er will. Während ich in sein abscheuliches Gesicht starre, das so sehr an Alabaster erinnert, drehe ich den Ring an meinem

Finger und frage mich, ob ich etwas gegen ihn unternehmen kann. Er kennt den Weg durch die Verschlingenden Sande – ein Geheimnis, das er mit einem Dolch in der aschfahlen Kehle nicht preisgeben kann. Ich lasse den Ring von meinem Finger gleiten.

»Du wirst nichts erreichen, außer uns zu töten«, raunt Atheer mir ins Ohr und bricht damit den Bann. Ich schließe meine Hand um meinen Ringfinger, mein Herz hüpft in meiner Brust.

Glaedric zeigt auf Grünauge und scheint ihm zu drohen, denn der Soldat wippt eifrig mit dem Kopf. Der König klettert zusammen mit der Frau und sechs Soldaten in das Boot, und die Matrosen lassen es zu Wasser.

Grünauge schiebt uns zu einem anderen Boot, das gerade hochgezogen wird. Wir klettern hinein und werden von fünf Soldaten begleitet, die sich zu uns drängen. Langsam werden wir auf das Meer hinabgelassen. Das Wasser um das Schiff herum ist voll mit Booten, die von den Kriegsschiffen herbeikommen, um uns zu helfen. Einige werden erschreckend nahe an das Schiff herangezogen, wobei die Besatzungsmitglieder Gegenstände auffangen, die über Bord geworfen werden. Einige weitere rudern heran, um das Boot des Königs einzukreisen und von dem Gemetzel wegzubegleiten.

Unser Boot schlägt unsanft auf dem Wasser auf; Atheer hält mich fest. Die Soldaten greifen nach den Rudern und beginnen, uns wegzurudern. Grünauge ruft: »Hau ruck! Hau ruck!«, vermutlich um die anderen in einem gleichmäßigen Rhythmus rudern zu lassen und um die Boote in der Nähe vor uns zu warnen. Er wird von dem kolossalen Stöhnen übertönt, das von dem brennenden Schiff aufsteigt. Diejenigen, die noch an Bord sind, schreien, als es in unsere Richtung krängt. Kisten und Eimer rutschen über das Deck, prallen von der Reling ab und regnen in die Bucht. Fässer treffen die Soldaten, deren Boote zu nah ans Schiff gerudert wurden. Ihre schlaffen Körper werden einer nach dem anderen über Bord geworfen und versenkt. Der Wind heult und treibt brennende Glut über das Wasser auf uns zu. Unsere Soldaten rudern härter, Schweiß und Ruß überziehen sie, Angst umwölkt ihre hellen

Augen. Ich versuche, mich zu orientieren und herauszufinden, wo Amira sein müsste, indem ich nach den verbliebenen Kriegsschiffen Ausschau halte. Ich sehe nur noch einen Bruchteil von einem auf der linken Seite; Bogenschützen sind auf dem Deck verteilt und zielen in den Himmel, aber andere Soldaten löschen die letzten Laternen. Dann ist es in der Dunkelheit verschwunden, als hätte es nie existiert.

»Warum?«, fragt Qayn rechts von Atheer.

Ein eisiger Schauer läuft mir über den Rücken. »Sie fürchten, das gleiche Schicksal zu erleiden wie das Schiff des Königs.«

Aber ohne diese Laternen ist die Bucht der dichten Dunkelheit ausgeliefert, und wir rudern von der einzigen Lichtquelle weg, die es noch gibt. Wir rudern auch ohne jeden Anhaltspunkt, der uns zu den anderen führen könnte. Ihre Stimmen werden in allen Richtungen von der Nacht verschluckt, als würde ein Ghul sie nach und nach abfangen. Minuten des scheinbar ziellosen Ruderns vergehen, und durch eine weit verbreitete, unausgesprochene Übereinkunft kehrt eine seltsame Stille in der Bucht ein. Sogar Grünauge unterbricht seinen Refrain, und die Soldaten hören auf zu rudern. Wir lassen uns treiben und verdrehen unsere Körper, um über das Wasser zu schauen. Das Schiff des Königs kentert schließlich, die letzten Flammen sinken unter die Oberfläche und färben sie rötlich braun wie geronnenes Blut. Grünauge sagt etwas im Gebetston, dann fängt er wieder an, »Hau ruck« zu schmettern, und die ernsten Männer rudern.

»Es scheint, als hätte Taha versagt«, sagt Qayn zu Atheer und mir.

Es sieht so aus, aber ich werde das Gefühl nicht los, dass das, was er geplant hat, noch nicht vorbei ist. Zu viel ist geschehen, das sich zu seinem Vorteil auswirkt. Die Kriegsschiffe haben ihre Laternen gelöscht, wodurch die Soldaten nutzlos wurden und keine Bedrohung mehr darstellen; die Boote der Überlebenden verstreuen sich über die unbeleuchtete Bucht wie Blütenblätter in einer unberechenbaren Brise – es kann nicht vorbei sein, oder?

Der Wind wispert über unseren Köpfen. Ich hebe den Blick und spitze die Ohren. Nichts. Nein, da ist es wieder, jetzt von hinten, ein scharfes Zischen, als würde die Luft zerschnitten. Ich zucke auf meinem Sitz zusammen, als ein Vogel krächzt. Es ist der Ruf eines Falken.

Qayn flucht. Auch die Soldaten weichen zurück. Grünauge erhöht hartnäckig die Tonlage und das Tempo seines Gesangs. Die Männer rudern schneller, mit größerer Dringlichkeit. Ich lasse meinen Ring von meinem Finger gleiten.

»Vorsicht«, sagt Atheer in mein Ohr. »Du wirst ihre Aufmerksamkeit auf dich ziehen.«

Ich weiß, aber das Risiko muss ich eingehen. Ich muss schnell arbeiten und mich befreien, bevor ...

»Seht ihr das?«, fragt Qayn.

Ein unheimliches Licht schwebt durch die Dunkelheit auf uns zu. Einen Moment lang sind wir fasziniert von der roten Wärme, die über die aufgewühlte See gleitet. Langsam erkenne ich, was es ist: eine Laterne, die von den Krallen eines Falken getragen wird. Und dahinter weiße, schäumende Wellen, die ein Segelschiff mit einem gebogenen Bug in Form eines brüllenden Löwenkopfes vor sich hertreibt. Faridas Schiff kommt mit gehissten Segeln auf uns zu.

»Achtung!«, schreit Atheer.

Grünauge brüllt irgendetwas; die Soldaten zu unserer Linken rudern, um uns wegzudrehen. Sinan kreist mit der Laterne außer Reichweite über uns, um unsere Position zu verraten. Die Luft schnalzt scharf, und ein Soldat stöhnt und bricht über der Bordwand zusammen. Ein Pfeil ragt aus seiner Brust. Atheer zieht mich schützend an sich. Ich starre auf den Soldaten, der schnell vom Wasser erfasst wird. Schreie erheben sich auf Faridas Schiff, Laternenlichter blühen auf, Segeltuch flattert, Taue rascheln. Ein weiterer Soldat wird von einem Pfeil in die Brust getroffen, ein dritter in den Kopf. Der Hals des vierten wird von einem Pfeil durchbohrt. Er taumelt vor uns, das Boot schaukelt, während er gurgelt, und das

Blut färbt seine Zähne und läuft ihm über das Kinn. Er kippt mit einem Platschen über die Bordwand und dann ist er weg.

Faridas Schiff segelt vorbei und der Wellengang hebt uns hoch. Endlich sehe ich ihn hinter dem Geländer, mit Rüstung und einem gespannten Bogen, der auf uns gerichtet ist. Taha. Mächtig, entschlossen, zornig.

Grünauge beobachtet Taha, als sich das Schiff nähert. Ich erwarte, dass der Soldat betteln oder drohen wird, aber er tut nichts von beidem. Er steht da, das Ruder schlaff in der Hand, und starrt auf Taha, der die Bogensehne loslässt. Der Pfeil pfeift über das Wasser und trifft Grünauge in die Stirn. Der Mann kippt geräuschlos um und fällt kopfüber ins Wasser. Das Ruder hält er immer noch in der Hand.

40

Faridas Schiff wird neben uns langsamer. Taha legt den nächsten Pfeil an und richtet ihn auf mich. Er sieht sowohl wütend als auch verunsichert aus. »Ich werde dich wohl nicht los, was?«

So kalte Worte von jemandem, der mich einst zärtlich zusammengenäht hat. Ich balle meine zitternden Fäuste.

»Nicht so ohne Weiteres, nein.«

»Hallo, Atheer«, ruft er und bewegt seinen Pfeil, um auf ihn zu zielen. »Ich habe einen weiten Weg zurückgelegt, um dich zu finden.«

»Ich hoffe, ich enttäusche dich nicht«, antwortet mein Bruder gelassen.

»Ich hatte keine großen Erwartungen.« Taha deutet auf die Strickleiter, die an der Seite des Schiffs befestigt ist. »Klettert an Bord, bevor noch mehr Soldaten eintreffen. Imani, du zuerst. Wenn du auf irgendwelche dummen Gedanken kommst, wirst du es bereuen, das verspreche ich dir.«

Dieselbe Drohung habe ich damals in Qalia gegen ihn ausgestoßen, als er mich vor Tantchen und dem Rat provozierte. Hat er sich jedes Wort gemerkt, das ich je an ihn gerichtet habe? Ich springe in das eiskalte Wasser, schwimme zum Schiff hinüber und klettere am Seil hoch. Taha steht mit seinem Bogen über mir und weicht erst zurück, als ich über die Reling steige. Doch er hält den Pfeil auf mein Herz gerichtet. Ich bin versucht, ihm zu sagen, dass er sich nicht die Mühe machen soll – er hat es bereits in viele Stücke zerbrochen. Sein Blick hat etwas Animalisches an sich; er wirkt verstört, als hätte die Gewalt, die er im Gefängnis ausgeübt hat, den letzten menschlichen Teil in ihm vernichtet.

»Hier, auf die Knie«, sagt er.

Ich schlurfe hinüber. Die Rebellen arbeiten bei Laternenlicht an der Takelage und sehen uns nervös an. Ich sehe Makeen, Muhab … und auf dem Balkon vor der Kapitänskajüte knien Amira und Farida, die Handgelenke gefesselt, die Münder geknebelt. Reza steht mit einem Dolch hinter ihnen, bereit, beim kleinsten Anzeichen von Meuterei zuzustechen. Amira sieht uns und weint; Farida starrt mich an, als sei ich ein Geist.

»Du *Mistkerl*«, schäume ich und drehe mich auf dem Absatz um. Taha zieht die Bogensehne straff. »Nicht so schnell.«

Ich zittere vor Wut, aber ich muss mich zusammenreißen. Wenn ich jetzt sterbe, sterben auch mein Bruder und meine Schwester. Atheer und Qayn klettern herauf, und wir drei knien auf dem Deck.

»Makeen, durchsuch sie nach Waffen.«

Der schlaksige Matrose humpelt herbei und klopft uns ab. »Tut mir leid. Wir hatten keine Wahl«, flüstert er mir zu, bevor er aufsteht. »Nichts.«

Taha sieht mich an. »Wo ist deine Klinge?«

»Auf dem Grund der Bucht, wo du hingehörst«, sage ich mit zusammengebissenen Zähnen.

Sein Kiefer mahlt, aber er scheint die Lüge zu akzeptieren. »Bring uns zurück«, befiehlt er Makeen. »Und denk dran: Wenn irgendwer etwas versucht, stirbt eure Kapitänin. Ihr habt mein Wort, stellt es nicht auf die Probe.«

Die Matrosen machen sich pflichtbewusst an der Takelage zu schaffen. Kurz darauf nimmt das Schiff Fahrt auf. Taha steckt den Pfeil in den Köcher auf seinem Rücken zurück.

»Atheer, du weißt wahrscheinlich schon, dass der Rat uns wegen deines Verrats an unserem Volk auf dich angesetzt hat.«

»Du meinst, dein Vater hat dich geschickt, um mich zu töten«, antwortet Atheer ohne einen Anflug von Angst. Er starrt Taha teilnahmslos an, seine Haltung ist unerschrocken.

Taha schlingt den Bogen über seine Schulter. »Er sah in dir eine Bedrohung für unser Volk. Ich bin hier, um dafür zu sorgen, dass du keinen weiteren Schaden anrichtest.«

»Und du glaubst, du erreichst das, indem du mich tötest«, sagt Atheer.

»Dein Schicksal ist besiegelt, ebenso wie Imanis, die offen ihre Unterstützung für die Auswärtigen erklärt hat. Aber deine jüngste Schwester ...« Er geht vor Atheer in die Hocke und stützt die Ellbogen auf die Knie. »Wenn du meine Fragen beantwortest, der Große Geist ist mein Zeuge, werde ich ihr Leben verschonen. Wie viele Auswärtige wissen von der Magie?«

Ich balle meine Fäuste hinter meinem Rücken. Die Brutalität und Ungerechtigkeit, die Taha in diesem Land erlebt hat, hat ihn nicht beeindruckt. Oder doch, aber er kann nicht zulassen, dass sein Ruf als gehorsamer Krieger und pflichtbewusster Sohn beschmutzt wird. Bayeks Befehle werden immer über allem anderen stehen, über der Vernunft, dem Mitgefühl, der Freundschaft, über der *Liebe* ... und er wird sich nicht von diesen Befehlen abwenden, auch wenn deren Verfolgung ihn mit Sicherheit umbringen wird.

»Hast du die Absicht, sie auch zu bestrafen?« fragt Atheer.

»Entweder sie oder deine Geliebte.« Er nickt Reza zu, der Farida den Dolch an den Hals hält. Sie lässt sich nichts anmerken, gibt nicht einmal einen Pieps von sich, sondern starrt nur trotzig vor sich hin. Ich nutze die Ablenkung, um mir den Ring vom Finger zu ziehen. Taha sieht Atheer wieder mit hochgezogener Augenbraue an.

»Und?«

»So einfach ist das nicht ...«

»Ich will Namen und wo ich sie finden kann«, fällt er Atheer ins Wort.

Ich atme ein, und beim Ausatmen drücke ich meine Magie durch meine Hände in den Ring.

»Hast du eine Feder und ein Blatt Papier zur Hand?«, gibt Atheer zurück. »Das ist eine lange Liste.«

Tahas Nasenlöcher blähen sich auf. Er sieht wieder zum Balkon. Reza schlägt Farida mit der freien Hand und sie fällt auf die Seite. Amira wimmert hinter ihrem Knebel; das Geräusch schneidet mir in die Knochen wie eine Säge. In meiner Faust gewinnt der Stahl an Gewicht, der Griff wird länger. Taha wendet sich wieder Atheer zu.

»Namen, sofort. Ich habe ein gutes Gedächtnis.«

»Jeder auf diesem Schiff, für den Anfang.«

Er nickt. »Ich habe sie bereits einkalkuliert.«

Ich knirsche mit den Zähnen und lege auch das letzte Quäntchen Entschlossenheit in meine Magie. Der Griff ist fertig, und die Klinge beginnt, ihre tödliche Schneide neu zu formen.

»Natürlich hast du das, sechzehn Seelen, wenn ich richtig gezählt habe«, sagt mein Bruder. »Aber was ist mit deiner Seele, Taha? Hat dein Vater dir ihre Unversehrtheit zugesichert, nachdem diese Aufgabe abgeschlossen ist? Ich würde mich davor hüten, mich auf das Versprechen eines Mannes zu verlassen, der keine Seele besitzt.«

Tahas Blick verfinstert sich. »Du sprichst schlecht von meinem Vater.«

»Mit Begeisterung. Nun, hat er das? Nein, er hat dich schon lange vorher dazu gebracht, deine Klinge mit Blut zu besudeln, in der Hoffnung, es würde dich gegen Schuldgefühle immun machen. Du hast in deinem kurzen Leben eine ganze Reihe von Rollen gespielt: Schild, Späher … persönlicher Attentäter des Großzahim.«

»Wovon redest du?«, frage ich.

»Na los«, stachelt Atheer ihn an, »nenne Imani die Namen der Menschen, die schon vor dem heutigen Tag durch deine Hand den Tod gefunden haben.«

Taha zieht einen Dolch und setzt ihn an Atheers Hals, bevor ich auch nur blinzeln kann. »Noch ein Wort und ich werde …«

»Du wirst was?«, knurrt Atheer und starrt ihm geradewegs in die Augen.

»Mich töten, ohne vorher die wertvollen Informationen zu hören, die ich habe? Stell dir vor, was Bayek dann mit dir machen würde.«

Die Klinge sticht in Atheers Haut; eine purpurne Kugel schwillt darunter an und läuft an seinem Hals hinunter. Mein Dolch vervollständigt sich. Ich schließe meine Faust um den kühlen Griff, werfe mich gegen Taha und schleudere ihn über das Deck. Er schreit auf und landet auf dem Rücken, sein Dolch rutscht weg. Ich klettere auf seine Brust und setze meine Klinge an seinen Hals. Er erstarrt, seine Brust hebt und senkt sich.

»Wie bist du aus dem Gefängnis entkommen?«, keucht er.

»Mit den Toten.« Ich beuge mich zu ihm hinunter. »Steh ganz ruhig auf, oder ich lasse das Leben aus dir herausbluten.« Ich steige von ihm herunter, den Dolch in der Hand, und wende mich an Reza. »Lass Amira und Farida frei. Wenn du dich weigerst, werde ich diese Klinge durch Tahas Herz stoßen.« Ich sehe wieder zu Taha. »Aber tröste dich. Du kannst es ohnehin nicht gebrauchen.«

Er lacht mich doch tatsächlich aus, berauscht von einer Gefühllosigkeit, die selbst für ihn außergewöhnlich ist. »Du weißt immer noch nichts über mich, selbst nach allem, was wir zusammen durchgemacht haben. Warum wundert mich das? Schon am ersten Tag, als du mich in der Kaserne gesehen hast, dachtest du, du wärst zu gut für mich, und hast erwartet, dass ich zu dir komme und vor dir krieche. Daran hat sich bis heute nichts geändert.«

Es verunsichert mich, wie ernsthaft verletzt er klingt, wie lebhaft er sich an unsere Wechselbeziehung erinnert. Und wenn ich Atheers ungeheuerliche Andeutung richtig verstanden habe, hat Taha andere getötet und war schon in Qalia als Attentäter für seinen Vater tätig. Ihm haften Schatten an, die ich nie wahrgenommen habe, tiefer und viel dunkler, als ich es für möglich hielt.

Er wendet sich an Reza auf dem Balkon. »Lass sie nicht frei.«

Ich drücke fester mit dem Dolch zu. »Ich meine es ernst, Reza …«

»Ich auch«, sagt Taha und lacht noch mehr, die dicke Ader an seinem Hals verhöhnt unbekümmert meine Klinge. »Du wirst sie unter keinen Umständen freilassen. Das ist ein Befehl.«

»Verstanden«, antwortet Reza kalt.

Taha grinst mich höhnisch über die Klinge hinweg an. »Ich vermute, mein Cousin mag mich nicht besonders, nach dem, was mit Fey passiert ist, und würde nur zu gerne sehen, wie ich verblute. Und wenn ich tot bin? Dann wird er Amira auch nicht freilassen. Nein, da es deine Schuld ist, dass Fey gefangen genommen wurde, würde er gern sein eigenes Leben für die Möglichkeit eintauschen, dir deine Schwester zu nehmen.« Taha grinst, aber seine Augen sind tieftraurig. »Siehst du, Imani? So schrecklich sie auch sind, unsere Schicksale sind besiegelt. Du und ich – wir hatten nie eine Chance.«

Ein wütender Schrei vibriert in meiner Brust. »Du kannst dich der Unterdrückung deines Vaters ergeben, wenn du willst, aber ich weigere mich!« Ich stoße ihn beiseite, strecke meine Hand nach oben zum Balkon und brülle: *»Gib ihn mir!«*

Der Dolch entreißt sich Rezas Fingern und fliegt wie ein Pfeil durch das Geländer. Der Griff landet in meiner wartenden Faust. Amira springt auf und rennt die Treppe hinunter. Farida dreht sich auf den Rücken und tritt Reza gegen das Knie, sodass er zu Boden geht. Makeen eilt zu seiner Kapitänin, und Atheer sprintet zu Amira und nimmt sie in die Arme, während Qayn sich an den Rand des Decks zurückzieht, als wolle er nichts damit zu tun haben.

Ich werfe Rezas Dolch in das dunkle Meer und wende mich wieder Taha zu. Er hat bereits seinen Bogen gespannt und zielt auf Atheer und Amira. Ich richte meine Klinge auf ihn, während ich zu ihm hinübergehe.

»Leg ihn weg.«

»Das kann ich nicht tun, Imani«, sagt er. »Du weißt, dass ich eine Mission zu erfüllen habe.«

Ich halte ihm den Dolch an den Hals. »Du wirst sterben, bevor dein Pfeil den Bogen verlässt.«

Aber er wendet seinen Blick nicht von Atheer ab. »Das Risiko gehe ich ein.«

Atheer stellt sich vor Amira. »Die Mission ist vorbei, Taha. Wenn du mich tötest, ändert das nichts an dem, was auf uns zukommt, sondern macht alles nur noch schlimmer.«

»König Glaedric weiß von unserer Magie und kennt den Weg durch die Sande«, sage ich.

»*Wie bitte?*« Taha blinzelt sich den Schweiß aus den Augen. »Großer Geist, du Verräter!«

»Der König hat ihn gefoltert«, rufe ich heiser aus.

»Das spielt keine Rolle! Du hättest es ihm nicht sagen dürfen, Atheer. Du hättest das Geheimnis mit ins Grab nehmen sollen, wenn nötig!«

Atheer hebt die Hände und kommt langsam näher. »Du hast völlig recht, aber ich konnte es nicht. Vielleicht könntest du es, aber ich bin nicht so trainiert, Grausamkeiten zu ertragen, wie du es bist.«

Taha stockt. »Ich weiß nicht, wovon du sprichst.« Atheer deutet mit einem Nicken auf Tahas Brust. »Ich sehe, du trägst immer noch den Anhänger, den ich dir gegeben habe.«

Der *hölzerne Falke?* Taha wirft einen Blick auf ihn, wie er so über den Ausschnitt seiner Tunika lugt. Er zuckt mit einer Schulter. »Und?«

»Ich wette, als dein Vater fragte, woher du ihn bekommen hast, hast du ihm gesagt, er sei ein Geschenk eines Freundes. Aber du hast ihm nicht gesagt, von *welchem* Freund, oder?«

»Du warst Tahas Freund?«, frage ich meinen Bruder fassungslos. »Mentor, insgeheim«, korrigiert Atheer, ohne den Blick von Taha abzuwenden. »Wir konnten doch nicht zulassen, dass Bayek von unserer Freundschaft erfuhr, wo er doch die ›Privilegierten‹ und vor allem die Beya-Sippe so sehr verachtet, oder?«

»Meinem Vater wäre es egal, ob du mir diesen Anhänger geschenkt hast«, sagt Taha abwehrend.

»Wirklich? Ich war der Späher des Rates, Mann. Ich war frühmorgens und spätabends im Heiligtum unterwegs, in den Stunden, in denen nicht viel los ist, wenn Gespräche durch geschlossene Türen und Flure hallen ... Die Zeiten, in denen es nur dich und *ihn* gab.«

Tahas Atem zittert hörbar. »Hör auf zu reden.«

»Ich habe Dinge gehört … Ich habe gesehen, wie er dich behandelt …«

»Halt den Mund, oder ich steche dir diesen Pfeil ins Auge!«, schreit er.

Atheer bleibt nur wenige Zentimeter von der Pfeilspitze entfernt stehen und bringt es irgendwie fertig, mit brüderlicher Freundlichkeit zu sprechen. »Du willst deinen Vater nicht verärgern. Das verstehe ich. Aber was, glaubst du, würde ihn mehr erfreuen? Wenn du mich tötest, kehrst du nach Qalia ohne wertvolle Informationen zurück, die der Rat nutzen kann, um unser Volk zu schützen. Oder du kannst dich anpassen. Du kannst beweisen, dass du fähig bist, selbstständig zu denken, ohne dass immer jemand da ist und dir sagt, was du tun sollst.« Atheer greift nach dem Bogen. »Sieh, was du heute Abend getan hast. Du hast im Alleingang eine kleine Flotte in die Knie gezwungen. Siehst du, was du auf eigene Faust erreichen kannst?« Er schiebt den Pfeil beiseite. »Unser Volk steht vor der größten Bedrohung seit einem Jahrtausend, und wenn wir die geringste Hoffnung haben wollen, sie aufzuhalten und unsere Familien zu schützen, brauchen wir jemanden mit deinen Fähigkeiten. Und du brauchst mich.«

Ich werfe Atheer flammende Blicke zu, aber entweder sieht er mich nicht oder er ignoriert mich. Eine einzelne Träne läuft über Tahas Wange. Um uns herum erstirbt der Wind, die dunkle Welt gibt ihren letzten Atemzug von sich.

»Verdammt seist du, Atheer«, flüstert er. »Ich habe an dich geglaubt. Warum musstest du losziehen und uns verraten?«

»Wir alle treffen unsere Entscheidungen, Taha. Wir entscheiden, wie wir leben wollen. Wie willst du leben?«

Nach einem langen, quälenden Moment entspannt Taha die Bogensehne und wirft seine Waffe zu Boden. Qayn duckt sich und nimmt den Bogen an sich. Atheer nickt mir zu, aber ich bewege meinen Dolch nicht von der Stelle.

»Imani, du kannst ihn jetzt gehen lassen«, sagt er.

»Nein.« Ich packe den Griff fester. »Du magst vielleicht sein Leben verschont haben, aber ich nicht.«

Taha dreht seinen Kopf zu mir. »Du verachtest mich wirklich so sehr.«

»Du wolltest mich *umbringen!*«

»Ich musste es tun.«

Ich werfe meinen Dolch beiseite und verpasse ihm einen Kinnhaken. »Du musstest nicht versuchen, mich und ein unschuldiges Mädchen lebendig zu begraben!«

Er taumelt und richtet sich trotzig auf. »Ich hatte meine Befehle …«

Verflucht möge er sein, er ist ein Schiff, das nicht kentern will, egal wie stark der Sturm ist. Aber ich werde es versuchen. »Zum Alard mit den Befehlen deines Vaters!«, rufe ich und schlage ihn erneut. »Dein Vater hätte beinahe dafür gesorgt, dass Safiya von den Gefängniswärtern gefangen und getötet wurde, und du hast mich eine Nacht durchleben lassen, die mich für immer verfolgen wird! Willst du dich nicht einmal entschuldigen?«

Er spuckt Blut auf das Deck. »Würdest du das überhaupt annehmen?«

Ich zerre an seinem Waffenrock. »Nein!«, schreie ich ihm ins Gesicht. »Ich werde dir verzeihen, wenn du deinen Hals meiner Klinge opferst!«

Tränen brennen in seinen verweinten Augen. »Er gehört dir«, sagt er leise. »Setze meinem Elend ein Ende, wie ich es bei deinem Pferd getan habe, und wir sind quitt.«

Mein Griff lockert sich. Die Welt ist wieder in Schieflage, dreht sich unter mir, dreht sich weg. Erbärmlich, das alles.

»Imani, was Taha getan hat, war falsch, es war ein großer Fehler«, sagt Atheer. »Wenn du willst, dass er meine Fehler akzeptiert, musst du bereit sein, das Gleiche für ihn zu tun.«

Ich verbeiße mir die entsetzten Tränen und stoße Taha weg. »Schafft ihn weg von mir«, keuche ich.

Ich brauche im Moment so viel Distanz wie möglich zwischen

uns – seine bloße Anwesenheit löst in mir widersprüchliche Gefühle aus, die ich nicht sortieren, geschweige denn verstehen kann. Wut, ja; Erleichterung, dass er aufgegeben hat, aber auch herzzerreißendes Mitleid mit einem jungen Mann, der von einem so hasserfüllten Mann erzogen und geformt wurde. Tiefes Bedauern, dass die Dinge zwischen uns nicht besser gelaufen sind.

Farida kommt über das Deck gehumpelt. »Du nimmst mir die Worte aus dem Mund. Makeen, Muhab, sichert unsere Gefangenen unter Deck.« Sie hält die Matrosen auf, als sie an ihr vorbeigehen. »Und danke für das, was ihr getan habt, um mich am Leben zu erhalten.«

Makeen runzelt die Stirn. »Dachtest du wirklich, wir würden dich im Stich lassen?«

Farida zieht eine Grimasse und zuckt mit den Schultern. Makeen hebt seine Hand an die Stirn, und Muhab tut es ihm gleich.

»Stürme oder die Feuer aller Höllen, wir segeln für immer zusammen, Kapitän«, sagen sie wie aus einem Munde und salutieren.

Atheer umarmt die tränenüberströmte Kapitänin glücklich und lachend und küsst ihre Handfläche. Ich trete beiseite, als Makeen Tahas Arme hinter den Rücken zieht und seine Handgelenke mit einem Seil fesselt, während Muhab sich um Reza kümmert. Taha beobachtet mich, ohne auf das Blut zu achten, das aus seinen Mundwinkeln läuft.

»Dein Bruder hat uns ins Verderben gestürzt, Imani.«

»Halt endlich die Klappe«, brummt Makeen und schubst ihn vorwärts.

Taha sieht mich über seine Schulter hinweg an, bis Makeen seinen Kopf nach unten drückt und ihn unter Deck bringt. Aber auch wenn ich Taha nicht mehr sehe, weiß ich, dass ich die unsichtbare Narbe, die er in meinem Herzen hinterlassen hat, nie mehr loswerde.

41

Danach lasse ich Amira und Atheer eine Weile allein. Ich gehe hinunter in die Mannschaftsräume und suche meine Tasche, die meine Schwester mitgebracht hat. Ich trinke etwas Wasser, wasche meinen blutigen Fingerknöchel und verbinde die Wunde an meinem Hals. Ich versuche, meine emotionalen Wellen zu glätten, aber zu viele meiner Nähte sind heute Nacht aufgeplatzt.

Als ich wieder an Deck zurückkehre, haben wir das Ende der Bucht erreicht und die Matrosen werfen den Anker. Farida hat sich zu Amira und Atheer gesellt; sie sitzen mit dem Rücken zu mir am Bug und unterhalten sich angeregt. Sie sehen so glücklich und erleichtert aus, aber aus irgendeinem Grund fühle ich mich nicht ganz bereit, mitzumachen. Ich bemerke Qayn, der allein auf dem Balkon vor der Kapitänskabine steht. Und wie immer drängt mich etwas Geheimnisvolles zu ihm hinauf.

Wir nicken uns zu und ich stütze meine Ellbogen auf das Geländer neben ihm. Ich kann nicht anders, als zu Farida und meinem Bruder zu schauen, die sich mit verblüffender Leichtigkeit unterhalten. Atheer sagt etwas zweifellos Lustiges, und Farida legt ihre Hand auf die Brust und lacht herzlich. Sie hat ein wunderschönes Lachen, selbstbewusst, scharf und energisch, wie eine rachsüchtige Klinge. Und mein Bruder ist ganz offensichtlich in sie verliebt; seine Blicke tanzen über ihr Gesicht, und seine Finger verschränken sich mit ihren. Wie vertraut sie miteinander sind. Und er strahlt in ihrer Gegenwart so lebendig, wie er es bei uns seit Jahren nicht mehr getan hat. Ich spüre ein fauliges Brennen tief in meiner Brust.

»Er kann Farida und deine Familie gleichermaßen lieben«, sagt Qayn plötzlich.

Ich empfinde einen überraschend intensiven Schmerz. Ich verdrehe die Augen und hoffe, dass mein Sarkasmus meine kindliche Eifersucht überspielen wird. »Danke für den Rat, aber was weißt du schon von der Liebe?«

»Es mag dich schockieren zu erfahren, dass ich in den vielen Jahrhunderten, die ich gelebt habe, geliebt habe, Töterin, und, ja, manchmal sogar zurückgeliebt wurde.«

Ich habe ein Grinsen und eine schlagfertige Entgegnung erwartet, keine Aufrichtigkeit. In Wahrheit bin ich von den Ereignissen des Tages so erschöpft, dass ich zögere, einen Weg einzuschlagen, auf dem wir irgendetwas außer dem Wetter ausführlich besprechen. Ich schnaube und lehne mich lässig an das Geländer. »Wer immer dich geliebt hat, war sicher verrückt.«

»Ein paar, da bin ich mir sicher.«

Auch er beobachtet die beiden. Meine Schwester hat sich an der Seite meines Bruders zusammengerollt und ist eingeschlafen. Farida sieht in Atheers errötendes Gesicht und lächelt. Als er etwas sagt, wird ihr Grinsen noch breiter, und ihre Augenwinkel zeigen Fältchen. Sie streicht ihm eine verirrte Locke aus der Stirn, sagt schnell etwas und lacht wieder, aber diesmal ist es, als würde sie über ihn lachen. Und Atheer streicht ihr über die Wange und bringt ihr Lachen mit einem langen, innigen Kuss zum Schweigen. Als sie sich voneinander lösen, sehe ich, wie die Sonne zwischen ihnen über den Horizont lugt.

Qayn senkt den Blick auf seine Hände, die über dem Geländer baumeln. »Die Person, die ich am meisten liebte, hat mich verraten.«

Er sagt das ohne Vorwarnung, und ich spüre, dass er Trost bei mir sucht.

»Nahla«, stelle ich fest, und er nickt. »Sie hat deine Magie gestohlen, nicht wahr? Warum?«

»Sie und ich stammten aus verschiedenen Gesellschaften. Ich, ein magisches Wesen. Sie, eine Sahiranerin, wie du.«

Ich blinzle einige Male. »Oh. Das wusste ich nicht … Ich dachte, sie wäre auch ein Dschinn.«

Er schüttelt den Kopf. »Nein, und obwohl sie und ich uns sehr liebten, akzeptierte ihr Volk mich nicht. Ich war anders für sie, unerträglich anders, so wie ihr in der Sahir über die Auswärtigen denkt. Das ist der Lauf der Welt, Töterin. Jeder hasst das und misstraut dem, was ihm fremd ist.«

Ich summe leise vor mich hin und denke an meine Haltung gegenüber Alqibah, als ich zum ersten Mal davon erfuhr; an meinen Wunsch, mich nicht an der Rebellion zu beteiligen, weil ich mit diesem Land und seinen Menschen nichts zu tun habe. Oder auch an meine Einstellung zu Taha.

»Das ist eine sehr eingeschränkte Denkweise«, gebe ich zu. »Was ist dann passiert?«

»Damals war ich sehr reich«, erklärt er. »Nahla, die aus armen Verhältnissen stammte, fragte mich, ob ich etwas von meinem Reichtum mit ihr und ihrem Volk teilen könnte. Meine Liebe zu ihr war groß, und so stimmte ich zu. Ich baute ihr die Erste Stadt. Ich gab ihrem Volk alles, was sie sich wünschen konnten, und sie lebten im Überfluss. Aber insgeheim waren sie nicht zufrieden. Sie konnten die Möglichkeit nicht ertragen, dass ich eines Tages meine Zuwendungen zurückziehen könnte, wenn ich das wollte. Also schmiedeten sie einen Plan, um meinen Reichtum zu stehlen und mich loszuwerden.«

»Sie haben sie benutzt«, sage ich.

Er zieht seine Augenbrauen zusammen, und eine feine Linie bildet sich zwischen ihnen. »Sie haben sie nicht benutzt. Nahla war mein Vermögen wichtiger als meine Liebe. Sie hat ihnen geholfen, mich zu bestehlen. Sie hat mich vernichtet.« Obwohl die Dinge immer noch nicht ganz klar sind, fügen sich die Teile des Puzzles zu einem stimmigen Bild zusammen. »Deshalb hast du die Erste Stadt der Geißel der Wüste anheimfallen lassen«, sage ich. »Aus Rache.«

»Ja. Aber mein Vermögen war nicht genug für Nahla. Um sicherzustellen, dass ich nie gegen den niederträchtigen Diebstahl ihres Volkes vorgehen konnte, nahm sie mir auch noch meine Magie und ließ mich mittellos und machtlos zurück.«

»Wie?«, frage ich und beuge mich neugierig vor. »Was war die Quelle deiner Magie?«

»Meine Krone.«

Meine Augen weiten sich. »Oh«, hauche ich und erinnere mich an die ätherische, dreizackige Krone, die er in der Erinnerung trug. *Deshalb* hat er so heftig auf meine Beleidigung reagiert und verlangt, dass ich ihn nie wieder *König ohne Krone* nenne. »Es tut mir so leid, Qayn.« Ich zögere, dann nehme ich seine Hand und drücke sie leicht. »Abgesehen von meinen Gefühlen gegenüber dem Schicksal der Ersten Stadt, hast du es nicht verdient, so behandelt zu werden. Was ist mit Nahla und ihrem Volk geschehen?«

»Ich nehme an, dass sie irgendwann untergingen, so wie alle Menschen«, sagt er abwesend und betrachtet meine Hand auf seiner. »Ich verließ sie, nachdem sie mir alles gestohlen hatte, und als die Verschlingenden Sande geschaffen wurden, war ich gefangen und streifte ziellos durch die Sahir.«

»Es tut mir leid«, wiederhole ich. »So ein Schicksal würde ich niemandem wünschen.« Ich seufze und wende meine Gedanken Taha zu. »Doch ich fürchte, uns allen könnte noch ein schlimmeres Schicksal drohen. Taha hat vorhin etwas gesagt, das wahr sein könnte … dass wir dem Untergang geweiht sind.«

»Er meinte damit die Verheerenden«, sagt Qayn.

»Ja. Was ist, wenn er recht hat?« Ich drücke meinen Rücken an das Geländer. »Wir kennen das wahre Ausmaß ihrer Macht nicht. Nach dem, was ich in dieser kurzen Zeit gesehen habe, verfügen sie über eine beeindruckende Streitmacht zu Land und zu Wasser, und diejenigen unter ihnen, die sich nicht freiwillig der Sache verschrieben haben, haben zu viel Angst, Befehle zu missachten.«

Qayn zuckt mit den Schultern. »Und ihr Sahiraner habt Magie.«

»Deren Gebrauch auf den Orden der Zaubernden beschränkt ist. Nicht alle unsere Krieger sind Zaubernde. Diese müssen eine separate, höhere Ausbildung absolvieren. Aber die Verheerenden?«

Ich schüttele den Kopf. »Es scheint, dass alle ihre Männer und Jungen Soldaten sind, die mit Krieg und Konflikten vertraut sind. Es ist ein fester Bestandteil ihrer Gesellschaft, ob das gemeine Volk es will oder nicht. Sie leben ihn, sie atmen ihn.«

»Und ihr Sahiraner …«

»Sag es nicht.« Ich sehe hinüber zu einem vom Krieg zerstörten Gebäude in den Docks, dessen Trümmer sich in einem traumhaften Morgenorange färben. »So einen Krieg haben wir seit einem Jahrtausend nicht mehr geführt. Wir haben Dutzende von Dörfern und Städten, die über die Sahir verstreut sind, voller Bauern, Jäger, Bäcker, Teppichweber. Keine Krieger.« Ich werfe einen Blick über das Deck zu meinem Bruder und Farida, die schweigend den Sonnenaufgang beobachten. »Drüben auf dem Schiff sagte Atheer, dass König Glaedric immer mehr Besprechungen mit seinen militärischen Führern abhält, seit er von der Magie erfahren hat. Sie sprechen von einer Invasion.«

»Du befürchtest wirklich, dass die Sahir an sie fallen könnte«, sagt Qayn.

»Ja.« Unbehagen beschleicht mich und legt sich um mein Herz.

»Sie zogen plündernd die Gewürzstraße entlang. Aber am Ende der Straße gibt es ein Gewürz, das sie noch nie zuvor gesehen haben. Und wenn das die Kraft ist, mit der sie auf eine Stadt losgegangen sind, die keine Magie hat … Stell dir vor, welche Kraft sie erst entfesseln werden, um uns zu besiegen. Stell dir vor, was das Misra für sie bewirken könnte – sie wären unaufhaltsam.« Ich sehe Qayn an. »Der einzige Grund, warum Glaedric die Gelegenheit nicht beim Schopf packt, durch die Sande zu strömen, ist der, dass seine Vorbereitungen noch nicht abgeschlossen sind. Sobald das der Fall ist … Ich habe diesem Mann in die Augen gesehen, Qayn. Er ist gerissen und erbarmungslos. Eine solche Kombination könnte die Welt verwüsten, wenn man nichts dagegen unternimmt.«

»Das bezweifle ich nicht«, sagt Qayn. »Aber was schlägst du vor?«

»Was *kann* ich denn tun? Wir müssen den Rat warnen und beten, dass sie eine Antwort haben. Ich fürchte allerdings, dass die Antwort, die sie geben, für das, was nötig ist, bei Weitem nicht ausreichen wird.«

»Was nötig ist«, wiederholt Qayn leise. Er beißt sich auf die Lippe und seine Finger krümmen sich um das Geländer. »Ich muss jetzt die Wahrheit sagen. Atheer und ich … wir hatten einen Plan.«

Ich mustere ihn, obwohl nichts von seinem seidenglatten Gesicht abzulesen ist. »Der Plan, von dem Farida sprach. Was wolltet ihr tun?«

»Alqibah retten … die Verheerenden besiegen.« Seine Finger schließen sich um das Geländer. »Weißt du, ohne meine Magie bin ich ziemlich nutzlos. Aber als ich mächtig war, war ich *sehr* mächtig.«

»Wovon reden wir hier?«, frage ich, und mein Herz beginnt zu pochen. »Mächtiger, als die Erste Stadt zu erbauen?«

Er sieht mir in die Augen, und ich fühle mich zu ihm hingezogen, will mehr von ihm wissen, seine Erinnerungen, seine Gedanken, seine Gefühle. Ich bin begierig darauf, in diesen Palast zurückzukehren und ihn nach Herzenslust zu erforschen, selbst wenn das bedeutet, dass ich ihn das Gleiche mit mir tun lasse.

»Mächtig genug, um euch eine magische Armee zu beschwören, die die sahiranischen Streitkräfte ergänzen könnte«, sagt er.

Ich stoße einen langen, pfeifenden Atemzug aus. »Die Erste Stadt ist eine Sache, aber eine magische Armee … Nicht einmal die Dschinn der alten Legenden waren so mächtig.«

»So naiv«, murmelt er. »Du wusstest nach der Lektüre deiner Folianten nicht einmal, dass Alqibah existiert. Glaubst du wirklich, dass sie über alles und jeden berichten?«

Ich kaue auf meiner Lippe. »Anscheinend nicht. Wie dem auch sei, du hast mir gesagt, dass deine Magie für dich für immer verloren sei.«

»Für mich, ja.« Er überlegt kurz und räuspert sich dann. »Bevor Atheer gefangen genommen wurde, versuchten wir, sie zurückzuholen – die Krone, meine ich. Die Idee war, dass ich Atheer helfen würde, Alqibah von dieser Verheerenden-Plage zu befreien, und er würde mir meinen wertvollsten Besitz zurückgeben. Ich muss zugeben, es war nicht leicht, und wir hatten Mühe, voranzukommen. Aber jetzt, wo du hier bist und wir sehen, wozu du imstande bist …« Seine Finger spielen mit meinen. »Meine Magie könnte in einem Bruchteil der Zeit und mit einem Bruchteil der Schwierigkeiten zurückgewonnen werden. Ich muss dich also fragen … Wirst du mir helfen, Töterin? Ich werde dir tausendfach zurückzahlen, was ich dir schulde. Ich werde dir helfen, die Sahir zu retten. Mehr, was immer du wünschst.«

Ich betrachte den verschlagenen Schnitt seiner Lippen, den Schwung seiner langen, schwarzen Wimpern, die gewellten Haarsträhnen, die sich an seinen Schläfen hinabkräuseln. Mein Puls beschleunigt sich, das Verlangen in mir wächst. »Ich soll dir helfen, deine Magie wiederzuerlangen, und im Gegenzug verteidigst du dafür die Sahir. Bei dir gibt es immer irgendein Geschäft zu machen, nicht wahr? Es gibt immer etwas zu verhandeln. Woher weiß ich, dass ich dir vertrauen kann?«

»Abgesehen davon, dass dein Bruder mir vertraut?« Er seufzt. »Habe ich mein Versprechen, dich zu Atheer zu bringen, nicht gehalten? Und hier ist er, sicher und glücklich.«

»Ja, das stimmt«, murmle ich und werfe einen Blick zu Atheer, der bei Farida sitzt.

»Und habe ich nicht mein Möglichstes getan, um dir zu helfen und dich zu leiten?«

»Doch, das hast du …«

»Und ich weiß so viel über Magie. Was du heute Abend mit deiner Klinge gemacht hast, ist nur ein Vorgeschmack auf das, was ich dir beibringen könnte.«

Ich sehe ihn wieder an. »Wird das Teil der Abmachung sein?«

Er schließt seine Finger um meine Hand. »Du hast mein Wort, ich werde dich groß machen. Was sagst du dazu? Eine weitere Vereinbarung zu beiderseitigem Nutzen und Erfolg?«

Ich atme tief ein. »Also schön. Ich stimme *versuchsweise* zu, deine Magie im Tausch gegen eine Armee zurückzuholen. Aber wenn ich herausfinde, dass du mich anlügst …«

»Jaja, du wirst mir den Kopf abschlagen und ihn behalten als – wie hast du es genannt? Ein hübsches Souvenir? *Abgemacht.*« Er beugt sich vor und küsst mich auf die Wange, und seine Lippen kommen den meinen gefährlich nahe. Ein Kribbeln durchfährt mich, mein Gesicht erhitzt sich. Ich bete, dass er die Röte in dem frühen Licht nicht bemerkt. Er weicht lächelnd zurück, und zum ersten Mal, seit wir uns kennen, erscheint etwas in seinen Augen, das dem Qayn aus der Erinnerung ähnelt. Leben, Gefühle – eine ferne, aber erkennbare Flamme in einer langen Nacht.

Ich räuspere mich. »Ich gehe rüber zu den anderen. Warum gesellst du dich nicht zu uns?«

Er hebt die Brauen. »Das würde ich gerne.«

Er tappt hinter mir die Treppe hinunter. Die meisten Matrosen ziehen sich in die Mannschaftsquartiere zurück, um sich auszuruhen, auch Farida, die mir entgegenkommt.

»Ich hatte gehofft, dich zu erwischen, bevor ich nach unten gehe«, sagt sie.

Hinter ihr dreht Atheer sich um und beobachtet uns.

Ich verschränke reflexartig die Arme. »Sicher, was gibt's?«

»Na ja, zunächst einmal, danke, dass du Atheer zu uns zurückgebracht hast. Zu mir. Ich glaube, ich war nicht mehr so glücklich, seit mein Vater noch am Leben war.«

Ich habe Atheer nicht ihretwegen zurückgebracht, sondern wegen seines eigenen Wohlergehens, meiner Familie und mir. Aber er beobachtet mich genau, und ich will mich nicht mit jemandem streiten, den er liebt. Ich neige meinen Kopf.

»Es freut mich, das zu hören«, sage ich gestelzt.

Farida lächelt knapp. Sie hat eindeutig etwas Wichtigeres im Kopf. »Atheer hat mir erzählt, was König Glaedric mit der Sahir vorhat«, sagt sie. »Ich dachte an dich – was du hiernach tun könntest und was für ein *Verlust* es für uns wäre, wenn du gehen solltest. Natürlich hast du jedes Recht, nach Hause zurückzukehren und dich allein um den Schutz deines Volkes zu kümmern, aber, nun ja … Würdest du auch in Betracht ziehen, uns im Kampf gegen die Verheerenden zu helfen? Immerhin ist Alqibah die Schwelle zur Sahir. Die Auswirkungen, die wir hier zu spüren bekommen, werden euch dort auch treffen.«

Ich lasse meinen Blick über das Wasser schweifen. Sie irrt sich. Mit Qayns magischer Armee könnten wir die Sahir verteidigen und dafür sorgen, dass die Verheerenden niemals einen Fuß hinein setzen. Die Fremden würden zu einem fernen, bald vergessenen Problem werden. Aber etwas, das Tantchen zu mir sagte, bevor ich Qalia verließ, erscheint mir in einem neuen Licht: *Alles Leben ist heilig. Wenn wir können, müssen wir unser eigenes aufs Spiel setzen, um es zu verteidigen.* Sie wollte mir sagen, dass *jegliches* Leben, nicht nur das sahiranische Leben, heilig ist. Wenn ich Alqibah den Rücken zukehre, was für eine Gesellschaft helfe ich dann in der Sahir zu erschaffen? Womit würde ich mich einverstanden erklären, wenn ich Qayn helfe, seine Magie zurückzubekommen, nur um seine Armee dazu zu benutzen, die Sahir und nur die Sahir zu schützen und niemanden sonst? All unser Frieden und unsere Segen werden nichts bedeuten. Atheer hatte recht: Licht, das nicht geteilt wird, ist vermindertes Licht. Wenn ich mich entschließe, nach dieser Sache nach Hause zu gehen und nie wieder zurückzukehren, lasse ich zu, dass das Licht der Sahir abnimmt. Der Verfall durch Apathie wird uns schließlich heimsuchen. Zunächst wird er an den Rändern herumlungern, aber allmählich wird er sich seinen Weg nach innen bahnen. Und wenn er schließlich das Licht der Sahir erstickt – das Licht, das wir im Auftrag des Großen Geistes schützen sollen –, werden wir in einem Land leben, in dem nur Status, Reichtum und magische Macht zählen, nicht aber Menschlichkeit, Gerechtigkeit und Barmherzigkeit für alle. Und ich wäre direkt an der Erschaffung dieser Welt beteiligt gewesen. Hatte der Große Geist wirklich das im Sinn, als er uns mit Magie segnete? Ich weigere mich, das zu glauben; ich kann einfach keine Existenz weiterführen, wenn so etwas wahr ist. Das ist eine Lektion, die Atheer schon vor langer Zeit gelernt hat und die ich gerade erst lerne. Aber besser spät als nie.

»Ich werde dir helfen«, sage ich und strecke meine Hand aus. »Es ist keine Freiheit, wenn die Sahir sicher ist, Alqibah aber nicht. Wie du gesagt hast, wir sind Schwestern, und Schwestern beschützen sich gegenseitig.«

Faridas Auge füllt sich mit Tränen; statt meine Hand zu schütteln, umarmt sie mich. Über ihre Schulter hinweg nickt mir ein grinsender Atheer stolz zu.

»Danke, Imani.« Farida tritt zurück und rückt ihre Tunika zurecht. »Ich kann mir vorstellen, dass du viel verlorene Zeit mit deinem Bruder aufholen musst. Ich lasse euch in Ruhe.« Sie drückt mir die Schulter und humpelt vorbei, dann verschwindet sie unter Deck.

Ich setze mich neben Atheer, der seinen Arm über die schlafende Amira gelegt hat. Er strahlt und zieht mich ebenfalls an sich. »Da ist es, mein Strahlendes Schwert. Und wer könnte den hübschen Teufel vergessen, der an sie gebunden ist?« Er zwinkert Qayn zu. Der Dschinn erwidert das Zwinkern und klettert auf das Geländer in der Nähe, wo er sich hinhockt und seine nackten Füße fröhlich in der Morgenluft baumeln lässt.

Für unbestimmte Zeit sitzen Atheer und ich so auf dem Bug, schauen auf den Horizont und genießen die Erleichterung und Freude.

»Wir sind wieder zusammen«, murmle ich.

Er küsst mich auf die Stirn. »Und das wird auch so bleiben.«

»Versprichst du das?«, frage ich. »Du wirst nicht wieder weggehen?«

»Niemals«, flüstert er und beobachtet eine Möwe, die lautlos über den Himmel zieht. »Jeden Moment, den ich in dieser Zelle auf Glaedrics Schiff verbracht habe, habe ich an dich und Amira gedacht, an Mama und Baba, an Teta, Tantchen, Raad, sogar an Simsim, der meine Pantoffeln so oft zerkaut.« Er lacht traurig. »Ich habe an zu Hause gedacht und an die Schilde. An unsere gemeinsamen Erinnerungen und an die neuen, die wir nie machen können. Der Schmerz, den du durchgemacht haben musst.« Er schüttelt den Kopf, Tränen laufen ihm über das Gesicht. »Verzeih mir. Ich will diese Qualen nie wieder ertragen, und ich will sie auch dir nicht antun.«

Ich wische seine Tränen weg, auch wenn meine eigenen an die Oberfläche drängen. »Schon gut, Atheer. Du wolltest nur das Richtige tun.«

»Aber ich habe den falschen Weg gewählt«, sagt er. »Meine Entschuldigung wird den monatelangen Kummer nicht auslöschen.«

Ein Schluchzen bricht aus mir heraus, und ich schmiege mich an seine Brust. Trotz meiner Schmerzen sind das Gefühl seiner warmen Berührung und der Klang seines gleichmäßigen Herzschlags magisch. Er umarmt mich fest.

»Ich möchte nur, dass du eins weißt, Imani. Ich gestehe ein, was ich getan habe, und ich erwarte nicht, dass du meine Entschuldigung annimmst, nicht jetzt und vielleicht niemals. Aber es ist ein Segen für mich, wieder mit dir zusammenzusitzen und mitzuerleben, wie sehr deine magischen Fähigkeiten in so kurzer Zeit gewachsen sind. Ich bin so, so stolz auf dich. Ich kann mir nur vorstellen, wie sehr Baba jedem, der es hören will, dein Loblied singt.«

Ich breche in schallendes Gelächter aus. »Die Männer in seinem Barbierladen können meinen Namen bestimmt schon nicht mehr hören.«

Atheer schnaubt und stützt sein Kinn auf meinen Kopf. »Niemals. Das ist ein besseres Thema als ich, da bin ich mir sicher«, murmelt er.

Ich löse mich von ihm. »Sag das nicht. Du bist das Juwel in Babas Krone, das bist du immer gewesen. Du hättest sehen sollen, wie freudig erregt er war, als er hörte, dass du hier am Leben sein könntest; es war, als würde der Große Geist ihm wieder neues Leben einhauchen.«

»Wirklich?« Atheer wischt eine Träne weg, bevor sie fällt. »Ich vermisse den großen Mann. Und die liebe Mama. Geister, ich vermisse sie so sehr, dass es wehtut, daran zu denken.«

Ich lehne mich gegen ihn. »Du wirst sie bald sehen. Das werden wir alle. Aber wir werden nicht vergessen, was wir jetzt über Alqibah wissen, über die Ungerechtigkeit hier, über die Menschen, die Hilfe brauchen.«

»Nein.« Er nimmt meine Hand. »Wir werden die Dinge ändern, Imani, du und ich. Wir werden alles besser machen.«

»Ich werde mich damit begnügen, es wenigstens zu versuchen«, sage ich und nicke. »Das ist das Beste, was man tun kann.«

Er gluckst und seine Brust drückt gegen mich. »Nur versuchen? Wie seltsam. Seit wann bist du so bescheiden und wenig unternehmungslustig?«

Ich weiche noch etwas weiter zurück und setze einen empörten Gesichtsausdruck auf. »Was soll das denn heißen? Ich bin die bescheidenste Person in ganz Sahir *und* die beste.«

Er lacht noch mehr, und seine traurigen Tränen verwandeln sich in Freudentränen. Und einfach so fangen wir an zu scherzen, und der Klang unseres Glücks ist laut genug, um Amira zu wecken, die sich uns anschließt. Schließlich fragt Atheer sie, wie es in der Schule läuft. Sie und ich sehen uns in die Augen, und ihre Lippen verziehen sich zu einem drohenden Schmollmund, der *Sag kein Wort* zum Ausdruck bringt.

»Gut«, lügt sie. »Ich bin in jedem Fach hervorragend.«

»Sie geht so gut wie gar nicht hin!« Ich kichere und lasse mich auf das Deck fallen, um mir eine Lachträne aus dem Auge zu wischen. »Aber ehrlich gesagt, ist sie dadurch irgendwie klüger geworden. Und weiser. Das muss eine neue Magie sein, von der wir nichts wissen.«

»Das klingt irgendwie nach ihr«, sagt Atheer und kneift sie in den Arm. »Sie hat das Glück der Geister auf ihrer Seite.«

Ihr besorgter Gesichtsausdruck wandelt sich sofort in Erleichterung. *Danke*, formt sie mit den Lippen, woraufhin ich leicht und wissend nicke.

Danach schwelgen wir noch eine Weile in Erinnerungen und kichern über die Zeit, als Atheer zum Entsetzen von Baba eine ganze Woche lang seine Blumenkrone trug. Und über die Zeit, als Amira sich in der Morgendämmerung in den Stall schlich, um ein Pferd auszureiten, und versehentlich vier von ihnen freiließ, woraufhin ein halb angezogener, schreiender Baba mit fuchtelnden Armen hinter ihnen herlief, während Simsim sich lauthals heulend an seine Fersen heftete. Und über das ausgeklügelte Ablenkungsmanöver, das wir uns als Kinder ausgedacht hatten, um Mama in ein anderes Zimmer zu locken, während ich mich in die Speisekammer schlich und das gesamte Gebäck stahl, das für einige Gäste bestimmt war, nur um im letzten Moment festzustellen, dass Teta still in der Ecke saß und meinen Raubzug beobachtete.

Schließlich verfallen wir in angenehmes, zufriedenes Schweigen, eingehüllt in den goldenen Kokon unserer glücklichsten Momente. Amira legt sich wieder hin, um ein Nickerchen zu machen; Atheer stützt sein Kinn auf meinen Kopf. Ich ertappe mich dabei, wie ich ihrem Atem lausche, der kommt und geht wie die Gezeiten. Er ist so schön wie der Gesang der Vögel, die über der Spitze einer Sanddüne schweben. Das süßeste Geräusch, das die Welt je hervorbringen kann. Es sagt dir, dass eine Oase in der Nähe ist: Wasser, Nahrung, Schatten. Ein guter Ort, um sich auszuruhen, in Sicherheit zu sein und seine Sorgen für den Moment zu vergessen. Und das tue ich.

Ich werfe meine Sorgen aufs Meer hinaus, sitze mit meinem Bruder und meiner Schwester da und beobachte, wie sich die Dunkelheit immer mehr von der Welt hebt.

Danksagungen

Herzlichen Dank an meinen Agenten Peter Knapp, der sich unermüdlich für dieses Manuskript eingesetzt und dessen Entwicklung über Jahre hinweg mit geschickter und umsichtiger Hand begleitet hat. Für seine unschätzbare Hilfe bei der Entwicklung von *Gewürzstraße* zu dem Buch, das es heute ist, gebührt ihm meine ewige Dankbarkeit. Mein Dank gilt auch Stuti Telidevara und allen Mitarbeitern von Park & Fine für ihre kontinuierliche Unterstützung, *Gewürzstraße* in die Welt zu tragen.

Ich bin auch meiner britischen Agentin, Claire Wilson, und ihrer Assistentin, Safae El-Ouahabi, bei RCW unglaublich dankbar, die sich weit über das übliche Maß hinaus engagiert haben, um *Gewürzstraße* das beste Zuhause zu geben, das ich mir im Vereinigten Königreich wünschen konnte.

Mit meiner Lektorin, Kelsey Horton, habe ich wunderbar zusammengearbeitet, und dank ihres Einblicks konnte ich das Potenzial von *Gewürzstraße* voll ausschöpfen. Ebenso dankbar bin ich dem Team von Random House Children's Books – Regina Flath für das Design, Carlos Quevedo für die künstlerische Gestaltung, Colleen Fellingham für das Lektorat und meiner Publizistin Lili Feinberg, neben vielen anderen – für all die harte Arbeit, die sie geleistet haben, um *Gewürzstraße* mit den Lesern zu teilen (und es so schön zu gestalten).

Den großzügigen Menschen, die dieses Buch in seinen verschiedenen Formen gelesen haben, möchte ich meinen Dank aussprechen. Besonders erwähnen muss ich Jamar J. Perry, E. J. Beaton,

Amélie Wen Zhao und Ayana Gray für ihren Enthusiasmus, ihre Kritik und ihre Ratschläge – aber vor allem für ihre Freundschaft, ohne die der Weg zur Veröffentlichung furchtbar einsam gewesen wäre.

Meine Familie hält den Wind in meinen Segeln, und ich bin ihr zu großem Dank verpflichtet. Meine kluge und witzige Mama und Baba, die mir als Kind Bücher kauften und meine Liebe zu Worten förderten (und es immer noch tun), und meine großen Brüder Sharief und Saamer, deren stetes Vertrauen in meine Fähigkeiten als Geschichtenerzählerin mir half, viele Stürme der Selbstzweifel zu überstehen – danke, dass ihr immer für mich da seid.

Zu guter Letzt möchte ich meinem treuen Ehemann und besten Freund Jason danken, dessen Beitrag zu diesem Buch unbeschreiblich groß ist. Ohne seine Liebe, Unterstützung und Freundlichkeit würde *Gewürzstraße* einfach nicht existieren.

Über die Autorin

MAIYA IBRAHIM hat mit Gewürzstraße ihren Debütroman geschrieben. Sie schloss ihr Studium an der University of Technology Sydney mit einem Bachelor of Laws ab. Wenn sie nicht gerade schreibt, liest oder Zeit mit ihrer Familie verbringt, genießt sie Videospiele, Gartenarbeit und die Erweiterung ihrer Sammlung seltener Sammelkarten. Sie lebt in Sydney, Australien.